तसलीमा नसरीन

तसलीमा नसरीन सुख्यात लेखक और मानवतावादी विचारक हैं। अपने विचारों और लेखन के लिए उन्हें अक्सर फ़तवों का सामना करना पड़ा है। विवादास्पद उपन्यास 'लज्जा' पर उन्हें उनके देश से निष्कासित कर दिया गया जहाँ वे 1994 से नहीं गईं। भारत समेत कई देशों से उन्हें विभिन्न सम्मानित पुरस्कारों और मानद उपाधियों से विभूषित किया जा चुका है। दुनिया की लगभग तीस भाषाओं में उनकी रचनाओं का अनुवाद हो चुका है।

उत्पल बैनर्जी

उत्पल बैनर्जी का जन्म 25 सितम्बर, 1967 को भोपाल, मध्य प्रदेश में हुआ। बांग्ला से हिन्दी में उनके द्वारा अनूदित एक दर्जन से अधिक कृतियाँ अब तक प्रकाशित हो चुकी हैं। राजकमल से प्रकाशित कृतियाँ हैं—'बेशरम', 'होने का दुख', 'नि:शब्द की तर्जनी'। मौलिक कविताओं का एक संग्रह 'लोहा बहुत उदास है' नाम से प्रकाशित है। नॉर्थ कैरोलाइना स्थित अमेरिकन बायोग्राफ़िकल इंस्टीट्यूट के सलाहकार मंडल के मानद सदस्य तथा रिसर्च फ़ेलो। अनुवाद के लिए 'भाषा बंधु' सम्मान से सम्मानित हैं।

इन्दौर, मध्य प्रदेश में निवास।

शिउली की गंध और अन्य कहानियाँ

तसलीमा नसरीन

अनुवाद
उत्पल बैनर्जी

राजकमल पेपरबैक्स

राजकमल पेपरबैक्स में
पहला संस्करण : 2024

© तसलीमा नसरीन
हिन्दी अनुवाद © राजकमल प्रकाशन प्रा. लि.

राजकमल पेपरबैक्स : उत्कृष्ट साहित्य के जनसुलभ संस्करण

राजकमल प्रकाशन प्रा. लि.
1-बी, नेताजी सुभाष मार्ग, दरियागंज
नई दिल्ली-110 002
द्वारा प्रकाशित

शाखाएँ : अशोक राजपथ, साइंस कॉलेज के सामने, पटना-800 006
पहली मंजिल, दरबारी बिल्डिंग, महात्मा गांधी मार्ग, प्रयागराज-211 001
1, अनमोल सोराबजी संतुक लेन, धोबी तलाव, मरीन लाइंस, मुम्बई-400 002
वेबसाइट : www.rajkamalprakashan.com
ई-मेल : info@rajkamalprakashan.com

विकास कंप्यूटर एंड प्रिंटर्स
ट्रॉनिका सिटी-201 102
द्वारा मुद्रित

मूल्य : ₹350

SHIULI KI GANDH AUR ANYA KAHANIYAN
Stories by Taslima Nasreen
Translated by Utpal Banerjee

ISBN : 978-93-6086-644-0

शिउली की गंध
और
अन्य कहानियाँ

क्रम

अन्तहीन यात्रा

मैं नालंदा की लड़की हूँ। मेरा घर हिलसा में है। मेरे पिता नालंदा विश्वविद्यालय के टूरिस्ट गाइड हैं। मैंने सुना कि इस विश्वविद्यालय का निर्माण डेढ़ हज़ार साल पहले हुआ था। उस वक़्त इसमें दो हज़ार शिक्षक और दस हज़ार विद्यार्थी हुआ करते थे। पिताजी ने मुझे विश्वविद्यालय दिखाया था, बौद्ध विहार दिखाए थे। यह सब दिखाते हुए उन्होंने इतिहास भी बताया था। वे जब इतिहास के बारे में बताते हैं, मेरी इच्छा होती है कि बस, सुनती ही रहूँ।

माध्यमिक की परीक्षा देने के बाद मेरी शादी हो गई थी। मेरी शादी मेरे ही स्कूल के रंजन मास्टर से हुई थी। मेरी ससुराल नालंदा में ही थी। तीनेक साल गृहस्थी करने के बाद मेरे प्रति मास्टर का आकर्षण जाता रहा और एक अन्य छात्रा उनके मन को भा गई थी। भाए भी क्यों नहीं, मास्टर मोशाय 'बेटा-बेटा' करते हुए परेशान रहा करते थे और मैंने तो एक बिटिया को जन्म दिया था। जिस छात्रा को रंजन मास्टर मन-ही-मन चाहने लगे थे, मुझे तलाक़ देकर उसे ब्याहकर वे अपने घर ले आए। मैं मजबूर होकर अपने पीहर चली आई। मेरे साथ मेरी डेढ़ साल की बिटिया भावना भी थी। मेरी मौजूदगी से मेरे पिता का संसार झिलमिला उठा। माँ और मेरा समय भावना की परवरिश करने, खाना बनाने और घर के तमाम छोटे-मोटे कामों में बीतने लगा। गाइड के काम में पिता की व्यस्तता बनी रही। एक दिन मैंने ख़ुद ही पिता से कहा, 'आपने तो विदा कर दिया था, लेकिन मुझे फिर से आपके घर लौटना पड़ा, मैं आप पर बोझ बनने आ गई हूँ। सिर्फ़ मैं नहीं, मेरी बिटिया भी।'

पिता ने हँसकर कहा था, 'यह क्या सिर्फ़ मेरा घर है, यह तो तेरा भी घर है। जन्म के बाद से तू यहीं पर बड़ी हुई है। तीनेक साल साथ नहीं थी तो क्या हम लोग पराए हो गए हैं?'

मुझे जन्म देने के बाद माँ ने तीन और संतानों को जन्म दिया था, तीनों ही बेटे थे, लेकिन आश्चर्य की बात है, ठीक तीन या चार महीने की उम्र में बदन झुलस जाए; ऐसे बुख़ार में तड़पते हुए तीनों ही बेटे मर गए थे। मोहल्ले के डॉक्टर को बुलाकर भी कोई फ़ायदा नहीं हुआ। बुख़ार क्यों आ रहा है, बच्चों की मौत क्यों हो

रही है, यह सब सवाल पूछने पर डॉक्टर ने छत की ओर उँगली उठाकर भगवान की ओर इशारा किया था।

पिताजी, माँ, भावना और मैं—हमारा सुख-शान्ति का घर-संसार बढ़िया चल रहा था। हम लोग अमीर नहीं थे, हम बेशक़ अभावों में जी रहे थे, लेकिन सच बोलने में क्या, हममें अभावबोध नहीं था। सोने के एक जोड़ी झुमके गढ़वा दो, या फिर भागलपुरी टसर की एक साड़ी तो चाहिए-ही-चाहिए—मैं ऐसी ज़िद नहीं करती। हम लोग साग-भात खाकर भी हँसी-ख़ुशी अपने दिन बिता सकते हैं।

गाइड का काम पूरे साल नहीं रहता, लिहाज़ा गर्मी के मौसम में पिताजी नालंदा की एक लाइब्रेरी में काम करते हैं। इन दोनों से जो आय होती, उससे खा-पीकर हमारे दिन आराम से कट जाते। इसके अलावा हमारा ख़ुद का घर था, अपनी सब्ज़ियों की बाड़ी थी! इससे भी ख़र्चों में काफ़ी बचत हो जाती। बीच-बीच में पर्व-त्योहारों और अनुष्ठानों पर हम लोग अपने नाते-रिश्तेदारों के यहाँ भी हो आते। हम लोग ट्रेन से पटना, बेगूसराय, राँची चले जाते।

पिताजी एक दिन बोले, 'तू तो कॉलेज में पढ़ सकती है।' वही तो, मैं तो कॉलेज की पढ़ाई कर ही सकती हूँ। उदासीन महाविद्यालय में दाख़िला मिल जाए, तो एक-न-एक दिन पास हो ही जाऊँगी, कहीं कोई अच्छी नौकरी भी कर सकूँगी। माँ भी चाहती थीं कि मैं कॉलेज में पढ़ूँ। लेकिन काका-मामा में से कोई-कोई घर आकर कह जाते, 'अच्छा लड़का देखकर इसकी दोबारा शादी कर देनी चाहिए।' बच्चे वाली लड़की के लिए और कैसा भी लड़का मिल जाए, लेकिन अच्छा लड़का नहीं मिलेगा, मुझे यह मालूम है। वे लोग भी निश्चित रूप से इस बात को जानते हैं। तो मैंने शादी के पीढ़े पर न बैठकर, एक दिन कॉलेज में दाख़िला ले लिया।

मेरी जब दूसरे साल की पढ़ाई चल रही थी, तभी एक दिन कॉलेज से घर लौटकर मैंने देखा, पिताजी के सीने में दर्द उठा था। तुरन्त अस्पताल ले जाकर भी पिताजी को बचाया नहीं जा सका। उनकी मृत्यु हो गई। मृत पिता को देखने काका-मामा लोग आए ज़रूर, लेकिन पिता की अनुपस्थिति में हमारा घर-संसार कैसा चल रहा है, हमारे पास खाने-पहनने को है या नहीं, इसके बारे में पूछने के लिए बाद में कोई नहीं आया। जमा किये गए पैसे जब ख़र्च हो गए तो काका-मामा लोगों से माँ ने पैसे उधार माँगे, सभी ने अपनी-अपनी परेशानियों का हवाला देकर माँ को लौटा दिया। सब्ज़ी बाड़ी की सब्ज़ियाँ बनाई जा सकती हैं, लेकिन भात तो ज़रूरी है। कुछ तो खाना ही पड़ेगा, और भावना पर होने वाला ख़र्च भी तो दिन-ब-दिन बढ़ता जा रहा था।

साल बीतने पर दोनों काका ने आकर बिना कुछ बातचीत के एक दिन हमें अपना घर छोड़ने का आदेश दे दिया। बोले कि हमारे पिता ने वह घर दोनों भाइयों के नाम लिख दिया है। उन्होंने लिख देने की दलील भी दिखाई और घर की दलील

भी पेश की। माँ भी अलमारी से घर की दलील निकालकर ले आईं। उसे हाथ में लेकर एक काका ने फेंकते हुए कहा, 'यह पुरानी दलील है', और वे अपने हाथ में रखी दलील को माँ के चेहरे के सामने नचाते हुए बोले, 'यह नई दलील है।' काकाओं का व्यवहार इतना अजीब था कि वे मुझे अपने काका लग ही नहीं रहे थे। ऐसा लग रहा था मानो काका का मुखौटा लगाए दो हत्यारे हमें धमका रहे हों। जाने से पहले वे अपनी जाली दलील की दो प्रतियाँ हमारे सामने रख गए। और वे ऐसे ही महानुभाव थे कि एक दिन, दो दिन नहीं, घर छोड़ने के लिए बाक़ायदा एक सप्ताह का समय दे गए।

माँ तुरन्त दौड़ी-दौड़ी मामाओं के पास गईं। मामा लोग दो दिन काकाओं के घर जाकर उनसे झगड़ आए। इसके बाद पता नहीं क्यों, वे अचानक ख़ामोश हो गए। उन्होंने बता दिया कि वे काकाओं के साथ अब और झगड़ा नहीं कर सकेंगे। उन्होंने भी यह जता दिया कि वह दलील जाली है, इसके कोई सबूत नहीं हैं। और यह भी कि पिता के दस्तख़त सही हैं। मैं और माँ ने जितना कहा कि पिताजी ने तो कभी नहीं कहा कि उन्होंने यह घर काकाओं के नाम लिख दिया है, और इसके अलावा काकाओं ने पहले कभी ऐसा दावा भी नहीं किया, अचानक यह दलील कहाँ से निकल आई? मामाओं को यह नहीं पता था, दलील कहाँ से निकली है, लेकिन उन्होंने कहा, उन्हें यह मालूम है कि मेरी शादी में पिताजी ने काकाओं से बहुत बड़ी रकम उधार ली थी। शादी के बाद जिस तयशुदा समय के भीतर उन्होंने वह रकम चुका देने का वादा किया था, वे उस समय के भीतर वह पैसा नहीं चुका पाए थे, मजबूरी में वह घर उनके नाम लिखना पड़ा था। चूँकि मैं उनकी एकमात्र संतान थी, और मेरी शादी हो चुकी थी, लिहाज़ा पिता की मृत्यु के बाद दामाद को देने के बजाय पिता ने भाई की जायदाद भाइयों को देना ही बेहतर समझा था।

इन सब बातों पर न तो मैंने विश्वास किया था, और न ही माँ ने। हम लोग थाने में रिपोर्ट लिखवाने चले गए। हमने पुलिस को अपने घर की असली दलील भी दिखाई। पुलिसवालों ने हँसते हुए कहा, काका पहले ही घर की दलील उन्हें दिखा चुके हैं। उसमें लिखा हुआ है, पिताजी ने वह घर काकाओं को बेच दिया है। हम पुलिस से बार-बार कहते रहे, यह झूठ है, हमने बार-बार यह भी कहा कि वह दलील जाली है, पुलिस सिर हिलाकर हँसती रही। पुलिसवाले बोले, वह दलील बिलकुल भी जाली नहीं है। मैंने उस दिन अचानक ही पुलिसवालों के मुँह पर कहा था, मेरे पिता के दस्तख़त जाली नहीं हैं, यह आपको कैसे पता? आप लोगों ने तो मेरे पिता के दस्तख़त कभी देखे नहीं! वह आदमी फिर से हँसा, बोला, वक़ील ने सत्यापित कर दिया है। उसके हस्ताक्षर, सील वग़ैरह सब हैं। वक़ील के सामने बैठकर ही उन्होंने दस्तख़त किये थे।

मजबूरी में मामा लोगों के यहाँ ही हमें शरण लेनी पड़ी। पहले-पहल तो काफ़ी

आदर-सत्कार नसीब हुआ लेकिन धीरे-धीरे सब कुछ धूमिल होता चला गया। हम लोग अतिरिक्त बोझ थे, हमें क्या इस बात का पता नहीं था! मामा के घर का बहुत सारा कामकाज माँ अकेले ही सम्हाला करती थीं, ताकि काम के लिए ही सही, वे लोग माँ को वहाँ रख लें। दुःख-शोक को एक-न-एक दिन बदन झाड़कर विदा करना ही होता है। मैंने माँ से कह दिया, मैं नौकरी करूँगी। माँ तो अवाक् हो गईं, बोलीं, स्कूल पास करके अच्छी नौकरी नहीं मिलतीं, कॉलेज पास कर ले। कॉलेज पास करने में अभी बहुत देर थी। असल में अब मैं बहुत अच्छी नौकरी की उम्मीद नहीं कर रही थी। कोई एक व्यवस्था हो जाए, झोंपड़ी भी नसीब हो जाए तो उसे किराए पर लेकर हम तीन कन्याएँ वहाँ रह जाएँगी। माँ, मैं और भावना—हम लोग किसी-न-किसी की कन्याएँ ही तो हैं। अनचाही कन्याएँ।

मैंने कॉलेज जाना बन्द कर दिया और बेतहाशा नौकरी की तलाश करने लगी। पिता के वे दोस्त जो गाइड का काम करते थे और जिस लाइब्रेरी में पिता काम करते थे, उन लोगों ने भी माँ और मेरी मजबूरी के बारे में सुना, उन्होंने वादा किया। वे मुझे एक नौकरी दिलवा देंगे, लेकिन आख़िर में उन्होंने भी कह दिया कि वे कुछ भी नहीं कर पा रहे हैं, नौकरी कहीं भी नहीं है, चारों ओर अभाव-ही-अभाव है, लड़कों को भी नौकरी नहीं मिल रही है। जब लड़कों को ही नौकरी नहीं मिल रही है फिर तो लड़कियों को नौकरी मिलने का सवाल ही नहीं उठता—उन्होंने सीधे-सीधे कह दिया। हिलसा में नौकरी नहीं थी, कम-से-कम मेरे लिए तो नहीं ही थी। मामा लोगों का कपड़ों का कारोबार था, वहाँ भी मेरे लिए नौकरी का कोई मौक़ा नहीं था।

मजबूरी में मैं उन लोगों की तलाश करने लगी जो नौकरी के लिए दिल्ली-मुम्बई गए थे। वे नौकरी करके अपने परिवारों को बढ़िया रुपये भेज रहे थे। कुछ परिचित लोग अपने परिवार सहित दूसरे शहरों में रहने चले गए थे। तलाश करते-करते मुझे बचपन में मेरे साथ गुड़िया का खेल खेलनेवाली सहेली गरिमा का पता चला, उससे फ़ोन पर बात भी हुई। वह मुम्बई की धारावी में रहती है। वह गार्मेंट्स की फैक्टरी में काम करती है। बिहार की और दो लड़कियाँ भी उसके साथ रहती हैं। वे भी गार्मेंट्स की फैक्टरी में काम करती हैं। गरिमा ने ख़ुद ही मुझे मुम्बई आने के लिए कहा, बोली कि वह मुझे भी गार्मेंट्स के काम में लगवा देगी। उन तीन कन्याओं की कोठरी में मेरे लिए भी जगह हो जाएगी। जितनी तनख़्वाह मिलेगी, उससे मुम्बई में सारे ख़र्चों के बाद कुछ रकम हिलसा भेजी जा सकेगी।

कई दिनों तक गरिमा के साथ मेरी चर्चा होती रही। मैंने कॉलेज छोड़ दिया और मुम्बई का टिकट कटवा लिया। गरिमा की मेहरबानी से मुझे सिर छिपाने की जगह मिल गई, मेरी नौकरी लग गई, कमाई के पैसे मेरे हाथ में आने लगे। मुम्बई में रहने-खाने के ख़र्चे के बाद भी माँ और बिटिया के लिए हुंडी के ज़रिये मैं हिलसा पैसे भेजने लगी। उन पैसों से माँ ने मामा के घर के पास ही एक किराये का मकान

ले लिया। अब वह घर जैसा भी रहा हो, अपना घर था। दूसरों के घर में रहने की तुलना में अपने मिट्टी के घर में रहना ज़्यादा आरामदेह होता है। माँ भी बहुत दिनों बाद आराम महसूस कर रही थीं। भावना माँ के पास ही बड़ी हो रही थी। मुझे धीरे-धीरे वह भूल ही जाती अगर हर रोज़ हम वीडियो कॉल नहीं करते। मामा ने एक पुराना स्मार्ट फ़ोन माँ को दिला दिया था, अच्छा हुआ जो उन्होंने दिलवा दिया वरना मुझे ही भेजना पड़ता। फ़ोन की वजह से मैं माँ और बेटी के साथ इस तरह बातें कर पाती हूँ मानो हम पास में बैठे हों! लगता ही नहीं, हमारे दरमियान हज़ारों मील की दूरी है। दिन भर कारख़ाने के काम के बाद जितना समय बचता, उसे मैं बड़े जतन से उनके लिए रख लेती।

कारख़ाने के मालिक तो हमसे सारी रात काम कराने की फ़िराक़ में रहते थे। हम लोगों की भी ज़िन्दगी है, हमारा भी घर-संसार है, हमें भी खाना होता है, सोना होता है, हम भी सपने देखते हैं, सपनों को पूरा करने के सपने देखते हैं—उन्हें इन बातों पर यक़ीन ही नहीं होता था।

रात में शिवानी मेरे बाज़ू में सोती है। वह उम्र में मुझसे छोटी है। मेरे फ़ोन को छानकर वह भावना की तसवीरें निकालती है और फिर उन्हें अपलक निहारती रहती है, वह चाहती है, उसे भी एक ऐसा ही गोरा-चिट्टा बच्चा हो। शिवानी अक्सर देर रात तक अपने बचपन की यादें साझा करती रहती है। यादें साझा करते-करते ही वह सो जाती है। वह बहुत गहरी नींद सोती है। कारख़ाने जाने का समय होने पर उसे खींचकर उठाना पड़ता है।

कोरोना आने के बाद जब लॉकडाउन शुरू हुआ तो कारख़ाना अनिश्चित काल के लिए बन्द हो गया। हमें एक सप्ताह का पैसा मिला और एक सप्ताह का पैसा एडवांस दे दिया गया। उन पैसों को ख़र्च होने में ज़्यादा समय नहीं लगा, लेकिन फिर इसके बाद हम क्या खाएँगे, मकान का किराया कैसे देंगे? यह लॉकडाउन कब ख़त्म होगा, कारख़ाना कब खुलेगा, यह किसी को नहीं पता था। कारख़ाने के मालिकों ने भी कह दिया कि वे भी निश्चित रूप से कुछ नहीं बता सकेंगे। उन लोगों ने हमारी कोई ज़िम्मेदारी नहीं ली। उन्होंने जानने की कोशिश ही नहीं की कि हम लोग कहाँ जाएँगे, कहाँ सिर छिपाएँगे, क्या खाएँगे। इस आपदा के समय में उनके लिए क्या यह उचित नहीं था कि वे अपने मज़दूरों का ख़याल रखते? मैं यह सवाल दोहराती तो हूँ लेकिन गरिमा, शीला या शिवानी की ओर से कोई जवाब नहीं आता।

गरिमा जानबूझकर कारख़ाने के मालिक के विरुद्ध कोई आरोप नहीं लगाती। दीवारों के भी कान होते हैं। गरिमा के लिए यह नौकरी बेहद ज़रूरी है। हिलसा वाले घर में उसके पिता अपाहिज होकर पड़े हुए हैं। छोटे दो भाई स्कूल जाते हैं। इस समय किसी और चीज़ के लिए भले न हो लेकिन पिताजी के इलाज के लिए पैसे भेजने ही पड़ते हैं। डॉक्टर ने कहा है, दो-तीन साल के भीतर पिताजी के हाथ-पैरों

में पहले की तरह ताक़त लौट आएगी। तो उतने दिनों तक गरिमा इन सबको लेकर कोई सवाल करना नहीं चाहती कि कारख़ाने के मालिकों के लिए क्या करना उचित था, उन्होंने क्या नहीं किया। वह ख़ुद होकर किसी से लड़ाई नहीं करना चाहती।

रुपये-पैसों की ज़रूरत लोगों के सिर हमेशा ही झुका देती है। मेरा भी सिर क्या नहीं झुका था? मैनेजर बाबू जब धमकी के स्वर में बात करते हैं, तब क्या मैं सिर झुकाए नहीं रहती?

शीला भी भला क्या कहेगी? शीला को रुपये घर नहीं भेजने पड़ते, लेकिन उसे इस आश्रय की बहुत ज़रूरत है। उसकी उम्र जब बारह साल थी, दुकान से सौदा ख़रीदकर घर लौटते समय उसे दो लोग अगवा करके ले गए थे। शीला फिर घर नहीं लौटी थी, छह महीने बाद पुलिस ने उसे दिल्ली के जी.बी. रोड के वेश्यालय से बरामद किया था। पुलिस ही उसे गया वाले घर छोड़ आई थी। लेकिन घरवालों को उससे घिन आने लगी थी, मानो शीला न लौटती तो अच्छा होता। पड़ोसियों को भी उससे घिन महसूस होती थी। अपने उस प्रतिकूल परिवेश से शीला भाग खड़ी हुई। वह भागकर मुम्बई जा पहुँची। कारख़ाने के मालिक निष्ठुर हो सकते हैं, लेकिन उनकी दया की वजह से वह खा-पहनकर ज़िन्दा तो रह पा रही है। परिवार के नरक से दूर तो रह पा रही है। शीला को इससे ज़्यादा की चाहत नहीं है। घर लौटने की अपेक्षा वह धारावी में ही रह जाना चाहती है, लेकिन फ़ैशनेबल कपड़े ख़रीदकर रुपये ख़त्म होने के कारण उसके भी हाथ ख़ाली हैं।

शिवानी भी ख़ामोश है। लॉकडाउन में घर लौटने का सुनहरा मौक़ा वह हाथ से जाने नहीं देना चाहती। होनेवाले पति के साथ इस बहाने मुलाक़ात हो जाएगी, चुम्बनों का आदान-प्रदान हो जाएगा।

महामारी फैल रही थी इसलिए लोग ट्रेन और बस पकड़ने के लिए भाग रहे थे। वे घर जाना चाहते थे, अपने गाँव वाले घर। हम-जैसे लोग ही भाग रहे थे। कंस्ट्रक्शन वाले, कारख़ाने वाले मज़दूर, कोई अकेले तो कोई झुंड बनाकर, तो कोई परिवार सहित चले जा रहे थे। किसी के सिर पर सूटकेस थे, किसी के बग़ल में बैग, किसी के कन्धे पर बच्चे। वे सब घर लौट रहे थे। घर पर उनके कोई-न-कोई था। उनके खेत वग़ैरह थे, लिहाज़ा भूखों मरने की नौबत नहीं थी। लेकिन जब ट्रेन और बसों में जगह नहीं बची, जब ट्रेन और बस की टिकट ख़रीदने के लिए पैसे नहीं बचे, तब कुछ लोगों ने निर्णय लिया कि जितनी दूर जा सकें, वे पैदल ही जाएँगे। पैदल? पैदल कितनी दूर जा सकेंगे? कितनी दूर क्या, जितनी दूर घर है, उतनी दूर। इस निर्णय से केवल सैकड़ों नहीं, हज़ारों लोग सहमत हो गए।

गरिमा ने कहा, उतनी दूर पैदल चलूँगी जहाँ पहुँचने पर कोई गाड़ी वग़ैरह मिल जाएगी। पास के किसी स्टेशन तक जाना पड़ेगा, वहाँ ट्रेन न मिली तो अगले स्टेशन। और अगर यह भी न हो सका फिर तो पैदल ही जाना होगा। मुम्बई से

बिहार की दूरी कितनी है, यह मैंने नेट खँगालकर पता कर लिया। बिहार का कोई इलाक़ा वहाँ से पन्द्रह सौ तो कोई सत्रह सौ किलोमीटर दूर था।

लेकिन कमाल की बात है, इन संख्याओं को सुनकर कोई भी नहीं चौंका। ये संख्याएँ उस समय केवल संख्याएँ थीं। जेब में रुपयों की संख्या कितनी है, उस समय सभी यह देख रहे थे। मैं भी क्या नहीं देख रही थी? सभी अपने घर कुछ-न-कुछ रुपये भेजते थे, तो किसी के भी पास अतिरिक्त रुपये नहीं पड़े रहते थे। धारावी के घर में ही दो महीने रहकर हालात का मुआयना करने की विलासिता का मन तो कर रहा था, लेकिन हममें से कोई भी ऐसा करने की हिम्मत नहीं जुटा सका, कारण कि हमारे पास उतना पैसा नहीं बचा था।

गरिमा तथा घर में रहनेवाली और दो साथियों से मैंने कहा, 'हमें अगर गाड़ी नहीं मिली तो पैदल चलेंगे, लेकिन इतनी दूर तक पैदल चलना किसी के लिए भी सम्भव नहीं। हमें बल्कि कुछ दिन और इन्तज़ार करना चाहिए, भले ही हम किसी से पैसे उधार लेकर काम चलाएँ। हो सकता है, कुछ दिनों बाद कारख़ाना खुल जाए। और अगर न खुले तो इतने दिनों में ट्रेन का टिकट तो मिल ही जाएगा।'

लेकिन मेरी सहेलियाँ अँधेरे में अंधों की तरह बैठी रहीं, मानो रास्ता ही उन्हें उजाला देगा! मानो कारख़ाना हमेशा के लिए बन्द हो गया है! अब किसी भी चीज़ की उम्मीद शेष नहीं रही, किसी भर भरोसा नहीं बचा। धारावी से दूर-दूरस्थ के लोग धीरे-धीरे अदृश्य होते जा रहे थे। जिसके पास साइकिल थी, वह साइकिल से हज़ार मील दूर अपने घर की ओर रवाना हो गया था। हमारे घर के पास रमेश बाबू का घर था। रमेश बाबू अपनी पत्नी और बच्चों सहित नये ख़रीदे हुए इलेक्ट्रिक रिक्शे पर सवार होकर रवाना हो गए थे। उन्हें उत्तर प्रदेश के चित्रकूट जाना था। पेट में खाना नहीं था, हाथ में पैसे नहीं थे, नौकरी बची कि नहीं, किसी को नहीं पता था। चारों ओर भीषण हाहाकार मच गया। घर चलो, घर चलो। पहुँचने में भले ही पाँच-छह दिन लग जाएँ, लेकिन फिर तो घर पहुँच ही जाएँगे, भूख की वजह से मरना तो नहीं पड़ेगा। लिहाज़ा तैयार हो जाओ।

तैयार तो हो गई, लेकिन हम जहाँ जा रहे हैं, वहाँ क्या कोई हमारा इन्तज़ार कर रहा है? सुकून या कि दोगुनी कोई और अशान्ति? गरिमा घर पहुँच जाए तो उसे खाने और रहने का अभाव नहीं होगा, उसके माँ-बाप उसे पाल-पोस लेंगे। उनका अपना घर है, खेती की ज़मीन भी है। लेकिन मेरा क्या होगा? हिलसा वाले घर का किराया मैं भला कहाँ से चुकाऊँगी? हम खाएँगे क्या? माँ-बेटी को उपासे मरना होगा। मेरे मामले में तो अगर रोज़गार न रहा तो न तो हिलसा में रह सकूँगी और न ही धारावी में। मैं उदास बैठी रही।

गरिमा ने हमारे घर का किराया चुका दिया, और सैकड़ों लोग जिस ओर पैदल चले जा रहे थे, वह भी उस ओर चल दी। घर की बाक़ी दो लड़कियाँ शीला और

शिवानी भी चल दीं। मैं अकेली कहाँ पड़ी रहूँगी? पीठ वाले बैग में अपने दो जोड़ी कपड़े, भावना के लिए मेले से ख़रीदी दो कमीज़ें लेकर आख़िरकार मैं भी काफ़िले में शामिल हो गई। हिसला का घर मेरी समस्या दूर नहीं करेगा। लेकिन धारावी की समस्या का हल मैं अकेली भला किस तरह निकाल सकूँगी? जिसके पास पैसे न हों, उसे कौन कमरा देगा? कौन दो जून की रोटी देगा? चारों ओर अनिश्चय का माहौल था। हर क़दम पर अनिश्चय था। ख़ैर, इन सबके साथ ही मैंने भी क़दम बढ़ा दिये। अपनी छुटपन की गुड़िया के खेल की साथिन गरिमा को मैंने इस बड़ी उम्र की अन्तहीन यात्रा का हमसफ़र बना लिया।

गर्मी में पसीने से तरबतर भूख और प्यास लिये हम लोग पैदल चलते रहे। यह बड़ी विचित्र यात्रा थी। हम कभी भी राजपथ पर इस तरह नहीं चले थे। हमारे साथ असंख्य लोग थे जिनके हमें नाम तक नहीं मालूम। वे सभी हमारी ही तरह श्रमिक थे। सभी बस्ती के रहवासी थे। सभी कर्ज़दार। सभी भूखे। हमारी पोटलियों में सूखी रोटियाँ, चिवड़ा और गुड़ था। हमने रात तीन बजे चलना शुरू किया था, सुबह दस बजे हम कहीं पर सुस्ताने बैठ गए थे। फिर हमने शाम को चलना शुरू किया था और रात ग्यारह-बारह बजे सुस्ताने बैठे थे। हमारे दिन-रात एकाकार हो गए थे। हमने सोचा था, रास्ते में ट्रक या बस मिल जाएगी तो उसमें सवार हो जाएँगे। मिली भी थी लेकिन आदमी लोग हमें कोहनियों से ठेलकर ख़ुद उन पर सवार हो गए थे।

आख़िरकार हमारे पैर ही हमारा सहारा बने। गरिमा, शीला, शिवानी और मैं तेज़ी से चलते रहे। मुम्बई में ट्रेनें नहीं थीं लिहाज़ा हमने औरंगाबाद आकर ट्रेन की तलाश की। ट्रेन में सवार होकर मज़दूर उत्तर और दक्षिण की ओर जा रहे थे। हमारे लिए कोई भी ट्रेन नहीं रुक रही थी। काउंटर पर टिकट भी नहीं थे। दिन में एक ही ट्रेन चलती थी। आख़िरकार हम लोग ट्रेन की पटरियों पर ही चलने लगे। हमारी तरह और भी लोग इसी तरह चलने लगे। रास्तों पर, राजपथ पर, रेल की पटरियों, गली-कूचों में कहीं भी हम अकेले नहीं थे। सभी जगहों पर हमें अपने-जैसे लोग मिलते रहे। और लोगों की तरह हम भी रात के बारह बजे रेल की पटरियों के किनारे आराम करने लगे। किसी समय मैं और शिवानी रेल की पटरियों पर चित होकर लेट गए, इससे पहले मैं कभी इस तरह नहीं लेटी थी। कैसी रोमांचकारी अनुभूति हो रही थी! पूरे शरीर में आज़ादी का उछाह था। आज अगर मैं अकेली होती तो रेल की पटरियों पर सोने की हिम्मत नहीं होती। जाने कौन ख़ून कर दे, कौन दुष्कर्म कर डाले! झुंड में घूमो तो मन में ज़बरदस्त ताक़त महसूस होती है।

देर रात मच्छरों के काटने से मैं उठ गई। गरिमा और शीला पास ही चादर ओढ़कर सो रही थीं। मैंने तय किया, मैं उनके साथ सो जाऊँगी। शिवानी को जगाकर पटरियों से हटाना सम्भव नहीं हो सका। अन्य तमाम लोगों की तरह ही उसे पटरियों पर ही सोना था। मैंने बार-बार कहा, 'शिवानी, उठ जा, ट्रेन आ सकती

है।' शिवानी ने कहा, 'आज की ट्रेन जा चुकी है, आज और कोई ट्रेन नहीं है।' उसने आह्लाद के स्वर में कहा, 'दीदी, ओ दीदी, तुम मेरे ही साथ रहना। तुम न रहोगी तो मुझे डर लगेगा।'

मैंने शिवानी को पहली बार धारावी में देखा था, लेकिन लगता था, उसे मैं बहुत समय से जानती हूँ। लगता था, बचपन से ही उसके साथ मेरी आत्मीयता है। उसके स्वर में कितनी ही रतजगों की नींद थी! लम्बी यात्रा से थके लगभग बीस-पच्चीस लोग रेल की पटरियों पर सोए हुए थे। पटरियों पर सिर रखते ही वे नींद के आग़ोश में समा गए थे। लगभग सभी को मध्य प्रदेश की ओर जाना था। हम दस-बारह लोगों का दल बिहार की ओर जाने वाला था।

मैं जब गरिमा की पास लेटी तो वह बड़बड़ती हुई बोली, कल सुबह हमें नया रास्ता पकड़ना होगा। कौन-सा रास्ता, यह हमें यूपी बिहार जानेवाले लोग ही बता देंगे। हमारा काम होगा, उनके पीछे-पीछे चलना।

ठीक तरह से सुबह का उजाला होने से पहले ही भयंकर चीख़ सुनकर मेरी नींद खुल गई। हड़बड़ाकर उठकर मैंने देखा कि रेल की पटरियाँ ख़ून में बही जा रही थीं, लोगों के शरीर के टुकड़े बिखरे पड़े थे। कटे हुए सिर इधर-उधर पड़े थे। ख़ून पर कपड़े-लत्ते और लम्बे सफ़र के संबल चिवड़े, मुरमुरे, दाल और रोटियाँ पड़ी हुई थीं। गरिमा चीख़-चीख़कर रोने लगी। अस्त-व्यस्त चादर पर मैं जहाँ की तहाँ स्तब्ध खड़ी रह गई! शीला मुझे जकड़कर ज़ोर-ज़ोर से रोने लगी। मैं कितनी देर अवाक् खड़ी रही, नहीं पता। इतने में गरिमा ने आकर कहा, उठो, पुलिस ने सभी को यहाँ से हट जाने को कहा है।

'लेकिन शिवानी?'

'शिवानी नहीं है।'

'शिवानी शायद ट्रेन की आवाज़ सुनकर पटरियों से हट गई थी, शायद यहीं कहीं है। उसके लिए इन्तज़ार तो करना ही होगा।'

'कोई फ़ायदा नहीं।'

'एक व्यक्ति को छोड़कर हम चले जाएँगे? वह शायद कहीं पर सो रही है। ज़रा आसपास देखें तो।'

'नहीं। इसकी ज़रूरत नहीं।'

'वह तो कुंभकर्ण की तरह सोती है। शिवानी इस तरह सो भी पाती है।' गरिमा ने मुझे रोककर कहा।

उसने ट्रेन से कटा एक हाथ पड़ा देखा है, वह हाथ शिवानी का है। हाथ में मेले से ख़रीदी हुई उसकी घड़ी थी।

हम लोग शिवानी के शरीर को कन्धे पर लादकर अन्तिम संस्कार के लिए उसके माँ-बाप को सौंप देंगे, यह भी हमारे लिए सम्भव नहीं था। इतने सारे लोगों

के हाड़-मांस मिलकर एकाकार हो गए थे। गरिमा ने चलते-चलते कहा, 'सुबह की ट्रेन से कुल सोलह लोग कट गए हैं। सारे लोग कुचल गए हैं, किसी को अलग से पहचाना नहीं जा सका।' हम बहुत तेज़ी से चलने लगे। मानो तेज़ चलने से हम शाम तक अपने घर पहुँच जाएँगे, मानो तेज़ चलने से घर पहुँचकर तकिये में चेहरा खोंसकर हम पड़े रह पाएँगे। दिमाग़ में शिवानी की याद तकलीफ़ देती रही, मेरा शरीर काँपता रहा लेकिन मैं चलती रही। आज मैं भी तो रेल की उन पटरियों पर सो सकती थी। आज मैं भी कुचले जा चुके रक्त-मांस का एक पिंड हो सकती थी। मैं चुपचाप चलती रही। लेकिन अचानक मुझे ऐसा लगा, पीछे शिवानी नहीं; मैं पड़ी हुई हूँ। मैं टुकड़े-टुकड़े हो चुकी हूँ और अपने-आपको इकट्ठा करने की कोशिश कर रही हूँ, लेकिन नहीं कर पा रही हूँ।

ट्रक, बस हमारे लिए नहीं हैं। गाड़ी, ऑटो कुछ भी हमारे लिए नहीं रुकता। एक बार एक चमचमाती गाड़ी से चेहरा बाहर निकालकर एक व्यक्ति ने पूछा था, 'तुम्हारा नाम क्या है?' मैंने कहा, 'मेरा नाम नहीं है।' ...'घर किधर है?' मैंने कहा, 'घर नहीं है।' ...'पता क्या है?' मैंने कहा, 'पता नहीं है।' वह व्यक्ति पता नहीं, पत्रकार था या कि उद्धार करनेवाला कोई! गरिमा ने कहा, 'तू अगर किसी से बात करे तो चलते-चलते करना, किसी के लिए रुकना मत।' मेरा नाम और पता नहीं है, यह कहकर मुझे ख़ुशी मिली। अगले दिन एक और गाड़ीवाले ने गरिमा के बिलकुल पास आकर पूछा था, 'तुम्हारा नाम क्या है?' गरिमा ने भी मेरी तरह जवाब दिया था, 'नाम नहीं है।' ...'घर कहाँ है?' ...'घर नहीं है।' गाड़ी चली गई थी। नाम बताकर क्या फ़ायदा? पता बताकर क्या लाभ? हम तो बह रहे थे। नाम-पताविहीन बहते हुए लोग। यही हमारा असली परिचय था। मंज़िल एक है इसलिए हम लोग बह रहे हैं, लेकिन वह भी हमारी असली मंज़िल नहीं है। मंज़िल में सुरक्षा और सुकून होना चाहिए, लेकिन वह तो कहीं भी नहीं है।

सुस्ताने के दौरान हमारी जेबों में जो थोड़े-बहुत पैसे थे, वह ख़र्च होते रहे। थोड़ा-सा कुछ अगर नहीं खाएँ तो पैदल चलने में तकलीफ़ होती है। कभी-कभी कोई दुकान वाला खाना दे देता, थोड़े पैसे लेता है या फिर नहीं भी लेता। प्यास लगे तो वे पीने का पानी भी देते थे। कहीं-कहीं पर लोग एक्सपायर हो चुकी शीतल पेय की बोतलें भी निकालकर दे रहे थे। हम लोग जी भरकर पी लेती थीं। ऐसे बुरे समय में एक्सपायर वग़ैरह के बारे में सोचने से काम नहीं चलने वाला। फिर कभी, पता नहीं कौन लोग, पैकेट में केले और बिस्कुट भी दे जाते। बुरे लोग इस दुनिया में छा गए हैं लेकिन उनके बीच में से दो-चार उदार लोग भी झाँकते दिखते हैं। अगर उदार लोगों से दुनिया भर जाती, तो देखने में यह दुनिया कैसी होती, हम लोग इस बारे में सोचते-सोचते आगे बढ़ने लगे।

सत्रह सौ किलोमीटर पैदल चलना काफ़ी भयावह दुःस्वप्न-जैसा था। हमारे

पास से जो भी गाड़ियाँ गुज़र रही थीं, हमारी नज़रें अपने-आप ही उनकी सीट की ओर चली जाती थीं, कि देख लें, सीट ख़ाली है कि नहीं। किसी-किसी सहृदय गाड़ीवाले ने हमें बीच-पच्चीस मील आगे पहुँचा देने की पेशकश भी की, लेकिन केवल एक सीट ख़ाली थी। गरिमा ने मुझे ठेलते हुए जाने को कहा, 'तेरी सैंडिल बार-बार टूट रही है, तू चली जा।' लेकिन मैं नहीं गई। गरिमा और शीला भी एक-दूसरे से अलग नहीं हुईं। उनकी सैंडिलें भी तो टूट चुकी थीं, उनके भी तो पैर सूज रहे थे, मेरी तरह उनके भी तो पैरों में छाले पड़े थे। तीन सीटें ख़ाली न हों तो हम सवार नहीं होंगी। हम लोग मानो समुद्र के गहराई में तैर रही थीं। कोई किसी का हाथ नहीं छोड़ रहा था।

शिवानी को खोने के बाद हम हतदरिद्र तीन जनों को किसी चीज़ की नहीं, सिर्फ़ इस बंधन की ज़रूरत थी। साथ रहने के लिए किसी मौखिक या लिखित क़रार की ज़रूरत नहीं पड़ी थी। शिवानी के लिए हमारी उसाँसों ने ही चुपचाप यह क़रार कर लिया था। शिवानी का घर राँची में था। अक्टूबर में उसकी शादी होनी थी। उसने कहा था, शादी के बाद फिर वह मुम्बई में नौकरी नहीं करेगी। अपने पति के साथ राँची में रहेगी। शिवानी ने ढेर सारे सपने देखे थे। मुम्बई में कई वर्षों तक नौकरी करके, कम खाकर, कम पहनकर उसने पैसे जमा किये थे। अब पता नहीं, उसका सारा पैसा किसके हाथ लगेगा!

लगभग हज़ार किलोमीटर पैदल चलने के बाद जबलपुर आकर हमें ट्रेन मिल गई। लॉकडाउन में सचमुच ट्रेनें बन्द कर दी गई थीं। लेकिन श्रमिकों को ले जानेवाली स्पेशल ट्रेनें चल रही थीं। जबलपुर से पटना जाकर मैंने ट्रेन बदल ली और नालंदा वाली ट्रेन में सवार हो गई। शीला पटना से गया की ओर चली गई। विदा लेते वक़्त शीला बहुत व्यथित हो रही थी। पता नहीं, वह कुछ कहना चाह रही थी या नहीं! मैं और गरिमा हिलसा उतर गए। हम दोनों ने एक-दूसरे से यह पूछने की ज़हमत नहीं उठाई कि हम फिर कभी मुम्बई लौटेंगे या नहीं। जो शहर हमें थोड़े-से दिन आश्रय नहीं दे सका, खाने को नहीं दे सका, उस शहर में अब और नहीं जाना। तो क्या गरिमा भी मेरी ही तरह सोच रही थी?

घर लौटकर मैं माँ से लिपटकर रोती रही। शिवानी के लिए मैं अभी तक रोई नहीं थी। ये आँसू शिवानी के लिए थे। ये आँसू गरिमा और शीला के लिए थे। रेल की पटरियों पर कुचले गए यात्रियों के लिए थे। ट्रकों के धक्कों से मारे गए मुसाफ़िरों के लिए थे। रास्तों के किनारे भूख से मर गए राहगीरों के लिए थे। मेरे ये आँसू हमारी अन्तहीन यात्रा के सैकड़ों बेनाम दरिद्र यात्रियों के लिए थे। मेरे आँसुओं से माँ का कन्धा भीग गया। भावना सोती रही।

श्यामनगर से श्यामनगर

[1]

फ़िरोज़ सरकार का पुश्तैनी घर श्यामनगर में है। पिता स्कूल मास्टर थे। स्कूल मास्टर का बेटा स्कूल मास्टर ही बनेगा, गाँव के लोगों ने ऐसा ही सोचा था। लेकिन फ़िरोज़ आई.ए. पास करने के बाद मास्टरी की ओर नहीं गए, पिता के जमा किये हुए रुपयों से उन्होंने श्यामनगर के बाज़ार में किराने की एक दुकान खोल ली।

बड़े दो भाई फ़ुआद और फ़िरदौस बी.ए. पास करने के बाद खुलना शहर में किरानी की नौकरी करते हैं। चाचाओं ने श्यामनगर में ही ज़मीन बटाई पर दे रखी है। उनका संयुक्त परिवार उस ज़मीन की फ़सलों से अपना ख़र्चा चला लेता है। फ़िरोज़ की किराने की दुकान से भी उस घर में तेल, नमक, केले, बिस्कुट, साबुन, शैम्पू वग़ैरह आता है। उनकी गोशाला में गाएँ हैं, दूध की ज़रूरत दोनों गायों के दूध से पूरी हो जाती है।

फ़िरोज़ की ज़िन्दगी बिना किसी झंझट के बढ़िया कट रही थी, लेकिन अचानक ही सब कुछ चूर-चूर हो गया। मोहल्ले के हरीश मंडल की बिटिया माला मंडल को स्कूल जाते वक़्त स्कूल बंक कर रहे कुछ लड़के परेशान किया करते थे। फ़िरोज़ को कुछ दिनों से इस बारे में जानकारी मिल रही थी।

हरीश मंडल और फ़िरोज़ बचपन के अभिन्न मित्र थे। वे एक ही मैदान में शाम को कबड्डी और फ़ुटबॉल खेला करते थे। एक ही स्कूल में सुबह-सुबह पढ़ने जाते थे। हरीश मंडल एक दर्ज़ा नीचे पढ़ते थे। वे क्लास में अव्वल आते थे। फ़िरोज़ के पिता घर लौटकर फ़िरोज़ से कहा करते, 'हरीश तो तेरा ही दोस्त है, उसका रिज़ल्ट देख, और अपना रिज़ल्ट देख। हरीश की तरह मेहनत करके लिखाई-पढ़ाई करता तो तेरा रिज़ल्ट भी अच्छा होता।' फ़िरोज़ जानते थे, पढ़ने-लिखने में उनका मन नहीं लगता। आई.ए. थर्ड डिविज़न में पास करने के बाद फ़िरोज़ ने पढ़ने-लिखने का मोह त्याग दिया था।

हरीश होनहार विद्यार्थी होने के बाद भी ज़्यादा नहीं पढ़ पाए थे। उन्हें घर-परिवार को सम्हालना पड़ा था। नगरपालिका के दफ़्तर में उन्हें एक मामूली-सी नौकरी मिल

गई थी। इसके बाद उनके साथ वही हुआ, जो और तमाम लोगों के साथ होता आया है। नाते-रिश्तेदारों ने देख-परखकर हरीश की शादी करवा दी। उनके एक सुन्दर-सी बिटिया हुई। फ़िरोज़ ने ही उस बिटिया का नाम रखा था—माला।वही माला अब नज़रों के सामने बड़ी हो रही थी।

दूसरी ओर फ़िरोज़ की बेटी फ़ौज़िया भी बड़ी हो रही थी। माला की उम्र बारह थी और फ़ौज़िया की सात। फ़ौज़िया नाम हरीश ने ही रखा था। फ़िरोज़ और हरीश की दिन-रात की संगत थी, ऐसा नहीं था। चार घर बाद ही हरीश का घर था। अब पहले-जैसा घर आना-जाना नहीं रहा, लेकिन बाहर अक्सर मुलाक़ात हो जाती है। ज़रूरत की दो-चार बातें भी हो जाती हैं। दोनों को ही पता है कि वे अपने-अपने घर-संसार को लेकर व्यस्त रहते हैं। लेकिन जिस दिन फ़ौज़िया की माँ को अस्पताल ले जाना था, कैसे ले जाएँगे, कौन ले जाएगा, इसके पहले कि फ़िरोज़ इस बारे में सोचते, हरीश गाड़ी का इन्तज़ाम करके पहुँच गए। या कि जब हरीश की बेटी को स्कूल में दाख़िला दिलवाना था, फ़िरोज़ ही आगे बढ़ आए थे। किसे किस समय किस चीज़ की ज़रूरत है—वे दोनों ही इसका अनुमान लगा लेते थे।

बताते हैं कि सुजन माला को खींचते-खींचते एक पोखर तक ले गया था और वहाँ उसने उसे धक्का दे दिया था। सुजन मुज़फ़्फ़र का बेटा था। सुजन के साथ दूसरे मोहल्ले के दो लड़के और थे। यह सुजन फ़िरोज़ के सामने ही पैदा हुआ था। और यह छोकरा मोहल्ले की लड़कियों का अनिष्ट करने लगा है! फ़िरोज़ दुकान छोड़कर तेज़ क़दमों से मोहल्ले में लौट आए थे। मुज़फ़्फ़र के घर से सुजन को खींचकर उन्होंने उस पर थप्पड़ बरसाए, पेड़ से टहनी तोड़कर सुजन को आँगन में पटककर ऐसा पीटा कि घर के तमाम लोग आँगन में खड़े-खड़े किंकर्तव्यविमूढ़ की तरह देखते रहे! मुज़फ़्फ़र घर पर नहीं थे। अपना काम निपटाकर फ़िरोज दुकान लौट गए।

दुकान में बैठे-बैठे उन्होंने सोचा, सुजन के मुँह से ख़ून निकल आया था, उसे शायद इस तरह मारना नहीं चाहिए था। उन्होंने क्या सुजन को अपना बेटा समझ लिया था? दूसरे के बेटे पर हाथ उठाना बड़े अन्याय की बात है। आजकल तो स्कूल-कॉलेजों में भी कहा जा रहा है, अपने बच्चे पर भी हाथ उठाना ठीक नहीं। वे मुज़फ़्फ़र से कह सकते थे कि वे सुजन को क़ायदे में रखें। उन्होंने सोचा, जो लोग आँगन में खड़े-खड़े उस पिटाई को देख रहे थे, उनमें से तो कोई उन्हें रोकने नहीं आया था। नहीं आने का कारण शायद यह था कि वे सुजन के चरित्र को जानते थे। उन्हें पता था, यह बदमाश लड़का है। फ़िरोज़ ने सोचा अब जो होना था हो गया, मुज़फ़्फ़र तो मोहल्ले के ही व्यक्ति हैं, कोई अनजान व्यक्ति तो हैं नहीं। मोहल्ले के बच्चे अगर बिगड़ जाएँ तो उन्हें सुधारना मोहल्ले के बड़े लोगों का ही काम होता है।

अगले दिन पुलिस आ धमकी। पेट पर रस्सी बाँधकर फ़िरोज़ को थाने ले गई। थाने से पिटाई खाकर फ़िरोज़ अलस्सुबह घर लौट आए। सुबह बुख़ार से फ़िरोज़ का बदन जलने लगा। सीमा उनके सिरहाने बैठ फफककर रोती रहीं, और पैताने बैठकर फ़ौज़िया। आँगन में फ़िरोज़ के नाते-रिश्तेदार बेचैन क़दमों से टहलते रहे। यह मामला अगर यहीं निपट जाता तो स्वस्थ होकर सातवें दिन फ़िरोज़ फिर से दुकान खोल लेते। मामला यहीं ख़त्म नहीं हुआ। मुज़फ़्फ़र मोहल्ले के दस-बारह हट्टे-कट्टे लोगों के साथ फ़िरोज़ के घर आए और आँगन में दहाड़ते हुए सुना गए, 'तुमने मेरे बेटे को पीटकर उसकी हड्डी तोड़ दी है। अस्पताल में प्लास्टर लगवाना पड़ा है। अब तुम्हारी बेटी की इज़्ज़त कितने दिन सलामत रहती है, यह देख लेना।'

उस इलाक़े के लोगों को पता था, फ़िरोज़ ने सुजन को हरीश की बेटी माला की बेइज़्ज़ती करने की सज़ा दी है। मुज़फ़्फ़र को भी बेशक़ इसकी जानकारी होगी, बावजूद इसके मुज़फ़्फ़र सुजन को न डाँटकर उलटे फ़िरोज़ की बेटी को बेइज़्ज़त करने की धमकी दे गए!

रात में किसी ने फ़िरोज़ के घर में आग लगा दी। घर के सभी ने अन्दाज़ लगाया, यह काम मुज़फ़्फ़र का है। आग बुझाने मोहल्ले के तमाम लोग आ गए थे। फ़िरोज़ भीड़ में हरीश को ढूँढ़ते रहे। इस भारी विपदा में भी जब हरीश नहीं दिखाई दिये, तो फिर निश्चय ही हरीश भी संकट में हैं। घर के लोगों ने निर्णय लिया कि फ़िलहाल घर छोड़कर फ़िरोज़ को कहीं छिपकर रहना चाहिए। लेकिन कहाँ? वे छिपकर रहनेवाले व्यक्ति तो थे नहीं। वे तो अकड़कर खड़े होनेवाले इनसान थे।

श्यामनगर की बड़ी मसजिद में जुमे की नमाज़ पढ़कर लौटने के बाद चाचाओं के चेहरे स्याह पड़े रहे। नमाज़ के बाद इमाम ने फ़िरोज़ की जमकर लानत-मलामत की। क्या लानत-मलामत की, ज़रा सुनूँ तो! उन्होंने कहा, 'मुसलमान होकर हिन्दू से वह गले मिलता है। उसने एक हिन्दू के लिए एक मासूम मुसलमान बच्चे को पीटकर उसकी हड्डियों का चूरा बना दिया! मुसलमान होकर आप लोग इस अन्याय को सहन करेंगे?' समवेत स्वर में सभी बोल उठे, 'नहीं।' वे फिर बोले, 'यह मुल्क़ नब्बे फ़ीसदी मुसलमानों का देश है। इस मुल्क़ का राष्ट्रधर्म इस्लाम है। इस मुल्क़ में हिन्दुओं के अधिकार ज़्यादा हैं कि मुसलमानों के?' समवेत स्वरों में सभी बोल उठे, 'मुसलमानों के।' जो मुसलमान दूसरे मुसलमान पर हाथ उठाता है, ख़ास तौर पर उसके लिए, जो मूर्ति की पूजा करता है, जो मुसलमान नहीं है, जो अल्लाह के रसूल पर यक़ीन नहीं करता—तो फिर उसे क्या सज़ा मिलनी चाहिए? फिर से समवेत स्वर में लोगों ने कहा, 'फाँसी, फाँसी।' इमाम फ़िरोज़ के लिए फाँसी की माँग कर रहे थे! हालाँकि इस आदमी को मसजिद में इमाम की नौकरी दिलवाने में फ़िरोज़ ने ही सबसे ज़्यादा मदद की थी। नगरपालिका के दफ़्तर जाकर वे ख़ुद आवेदन कर आए थे।

अगले रोज़ फ़िरोज़ दिन भर मोहल्ले के परिचित लोगों को मुज़फ़्फ़र के ख़िलाफ़ संगठित करने के लिए घूमते रहे। दो लोग मुज़फ़्फ़र की निंदा करते तो पाँच लोगों को इसमें मुज़फ़्फ़र की कोई ग़लती नज़र नहीं आती। कुछ लोगों ने कहा, फ़िरोज़ का उस बच्चे को इस तरह पीटना ठीक नहीं हुआ। कोई बोला, सारी गड़बड़ी की जड़ हरीश है।

फ़िरोज़ को बिलकुल भी समझ में नहीं आया कि सारी गड़बड़ियों की जड़ हरीश कैसे है! शाम को घर लौटकर फ़िरोज़ को पता चला, उनकी बीवी और बेटी को बड़े चाचा ने कालीगंज, उसके पीहर भेज दिया है। फ़िरोज़ थोड़ी देर बड़बड़ाते रहे कि उन्हें क्योंकर कुछ भी नहीं बताया गया। और इसमें इतना डरने की क्या बात है! मोहल्ले के बुरे लोग बुरे काम करेंगे, और इस वजह से अच्छे लोगों को डरना पड़ेगा? होना तो यह चाहिए कि अच्छे लोग इकट्ठे होकर बुरे लोगों को सबक़ सिखाएँ, ऐसा करना ही उचित है। लेकिन जो उचित है, वह क्या सब समय होता है? फ़िरोज़ उस रात बड़े काका के कमरे में सोए। उनका अपना घर तो जलकर राख हो चुका था। कपड़े-लत्ते, बिस्तर, असबाब—सब जलकर ख़ाक हो चुके थे।

आँगन को घेरता वह संयुक्त परिवार वाले लोगों का घर था। उसमें बड़े चाचा का एक, मँझले चाचा का एक, और फ़िरोज़ के स्कूल मास्टर पिता का एक कमरा था। माँ और पिता के मरने के बाद से वह कमरा फ़िरोज़ का कमरा हो गया था। उस कमरे की लम्बाई-चौड़ाई के हिसाब से बीच में दीवार उठाकर फ़िरोज़ ने और भी कमरे बनवा लिये थे। उस घर में फ़ुआद और फ़िरदौस का हिस्सा था, लेकिन उन्हें बता दिया गया था कि अब उनका श्यामनगर में रहना मुमकिन नहीं। लिहाज़ा फ़िरोज़ ख़ुद ही अपनी सुविधा से अपने मकान का कोई निपटारा कर लें। और चाचा लोग जब तक जीवित हैं, ज़मीन के बँटवारे की ज़रूरत वे महसूस नहीं करते।

फ़िरोज़ जब नये मकान बनाने पर विचार करने लगे तो बड़े चाचा ने उपदेश दिया कि वह थोड़े दिन कालीगंज, अपने ससुराल में रह जाए। यहाँ जब माहौल थोड़ा शान्त हो जाए तब वह लौट आए। घर जैसा है, वैसा ही रहे। बड़े चाचा ने तय किया वे मुज़फ़्फ़र के ख़िलाफ़ मुक़दमा करेंगे।

फ़िरोज़ ने मुक़दमे का इन्तज़ार नहीं किया। वे मुज़फ़्फ़र को पीटने के लिए मोहल्ले के लोगों को बुलाने निकले। लेकिन ज़्यादा लोग इकट्ठा नहीं हुए। मोहल्ले के कुछ लोगों से पता चला कि मुज़फ़्फ़र ने फ़िरोज़ की हड्डी-पसली एक करने के लिए बहुत सारे लोग इकट्ठे कर लिये हैं। ऐसे समय में हरीश का कोई अता-पता नहीं था। किसके पास जाकर फ़िरोज़ को दो पल का सुकून मिले? शाम को ख़बर मिली, मुज़फ़्फ़र के लोगों ने उसकी दुकान पर तोड़फोड़ की है और उसका सारा माल बाहर फेंक दिया है। लोगों के झुंड आकर वह सब सामान लूट ले गए हैं। फ़िरोज़ ख़ुद ही लाठी लेकर बाज़ार की ओर चल दिये। ख़बर लगते ही चाचाओं

और उनके बेटों ने उन्हें रोका। 'क्या! दुकान गई न! दुकान फिर से बन जाएगी। जान बचाना हमारा फ़र्ज़ होना चाहिए।'

खुलना से फ़ुआद और फ़िरदौस का फ़ोन आया। उनका कहना था, श्यामनगर फ़िरोज़ के लिए सुरक्षित नहीं है। वे आज ही बड़े भाइयों के पास खुलना चले जाएँ, या फिर फ़िलहाल अपने ससुराल कालीगंज में शरण ले लें। हालाँकि ससुराल भी निरापद नहीं है। मुज़फ़्फ़र के गुंडे कालीगंज में भी हमला कर सकते हैं। उन्हें ससुराल का ठिकाना पता लगाने में कोई मुश्किल नहीं पेश आएगी। असल में इनका दिमाग़ इस समय गरम है। जब दिमाग़ गरम हो तो लोग बहुत तरह के ग़लत काम कर सकते हैं। इसलिए, फ़िरोज़ अपनी जान बचाओ, बाक़ी क्या करना है, वह सब बाद में देखा जाएगा। मुज़फ़्फ़र मोहल्ले में बीस साल से रह रहे हैं। धन-दौलत भी काफ़ी है उनके पास। उन्होंने ख़ुद एक दुमंज़िला पक्का मकान भी बनवा लिया है। सुना है, बिज़नेस में उन्हें बहुत नफ़ा होता है। नफ़ा हो तो इतना ज़रूर होता है कि बुलाने पर लोग आ जाते हैं। मजबूरी में फ़िरोज़ को अपनी जान बचानी पड़ी। अपनी बुनियाद को छोड़कर उन्हें उस समय कालीगंज जाना ही पड़ा।

वे जिस रात कालीगंज पहुँचे, उसी रात ससुर ने कह दिया, भोर होने से पहले वे कहीं और चले जाएँ। उन्होंने ही देर रात एक परिचित ट्रक ड्राइवर को बुला भेजा। सीमा और फ़ौज़िया को लेकर देर रात ही फ़िरोज़ को ट्रक पर सवार होना पड़ा। सातक्षीरा में ससुर के साले रहा करते थे। उन साले के यहाँ पहुँचकर फ़िरोज़ एक भी रात नहीं सो सके। खुलना जाने के लिए उन्हें ट्रेन पकड़नी थी। फ़ुआद ने कहा कि खुलना जाना ठीक नहीं रहेगा, फ़िरोज़ को इंडिया निकल जाना चाहिए। इंडिया? हाँ, इंडिया। आख़िरकार रात के अँधेरे में सरहद के प्रहरी के हाथ में रुपये थमाकर वे इंडिया पहुँच गए।

यह सारा इन्तज़ाम ममिया-ससुर सबूर ने किया था। लेकिन सबूर में सबूरी नहीं थी। फ़िरोज़ ने जिस दिन से सबूर के यहाँ क़दम रखा, उसी दिन से सबूर दोहराने लगे, हर रोज़ लोग बॉर्डर पार करते हैं, बॉर्डर पार होना दाल-भात-जैसी मामूली बात है। इस मुल्क़ में कोई उम्मीद नहीं है। नौकरी या बिज़नेस करके खाना हो तो इंडिया ही बेहतर। अपने मुल्क़ में अभी भी गुंडों का राज है। ख़ून, बलात्कार, मार-पीट और ख़ून-ख़राबे का कोई अंत नहीं है। सबूर ने श्यामनगर की पूरी घटना के बारे में सुना था। उन्हें भी लगता है, फ़िरोज़ को श्यामनगर का बदला लेना चाहिए। कोई और पीछे पड़ता तो उसमें डरने-जैसा कुछ नहीं था, लेकिन पीछे मुज़फ़्फ़र पड़ा है। मुज़फ़्फ़र का भाई श्यामनगर अवामी लीग का नेता है। फ़िरोज़ का कोई ऐसा रिश्तेदार नहीं है जो प्रभावशाली हो। उनके चाचा खेती-किसानी करते हैं। बड़े भाई शहर में किरानी हैं। फ़िरोज़ का किराने के सामान का धन्धा है। तीन पीढ़ियों में किसी ने पार्टीबाज़ी नहीं की। तीन पीढ़ियों में कोई अमीर नहीं हुआ।

स्कूल मास्टर के घर में सच्चाई की चर्चा हुआ करती थी। उस ज़माने में स्कूल के मास्टर ज्ञान को बाँटने की चीज़ समझा करते थे। उन्होंने विद्या को लेकर कभी धन्धा नहीं किया।

सबूर के यहाँ छिपकर रहने के दौरान ही ख़बर मिली कि मुज़फ़्फ़र ने अपने लोगों के साथ मिलकर हरीश का मकान जला दिया है। हरीश इससे पहले ही श्यामनगर छोड़कर कहीं और जा चुके थे। वे कहाँ गए किसी को नहीं पता। सबूर ने कहा, और कहाँ जाएँगे, इंडिया गए हैं! फ़िरोज़ की जान-में-जान आई। हरीश अगर इंडिया चले गए हैं, तो फिर उन्होंने समझदारी का काम किया है। बहुत मामूली-सी घटना के लिए अगर घर जलाया जा सकता है, तो फिर कहा नहीं जा सकता कि सिर उठाकर जीने की कोशिश में जीवन ही बचेगा या नहीं! ऐसा कोई कुकर्म नहीं जो पार्टी के लोग नहीं कर सकते। वे जितना चाहे तोड़ें, जलाएँ, इसकी तो कोई सुनवाई होने नहीं वाली।

फ़िरोज़ को बहुत विवशता महसूस हुई। विवशता महसूस हो तो लोग आदेश और उपदेशों को सिर झुकाकर स्वीकार कर लेते हैं। फ़िरोज़ को सीमा पार करवाने का इन्तज़ाम सबूर ने ही करवा दिया था। सबूर इस मामले में काफ़ी दक्ष हैं। लेकिन उन्होंने बिना पैसे के कुछ भी नहीं किया था। उन्हें तीस हज़ार रुपये नगद देने होंगे। फ़िरोज़ ने तीन हज़ार दिये लेकिन बाक़ी रुपयों के लिए उन्होंने चाचा लोगों से कह दिया, सबूर को इस महीने नहीं तो अगले महीने वे ज़रूर रुपये भिजवा दें। सबूर ने ही समझा दिया कि उन्हें उस पार जाकर क्या करना है।

[2]

फ़िरोज़ ने 1999 में अपना मुल्क़ छोड़ा था, आज 2019 है। बीच में हैं बीस साल। इन बीस सालों में कितना कुछ घट गया था! दोनों ही चाचाओं की मृत्यु हो चुकी थी। चाचाओं के बेटों ने अपने पुश्तैनी मकान बेच दिये थे और वे ढाका चले गए थे। उसे ही उन्होंने अपना स्थायी निवास बना लिया था, शादी कर ली थी और वे बच्चों के बाप बन चुके थे। चचेरी बहन एक ही थीं, वे श्यामनगर में ही अपनी ससुराल में रहती थीं। माँ की तरफ़ वाले रिश्तेदार कौन कहाँ हैं, फ़िरोज़ को नहीं पता। फ़ुआद ने ममेरे भाई-बहनों के बारे में एक बार जानकारी दी थी। उनमें से किसी के साथ उसकी एक बार खुलना में मुलाक़ात हुई थी, उनमें से कोई एक दुबई में रहता है, दूसरा जेद्दाह में। उन सब देशों में तो मज़दूरी भी कर सकें तो अच्छा पैसा मिलता है। पहले-पहल सम्पर्क रखने में असुविधा हुई थी लेकिन जब मोबाइल फ़ोन आ गए तो अपने देश के साथ सम्पर्क रखने में फ़िरोज़ को फिर कोई परेशानी नहीं हुई थी।

चाचा लोगों ने सुबूर के पैसे चुका दिये थे, लेकिन पैसे चुकाने में एक महीना नहीं, छह महीने लगे थे। ममिया-ससुर थे इसलिए उन्होंने किस्तों में पैसे ले लिये थे। उन्होंने कहा था कि और कोई होता तो मय सूद के वसूल लेते। हालाँकि सुबूर को चिट्ठी लिखकर फ़िरोज़ ने माफ़ी माँग ली थी। आजकल सुबूर की तबीयत भी अच्छी नहीं रहती। उन्हें हार्ट की तकलीफ़ हो गई थी। उधर ससुर भी चल बसे थे। फ़ुआद और फ़िरदौस भी बड़े हो चुके थे। उनकी शादी हो चुकी थी। पोते-पोतियों से घर भर उठा था। फ़िरोज़ इन सबको बड़े होते नहीं देख सके। परिवार के किसी भी अनुष्ठान में वे मौजूद नहीं रह सके।

हरीश श्यामनगर छोड़कर इंडिया नहीं, ढाका चले गए थे। ढाका में वे अपने एक रिश्तेदार की गार्मेंट्स फैक्टरी में सुपरवाइज़र का काम करते रहे। रिश्तेदार की मृत्यु के बाद हरीश उस कम्पनी में मैनेजर बन गए थे। हरीश ने ढाका शहर में अपना घर ख़रीद लिया था, गाड़ी ख़रीद ली थी। गाड़ी में वे पिछली सीट पर बैठते हैं। ड्राइवर उन्हें ऑफ़िस ले जाता है, फिर ऑफ़िस से घर ले आता है। माला इन दिनों मिटफ़ोर्ड अस्पताल में एक व्यस्त डॉक्टर है। उस अस्पताल के एक डॉक्टर के साथ ही माला की शादी हुई है। हरीश और उसके परिवार की सुख-समृद्धि के बारे में जानकर फ़िरोज़ काफ़ी ख़ुश हुए। जानकर निश्चिन्तता हुई कि वे लोग सुरक्षित हैं।

धीरे-धीरे फ़िरोज़ की डगमगाती स्थिति भी सुधर गई थी। वे सातक्षीरा से नदिया चले आए थे। सबूर के लोगों ने ही राशन कार्ड और वोटर आई.डी. की व्यवस्था कर दी थी। लेकिन नदिया में कोई काम नहीं मिल सका। नदिया से वे उत्तर चौबीस परगना के श्यामनगर आ गए थे। तब से वे श्यामनगर में ही रह गए। श्यामनगर नाम के आकर्षण के कारण ही फ़िरोज़ श्यामनगर में रह गए थे। पहले कुछ साल वे जूट मिल में मज़दूरी करते रहे। फिर ख़ुद ही ठेले पर साग-सब्जी, फल-मूल बेचते रहे। सीमा भी घर-घर जाकर नवजात बच्चों को नहलाने और तेल मालिश करने का काम करती रहीं। दोनों की कमाई से सिर छुपाने की जगह मिली, दो जून खाना मिल सका। दुकान चलाना अच्छी तरह से जानते थे सो उन्होंने दुकान खोल ली थी, बहुत छोटी दुकान से बड़ी दुकान। यह दुकान उनके अपने देश के श्यामनगर वाली दुकान के मुक़ाबले बड़ी थी। इसमें फ़ायदा भी बहुत ज़्यादा था। वे तो संघर्ष करके ही इस जगह तक पहुँचे थे। पाँच साल हुए, एक अच्छे मोहल्ले में उन्होंने एक अच्छा मकान किराये पर ले लिया था। फ़िरोज़ को लगता है कि उन्होंने जो सबसे बड़ा काम किया, वह यह कि फ़ौज़िया को पढ़ाया-लिखाया। फ़ौज़िया तो आख़िरकार स्कूल मास्टर की पोती ही थी। फ़िरोज़ ने भले ही क़लम का पेशा न अपनाकर दुकानदारी का काम किया, लेकिन क्या इस वजह से वे पढ़ाई-लिखाई की ज़रूरत को कुछ कम समझते हैं?

श्यामनगर के मंडलपाड़ा के स्कूल से माध्यमिक पास करके फ़ौज़िया ने

कॉलेज में दाख़िला लिया था। उच्च माध्यमिक पास हुई थी। बैरकपुर के सुरेंद्रनाथ कॉलेज से एम.कॉम. भी पास कर लिया था। पास करने के बाद यूनाइटेड बैंक ऑफ़ इंडिया में उसे नौकरी भी मिल गई थी। गौतम नामक एक सहकर्मी के साथ उसके घनिष्ठ सम्बन्ध हैं। गौतम उनके घर भी आता है। फ़िरोज़ और सीमा को वह चाचा-चाची कहता है। फ़ौज़िया उस लड़के से शादी करना चाहती है। इसमें फ़िरोज़ को कोई आपत्ति नहीं और न ही सीमा को। आपत्ति गौतम के घरवाले कर रहे हैं।

अपने घर-संसार की सूरत जितनी फ़िरोज़ ने नहीं बदली, उससे कहीं ज़्यादा फ़ौज़िया ने बदल दी है। लोग पूछते हैं, घर में पुत्र संतान क्यों नहीं है? सीमा को एक बेटे की चाहत थी। लेकिन पेट में आने के बावजूद वह उसे जन्म नहीं दे सकी। बच्चा कोख में ही मर गया था। आख़िरकार ऑपरेशन करके समूचा गर्भाशय ही निकाल देना पड़ा। तब मजबूरी में उन्हें बेटे की चाहत छोड़नी पड़ी। फ़िरोज़ फ़ौज़िया को लेकर ख़ुश थे। वे मानते हैं कि बेटा जन्म लेता तो ऐसा क्या हो जाता, जो अभी नहीं हो रहा है? वह बेटा दुष्ट नहीं होता, बेअदब नहीं होता, अनपढ़, नशाख़ोर नहीं होता—इसकी कोई निश्चितता तो है नहीं।

फ़िरोज़ की दुकान कालीमन्दिर के बहुत पास थी। सातक्षीरा के श्यामनगर में भी यशोरेश्वरी कालीमन्दिर था। वह मन्दिर भी तीर्थस्थान था। वह आदि शक्तिपीठ था। इन दोनों श्यामनगरों में क्या अनूठी समानता थी! इस कालीमन्दिर में पौष के महीने भर पूजा-पाठ का उत्सव चलता रहता था। वहाँ पूजा के लिए दूर-दूर से लोग आया करते थे। पूरे महीने फ़िरोज़ की दुकान में बिक्री भी ख़ूब बढ़ जाती थी। इस पौष के महीने में ही फ़ौज़िया को ऑफ़िस से दस दिन की छुट्टी मिली थी तो उसने ज़िद पकड़ ली कि इन दस दिनों में वह माँ-बाप को लेकर पहाड़ पर जाएगी।

पहाड़ के मुक़ाबले फ़िरोज़ को पूजा के उत्सवों में ज़्यादा आकर्षण था। फ़िरोज़ ने ग़ौर किया कि फ़ौज़िया कभी भी अपने देश जाने की ज़िद नहीं करती। जब उसने अपना देश छोड़ा था, तब उसकी उम्र सात साल थी। उसकी ऐसी कोई यादें नहीं थीं कि वह अपने देश लौटना चाहे। सीमा भी देश-देश नहीं करती। फ़िरोज़ ख़ुद समझते हैं कि पहले-पहल हाहाकार का झोंका आकर सीने को सुखा डालता था। अब वे सारी तकलीफ़ें धीरे-धीरे ख़त्म हो गई हैं। सातक्षीरा के श्यामनगर में उनका एक अतीत हुआ करता था, उसकी याद आती है, ख़ास तौर पर तब, जब सीमा देश के व्यंजन वग़ैरह बनाती है। देश के रिश्तेदारों ने इन बीस वर्षों में एक दिन भी नहीं कहा कि हालात ठीक हो गए हैं, अब तुम चले आओ। अब घर-द्वार सब इस श्यामनगर में ही हैं।

अपने देश वाले श्यामनगर में अब कुछ भी नहीं है। ज़मीनें किन लोगों ने ख़रीद लीं, फ़िरोज़ को पता नहीं। फ़ुआद और फ़िरदौस के साथ भी लगभग पाँच

वर्ष हुए, कोई सम्पर्क नहीं है। आम तौर पर फ़िरोज़ ही फ़ोन करते थे, उनकी ओर से फ़ोन नहीं आता था। एकतरफ़ा मामला धीरे-धीरे फीका होता चला गया। सीमा के पीहर में भी वही एक ही दशा थी। माँ और पिता के जाने के बाद रिश्तेदारों के साथ दूरी भयावह रूप से बढ़ गई थी। पश्चिम बंगाल में फ़िरोज़ और सीमा के कोई रिश्तेदार नहीं हैं। लेकिन परिचित लोग हैं, दोस्त हैं। यहाँ पर फ़िरोज़ लोग अल्पसंख्यक हैं, यह शायद उन्हें भी महसूस होता है। लेकिन हरीश को जितना महसूस करना पड़ता है, उसकी तुलना में यह कुछ भी नहीं।

लेकिन पिछले दो-तीन सालों से फ़िरोज़ को महसूस हो रहा था कि मोहल्ले में एक असहिष्णुता की चिंगारी इधर-उधर छिटक रही है। फ़िरोज़ जिस मोहल्ले में रहते हैं, वहाँ मुसलमानों के दस-बारह घर हैं, बाक़ी सब हिन्दुओं के हैं। इनमें से ज़्यादातर हिन्दू बांग्लादेश से आए हुए हैं। कई परिवार तो सातक्षीरा से ही आए हैं। उनमें से किसी-किसी के साथ फ़िरोज़ के परिवार की मित्रता भी हुई है। इस श्यामनगर में बैठकर फ़िरोज़ उनके साथ उस श्यामनगर की भाषा में बातें करते हैं। फ़िरोज़ जब तक अपना नाम नहीं बताते, अपरिचित किसी को भी नहीं लगता कि वे मुसलमान हैं। फ़िरोज़ ने ग़ौर किया कि घर में लुंगी पहनते ही लोग उन्हें मुसलमान मान बैठते हैं, लेकिन लुंगी तो इस मोहल्ले में बांग्लादेश से आए हिन्दू भी पहनते हैं। कोलकाता में लुंगी पहनने वाले हिन्दुओं की संख्या कम है, लेकिन श्यामनगर तो कोलकाता नहीं है। फ़िरोज़ तमाम कामों के सिलसिले में कोलकाता जा चुके हैं। वे जानते हैं कि कोलकाता भी श्यामनगर नहीं है।

इसी बीच एक दिन मोहल्ले के गयासुद्दीन, राशिद और शकील ने फ़िरोज़ के घर आकर बताया कि बांग्लादेश से जो मुसलमान इस देश में आए हैं, उन्हें यहाँ से भगाया जा रहा है। नागरिकता का एक नया क़ानून इस देश में आया है, वह क़ानून जिसे-तिसे डँस रहा है। सरकार सबके दस्तावेज़ देखना चाहती है।

फ़िरोज़ ने शान्त गले से कहा, कोई भी क़ानून हमें नहीं डँसेगा, हम इसी देश के नागरिक हैं।

गयासुद्दीन ने कहा, नागरिक कब से हैं, वे यह देखना चाहते हैं।

फ़िरोज़ को समझ में नहीं आया कि वे लोग इस तालिका में क्यों होंगे भला! उन्हें तो बहुत पहले वोटर कार्ड मिल चुका है। आधार कार्ड बने भी बहुत दिन हो चुके हैं।

फ़िरोज़ के कान में गर्म सीसा तो तब पड़ा जब राशिद ने कहा, जो लोग इकहत्तर के बाद आए हैं, उन्हें भगा दिया जाएगा।

'युद्ध से पहले मैं कैसे आता? तब तो मैं पैदा ही नहीं हुआ था!' फ़िरोज़ का यह मन्तव्य सुनकर उन्हें समझ में नहीं आया कि वे क्या कहें। लिहाज़ा चुपचाप एक-दूसरे की ओर देखते रहे।

फ़िरोज़ को यक़ीन ही नहीं हुआ कि इस श्यामनगर में रहने का उन्हें कोई अधिकार नहीं है। उन्होंने हिन्दू और मुसलमानों को कभी भी अलग करके नहीं देखा था। रास्ते में कोई घायल मिलता तो वे तुरन्त उसे अस्पताल ले जाते। ख़ून की ज़रूरत होती है तो ख़ून देते। हिन्दू क्या है, मुसलमान क्या है, बौद्ध क्या है और ईसाई क्या है—वे यह सब जानना ही नहीं चाहते थे।

कालीपूजा के समय श्यामनगर में लोगों की ख़ासी भीड़ जमा होती है। फ़िरोज़ मन्दिर के सामने एक टेबल लगाकर उस पर फल, ब्रेड, बिस्कुट, पानी की बोतल और काग़ज़ के गिलास रखते हैं। जिन्हें भूख लगती, प्यास लगती, वे उन्हें निःशुल्क खिलाते-पिलाते हैं। फ़िरोज़ यह काम हर साल करते हैं। जेब में पाँच सौ रुपये रहें तो भी करते हैं, पाँच हज़ार रहें तो भी करते हैं। कालीपूजा फ़िरोज़ के लिए लक्ष्मी होती है। उस समय अच्छी कमाई हो जाती है। जिनकी वजह से यह कमाई होती, उन पर थोड़ा ख़र्च करने में उन्हें ज़रा भी दुविधा नहीं होती।

गयासुद्दीन लोग बेचैन हो गए। सुना है कि मुसलमानों को किसी एक कैम्प में रखेंगे—या तो बांग्लादेश लौट जाओ, या फिर कैम्प में रहो और कैम्प में निश्चित रूप से अत्याचार किया जाएगा। तो क्या किया जाए, इस बारे में सलाह लेने के लिए गयासुद्दीन लोग फ़िरोज़ के घर चले आए। फ़िरोज़ ने कह दिया, 'मैं भला क्या सलाह दूँगा! मैं तो ज़िन्दगी भर दूसरों की सलाहों के मुताबिक़ चला हूँ। लोगों ने कहा, भारत चला जा, तो मैं भारत चला आया। देश दो हैं, लेकिन मुझे कुछ भी अलग महसूस नहीं हुआ। एक श्यामनगर से दूसरे श्यामनगर आने में जितना रास्ता है, उससे कहीं लम्बा रास्ता होता अगर मैं श्यामनगर से राजधानी ढाका चला जाता।'

सीमा के चेहरे पर दुश्चिन्ता थी। उन्होंने पूछा, 'वे लोग क्या कह रहे थे? मुझे तो डर लग रहा है। यह सब नागरिकता क़ानून अगर लागू हो जाएँ फिर तो हमारे लिए बड़ी मुश्किल हो जाएगी। सुना है कि जन्म का प्रमाण-पत्र देना पड़ेगा। हम इस देश में पैदा हुए हैं, उसका सबूत दिखाना होगा। तो क्या यह ख़बर सही है कि हमें इस देश से भगा दिया जाएगा? तो फिर हम कहाँ जाएँगे? जाने की तो कोई जगह है नहीं। देश में तो तुम्हारा-मेरा कुछ भी नहीं है। सब चला गया है। घर-द्वार, नाते-रिश्तेदार, सब।'

फ़िरोज़ हँसी की हवा में दुश्चिन्ताओं को उड़ाते हुए बोले, ''भगा देंगे' कहने से क्या होता है! हम इस देश के नागरिक हैं। पासपोर्ट भले ही न हो, हमारे पास वोटर आई.डी. है, राशन कार्ड है, और क्या चाहिए? यही तो सबूत है कि हम यहाँ के नागरिक हैं। हमने ज़िन्दगी के बीस साल यहाँ गुज़ारे हैं, यह क्या कोई कम बात है? बीस दिन, बीस महीने नहीं, बीस साल।'

सीमा बोली, 'यह सब कोई नहीं समझेगा। आस-पड़ोस के सभी जानते हैं कि हम लोग बांग्लादेश के हैं। बे जानते हैं कि हम मुसलमान हैं। बांग्लादेश के आए

मुसलमानों के बारे में इन्हीं लोगों ने पुलिस को जानकारी दी है। यही लोग धमकी दे रहे हैं, अगर हम इस देश को छोड़कर नहीं जाएँगे तो फिर ज़िन्दगी भर हमें कैम्प में ही पड़े रहना होगा। वहाँ क्या होगा, नहीं होगा, क्या पता! जीवन में जब समृद्धि आई, तभी आपदाएँ घिरने लगीं! ठीक, जैसा उस देश के श्यामनगर में घटा था।'

फ़िरोज़ सीमा को जितना देखते, उतने ही मुग्ध होते। सातक्षीरा के श्यामनगर में सीमा एक गृहिणी थीं, यहाँ इस उत्तर चौबीस परगना के श्यामनगर में सीमा अब एक कामकाजी महिला हैं। पहले वे बच्चों की तेल से मालिश करती थीं, यहाँ वे ख़ुद अपने हाथों से साड़ियों पर तरह-तरह की एम्ब्रॉयडरी का काम करके बेचती हैं। कालीबाड़ी बाज़ार में साड़ियों की दो दुकानों में सप्लाई करती हैं, और बहुत से परिचित हैं जो घर आकर ख़रीदते हैं। बातचीत, चाल-ढाल, आचार-व्यवहार में सीमा अब आधुनिक हो गई हैं। फ़िरोज़ को कोलकाता जाना पड़े तो सीमा ही दुकान संम्हालती हैं। चूँकि साथ में दो सहयोगी रहते हैं, वे दुकान बढ़िया सम्हाल लेती हैं।

फ़िरोज़ को भी कभी ऐसा नहीं लगता कि भारत सरकार उन लोगों का बहिष्कार करेगी। उन्होंने तो कोई ख़ून-ख़राबा नहीं किया। किसी के साथ मारपीट भी नहीं की। उन्हें यक़ीन है कि कुछ दिनों बाद यह हल्ला-गुल्ला थम जाएगा। लेकिन नहीं, दिन-ब-दिन यह बढ़ता हुआ ही लग रहा है। कहीं-कहीं पर जुलूस निकाले जा रहे हैं। सी.पी.एम. के कुछ समर्थक हिन्दू, कुछ बांग्लादेशी मुसलमान, कुछ इस देश के मुस्लिम और कुछ विद्यार्थी नागरिकता बिल के ख़िलाफ़ जुलूस निकाल रहे हैं। कुछ लोगों ने फ़िरोज़ को भी बुलाया था। फ़िरोज़ नहीं गए। किसी तरह के दंगे-फ़साद में, सरकार के ख़िलाफ़ किसी तरह से उँगली उठाने में फ़िरोज़ शामिल नहीं होना चाहते। उनके लिए यही उनका देश है। पुराना जो देश था, वह तो अब नहीं है, वह तो पिछले जन्म की यादों-जैसा है। यह देश उसे पाल-पोस रहा है, इसने फ़ौज़िया को शिक्षित और बुद्धिमती बनाया है। इस देश ने सीमा में आत्मविश्वास भरा है। इस देश ने उन्हें सुरक्षा दी है। उन्हें और कुछ नहीं चाहिए। वे जुलूस और मीटिंग वग़ैरह से दूर ही रहते हैं। लेकिन राजशाही के वे लोग, गयासुद्दीन, राशिद और शकील, उनके पीछे पड़े रहे। रह-रहकर बोलते रहे, 'अगर आपसे यहाँ से जाने के लिए कह दें तो आप क्या करेंगे, ज़रा हम भी तो सुनें!'

फ़िरोज़ ने एक दिन कहा, हमें जाने के लिए नहीं कहा जाएगा। लोकतंत्र में यह सब नहीं चलता। भारत क्या हमारे देश-जैसा है जो लोगों की ज़िन्दगियों को लेकर खिलवाड़ करेगा? वह क्या इतनी-सी बात नहीं समझेगा कि भगा देने पर ये लोग जाएँगे कहाँ? उस देश में समस्या हुई है, तभी तो इस देश में आए हैं, वरना कोई अपनी बुनियाद छोड़ता है भला? नाते-रिश्तेदारों को छोड़कर जाता है?

गयासुद्दीन ने कहा, 'हिन्दू होते तो कोई असुविधा नहीं थी।'

गयासुद्दीन के कन्धे पर हाथ रखकर फ़िरोज़ ने कहा, 'अच्छा, इतना डरो

मत। इसमें डरने-जैसा कुछ भी नहीं है। पॉलिटिक्स करने पर तो लोग कितना कुछ कहते हैं। सारी बातों पर कान नहीं देना चाहिए।'

अब राशिद ने मुँह खोला, 'सबसे डरावनी चीज़ है—कैम्प। कैम्प के बारे में सोचकर रात को मैं सो नहीं पा रहा हूँ। यह क्या हिटलर के जैसा कैम्प है? कैम्प में रखने का मतलब है—जेल में रखना। श्यामनगर के कुछ मुसलमानों को तो वे पकड़कर ले जा चुके हैं। आप तो बीस साल से यहाँ रह रहे हैं। वे लोग तीस सालों से रह रहे थे। उन्होंने अपने मकान भी बना लिये थे।'

मकान बनवाने के लिए फ़िरोज़ ने पन्द्रह लाख रुपये जमा किये हैं। जैसा वे चाहते हैं, श्यामनगर में एक वैसे ही मकान की उन्हें जानकारी मिली है। वे श्यामनगर को छोड़कर कहीं और नहीं जाएँगे। यहीं उन्हें सोने, जागने और चलने-फिरने में सुकून महसूस होता है। फ़िरोज़ जिस मकान को ख़रीदेंगे, वह भले ही इस मोहल्ले में नहीं है, लेकिन पास में ही है। हालाँकि सीमा ने कहा है, 'उन सब इलाक़ों में मकान देखकर कोई फ़ायदा नहीं। वह हिन्दुओं का इलाक़ा है। वहाँ हमें कोई मकान नहीं बेचेगा।

फ़िरोज़ ने कहा, 'मानता हूँ कि मुसलमान होने की वजह से किराये का मकान मिलने में असुविधा होती है। लेकिन अगर ख़रीदना हो तो किसी भी इलाक़े में मकान ख़रीदा जा सकता है। रुपये हों तो फिर मुसलमान होने की वजह से किसी को आपत्ति नहीं होगी।'

सीमा बोलीं, 'तुम्हारा यह हिन्दू-प्रेम अभी तक नहीं गया? हमारे देश के हिन्दू असहाय हैं, लेकिन यहाँ के ज़्यादातर हिन्दू हिंसक हैं। तुम्हें देखते ही कुछ लड़के 'जय श्रीराम' का नारा लगाते हैं, तुमने कभी ध्यान नहीं दिया? ध्यान ज़रूर देते हो, लेकिन माइंड नहीं करते।'

'माइंड क्यों करूँगा भला? उन्हें जिस भगवान को पुकारने की इच्छा होगी, पुकारेंगे।'

'यह भगवान को पुकारना नहीं है। यह तुम्हें डराने के लिए है।'

'यानी मुझे नहीं डराया तो क्या किया! इस देश में तो हिन्दू ही ज़्यादा हैं। लेकिन सभी तो डर नहीं दिखा रहे हैं। गिने-चुने कुछ लोगों की हरकतों से हमें हताश होने की ज़रूरत नहीं है।'

'तुम्हें कुछ भी समझाया नहीं जा सकता।'

फ़िरोज़ ने अब सीमा की आँखों में आँखें डालते हुए धीरे-धीरे कहा, 'तुम यहाँ जो कुछ करती हो, उस देश में रहतीं तो क्या कर पातीं? फ़ौज़िया जो आज़ादी से घूमती-फिरती है, वहाँ ऐसा कर पाती? मैं भी क्या इतने पैसे कमाकर ऐसी ज़िन्दगी जी पाता? किराने की एक दुकान थी, लोग फ़िरोज़ की दुकान कहा करते थे। अब यहाँ मेरी दुकान का एक नाम है—नेशनल जनरल स्टोर। दो सहयोगियों की मदद से

इसे चलाता हूँ, इतना बड़ा है यह। दोनों देश तो एक ही ज़मीन पर हैं लेकिन दोनों में फ़र्क़ है। हम अल्पसंख्यक होकर इस देश में जो सुविधाएँ पा रहे हैं, बांग्लादेश में अल्पसंख्यक हिन्दुओं को वैसी सुविधाएँ नहीं मिल रही हैं।'

सीमा बोलीं, 'बांग्लादेश में बहुत-से हिन्दू बड़ी नौकरियों में हैं। बहुत-से हिन्दुओं का बड़ा बिज़नेस है।'

फ़िरोज़ ने हँसकर कहा, 'इस देश में भी मुसलमानों का बड़े लोगों में शुमार है। शाहरुख़ ख़ान का घर तो तुमने देखा है न?'

सीमा मुसकराईं, 'लेकिन हमारी मुसीबत यह है कि शाहरुख़ ख़ान हमें बचाने नहीं आएँगे।'

[3]

एक दिन सचमुच विपदा आ ही गई। फ़िरोज़ जिस मकान को ख़रीदने वाले थे, उस मकान के मालिक ने कैश रुपये माँगे हैं। कैश देंगे, तो ही मकान वे फ़िरोज़ के नाम करेंगे। फ़िरोज़ अपने नाम हो जानेवाले मकान के स्वप्न में खोए हुए थे। मकान ख़रीदने के लिए जमा किये गए पन्द्रह लाख रुपये फ़ौज़िया बैंक से निकाल लाई। अगले ही दिन मकान की रजिस्ट्री फ़िरोज़ के नाम होनी थी। लेकिन आश्चर्य की बात है, उसी दिन कुछ लोगों ने उनके मकान में घुसकर सब कुछ तहस-नहस कर दिया और घर में जो कुछ भी था, सब तोड़ दिया और अलमारी में रखे रुपये लेकर भाग गए।

अगले दिन फ़िरोज़ एफ.आई.आर. लिखवाने के लिए थाने जानेवाले थे लेकिन उससे पहले ही फिर से कुछ लोग आए। उन्होंने कहा, वे पुलिसवाले हैं। कपड़े बदलने तक का समय नहीं दिया गया। रास्ते में फ़िरोज़ ने उन लोगों से कहा, वे थाने ही जानेवाले थे, क्योंकि एक एफ.आई.आर. करना ज़रूरी है, घर में डकैती हो गई है। जो कुछ संबल था, सब ले गए।

उन लोगों ने संवेदना के स्वर में कहा, 'पैसे निश्चय ही आपको मिल जाएँगे। इस शहर में लूटपाट कौन लोग करते हैं, पुलिस को सब पता है।'

फ़िरोज़ को राहत महसूस हुई। सीमा और फ़ौज़िया के चेहरों पर अँधेरा छाया रहा। माथे पर दुश्चिन्ताओं की लकीरें। सीमा थोड़ी-थोड़ी देर में आँसू पोंछ रही थीं। फ़ौज़िया दाँत पीसती बैठी रही। मोहल्ले से शकील को भी वैन में उठा लिया गया। जाते-जाते और भी दो अनजान लोगों को उठाया गया। इस घटना की आकस्मिकता की वजह से सभी गूँगे होकर बैठे हुए थे। आँखों के सामने वैन थाने के सामने से होकर गुज़र गई। रुकी नहीं। अब फ़िरोज़ ने मुँह खोला, 'बात क्या है? आपने तो थाने जाने का कहा था। हमें तो थाने जाना था।' सीमा ने इशारे से फ़िरोज़ को बोलने

से मना किया। फ़िरोज़ बेचैन नहीं होना चाहते थे, लेकिन उन्हें होना ही पड़ा। उन्हें क्या फ़ायरिंग स्क्वॉएड में गोली मारने के लिए ले जाया जा रहा है? ड्राइवर की सीट के पास लोहे की रॉड रखी हुई थी, फ़िरोज़ ने तिरछी नज़र से देख लिया। वैन बांग्लादेश की सीमा पर जाकर रुक गई। सभी को बांग्लादेश की सीमा के भीतर धकेलकर वैन वाले लोग चले गए।

फ़िरोज़ ने देखा, उस जगह का नाम मेहरपुर था। फ़िरोज़ को ख़ुद नहीं पता कि वे अब कहाँ जाएँगे। उनके तो कहीं पर भी अपने कोई नहीं हैं। हरीश ने ही काफ़ी वर्षों तक उनसे सम्पर्क रखे थे, वही हरीश पिछले साल अपने परिवार के साथ कनाडा चले गए हैं। फ़िरोज़ के पास किसी का भी पता नहीं था। जो लोग परिचित थे, उन लोगों ने या तो घर बदल लिये हैं, या फिर शहर बदल लिये हैं, या फिर उनकी ज़िन्दगी ही बदल गई है। हो सकता है, इस समय कोई फ़िरोज़ को पहचान ही न पाए।

फ़िरोज़ ने श्यामनगर जाने का निर्णय लिया। फ़ौज़िया अब भी सदमे में है। उसे अब भी यक़ीन नहीं हो रहा है कि यह घटना सचमुच घटित हुई है। वैन के भीतर किसी ने प्रतिवाद क्यों नहीं किया? वे वैन से क्यों नहीं उतर गए? वे लोग तो असल में पुलिसवाले नहीं थे। वे लोग रह-रहकर 'जय श्रीराम' के नारे लगा रहे थे। सीमा की धारणा है कि उनके हाथों में हथियार थे। बहस करते तो हो सकता है, मार ही डालते। फ़िरोज़ से सीमा ने सब कुछ सह लेना सीखा था। जान तो बची, घर धोकर क्या उस पानी को पीते?

सीमा बोलीं, 'चलो, जब श्यामनगर ही जाना है, तो फिर थोड़ी देर कालीगंज रुककर चलते हैं।' बॉर्डर के पास भारत के रुपयों को आसानी से टका में बदल लिया गया। बीस साल पहले देखा हुआ देश अब काफ़ी बदल चुका था। अब पहले के मुक़ाबले मुश्किल काम बड़ी आसानी से हो जाते हैं।

मेहरपुर से यशोहर होते हुए सातक्षीरा, फिर बस और टैक्सी के ज़रिये फ़िरोज़ आख़िरकार श्यामनगर पहुँच ही गए। फ़िरोज़ के पास रुपये-पैसे नहीं थे। घर से निकलते समय सीमा ने अपने जमा किये कुछ हज़ार रुपये अपने अन्तर्वस्त्रों में छिपा लिए थे। इस समय उन्हीं रुपयों का सहारा था। कालीगंज वाले घर में सीमा ने देखा, वहाँ अनजान लोग रह रहे थे। असल में सीमा के भाइयों ने वह घर किराये पर दे दिया था। वे लोग कहाँ रहते हैं? वे सातक्षीरा में रहते हैं। सातक्षीरा शहर में सीमा भाइयों को कहाँ ढूँढ़ेगी भला! उनके लिए हो सकता है, सीमा मर चुकी हो। आह भरकर सीमा घर से बाहर निकल आई। कालीगंज से वे श्यामनगर चले आए।

श्यामनगर भी बहुत बदल गया था। वहाँ ऊँची-ऊँची इमारतों का सैलाब था। इनके बीच अपनी बुनियादी ज़मीन का पता लगाया तो वहाँ छहमंज़िली इमारत मिली। बचपन वाला खेल का मैदान भी नदारद था। वहाँ पर भी ऊँची इमारत थी।

मुज़फ़्फ़र का मकान पहले की ही तरह अब भी मौजूद था। एक नौजवान उसके बरामदे में खड़ा था, सम्भवत: इसी का नाम सुजन है! वह विस्मित आँखों से फ़िरोज़ लोगों को देख रहा था। फ़िरोज़ की एक बार पूछने की इच्छा हुई—सुजन, कैसा है? उसके पिता कैसे हैं? हरीश के मकान में अब कोई और लोग रहते हैं। फ़िरोज़ इस श्यामनगर को नहीं पहचानते। उनकी यहाँ रहने की इच्छा भी नहीं हुई। असल में जगहें अपनी नहीं होतीं, अपने होते हैं लोग। वे लोग ही अब यहाँ नहीं रहे। उनका मन तो बल्कि उत्तर चौबीस परगना के श्यामनगर के लिए रोता रहा। वहीं पर उनकी सम्पदा थी, उनका घरबार, उनका रोज़गार, पत्नी और बिटिया के साथ उनका सुखी संसार था। श्यामनगर में भटकते हुए फ़िरोज़ को लगा, मानो वह कोई अपरिचित व्यक्ति है। मोहल्ले के किसी ने उनसे नहीं पूछा कि वे कौन हैं? वे क्या किसी की तलाश कर रहे हैं!

फ़िरोज़ को महसूस हुआ, मानो वे एक अजाने कुएँ में गिर गए हैं। उस कुएँ से निकलने का अब कोई उपाय नहीं है। बाज़ार में उनकी दुकान भी नहीं है। और तरह की तमाम दुकानें खुल गई हैं। मोबाइल फ़ोन की, टी.वी. की। पहले की अपेक्षा बाज़ार में भीड़ ज़्यादा है। पहले के मुक़ाबले बाज़ार अब ज़्यादा जगमग है। फ़िरोज़ को याद आता रहा, बाप-दादाओं की ज़मीन में से उसे मामूली-सा हिस्सा भी क्यों नहीं दिया गया। अगर दिया गया होता तो आज यहाँ एक झोंपड़ी बनाकर भी सिर छुपाया जा सकता था। वह जो सबूर को चाचा ने सत्ताइस हज़ार रुपये दिये थे, इसी में क्या उन लोगों ने यह मान लिया कि मेरा उत्तराधिकार का दावा ख़त्म हो गया है? आज दोनों बड़े भाई भी दूर चले गए हैं। फ़िरोज़ को उनका पता तक नहीं मालूम। अपनी पैतृक ज़मीन के सामने ही वे ज़मीन पर बैठ गए। उन्हें बदन में ज़रा भी ताक़त महसूस नहीं हो रही थी।

फ़ौज़िया बेचैनी में चहलक़दमी करती हुई बोली, 'इस तरह टूट जाने से काम नहीं चलेगा। कुछ तो करना ही पड़ेगा। चलो, चाचाओं का घर ढूँढ़ते हैं, चलो। तुम लोग जाओ या न जाओ, मुझे तो जल्द-से-जल्द इंडिया जाना ही होगा। मुझे नौकरी करनी ही होगी।'

यह सुनकर फ़िरोज़ ने सुकून के साथ आँखें मूँद लीं। फिर थोड़ी देर उन्होंने सोचा, फ़ौज़िया ने क्या सचमुच यह बात कही, या कि उनके अपने ही भीतर से ये बातें आवाज़ बनकर उठ आई हैं?

शहज़ादी

[1]

बॉलीवुड में अगर किसी से पहचान होती तो अनायास वह फ़िल्मों का नायक बन सकता था, ऐसा ही सम्मोहित करने वाला रूप-रंग था। भले ही छह फ़ीट लम्बाई नहीं थी तो इससे क्या हुआ, फ़िल्मों में लम्बी क़द-काठी वाले हीरो हैं ही कितने, ज़रा मैं भी तो सुनूँ! बालों, दाढ़ी-मूँछों की बिलकुल नई स्टाइल, वेशभूषा फ़ैशनेबल। जब अंकित कहीं पर खड़ा रहता, जब वह चलता, जब मोटरबाइक पर तेज़ी से निकल जाता, तो रघुवीरनगर की किशोरियाँ अंकित सक्सेना को बस अपलक देखती रह जातीं। वे उससे नज़रें नहीं हटा पातीं। लेकिन अंकित किसी को नहीं देखता। किसी भी ख़ूबसूरत किशोरी को नहीं, किसी भी चपल किशोरी को नहीं। अंकित सिर्फ़ एक किशोरी को देखना चाहता है। एक किशोरी के पास ही उसका मन पड़ा रहता है। वह है शहज़ादी।

अंकित सक्सेना ने स्कूल-कॉलेज की पढ़ाई की लेकिन उसने नौकरी न करके फ़ोटोग्राफ़ी के शौक़ को ही अपना पेशा बना लिया है। रघुवीरनगर में विभिन्न त्योहारों-उत्सवों में अंकित को बुलावा आता है। आजकल मोहल्ले के बाहर के लोग भी उसे बुलाने लगे हैं। यहाँ तक कि बीच-बीच में उसे दिल्ली से बाहर भी जाना पड़ता है। आय बुरी नहीं है। अपने किसी भी ख़र्चे के लिए उसे अब पिता के सामने हाथ नहीं फैलाने पड़ते। अपने ख़र्चे निकालकर अंकित परिवार को भी सहयोग करता है। उसके पैसों से ही उसकी बहन ऐश्वर्या की शादी हुई है। ऐश्वर्या अब अपने पति के साथ पंजाब में रहती है, और रघुवीरनगर में पिता यशपाल सक्सेना के संसार में अंकित सक्सेना आज तेईस साल से है।

अंकित रघुवीरनगर में ही अपने एक दोस्त की मोबाइल की दुकान पर साप्ताह में चार दिन बैठता है, तब उसके कन्धे के बैग में महँगा डी.एस.एल.आर. कैमरा और पाँच-छह बड़े लेंस रहते हैं। वहीं पर लोग उसके साथ अनुबंध करते हैं। आजकल तो हर हाथ में मोबाइल फ़ोन होते हैं। इसलिए लोग फ़ोन से ही अनुष्ठान वग़ैरह के फ़ोटो खींचते हैं, वीडियो बना लेते हैं। नाम सुनकर उसे काम देने के लिए मोहल्ले

या मोहल्ले के आसपास से भले ही दो लोग आते, लेकिन वेबसाइट देखकर आठ लोग आ जाते। अंकित ने दोस्तों के साथ मौज-मस्ती करते हुए, गाने गाते हुए एक छोटी-सी फ़िल्म बनाकर यूट्यूब पर अपलोड की है। जैसे-जैसे उसके व्यू बढ़ते हैं, उसका बिज़नेस भी बढ़ता जाता है। अब उसे जल्दी-जल्दी बुलावा आने लगा है।

'इतनी लड़कियों के रहते शहज़ादी ही क्यों?' दोस्त यह सवाल करते। शहज़ादी क्या बहुत ख़ूबसूरत है? शहज़ादी क्या स्मार्ट है? स्टाइलिस्ट है? शहज़ादी कुछ भी नहीं है, लेकिन शहज़ादी के बारे में सोचे बिना, शहज़ादी से बातें किये बिना अंकित का दिन नहीं कटता। सुबह-शाम उसे शहज़ादी चाहिए।

शहज़ादी को वह तब से जानता है जब ख़ुद की उम्र पन्द्रह और शहज़ादी की दस साल थी। शहज़ादी के स्कूल और अंकित के स्कूल की छुट्टी लगभग एक ही समय में होती थी। रास्ते में आइसक्रीम की एक वैन के चारों ओर भीड़ करके बच्चे-बच्चियाँ आइसक्रीम ख़रीद रहे थे। शहज़ादी भी खड़ी थी, साथ में दो लड़कियाँ भी थीं। वे लोग नहीं खा रही थीं, कारण कि उनके पास पैसे नहीं थे। वे अन्य लड़कियों का इन्तज़ार कर रही थीं। वे आइसक्रीम ख़रीद लें तो साथ में जाएँगी। अंकित ने पूछा, 'तुम लोग नहीं खा रही हो?' तीनों में से एक ने कहा, 'पैसे नहीं हैं।' अंकित तीनों के लिए आइसक्रीम ख़रीद लाया। दो ने ले ली, शहज़ादी ने नहीं ली, बोली, वह आइसक्रीम नहीं खाती। अंकित दो आइसक्रीम हाथ में लेकर खाते-खाते चला गया, साथ में सुशान्त था। कुछ दिनों बाद अंकित जब उसी रास्ते स्कूल से लौट रहा था, उसने देखा, शहज़ादी और उसकी एक सहेली आइसक्रीम खा रही हैं। अंकित ठिठककर बोला, 'एई लड़की, तुम तो आइसक्रीम नहीं खाती न! शहज़ादी चौंक गई, उसने जल्दी से हाथ की आइसक्रीम फेंक दी। अंकित आह भरता हुआ उनकी ओर बढ़ गया, 'आइसक्रीम क्यों फेंक दी?'

शहज़ादी बोली, 'ऐसे ही।'

'उस दिन आइसक्रीम क्यों नहीं खाई?'

शहज़ादी ने नज़रें झुकाते हुए कहा, 'मेरे पास पैसे नहीं थे।'

'नहीं थे, लेकिन मैंने तो ख़रीद दी थी न!'

'मैं दूसरों के पैसों से कुछ नहीं खाती।'

'यह कोई बात हुई? तुम्हारा नाम क्या है? कहाँ रहती हो?'

तभी अंकित का शहज़ादी से परिचय हुआ था। शहज़ादी का घर उसके घर से ज़्यादा दूर नहीं था। इसके बाद अक्सर अंकित शहज़ादी को देखने लगा। स्कूल जाते-आते, माँ के साथ कहीं जाते, छोटे भाई को लेकर कहीं से लौटते हुए। बस, यह देखना भर ही था।

कई साल बाद शहज़ादी के साथ अंकित की बात हुई थी। शहज़ादी जब फ़ोन ख़रीदने के लिए अपनी एक सहेली के साथ मोबाइल की दुकान में घुसी, तब उस

दुकान में अंकित बैठा हुआ था। उसने ख़ुद ही एक फ़ोन चुनकर उसे दिया, उसमें सिम डाल दी। उसकी सहेली ने भी फ़ोन ख़रीदा। सहेली को सुशान्त ने फ़ोन दिखाया था। शहज़ादी का चेहरा अब भी वैसा ही सरल था। दस साल की वह लड़की अब सोलह की हो चुकी थी। जितनी बार अंकित की नज़रों से उसकी नज़र टकराती, वह आँखें झुका लेती।

अंकित ने हँसते-हँसते कहा, 'पता है, इस दुकान का नियम क्या है? जो लोग फ़ोन या कुछ और ख़रीदते हैं, उन्हें कोल्ड ड्रिंक्स पिलाई जाती है।' शहज़ादी धीरे से मुसकराई। उसे इन्तज़ार करने को कहकर अंकित ही दौड़कर बाहर निकल गया। वह आइसक्रीम लेकर लौट आया। उसने एक शहज़ादी को दी, एक सहेली को, एक ख़ुद ली और एक सुशान्त के लिए थी। शहज़ादी जब आइसक्रीम खा रही थी, अंकित अपलक उसे बहुत देर तक निहारता रहा। शहज़ादी की आँखें बोलती हैं। अंकित ने उन आँखों की भाषा पढ़ ली थी।

'तुम्हारा चेहरा पहले-जैसा ही है शहज़ादी। लगता ही नहीं कि इतने साल बीत गए।'

शहज़ादी ने हौले से हँसकर कहा, 'अंकित तुम्हारा, चेहरा भी पहले-जैसा ही है।'

शहज़ादी ने नोकिया का एक छोटा वाला फ़ोन ख़रीदा था और सहेली ने भी। उनके जाने के बाद अंकित सोचने लगा, शहज़ादी को कैसे उसके नाम का पता चला? फिर उसने सोचा, नाम जानना तो कोई मुश्किल बात नहीं है। रास्ते में जाते-आते सुना होगा, जब कोई अंकित कहकर उसे पुकार रहा होगा; या फिर दुकान के दरवाज़े पर 'फ़ोटोग्राफ़र अंकित सक्सेना' का विज्ञापन देख लिया होगा। अंकित को काम में मन लगाना चाहिए लेकिन आज उसका मन बार-बार उड़ा जा रहा था। अगले दिन उसने शहज़ादी को फ़ोन किया :

'फ़ोन काम कर रहा है?'

'हाँ।'

इसके बाद तो जिसके मुँह से बोल नहीं फूटते थे, उस शहज़ादी ने फ़ोन को लेकर बोलना शुरू किया। फ़ोन अच्छा काम कर रहा है लेकिन उसकी इच्छा एक स्मार्ट फ़ोन ख़रीदने की है। वह अपने पिता से पैसे माँगेगी। उन्होंने पैसे नहीं दिये तो वह अपनी माँ से माँगेगी। अगर उन दोनों को राज़ी किया जा सके तो उसे स्मार्ट फ़ोन मिल जाएगा, तब वह अपना नोकिया फ़ोन बहादुर को दे देगी, उसके हाथ में ओप्पो या सैमसंग आ जाएगा।

यह शुरुआत थी। इसके बाद से हर रोज़ अंकित शहज़ादी को फ़ोन करने लगा, और शहज़ादी भी अंकित को। शहज़ादी का अलग कमरा था। इसलिए दिन-रात फ़ोन पर बात करने पर भी बाहर से कुछ सुनाई नहीं देता था। अंकित घर में, बाहर, अपने अड्डों और दुकान पर, काम में, उत्सव में जहाँ भी रहे, बात करता।

वे लोग इतनी क्या बातें करते थे? क्या बातें? आज क्या हुआ, किसने क्या कहा, कहाँ गए, क्या देखा, क्या खाया, यही सब बातें। फ़िल्म देखकर शहज़ादी को वह फ़िल्म की पूरी कहानी सुनाता।

धीरे-धीरे ऐसा हुआ कि उन्होंने साफ़-साफ़ कह दिया, एक-दूसरे के बिना वे ज़िन्दा नहीं रहेंगे। कॉलेज जाते-आते, ख़ूबसूरत नौजवान के साथ गुरुद्वारे में, विष्णु गार्डन में, शिमला पार्क में साँवली किशोरी की मुलाक़ात होती रही। दिन इसी तरह मज़े-मज़े में बीत सकते थे, लेकिन एक दिन अंकित की बाइक के पीछे बैठी शहज़ादी को बहादुर ने देख लिया। उसने घर में बता दिया। शहज़ादी के पिता ने उसे ऐसा पीटा कि उसकी पीठ पर काले-काले दाग़ पड़ गए। बहादुर ने और एक दिन देखा कि दोनों शिमला पार्क में हाथों में हाथ डाले टहल रहे हैं। उस दिन घर लौटने पर शहज़ादी की माँ ने उसका फ़ोन छीन लिया।

हालाँकि बाद में अंकित ने सैमसंग कम्पनी का एक स्मार्टफ़ोन उसे ख़रीद दिया था। उस फ़ोन को वह घर में छिपाकर रखती और जब सब सो जाते, तब शहज़ादी अंकित से बातें करती। दोनों एक-दूसरे को देखते-देखते बातें करते। पूरी रात उनकी बातें होतीं। बातें ख़त्म होने से पहले ही सुबह का उजाला फूटने लगता। पलक झपकते तीन साल बीत गए।

शहज़ादी की उम्र उस समय अठारह साल थी। घर में शोर मच गया। लड़की उच्च माध्यमिक परीक्षा पास कर चुकी है। अब काफ़ी हुआ। लड़की एक हिन्दू लड़के के साथ प्रेम कर रही है। उसकी बाइक पर सवारी कर रही है। घूम-फिर रही है। परिवार की इज़्ज़त नहीं बचेगी। अब इसकी शादी कर दो। लड़का देखो। सुनवाई के दौरान शहज़ादी ने सबके पैरों पर गिरकर माफ़ी माँगी। बोली, उसकी अभी अगर शादी कर दी तो वह आत्महत्या कर लेगी। उच्च माध्यमिक आजकल कुछ भी नहीं है। दया करके उसे कम-से-कम एक और डिग्री लेने की अनुमति दी जाए।

शहज़ादी का परिवार मध्यवर्गीय परिवार था। बच्चे कॉलेज पास करेंगे, शिक्षित होंगे, परिवार का मान-सम्मान रहेगा। माँ-बाप, दोनों के लिए ही पैसों से ज़्यादा क़ीमती उनका सम्मान है। रघुवीरनगर रोड पर माँ शहनाज़ पार्लर चलाती हैं, पिता अकबर अली का दरियागंज में काग़ज़ का बिज़नेस है। उनके पास उच्च माध्यमिक के ऊपर की डिग्री नहीं है, इसलिए बच्चे बड़ी डिग्री लेंगे तो सीना फुलाकर कह सकेंगे कि हमारे बच्चे पढ़े-लिखे हैं। समाज में दस लोग सम्मान देंगे। अकबर अली और शहनाज़ दोनों यही चाहते हैं।

दोनों उत्तर प्रदेश के सहारनपुर से क़िस्मत आज़माने दिल्ली आए थे। क़िस्मत तो कुछ बदली ही। हाथ में काफ़ी सारा पैसा आया है। छोटा ही सही लेकिन अकबर अली ने एक घर बना लिया है। उन्होंने शहनाज़ के लिए एक पार्लर खुलवा दिया है। मोहल्ले के मुस्लिम परिवार शहनाज़ और अकबर अली को ख़ासे आदर्श दम्पती

मानते हैं। उनके तीनों बच्चों की तारीफ़ करते हैं। शहज़ादी बहुत अच्छी बच्ची है। बहादुर, बुद्धिमान है और सलमा ने छोटी उम्र से ही हिजाब अपना लिया है। उसे अदब-क़ायदों की अच्छी जानकारी है। अकबर अली और शहनाज़ पड़ोसियों की तारीफ़ सुनकर कृतज्ञता की हँसी हँसते ज़रूर हैं। शहज़ादी को लोग अच्छी बच्ची मानते ज़रूर हों लेकिन उसके नये कार्यकलाप इस बात को प्रमाणित नहीं करते, वे इस बात को छिपा जाते हैं।

शहज़ादी ने वादा किया था, वह अंकित के साथ सम्बन्ध नहीं रखेगी। वह आगे की पढ़ाई करेगी, डिग्री हासिल करेगी। शहज़ादी ने वादा निभाया था। उसने नर्सिंग इंस्टिट्यूट में दाख़िला लिया था और मन लगाकर पढ़ रही थी। लेकिन अंकित से सम्बन्ध नहीं रखेगी, इस वादे को वह नहीं निभा सकी। अंकित उससे मिलने इंस्टिट्यूट आया करता था। अंकित की बाइक पर बैठकर वह दो दिन इंस्टिट्यूट से लौटी थी। वह मेट्रो के पास सावधान रहकर उतर गई थी, ताकि कोई उसे देख न ले। स्टेशन से ही ऑटो लेकर शहज़ादी घर लौटती है। अंकित चाहता है कि वह उसे हर रोज़ बाइक से इंस्टिट्यूट तक छोड़ दे, छुट्टी होने पर वापस ले आए, लेकिन शहज़ादी राज़ी नहीं हुई। शहज़ादी को डर था कि कहीं उसके कोई नाते-रिश्तेदार उन्हें न देख ले। अंकित के यहाँ वाले देख लें तो कोई असुविधा नहीं थी।

पिता यशपाल सक्सेना ने मोहल्ले में चल रही कानाफूसी सुनकर अंकित से कह दिया था, 'तू अचानक ख़ुद से कहीं शादी-वादी मत कर बैठना। हम लोग लड़की देख रहे हैं। शादी धूमधाम से करेंगे।' अंकित ने कहा था, 'मैं वादा करता हूँ कि अपने-आप शादी नहीं करूँगा। शादी इसी घर में होगी, धूमधाम से होगी, लेकिन लड़की मेरी पसन्द की होगी, आप लोगों की पसन्द की नहीं। और मैं जिस भी लड़की को पसन्द करूँगा, उसमें आप लोगों की आपत्ति नहीं चलेगी।'

अंकित ने शहज़ादी से कह दिया था, वह अगर शादी करेगा तो उसी से करेगा, और शहज़ादी ने भी कहा था, उसने अगर शादी की तो अंकित से ही करेगी। अंकित हिन्दू था और शहज़ादी मुसलमान, दोनों के लिए यह कोई बाधा नहीं थी। अंकित के मोहल्ले में ही हिन्दू-मुस्लिम सुखी दम्पती रहते हैं, शहज़ादी के मोहल्ले में ऐसे ही दो परिवार रहते हैं। उन्होंने अपने धर्म नहीं बदले थे लेकिन बढ़िया रह रहे थे। परिवार के लोग पहले-पहल इसे स्वीकार नहीं कर पाए, लेकिन बाद में जब बाल-बच्चे हो गए तो उन लोगों ने उन्हें अपना लिया था।

अंकित में धर्म को लेकर किसी तरह का अंधापन नहीं था। वह दोस्तों के साथ अमृतसर जाकर स्वर्ण मन्दिर देख आया था, सिर पर रूमाल बाँधकर मन्दिर में जाकर उसने प्रार्थना की थी, रघुवीरनगर की मदीना मसजिद में जाकर उसने मुनाजात की दुआ में हाथ उठाए हैं, और फिर वह हनुमान मन्दिर में जाकर मत्था टेक आया है।

शहज़ादी ने कहा था, 'तुम इतने सारे धर्मों में कैसे विश्वास कर पाते हो, मेरी

तो एक में विश्वास करने में ही हालत पस्त हो जाती है।'

अंकित ने कहा, 'धर्म की कहानियों पर विश्वास करके मैं माथा नहीं टेकता, या दोनों हाथ नहीं जोड़ता। मैं दूसरों के विश्वास का सम्मान करता हूँ। बस, इतना ही है।'

अंकित जन्म के बाद से हिन्दू, मुसलमान और सिख सम्प्रदाय के बच्चों के साथ खेला है, उनके साथ चला है, बड़ा हुआ है। एक ही गली में भीड़ जमाकर उन्होंने हो-हुल्लड़ किया है। एक के दुःख में दूसरे उसके साथ खड़े हुए हैं। एक के सुख में सब लोगों ने इकट्ठे होकर ख़ुशी मनाई है। बचपन से ही उसने सभी को अपना समझना सीखा है। यह तालीम इतनी मज़बूत है कि कोई भी आँधी-तूफ़ान इसे ज़मींदोज़ नहीं कर सकता।

शहज़ादी नर्सिंग इंस्टिट्यूट से पास होकर अस्पताल में नर्स बनेगी, और अंकित तो पेशे से फ़ोटोग्राफ़र है ही, बड़े मज़े से घर-गृहस्थी चलेगी। गृहस्थी शुरू करने से पहले वे शादी कर लेंगे और पूरा भारत घूमेंगे। कश्मीर से कन्याकुमारी तक।

शहज़ादी अक्सर पूछा करती, 'तुम्हारे घरवाले मान तो जाएँगे न?'

अंकित हँसकर कहता, 'इसे लेकर तुम ज़रा भी मत सोचो। मेरे घरवालों को मैं मैनेज कर लूँगा। मैंने उनसे कह दिया है, लड़की पसन्द करने की ज़िम्मेदारी आप लोगों की नहीं, मेरी है। जिसके साथ मुझे पूरी ज़िन्दगी गुज़ारनी है, उसे मैं पसन्द नहीं करूँगा तो क्या दूसरे लोग करेंगे?'

शहज़ादी बोली, 'समस्या मेरे परिवार में होगी। ये लोग किसी भी स्थिति में नहीं मानेंगे।'

अंकित बोला, 'शादी तो हम अभी तुरन्त नहीं कर रहे हैं। हमारे सम्बन्ध के बारे में उन्हें पता चल गया है। धीरे-धीरे वे मान जाएँगे। शुरू-शुरू में ज़रूर थोड़ा चीख़ेंगे-चिल्लाएँगे।'

शहज़ादी की पीठ पर बहुत मार पड़ चुकी है। वह जानती है, उसके माँ-बाप हिन्दुओं के साथ उठने-बैठने पर भी हिन्दुओं से कितनी नफ़रत करते हैं! बहादुर भी माँ-बाप—जैसा ही हुआ है। बस, शहज़ादी वैसी नहीं हो सकी। अंकित कितनी ही उम्मीद करे, शहज़ादी को मालूम है, उसके माँ-बाप अंकित को कभी भी दामाद के रूप में नहीं अपनाएँगे। उसके लिए एक ओर अंकित था और दूसरी ओर उसका परिवार और उसके नाते-रिश्तेदार। शहज़ादी ने बड़ी सहजता से अंकित को ही चुना।

शहज़ादी अपने माँ-बाप और भाई कब कहाँ रहेंगे, इसका हिसाब करके ही अंकित की बाइक पर बैठती थी। एक दिन हिसाब गड़बड़ा गया। टैगोर गार्डन मेट्रो के पास जैसे ही बाइक रुकी, उसके पिता अकबर अली ने स्टेशन से बाहर निकलते ही दोनों को देख लिया। शहज़ादी भौचक्की-सी खड़ी रह गई। पिता ऑटो लेकर तेज़ी से वहाँ से निकल गए। शहज़ादी घर नहीं जाएगी। पिता उसे मार डालेंगे। अंकित ने उसे ले जाकर पास की चाय की एक दुकान पर बैठाया। इस समय क्या

करना बेहतर होगा? अंकित की राय थी कि वह घर लौट जाए। 'अंकित से प्यार करती हूँ'—यह बात डरकर हो या बिना डर के, वह कह दे। ज़िन्दगी तो एक ही है, चूहे की तरह इतना डर-डरकर ज़िन्दा रहने का कोई अर्थ नहीं है। इस धरती पर लोग जिस भी धर्म या जाति, जिस भी रंग-वर्ण के क्यों न हों, उनका एक ही सच्चा परिचय है कि वे मनुष्य हैं। हम तो यह देखेंगे कि व्यक्ति अच्छा है या नहीं, सच्चा है या नहीं, उदार है या नहीं। या कि व्यक्ति बुरा है या नहीं, झूठा है या नहीं, स्वार्थी है या नहीं। बस। अगर ज़्यादा अत्याचार होते देखो तो घर छोड़कर चली आना, हम लोग कोर्ट में जाकर शादी कर लेंगे। इसके बाद हम मेरे घर चले जाएँगे। मेरे घर में किसी तरह का झमेला नहीं होगा, और यदि मान लो, झमेला हो भी जाए, तुरन्त घर छोड़ देंगे। किराये का कोई फ़्लैट लेकर रह लेंगे। रशीद और कृष्णा रह रहे हैं कि नहीं?

शहज़ादी ने कहा, 'हमारे घर के पास में ही तो अरविंद और सुलताना लोग रह रहे हैं, अदनान और अदिति रह रहे हैं।'

'तो फिर?'

'प्यार ही सबसे बड़ा धर्म है। और जो सो-कॉल्ड धर्म दो इनसानों के प्यार को छोटा कर देता हो, वह धर्म कोई धर्म ही नहीं है।'

अंकित ने एक ऑटो बुलाकर उसमें शहज़ादी को बिठा दिया।

शहज़ादी के घर में घुसते ही उसके बालों को मुट्ठी में भरकर खींचते हुए उसके पिता ने उसे एक कमरे में बन्द करके बाहर से ताला लगा दिया। ख़बर मिलते ही माँ पार्लर से भागी चली आईं। अकबर अली ने चीख़-चीख़कर आसमान सिर पर उठा लिया। 'सिर्फ़ मेरा मान-सम्मान नहीं, इस लड़की ने मेरी चौदह पीढ़ियों की इज़्ज़त मिट्टी में मिला दी है। मैं कितनी बड़ी काली नागिन को पाल रहा हूँ! मेरा ही खाकर, मेरा ही दिया पहनकर, मुझे ही डँस रही है!'

उसके पिता ने अन्तिम निर्णय सुना दिया, 'शहज़ादी को उसके चाचाओं के यहाँ सहारनपुर भेज दिया जाएगा, वहीं पर दो दिन के भीतर मुसलमान लड़के के साथ उसकी शादी करवा दी जाएगी।'

उसका दिल्ली जाना बन्द हो गया। नर्सिंग की पढ़ाई, नर्स बनना, सब बन्द करवा दिया गया। लड़की ने अपने पैरों पर ख़ुद कुल्हाड़ी मार ली थी।

शहनाज़ और अकबर अली, दोनों बाहर निकल गए। शहज़ादी अंकित को नहीं बता पा रही थी कि उसके घर में क्या घट गया है। वह छटपटा रही थी। वह ताले में बन्द है, अपाहिज और मजबूर है, उसके हाथ-पैर बँधे हुए हैं। उसके पिता ने उसका फ़ोन छीन लिया है। शहज़ादी माफ़ी माँग ले, या फिर अपने प्रेम के बारे में बताए, इसका कोई मौक़ा ही नहीं था। और अब मौक़ा आएगा भी नहीं। किसी अनपढ़ असभ्य व्यक्ति के साथ उसकी शादी हो जाएगी। साल-दर-साल बच्चे पैदा

होते रहेंगे। शहज़ादी इस तरह के जीवन के बारे में सोच भी नहीं पाती। अंकित ने उसे सपने देखना सिखाया था। अंकित बॉलीवुड का हीरो नहीं था, लेकिन वह शहज़ादी का हीरो था। वह इस रघुवीरनगर का हीरो था। शहज़ादी को अपने इस हीरो के अलावा और कुछ नहीं चाहिए। वह ख़ुद भी ऐसी क्या होनहार थी! डॉक्टरी पढ़ने का दिमाग़ उसमें है नहीं, लिहाज़ा उसे सेविका बनना है। अंकित इस सेवाकार्य को बेशक़ीमती मानता है और इसीलिए इसमें शहज़ादी का उत्साह बढ़ गया है।

घर में सलमा आज़ाद थी और शहज़ादी क़ैद। आज़ाद सलमा को उसने बहुत जल्दी से कुछ काम निपटाने को कहा। उसने उसे अंकित का नम्बर देते हुए कहा कि वह बाहर किसी फ़ोन बूथ से अंकित को फ़ोन करके बताए कि शहज़ादी को उसके पिता ने क़ैद कर लिया है और ज़बरदस्ती शादी करवाने के लिए उसे सहारनपुर लेकर जानेवाले हैं। सलमा ने यह ज़िम्मेदारी निभा दी, कारण कि ज़बरदस्ती शादी करवाना उसे भी पसन्द नहीं आ रहा था। अंकित को जैसे ही सूचना मिली, उसने कहा, 'शहज़ादी को वहाँ से भाग जाने के लिए कहो। उसे एक पल भी देर नहीं करनी चाहिए।' सलमा ने घर लौटकर शहज़ादी को बताया कि अंकित ने क्या कहा है। फिर उसने ख़ुद ही ताला तोड़कर शहज़ादी को आज़ाद कर दिया। शहज़ादी वहाँ से निकल गई। उसे यदि भागना है तो मेट्रो स्टेशन जाना होगा। टैगोर गार्डन मेट्रो के पास अपने-आपको छिपाती हुई वह अंकित का इन्तज़ार करने लगी।

उधर माँ और पिता ने घर लौटकर देखा, शहज़ादी नदारद है। हाथ के पास जो कुछ भी मिला, उसी से सलमा को पीटकर उन्होंने सच उगलवा लिया। अंकित ने शहज़ादी को घर से भागने के लिए कहा है। भागने के लिए कहा है, यानी वे लोग अब भागकर शादी करनेवाले हैं। सर्वनाश हो गया! शहनाज़ ज़ोर-ज़ोर से रोने लगी। अकबर अली दीवार से सिर ठोंकने लगे। इतने में बहादुर और उसके मामा सलीम वहाँ आ धमके। उन्होंने भी बुरी ख़बर सुनी, एक हिन्दू लड़के के साथ शहज़ादी भाग गई है। जल्दी से रसोई में जाकर मांस काटनेवाली एक छुरी लेकर अकबर अली ने उसे पैंट में खोंसते हुए कहा, 'चलो, चलो, बिना देर किये निकल चलो। शहज़ादी को अब और ज़िन्दा रहने की ज़रूरत नहीं है। ऐसी बरबाद लड़की का इस दुनिया में रहने के बजाय न रहना ही बेहतर। आज देखता हूँ, किसमें इतनी हिम्मत है कि जो एक मुसलमान लड़की की ज़ात और उसके धर्म का विनाश कर रहा है!'

बहादुर उन्हें राह दिखाता रहा, अकबर अली, शहनाज़ और सलीम तेज़ क़दमों से चलते हुए अंकित की मोबाइल की दुकान के सामने जा पहुँचे।

अंकित बचैनी में चहलक़दमी कर रहा था। वह शहज़ादी का इन्तज़ार कर रहा था। शहज़ादी के पास फ़ोन भी नहीं था कि फ़ोन करके मुलाक़ात की जगह बता सके। बहादुर ने बता दिया, यही लड़का अंकित सक्सेना है, शहज़ादी इसी के पास भाग आई है।

सलीम अंकित सक्सेना पर झपट पड़ा। 'आज फ़ैसला हो ही जाए! शहज़ादी कहाँ है, बता। तू उसे लेकर भाग रहा था न!' मज़बूत शरीर के सलीम ने अंकित की गर्दन पकड़कर झिंझोड़ दिया।

इधर लोगों की भीड़ जमा हो गई। अकबर अली ने एक झटके में अंकित को ज़मीन पर गिरा दिया। बहादुर पैरों से अंकित की छाती को दाबे रहा।

'शहज़ादी कहाँ है, बता?'

'शहज़ादी कहाँ है, मुझे नहीं पता।'

'तूने उसके साथ क्या किया है?'

'मैंने कुछ भी नहीं किया। आप लोग पुलिस को बुलाइए, मुझे गिरफ़्तार करवा दीजिए। मुझे इस तरह मत मारिए।' अंकित चीख़ता हुआ आज़ाद होने की कोशिश कर रहा था।

भीड़ में से किसी ने पास ही अंकित की गली में घुसकर अंकित के घर पर ख़बर कर दी थी। अंकित की माँ भागी चली आई। अंकित ख़ुद को छुड़ाने की कोशिश कर रहा था, लेकिन नहीं छुड़ा पा रहा था। अंकित की माँ भीड़ को ठेलकर उसके पास आना चाह रही थी कि शहनाज़ ने उन्हें धक्का मारकर ज़मीन पर गिरा दिया। उनकी ओर नफ़रत से देखते हुए कहने लगी, 'तेरे इस कुलांगार लड़के की वजह से मेरी बेटी ने समाज और हमारे घर को छोड़ दिया है। अब हमारा मान-सम्मान, इज़्ज़त-जैसा कुछ नहीं बचा। यह अपमान हम लोग सहन नहीं करेंगे।'

इसी बीच एक घटना घट गई। अकबर अली ने छिपाई हुई छुरी निकालकर अंकित के गले पर रखते हुए कहा, 'शहज़ादी को लेकर आ। आज यहीं पर तुम दोनों का ख़ून कर दूँगा।'

और अंकित ने भी कह दिया था, 'आप ख़ून क्यों करेंगे? हमने क्या ग़लती की है? हमने तो कोई अपराध नहीं किया।'

इतने में ही उत्तेजित उन्मादी अकबर अली ने अंकित का गला चीर दिया। तीस-पैंतीस लोग मूक दर्शक बने रहे। कोई आगे नहीं बढ़ा।

अंकित मदद के लिए हाथ-पैर मारता रहा, लेकिन किसी ने मदद नहीं की। अंकित की माँ शहनाज़ की बाधा को दोनों हाथों से पूरी ताक़त से हटाकर अंकित के पास चली आई। वे लगातार चीख़ती रहीं, 'एम्बुलेंस बुलाओ, कोई एम्बुलेंस बुला लो, इसे अस्पताल ले चलो!'

किसी ने एम्बुलेंस को ख़बर नहीं की। उसका दोस्त सुशान्त चाय की दुकान पर था। अंकित पर हमला हुआ है, सुनकर वह दौड़ा चला आया। उसके कन्धे पर हाथ रखकर अंकित ने टूटे गले से सिर्फ़ इतना कहा, 'पता लगा, शहज़ादी कहाँ है? उसे साथ लेकर थाने चला जा, मैं पाँच मिनट में आता हूँ।' लेकिन

अंकित उठने की कोशिश करने के बावजूद नहीं उठ सका। सुशान्त के हाथों से उसका शरीर ढुलक गया।

मूक दर्शक टस से मस नहीं हुए। वे चुपचाप एक आदमी की हत्या होते देखते रहे। कोई भी दौड़कर नहीं आया कि उनके हाथ से छुरा छीन ले। किसी ने भी धक्का मारकर उन चार उन्मादी लोगों को नहीं हटाया। अंकित की माँ बेटे के गले को दबाकर ख़ून को रोकने की कोशिश करती रहीं। उन्होंने देखा, अंकित की आँखें धीरे-धीरे मुँदने लगी हैं।

यशपाल सक्सेना को ख़बर मिलते ही वे दौड़े चले आए। तब तक अंकित का शरीर निस्तेज हो चुका था। वे समझ गए, अब अस्पताल वाले उनके बेटे को नहीं बचा पाएँगे। वे सूनी-सूनी आँखों से इधर-उधर देखने लगे। उन पर अन्धकार उतरने लगा था। इतने सारे लोग खड़े थे, इसके बावजूद उन्हें महसूस हुआ, उनकी दुनिया वीरान हो गई है।

भीड़ के चेहरे फिर उन्हें चेहरे-जैसे नहीं लगे। भीड़ के पास से ही, सबकी आँखों के सामने ही तो, सीना तानकर चार हत्यारे पैदल चलकर वहाँ से निकल गए थे! किसी ने तो ज़रा-सा उन्हें छूकर भी नहीं देखा। इस पिशाच पृथ्वी से यशपाल सक्सेना और प्रभा देवी अपने बेटे के बेजान जिस्म को लेकर दौड़ चले। अंकित के ख़ून से फ़ुटपाथ लाल हो गया।

[2]

शहज़ादी ने सोचा था, अंकित टैगोर गार्डन वाले मेट्रो पर मिलेगा, क्योंकि रघुवीरनगर शहज़ादी के हिसाब से एक पल के लिए भी सुरक्षित नहीं था। उन दोनों को इस क्षेत्र से कहीं दूर जाना होगा।

उधर अंकित ने सोचा था, शहज़ादी दुकान पर ही आएगी, क्योंकि शहज़ादी जानती थी, उस समय अंकित दुकान पर ही रहता है। सोचा था, वह शहज़ादी को लेकर बाइक से ही दिल्ली से बाहर चला जाएगा।

उसके हाथ में संबल के रूप में तीस रुपये ही थे। घर से निकलकर उन रुपयों से उसने एक ऑटो किया और टैगोर गार्डन मेट्रो चली आई। चाय की दुकान पर बैठकर वह अंकित का इन्तज़ार करती रही। आख़िरकार बेचैन होकर उसने दुकानवाली से फ़ोन लेकर अंकित को फ़ोन किया। लेकिन अंकित ने नहीं, 'हैलो' अंकित की माँ ने कहा था।

'मुझे अंकित से थोड़ी बात करनी है।'

'तुम कौन हो?'

'मैं शहज़ादी हूँ।'

'तुम शहज़ादी हो!' प्रभा देवी दहाड़ें मारकर रोने लगीं।

'अंकित तो अब नहीं है। मेरे कलेजे का टुकड़ा नहीं है...नहीं है...तुम्हारे बाप ने उसका ख़ून कर दिया है...'

शहज़ादी का समूचा शरीर थरथरा उठा। फ़ोन वापस करते समय हाथ ऐसा सुन्न हो गया कि हाथ से फ़ोन नीचे गिर गया। शहज़ादी अंकित के घर की ओर दौड़ पड़ी। उसे तब भी यक़ीन नहीं हो रहा था कि अंकित ज़िन्दा नहीं है। वह सोच रही थी, हो सकता है, मार-पीटकर उसकी हड्डी वग़ैरह तोड़ दी गई हो! अच्छा इलाज मिलने पर वह ठीक हो जाएगा। लेकिन अंकित की गली के मुहाने पर आकर शहज़ादी ठिठक गई। गली में भारी भीड़ जमा हो चुकी थी। अंकित का दोस्त सुशान्त दूर से शहज़ादी को देखकर दौड़ता हुआ उसके पास चला आया। उसने कहा, 'इस समय तुम्हारा अन्दर जाना बिलकुल भी ठीक न होगा।'

'क्यों ठीक न होगा?' कहकर शहज़ादी ने ग़ौर किया कि उसका समूचा शरीर फिर से थरथराने लगा है। उसकी आवाज़ काँप रही है। इतनी भीड़ जमा है, इसका मतलब क्या यह है कि सचमुच अंकित अब नहीं है? उसका दम घुटने लगा। उसने सुशान्त से पूछा, 'क्या हुआ था?'

सुशान्त शहज़ादी को उस जगह ले जाकर, जहाँ लोग नहीं थे, बोला, 'तुम्हारे पिता, तुम्हारी माँ और भाई ने मिलकर अंकित को जिबह कर दिया है। अंकित अब ज़िन्दा नहीं है। मोहल्ले के डॉक्टर कपिल ने आकर देख लिया है। उन्होंने कह दिया है कि अस्पताल ले जाकर अब कोई फ़ायदा नहीं—ही इज़ डेड। मैं दुकान छोड़कर अपने दोस्त के साथ क्यों चाय पीने बैठ गया? मैं अगर अंकित के साथ रहता तो यह घटना नहीं घटती। किसी भी हालत में नहीं घट सकती थी।'

सुशान्त की आवाज़ में तीव्र हाहाकार था।

शहज़ादी गली से निकलकर बड़ी सड़क पर चलने लगी। सुशान्त भी शहज़ादी के साथ चलने लगा। शहज़ादी ने कहा, 'तुम चले जाओ, अंकित के पास जाओ।'

सुशान्त ने कहा, 'अंकित ज़िन्दा रहता तो तुम्हें अकेले जाने नहीं देता। तुम्हारी भी तो मुसीबतें कम नहीं हैं। जिन लोगों ने अंकित का गला काटा है, वे तुम्हारा गला भी काट देंगे। जान गँवाने के पहले तक अंकित मुझसे तुम्हारे बारे में ही बात करता रहा। उसने मुझसे तुम्हें ढूँढ़ने के लिए कहा था। तुम्हें लेकर थाने जाने के लिए कहा था। उसने कहा था, वह पाँच मिनट बाद आ जाएगा।' फिर अपने दोनों हाथ दिखाते हुए सुशान्त ने कहा, 'वह इन्हीं हाथों में ढुलक गया था।'

शहज़ादी कुछ कहना चाह रही थी, लेकिन नहीं कह सकी। उसकी आवाज़ बुझने लगी।

शहज़ादी पैदल-पैदल ख़याला थाने की ओर ही जा रही थी। अंकित भी वहीं जाना चाहता था। सुशान्त ने एक ऑटो बुलाकर उसमें शहज़ादी को बिठाया, वह ख़ुद

भी बैठकर बोला, 'इस तरह पैदल चलना सुरक्षित नहीं था। अपना चेहरा ढक लो।'

थाने पहुँचकर शहज़ादी ने लिखित में अधिकारी को अभियोग-पत्र दिया, जिसमें कहा गया था कि उसके पिता, उसकी माँ और भाई ने उसके होनेवाले पति अंकित सक्सेना का ख़ून किया है।

शहज़ादी के जबड़े भिंचे हुए थे। आँखें सूखी हुई थीं। होंठ सूखे हुए थे। सिर पर की चुनरी बहुत पहले ही कहीं खिसककर गिर गई थी। शहज़ादी ने आह भरी—काश, उन्हें अगर वह अपनी आँखों के सामने फाँसी पर लटकते देख पाती तो उसे बहुत सुक़ून मिलता। पुलिस को इस घटना की जानकारी थी, वह गिरफ़्तारी के लिए चारों की तलाश कर रही थी—अकबर अली, शहनाज़, बहादुर और सलीम। पुलिस ने उनके घर पर ताला जड़ दिया था। बहन सलमा घर पर ही थी, पुलिस ने उसे उसकी ख़ाला के घर निज़ामुद्दीन पहुँचा दिया था। पुलिस ने शहज़ादी को 'नारी कल्याण' नामक एक एन.जी.ओ. की हिफ़ाज़त में छोड़ दिया, और कहा कि नारी कल्याण के भवन पर पुलिस की दो वैन पूरी रात पहरा देगी।

सुशान्त को लगा, मुसीबत के समय शहज़ादी के साथ खड़े रहकर उसने अंकित की दोस्ती का मान रखा है। सुशान्त ने उसे अपना नम्बर दे दिया। उसके पास एक एक्स्ट्रा फ़ोन था, उसने वह फ़ोन शहज़ादी को दे दिया ताकि वह उसे हर बात की जानकारी देती रहे। वे लोग अंकित के दोस्त हैं, वे अंकित से प्यार करते हैं और इसीलिए अंकित के अपनेपन का मान रख रहे हैं। सुशान्त जो कुछ भी कर रहा है, अंकित के लिए ही कर रहा है। अंकित शहज़ादी से कितना प्यार करता था, यह किसी और को पता हो-न-हो, उसके ख़ास दोस्तों को इसका पता था। सुशान्त को तो पता था ही।

अगले दिन एन.जी.ओ. और पुलिस की निगरानी में शहज़ादी को रघुवीरनगर से जाना पड़ा। शहर में तनाव था। किसी भी पल दंगा शुरू हो सकता था। चिंगारियाँ आग की तलाश कर रही थीं। शहज़ादी हिन्दू और मुस्लिम, दोनों ही कट्टरपंथी दलों का टार्गेट हो सकती थी। नारी कल्याण की नोएडा शाखा में शहज़ादी को आश्रय मिल गया। इसके अलावा उसे कहीं और आश्रय मिलना नहीं था। कोई भी रिश्तेदार उसे अपने यहाँ नहीं रखेगा। उसके पिता, उसकी माँ, भाई और मामा इस समय जेल में हैं। हो सकता है, उन्हें आजीवन कारावास की सज़ा हो जाए। ऐसे में नाते-रिश्तेदारों की नाराज़गी शहज़ादी पर ही होगी। कोई भी शहज़ादी के अलावा किसी और को दोषी नहीं मानेगा। रिश्तेदारों के हाथों ही शहज़ादी का ख़ून हो सकता है।

शहज़ादी सोचती है, उस दिन अगर वह ख़ुद उन्हें मिल जाती तो उसके माँ-बाप उसी की हत्या करते। सम्भवत: उनका उद्देश्य अंकित की हत्या करना नहीं था, शहज़ादी का ख़ून करना ही उनका उद्देश्य रहा हो, या फिर दोनों का ही। ये लोग परिवार की इज़्ज़त बचाने के लिए हत्याएँ करते हैं। इज़्ज़त? शहज़ादी मन-ही-मन

ऐसी इज़्ज़त पर थूकती है। और उसके जबड़े भिंचने लगते हैं।

शहज़ादी का अंकित चला गया। उसके घर-संसार का सपना टूट गया। नर्सिंग इंस्टिट्यूट चला गया। उसके जीवन में अब कुछ भी नहीं बचा। ज़िन्दगी सिफ़र हो गई है। उसने कोशिशें करके एक कॉल सेंटर में नौकरी हासिल कर ली है। उच्चतर माध्यमिक डिग्री से भला और क्या नौकरी मिलती! उसे नारी कल्याण की ओर से एक कमरा दिया गया है। फ़िलहाल वही उसका ठिकाना है। हालाँकि पैरों तले थोड़ी-सी ज़मीन मिलते ही शहज़ादी को अपनी व्यवस्था ख़ुद ही करनी होगी।

सलमा फिर से फ़ोन पर परेशान कर रही है। कह रही है, 'या तो मेरी हत्या करके मुझे यहाँ फेंक दो, या फिर मुझे यहाँ से ले जाओ।' शहज़ादी का अनुमान है, ख़ाला लोग—कोई भी सलमा को सहन नहीं कर पा रहे हैं। सलमा को लेकर वह बस्ती में ही सही, कोई कमरा किराए पर लेगी। कॉल सेंटर की नौकरी ही फ़िलहाल उसका भरोसा है।

[3]

यशपाल सक्सेना पुत्रशोक में कातर थे, लेकिन वे बदन झाड़कर उठ खड़े हुए। इस तरह मरे पड़े रहने से क्या फ़ायदा! जो गया सो तो गया। जो अपूरणीय नुक़सान होना था, वह तो हो ही गया है। मीडिया के लोग जब-तब उनके घर आया-जाया करते थे। एक दिन उन्होंने उनसे कह दिया, जिन लोगों ने उनके बेटे की हत्या की है, वे चाहते हैं कि उन्हें सज़ा मिले, उन्हें फाँसी हो। लेकिन वे मुस्लिम समुदाय को दोष नहीं दे रहे हैं। उनके तमाम दोस्त मुस्लिम हैं, जो अच्छे लोग हैं, जो इस घटना से मर्माहत हैं। वे साम्प्रदायिक सद्भाव चाहते हैं। इसलिए उन्होंने अंकित के दोस्तों की मदद से अपने घर में इफ़्तार पार्टी आयोजित की है। रघुवीरनगर के मुस्लिम लोगों को उन्होंने बड़े मन से इफ़्तार की दावत दी है। घर में तो इतने लोगों के लिए इतनी जगह नहीं थी, लिहाज़ा अंकित के दोस्त गली में ही इफ़्तारी के तमाम व्यंजन सजाकर बैठे हैं। इस दावत में शामिल होने सिर्फ़ मुसलमान नहीं, हिन्दू और सिख भी आए हैं। यशपाल सक्सेना ने उन सबसे कहा, 'यह इफ़्तार सद्भाव के लिए है ताकि एक भी हिन्दू मुस्लिमों से नफ़रत न करे। वे भी हमारे ही भाई हैं। मुस्लिम भी किसी हिन्दू से नफ़रत न करें, वे भी उन्हीं के भाई हैं। मैंने अंकित को खोया है, अब किसी और बाप को अपना बेटा न खोना पड़े।'

यशपाल सक्सेना ने किसी एक बड़े दंगे की सम्भावना को अकेले ही ख़त्म कर दिया था। बस अंकित के ख़ून के दाग़ रघुवीरनगर में रह गए थे। लेकिन नफ़रत की वजह से कोई और नया ख़ूनख़राबा नहीं हुआ था।

[4]

सुशान्त ने नोएडा के एक हिन्दू परिवार के मकान में एक कमरा किराये पर लेकर शहज़ादी के रहने का इन्तज़ाम कर दिया था। सुशान्त के बिना शहज़ादी को कमरा मिलना आसान नहीं था। वह इस सुशान्त की ही मोबाइल फ़ोन की दुकान थी, जहाँ वह फ़ोटोग्राफ़ी के व्यवसाय की सुविधा के लिए अंकित को बैठने दिया करता था। सुशान्त ही अंकित का अभिन्न दोस्त था। शहज़ादी की देखभाल करते हुए उसे लगता कि इससे अंकित की आत्मा को सुकून मिलता है। शहज़ादी पूरी तरह से अकेली हो गई थी। उसके माँ-बाप नहीं थे, एक सलमा के अलावा उसके कोई नाते-रिश्तेदार नहीं थे। सलमा की ज़िम्मेदारी उसे ही उठानी होगी। यह उसकी नई ज़िन्दगी थी। सुशान्त भी जानता है कि यह शहज़ादी की नई ज़िन्दगी है।

अंकित की मौत के बाद तीन साल बीत गए। अंकित के दोस्तों ने, यहाँ तक कि सुशान्त ने भी यूट्यूब पर 'आवारा बॉएज़' नामक एक संस्था बनाकर छोटे-छोटे वीडियो अपलोड किये हैं। सारे दोस्तों ने अंकित के लिए प्यार से उसी की तरह बालों की स्टाइल बनाई है, उसी-जैसी दाढ़ी और मूँछें रखी हैं, उसी की स्टाइल वाले कपड़े पहने हैं। सबने अंकित के फ़ोटो वाली टी-शर्ट पहनी है। सुशान्त के साथ वीडियो पर जब भी बात होती, शहज़ादी को वह अंकित-जैसा ही नज़र आता। भूलवश उसे यह मानने की इच्छा होती कि वह अंकित ही है। सहज होने पर वह मन-ही-मन कहती, यह अंकित नहीं है, अंकित तो अंकित ही था। यह सुशान्त है। सुशान्त का काम अंकित की कमी को दूर करना नहीं है। शहज़ादी को अंकित का अभाव हमेशा-हमेशा महसूस होता रहेगा। वह इसे महसूस करते रहना चाहती है। वह अंकित की याद को बड़े जतन से अपने सीने में पाल रही है। वह हमेशा इसे ऐसे ही पालते रहना चाहती है।

पूरी रात कॉल सेंटर में रहकर आँखों में नींद लिये शहज़ादी के दिन बीतते रहे। उस समय उसका शरीर लड़खड़ाता, मन लड़खड़ाता। वह अपनी सीमाओं को लाँघकर चलती। एक दिन बोल बैठी, 'तुम क्या किसी से प्यार करते हो सुशान्त? तुमने बताया तो नहीं कभी!'

सुशान्त ने होंठ उलटते हुए कहा, 'नहीं।' ठीक वैसे ही, जैसे कभी-कभी अंकित होंठों को उलटते हुए कहता था!

सुशान्त मोटरसाइकिल लेकर अक्सर नोएडा चला आता है। शहज़ादी को लेकर ग्रेटर नोएडा की ओर जाकर किसी निर्जन मैदान में बैठता है। पहले-पहल सुशान्त के साथ अंकित को लेकर ही बातें होती थीं। धीरे-धीरे शहज़ादी ने सुशान्त से अपने बचपन और जवानी की बातें साझा की, सुशान्त भी अपने बड़े होने की कहानी सुनाता रहा। छुट्टी वाले एक दिन ग्रेटर नोएडा में बाइक न रोककर वे

वृंदावन चले गए। प्रेम मन्दिर के सामने बैठकर उन्होंने शाम बिताई। रात को बाहर खाना खाकर वे लौट आए।

शहज़ादी अंकित के साथ इतना बाहर नहीं निकल पाती थी। डर के मारे उसके दोनों पैर साँप की तरह आपस में लिपटे रहते थे। सारा डर, सारा मोम का प्रलेप जीवन की आँच पर पिघलकर गिर गया है। शहज़ादी को अब अपना असली स्वरूप हासिल हुआ है। यह शहज़ादी हिम्मतवाली है।

सुख में, दु:ख में सुशान्त के साथ रहते-रहते उसने अपनी उन्नीस, बीस और इक्कीस की उम्र पार कर ली। इतने वर्षों में सुशान्त दो रात शहज़ादी के घर रुका था। फ़र्श पर बिस्तर लगाकर वह सोया था। दूसरी रात शहज़ादी पलंग से उतरकर सुशान्त के पास सोई थी। सुशान्त ने शहज़ादी को अपनी बाँहों में भर रखा था। दोनों की शेष रात बिना सोए बीती थी।

बाँहों में भरकर रहने की वजह से ही दोनों की जो थोड़ी-बहुत जड़ता थी, वह टूट गई थी। इसके बाद से जब भी निर्जनता मिलती, सुशान्त शहज़ादी को गहरे ढंग से चूमता। और तब शहज़ादी का समूचा शरीर लगभग निस्तेज हो जाता।

[5]

शहज़ादी सलमा को लेकर एक दिन जेल जा पहुँची। माँ के लिए सलवार-कुर्ता लेकर वह उनसे मिलने गई थी। पिता से नहीं, मामा से नहीं, बहादुर से भी नहीं, वह तो सिर्फ़ माँ से मिलने गई थी। हालाँकि बहादुर इस जेल में नहीं था। उसे तो बहुत पहले ही किशोर सुधारगृह में भेज दिया गया था। शहज़ादी को ऐसा लगा, मानो वे लोग पिछले जन्म में उसके रिश्तेदार थे, इस जन्म में नहीं। उसे उनमें से कोई भी अपने सगे-जैसा नहीं लगा। माँ आकर सामने बैठ गईं। उम्र काफ़ी हो चुकी थी। उन्होंने तीखी नज़रों से शहज़ादी की ओर देखा। उन आँखों में नफ़रत उफन रही थी। उन्हें देखकर शहज़ादी की आँखों में आँसू आ गए। उसने तेज़ी से आँसू पोंछ लिये।

सलमा ने अपनी माँ के हाथ में सलवार-कुर्ता थमा दिया और रोते-रोते उनसे बातें करने लगी। जब मिलने का समय पूरा हो गया, तब शहज़ादी पास आकर बोली, 'माँ, मैंने शादी कर ली है। लड़के का नाम सुशान्त यादव है। नाम सुनकर तो समझ ही गई होगी, सुशान्त हिन्दू है। यह देखो, मेरे गले में मंगलसूत्र है। लेकिन इस वजह से यह मत समझना कि मैं हिन्दू हो गई हूँ। मैं अपने धर्म को मानती हूँ, सुशान्त अपने धर्म को। असल में पता है, अंकित जो कहा करता था, हम उसे मानते हैं—'प्यार से बढ़कर और कोई धर्म नहीं होता।' और एक बात बतानी ज़रूरी है, सलमा को तुम्हारी बहन रखना नहीं चाहती थी। सलमा हमारे ही साथ रहती है। उसे

हमने ही स्कूल भेजा है। और सुनिए, मेरे माँ-बाप हत्यारे हैं, जेल की सज़ा भुगत रहे हैं, इसने हमारे मान-सम्मान को धूल में मिला दिया है। आप लोगों की वजह से मैं लोगों के सामने चेहरा नहीं दिखा पाती।'

इतना कहकर वह लौट रही थी, लेकिन दो क़दम फिर से लौटकर शहज़ादी ने कहा, 'मान-सम्मान हिन्दू से शादी करने पर नहीं जाता; नफ़रत करने, हत्या करने से जाता है। मैं अगर अंकित से शादी करती तो आप लोगों का मान-सम्मान नष्ट नहीं होता। आपने इनसान से नफ़रत करके, उसका ख़ून करके अपना मान-सम्मान खोया है।'

जेल से बाहर आकर शहज़ादी ने लम्बी साँस ली। उसे बहुत हलका लगा। बहुत दिनों से सीने में जो क्षोभ जमा हुआ था, उसके निकल जाने के बाद उसे ख़ुद को पंख-जैसा हलका महसूस होने लगा। आँखों में ज़िद्दी आँसू जमा होने लगे। उन आँसुओं को हाथ से पोंछने की ज़रूरत नहीं पड़ी, वे हवा में सूखते रहे।

एक जीवन

[1]

नर्गिस के बेटे सुमन की उम्र उस समय महज़ दो साल थी। ऐसे समय में गोद के बच्चे को छोड़कर सऊदी अरब में नौकरी के लिए जाना पड़ेगा। नज़िमुद्दीन की यह सलाह उसने नहीं मानी। उसने सीधे-सीधे कह दिया उसे नहीं जाना। नहीं जाना कहने भर से नज़िमुद्दीन क्यों मानता भला! चंद्रकोणा बाज़ार में नज़िमुद्दीन की दर्ज़ी की दुकान थी। वह दुकान लँगड़ाकर चल रही थी। किसी भी समय वह बन्द करनी पड़ सकती है। दुकान में एक ही कर्मचारी है, उसे ही नज़िमुद्दीन चार महीने से तनख़्वाह नहीं दे पा रहा है। कर्मचारी के पास कोई काम नहीं, वह दिन भर बैठा-बैठा ऊँघता रहता है। कपड़े सिलना तो दूर की बात, छोटा-मोटा रफ़ू करवाने, या फिर ऑल्टर कराने भी आजकल कोई इस तरफ़ नहीं आता। यह रेडिमेड कपड़ों का ज़माना है। नज़िमुद्दीन के लिए धन्धा बदलने के सिवा कोई चारा नहीं। लेकिन नया धन्धा करना हो तो ढेर सारी रक़म चाहिए। उसकी रेडिमेड कपड़ों की एक दुकान खोलने की इच्छा है। वह इच्छा दिनोंदिन बढ़ती ही जा रही है।

नज़िमुद्दीन को रिक्रूटिंग कम्पनी की ओर से ख़बर मिली। एजेंट से उसने तमाम तरह की जानकारियाँ इकट्ठी कीं। अरब देशों की नौकरी में बहुत तेज़ी से क़िस्मत बदल जाती है। कुछेक साल की नौकरी कर लेने पर ही ज़िन्दगी में फिर अभाव-जैसा कुछ नहीं रहता। उन लोगों से जानने की क्या ज़रूरत है, नज़िमुद्दीन ने ख़ुद अपनी आँखों से देखा है—चंद्रकोणा के कई घरों की महिलाओं के अरब देशों में नौकरी के लिए जाने के बाद उनके टीन वाले घर की जगह पर नीले-हरे रंग वाले दोमंज़िला मकान खड़े हो गए। दो-दो ट्रक ख़रीदकर उनके पति लोग भाड़े पर चला रहे हैं। अब वे पैरों पर पैर रखकर बढ़िया खाते-पीते हैं। पत्नी के लौट आने के बाद सुखभरी गृहस्थी और भी सुखद हो उठी है। ठीक ऐसा ही नज़िमुद्दीन की ज़िन्दगी में भी हो सकता है!

नर्गिस को सऊदी अरब जाने को राज़ी करने के लिए जो-जो करना चाहिए, उसने सब किया। वह अपने ससुराल शेरपुर तक गया कि कम-से-कम ससुर साहब

नर्गिस को समझा-बुझाकर राज़ी करवा लें। ससुर जानते हैं कि दहेज़ के रुपयों से ही नज़िमुद्दीन ने दर्ज़ी की दुकान खोली थी, अब उस दुकान से होनेवाली आय उसे पसन्द नहीं आ रही है। पसन्द नहीं आने पर और लोग जो करते हैं, वह भी वही करना चाहता है। वह भी कोई नया धन्धा शुरू करना चाहता है। ससुर और सास दोनों ने ही नज़िमुद्दीन के रेडिमेड कपड़ों के धन्धे को एक वाक्य में अच्छा कहा था, लेकिन नर्गिस की अरब देश में जाकर नौकरी करनेवाली बात पर उन्होंने आपत्ति जताई थी। ससुर किसी समय सरकारी दफ़्तर में किरानी की नौकरी किया करते थे, दो बार दिल का दौरा पड़ने के बाद उन्होंने स्वेच्छा से सेवानिवृत्ति ले ली थी। सीने के बाईं ओर हाथ फेरते हुए बोले, 'देखो भई, इतने दूर किसी मुल्क़ में एक लड़की का अकेले-अकेले जाना ठीक नहीं है। तुम साथ जाते तो हम लोग चिन्तामुक्त रह पाते। और दूध पीता बच्चा भी अपनी माँ के बिना कैसे रह पाएगा भला?'

सास की भी यही राय थी, 'लड़की की उम्र कम है। वह अगर विदेश गई तो उसके साथ क्या हो जाए, क्या पता! इसके बजाय तुम लोग सुख-शान्ति से रहने की कोशिश करो। रुपये-पैसे कम हो तो भी ज़िन्दगी चल जाती है। मेल-मोहब्बत ज़्यादा ज़रूरी चीज़ है।'

सारी बातें सुनकर नज़िमुद्दीन ने इस तरह सिर हिलाया, मानो वह अपनी ग़लती समझ गया हो! मानो वह सास-ससुर के उपदेशों पर अक्षरशः अमल करेगा! मानो वह नर्गिस को अरब देश में भेजने की इच्छा को अपने दिमाग़ से दूर कर देगा। ससुराल से भरपेट खा-पीकर रात को घर लौटकर उसने नर्गिस से कहा, 'सुमन को देखनेवाले लोग हैं। उसके दादा-दादी हैं, इसके अलावा मैं हूँ। उसके लिए तुम अगर चिन्ता न करो तो भी चलेगा। तुम्हें सऊदी जाना ही होगा। इसके अलावा कोई और उपाय नहीं है। और अगर तुम जाना नहीं चाहतीं, तो फिर अपने बाप से कहो कि मुझे रेडिमेड कपड़ों की एक दुकान के लिए पैसे दें। मुझे समझ में नहीं आता, हज़ार-हज़ार लड़कियाँ सऊदी जा रही हैं, तुम्हारे मन में इतनी अनिच्छा क्यों है? तुम क्या उन लोगों से अलग हो? वे क्या अच्छे घरों की लड़कियाँ नहीं हैं? उनके पति नहीं हैं, घर-गृहस्थी नहीं है, बच्चे नहीं हैं?'

नर्गिस बोली, 'तुम पैसों के लिए ही तो जाने के लिए कह रहे हो न, तो फिर मुझे ही क्यों जाना पड़ेगा? नौकरी करने तुम चले जाओ! आदमी लोग भी तो जा रहे हैं।'

नज़िमुद्दीन ने आवाज़ ऊँची करते हुए कहा, 'तुम्हें क्या लगता है, नौकरी का मौक़ा मिलने पर मैं एक पल की भी देरी करूँगा? मुश्किल यह है, यहाँ के एजेंसीवाले आदमियों को नहीं लेते।'

नर्गिस से शान्त गले से कहा, 'तुम ज़रा यह पता लगाओ कि कौन-सी एजेंसियाँ आदमियों को लेती हैं। तुम उनके पास जाओ।'

नज़िमुद्दीन इस बार गरम हो गया, 'तुम पहेलियाँ मत बुझाओ नर्गिस, तुम मेरी

बात समझना ही नहीं चाहतीं। हमें अपने आसपास की एजेंसी पर ही भरोसा करना चाहिए! वे नालिताबाड़ी के लोग हैं, हमारे अपने हैं? मान लो, पाँच सौ मील दूर नीलफ़ामारी में ऐसे एजेंट हैं, जो आदमियों को नौकरी दिलाकर विदेश भेजते हैं। नीलफ़ामारी में मैं किसी को जानता या पहचानता हूँ, तुम्हीं बताओ? वे लोग अच्छे हैं, इसकी क्या गारंटी है?'

नर्गिस ने कहा, 'घर के पास वाली एजेंसी अच्छी है—इसकी भी क्या गारंटी है!'

नज़ीमुद्दीन ने कोई जवाब नहीं दिया, नर्गिस ने रुक-रुककर कहा, 'मुझे विदेश के गार्मेंट्स में क्यों काम करना होगा, मैं तो अपने देश के गार्मेंट्स में भी काम कर सकती हूँ।'

अब नज़ीमुद्दीन उफनने लगा, बोला, 'तुम पागल हो गई हो? अपने देश के गार्मेंट्स वाले तुम्हें साल भर में जितना पैसा देंगे, वहाँ वे एक महीने में दे देंगे।'

नर्गिस आह भरकर सुमन को अपने सीने से लगाए लेटी रही। उसकी आँखों से टप-टप अँधेरा टपकता रहा।

देर रात नर्गिस को नींद से उठाकर नज़ीमुद्दीन ने कहा, 'आज अगर तुम्हें कोई बीमारी हो जाए, तो मैं ही देखूँगा। मैं ही तुम्हें अस्पताल ले जाऊँगा, इलाज करवाऊँगा। तुम्हें स्वस्थ करूँगा। ठीक है न?'

नर्गिस ने सिर हिलाया। बिलकुल ठीक।

'तुम पर इतना हक़ है, इसीलिए कह रहा हूँ कि जाओ, चार-पाँच साल काम कर लो। और ये भी इतने कितने साल हैं, ये पलक झपकते ही बीत जाएँगे। समझीं कुछ?'

नज़ीमुद्दीन नर्गिस को सीने से लगाए लेटा रहा। सीने के बीच में छिपी नर्गिस की आँखों से टप-टप अँधेरा ढुलकता रहा। नज़ीमुद्दीन इसे महसूस नहीं कर सका।

अगले दिन नज़ीमुद्दीन नर्गिस को लेकर नालिताबाड़ी वाली एजेंसी के लिए निकल पड़ा। चंद्रकोणा बस स्टैंड से बस रवाना हो गई। वह बस रास्ते में रुक-रुककर जाती है, फिर भी एक घंटे के भीतर ही गंतव्य तक पहुँच जाती है। अब चंद्रकोणा गाँव में शहर अपने पाँव पसारने लगा है। बस की खिड़की से मकान देखते-देखते नज़ीमुद्दीन की आँखों की पुतलियाँ नाच उठीं। वह बोला, 'एक दिन, तुम्हें पता है नर्गिस, ऐसा होगा कि यहीं पर एजेंसी का ऑफ़िस खुलेगा, ऑफ़िस तक पैदल ही जाया जा सकेगा, बस से आने की तकलीफ़ नहीं झेलनी पड़ेगी।'

नर्गिस ने शान्त नज़रों से नज़ीमुद्दीन की ओर देखा, कुछ साल पहले तक भी वह एक सुदर्शन तरुण हुआ करता था। स्कूल आते-जाते वक़्त वह उसे देखा करती थी। वह उसे जितना देखती, उसे और देखते रहने की इच्छा बढ़ती जाती। यह वही नज़ीमुद्दीन था, जिसके बारे में नर्गिस ने घर में बता दिया था कि वह इसके अलावा

किसी और से शादी नहीं करेगी। लिहाज़ा नर्गिस के माध्यमिक पास होते ही उसके पिता ने नज़ीमुद्दीन के साथ उसकी शादी पक्की कर दी थी।

नज़ीमुद्दीन ने चंद्रकोणा कॉलेज में दाख़िला लिया था। बस, दाख़िला लिया भर था। पढ़ना-लिखना न हो सका। बीच में बुरी संगत में पड़ने के कारण वह गाँजा पीने लगा था। गाँजे के नशे को नर्गिस ने ही बड़ी कोशिशों के बाद छुड़वाया था।

नर्गिस पिता की इकलौती संतान थी। वह लाड़-प्यार में बड़ी हुई थी। ससुराल आकर भी पिता की इकलौती संतान की पत्नी के रूप में उसे बहुत आदर-सम्मान मिला था। ससुर को ज़मीन-जायदाद से पैसे मिलते हैं, घर-गृहस्थी चल जाती है। अमीरी नहीं है लेकिन इस बात से नर्गिस नाख़ुश नहीं है। नाख़ुश क्यों होगी भला! उसने सोच-समझकर ही नज़ीमुद्दीन के साथ घर-गृहस्थी करने का निर्णय लिया है। लेकिन यह आदमी बहुत बदल गया है। इसका आचरण इतना विचित्र हो गया है कि इसे बोलने में कोई बाधा महसूस नहीं हुई कि 'या तो बाप के पास से रुपये ले आओ, वरना अरब देश चली जाओ।' अब नर्गिस किससे फ़रियाद करे? यह सास-ससुर के बस में नहीं कि बेटे ने जो ठान लिया है, उससे वे उसे ज़रा भी डिगा सकें। घर में नज़ीमुद्दीन की कही हुई बात ही अन्तिम बात होती है। आख़िरकार नर्गिस को राज़ी होना ही पड़ा। इसलिए राज़ी होना पड़ा कि वह अपने बीमार पिता के सामने फिर से हाथ फैलाना नहीं चाहती। दहेज के रूप में वे पहले ही अपने रुपयों की झोली ख़ाली कर चुके हैं। नालिताबाड़ी में एक भवन के ऊपरी मंज़िल पर एजेंसी का ऑफ़िस था। एक बड़े-से कमरे में प्रशिक्षण चलता रहता है। छोटे वाले कमरे में बातचीत और काग़ज़-पत्तरों पर दस्तख़त का काम किया जाता है। पैसों का लेन-देन। एजेंसी के परिचालक जमाल हुसैन ने कुछ काग़ज़ात पर नर्गिस से दस्तख़त करवाए। अभिभावक के तौर पर नज़ीमुद्दीन को भी दस्तख़त करने पड़े।

जमाल हुसैन ने बताया, फ़िलहाल दो जगहों पर लड़कियों के लिए काम है : एक तो रिहाइशी मकान में, दूसरा गार्मेंट्स के कारख़ाने में। दोनों में एक-जैसी ही तनख़्वाह है।

नर्गिस गार्मेंट्स वाले काम के लिए राज़ी हो गई। उसने बताया कि उसे कपड़े की कटिंग, सिलाई और एम्ब्रॉएडरी वग़ैरह का थोड़ा-बहुत तजुर्बा है। नज़ीमुद्दीन की दुकान का काफ़ी सारा काम वह घर पर अपने हाथों से करती रही है।

तनख़्वाह? जमाल हुसैन ने कहा, न तो कम है और न ही ज़्यादा, पच्चीस हज़ार रुपये। जिसकी आय पच्चीस रुपये भी नहीं थी, अब महीना पूरा होने पर उसे हाथ में पच्चीस हज़ार रुपये मिलेंगे, यह क्या कोई मामूली बात है! हालाँकि ऐसे स्वर्ग को पाने के लिए कुछ तो खोना ही पड़ता है। एजेंसी को डेढ़ लाख रुपये देने पड़ेंगे, इसके बदले में क्या मिलेगा? बदले में मिलेगा टिकट, और विदेश में सुरक्षा।

जमाल हुसैन निहायत सरल और भद्र व्यक्ति हैं। उनके चेहरे पर मीठी मुसकराहट

लगी ही रहती है। नज़ीमुद्दीन ख़ुश होकर उस व्यक्ति को दो बार अपने सीने से लगा चुका है।

घर में नर्गिस की क़द्र और भी बढ़ गई। अब वह नौकरी करेगी—वह भी अपने मुल्क़ में नहीं, विदेश में। हवाई जहाज़ में सवार होकर वह विदेश जाएगी। पैसे कमाकर अपने घर-परिवार के हालात बदलेगी। उसकी थाली में अब एक की जगह मछली के दो पीस रखे जाने लगे। नज़ीमुद्दीन दो काले बुर्क़े ख़रीद लाया। नर्गिस को हिजाब और बुर्क़ा कुछ भी पहनने की आदत नहीं थी। लेकिन अरब देश में तो बुर्क़े के बिना एक क़दम भी चला नहीं जा सकता। उधार वग़ैरह लेकर नज़ीमुद्दीन ने दो लाख रुपयों का इन्तज़ाम कर लिया था। उसने नर्गिस को एक बढ़िया-सा स्मार्ट फ़ोन ख़रीद दिया। फ़ोन ज़रूरी था। रुपयों की जुगाड़ में नज़ीमुद्दीन के जूतों के तलवे घिस-घिसकर फट गए, फिर भी उसने नर्गिस की शर्त का मान रखा, नर्गिस ने अपने पिता के सामने हाथ नहीं फैलाए।

पैसे देने के बाद एजेंसी के दफ़्तर में ही एक महीने प्रशिक्षण चलता रहा। पहले कुछ दिनों तक नज़ीमुद्दीन ही नर्गिस को ले जाता रहा, फिर बाद में उसने उसे अकेले ही भेजना शुरू कर दिया था। सिलाई मशीन किस तरह चलानी होती है, किस तरह इस्तरी की जाती है, यहाँ तक कि किस तरह वॉशिंग मशीन, ओवन, माइक्रोओवन, रेफ्रिजरेटर का उपयोग किया जाता है, महीने भर में यह सब कुछ सीखना पड़ा। थोड़ी-बहुत अरबी भाषा भी सीखनी पड़ी थी। अरबों की संस्कृति, उनके आचार-व्यवहार से भी परिचित होना पड़ा था। घर के नौकर, कारख़ानों के मज़दूर, सभी को एक-जैसा ही प्रशिक्षण दिया जाता है।

अरब देश में पन्द्रह सालों तक श्रमिक और घरेलू नौकरानी रह चुकी सूफ़िया बेगम ने प्रशिक्षण दिया था। वे बहुत सजाकर बातें करती थीं। उनकी बातें नर्गिस के कानों में तो जाती थीं, लेकिन मन में नहीं बिंधती। उसका मन सुमन में लगा रहता, बच्चा कैसे रह पाएगा, उसे कौन नहलाएगा, कौन कपड़े पहनाएगा, कौन खिलाएगा, कौन उसे सुलाएगा? यह सब काम तो नर्गिस के अलावा घर के किसी ने भी कभी नहीं किये थे! एक ओर पति का आदेश था, दूसरी ओर संतान से लगाव—इन दोनों के बीच वह जड़ वस्तु की तरह बैठी रही।

प्रशिक्षण केन्द्र में नर्गिस की लिली, हस्ना और शिउली से मुलाक़ात हुई। इन प्यारी लड़कियों के नाम फूलों के नाम पर थे। नर्गिस भी तो फूल ही है। ये फूल अजाने देश के अजाने कारख़ानों में नौकरी करने जाएँगे। इन फूलों में बहुत जल्दी ही मित्रता हो गई। ये सभी हमउम्र थीं। किसी की ससुराल नकला में थी तो किसी की नालिताबाड़ी में। इनके मायके बहुत दूर थे। मायके के आसपास ही शैशव और कैशोर की सहेलियाँ थीं। ससुराल में इन्हें भला वे कहाँ मिलतीं! किसी और जगह पर किसी नई सहेली का मिल जाना आँचल भर-भरकर सुखों के गुच्छे पा जाने-जैसा है।

जमाल हुसैन ने ही पासपोर्ट का इन्तज़ाम करवा दिया था और वीज़ा का भी। जमाल हुसैन ही बड़ी गाड़ी में सबको हवाई अड्डे तक ले गए थे। प्रशिक्षण ले चुकी पच्चीस लड़कियाँ ही उस गाड़ी में थीं। लिली, हस्ना और शिउली भी थीं।

भले ही नर्गिस ने आँसू भरी आँखों से ससुर, सास, पति और बित्ते भर के बच्चे सुमन से विदा ली थी, लेकिन सहेलियों के साथ उसने जिस तरह अपने सीने के भीतर अटकी हुई पीड़ा को छुट्टी दे दी थी, उसने आँसुओं को भी काफ़ी हद तक पोंछ लिया था। अब यह एक अलग तरह की ज़िन्दगी थी।

[2]

सब लोग रियाद में उतर गए थे। हवाई अड्डे पर जमाल हुसैन का व्यक्ति इन्तज़ार कर रहा था। वह व्यक्ति उन सबको एक मिनी बस में बिठाकर शहर ले गया। गर्मी के मारे लड़कियाँ पसीने से तरबतर हो रही थीं। दो-एक को छोड़कर किसी को भी ऐसे नक़ाबी बुर्क़े की आदत नहीं थी। बेचैनी का होना स्वाभाविक ही था। लेकिन उस आदमी ने कठोर स्वर में कह दिया, बाहर बुर्क़ा नहीं उतार सकते, नक़ाब उतारना भी सम्भव नहीं है।

दो कमरों वाले छोटे-से मकान को ही उसने एजेंसी का ऑफ़िस बताया। एक कमरे में पाँच चौकियाँ रखी थीं। रस्सी पर कपड़े झूल रहे थे। बर्तन वग़ैरह बिखरे हुए थे। एजेंट और उसके चार सहकर्मी यहीं पर खाते-पीते और सोते हैं। लड़कियाँ चौकियों और कुर्सियों पर बैठ गईं। कुर्सियाँ पर्याप्त नहीं थीं, लिहाज़ा कुछ लड़कियाँ फ़र्श पर ही बैठ गईं। लड़कियों ने अपने नक़ाब उतार लिये थे। किसी-किसी ने बुर्क़ा भी उतार दिया था।

मिनी बस का ए.सी. भी ठीक से नहीं चला था और कमरे का ए.सी. भी ठीक से काम नहीं कर रहा था। वे सभी गर्मी और भूख के मारे छटपटा रही थीं। जो आदमी उन सबको हवाई अड्डे से लाया था, वही रियाद का एजेंट था। उसका नाम मोहम्मद था। वह आराम-कुर्सी पर आराम से बैठकर एक के बाद एक फ़ोन किये जा रहा था। वह बंगला में बात कर रहा था, और अरबी में भी चिल्ला रहा था।

कुछ लड़कियों को मिनी बस में चढ़ाया जा रहा था, एक सहकर्मी उन्हें कहीं पर छोड़कर वापस आ रहा था। आकर फिर कुछ और लड़कियों को ले जा रहा था।

पच्चीस लड़कियों में से पन्द्रह घरेलू नौकरानियाँ थीं, दस कारख़ाने की मज़दूरिनें थीं। पन्द्रह लड़कियों को घरेलू कामकाज के लिए तमाम घरों में भेज दिया जाएगा। और कारख़ाने वाली दस लड़कियों को एकसाथ एक जगह पर ले जाया जाएगा। ऐसा ही तय किया गया था, नालिताबाड़ी में ऐसा ही तय हुआ था। लेकिन कारख़ाने में श्रमिक के रूप में काम करने का क़रार करनेवाली लड़की को जब घरेलू काम

करनेवालियों के साथ मिनी बस में चढ़ाने की कोशिश की गई तो वह अड़ गई। वह नहीं जाएगी, वह कारख़ाने की बाक़ी मज़दूरिनों के साथ जाएगी।

जिन्होंने श्रमिक बनने का क़रार किया था, उन्होंने मोहम्मद को घेर लिया। साथ में नर्गिस, लिली, हस्ना और शिउली भी थीं।

'उसे कहाँ ले जाने की कोशिश की जा रही है? वह तो गार्मेंट्स वाली है। वह घरेलू नौकरानियों के साथ क्यों जाएगी? वह हमारी दस लोगों की टीम के साथ जाएगी।'

चश्मा लगाए गंजे छोटे क़द के मोहम्मद ने किसी सवाल का जवाब नहीं दिया। वह फ़ोन में मसरूफ़ था।

इसके बाद लड़कियों ने शोर मचाना शुरू कर दिया। तब जाकर मोहम्मद ने मुँह खोला।

'किसी को भी कारख़ाने में नौकरी नहीं मिलेगी, नौकरी केवल लोगों के घरों में मिलेगी।'

'कारख़ाने में क्यों नहीं मिलेगी?'

'कारख़ाने में कोई काम नहीं है। जितने लोग लेने थे, ले लिए गये हैं। अब केवल लोगों के घरों में काम मिल सकता है। अगर कारख़ानों में मज़दूरों की ज़रूरत होती है, तो फिर मैं वहाँ लगवा दूँगा। और, घर के कामकाज भी मज़दूरों के ही काम होते हैं। विदेश में कामकाज को लेकर कोई झमेला करता है क्या? चुप रहकर काम करना। असल चीज़ है तनख़्वाह। क्या काम किया, टॉयलेट साफ़ किया कि बच्चे का डाइपर बदला, यह सब कोई विषय ही नहीं है।'

'कारख़ाने में लोग लिये जा चुके हैं, यह बात आपके जमाल साहब ने हमें क्यों नहीं बताई? अगर बताते तो फिर हम इतने पैसे ख़र्च करके नहीं आते।'

मोहम्मद ने कोई प्रतिक्रिया नहीं दी। उसे पता है कि ऐसा ही होता आया है, गार्मेंट्स की नौकरी का कहा जाता है, लेकिन यहाँ आने के बाद सभी को लोगों के घरों में ही भेजा जाता है।

एक ने पूछा, 'घरों में क्या काम होता है, आप बताएँगे? हमें क्या काम करना होगा, इसकी जानकारी तो हमें चाहिए न।'

मोहम्मद इस बार चिल्लाकर बोला, 'नौकरानी का काम।'

इस बार कुछ लड़कियाँ उफन पड़ीं, 'हम लोग यहाँ नौकरानी का काम करने आई हैं? नहीं, हम लोग यह काम नहीं करेंगे। हमें गार्मेंट्स का काम करने को कहा गया है। अगर गार्मेंट्स का काम नहीं है तो फिर हमें तुरन्त हमारे देश भिजवा दीजिए।'

फूलों के नाम वाली लड़कियों की आँखों से आँसू छलकते रहे। मोहम्मद ने अब सबके साथ धमकी भरे स्वर में बोलना शुरू कर दिया। उसके दो सहयोगियों का मिज़ाज इतना ग़ुस्सैल था कि जिन लड़कियों ने उनकी बात मानने से इनकार कर

दिया, वे उन्हें थप्पड़ मारने के लिए आगे बढ़ आए थे। लड़कियों ने कहा, बांग्लादेश के एजेंट जमाल के साथ उनकी बात कराई जाए। मोहम्मद ने इन सबकी परवाह नहीं की। लड़कियों ने ख़ुद ही फ़ोन लगा लिया। नहीं, जमाल फ़ोन नहीं उठाएँगे। वे बात नहीं करेंगे। तो फिर? तो फिर क्या? जिसे जिस घर में काम करने के लिए कहा जाएगा, उसे वहाँ काम करना होगा। वेतन कितना होगा? वेतन अपने देश की मुद्रा में पच्चीस हज़ार रुपये। तो फिर क्या रुपयों के अंकों के अलावा जमाल द्वारा दी गई सारी जानकारियाँ झूठी हैं?

ए.सी. भले ही अच्छी तरह से नहीं चल रहा हो लेकिन एजेंसी के ऑफ़िस में वाईफ़ाई अच्छा चल रहा था। बाक़ी लड़कियों की तरह नर्गिस ने भी वाईफ़ाई का पासवर्ड ले लिया। उसने नज़ीमुद्दीन के साथ बात की। उसे बताया, 'यहाँ का एजेंट कह रहा है, गार्मेंट्स का कोई काम अभी नहीं है। वे हमें लोगों के घरों में काम करने भेजेंगे। मैं लोगों के घरों में काम नहीं करूँगी। जो लौटना चाहती हैं, वे लौट सकती हैं। मुझे यहाँ से ले जाने का इन्तज़ाम करो। अभी तुरन्त जमाल हुसैन से बात करो। वापसी के टिकट का पैसा मेरे पिता के यहाँ से ले लो, लेकिन मुझे यहाँ से ले चलो।'

लेकिन नज़ीमुद्दीन उसके लौटने का इन्तज़ाम नहीं करेगा। उसने मक्खन-जैसी नरम आवाज़ में नर्गिस को समझाया, 'इतनी दूर जाकर तुम क्यों लौटोगी भला? घर में काम करना होगा, तो करो। घर में तो तुम काम करती ही हो। घर के कोई भी काम ऐसे नहीं जो तुम्हें नहीं आते। यहाँ पर सभी को यही जानकारी होगी कि तुम लड़कियों के साथ कारख़ाने में कपड़े सिलती हो। उन्हें नहीं पता चलेगा कि तुम लोगों के घर में काम करती हो। तो फिर क्या परेशानी है? रुपये ही असली बात है, नर्गिस। तुम्हारे लिए मैंने जो दो लाख रुपये उधार लिये हैं, मत भूलना कि वे पैसे लौटाने भी तो होंगे।'

नज़ीमुद्दीन की बातें सुनकर नर्गिस की आँखें छलछला उठी थीं। अल मोहम्मदिया इलाक़े के लिए जो गाड़ी रवाना होनेवाली थी, आँसू पोंछकर उस गाड़ी में कुछ और लड़कियों के साथ वह भी सवार हो गई। गाड़ी में सवार होने से पहले लिली, शिउली और हस्ना को जकड़कर नर्गिस इस तरह रोने लगी जिस तरह रोकर अरब आने से पहले उसने अपने माता-पिता से विदा ली थी। ये लोग मानो उसके मायके के लोग थे। शिउली और नर्गिस को एक ही इलाक़े में घरेलू काम के लिए रखा जाएगा। शिउली को भी उस गाड़ी में चढ़ा लिया गया।

अल मोहम्मदिया इलाक़े में आने के बाद नर्गिस से कहा गया, वह जिस घर में जा रही है, उसके मालिक का नाम है अबू फ़ैज़ल, और उसका पता है—पाँच बटे दो हज़ार तीन सौ सात। शिउली के घर के मालिक का नाम है अबू सूफ़ियान। उसका पता है—आठ बटे सोलह सौ सात। नर्गिस के मालिक का मकान शिउली

के मालिक के मकान से दो घर की दूरी पर है।

कुछ-कुछ इमारतें आसमान की ओर उठ गई थीं। वे इतनी ऊँची थीं कि उन्हें देखकर सिर चकरा जाता था। दिन भर कुछ नहीं खाया था, शायद इसलिए ज़्यादा चकरा रहा था। लड़कियों ने एजेंट से खाना माँगा, लेकिन उसने खाना नहीं दिया। उसने कहा, मालिक के घर पर खाना मिलेगा।

तेईसवें माले पर अबू फ़ैज़ल के घर के दरवाज़े पर घंटी का बटन दबाकर नर्गिस का सीना काँप उठा। उसने अन्दर जाकर देखा, वहाँ एक आदमी था और एक औरत। सम्भवत: वह आदमी ही अबू फ़ैज़ल था, वह औरत उसकी बीवी थी। उनके बेटे और बेटी की उम्र दस-बारह साल रही होगी। सभी ने सफ़ेद कपड़े पहन रखे थे। नर्गिस के साथ अबू की बीवी ने बात की, अबू ने भी की। उन्होंने क्या कहा, समझने का कोई उपाय नहीं था। वह अपराधियों की तरह सिर झुकाए खड़ी रही। बीवी ने उसे एक छोटा-सा कमरा दिखा दिया और उसका सूटकेस खोलकर दिखाने को कहा, उसने दिखा दिया। हाथ वाला बैग खोलकर दिखाने को कहा, उसने दिखा दिया। हाथ वाले बैग में जैसे ही फ़ोन दिखा, बीवी ने झट से फ़ोन उठा लिया।

नर्गिस को कुछ समझ में नहीं आया कि उसका फ़ोन क्यों ले लिया गया है। इस फ़ोन में उसने अपनी सहेलियों, यहाँ के एजेंट मोहम्मद, वहाँ के एजेंट जमाल, नज़ीमुद्दीन और अपने पिता के नम्बर ले रखे थे। फ़ोन ले लेने पर वह ज़िन्दा कैसे रहेगी भला? उसने जितनी अरबी सीखी थी, डर के मारे सब भूल गई।

मालिक की भाषा का एक अक्षर भी उसे समझ में नहीं आ रहा था। वे हाथ के इशारे से जो कुछ बता रहे थे, उसे सिर्फ़ उतना ही समझ में आ रहा था। छह फ़ीट बाई छह फ़ीट के कमरे में सिर्फ़ एक मैला कालीन बिछा हुआ था। उसी कमरे से सटा एक छोटा-सा बाथरूम था। दरवाज़े पर धक्का लगते ही वह तेज़ी से बाहर निकल आई। उसे बता दिया गया, क्या पहनना है, क्या काम करना है। रसोई के नल के नीचे जूठे बर्तन रखे थे, यानी इन्हें माँजना, धोना होगा। गाउन, एप्रन, टोपी और दस्ताने पहनने होंगे। आइने-जैसा घर था।

नर्गिस को बार-बार लगता था, वह यदि चलेगी तो वहाँ फिसलकर गिर जाएगी। जिन कपड़ों को पहनकर कारख़ाने में काम करने की बात जमाल हुसैन ने की थी, वे कपड़े अबू फ़ैज़ल की रसोई में पहनकर उसे काम करना पड़ा। बर्तन धो लेने के बाद नर्गिस रसोईघर में ही खड़ी रही। इसके बाद क्या करना है, उसे नहीं पता था।

बीवी ने आकर बड़े रसोईघर के केबिनेट के तमाम पल्लों में से जैसे ही एक पल्ला खोला, वैसे ही वहाँ वैक्यूम क्लीनर, मॉप, डस्टिंग के माइक्रोफ़ाइवर—सब तरतीब से सजाकर रखे दिखाई दिये। इशारे से समझा दिया गया, अब उसे पूरा घर साफ़ करना होगा। वह तो ख़ैर नर्गिस कर देगी, लेकिन इससे पहले उसे अपना

फ़ोन चाहिए। और इससे भी पहले उसे कुछ खाने को चाहिए, उसने हवाई जहाज़ में खाया था, उसके बाद सिवाय पानी के उसे कुछ भी खाने को नहीं मिला था। वह बंगला में बोलती रही और दोनों हाथों से समझाती रही कि उसे अपना फ़ोन वापस चाहिए। समझाती रही कि उसे बहुत ज़ोर से भूख लगी है, उसे कुछ खाने को चाहिए। सीखी हुई अरबी का एक भी शब्द उसके मुँह से नहीं निकला। भूख और थकान ने उसकी वर्णमाला को खा लिया था।

अबू फ़ैज़ल की बीवी ने सिर हिलाया, वह फ़ोन नहीं देगी। उसकी भूख की बात कि उसे कुछ खाने को चाहिए—इस पर उसने ध्यान ही नहीं दिया। नर्गिस ने चुपचाप सात कमरों का वैक्यूम, डस्टिंग और मॉप किया। रात काफ़ी हो चुकी थी। उसके उस घर में आने से पहले ही उन लोगों ने रात का खाना खा लिया था। नर्गिस ने ख़ुद को समझाया, शायद खाने का कुछ नहीं है इसलिए उसे वे खाना नहीं दे पा रहे हैं।

घर में सब लोग टी.वी. देख रहे थे। उसने एक बार फ्रिज खोलकर देखा कि वहाँ खाने का कुछ है या नहीं। कौन-सी चीज़ खाने की है, कौन-सी नहीं, उसे कुछ समझ में नहीं आया। उसे खाने की कोई पहचानी हुई चीज़ नज़र नहीं आई। और नज़र आ भी जाती तो क्या होता? वह तो चुराकर खा नहीं सकती, भले कितनी ही भूख लगे। उसे तो भूख सहन करनी ही पड़ेगी। कई गिलास पानी पी-पीकर नर्गिस ने भूख को दबाने की कोशिश की। रात के कितने बजे थे, वह इसका भी अनुमान नहीं लगा सकी। फ़ोन होता तो लगा सकती थी। एक समय वह उस छोटे-से कमरे में सोने चली गई। सारी रात उसे नींद नहीं आई। नर्गिस को पता है, जेल में बिस्तर, तकिया दिया जाता है, खाना दिया जाता है। यह अगर जेल नहीं है, तो फिर यह क्या है?

सुबह उसे उस छोटे-से बाथरूम में नहाकर, गाउन एप्रन पहनकर रोबोट की तरह खड़े रहना पड़ा। मालिक के हुक्म का इन्तज़ार करना पड़ा। उसे अंडे का ऑमलेट, रोटी बनाने और संतरों का रस निकालने के लिए कहा गया। नर्गिस की रोटी उनकी रोटियों-जैसी नहीं बनी। संतरों का रस निकालते समय सब कुछ इधर-उधर छिटक गया। अंडे का ऑमलेट जल गया। यह देखकर बीवी ने फ़ैज़ल को ख़बर कर दी।

अबू फ़ैज़ल नाश्ता करके ऑफ़िस जाने के लिए तैयार हो रहा था। रसोई की हालत देखकर उसने नर्गिस को धक्का मारकर फ़र्श पर गिरा दिया और उसे लात मारने लगा। उसके पैरों में जूते थे। उन सख़्त जूतों की लातें पेट, पीठ, सिर और गर्दन पर पड़ने लगीं। ज़िन्दगी में यह पहली बार नर्गिस ने मार खाई। वह तो सन्न रह गई, यह उसे कहाँ भेज दिया गया है? वह तो कारख़ाने में अच्छी तनख़्वाह के साथ श्रमिक का काम करने आई थी, वह नौकरानी बनने नहीं आई थी, मार खाने भी नहीं आई थी। उसने सीधे सूटकेस जमाया और बड़े दरवाज़े की ओर बढ़ चली। दरवाज़े के पास रुककर उसने अपना फ़ोन वापस माँगा। उसने इतनी ज़ोर से

चीख़कर फ़ोन माँगा कि आसपास के लोगों को सुनाई दे जाए। उन्हें सुनाई दे जाए कि इस घर में किसी पर अत्याचार किया जा रहा है, ताकि लोग उसे बचाने आ सकें।

लेकिन नहीं, उसे बचाने कोई नहीं आया। बल्कि अबू फ़ैज़ल उसे बालों से पकड़कर घसीटता हुआ रसोई तक ले आया और एक चाबुक से बेरहमी से पीटने लगा। वह कहता रहा, 'तुझे मैं पैसों से ख़रीदकर लाया हूँ, तुझे यहीं पर रहना होगा। यहीं काम करना होगा। तुझे फ़ोन वापस पाने का कोई हक़ नहीं है। तुझे बाहर निकलने का भी अधिकार नहीं है।'

नर्गिस ज़ार-ज़ार रोने लगी। उसकी चीत्कार बन्द करने के लिए बीवी ने उसके मुँह को सख़्त गोंदवाले टेप से बन्द कर दिया, और उसके हाथ भी बाँध दिये। रसोई के एक कोने में ख़ामोश, स्तब्ध नर्गिस पड़ी रही।

खाना बाहर से मँगवाया गया। खाना खाकर अबू फ़ैज़ल बाहर निकल गया। टी.वी. देखते-देखते उसकी बीवी ने अपने बच्चों के साथ खाना खा लिया। खाना खाकर उसने नर्गिस के हाथ और मुँह खोल दिये। उसे दो दिन से भूखे शरीर के साथ फिर से साफ़ घर को साफ़ करना पड़ा।

फिर बीवी को थोड़ी दया आई। उनके खाने के बाद टेबल पर जो कुछ बचा हुआ था, जिसे वे शायद डस्टबिन में ही फेंक देते, उसे न फेंककर नर्गिस को दे दिया गया। उसमें क्या था, सिर्फ़ एक रोटी। दिन भर में उसे सिर्फ़ इतना ही खाना नसीब हो सका था।

रात में अबू फ़ैज़ल आकर बीवी बच्चों को लेकर निकल गया। वे देर रात को लौटे। वे बाहर से खाकर आए थे।

नर्गिस जब घर में अकेली थी, तब उसने तलाश की थी कि शायद कहीं उसका फ़ोन मिल जाए। वह कहीं नहीं था। रसोई और डाइनिंग हॉल से बाहर निकलने के लिए जो काँच का दरवाज़ा था, उस पर बाहर से ताला लगा दिया गया था। किसी और कमरे में जाने का उपाय नहीं था। घर से बाहर निकलने वाले दरवाज़े तक जाने की भी कोई जुगत नहीं थी। वह बरामदे में खड़ी होकर नीचे के लोगों को चिल्लाकर पुकारती रही। तेईसवें माले की ऊँचाई से किसी को उसकी आवाज़ नहीं सुनाई दी; या सुनी भी हो तो किसी ने मुड़कर नहीं देखा। उसका आर्त्तनाद दीवारों से टकराकर लौटता रहा। 'शिउली, शिउली' कहकर नर्गिस ज़ोर गले से शिउली को पुकारती रही। शिउली तो दो मकान की दूरी पर थी। लेकिन उसे उसकी पुकार नहीं सुनाई दी। मानो वह किसी और पृथ्वी पर थी, इस पृथ्वी का कुछ भी उसके लिए पहचाना हुआ नहीं था।

पास वाले मकान के बरामदे में गहरे काले रंग वाली एक लड़की आ खड़ी हुई, वह अवाक् होकर नर्गिस को एकटक देखती रही। उसे भी उसकी भाषा समझ में नहीं आई। रुलाई की भाषा तो एक ही होती है। वह सिर्फ़ उस भाषा को पढ़ सकी।

इस तरह नर्गिस के दिन बीतते रहे। वह दिन-रात मेहनत करती, खाना बनाती, परोसती, बर्तन माँजती, घर साफ़ करती, कपड़े धोती, इस्तरी करती, एक या दो रोटी खाकर, भूखी रहकर, चाबुक की मार खाकर, लात खाकर, रोकर और पड़ोस वाले घर के बरामदे वाली लड़की को इस पृथ्वी की सबसे अधिक आत्मीय मानकर दिन बिताती।

उसे तालाबन्द करके घर के सब लोग जब चले जाते और जब बरामदे पर खड़ी होकर वह ज़ोर-ज़ोर से शिउली को आवाज़ लगाती, ठीक तभी केन्या की वह लड़की आकर बरामदे में खड़ी हो जाती। वह उस लड़की को ही शिउली मान लेती।

नर्गिस को लगता, वह लड़की भी उसी की तरह ज़रख़रीद ग़ुलाम है। उसे भी क्या उसकी तरह ही भूखी रहकर तकलीफ़ें झेलनी पड़ती हैं? क्या उसे भी घर का मालिक चाबुक से पीटता है? उसे इन बातों का जवाब नहीं मालूम। उसे तो सिर्फ़ इस बात का सुकून मिलता है कि बड़ी-बड़ी काली आँखों से उसे देखनेवाली वह लड़की उसकी तकलीफ़ों को देख पा रही है।

एक दिन उसने उस लड़की से कहा, 'तुम क्या शिउली को एक बार बुलाकर ला सकती हो?' वह दो घर छोड़कर रहती है।

वह लड़की बिना कुछ समझे हँसी और उसने सिर हिला दिया।

यह देखकर उसे अच्छा लगा। हो सकता है, एक दिन वह लड़की सचमुच शिउली को उसके पास ले आए, और तब वह और शिउली इस नरक से बाहर निकल जाएँगी।

जिस दिन बरामदे में खड़ी होकर नर्गिस काँच की दीवार से सिर ठोंक कर रो रही थी, उस दिन केन्या की उस लड़की ने नाचते हुए अपने देश का एक गीत गाया था : 'कानयॉनी काँजा, कानयॉनी काँजा, गेकुग्वा जाँ ना मिथेको, दाकोरिया अतिरी, दाकोरिया अतिरी।'

नर्गिस को एक भी शब्द समझ में नहीं आया, लेकिन उसने सुना। उस लड़की ने उसे अपने देश का कोई गीत गाने के लिए कहा। नर्गिस कोई भी गीत न गा सकी, वह सारे गीत भूल चुकी थी। उसके गले में कोई सुर नहीं थे, उसके कंठ में तो केवल रुलाई के स्वर थे।

नर्गिस समझ गई, वह जेल से भी ज़्यादा ख़राब किसी जगह पर है। यहाँ से निकलने के लिए वह कितनी भी कोशिश कर ले, उसे पता है, वह नहीं निकल पाएगी। लेकिन वह दिनों का हिसाब रखती रही। जिस दिन महीना ख़त्म हो गया, उसने बीवी से चेहरे और आँखों की भाषा, हाथ और हाथ की उँगलियों की भाषा, अपनी मातृभाषा में अरबी के कुछ शब्द जोड़कर कहा—वह अब और इस घर में काम नहीं करेगी। उसे उसकी तनख़्वाह दे दी जाए, वह जाना चाहती है।

बीवी ने समझकर भी न समझ पाने का दिखावा किया। दूसरे कमरे से अबू

फ़ैज़ल को फ़ोन करके बुलवा लिया। अबू फ़ैज़ल चाबुक लेकर हाज़िर हो गया।

यह देखकर नर्गिस उसके पैरों पर गिरते हुए बोली, 'मुझे छोड़ दीजिए! मुझ पर दया कीजिए! मुझे मत मारिए!' नर्गिस की बात कौन सुनता! अबू फ़ैज़ल ने इतनी ज़ोर से लात मारी कि नर्गिस छिटककर दूर जा गिरी। इसके बाद हर दिन की तरह पीठ पर चाबुक बरसते रहे।

नर्गिस समझ गई, चिल्लाकर, रोकर, सिर फोड़कर, ग़ुस्सा करके कोई फ़ायदा नहीं होने वाला। उसे स्वीकार कर लेना होगा कि उसका अतीत-जैसा कुछ नहीं था, वह तो ज़रख़रीद ग़ुलाम बनकर ही पैदा हुई है। उसे अपनी बाक़ी ज़िन्दगी ग़ुलामों की तरह ही बितानी होगी। उसे हर रोज़ चाबुक की मार खानी होगी। पाप करने पर नरक की आग में झुलसना होता है। इसी का नाम शायद नरक है। शायद क्यों, इसी का नाम नरक है।

दो महीने बाद उसने फिर अपनी तनख़्वाह की माँग की। उसका वज़न काफ़ी कम हो चुका था। और भी कम हो जाता लेकिन किसी को बिना बताए बीच-बीच में वह फ्रिज में से थोड़े अंगूर, संतरे का रस, और खजूर खाकर उसने अपने-आपको बचाए रखा था। सेब नहीं खा सकी, वे गिनकर रखे गए थे, लेकिन अंगूर और खजूर तो कोई गिनकर नहीं रखता। वह जानती है, बिना पूछे कुछ खाना अनुचित है, लेकिन उसके पास इसके सिवा कोई और उपाय नहीं था। सभी तो ख़ुद को ज़िन्दा रखना चाहते हैं। लोग नरक में भी जीवित रहना चाहते हैं।

अबू फ़ैज़ल ने उसे घसीटकर रसोई के फ़र्श पर गिरा दिया था। उसके हाथ में चाबुक था। इस बार नर्गिस ने दोनों हाथों से कसकर उस चाबुक को पकड़ लिया ताकि वह अपनी पीठ बचा सके। वह चीख़ रही थी। यह चीख़ सुनकर केन्या की वह लड़की क्या उसे बचाने नहीं आएगी? लेकिन एक ज़रख़रीद ग़ुलाम अन्य ज़रख़रीद ग़ुलाम को कैसे बचाएगी भला? नर्गिस ने अनुमान लगाया, हो सकता है—वह लड़की इस समय बरामदे में आकर खड़ी हुई हो! उसे ढूँढ़ रही हो! हो सकता है, उसके लिए वह आज भी गा रही हो, 'कानयॉनी काँजा, कानयॉनी काँजा!'

नर्गिस के चीख़ने की एक ही वजह थी, आसपास के घर से कोई आकर उसे देखे। उसे इस घर से बाहर निकाले। आख़िरकार ज़िद पकड़कर पड़ी हुई नर्गिस की ओर उसका मोबाइल फ़ोन फेंककर उसकी गर्दन पकड़कर धक्का देते हुए बीवी ने उसे घर से बाहर निकाल दिया। नर्गिस चीख़ती हुई कह रही थी, 'मुझे दो महीने की तनख़्वाह चाहिए... मुझे दो महीने की तनख़्वाह दो।'

बीवी ने दरवाज़ा खोलकर कह दिया, वह तनख़्वाह नहीं देगी। उसे उन्होंने एजेंट को पैसे देकर ही ख़रीदा था। अब बस यह मुसीबत टले तो उन्हें राहत मिले।

उसने शिउली को फ़ोन किया। शिउली का फ़ोन बन्द था। वह सिहर उठी। तो क्या शिउली भी उसी की तरह बुरे दौर से गुज़र रही है? वह तेज़ी से लिफ़्ट से

उतरकर दो घर छोड़कर बड़ी-सी बिल्डिंग में घुस गई और जो भी सामने आया, उसी से पूछने लगी, 'अबू सूफ़ियान किस मंज़िल पर रहते हैं? उनके घर में शिउली नाम की एक लड़की काम करती है। मैं उससे मिलना चाहती हूँ।'

किसी को नर्गिस की भाषा समझ में नहीं आई। किसी ने समझने की कोशिश भी नहीं की। उसे धक्के मारकर बिल्डिंग से निकाल दिया गया। मनुष्य उसे कहीं पर भी मनुष्य नहीं मान रहे थे।

फ़ोन पर उसने मोहम्मद से कहा, 'आप लोग मेरी हत्या करना चाहते हैं, है न? मुझे ऐसे जल्लाद के घर मरने के लिए आपने क्यों भेजा था? मुझे आप लोगों ने उन्हें बेच दिया था? उन लोगों ने आपको कितने पैसे दिये थे? उन लोगों ने मुझे दो महीने की तनख़्वाह नहीं दी। मैं गेट के पास बैठी हूँ, मुझे यहाँ से ले जाइए।'

मोहम्मद ने कहा, 'उन लोगों ने कह दिया था, उस घर में लगातार छह महीने तक अगर काम नहीं करोगी तो वे तनख़्वाह नहीं देंगे।' मोहम्मद ने कह दिया, इस समय तुम्हें वहाँ से लाने वाला कोई व्यक्ति नहीं है। कोई मिल जाएगा तो वह लाने का इन्तज़ाम करवा देगा।

नर्गिस ने बेचैनी में फिर से मोहम्मद को फ़ोन किया, वह फिर-फिर फ़ोन करती रही। आख़िरकार उस आदमी ने कह दिया कि शाम हो जाएगी।

शाम ढलने के बाद उसे वहाँ से ले जाया गया। मोहम्मद के घर पर दाल-भात खाने को मिला। उसने दो महीने बाद पेट भरकर खाना खाया। उसने आइने में अपने-आपको देखा, उसका वज़न तो कम हुआ ही था, आँखों के नीचे काले धब्बे भी पड़ गए थे। नर्गिस ख़ुद अपना चेहरा नहीं पहचान पा रही थी।

'शिउली, लिली और हस्ना कैसी हैं', बार-बार पूछने पर मोहम्मद से छोटा-सा जवाब मिला, 'ठीक हैं।'

नज़िमुद्दीन को उसने सारी बातें बता दी थीं। बता दिया कि उसने किस तरह चाबुक की मार खाई, सुनकर नज़िमुद्दीन ने कहा, 'सहन क्यों नहीं किया? थोड़ा और सह लेतीं तो क्या बिगड़ जाता?' उसने कहा, वह अपने देश लौटना चाहती है। नज़िमुद्दीन ने कह दिया, वह अगर पैसे लेकर नहीं आएगी तो वह उसका मरा मुँह देखेगी। उधार चुकाने में उसकी हालत पस्त हो रही है। नर्गिस पूरी रात रोती रही। उसके साथ वाले कमरे में पूरी रात मोहम्मद और उसके सहकर्मी सुकून से सोते रहे।

[3]

मोहम्मद ने नया घर तलाश कर अगले दिन नर्गिस को विदा कर दिया। नया घर भी अमीर आदमी का चमचमाता घर था। मालिक का नाम था अब्दुर्रशीद। रशीद की बीवी बिस्तर से उठ नहीं सकती थी। ब्रेन हेमरेज की वजह से उसके आधे शरीर में

लकवा मार गया था। उनके तीन बेटे थे, उनकी उम्र उन्नीस, बीस और इक्कीस थी।

नर्गिस का काम खाना बनाकर टेबल पर परोसने से लेकर समूचे घर को साफ़-सुथरा रखना था। बीवी की देखभाल के लिए सुबह-शाम नर्स आती थी। नर्गिस अगर उनकी देखभाल न करे तो भी चलेगा, लेकिन बीवी जब बेडपैन का इस्तेमाल कर ले तो उसे उसी को साफ़ करना होगा। बीवी के बिस्तर की चादर, उसके कपड़े उसे हर रोज़ जीवाणुनाशक से धोना होगा।

नर्गिस अब घर के ज़्यादातर काम कर लेती है। इसलिए उसे कोई असुविधा नहीं हुई। पिछले घर की तरह इस घर में दासी-बाँदियों को दुरुस्त करने के लिए चाबुक नहीं है। इस घर में खाना मिलता है। इसमें भी कोई असुविधा नहीं है। बीवी का पैन साफ़ करने के दौरान कितनी ही बार उसे मितली आ चुकी है! लेकिन अच्छी तनख़्वाह मिलेगी, यह सोचकर वह चुपचाप काम करती रही। नज़िमुद्दीन का मरा हुआ चेहरा न देखना पड़े, वह इसलिए सारे काम करती रही। और उसने सोच लिया, ज़िन्दगी में कोई बहुत बड़ा पाप उसने किया था, इसलिए उसे यह सज़ा भोगनी पड़ रही है।

उस घर के मुक़ाबले यह घर अच्छा था। अब्दुर्रशीद उसके साथ मुसकराकर बात करते हैं। कोई अगर सहज-सा कोई सवाल करे तो नर्गिस ने अरबी में उसका जवाब देना सीख लिया था। उसे देखकर बीवी के चेहरे पर मलिन मुसकराहट आ जाती थी। कमरे में पोंछा लग जाता तो गर्दन हिलाकर जता देती कि ठीक है। नर्गिस बीवी से अरबी में पूछती, 'कुछ चाहिए? पानी दूँ?' कहती, 'आप अच्छी हो जाएँगी, चिन्ता मत कीजिए।' वह गूगल करके देख लेती, किस शब्द का अरबी क्या है।

लड़के अपने-अपने कमरों में अपने-अपने कामों में मशगूल रहते। इस घर में उसका फ़ोन नहीं छीना गया था। खाना बनाने के बाद वह रसोई के कोने में बैठकर अपने देश फ़ोन लगाकर सुमन से बात करती है। उसकी नज़िमुद्दीन से बात करने की इच्छा नहीं होती। नज़िमुद्दीन जब फ़ोन लगाता तो उसे डर लगता रहता। जिस तरह अबू फ़ैज़ल की आवाज़ सुनने पर उसे डर लगा करता था, वैसा डर। उसने शिउली को फ़ोन लगाया, वह तब भी बन्द था। उसने लिली और हस्ना को भी फ़ोन किया। फ़ोन बजता रहा, लेकिन किसी ने नहीं उठाया। वे लोग कैसे हैं, वह ख़ुद किन हालात में रही, यह सब बताने की उसे बेचैनी होती रही। जब उसकी बेचैनी बढ़ जाती तो वह 'कानयॉनी काँजा, कानयॉनी काँजा' गाने लगती। वह अपने देश के सारे गीत और उन गीतों की धुनें भूल चुकी थी। उसे तो केवल उस काली लड़की वाली धुन याद थी।

एक दिन वह खाना बना रही थी, ऐसे समय अब्दुर्रशीद ने आकर पीछे से नर्गिस को दोनों हाथों से जकड़ लिया। नर्गिस छिटककर हट गई। वह आदमी हँसता-हँसता चला गया। दो दिन ऐसा ही होता रहा। उसने एक बार सोचा कि बीवी को यह सब

बता दे। उनसे कह दे कि आप अपने पति को मेरे साथ ठीक व्यवहार करने के लिए कहें, अन्यथा मैं इस घर में काम नहीं करूँगी। उसने ऐसा सोचा लेकिन कहा नहीं। कहीं ऐसा न हो कि बीमार व्यक्ति अपने पति के चरित्र के बारे में जानकर और बीमार हो जाए!

अगले दिन आधी रात को उसके बिस्तर पर आकर एक हाथ ने उसका मुँह दबा दिया, दोनों पैरों से उसके पैरों को जकड़कर शराब के नशे में चूर अब्दुर्रशीद ने उसके साथ दुष्कर्म किया। इसके बाद नर्गिस पूरी रात एक लाश की तरह पड़ी रही। अस्फुट स्वरों में सिर्फ़ इतना कह सकी, 'नज़िमुद्दीन, तुम आकर मेरा मरा हुआ चेहरा देख जाओ।'

अब वह क्या करे? वहाँ से भाग जाए? लेकिन भागकर जाएगी कहाँ? एजेंट लोग क्या उसे उसके देश भेजेंगे? नहीं भेजेंगे। टिकट ख़रीदने के लिए वे पैसे माँगेंगे। नर्गिस को पैसे कहाँ से मिलेंगे? नज़िमुद्दीन पैसे देंगे नहीं, एकमात्र नर्गिस के पिता ही पैसे दे सकते हैं। लेकिन लौट जाने पर नज़िमुद्दीन का मरा हुआ चेहरा देखना पड़ेगा। उसे रुपये भेजने ही होंगे। सबसे पहले तो उधारी चुकानी है, फिर कपड़े की दुकान के बारे में सोचेंगे।

अलस्सुबह उसने फिर महसूस किया कि उसके बदन पर फिर से एक शरीर चढ़ बैठा है। तो क्या अब्दुर्रशीद फिर से उसके साथ दुष्कर्म करने आया है? नहीं, इस शरीर का वज़न उतना नहीं था। वह मालिक नहीं था। हलकी रोशनी में उसने देखा, वह मालिक का मँझला बेटा सलमान था। इसके पहले कि नर्गिस चीख़कर उठ जाती, उससे पहले ही उसने उसके मुँह में कपड़ा ठूँस दिया। सलमान भी उसके साथ दुष्कर्म कर गया। इसके बाद नर्गिस का क्या काम था? नहाकर पवित्र होकर घर के तमाम काम करना। ज़रख़रीद ग़ुलामों का तो यही काम है। ज़रख़रीद ग़ुलामों का काम है मालिक को सुखी रखना।

अब से हर दिन यही चलता रहा। महीने-दर-महीने। अब्दुर्रशीद शराब पीकर रात बारह के आसपास आकर दुष्कर्म करता और सुबह-सुबह सलमान आ जाता। अब्दुर्रशीद उसके बदन पर कुछ पैसे रख जाता। उन पैसों को वह नज़िमुद्दीन के लिए बचाकर रखती ताकि उसका मरा हुआ चेहरा न देखना पड़े।

एक दिन उसने नज़िमुद्दीन को फ़ोन किया और ज़ार-ज़ार रोने लगी, लेकिन उसने कुछ नहीं बताया। नज़िमुद्दीन ने उधर से कहा, उसने जिससे रुपये उधार लिये थे, वह घर आकर उसे धमकी दे रहा है, लिहाज़ा उधार चुकाने लायक़ पैसे नर्गिस जल्दी से उसे भिजवा दे। उसने जमाल से सुना था कि पैसे भेजना बहुत ही आसान काम है। रियाद के एजेंट को पैसे दे दें तो जमाल नज़िमुद्दीन को वह पैसा दे देंगे।

दो महीनों से अपने बदन पर फेंककर दिये गए अब्दुर्रशीद के पैसे गिनकर

नर्गिस ने देखा, वे नौ हज़ार रियाल थे। वह एक दिन पूरे नौ हज़ार रियाल मोहम्मद के हाथों में रख आई, ताकि दो-एक दिन में जमाल नज़िमुद्दीन को दो लाख रुपये दे दें। उसने नज़िमुद्दीन को भी बता दिया कि जमाल उसे दो लाख रुपये दे देंगे।

नज़िमुद्दीन के स्वर में ख़ुशी उमड़ पड़ी। नर्गिस की उस ख़ुशी की आवाज़ को फिर से सुनने की इच्छा नहीं हुई। उसने 'नेटवर्क ख़राब है' कहते हुए फ़ोन काट दिया।

मोहम्मद ने ज़्यादा बात नहीं की, लेकिन पूछा, 'तुम्हारी दो महीने की तनख़्वाह तो इससे कम है, तो तुम्हें इतने पैसे कहाँ से मिले?'

नर्गिस चुप रही।

'ख़ुश होकर दिये हैं शायद? उस घर में तो फ़ालिज की मरीज़ है न! बेडपैन साफ़ करना पड़ता है?'

नर्गिस ने सिर हिलाया, 'हाँ।'

इसके बाद वह जिस टैक्सी से गई थी, उसी से घर लौट आई। वह अब्दुर्रशीद की इजाज़त से ही इस काम के लिए गई थी। यह काम निपटाकर उसे हलका महसूस हुआ। मानो वह इतने दिनों से अपनी गर्दन पर दस मन का बोझ लादे फिर रही थी, वह उतर गया। उसकी इच्छा हुई, एक दिन वह नज़िमुद्दीन को बता दे कि ये लोग उसके साथ बहुत दिनों से दुष्कर्म कर रहे हैं, लेकिन उसने नहीं बताया। उसे डर था, कहीं नज़िमुद्दीन यह न कह बैठे कि वे दुष्कर्म करें तो करें, इसमें ऐसा क्या है, सहन कर लो। ठीक जिस तरह पिछले घर में उसे चाबुक से मारा जाता है, सुनकर उसने कहा था, 'तुमने थोड़ा सहन क्यों नहीं किया? तुम थोड़ा सहन कर सकती थीं। कष्ट करने पर ही केष्टो (कृष्ण) मिलते हैं।' इससे तो बेहतर है, नर्गिस नज़िमुद्दीन का यह जवाब सुने ही नहीं। इसकी बजाय नर्गिस यह सोचे कि उसके साथ दुष्कर्म किया जा रहा है, सुनकर नज़िमुद्दीन ग़ुस्से से फट पड़ेगा, जमाल के ऑफ़िस को तहस-नहस कर देगा, जमाल की कॉलर पकड़कर उसे थप्पड़ मारेगा। उसे आदेश देगा कि वह नर्गिस को आज ही अपने देश वापस भेज दे, उसे रुपये-पैसों की ज़रूरत नहीं है।

नर्गिस दाँत पीसकर बाप और बेटे का यौन-उत्पीड़न सहती रही। सहती रही और अपने देश लौटने का इन्तज़ार करती रही। देश लौटने के लिए टिकट ख़रीदने की प्रतीक्षा करती रही। नज़िमुद्दीन को यदि इसकी ख़बर दी तो वह ज़रूर बाधा पहुँचाएगा। कहेगा, देश लौटीं तो उसे उसका मरा हुआ मुँह देखना पड़ेगा। वह हर रात अपना मरा हुआ मुँह देख रही थी। नज़िमुद्दीन का मरा हुआ मुँह देखना पड़े तो वह देखेगी। तीन महीने बाद उसने अब्दुर्रशीद से अपनी तनख़्वाह की माँग की। अब्दुर्रशीद ने कहा, 'तुम्हारी तनख़्वाह जमा हो रही है, एकसाथ ले लेना।'

'नहीं, एकसाथ से काम नहीं चलेगा। मुझे पैसों की बहुत ज़रूरत है।'

नितंब पर चिकोटी, छाती पर दाँत लगाने-जैसे रंग-तमाशे करने के बाद अब्दुर्रशीद ने उसके हाथ में पैसे रख दिये।

पैसे हाथ में आते ही सूटकेस लेकर उसने सीधे दरवाज़ा खोला और बाहर निकल गई। अब्दुर्रशीद अवाक् खड़ा रह गया। सलमान ने नर्गिस को रोकने की कोशिश की, लेकिन अब्दुर्रशीद ने ही उसे ऐसा करने से मना कर दिया। वह सीधे मोहम्मद के ऑफ़िस जा पहुँची। उसने मोहम्मद से कहा कि उसे अपने देश जाने के लिए वह टिकट ख़रीद दे। उस रात भी उसे उसके ऑफ़िस में रहना पड़ा।

गहरी रात को नर्गिस ने महसूस किया, किसी ने उसका मुँह दबा रखा है। कान में फुसफुसाते हुए कह रहा है, 'ज़रा भी आवाज़ मत निकालना। आवाज़ करेगी तो गला दबाकर मार दूँगा।' उसने बड़ी सख़्ती से उसका गला जकड़ रखा था। नर्गिस लाश की तरह लेटी रही। वह आदमी दुष्कर्म करके चला गया।

कौन था वह आदमी? कोई सहकर्मी? नहीं, वह ख़ुद मोहम्मद था। मोहम्मद ने बताया, उसे कुछ दिन और इन्तज़ार करना होगा। कारण कि उसके साथ उसके देश के कुछ और लोग भी जाएँगे। माल असबाब भी जाएगा।

नर्गिस ने नज़िमुद्दीन को नहीं बताया कि वह देश लौट रही है। मरा मुँह देखने की धमकी वह और नहीं सुनना चाहती, इसलिए उसने उसे यह बात नहीं बताई। उसने नहीं बताया कि नज़िमुद्दीन की रेडिमेड की दुकान के लिए पैसा कमाना सम्भव नहीं हो सका। सम्भव होगा भी नहीं।

मोहम्मद दुष्कर्मी है, फिर भी उसी मोहम्मद से नर्गिस मदद की गुहार लगा रही थी। उसने खुलकर बताया, किस तरह हर रोज़ वह बाप-बेटे के दुष्कर्म का शिकार होती रही। उसने बताया, पिछले दो महीने से उसे माहवारी नहीं हो रही है। हो सकता है, उसके पेट में बच्चा हो। देश लौटने से पहले वह बच्चा गिराना चाहती है। मोहम्मद ही इस समय उसकी मदद कर सकता है, उसे राह दिखा सकता है। वही बताएगा, इस काम को कैसे अंजाम दिया जाना है। मोहम्मद ने बताया इस देश में बच्चा नहीं गिराया जा सकता। जो कुछ करना है अपने देश में ही करना पड़ेगा।

दुष्कर्म अब नर्गिस की ज़िन्दगी में हर रात की घटना बन गई थी। वह यह जान गई है, किसी भी बहाने से, किसी भी तरक़ीब से आदमी लोग उसके शरीर का भोग करेंगे। आदमियों के ख़िलाफ़ उसकी नफ़रत इतनी ज़्यादा बढ़ गई थी कि कभी-कभी लगता है, वह ज़रूर किसी की हत्या कर देगी। वह जब एजेंट लोगों का खाना बनाती है, मांस काटने की बड़ी छुरी हाथ में लेकर, उसकी इच्छा होती है कि वह उनका ख़ून कर डाले, मोहम्मद की हत्या कर दे। मोहम्मद ने ही उसे अबू फ़ैज़ल और अब्दुर्रशीद के घर भेजा था। क्या मोहम्मद को पता था कि उन लोगों में से एक बर्बर है और दूसरा बलात्कारी? शायद उसे पता था। वह निश्चय

ही जानता था। मोहम्मद ने ही नर्गिस की ज़िन्दगी बरबाद कर दी है। लेकिन हत्या करने की आदत न होने की वजह से वह ऐसा नहीं कर पाती।

[4]

सऊदी अरब पच्चीस लड़कियाँ आई थीं। आज सात लड़कियाँ लौट रही हैं—पाँच जीवित और दो मृत। मरी हुई लड़कियाँ ताबूत में हैं। ताबूत में है शिउली। सोलहवें माले के फ़्लैट से कूदकर उसने आत्महत्या कर ली थी। दूसरे ताबूत में है हस्ना। मालिक ने अत्याचार करते-करते उसे मार डाला।

दोनों ताबूत सामने रखकर नर्गिस और लिली हतबुद्धि की तरह बैठी हुई हैं। लिली के बदन पर भी काले निशान हैं। नर्गिस की लिली से जानने की इच्छा नहीं हुई कि वह कहाँ थी, कैसी थी, उसके बदन पर इतने सारे काले निशान क्यों हैं! लिली ने भी नहीं पूछा कि उसका वज़न आधा क्यों हो गया, आँखों के नीचे का हिस्सा क्यों इतना स्याह है!

चारों ओर देखते हुए नर्गिस सवाल करती रही, इन अन्यायों की क्या कोई सुनवाई नहीं होगी? हत्या करने पर भी क्या कोई सुनवाई नहीं होगी?

कोई जवाब नहीं देता। थोड़ी देर बाद एक सहकर्मी ने कहा, 'मिसकीनों के साथ जो मर्ज़ी करने का अधिकार अरबों को है। इन सब पर कोई सुनवाई नहीं होती। हम लोग तो कितनी ही लाशें देश भेजते रहे हैं!'

'तो फिर लोगों को इस मुल्क़ में तुम क्यों लाते हो?'

'लोग आना चाहते हैं इसलिए लाते हैं।'

हवाई जहाज़ में नर्गिस और लिली साथ-साथ बैठीं। लिली बिना कुछ कहे आँसू बहाती रही। दूसरों की आँखों में आँसू देखने पर अपनी आँखें भी नम हो जाया करती हैं। लेकिन नर्गिस की आँखें नम नहीं होतीं, उसके सीने में बेचैनी होती रहती है। एक समय वह बेचैनी शब्दों में, चीख़ के रूप में फूट पड़ती है। एयर होस्टेस दौड़कर आ जाती है। उसे रुकने को कहती है। कोशिश करके भी वह ख़ुद को नहीं रोक पाती।

हवाई अड्डे पर ताबूत लेने के लिए शिउली और हस्ना के परिजन आए थे। जब ताबूत बाहर आया तो उसे छूकर नर्गिस और लिली रोने लगीं। लेकिन उनका हाहाकार हवाई अड्डे के कोलाहल में खो गया। मृतकों को लेने लोग आए थे, लेकिन जीवितों को लेने कोई नहीं आया। नर्गिस और लिली के लिए कोई नहीं आया। दोनों ढाका से बस लेकर शेरपुर आए, नर्गिस अपने पिता के यहाँ रुक गई, लिली अपनी ससुराल नकला चली गई। नर्गिस ने नज़िमुद्दीन को ख़बर नहीं की कि वह लौट आई है। उसे इसकी ज़रूरत महसूस नहीं हुई। हालाँकि नज़िमुद्दीन

को इस बात की ख़बर पहले ही हो चुकी थी। उसने एक बार भी फ़ोन करके यह जानने की ज़हमत नहीं उठाई कि नर्गिस कहाँ है।

नर्गिस लगातार दो दिनों तक सोती रही। मालूम होता था, वह कई सालों से नहीं सोई है। माँ-बाप को समझ में नहीं आया, इस समय नज़िमुद्दीन कहाँ है। उन्होंने उसे ख़ुद होकर फ़ोन नहीं किया। लम्बी नींद से उठकर काफ़ी सारा समय बिताने के बाद नर्गिस नहाने चली गई। उसे लगा, गंदगी भरे गटर में बहुत समय से डूबे रहने के बाद उसने काफ़ी सारा साबुन और शैम्पू लगाकर स्नान किया है।

लिली के आने पर वह उसके साथ बाहर निकल गई। लिली उसे ढाका में अपने एक परिचित क्लीनिक ले गई। टिकट के लिए ख़र्च करने के बाद जो रुपये बचे थे, उन पैसों से नर्गिस ने गर्भपात करवा लिया। क्लीनिक के पास ही एक होटल के किराये के कमरे में उसे एक रात आराम करना पड़ा। लिली उसके साथ रही। वह उसे पकड़-पकड़कर बाथरूम ले गई, अपने हाथों से उसने उसे खाना खिलाया। उसने एक बार भी नहीं पूछा कि वह लगभग छह महीने अपने पति के साथ नहीं थी, तो फिर ढाई महीने का बच्चा उसके पेट में कैसे आया। घर का मालिक लिली के साथ भी दुष्कर्म करता था, लेकिन उसकी क़िस्मत अच्छी थी कि उसके बच्चा नहीं ठहरा। दुष्कर्म के अत्याचार की वजह से लिली भाग आई थी। उसके भाग आने की वजह से उसका पति भी नाख़ुश ही था, और इस कारण वह उसे हवाई अड्डे पर लेने नहीं आया था।

लिली अपनी ससुराल में बता आई थी कि उसकी एक सहेली बीमार है, उसे दिखाने के लिए उसे ढाका जाना होगा। वह कल या फिर परसों लौटेगी। लिली के पति ने चीख़ते हुए कहा था, उसे इन सब बातों पर भरोसा नहीं है। वह जानता है, लिली अपने किसी नये प्रेमी के साथ रात बिताने जा रही है। लेकिन इन बातों से लिली रुकी नहीं। अब वह पहले वाली नरम-मुलायम लड़की नहीं थी। लोगों की बर्बरता ने उसे लोगों को पहचानना सिखा दिया था।

गर्भ गिराने के बाद नर्गिस के शरीर और मन को थोड़ा आराम मिला था। अब उसके बदन में सऊदी अरब की कालिख नहीं थी। लेकिन शरीर में से भ्रूण निकालने भर से कालिख के सारे निशान मिट नहीं जाते। अब भी पीठ से काले निशान मिटे नहीं थे। अब भी छूने भर से धनुष की तरह पीठ मुड़ जाती है।

ढाका से शेरपुर लौटकर नर्गिस ने देखा, घर पर नज़िमुद्दीन बैठा हुआ है। उसकी आँखों से अंगारे बरस रहे थे। थकी और बीमार नर्गिस को देखकर वह शेर की तरह उसे मारने दौड़ा। नज़िमुद्दीन को बड़ी मुश्किल से नर्गिस के पिता ने दोनों हाथों से पकड़कर रोका।

'कहाँ गई थी? सऊदी से पेट में बच्चा लेकर आई थी और फिर बच्चा गिराने गई थी न? इस बात की जानकारी चंद्रकोणा के सब लोगों को है। जा, अब जाकर

वेश्यालय में वेश्यागीरी करके खा। भद्र समाज में अब तेरी कोई जगह नहीं है। तू रास्ते में निकली तो चंद्रकोणा के लोग तुझे पत्थर मारेंगे। तेरी-जैसी वेश्या से मैंने क्यों मरने के लिए शादी की? सुमन अपनी वेश्या माँ का चेहरा कभी नहीं देख पाए, मैं ऐसा इन्तज़ाम करूँगा। मैं तुझे तलाक़ देता हूँ—एक तलाक़, दो तलाक़, तीन तलाक़, बाइन तलाक़।'

नज़िमुद्दीन किसी से कुछ भी बोले बिना वहाँ से चला गया।

नर्गिस थकी हुई थी। वह कमरे में जाकर बिस्तर पर लेट गई। लेटे-लेटे उसने सोचा, नज़िमुद्दीन ने ठीक ही कहा था—नर्गिस अगर लौट आई तो वह उसका मरा हुआ मुँह देखेगी। आज वह अपना मरा हुआ मुँह ही दिखा गया है।

[5]

इस घटना के दो महीने बाद नज़िमुद्दीन ने देख-सुनकर चंद्रको़णा की ही एक लड़की से शादी कर ली। सुमन उसी घर में बड़ा होता रहा।

गुलाब

[1]

मेरा नाम गुलाब है, सुनकर बहुत-से लोग पूछते हैं—नाम के आख़िर में बेगम या ख़ातून नहीं है? मैं कहती हूँ, नहीं है। पैदा होने के बाद से ही घर के सभी मुझे गुलाब कहकर पुकारते थे। मुझे स्कूल में भर्ती करवाया था। मेरा नाम वहाँ गुलाब ही था। गार्मेंट में नौकरी पाने के दिन नाम लिखते समय मैंने गुलाब ही लिखा था। वहीं पर काम करते हुए आज दस साल हो गए हैं। पलक झपकते ही साल गुज़र जाते हैं। पाँच हज़ार से तनख़्वाह शुरू हुई थी, आख़िरी तनख़्वाह में साढ़े नौ हज़ार मिले थे। शंभूगंज से सावर आकर मुझे कुसुम लोगों की मदद से ही यह नौकरी मिली थी।

कुसुम लोग मेरे घनिष्ठ आत्मीय हैं। जब पिता की मृत्यु हुई, तब मेरी उम्र ग्यारह साल थी। दो साल बाद माँ ने दूसरी शादी कर ली थी। अपनी नई ससुराल में माँ तो रह सकती थीं लेकिन माँ की बेटी नहीं रह सकती। मजबूरी में माँ ने मुझे कुसुम लोगों के यहाँ भेज दिया था।

एक दिन कुसुम और उसकी दीदी ढाका चली आईं। वे मुझे भी अपने साथ ले आई थीं। चौदह साल की उम्र को काग़ज़ पर अठारह दिखाकर उन्होंने मुझे नौकरी पर लगा दिया। कारख़ाने के पास ही एक बस्ती में एक कमरा किराये पर लेकर हम तीन लोग रहने लगे। उस जर्जर कमरे को छोड़कर हमने बाद में एक अच्छा कमरा किराये पर ले लिया। दाल-भात की थाली में थोड़ा मांस-मछली का इन्तज़ाम भी होने लगा। बालों को तेल और शैम्पू भी मिलने लगा। बदन पर लगाने वाले सुगन्धित साबुन भी घर में आने लगे। पैरों को फटी चप्पलों की जगह नई चप्पलें मिलने लगीं। कुर्ते-पाज़ामे के बदले थ्री-पीस सूट को घर में दाख़िला मिल गया। गाँव की उन दरिद्र लड़कियों के हाथों में अब रहने और खाने-पहनने लायक़ पैसे आने लगे। पैरों के नीचे धीरे-धीरे ज़मीन भी आ गई।

महीने की तनख़्वाह मिलती तो माँ की बहुत याद आती। काश मैं कुछ पैसे माँ को भेज पाती! माँ तो अब मेरी छाया से भी दूर रहना चाहती हैं। मेरे साथ सम्पर्क ज़्यादा हुआ तो माँ के नये पति उन्हें तलाक़ दे देंगे। रुपये-पैसों का अभाव था तभी

तो माँ ने शादी से इनकार नहीं किया, अन्यथा वे मुझे छोड़कर क्यों रहना चाहतीं? मैं चाहती हूँ, माँ सब कुछ छोड़कर मेरे पास सावर चली आएँ। दो लोगों के जीवित रहने के लिए जितने पैसों की ज़रूरत होती है, उतने मैं अब कमा लेती हूँ। लेकिन माँ तो नहीं आएँगी। कैसे आएँगी भला? उस घर में माँ के एक बेटा हुआ है। हो सकता है, माँ मुझे न देख पाने के कारण एक दिन मुझे भूल ही जाएँ। वे यह भी भूल जाएँ कि मैं दिखने में कैसी थी। मेरे लिए माँ फिर अकेले में रोएँगी भी नहीं।

[2]

इस कारख़ाने में ही एक दशक बीत गया। काम भी बढ़ गया है और वेतन भी। ओवरटाइम भी बढ़ा है। कुसुम और उसकी दीदी दोनों ही शादी करके अलग हो गई हैं। मैं उसी पुराने घर में रह गई हूँ। उस घर के मालिक को किस्तों में पैसे देकर एक दिन मैंने वह घर ख़रीद लिया। कुसुम लोगों के पास तो पुश्तैनी घर है, मेरे पास तो कुछ भी नहीं है। जो कारख़ाना मुझे खिला रहा है, पहना रहा है, उचित है उसी की ज़द में मेरा घर, मेरा ठिकाना होना चाहिए।

दो-तीन महीनों से मैं ग़ौर कर रही हूँ, पलटू नामक एक आदमी कारख़ाने जाते-आते मुझसे घनिष्ठ होकर बात करने की कोशिश कर रहा है। वह व्यक्ति सी.एन.जी. चलाता है। गार्मेंट्स फैक्टरी में उसके रिश्तेदार हैं, बीच-बीच में मुलाक़ात करने आते हैं। फूलपुर में घर होने पर भी वह शंभूगंज की कुसुम को जानता है। वह आदमी क्या चाहता है? ज़्यादा कुछ नहीं चाहता—बस, थोड़ी देर बातचीत करना चाहता है।

'लेकिन मेरे पास तो समय नहीं है।'

'समय तो मेरे पास भी नहीं है। लेकिन अपने देश का कोई मिल जाए तो बात करने की इच्छा होती है। काम की बात भूल ही जाता हूँ।'

'आप तो फूलपुर के हैं और मैं शंभुगंज की। हम एक जगह के तो नहीं हैं।'

'अरे, वह एक ही बात है। शंभुगंज से फूलपुर है ही कितना दूर! दौड़कर पहुँचा जा सकता है। कुसुम तो मुझे देशी भाई कहकर बुलाती है। तुम्हें क्या दिक़्क़त है?'

'तो फिर आप कुसुम को भी जानते हैं?'

'क्यों नहीं जानूँगा? उनके घर जाता हूँ, खाता-पीता हूँ। उनके देश का आदमी जो ठहरा।'

'ठीक है, मैं भी आपको देशी भाई कहकर पुकारूँगी।'

'सिर्फ़ पुकारने से हो जाएगा? चाय-वाय तो पिलानी पड़ेगी न!'

देशी भाई बनकर तभी से मौक़ा मिलते ही सी.एन.जी. रोककर पलटू मेरे घर आने लगा। एक रोज़ देर रात को वह नशा करके आया। उसके पैर लड़खड़ा रहे

थे। मुँह से शराब की तेज़ गंध निकल रही थी। घर में घुसते ही वह बिस्तर पर औंधे मुँह लेट गया। मैं उसे खींचकर नहीं उठा सकी। सुबह काम पर निकलते समय मैंने सबसे पहले पलटू को घर से बाहर किया, फिर काम पर चली गई।

हम लोगों का काम चार मंज़िलों पर होता है। मशीन पर बैठने से पहले मैं कुसुम के पास गई। मैंने पूछा, "यह पलटू का क्या मामला है? वह आख़िर चाहता क्या है?"

कुसुम ने निर्लिप्त गले से जवाब दिया, "और क्या चाहता है, तुझसे शादी करना चाहता है।"

'धत्।'

'धत् क्यों? तू राज़ी हो जा। लड़का बुरा नहीं है। अच्छा-ख़ासा कमा लेता है। तू और कितने दिन अकेली-अकेली रहेगी! ज़िन्दगी में एक साथ की ज़रूरत तो होती ही है। उसे भी चाहिए, तुझे भी चाहिए। साथी न हो, हताशा महसूस होती है।'

'उसे कितने दिनों से जानती हो?'

'तीन-चार महीनों से जानती हूँ। शंभुगंज के कुछ और लोग भी उसे पहचानते हैं। इस इलाक़े में वह नया है।'

'वह तो शराब पीता है!'

'कौन आदमी है जो शराब नहीं पीता?'

मुझे पलटू अच्छा नहीं लगता, और फिर कभी-कभी अच्छा भी लगता है। उस रात वह किसी बुरे मतलब से मेरे घर नहीं घुसा था। इसी वजह से वह अच्छा लगता है। एक दिन वह मुझे अपने सी.एन.जी. में बिठाकर एक पार्क ले गया। उसने मुझे आइसक्रीम खिलाई और एक फ़िल्मी गीत भी गाकर सुनाया। उसने कहा, एक दिन वह मुझे फ़िल्म दिखाने ले जाएगा। इसके कुछ दिनों बाद ही अच्छे कपड़े पहनकर वह आया और मुझे फ़िल्म दिखाने ले गया। उस दिन पलटू दिखने में इतना अच्छा दिख रहा था कि लग ही नहीं रहा था, वह सी.एन.जी. चलाता है। ऐसा लग रहा था, मानो वह किसी ऑफ़िस में अच्छी नौकरी करता है!

सावर में मैं ही ख़ुद की अभिभावक थी। मेरा और कोई नहीं था। माँ होते हुए भी नहीं थी। मैं कुसुम और उसकी दीदी को ही अपना मानती थी। वे लोग थोड़ी-सी दूरी पर रहती थीं। मैं आपदा-विपदा में उन्हीं से सलाह लेती हूँ। ख़ुशी के मौक़ों पर भी वे लोग ही होती थीं। इन दस वर्षों में बहुत-सी नई सहेलियाँ बनी थीं, वे भी आसपास ही रहती हैं। हम लोग एक साथ झुंड बनाकर कारख़ाने जाते हैं, साथ लौटते हैं। उन लोगों के साथ कारख़ाने की समस्याओं को लेकर जितनी ज़्यादा बातें होती हैं—शादी-ब्याह, घर-संसार को लेकर नहीं होतीं। कुसुम भले ही कह रही हो कि 'इस उम्र में पुरुष साथी की ज़रूरत होती है, अन्यथा हताशा महसूस होती है।' लेकिन मैंने ग़ौर किया, हताशा-जैसी कोई चीज़ मेरे पास भी नहीं फटक

रही थी। मैं बड़े मज़े में थी। मज़े में इसलिए थी कि मैं अपनी मर्ज़ी के हिसाब से अपना जीवन जी पा रही थी। मैंने कुसुम का घर-संसार देखा है, वह अपने पति के लिए खाना बनाती है, उसे परोसकर खिलाती है, उसके बर्तन धोती है, उसके कपड़े धोती है, एक माँ की तरह उसकी देखभाल करती है—फिर सब्ज़ी में नमक कम पड़ जाए तो उसकी गालियाँ खाती है। एक दिन तो पता नहीं किस बात पर उसने थप्पड़ भी खाए थे। कुसुम की दीदी का घर-संसार भी ऐसा क्या सुखी था? लगातार दो लड़कियों को जन्म देने की वजह से उनके पति उठते-बैठते बोलते रहते हैं कि पापी औरतें ही पुत्र-संतान को गर्भ में धारण नहीं कर पातीं।

पलटू को पता था, कब मैं घर पर रहूँगी और कब कारख़ाने में। समय का अन्दाज़ करके वह मेरे घर चला आता है। उसके इतने ज़्यादा आने-जाने को लेकर मोहल्ले में बातें होने लगी हैं। लोग कहने लगे हैं, 'पहले यह लड़की दो बहनों के साथ रहती थी, तब ठीक थी। अकेली रहने के साथ ही इसने ग़ैरमर्द के साथ रहना शुरू कर दिया है। गार्मेंट वाली लड़कियाँ इज़्ज़तदार हैं, सभी अपने परिवार के साथ रहती हैं। यह मोहल्ला शरीफ़ों का मोहल्ला है, इस मोहल्ले को वेश्याओं का मोहल्ला नहीं बनने दिया जाएगा।' ये सारी बातें दावानल की तरह फैल गईं।

किसी के बीमार पड़ने पर मैं जो सेवा करती हूँ, अपने पैसों से दवाई ख़रीद देती हूँ, अस्पताल ले जाती हूँ, कोई लड़की पेट में बच्चा लिये अगर हिल-डुल नहीं पाती, उसे खाना दे आती हूँ, मोहल्ले के छोटे बच्चों को जो छुट्टी के दिन अ आ क ख पढ़ना सिखाती हूँ, गाँव से कोई लड़की आती और अगर उसे कहीं रहने की जगह नहीं मिलती तो उसे मैं अपने ही घर पर ठहराती हूँ, खाना खिलाती हूँ—ये सारी बातें मोहल्ले में नहीं फैलतीं।

पलटू के मेरे घर दो दिन आने से कलंक लग जाता है! सिर्फ़ एक रात वह मेरे यहाँ आकर सो गया था, इसके अलावा कोई और रात वह मेरे यहाँ नहीं रुका। अगर रात के बारह बज जाते तो भी वह चला जाता है। और कहा जा रहा है, पलटू मेरे घर रात बिताता है! मैंने मोहल्ले को वेश्याओं का मोहल्ला बना दिया है! यह अफ़वाह कुसुम लोगों के कानों तक भी पहुँच गई। एक दिन मुझ पर भयंकर नाराज़ होकर कुसुम और उसकी दीदी मेरे यहाँ आ धमकी।

'यह सब क्या हो रहा है? तेरी बदनामी की लपटों में तो अब हमारा रहना मुश्किल हो गया है। तुझे लोग मोहल्ले से निकालने वाले हैं। तेरी बदनामी यानी हमारी बदनामी। तेरा चरित्र ख़राब है इसलिए कहा जा रहा है कि हमारा चरित्र भी ख़राब है। यह सब सहन नहीं किया जा सकता। या तो तू पलटू से शादी कर ले, या फिर उसके साथ मिलना-जुलना बन्द कर दे।'

'मैं क्या ख़ुद उससे मिलती-जुलती हूँ? पलटू भाई ही तो चाय पीने आता है,

चाय पीते-पीते अपने देश की, अपने घर की बातें करता है। वह हर रोज़ तो आता नहीं। कभी-कभी आता है। किसी-किसी रोज़ रात हो जाने पर मैं उसे खाना देती हूँ, खाना खाकर वह चला जाता है।'

'लोग तो कहते हैं कि वह रात तेरे साथ रहता है?'

'धत्!'

'धत् करने से नहीं चलेगा, तू उससे शादी कर ले।'

'शादी कर ले, कहने से ही क्या शादी की जा सकती है? वह आदमी कौन है, उसके माँ-बाप कौन हैं, उसका क्या परिचय है, मुझे तो कुछ भी नहीं पता।'

'अच्छा, तेरा क्या परिचय है, ज़रा सुनूँ तो? तेरे माँ-बाप कहाँ हैं? कुछ दिखा पाएगी? तीन पीढ़ियों में कोई नहीं है, और तुझे दूसरों के ख़ानदान की जानकारी चाहिए?'

पड़ोसियों को बदनामी से बचाने के लिए और कुसुम के दबाव में एक दिन मुझे पलटू के साथ शादी के लिए राज़ी होना पड़ा। किसी तरह की देरी न करते हुए, कोई ढोल-नगाड़े बजाए बिना सिर्फ़ कुछ पड़ोसियों और कुछ सहेलियों को बताकर शादी सम्पन्न हो गई। पलटू लाल काग़ज़ में लपेटकर एक साड़ी लाया था, मैंने वह साड़ी पहन ली।

वर-वधू के निकट सम्बन्धियों में से कोई भी उस शादी में मौजूद नहीं था। पलटू के जो परिचित लोग थे या फिर इस शहर में जो यार-दोस्त थे, वे भी नहीं थे। कुसुम की दीदी काज़ी बुला लाई। काज़ी जल्दी में थे। सो पचास हज़ार एक रुपये का निकाहनामा लिखकर बिना देर किये हमारा क़बूल सुनते ही हमारे मुँह में दो मिठाइयाँ ठूँसीं और जेब में पैसे खोंसकर दफ़ा हो लिये। इसके बाद कुसुम और पलटू मिलकर सुबह जो पाँच किलो मिठाई के पैकेट बनवा लाए थे, उन्हें वे घर-घर जाकर बाँट आए। बस।

[3]

पलटू शादी के दिन से ही मेरे घर में रहने लगा। वह पहले भी सी.एन.जी. चलाता था, अब भी चलाता है। उसकी ज़िन्दगी में सिर्फ़ जगह बदली थी, और कुछ भी नहीं बदला था। शादी ने मेरी ज़िन्दगी को काफ़ी हद तक बदल दिया था। पहले एक व्यक्ति के लिए भात-तरकारी बनाती थी, अब दो लोगों के लिए बनाती हूँ। पलटू रात में खाता है, सुबह फिर खाकर काम पर निकलता है। पहले उसकी शराब के लिए मुझे पैसे नहीं देने पड़ते थे, अब देने पड़ते हैं। कहता है, शराब न पिये तो उसे रात में नींद नहीं आती। मैंने कहा था, 'कम-से-कम यह कचरा तो अपने पैसों से निगलो।'

'नहीं, ख़रीदने के लिए पैसे नहीं हैं, पैसे होते तो ख़रीद लेता।' वह पैसे अपने देश के फूलपुर वाले घर भेज देता है।

पलटू अपनी गृहस्थी के लिए पैसे नहीं देता, कहता है, उसके माँ-बाप, भाई, बहन—सब उसके ही पैसों पर निर्भर हैं, पैसे भेजने के बाद बिलकुल भी पैसे नहीं बचते कि मेरे हाथ में रख देगा या बाज़ार से सौदा ख़रीद लाएगा। शादी के बाद अन्य लड़कियाँ अपनी कमाई के पैसे जमा कर पाती हैं, और मेरे मामले में उलटा हुआ है। मैं शादी से पहले पैसे जमाती थी, शादी के बाद पैसे जमाना बन्द हो गया है। बदनामी को रोकने का ख़र्च कोई कम नहीं होता। शादी के छह महीने बाद पलटू ने कहा, वह अपने घर जाएगा।

'ठीक है, मुझे भी साथ ले चलो। तुम्हारे घर वाले देखें कि तुमने किससे शादी की है?'

नहीं, पलटू मुझे लेकर नहीं जाएगा। उसने बताया, ज़मीन-जायदाद से सम्बन्धित एक ज़रूरी काम के सिलसिले में उसे दो दिन के लिए जाना पड़ेगा, दो दिन बाद ही लौट आना होगा।

जिसे दो दिन बाद लौटना था, वह दो महीने बाद लौटा। मैंने कहा था सास-ससुर के साथ कम-से-कम फ़ोन पर ही बात करवा दो। पलटू राज़ी नहीं हुआ। बोला, शादी के बारे में अभी नहीं बता सकते, अभी बता दिया तो वे लोग समझेंगे कि अब ख़र्च के पैसे गाँव आने बन्द हो जाएँगे। लेकिन समय होने पर वह अपनी पत्नी को लेकर ज़रूर अपने घर जाएगा।

महीने बीतते रहे, साल बीतते रहे लेकिन वह समय नहीं आया। इसी बीच मैं गर्भवती हो गई। मैंने एक कन्या संतान को जन्म दिया। बिटिया मुझे माँ पुकारती है, पलटू को बाबा कहती है। बिटिया के लिए दूध ख़रीदने के वास्ते भी पलटू की जेब से दो पैसे नहीं निकलते। पलटू से शादी करने का मतलब यह हुआ कि उसे पालना, पलटू के दिये हुए बच्चे को पालना।

बिटिया का नाम मैंने बेली[1] रखा है। मुझे बेली फूल की गंध बहुत अच्छी लगती है। मेरी माँ को गुलाब प्रिय था, इसलिए उन्होंने अपनी बेटी का नाम रखा था गुलाब। मुझे बेली प्रिय है, मैं तो अपनी बिटिया का नाम बेली रखूँगी ही। उस समय बेली की उम्र तीन साल थी और पलटू अपने गाँव के घर गया हुआ था। उन्हीं दिनों फूलपुर की एक लड़की, जिससे मेरी नई-नई दोस्ती हुई थी, उसने बताया, वह पलटू को बचपन से जानती है, देश वाले घर में पलटू के बीवी-बच्चे हैं। सुनकर मैंने गहरी साँस छोड़ी। कुसुम को कुछ भी बताने की इच्छा नहीं हुई, सिर्फ़ इतनी इच्छा हुई कि उसके साथ हमेशा के लिए सम्बन्ध ख़त्म कर लूँ।

---

1. बेली—बेला अथवा मोगरा।

[4]

पलटू की गुप्त सच्चाई के पर्दाफ़ाश के बाद जब मैं बुरी तरह तहस-नहस हो गई थी, कारख़ाने की सीढ़ियाँ चढ़कर चौथे माले पर जाते समय मुझे दीवार पर दो दरारें दिखीं। कॉलम भी मुझे कैसे टेढ़े-मेढ़े-से लगे। मैंने चौथे माले पर दो-एक लोगों से पूछा कि उन्होंने यह देखा कि नहीं, उन्होंने भी देखा है। लड़कियों की आँखों की पुतलियों में आशंका कौंध उठी। मुझे लगा, यह आठ मंज़िला भवन किसी भी वक़्त भरभराकर गिर जाएगा। मैंने उसी रोज़ कई दिन की छुट्टी की दरख़्वास्त दे दी। छुट्टी मंज़ूर नहीं हुई। कई लड़कियों ने सुपरवाइज़र को कई बार कहा, दरारों की स्थिति बहुत अच्छी नहीं लग रही है। हम लोग तो ज़िन्दगी दाँव पर लगाकर काम कर रही हैं, घर पर हमारे छोटे-छोटे बच्चे हैं, लेकिन कौन किसकी बात सुनता है! हमारी आशंका बेबुनियाद नहीं थी। उसी दिन पूरी इमारत में चल रहे कपड़ों के पाँच कारख़ानों के सभी लोगों को बाहर निकल जाने के लिए कहा गया। निचली मंज़िल वाले बैंक और दुकान को भी बन्द कर दिया गया।

अगले दिन ख़बर लेने गई कि दरारों की मरम्मत कितने दिनों में पूरी हो जाएगी, कारख़ाना कब खुलेगा। हममें से कोई अन्दर नहीं गया था, हम सभी इमारत के बाहर इकट्ठा हुए थे। लगभग चार हज़ार कर्मचारी किसी नये निर्देश का इन्तज़ार करते रहे। और तभी हमें ख़बर मिली कि हमें कारख़ाने में घुसना होगा, काम शुरू करना होगा। इमारत के मालिक के पक्षकारों के साथ कारख़ाने के कुछेक सुपरवाइज़र और मैनेजरों ने हमें डरने से मना किया। बोले, मालिक ने कहा है, इमारत का निरीक्षण किया गया है, ये दरारें नहीं हैं, केवल थोड़ा-बहुत पलस्तर खिर गया है, बस। इसे लेकर चिन्तित होने की ज़रूरत नहीं है। इंजीनियर आकर देख गए हैं, उन्होंने कहा, यह कुछ भी नहीं है।

हम लोग—मैं, कुसुम, कुसुम की दीदी तथा और भी कुछ लोग—दीपा, साहिबा, चम्पा, रेशमा, अन्ना ने प्रतिवाद किया। हमने कहा, 'हम सभी ने दरारें देखी हैं, पलस्तर का खिर जाना एक बात है, और दरारें और बात।'

हमारे सुपरवाइज़र अब मुँह बिचकाकर बोले, 'तुम्हें बिल्डिंग की क्या समझ है? तुम लोग इंजीनियर हो क्या?' फिर, ख़ासे गम्भीर होकर उन्होंने गम्भीर आदेश दे दिया, 'इस बात को लेकर ज़्यादा रोना-गाना किया तो इस महीने की तनख़्वाह नहीं मिलेगी।' थोड़ा रुककर बोले, 'आज अन्दर जाकर काम शुरू नहीं किया तो नौकरी चली जाएगी।'

हमारा कोलाहल भी अचानक थम गया। नौकरी जाने से हमारा तो काम नहीं चलेगा। महीने के ख़त्म होने पर हमें जो तनख़्वाह मिलती है, अगर वह न मिले तो फिर हमारा घर-संसार कैसे चलेगा? हम लोग क्या खाएँगे? औरों की तरह मैं भी

चुप हो गई। लेकिन आशंका ठीक रोम-कूपों के भीतर बैठकर हल्ला कर रही थी। हम सभी आख़िरकार कारख़ाने में जाने के लिए मजबूर हो गए। कारण वही, एक ही था, न गए तो हमारी नौकरी चली जाएगी।

चौथे माले पर मशीन चलाकर मैंने पैंट सिलने का काम शुरू ही किया था कि तभी बिजली चली गई। छत पर रखे जनरेटर ने भयानक आवाज़ करते हुए काम करना शुरू कर दिया था। इसी बीच हमारे पैरों के नीचे का फ़र्श काँप उठा। हम लोग बाहर निकलने के लिए दौड़ रहे थे, तभी छत टूटकर हमारे सिर के ऊपर गिरने लगी, और पैरों के नीचे से फ़र्श सरकने लगा। भागकर बाहर निकलने से पहले ही समूची इमारत भरभराकर ढह गई। ऊपर वाली मंज़िल हमारे बदन पर आ गिरी, हम तीसरे माले पर जा गिरे, तीसरी मंज़िल दूसरे माले पर पछाड़ खाकर गिर पड़ी। सब कुछ ध्वस्त हो गया। कांक्रीट, मशीन, बीम, काफ़ी सारी ईंटों, पत्थरों और लोहे के सरियों के नीचे हम सभी दब गए। यह मर्मान्तक घटना कुछ ही पलों में घट गई। हम लोग नीम अँधेरे में डूब गए। चारों ओर से रुलाई की आवाज़ बहती आ रही थी, और 'बचाओ बचाओ' की चीख़ें।

किसी ने मोबाइल फ़ोन का फ़्लैश जलाया, मैंने देखा, वे महमूद दा थे। उनका भी मेरी तरह पैर कांक्रीट में अटका हुआ था। फ़ोन करने की कोशिश कर रहे थे, लेकिन फ़ोन लग नहीं रहा था। मेरी दाईं और बाईं ओर छह लोग थे। दीपा का सिर बीम में गुँथा हुआ था। बाक़ी का शरीर कहाँ था, किसे पता। बीम पर किसी का एक कटा हाथ भी झूल रहा था। अन्ना का शरीर बाहर था लेकिन हाथ कांक्रीट में अटका हुआ था। अस्मा हाथ-पैर कुछ भी नहीं हिला पा रही थी, वह सिर्फ़ कराह रही थी। औंधे पड़े बाक़ी लोग कौन थे, मुझे नहीं पता। वे हिल-डुल नहीं रहे थे। उनके शरीर धूल से ढके हुए थे। ये सब मेरे बहुत पुराने समय के सहकर्मी थे। चीख़ते-चीख़ते, रोते-रोते हमारे गले बैठ गए। एक-एक घंटा एक-एक साल-जैसा लग रहा था। समय जितना बीतता जाता, हमारे ज़िन्दा रहने की सम्भावना उतनी ही कम होती जाती। महमूद के फ़ोन की लाइट बहुत पहले ही बुझ चुकी थी। हाथ बढ़ाकर मैंने उसके हाथ को छूकर देखा, वह ठंडा हो गया था। मेरी बाईं ओर भी ऐसा ही था। अस्मा भी कराहती-कराहती एक समय चुप हो गई थी। वह भी ठंडी पड़ चुकी थी। हमें बाहर की आवाज़ें सुनाई दे रही थीं। लेकिन हमारी चीख़ें, हमारा आर्त्तनाद, हमारी कराहें बाहर के लोगों के कानों तक नहीं जा रही थीं। चीख़ने का कोई फ़ायदा नहीं था, लेकिन चीख़े बिना रहा भी नहीं जा रहा था। दर्द, यंत्रणा, कष्ट, दुःख में मैं ज़िन्दा बचे रहने की उम्मीद में चीख़ रही थी।

दो दिन किसी भयावह दुःस्वप्न की तरह बीते थे। तीसरे दिन मेरे अलावा मेरे दायें, बायें या सामने की ओर जो लोग थे, उनमें से किसी की भी आवाज़ सुनाई नहीं दी थी। मेरा आर्त्तनाद उस ईंट, सुर्खी और लोहे की गुफा में टकरा-टकराकर

लौट रहा था। मैं समझ गई कि मैं क़ब्र में समा चुकी हूँ। और तमाम लाशों के साथ लेटे ख़ुद को भी एक समय लाश-जैसा ही महसूस होने लगा था। फिर भी थोड़े-से पानी के लिए कराहती रही। होंठ, जीभ, गला—सब सूख कर काठ हो चुके थे। बाहर के लोगों को नहीं पता था, यहाँ एक प्राणी अब भी मरा नहीं था। मरे हुए लोगों में से तेज़ बदबू निकलती रही और उस दुर्गंध को अपने समूचे बदन पर मलकर हवा ठिठक गई थी। पेट में खाना भले ही न हो, लेकिन मुझे ज़िन्दा रहने के लिए थोड़ा-सा पानी तो चाहिए ही। लेकिन मुझे पानी कहाँ मिलेगा? मैं कहाँ जाकर पानी की तलाश करूँ? मेरे पैर पर एक भारी-सा खम्भा पड़ा हुआ है, खम्भे पर कांक्रीट और बीम का ढेर। हज़ार कोशिशों के बावजूद मैं पैर ज़रा-सा भी नहीं हिला सकी। उस ढही हुई इमारत की गर्मी में मुझे बेहद पसीना आ रहा था। मैंने एक समय बालों, गर्दन और माथे से उँगली की मदद से पसीना लेकर अपनी जीभ गीली कर ली, उपजिह्वा को भी भिगो लिया। कमीज़ उतारकर कमीज़ का पसीना निचोड़कर उसे पी लिया।

चौथे दिन मैंने देखा, एक सुराख़ से उजाला आ रहा है। मुझे लोगों की आवाज़ें भी सुनाई दीं। कोई लगातार आवाज़ लगाए जा रहा था, 'यहाँ कोई ज़िन्दा है? ज़िन्दा है कोई इधर?'

तब मेरे बदन में जितनी ताक़त बची हुई थी, पूरी ताक़त लगाकर मैं चीख़ उठी। 'हाँ, है'। 'मैं हूँ'।

अब किसी को मेरी आवाज़ सुनाई दे गई। इसके पहले भी तो इधर कोई ज़िन्दा है कि नहीं, लोग ऐसा पूछकर गए थे, लेकिन किसी को मेरी चीख़ सुनाई नहीं दी। बिना पानी, बिना भोजन के शरीर में ताक़त भी भला कितनी बचती है! मैं बुझती जा रही थी। मुझे समझ में आ रहा था, मेरा दम ख़त्म होता जा रहा है। मुझे यह अच्छे से समझ में आ रहा था कि मैं भी उनकी तरह सड़ी हुई लाश बनकर पड़ी रहूँगी। उस सूराख़ के पास से लोगों ने मशीन से कांक्रीट को काट लिया। लगभग एक बालिश्त काटने के बाद ही उन्होंने देख लिया, मैं कहाँ हूँ और तब उन्होंने पानी की एक बोतल मेरी ओर फेंक दी। वे लोग छह-सात फ़ीट की दूरी पर दाईं ओर कांक्रीट काट रहे थे। मैंने काँपते हाथों से पानी की बोतल खोलकर पानी पिया। एक घूँट, दो घूँट करते हुए बहुत सारा पानी पी लिया। मैंने महसूस किया, मैं ज़िन्दा हूँ।

उन लोगों ने एक फ़ीट से थोड़ा ज़्यादा कांक्रीट काटकर मेरे निकलने का रास्ता बना दिया था। इतना भर करने में उन्हें एक घंटे से ज़्यादा समय लग गया था। मुझसे उन्होंने कहा कि मैं घुटनों के बल चलकर बाहर निकल आऊँ। मैं छोटे क़द की इनसान हूँ, इस जगह को मैं घुटनों के बल चलकर पार कर सकती हूँ। लेकिन मैं घुटनों के बल चलूँ कैसे? मैं तो अटकी हुई थी। मैं तो अपने पैर को निकाल नहीं पा रही थी। मेरा पैर सुन्न हो गया था। मैंने ज़ोर से रोते हुए कहा, 'मैं

पैर नहीं उठा पा रही हूँ।' उन लोगों ने आपस में कुछ बात की। मुझे डर लगने लगा, जिस लड़की का पैर अटक गया हो, उसे बचाना सम्भव नहीं। लिहाज़ा वे उम्मीद छोड़कर कहीं चले न जाएँ। बचने की उम्मीद की धुकधुकी बनी रही, लगा कि उम्मीद बुझ जाएगी। सब कुछ बुझ जाएगा। मुझे यह महसूस होने लगा, ज़िन्दगी और मौत के बीच एक सिर्फ़ पतली-सी डोर है। वे लोग आपस में बात करके चले गए। उस समय मेरे शरीर और मन में एक बूँद भी ताक़त नहीं बची थी। मैंने जिस सिर को उठाकर उन लोगों को देखा था, वह सिर शिथिल होकर एक ओर ढुलक गया, मानो सिर ने मृत्यु की गोद में ख़ुद को समर्पित कर दिया हो!

अचानक उस खुली जगह से एक दुबला-पतला आदमी भीतर घुस आया। लाशों को पार करके मेरे पास आकर उसने मेरे पैर पकड़कर खींचकर देखा कि मुझे निकाला जा सकता है या नहीं। बोल गया कि पैर काटने के अलावा और कोई उपाय नहीं है। और इतनी-सी जगह पर किसी डॉक्टर को पैर काटने के लिए घुसाया नहीं जा सकता। इतना कहकर वह आदमी सरीसृप की तरह रेंगकर चला गया। इसका मतलब क्या यह है कि वह आदमी उम्मीद छोड़कर चला गया? उन्हें और भी लोगों को बचाना है। एक व्यक्ति के लिए इतना समय ख़राब न करके जिन्हें हाथ-पैर काटे बिना बचाया जा सकता है, उन्हें बचाना ही शायद इन्हें काम की बात लगी हो। ये लोग इस इलाक़े के लोग हैं। मैंने इन्हें पहले भी देखा है। यानी ये लोग ही हर रोज़ मलबे की गुफाओं में से घायल लोगों को बचा रहे हैं! मुझे देखकर क्या इन लोगों ने यह सोच लिया कि मैं हिम्मत हार चुकी हूँ? मैं चीख़-चीख़कर उन लोगों को पुकारती रही कि वे लोग मेरा पैर काट दें, मुझे ज़िन्दा रहने दें, मुझे छोड़कर न जाएँ, मुझ पर दया करें। लेकिन उस व्यक्ति ने मुड़कर भी नहीं देखा। उस व्यक्ति के साथ वाले भी चले गए। मैं मौत की घड़ी गिनती रही। एक-दो करके यदि गिनूँ तो कितने पर जाकर मेरी मौत होगी? यह मौत चार दिनों से मेरी छाती पर बैठी हुई है। लेकिन मैं तो मरना नहीं चाहती। मेरे घर में तीन साल की एक बिटिया है, मेरे लिए तो मरना सम्भव ही नहीं। वह आदमी थोड़ी देर बाद लौट आया, सीने के बल घिसटकर मेरे पास आ गया। उसके हाथ में एक आरी, कुल्हाड़ी और सीरिंज थी। सीरिंज में सुन्न करने की दवाई थी। उसने बताया कि मेरे पैर में इंजेक्शन लगाकर वह पैर काटेगा। मैं आँखें बन्द करके दाँत पीसकर बैठी रही। उस आदमी ने आरी चलाई, कुल्हाड़ी से वार किया, मेरे पैर से मेरे शरीर को उसने अलग कर लिया। जहाँ पैर पड़ा था, पैर वहीं पड़ा रहा। कटे जगह से फव्वारे की तरह ख़ून निकलने लगा। सरीसृप की तरह मैं भी रेंगकर बाहर निकल आई। धीरे-धीरे मैं होश गँवाने लगी थी। सब कुछ धुँधला दिखने लगा था।

इसके बाद मैंने अपने-आपको अस्पताल के बिस्तर पर पाया। अस्पताल में दो महीने रहना पड़ा था। इंजेक्शन, सलाइन, ख़ून चढ़ाना, चीर-फाड़, सुन्न करना,

टाँके लगाना, दो महीने यही सब चलता रहा। पलटू मुझे देखने आता था। कहता, वह बेली की देखभाल कर रहा है, वह बेली का पिता है। मुझे चिन्ता करने की ज़रूरत नहीं है।

[5]

हमारे कारख़ाने के ढह जाने की ख़बर पाकर, मुझे, कुसुम को, उसकी दीदी को फ़ोन पर न पाकर वह उसी दिन फूलपुर से सावर चला आया था। उसने तो उम्मीद ही छोड़ दी थी। मेरा फ़ोटो हाथ में लिये वह दो दिन मलबे के सामने खड़ा रहा था। फ़ोटो लेकर हर रोज़ तमाम लोग खड़े रहे और बचाव दल के लोगों के पास जाकर आकुल नयनों से उन्हें देखते रहे और बार-बार जानने की कोशिश करते रहे कि 'किसी ने इस व्यक्ति को देखा है क्या? क्या ये ज़िन्दा हैं?' इलाक़े के लोगों ने स्वत:स्फूर्त भाव से बचाव का काम किया और सरकार ने सेना की मदद ली थी। हाथ-पैर काटकर लड़कियों को उस मलबे के ढेर में से बाहर निकाला था। कितनी ही लड़कियों की रीढ़ की हड्डी टूट गई थी। आज वे बिस्तर पर हैं। मैंने सुना है, किसी-किसी ने आत्महत्या भी कर ली है। मुझे इन सबका कोई मतलब समझ में नहीं आता। मेरी कभी भी आत्महत्या की इच्छा नहीं होती। मैं क्या कम अनाथ हूँ? मेरे दु:ख किसी से कम हैं क्या?

अस्पताल से पलटू ही मुझे घर ले आया था। अब वह सप्ताह में दो दिन से ज़्यादा सी.एन.जी. नहीं चलाता। घर में रहता है। खाना बनाता है। बेली को खिलाता है। मेरी तीमारदारी करता है। एक संगठन की ओर से मुझे ह्वील चेयर दी गई है। और एक संगठन ने नक़ली पैर बना देने का आश्वासन दिया है। चलने के लिए अस्पताल की ओर से बैसाखी दी गई है। घर में वही ज़्यादा काम आती है।

मेरे घर की दाईं और बाईं ओर कारख़ाने की बारह लड़कियाँ रहा करती थीं। उनमें से पाँच नहीं लौट सकी थीं। मेरे कारख़ाने जाने के बाद जिस ख़ाला के पास बेली रहा करती थी, उस ख़ाला की बेटी सोहेली नहीं लौटी थी। एक का पैर कट गया था। बाक़ी लोग बचकर निकल आई थीं। उनके हाथ या पैर नहीं कटे थे, लेकिन इस घर की भयावहता की वजह से वे सदमे में हैं। घनिष्ठ लोगों में से कुसुम का पैर कटा था। अन्ना के दोनों ही पैर चले गए थे। चम्पा का एक हाथ और एक पैर कट गया था। सुमी का भी एक पैर चला गया था। लावणी का बायाँ हाथ गया था। ये लोग भी नक़ली हाथ-पैर की प्रतीक्षा में हैं। रेशमा सत्रह दिन बाद ज़िन्दा बाहर निकल आई थी। ज़िन्दा थी क्योंकि उसे हाथ के पास पानी और टिफ़िन बॉक्स का खाना मिल गया था। खाना सड़ गया था, वह उस सड़े खाने को खाकर ही जीवित रही थी। मेरी ज़द में न तो पानी था और न ही खाना। जिस आदमी ने कान लगाकर

मेरी आवाज़ सुनी थी, अगर किसी वजह से वह नहीं सुन पाता, तो फिर मैं वहीं पर मरी पड़ी रहती। मेरा जीवित रह जाना मेरे लिए अलौकिक जान पड़ता है। जीवित रह गया जीवन मुझे एक नया जीवन-जैसा लगता है, मानो पिछला जीवन मेरे कटे हुए पैर की तरह, कहीं मरा पड़ा है!

अस्पताल में तमाम लोग देखने आते थे। पत्रकार आते थे। पूछते थे—मैं कहाँ थी, किस तरह थी, किस तरह बाहर निकली। मैं उनसे कहती कि मेरे सामने अँधेरा हुआ करता था। मुझे महसूस होता था, मेरा पैर कहीं अटक गया है, मुझे पसीना आता रहता था, साँस लेने में तकलीफ़ होती थी। अस्पताल में मेरे पास आकर बहुत-से लोग, वे सम्भवत: विभिन्न संगठनों के लोग थे, तरह-तरह के वादे करते थे। जो अपने अंग-प्रत्यंग खो बैठे थे—अपनी ग़लती की वजह से नहीं, राणा प्लाज़ा नामक इमारत के मालिक की ग़लती की वजह से—उन्हें मुआवज़े के तहत काफ़ी सारा पैसा दिया जाएगा।

घर लौटने के बाद मुझे इतना सुकून अवश्य मिला कि लोग अब दिन-रात यह नहीं पूछते कि मैं कहाँ थी, किस तरह बचकर बाहर निकली। यह सब बताते हुए मुझे फिर से उस भयंकर अँधेरे में नहीं लौटना पड़ता, वह तीव्र यंत्रणा मुझे फिर से नहीं भोगनी पड़ती। ह्वील चेयर मुझे घर पर दे गए थे लेकिन नक़ली पैर लेने के लिए मुझे क्लीनिक जाना पड़ा था—कारण कि पैर में ठीक से आया कि नहीं, उन्हें यह देखना था। पलटू ही मुझे अपने सी.एन.जी. में लेकर गया था।

बेली जब मुझ अपाहिज की ओर विस्मित आँखों से देखती है तो मुझे बहुत दया आती है। लगता है, उसी के लिए मेरे पैर का होना ज़रूरी था। और बीच-बीच में मुझे बहुत तीव्रता से यह भी महसूस होता है कि मैंने बेली को जन्म देकर ग़लत किया है। मैं अपने-आपको माफ़ नहीं कर पाती। आज अगर मैं ज़िन्दा नहीं लौटती तो बेली का क्या होता? कौन उसकी परवरिश करता? कौन उसकी ज़िम्मेदारी लेता? हो सकता है, एक दिन उसे रास्ते में भीख माँगनी पड़ती! पलटू के बीवी-बच्चे हैं, उसने आज तक हमारी शादी की बात अपने घर में नहीं बताई है। बेली उसकी बेटी है, वह यह बात कभी नहीं बताएगा। वह बेली को खो जाने देगा। हो सकता है, मेरे न लौटने पर कुसुम बेली को देखती। कुसुम बेली की परवरिश करती, मैं इस दृश्य की कल्पना करती रहती हूँ, और कुसुम को मैं माफ़ करती जाती हूँ। उस पर मेरा जो ग़ुस्सा था, वह पानी में बदलता रहता है।

मैंने सोचा था पलटू को अपने घर नहीं घुसने दूँगी, लेकिन वह जो बेली की देखभाल कर रहा है, मुझे खाना दे रहा है, बर्तन माँज रहा है, कपड़े धो रहा है, बाल्टी में पानी भर रहा है, बिस्तर समेट रहा है, घर में झाड़ू लगा रहा है, इसलिए मैं उसे भी मन-ही-मन माफ़ कर देती हूँ। मैं उसे यह पता लगने नहीं देती कि मुझे मालूम है, गाँव के घर में उसकी बीवी और बच्चे हैं। पलटू के बीवी-बच्चे हैं, यह

बात मुझे बताए बिना उसने मुझसे शादी की थी। मेरा खाकर, मेरा पहनकर उसने मेरे साथ झूठा व्यवहार किया है—यह सच मुझे बहुत बड़ा दुःख दे सकता था, लेकिन नहीं दे सका, कारण कि उस सच्चाई को परे हटाकर मनुष्य की मृत्यु की ख़बर की बीभत्स सच्चाई सामने आ खड़ी हो गई। कौन-कौन नहीं बच सका, उनके नाम मुझे पता चलने लगे। जो लोग कारख़ाने के भीतर नहीं जाना चाहते थे, जिनकी नौकरी खा लेने का डर दिखाकर मैनेजर, सुपरवाइज़र और मालिक के लोगों ने उन्हें भीतर जाने को मजबूर किया था; वे मेरे ही सहकर्मी थे, मेरे परिचित, मेरी सहेलियाँ, मेरी सखियाँ। मैं उनके कितने ही सुख-दुखों की गवाह रही हूँ, लेकिन आज वे लोग नहीं हैं। हालाँकि मैं उन्हीं के साथ जुलूस में थी, लेकिन मैं ज़िन्दा हूँ!

कुसुम के पति फैक्टरी में ही काम करते थे। वे सुपरवाइज़र के सहकर्मी थे। इमारत के ढह जाने के दो दिन बाद उनकी लाश बरामद हुई थी। कुसुम ने एक हाथ खो दिया था। कुसुम की दीदी को हाथ-पैर नहीं खोने पड़े थे। लेकिन घटना की बीभत्सता देखकर कुसुम की दीदी शंभुगंज चली गई थी। वे अब कारख़ाने में काम नहीं करेंगी। केवल कुसुम की दीदी नहीं, बहुत-सी लड़कियाँ अपने-अपने गाँव लौट गई थीं, वे अब शहर नहीं लौटेंगी।

मैं जितना भी भूलने की कोशिश करूँ, लेकिन मौत के साथ मेरा चार दिन रहना मैं भूल नहीं पाती। हर रात मुझे सपना आता कि मैं एक खाई में फँस गई हूँ, मैं चीख़ रही हूँ, लेकिन कोई नहीं सुन रहा। सपना मुझे नींद से जगा देता। पलटू शराब पीकर बेसुध सोता रहता है। मेरी भी इच्छा होती है कि मैं भी शराब पीकर उसकी तरह सो जाऊँ। लेकिन मैं वह चीज़ अपने मुँह के पास बिलकुल भी नहीं ला पाती। बोतल में लाश-जैसी बदबू निकलती रहती है।

[6]

जमाकर रखे गए पैसे ख़र्च होते रहे। लेकिन इस तरह कितने दिन चल पाते? इतने लोगों और इतने संगठनों ने जो घायल लोगों को दान देने का वादा किया था, सरकार ने भत्ता देने का कहा था, ये सब कहाँ है? कारख़ाने ने भी हमारे लिए क्या रखा है? मैंने सुना, मालिक और मैनेजर सभी जेल में हैं। जेल में तो मुफ़्त में खाना देते हैं, वे खा रहे हैं। लेकिन हमें तो कोई मुफ़्त में खाना नहीं दे रहा है! हमारी जेब के पैसे तो ख़त्म हुए जा रहे हैं!

इसी बीच हताशा से भरे हुए कमरे की दीवार में एक सूराख़ दिखाई दिया—वैसा ही सूराख़, जिस तरह की सूराख़ से रोशनी आई थी और मुझे मलबे के ढेर से निकाल लाई थी। इस सूराख़ से जो रोशनी आई, वह रोशनी मुझे उन लोगों के पास

ले गई, जिन्होंने मुझे एक बार सत्तानवे हज़ार रुपये दिये, और दूसरी बार अस्सी हज़ार रुपये दिये थे। हमारे द्वारा तैयार किये गए कपड़े विदेश की जो कम्पनियाँ ख़रीदती थीं, बुनियादी तौर पर उन कम्पनियों में से कुछ कम्पनियों ने घायलों के लिए यह पैसा भेजा था। उन्होंने मृतकों के परिवार वालों को भी पैसे दिये थे। मैंने अपनी ज़िन्दगी में इतने रुपये पहले कभी नहीं देखे थे। एक लाख सतहत्तर हज़ार रुपये! जिन लोगों ने हमारे हाथ में ये रुपये दिये थे, उन्होंने ही बैंक में हमारे एकाउंट खुलवा दिये। पैसे किस तरह जमा करने होते हैं, किस तरह निकाले जाते हैं समझा दिया था। यह मेरे पैर खोने की क़ीमत थी, मेरी नौकरी छूट जाने की क़ीमत।

पलटू ने मुझसे कहा कि मैं समझदारी से यह पैसा किसी व्यापार में लगा दूँ। मूल रुपये ख़र्च कर डाले तो मुसीबत होगी। हो सकता है, अब और कुछ न मिले। हो सकता है, गार्मेंट्स मालिक समिति कुछ मुआवज़ा दे! हो सकता है, सरकार भी दे, लेकिन नहीं भी दे सकते हैं। इसलिए जो पैसा हाथ में आया है, उसे ही कहीं लगाकर हर महीने आमदनी का इन्तज़ाम करना होगा।

शराब पीकर बेसुध सोने के अलावा कारख़ाने की दुर्घटना के बाद से पलटू में मुझे और कुछ बुरा नहीं दिखा था। उसका यह बदलाव ग़ौर करने लायक़ था। जो पलटू मेरे घर में केवल खाता और सोता था, वही पलटू अब अपनी पत्नी और बिटिया के प्रति ज़िम्मेदार हो गया था, इसके अलावा वह दिन-ब-दिन ईमानदार और संवेदनशील होता जा रहा था। जितने दिनों तक मैं ह्वील चेयर की अभ्यस्त नहीं हुई, नक़ली पैर लगाकर जब तक मैं थोड़ा-थोड़ा पैर बढ़ाने की अभ्यस्त नहीं हुई, उतने दिनों तक पलटू ने अकेले ही मेरे घर-परिवार की ज़िम्मेदारी ली थी। डॉक्टर के यहाँ, एन.जी.ओ. के दफ़्तर, जहाँ भी मुझे लेकर जाने की ज़रूरत हुई, मुझे पकड़-पकड़कर ले गया। सहारे के लिए उसने अपना कन्धा दिया, ह्वील चेयर चलाकर ले गया। पलटू ने ही व्यवसाय की सलाह दी थी कि मैं एक नया ऑटोरिक्शा या सी.एन.जी. ख़रीद लूँ। दो लाख रुपये लगेंगे—मैं एक लाख दूँगी और पलटू एक लाख रुपये लगाएगा। वह अभी जो चला रहा था, उसके मालिक को इतना पैसा भाड़े के रूप में देना होता है कि दिन बीतने पर अपनी जेब में कुछ नहीं आता। हम दोनों अगर सी.एन.जी. के मालिक बन जाएँ, तो फिर सी.एन.जी. चलाकर जो आमदनी होगी, वह पूरा पैसा हमारा ही होगा। हम दोनों हिसाब करके पैसे बाँट लेंगे। मुझे पलटू की सलाह ठीक लगी। उसने मुझे कुछेक ऑटोरिक्शा के चित्र दिखाए। मैंने एक पीले रंग वाला पसन्द किया। मैंने पलटू को एक लाख रुपये का चेक लिख दिया।

पलटू चेक लेकर जो निकला, फिर घर नहीं लौटा। फ़ोन पर भी वह नहीं मिला। उसके परिचितों से पूछने पर उसका कोई अता-पता नहीं मिला। जहाँ तक मैंने सुना, सावर इलाक़े में फिर वह नहीं दिखाई दिया।

[7]

पलटू के हवा हो जाने के बाद कुसुम रोज़ मेरे घर आती रही। हम दोनों बहनें मिलकर रोती रहीं, हँसती रहीं। मुझे जितने पैसे मिले थे, उतने ही कुसुम को भी मिले थे। एक दिन मैंने ही कुसुम से कहा कि लगता है, पलटू अब कभी नहीं लौटेगा। इसलिए कुसुम अपने किराये का मकान छोड़कर मेरे यहाँ चली आए।

कुसुम के आ जाने से हम दोनों अपाहिज बहनें मेरे घर पर रहने लगीं। मैं जो नहीं कर पाती, वह कुसुम कर देती। जो वह नहीं कर पाती, मैं कर देती हूँ। मौत किसे कहते हैं, हम दोनों यह देख आई थीं। यह मेरे लिए तो नया जीवन था ही, कुसुम के लिये नया जीवन था। हम दोनों मिलकर बेली की परवरिश करने लगीं।

कुसुम की शंभुगंज लौट जाने की इच्छा नहीं है। वहाँ भी वह अपाहिज जीवन लेकर किस पर बोझ बनेगी? इसकी बजाय वह यहीं रहेगी, यहीं पर कुछ काम करेगी।

'बता तो, क्या किया जा सकता है!'

'पलटू ने तो कहा था—एक सी.एन.जी. ख़रीद लो, धन्धा अच्छा चलेगा।'

'धन्धा अच्छा चलता तो वह क्यों भाग गया?'

'हो सकता है, पैसों का लालच वह सम्हाल नहीं सका।'

'गुलाब, तू पैसों का सोचकर दुःख मत कर। जो गया सो गया। तूने देखा तो कुछेक सेकेंड में उस दिन एक हज़ार से ज़्यादा लोग मर गए! वे लोग भी तो कितने सारे पैसे जमा क़रके कितना कुछ करने का सपना देखते थे, नहीं देखते थे? कहाँ गया सपना? आज रुमाना, बेनू, साजिदा कहाँ हैं? कहाँ हैं हमीदा, शिखा, दीपा? कहाँ हैं बिलकिस, रुख़साना, नूरून और चमेली कहाँ हैं, बोल? कोई नहीं है। वे पैसे लेकर क़ब्र में नहीं गई हैं।'

'पलटू मुझे इतना बड़ा धोखा देगा, मैं अन्दाज़ नहीं कर पाई।'

'गुलाब, तू पलटू को भूल जा। पलटू को मैं भी नहीं पहचान सकी। मैंने उसकी तलाश की थी। वह कहीं भी नहीं मिला। लगता है, गाँव लौट गया है। वहीं पर खेतीबाड़ी करेगा। उसने तेरे लिए कुछ जो अच्छे काम किये हैं गुलाब, तू उन्हें भर याद रख। बाक़ी सब भूल जा। सोच कि दान के एक लाख रुपये तुझे मिले ही नहीं।'

मैंने गहरी साँस छोड़ी। ठीक ही तो है, मैं मौत से उठ आई थी। पैसे वह कितने ही ज़्यादा क्यों न हों, उनके लिए मैं जिस तरह चीख़ूँगी, वह तो ज़िन्दा रहने के लिए मैं जिस तरह चीख़ी थी, उसके-जैसी नहीं होगी। ऐसा होना उचित भी नहीं। पैसा तो ज़िन्दगी नहीं है न!

कुसुम और मैं मिलकर हमारे मूलधन से कोई एक व्यवसाय करने के बारे में सोचते रहे।

'पार्क में पीठे[1] बनाकर बेचे जा सकते हैं?'

'विचार बुरा नहीं है।'

'घर से रेडिमेड साड़ी और अन्य कपड़े बेचे जा सकते हैं।'

'बुरा नहीं है।'

'सिलाई मशीन ख़रीदकर फ़िलहाल घर पर टेलरिंग का काम किया जा सकता है?'

'बुरा नहीं है।'

'बाज़ार में किराने की एक दुकान भी शुरू की जा सकती है?'

'धत्।'

कुछ तो होगा, होगा क्यों नहीं? मैं भी अब पहले-जैसी नहीं रही, कुसुम भी पहले वाली कुसुम नहीं रही। हमारा आत्मविश्वास पहले से ज़्यादा है। हमारा साहस भी पहले से कहीं ज़्यादा है। यह हमारी नई ज़िन्दगी है। नई ज़िन्दगी में हमने कुछ नया करने की ठान ली है। हमें अपने पैरों के नीचे फिर से ज़मीन को लाना ही होगा।

---

1. पीठे—चावल, मावा और शक्कर से बनी बंगाली प्राचीन मिठाई।

इंजीनियर का घर

राजेश गुलाटी ने अनुपमा का मुँह तकिये से दबाकर उसका दम घोंट दिया था। इसके बाद जब अनुपमा का शरीर शान्त होकर बिस्तर पर पड़ा रहा, राजेश बरामदे में आकर खड़ा हो गया। उसने लम्बी साँस ली। साँस के साथ सहस्त्रधारा के जंगल में खिली जूही के फूलों की गंध भीतर चली आई। अनुपमा साल भर कहा करती थी कि कोई-न-कोई फूल की गंध हवा में बहती आ रही है। जूही अनुपमा का अत्यन्त प्रिय फूल था। वैसे राजेश सिगरेट नहीं पीता, लेकिन आज उसने एक सुलगा ली। उसने दो दिन पहले एक पैकेट ख़रीदा था। बहुत टेंशन के समय सिगरेट पीने से, कहता है कि उसे थोड़ी राहत मिलती है। लेकिन उसे जितनी टेंशन की आशंका थी, उसने महसूस किया, उतनी नहीं हो रही है। दो-तीन कश लेकर उसने सिगरेट को गमले की मिट्टी में खोंसकर उसकी आग बुझा दी। अनुपमा मर चुकी थी और राजेश ज़िन्दा था—इस दृश्य के लिए उसने कम-से-कम तीन महीने इन्तज़ार किया था। और अन्ततः वह दृश्य उसके सामने था। राजेश के लिए अनुपमाविहीन इस पृथ्वी के रूप-रस-गंध के उपभोग का समय अब शुरू हुआ है।

अनुपमा को वह तलाक़ दे सकता था, किसी समय उसने यही चाहा भी था। लेकिन उस-जैसी लड़की तलाक़ पाकर भी बढ़िया हँसती-खेलती घूमती फिरेगी। राजेश से बेहतर किसी से, हो सकता है, त्रिदिव से ही शादी करके बढ़िया सुख से घर-गृहस्थी करेगी। हो सकता है, व्यवसायी पिता के साथ बिज़नेस में उतरकर ख़ूब धन-दौलत कमा ले, कुछ भी कहा नहीं जा सकता। हो सकता है, वह राजेश से भी ज़्यादा सफल हो जाए! सम्भव है, उसे राजेश की ग़ैरमौजूदगी महसूस ही न हो, भूल ही जाए कि राजेश-जैसे किसी व्यक्ति के साथ उसने काफ़ी सारे साल बिताए थे। नहीं, उसके लिए दिन-पर-दिन अनुपमा का यह दंभ देखना सम्भव नहीं। राजेश से वह आगे बढ़ जाए, यह नहीं देखा जा सकता। तलाक़ देने पर भी अनुपमा इसी दुनिया में जीवित रहेगी, और राजेश के पास अनुपमा की ख़बरें आती रहेंगी। उसे सूचना मिलेगी कि वह कितने मज़े से ज़िन्दगी बिता रही है! इसके अलावा तलाक़ देने पर राजेश की ही बदनामी होगी। ऑफ़िस के लोग कहेंगे, अनुपमा भाभी तो स्वभाव से बहुत अच्छी थीं, इतनी मिलनसार, इतना अपनापन जो लाखों में नहीं

मिलता, और उन्हें ही मिस्टर राजेश गुलाटी ने तलाक़ दे दिया! कोई और लड़की उनके साथ रिश्ते के लिए राज़ी नहीं होगी, डरेगी, सोचेगी—हो सकता है, उसे भी एक दिन राजेश तलाक़ दे दे। जिस स्वाति के साथ छुप-छुपकर वह प्रेमालाप करता है, हो सकता है, वह भी रूठ जाए। नहीं, स्वाति ने उसे एक बार भी नहीं कहा कि वह अनुपमा को दुनिया से हटा दे। यह तो उसकी ख़ुद की सोच है, उसी का ब्लूप्रिंट है। सिर्फ़ उसी का। यह एक ऐसा काम है जो किसी को बताकर नहीं किया जा सकता। दलबल के साथ भी नहीं किया जा सकता। इसे अकेले करें तो ही ठंडे दिमाग़ से किया जा सकता है। ठंडे दिमाग़ से उसने अनुपमा के मुँह को तकिये से दबा रखा था। दबाकर रखने की इच्छा तो उसकी थी ही, उस इच्छा को अनुपमा ने ही सैकड़ों गुणा बढ़ा दिया था। उसे वह सब बोलने की क्या ज़रूरत थी? अनुपमा ने ही बातचीत को उस तरह आगे बढ़ने दिया था :

'तुम तो स्वाति के साथ प्रेम की कोशिश में लगे हो।'

'तुम्हें कैसे पता चला?'

'तुम अपना ईमेल हमेशा लॉग आउट करना भूल जाते हो। और मुझे तुम्हारे सारे कीर्तिकलाप पढ़ने को मिल जाते हैं।'

'छुपकर दूसरों के मेल पढ़ने में तुम्हें शर्म नहीं आती?'

'नहीं, नहीं आती। तुम भी तो मेरे ईमेल पढ़ते हो। मेरे फ़ोन के मैसेज पढ़ते हो। मैंने किसी की अनुमति लिये बग़ैर पढ़ना तुम्हीं से सीखा है।'

'तुम प्राइवेसी-जैसी किसी चीज़ पर यक़ीन करती हो या नहीं?'

'तुम्हारा मामला हो तो प्राइवेसी और मेरी बात हो तो पति-पत्नी के बीच कुछ भी गुप्त नहीं रहना चाहिए।'

'समानता चाहती हो?'

'बिलकुल चाहती हूँ।'

'तो फिर घरख़र्च के लिए मैं जितना देता हूँ, उतना तुम भी दो।'

'तुम्हारा रुपये-पैसों का लालच अब तक नहीं गया!'

'मुद्‌दे से क्यों भाग रही हो?'

'तो फिर तुम घर-गृहस्थी सम्हालो, बच्चों की परवरिश करो। मैं बाहर जाकर नौकरी करती हूँ। या फिर अपनी घर-गृहस्थी-बाल-बच्चे नौकरों के हाथों में दे दो। चलो, हम दोनों नौकरी करते हैं। इसके पहले मुझे मास्टर्स पूरा करना होगा, जो तुम्हारी वजह से पूरा नहीं हो सका।'

'तुम जो भी नौकरी करो, मेरे समान रोज़गार तो तुम कर नहीं सकतीं।'

'नहीं कर सकती तो इसलिए मुझ पर रौब जमाओगे? लेकिन मैं तो दासी नहीं बन सकती। गृहस्थी कोई पार्टनरशिप का धन्धा नहीं है कि जो जितना इन्वेस्ट करेगा, उसे उतना प्रॉफ़िट मिलेगा। गृहस्थी में हमारी समानता के पीछे एक दूसरे

के प्रति विश्वास और प्यार की भावना को होना होगा।'

'वह तो तुममें है नहीं।'

'मुझमें है। यही वजह है कि स्वाति के साथ तुम्हारी प्रेम करने की इच्छा मुझे तकलीफ़ देती है।'

'त्रिदिव के साथ तुम्हारा क्या मामला था, ज़रा सुनूँ तो? वह मेरे लिए डिस्टर्बिंग नहीं था?'

'त्रिदिव तुम्हारे न्यूजर्सी वाले ऑफ़िस का सहकर्मी था। तुम्हारे साथ बात करने के लिए वह हमारे न्यूजर्सी वाले घर आया करता था। और यह बड़ा सहज ही था कि मेरे साथ भी उसकी बातचीत होती थी।'

'सिर्फ़ बातचीत होती थी? और कुछ नहीं हुआ था? तुम तो त्रिविद के साथ सोई थीं!'

'मैं ग़ौर कर रही हूँ, मैं जब भी स्वाति के बारे में जानना चाहती हूँ, तुम उसमें त्रिदिव को घसीट लाते हो और मुझसे बहुत घटिया बातें करने लगते हो। तुम पुराने प्रसंग उठा रहे हो, ताकि तुम्हारा नया प्रसंग, स्वाति-प्रसंग दब जाए।'

'बात बदल रही हो। मैं जानना चाहता हूँ, त्रिदिव के साथ तुम सोई थी या नहीं?'

'तुम कितनी बार मुझसे यह सवाल कर चुके हो, और कितनी ही बार मैं इसका जवाब दे चुकी हूँ, भूल गए?'

'मैं जो पूछ रहा हूँ, उसका जवाब दो।'

'मैं कई बार कह चुकी हूँ, फिर से कह रही हूँ, तुम मुझ पर मानसिक अत्याचार करते थे। कहते थे, मेरे पिता ने तुम्हें दहेज नहीं दिया, तुम्हें ठग लिया है। मुझ पर दबाव डालते थे कि मैं अपने पिता से पैसे भेजने के लिए कहूँ। हाँ, यह सब कुछ मैंने त्रिदिव से कह दिया था, कारण कि मैं त्रिदिव को अपना दोस्त समझती थी।'

'दोस्त? तुम उसे अपना प्रेमी मानती थीं। उसके साथ भाग जाने की इच्छा थी तुम्हारी।'

'भागने की ज़रूरत क्यों पड़ेगी? जाना होगा तो कहकर ही जाऊँगी। लेकिन अच्छी तरह जानते हो, त्रिदिव के साथ मेरा प्रेम का सम्बन्ध नहीं था। लेकिन यह सही है, एक समय वह मेरे प्रति आसक्त हो गया था। यह सब मैंने ही तुम्हें बताया था। वह मुझसे शादी करना चाहता था। मैंने उसे समझाकर कहा था, यह सब सम्भव नहीं है।'

'सम्भव क्यों नहीं था? मुझे छोड़कर तो तुम जा ही सकती थीं। त्रिदिव दिखने में सुन्दर है, अच्छी नौकरी करता है, कुँवारा है, अमेरिका में सेटेल्ड है, वह कम्पनी के डायरेक्टरों में से एक है। और क्या चाहिए?'

'हाँ मैं जा सकती थी। त्रिदिव शालीन लड़का है, ब्रिलिएंट है, सिनसियर है। इनसान के रूप में तुमसे कहीं ज़्यादा बेहतर। त्रिदिव के लिए नहीं, तुम्हारे अत्याचारों

की वजह से ही तुम्हारा त्याग करना मेरे लिए ज़रूरी था। लेकिन सोनाक्षी और सिद्धार्थ की वजह से मैं वैसा नहीं कर सकी।'

'सोनाक्षी और सिद्धार्थ नहीं होते तो क्या करतीं? नहीं जातीं?'

अनुपमा चुप रही। अनुपमा के शरीर को धक्का मारकर राजेश ने कहा, 'तुमने नहीं बताया, क्या करतीं?'

'मैं तुम्हें तलाक़ दे देती।'

'मुझे तलाक़ देतीं! तुम्हारी इतनी हिम्मत?'

'तुम्हें तलाक़ देने के लिए हिम्मत की ज़रूरत नहीं थी। आत्मसम्मान हो तो तलाक़ दिया ही जा सकता है।'

अनुपमा के मुँह से आत्मसम्मान शब्द सुनते ही राजेश का सिर चकराने लगता है। उस शब्द से एक चिंगारी आकर राजेश के बदन से टकराकर उसमें आग लगा देती है। अनुपमा उठ गई थी। राजेश उसे बालों से पकड़कर बेडरूम में घसीट लाया। सिद्धार्थ और सोनाक्षी, दोनों जुड़वाँ भाई-बहन सो चुके थे। आधी रात की चुप्पी पर झींगुर हौले से सोए हुए थे, और समूचे देहरादून में हरी घास की तरह जंगली जूही की सुगंध बिखरी हुई थी। बेडरूम का दरवाज़ा भीतर से बन्द करके राजेश ने बरामदे में जाने का दरवाज़ा खोल दिया। फिर वह अनुपमा को झटके से खींचकर बरामदे में ले आया और उसके शरीर को रेलिंग पर दबोच लिया। वह उसके दोनों पैर उठाने की कोशिश करने लगा। अनुपमा ज़ोर से चीख़ उठी। वह पूरी ताक़त लगाकर दोनों पैरों के बल खड़ी रही और उसने दोनों हाथों से रेलिंग को कसकर पकड़ लिया। अनुपमा समझ गई, राजेश उसे नीचे फेंक देना चाहता है, ताकि मर जाऊँ, ताकि सुबह उठकर लोग मेरे कुचले हुए शरीर को देखकर कहें, यह लड़की दुखी थी, लिहाज़ा इसने आत्महत्या कर ली है। अनुपमा के चीख़ने की वजह से राजेश उसे नीचे नहीं फेंक सका था। आख़िरकार उसने उसे बेडरूम में ले जाकर धक्का देकर बिस्तर पर गिरा दिया और तकिये से उसका मुँह दबाता रहा। अनुपमा बहुत देर तक अपने मुँह पर से तकिये को हटाने की कोशिश करती रही, लेकिन नहीं हटा सकी। अनुपमा के दोनों हाथ राजेश ने अपने घुटनों से दबा रखे थे। मक्खन और पनीर खाकर बड़े हुए राजेश के बदन की ताक़त ने अनुपमा को हरा दिया था। लाश को उसी रात राजेश ने पुराना सामान रखनेवाले कमरे में रखकर दरवाज़े पर ताला लगा दिया था।

सुबह बच्चे माँ को ढूँढ़ने लगे। राजेश ने उनसे कह दिया, माँ नाना के यहाँ गई है। कब लौटेगी, बताकर नहीं गई। राजेश ने घर के किसी भी व्यक्ति को अनुपमा की ग़ैरमौजूदगी महसूस नहीं होने दी। खाना बनाने और घर में झाड़ू-पोंछे के लिए जो लड़कियाँ आती हैं, राजेश उन्हें सात दिन की छुट्टी देना चाहता था, लेकिन यह मामला किसी को रहस्यपूर्ण लग सकता है, यह सोचकर उसने उन्हें छुट्टी नहीं

दी, लेकिन उनसे जितना कम काम करवाया जा सकता था, करवाकर उन्हें विदा कर दिया। वह ख़ुद आफ़िस से छुट्टी लेकर घर पर ही रहा। ऑफ़िस के लोग समझ गए, अनुपमा दिल्ली गई हुई है, लिहाज़ा बच्चों की देखभाल के लिए उसे छुट्टी लेनी पड़ी। लेकिन राजेश ने अपनी छुट्टी बच्चों के देखभाल में नहीं बिताई, उसने अपने बेडरूम और बरामदे में टहलते हुए दिन बिता दिया। बीच-बीच में वह तालाबन्द कमरे के पास जाकर सूँघकर देखता रहा कि बदबू आ रही है या नहीं। छठी मंज़िल से अनुपमा को फेंक देते तो इन सब झमेलों से दो-चार नहीं होना पड़ता। मरने के बाद भी उसे फेंका जा सकता था, लेकिन तब राजेश को लगा था कि पड़ोसी समझ जाएँगे कि यह काम किसका है। कारण कि अनुपमा में आत्महत्या करने-जैसा दुःख और हताशा नहीं थी।

बच्चे जब सो गए तो राजेश उस बन्द कमरे को खोलकर भीतर गया। भीतर जाकर उसने दरवाज़ा बन्द कर दिया। वह किचन से एक बड़ी-सी छुरी धार लगाकर लाया था। दोपहर को वह बाज़ार जाकर एक बिजली की आरी और प्लास्टिक के दस बैग ख़रीद लाया था। फिर उसने अनुपमा के शरीर को टुकड़ों में काट लिया। उसने गाने की आवाज़ तेज़ कर दी ताकि आरी की आवाज़ गाने की आवाज़ के नीचे दबकर खो जाए। बच्चे इस तरह के गीतों को सुनने के अभ्यस्त थे। अनुपमा और राजेश में जब भयानक झगड़ा होता, तो राजेश इसी तरह गाने चलाकर झगड़े की आवाज़ को कम करता था। वह बच्चों की अपेक्षा पड़ोसियों के कानों की ज़्यादा फ़िक्र करता था।

एक सॉफ़्टवेयर इंजीनियर के साथ एक ऑनर्स पास लड़की की शादी हुई थी, लेकिन कमाल की बात है, राजेश सोचता था, उसे इस शादी में दहेज नहीं दिया गया! राजेश ने दहेज की माँग नहीं की थी, यह सच है। लेकिन अनुपमा के पिता की ज़िम्मेदारी थी कि वे दहेज देते। ऐसा तो नहीं था कि उन्हें पैसों का अभाव था! अमेरिका जाने के बाद उसे एक गाड़ी की ज़रूरत थी, एक मकान भी ख़रीदना था। ऐसे हीरे के टुकड़े लड़के के साथ अपनी लड़की शादी करवाकर कोई भी बाप गाड़ी और घर ख़रीदने के लिए पैसे भेज देता, अनुपमा के पिता ने पैसे नहीं भेजे थे। राजेश इस पिता को माफ़ नहीं कर सकता। और भी खोदकर देखें तो सॉफ़्टवेयर इंजीनियर की बीवी बनने के लिए अनुपमा को जितनी ख़ूबसूरत होना चाहिए था, वह उतनी ख़ूबसूरत नहीं थी। इसके बावजूद वह अनुपमा से शादी करने के लिए राज़ी हुआ था। उसने कम-से-कम दो महीने तो उससे प्यार किया ही था। राजेश का घर दिल्ली के वसंत कुंज में था। वहाँ से वह सीधे जवाहरलाल नेहरू विश्वविद्यालय जाकर अनुपमा को लेता और फिर प्रिया सिनेमा के कैफ़े में बैठकर पूरी शाम बिताता था। शाम ढलने पर प्रिया से टहलते-टहलते वह वसंत विहार के ए ब्लॉक में अनुपमा के घर चला जाता। वहीं अनुपमा के घर पर बैठकर फिर से

चाय का एक और दौर चलता, चाय के साथ चुम्बन भी होता। चुम्बन ही होता था, राजेश ने इससे आगे बढ़ना नहीं चाहा था। इंजीनियर बनने के बाद वसंत कुंज में एक छोटी-सी कम्पनी में उसे नौकरी मिल गई थी, लेकिन वहाँ उसका मन नहीं लग सका। राजेश देश में, विदेश में चारों ओर नौकरी की अर्ज़ी भेजता रहा। इस बीच उसने जिसकी उम्मीद नहीं की थी, वही हो गया, उसे अमेरिका के न्यूजर्सी में नौकरी मिल गई। अंग्रेज़ी में ऑनर्स होने के बाद अनुपमा को अब मास्टर्स के लिए दाख़िला लेना था। लेकिन राजेश ने कहा, यह सब मास्टर्स-फ़ास्टर्स छोड़ो। मैं अमेरिका में अकेले नहीं रहूँगा, तुम्हें शादी करनी होगी, मेरे साथ चलना होगा। लिहाज़ा आननफ़ानन में शादी का आयोजन किया गया, शादी की रात ही उन्हें अमेरिका के लिए हवाई जहाज़ में चढ़ना पड़ा।

शादी से पहले नहीं, शादी के बाद उसने बारीक़ी से अनुपमा की देह, उसके दोष, उसके गुणों को देखा था। अनुपमा वर्जिन थी, राजेश को इस बात पर विश्वास नहीं होता। हालाँकि अनुपमा ने दावा भी नहीं किया कि वह वर्जिन है। इसे लेकर भी उनमें कई दिनों तक ज़बरदस्त अशान्ति का माहौल बना रहा था।

राजेश ने एक दिन कहा, 'तुम तो वर्जिन नहीं थीं!'

अनुपमा ने जवाब दिया, 'नहीं थी, तो इससे क्या हुआ? शादी से पहले तो तुमने नहीं कहा था कि तुम्हें वर्जिन चाहिए।'

'मैंने कहा नहीं, लेकिन एक्सपेक्ट तो किया था कि तुम वर्जिन होगी। मुझे तो यह जानकारी थी कि शादी से पहले लड़कियाँ वर्जिन ही होती हैं।'

'शादी के समय तुम वर्जिन थे?'

'यहाँ मेरी बात क्यों ला रही हो?'

'तुम्हारी बात क्यों नहीं होगी? मेरे बारे में बात होगी तो तुम्हारे बारे में भी होगी। सुनो, तुम्हारी वर्जिनिटी को धोकर मैं पानी नहीं पियूँगी, मेरी वर्जिनिटी को धोकर तुम भी पानी नहीं पियोगे। ये सब सिली क्वेश्चन जितने कम करोगे, उतना बेहतर। शादी को टिकाए रखना हो तो तुम्हें अपने स्वभाव में कुछ बदलाव करने होंगे, राजेश।'

'मुझे धमकी दे रही हो?'

'हाँ, दे रही हूँ।'

'तुम एक मामूली-सी पढ़ी-लिखी लड़की हो। तुमने मास्टर्स भी पास नहीं किया है। तुम न तो डॉक्टर हो और न ही इंजीनियर।'

'तो?'

'तुम्हारी-जैसी लड़कियाँ मामूली-से किरानी की असिस्टेंट भी नहीं बन सकतीं। तुम्हें किस बात का घमंड है? न तो रूप है, न कोई गुण ही है। मुझे तुम तलाक़ देना चाहती हो? तुम्हें कौन पालेगा, ज़रा सुनूँ तो? बाप के घर तुम्हें छह महीने से ज़्यादा कोई टिकने नहीं देगा।'

'इसके बारे में तुम्हें सोचने की ज़रूरत नहीं है। मेरी सहनशक्ति सीमा के बाहर जा रही है। तुम एक अनकल्चर्ड गँवार आदमी हो। तुम एक लालची और बर्बर हो। तुम्हारे साथ एक छत के नीचे मैं किस तरह रह रही हूँ, बीच-बीच में मुझे ही समझ में नहीं आता।'

राजेश ने अनुपमा के बदन से पहले साड़ी उतार ली। अनुपमा के स्तन गोल और सुडौल थे, जिसे कहते हैं—फ़र्म। उसने संतानों को जन्म दिया था, फिर भी वे बिलकुल भी नहीं ढले थे। वे सोलह साल की लड़कियों के स्तनों-जैसे थे। शादी के समय अनुपमा की उम्र कितनी थी, शायद बाईस। इसके बाद पाँच साल बीत गए थे, अभी उम्र सत्ताईस-अट्ठाईस से ज़्यादा नहीं होगी। इन स्तनों को राजेश के अलावा किसी और ने भी छुआ था, ये निश्चय ही जूठे स्तन थे। नहीं, जूठी चीज़ों पर राजेश का कोई आकर्षण नहीं है। आकर्षण नहीं है, लेकिन इसके बावजूद राजेश ने ग़ौर किया उन स्तनों की ओर देखते हुए, उसके शरीर के भीतर एक् और शरीर उफनने लगा है। अपने अस्थिर उत्तेजित पुरुषांग को उसने हस्तमैथुन के ज़रिये शान्त कर लिया। अनुपमा के स्तन राजेश के वीर्य से सफ़ेद हो गए। इसके बाद हाथ में छुरी लेकर उसने एक-एक स्तन के चार-चार टुकड़े कर डाले। फिर उसने यौनांग में छुरी घुसेड़ दी। इस यौनांग में कौन जाने कितने लोगों ने गमन किया है। राजेश इस यौनांग का अकेला अधीश्वर नहीं था, इस वजह से उसे तेज़ ग़ुस्सा आ गया। वह ग़ुस्से और नफ़रत में दाँत पीसता रहा। न्यूजर्सी के होटल में सुहागरात के समय ही राजेश ने अनुपमा को वेश्या कहा था। उसे वह वेश्या ही लगी थी। राजेश जवानी में कम-से-कम बीस-पच्चीस लड़कियों के साथ सो चुका है। वह जानता है, वर्जिनिटी किसे कहते हैं। उसे तेरह साल की एक वर्जिन कज़िन के साथ संगम का अनुभव है। सब लोग केदारनाथ मन्दिर देखने चले गए थे, बुख़ार की वजह से होटल में वह कज़िन सोई हुई थी, और राजेश बेसुध सोया हुया था। नींद से उठकर उसने देखा उसे छोड़कर परिवार के सारे लोग निकल गए हैं। तभी बुख़ार में तपती कज़िन के पास सोकर बीस साल के राजेश का शरीर जाग उठा था। कज़िन लहूलुहान हो उठी। राजेश ने उससे कह दिया, यह बात यदि उसने किसी से कही तो राजेश का कुछ नहीं बिगड़ेगा, कज़िन का सर्वनाश हो जाएगा। कज़िन लगातार दो दिनों तक रोती रही, उसका बुख़ार और भी बढ़ गया, लेकिन उसने किसी से नहीं कहा कि क्या घटित हुआ है। राजेश अच्छी तरह जानता है, वर्जिन किसे कहते हैं। अनुपमा राजेश को धोखे में नहीं रख सकी थी।

अमेरिका में पाँच साल नौकरी करने के बाद आर्थिक मंदी की वजह से राजेश की नौकरी चली गई थी। एक तरह से कम्पनी बन्द ही हो गई थी। त्रिदिव फ़िलाडेल्फ़िया की एक कम्पनी ज्वॉइन करने चला गया था। राजेश भारत लौट आया। लौटकर दिल्ली में नहीं, देहरादून में स्थायी रूप से रहने लगा। देहरादून

में उसे साइनोटेक कम्पनी में एक अच्छी नौकरी मिल गई। दरअसल राजेश का सी.वी. देखते ही उसे मोटी तनख़्वाह की नौकरी के ऑफ़र मिलने लगते हैं। उसे लेने के लिए कम्पनियों में होड़-सी लग जाती है। देहरादून के सहस्त्रधारा में उसका ऑफ़िस है। घर भी वहीं पर है। प्रकृति के ऐसे सौंदर्य के बीच रहकर मन तृप्त हो जाता है। साइनोटेक की नई शाखा खोलने के सिलसिले में उसे अक्सर कोलकाता भेजा जाता है। वहीं पर उसकी मुलाक़ात स्वाति के साथ हुई थी। स्वाति अनुपमा से ज़्यादा ख़ूबसूरत थी। अनुपमा के मुक़ाबले उम्र में छोटी थी। उसके पास अनुपमा से बड़ी डिग्री थी। स्वाति भी उसकी तरह इंजीनियर थी। स्वाति के पिता अनुपमा के पिता से ज़्यादा अमीर थे। राजेश स्वाति को अपलक निहारता और कहता, 'तुम्हारे साथ छह साल पहले मेरी मुलाक़ात क्यों नहीं हुई?' स्वाति मुसकरा देती। इतनी अनूठी मुसकराहट राजेश ने इससे पहले कभी नहीं देखी थी।

अमेरिका से लौटने के बाद उसके पास काफ़ी सारा पैसा था। राजेश ने देहरादून के मसूरी रोड पर एक विला ख़रीदा था। विला में अभी वे शिफ़्ट नहीं हुए थे। उसमें नया फ़र्नीचर सेट किया जा रहा था, फ़र्श पर महँगा मार्बल लगाया जा रहा था। वह स्वाति को लेकर ही उस विला में शिफ़्ट होने की सोच रहा था। सिद्धार्थ को वह दून बोर्डिंग स्कूल में दाख़िला दिलवा देगा और सोनाक्षी को इकोल ग्लोबल बोर्डिंग में डाल देगा। अनुपमा कहाँ है? अनुपमा दिल्ली गई थी। वह यदि दिल्ली नहीं पहुँची, बीच रास्ते में क्या हुआ होगा, राजेश को इसके बारे में कुछ नहीं पता। वह दिल्ली अकेली क्यों गई? राजेश उसके साथ क्यों नहीं गया? नहीं गया क्योंकि राजेश ऑफ़िस के काम में व्यस्त था। दिल्ली में अनुपमा को ऐसा क्या काम था कि वह बच्चों को छोड़कर चली गई? उसने राजेश के साथ पिछली रात को भयंकर झगड़ा किया था। उसने राजेश की ओर टेबल लैम्प फेंककर मारा था। सिर्फ़ टेबल लैम्प? उसे हाथ के पास जो कुछ भी मिला था, उसने फेंककर मारा था। सुबह उठकर उसने राजेश से कहा था, 'दरवाज़ा बन्द कर लो, मैं जा रही हूँ।'

'कहाँ जा रही हो?'

'दिल्ली जा रही हूँ।'

'क्यों जा रही हो?'

नहीं, उसने इसका कोई जवाब नहीं दिया था। उसने साड़ी पहनी थी, उसके कन्धे पर एक बैग था, और हाथ में एक बड़ा-सा काला सैम्सोनाइट का सूटकेस। दरवाज़े पर खड़े राजेश ने देखा, एक लाल रंग की गाड़ी गेट के पास आकर रुकी, उस गाड़ी में सवार होकर अनुपमा चली गई।

इसके बाद से राजेश फ़ोन करता रहा, लेकिन फ़ोन स्विच्ड ऑफ़ कर दिया गया था। ख़ूब स्वाभाविक रूप से ही राजेश ने सोच लिया था, अनुपमा अपने

पिता के यहाँ चली गई है। उसने बच्चों को यही बताया था।

यह बात राजेश ने फ़ोन पर स्वाति को बता दी थी। स्वाति सुनकर अवाक् हो गई। 'बच्चों को छोड़कर कोई माँ इस तरह चली जाती है!'

राजेश ने कहा, 'अनुपमा बच्चों की ओर देखती ही नहीं थी। बेबी सिटर ने ही बच्चों की परवरिश की है।'

स्वाति ने कहा, 'मैं समझ रही हूँ, तुम बहुत टेंशन में हो। ससुराल में फ़ोन करके वाइफ़ के साथ बात कर लो।'

'ओह स्वाति, मुझे उसे अपनी वाइफ़ मानने की अब इच्छा नहीं होती। वह मुझ पर बहुत दिनों से शारीरिक और मानसिक अत्याचार कर रही है।'

'क्या वह हमेशा के लिए चली गई है, या कि कुछ दिनों के लिए गई है?'

'मुझे नहीं पता, लेकिन लगता है, हमेशा के लिए ही चली गई है। अब वह नहीं लौटेगी।'

'उसके नाते-रिश्तेदारों से बात करो।'

'मैं उस घर के किसी से भी बात नहीं करता।'

'फिर तो बड़ी मुश्किल है।'

'स्वाति, तुम देहरादून चली आओ। मैं बहुत डिप्रेशन में हूँ।'

स्वाति ने लम्बी साँस छोड़ी।

स्वाति ने वादा नहीं किया, लेकिन अगर सचमुच वह एक दिन चली आए तो? लिहाज़ा जितनी जल्दी हो सके, अनुपमा का नामोनिशान मिटाना होगा। पूरी रात वह अनुपमा के शरीर के टुकड़े-टुकड़े करता रहा। उसने गिनकर देखा, कुल बहत्तर टुकड़े हुए थे। सुबह-सुबह उसने अनुपमा के हाड़-मांस को बैगों में भरकर फ्रिज़र में रखकर उसे लॉक कर दिया और फिर जैस्मिन-लाइज़ॉल से फ़र्श पर पोंछा लगा दिया। उसने लाइफ़बॉय हैंडवॉश से हाथ धो लिये। एक-एक करके बैगों को बाहर ले जाकर कहीं पर किसी गन्दे नाले या पानी की धारा में या जंगल अथवा खाई में फेंक दे तो फिर अनुपमा का नामोनिशान मिट जाएगा। तकिये के नीचे फ्रिज़र की चाबी रखकर राजेश निश्चिन्त होकर कुछेक घंटे सो लिया।

अलस्सुबह राजेश प्लास्टिक का एक बैग लेकर निकल गया। गाड़ी के ट्रंक में उसे रखकर देहरादून मसूरी रोड पर वह गाड़ी ले गया। जब उसने देखा, आसपास कोई राहगीर नहीं है, कोई गाड़ी वग़ैरह भी नहीं है, तुरन्त उसने एक बड़े-से गन्दे नाले में वह बैग फेंक दिया। अनुपमा के मांस-पिंड पानी की धार में बह गए। इस बैग में दोनों पैरों के मांस के टुकड़े और हड्डियाँ थीं। राजेश ने याद करने की कोशिश की कि उसने टुकड़े गिनकर बैग में भरे थे या नहीं! पूरे शरीर से यदि बहत्तर टुकड़े निकलते हैं, तो दोनों पैरों और जाँघों से कितने टुकड़े निकलेंगे? राजेश हिसाब करता रहा, और भोर के कुहासे को चीरती गाड़ी आगे बढ़ती रही।

अगले दिन सुबह-सुबह वह अनुपमा की दो बाँहों, सीने और पेट के हिस्से लेकर निकल गया। इन्हें लेकर वह गहरी खाई की ओर चला गया। बैग खाई में फेंककर दूर के एक मैदान में, जहाँ बहुत से लोग तंदुरुस्ती के लिहाज़ से पैदल चल रहे थे, दौड़ लगा रहे थे, राजेश भी वहाँ जाकर थोड़ी देर पैदल चला, थोड़ी देर उसने दौड़ लगाई और फिर सोचा कि हर सुबह वह इसी मैदान में एक घंटा टहलेगा, दौड़ेगा और योग-व्यायाम करेगा। शरीर की देखरेख ज़रूरी है। अनुपमा ने उसे खिला-खिलाकर बेढब बना दिया है। अब राजेश अपनी जवानी फिर से पाना चाहता है। यह उसकी नई ज़िन्दगी है। उसे इस जीवन के लिए बहुत सारी प्राणशक्ति चाहिए। कुछ साल बाद वह साइनोटेक कम्पनी का डायरेक्टर बन जाएगा। स्वाति-जैसी कितनी ही ख़ूबसूरत, गुणवती स्त्रियाँ उसके चक्कर लगाएँगी! आह, काश, कि अनुपमा डायरेक्टर राजेश गुलाटी को देख पाती! काश, डायरेक्टर बनने के बाद अनुपमा के बहत्तर टुकड़ों को अगर जोड़कर उसे ज़िन्दा किया जा सकता! वह देखती कि त्रिदिव कितना कर सका और आज राजेश कितना कर पा रहा है।

सोनाक्षी और सिद्धार्थ राजेश के बहुत ज़्यादा क़रीब नहीं थे, अनुपमा ही उनकी दुनिया थी। अब नौकर उन्हें जो खिला देते हैं, वही खाकर वे सो जाते हैं। नींद से उठकर रोते-धोते हैं और फिर से सो जाते हैं। भूख लगने पर वे ख़ुद ही फ्रिज खोलकर रोटी, बिस्कुट, दूध, पनीर या जो कुछ भी वहाँ होता, खा लेते हैं। वे सिर्फ़ चार साल के थे। उन्हें ख़ुद ही नहीं पता था, किस समय क्या खाना है।

राजेश को भूख नहीं लगती। लंच में, डिनर में शराब की बोतल लेकर बैठता है, साथ में मूँगफली और चनाचूर रख लेता है। अनुपमा ने रसोई और फ्रिज के दराज़ों में ये सारी चीज़ें बहुत करीने से सजाकर रखी थीं। कोई भी चीज़ ज़्यादा ढूँढ़नी नहीं पड़ती। राजेश जानता है, अनुपमा बहुत व्यवस्थित लड़की थी। घर-गृहस्थी को अपना समझती थी।

सिद्धार्थ और सोनाक्षी डर के मारे राजेश के पास नहीं आते, फिर भी हिम्मत जुटाकर बोल गए थे—वे अपनी माँ के साथ बात करना चाहते हैं। वे माँ के पास जाना चाहते हैं, या फिर वे माँ को यहाँ लेकर आना चाहते हैं। माँ के बिना उन्हें कुछ भी अच्छा नहीं लग रहा है।

राजेश ने ग़ौर किया, सोनाक्षी और सिद्धार्थ के लिए उसके मन में बिलकुल प्यार नहीं है। एक समय उसे यह भी लगा कि ये उसकी संतानें नहीं हैं। ये किसी और की संतानें हैं। न्यूजर्सी में तो अनुपमा अकेली ही बाहर घूमती-फिरती थी, उधर राजेश दिन-भर ऑफ़िस में रहता था। हो सकता है, अनुपमा किसी और के साथ लेटकर गर्भवती हुई थी। हो सकता है, त्रिदिव के साथ ही, कौन जाने! जो लड़की शादी से पहले वर्जिनिटी खो सकती है, वह शादी के बाद सतीत्व खोने में दो बार सोचेगी, राजेश को इस बात पर विश्वास नहीं होता। राजेश की सूरत के साथ बच्चों

की सूरत का कोई मेल नहीं है। मेल अनुपमा के साथ है। ये लोग देखते रहते तो राजेश को लगता, अनुपमा देख रही है।

जब-तब बच्चों की रुलाई राजेश को बहुत परेशान करती है। माँ नहीं थी इसलिए ये लोग ज़ार-ज़ार रोते हैं। जाकर दो-चार थप्पड़ जड़ देने पर इनकी रुलाई रुक जाती है। राजेश की इच्छा होती है, इनका भी नामोनिशान मिटा दे। उसकी इच्छा होती है, इन दोनों के टुकड़े-टुकड़े करके फ्रिजर में ठूँस दे।

अगले दिन अनुपमा का भाई सुजन आकर बच्चों को अपने साथ ले गया। सुजन अपनी दीदी से मिलने आया था। बहुत दिन हुए, दीदी ने फ़ोन नहीं किया था। दीदी को फ़ोन करने पर उनका फ़ोन बन्द आ रहा था। सुजन को सिद्धार्थ और सोनाक्षी, दोनों ने ही बताया था कि अनुपमा नाना के घर, दिल्ली गई है। सुजन को पता है, अनुपमा वहाँ नहीं गई है। तो फिर वह कहाँ है? राजेश से पूछने पर वह इतना ज़्यादा नाराज़ हो गया कि सुजन विस्मित हो उठा।

'क्या हो गया, किस पर इतना ग़ुस्सा दिखा रहे हो?'

'और किस पर? तुम्हारी दीदी पर। वह कितनी बेअक़्ल है, बताओ तो, बच्चों को छोड़कर अपने मायके चली गई! ये लोग क्या खाएँगे, क्या पहनेंगे, यह सब कौन देखेगा? मेरा क्या ऑफ़िस नहीं है? ऑफ़िस से छुट्टी लेकर मुझे इनकी देखरेख करनी पड़ रही है। इस तरह छुट्टी लेता रहा तो मेरी नौकरी चली जाएगी!'

'लेकिन दीदी तो मायके नहीं गई!'

'तो फिर पता लगाओ, हो सकता है, किसी प्रेमी के साथ भाग गई हो। बोलकर तो गई थी कि मायके जा रही हूँ। पिछले इतवार सुबह-सुबह एक लाल गाड़ी आकर उसे ले गई थी। एक सज्जन गाड़ी चला रहे थे, दूर से मैं उनका चेहरा ठीक से नहीं देख सका। इसी आदमी के साथ शायद सम्बन्ध था। शायद क्या, इसी के साथ था, बार-बार इसी का फ़ोन आता था।'

'कमाल है! दीदी ने ऐसा कांड किया!'

'मैंने बहुत सह लिया है, अब मैं उसे तलाक़ दे दूँगा।'

सुजन ने फिर देर नहीं की, सोनाक्षी और सिद्धार्थ को लेकर वह निकल गया। इससे राजेश को आराम आ गया। इसी बीच स्वाति का फ़ोन आ गया, स्वाति ने राजेश को बधाई दी। इस बार एस्ट्रा-ऑर्डिनरी काम करने के लिए कोलकाता वाले ऑफ़िस की ओर से राजेश को गोल्ड मेडल दिया जा रहा है। आराम तो मिला ही था, उसके ऊपर ख़ुशी अलग से मिल गई। अब अनुपमा के कटे हुए सिर को कहीं फेंक दें तो फिर कोई चिन्ता नहीं। घर ख़ाली हो जाने के बाद, उसने दरवाज़े-खिड़कियाँ सब बन्द करके घर में अँधेरा कर लिया। कटे हुए सिर को वह फ्रिजर में से निकाल लाया। उसे डाइनिंग टेबल के बीचोबीच रखकर अट्टहास करता हुआ बोला, 'क्यों जी, देख रही हो न, क्या हो रहा है? इस घर से सबको जाना

पड़ा। तुम्हें, तुम्हारी औलादों को। तुमने अपने किस प्रेमी के बच्चे जने, यह तो तुम्हीं जानती हो। सिद्धार्थ तो दिखने में काफ़ी हद तक त्रिदिव-जैसा है। मैंने ग़ौर से देखा, कल तो मुझे ऐसा ही लगा था। तुम मुझे तलाक़ देना चाहती थीं, क्योंकि मैं अच्छा आदमी नहीं हूँ, तुम पर मानसिक अत्याचार करता हूँ! अब तो तुम सारे अत्याचारों से मुक्त हो गई हो। अब तो तुम्हें सुख से रहना चाहिए। आज तुम्हारे सिर को नदी में डुबोने के बाद मैं अपनी नई ज़िन्दगी शुरू करूँगा।'

थोड़ा रुककर राजेश एक कप चाय बना लाया। चाय से उठती भाप से उसकी दोनों आँखें ढक गईं। एक लम्बी साँस छोड़कर वह बोला, 'अनुपमा, मैंने तुमसे प्यार नहीं किया, ऐसा नहीं है। मैंने प्यार किया था। तुम कमाल की लड़की थीं। तुम बुद्धिमती थीं, घर-गृहस्थी का सारा कुछ अकेले सम्हालती थीं। लेकिन तुम्हारा वह आत्मसम्मानबोध, वही मुझे फाड़कर खा गया। मैं उसे सहन नहीं कर सका। तुममें अगर वह नहीं रहता, वही आत्मसम्मानबोध, तो फिर झगड़ने की भी ज़रूरत नहीं पड़ती, तुम पर मुझे हाथ उठाने की भी ज़रूरत नहीं पड़ती, और तकिये से दबाकर तुम्हारा दम घोंटने की भी मुझे कोई आवश्यकता नहीं होती। किसी भी आदमी को, मुझे लगता है, ऐसी लड़की से शादी नहीं करनी चाहिए, जिसमें यह चीज़ होती है, यह आत्मसम्मानबोध। मुझे नहीं पता, स्वाति से शादी करना मेरे लिए ठीक होगा या नहीं। मुझे लगता है, स्वाति में भी तुम्हारी ही तरह यह चीज़ है, आत्मसम्मानबोध।'

अनुपमा के कटे हुए फ्रोज़न सिर को राजेश ने फिर से फ्रिजर में रख दिया और आधी रात होने की प्रतीक्षा करने लगा। जैसे ही झींगुर बोलना शुरू करेंगे, वह सिर को लेकर निकल जाएगा।

सुखी दम्पती

[1]

योहान ऑफ़िस से लौटकर सोफ़े से टिककर टेलीविज़न का रिमोट हाथ में ले लेता है। इस समय पिछले दो वर्षों से जो होता रहा है, वही होता है—चाईलाई मुसकराती हुई आती है और उसके जूते उतार देती है। जूते-मोज़े लेकर जूतों के रैक पर करीने से रख देती है। फिर शॉर्ट और एक टीशर्ट ले आती है। योहान टी.वी. पर नज़रें रखते हुए ही शर्ट उतारता है, पैंट उतारता, अंडरवियर उतारता है, चाईलाई शर्ट और पैंट हैंगर पर टाँग देती है, और अंडरवियर को लांड्री के बैग में रख देती है। नग्न योहान इसके बाद सोफ़े पर सीधे होकर बैठ जाता है, और चाईलाई पीछे खड़ी होकर उसकी गर्दन, पीठ और दोनों बाँहों की मसाज कर देती है। इसके बाद योहान और एक बार सोफ़े पर ढुलक जाता, चाईलाई उसके दोनों पैरों को अपनी गोद में रखकर बैठ जाती, पैर की उँगलियों, पैर, हाथ, हाथ की उँगलियों की मसाज कर देती। यह हो जाता तो फिर एक कुर्सी खींचकर वह योहान के सिर के पीछे बैठ जाती और बालों पर कंघी की तरह उँगलियाँ चलाती है। योहान स्वीडिश टी.वी. पर मूल रूप से फ़ुटबॉल देखता है, या फिर यूरोविज़न-जैसी गीतों की प्रतियोगिता, या फिर कोई और एंटरटेनमेंट। चाईलाई बालों में इतने अनूठे ढंग से उँगलियाँ फिराती कि योहान को नींद आ जाती।

'चाईलाई, तुम इतने अच्छे ढंग से मसाज करना कैसे जानती हो?'

चाईलाई कुछ नहीं कहती।

'पार्लर में काम करती थीं?'

चाईलाई मुसकराती हुई कहती, 'मैंने पार्लर का काम सीखा है। सोचा था, काम करूँगी।'

'तो फिर किया क्यों नहीं?'

चाईलाई मीठी मुसकराहट के साथ कहती, मेरी शादी हो गई न!'

सही है, योहान के साथ उसकी शादी हो गई थी। चाईलाई अभी तक स्वीडिश भाषा ठीक से सीख नहीं सकी थी। कुलप और कुलप की सहेलियों ने उसे बातों-बातों में जितना सिखाया था, उसने उतना भर सीखा था। वह जब भी स्वीडिश

बोलती है, योहान को समझने में थोड़ा समय लगता। एक वाक्य को दो-तीन बार दोहराने के बाद योहान को समझ में आता कि चाईलाई क्या कहना चाह रही है। इसके मुक़ाबले चाईलाई की टूटी-फूटी अंग्रेज़ी योहान को आसानी से समझ में आ जाती। लेकिन चाईलाई अंग्रेज़ी के मुक़ाबले स्वीडिश बोलने में ज़्यादा रुचि दिखाती। चाईलाई को लगता है, वह बहुत बढ़िया स्वीडिश बोलती है। वह स्वीडिश बोलेगी तो योहान को अच्छा लगेगा, यही सोचकर वह यह भाषा बोलती है।

इसके बाद हर रोज़ की तरह चाईलाई पूछती कि वह डिनर सर्व करे कि नहीं? योहान टेलीविज़न देखते-देखते ही सिर हिलाता—हाँ।

उनका चमचमाता घर था। उसे धो-पोंछकर चाईलाई ही साफ़-सुथरा रखती थी। वह घर इससे पहले कभी इतना धूलविहीन नहीं रहा था। योहान को जो-जो पसन्द है, चाईलाई वही सारी चीज़ें पकाती है। योहान को रसोई में जाना ही नहीं पड़ता। एक बार पुरानी आदत के मुताबिक़ खाना खाने के बाद वह अपनी थाली ख़ुद धोने के लिए ले जा रहा था, चाईलाई ने उसके हाथ से थाली छीनकर ख़ुद धो दी थी। चाईलाई खाने में क्या बना रही है, उसे कुछ मदद की ज़रूरत है या नहीं, योहान यह पूछने के लिए आता तो वह दोनों हाथों से ठेलकर उसे हटा देती, कहती, 'तुम अपना काम करो, किताब पढ़ो, या गाने सुनो, कम्प्यूटर पर गेम खेलो, खाना मुझे बनाने दो।' चाईलाई ज़्यादातर थाई खाना ही बनाती थी। वह चीनी, जापानी और वियतनामी खाना भी बनाती थी। इधर उसने फ्रेंच और इटालियन खाना बनाना भी सीखा है। योहान काफ़ी आराम से खाना खाता है—टॉम याम कुंग, केंग खियाओ वॉन, मासामैन करी, सम टॉम। चाईलाई से शादी करने के बाद वह जिस तरह नये-नये व्यंजन खा रहा है, व्यंजनों के नये नाम भी उसने सीखे हैं। पहले-पहल वह यह सब खाना चम्मच-छुरी की मदद से ही खाता था, लेकिन चाईलाई ने उसे सिखा दिया था कि चॉपस्टिक हाथ में पकड़कर किस तरह खाना खाया जाता है। खाते समय योहान चाईलाई से पूछता, 'कौन-सा खाना किस तरह बनाया गया है?' डिनर का यह समय चाईलाई के लिए सबसे प्रिय समय होता था। चाईलाई बताती, उसने कौन-से बाज़ार से सामान ख़रीदा, उसने क्या-क्या देखा और यह भी कि कौन-सा खाना उसने कैसे बनाया। योहान सुनता रहता। योहान उसकी बातों को मन लगाकर सुन रहा है, यह बात चाईलाई को अपार शान्ति देती थी। उसकी बहन की शादी तो एक थाई व्यक्ति के साथ हुई है, बहन के पति मंकूत ने कभी उसकी बहन की बात इतने मन लगाकर सुनी है? योहान कभी-कभी चॉपस्टिक से उठाकर खाने की कोई चीज़ चाईलाई के मुँह में खोंस देता।

'देखो, देखो, यह तो तुमने बहुत ही टेस्टी बनाया है, खाकर देखो। इतनी कम उम्र में तुमने इतना अच्छा खाना बनाना कहाँ से सीखा, लड़की?'

शर्मीली हँसी हँसकर चाईलाई अपना चेहरा छिपा लेती। फिर सुर्ख़ चेहरा लिए

बोलती, 'मैं इससे भी अच्छा खाना बनाऊँगी, देख लेना।'

चाईलाई ने इससे गहरा प्रेम कहीं नहीं देखा था। इतने प्यार से क्या मंकूत उसकी बहन के मुँह में खाना रखता है? चाईलाई सोचती, उसका प्रेमविवाह भले ही न हुआ हो, लेकिन शादी के बाद थोड़ा-थोड़ा करके प्रेम ही हो रहा है। जो पति ऑफ़िस के बाद दोस्तों के साथ देर रात तक कहीं पर मौज-मस्ती करने नहीं जाता, सीधे घर चला आता है, शनि और रविवार दो दिन घर पर ही बिताता है, किसी और लड़की के साथ छिपकर प्रेम नहीं करता, छिपकर किसी के साथ नहीं सो रहा है—ऐसा अच्छा पति ख़ुशक़िस्मत औरतों को ही मिलता है।

आज योहान ने कहा, चूँकि उनके पास एक ही गाड़ी है और ज़रूरी काम के लिए निकलना हो, ख़ास तौर पर चाईलाई को, तो उसे बाज़ार के लिए पैदल ही जाना पड़ता है। या फिर बस से जाना होता है, लिहाज़ा रफ़ यूज़ के लिए वह एक सस्ती-सी गाड़ी ख़रीद लेगा। वह चाईलाई को गाड़ी चलाना सिखा देगा।

चाईलाई ने तुरन्त मना कर दिया। बोली, 'क्यों बिलावजह पैसे ख़र्च करते हो? हमारी एक गाड़ी बढ़िया चल रही है। यहाँ की बसें इतनी अच्छी हैं कि मुझे उनसे जाने में अच्छा लगता है। और पैदल चलना भी अच्छा ही लगता है। यहाँ के रास्ते कितने ख़ाली-ख़ाली हैं।'

योहान चाईलाई के बारे में सोचकर यह जो दूसरी गाड़ी ख़रीदने की सोच रहा है, मंकूत तो कभी इस तरह की कल्पना भी नहीं करेगा। योहान उससे प्यार करता है, चाईलाई के लिए यह चरम प्राप्ति है। कालासिन गाँव के किसी को विश्वास नहीं होगा, चाईलाई को इतना बड़ा देवता-जैसा पति मिला है। वह हर महीने उसे गाँव में रह रहे माँ-बाप के लिए पाँच हज़ार क्रोनर देता है, जबकि उधर मंकूत गाहे-बगाहे अपने सास-ससुर के आगे हाथ फैलाता रहता है, उन्हें पैसे देना तो दूर की बात।

'क्यों चाईलाई, तुम सुखी तो हो न?'

'बहुत ज़्यादा सुखी।'

योहान ऑफ़िस से सीधे घर लौटता है। वह जाएगा भी किधर! किसी स्वीडिश लड़की के लिए उसके मन में कोई आकर्षण नहीं है। सोलह से पैंतीस साल की उम्र तक वह असंख्य स्वीडिश लड़कियों के साथ प्रेम कर चुका है, उनके साथ लिव-इन में रहा है। उसका आख़िरी लिव-इन चार वर्षों का था। योहान की शादी करने की बहुत इच्छा थी, लेकिन क्रिस्टीना राज़ी नहीं हुई। वह संतान के लिए भी राज़ी नहीं थी। कहती थी, 'दुनिया में बच्चे कम हैं क्या? तुम्हें अगर उनकी चिकचिक पसन्द है तो थर्ड वर्ल्ड से एक बच्चा गोद ले लो।' शादी के मामले में चार साल बाद भी उसने कहा था, उसे निर्णय लेने में अभी और समय लगेगा। यह बात कहने के पन्द्रह-बीस दिन बाद क्रिस्टीना सूटकेस में अपना सामान भरकर कुछ दिन अकेले बिताने के हिसाब से कनाडा के नोवास्कोशिया चली गई थी। वह ऑफ़िस से छुट्टी लेकर गई थी। कब

लौटेगी, योहान के पास फिर कभी लौटेगी भी या नहीं, कुछ बताकर नहीं गई। महीने भर बाद क्रिस्टीना का ईमेल आया, वह योहान के साथ अब और सम्बन्ध नहीं रखना चाहती। उसने कह दिया, इट्स ओवर। क्रिस्टीना के साथ बहुत दिनों से योहान की खटपट चल रही थी। कोई बहुत बड़ी बात को लेकर झगड़ा होता था, ऐसा नहीं था।

क्रिस्टीना अपने स्टॉकहोम वाले अपार्टमेंट में ताला लगाकर योहान के चिस्ता वाले घर चली आई थी। चूँकि चिस्ता में क्रिस्टीना का ऑफ़िस था, इससे उसे सुविधा हो गई थी। स्टॉकहोम से चिस्ता आने-जाने के पन्द्रह-पन्द्रह तीस किलोमीटर वाला झमेला मिट गया था। क्रिस्टीना तेज़ लड़की थी। दुनिया का ऐसा कोई विषय नहीं था, जिसके बारे में उससे चर्चा नहीं की जा सकती हो। किसी भी विषय में उसका बुद्धिदीप्त पर्यवेक्षण हुआ करता था।

योहान को क्रिस्टीना की जो बात पसन्द नहीं थी, वह यह कि मैं खाना बना रही हूँ, तुम बर्तन माँज दो, या फिर तुम वैक्यूम कर दो, मैं मॉप कर दूँगी; मैं कपड़े धोऊँगी, तुम प्रेस कर देना—इस तरह की स्त्री-पुरुष की समता। हालाँकि वह घर योहान ने ख़रीदा था लेकिन घर के जो भी ख़र्चे थे, क्रिस्टीना उसका आधा देती थी। लेकिन हर काम दोनों को करना होगा।

एक बार लगातार दो दिन क्रिस्टीना ने खाना बनाया, घर साफ़ किया, कपड़े धोए और योहान लेटे-लेटे मैग्ज़ीन पढ़ता रहा, टी.वी. देखता रहा, उसने कम्प्यूटर पर गेम खेले, गाने सुने, वाइन पी, उसने अपने दोस्तों के साथ फ़ोन पर बातें की। क्रिस्टीना ग़ुस्से से उफन पड़ी, 'बोली, क्या बात है, तुमने मुझे क्या दासी समझ रखा है?'

'तुम यह सब क्यों कह रही हो?'

'घर के सारे काम मुझे अकेले क्यों करने पड़ रहे हैं?'

'तुम ये सारे काम मुझसे बेहतर ढंग से करना जानती हो।'

'मैं आराम करना भी तुमसे बेहतर जानती हूँ।'

'तो आराम कर लो, तुम्हें किसने मना किया है?'

'आराम करूँ तो घर गन्दा पड़ा रहेगा, हमें भूखे रहना पड़ेगा।'

'भूखे क्यों, हम रेस्टोरेंट में जाकर खा लेंगे।'

'खा तो लेंगे, लेकिन उसके बाद मुझे तुम्हारी बड़बड़ाहट सुननी पड़ेगी : रेस्टोरेंट में खा-खाकर वज़न बढ़ गया है, घर का खाना इससे बेहतर है।'

'सही तो कहा, घर का खाना बेहतर है, तो घर में खाना बनाओ।'

'वह तो बना ही रही हूँ।'

'फिर तो बात ख़त्म।'

'बात ख़त्म नहीं हुई है। मैं अकेले खाना नहीं बनाऊँगी, तुम्हें भी खाना बनाना पड़ेगा।'

'ठीक है, मैं तुम्हें हेल्प करूँगा। मैं तो हेल्प करता ही हूँ, नहीं करता?'

'करते हो। लेकिन यह काम मेरा नहीं है जो तुम मेरी हेल्प करोगे। यह काम जितना मेरा है, उतना तुम्हारा भी है। खाना बनाना तुम मुझसे कुछ कम नहीं जानते। अगर कुछ नहीं आता तो सीख लो। जैसे मैं सीखती हूँ।'

क्रिस्टीना योहान की हमउम्र थी। वह ख़ुद योहान की तरह इंजीनियर थी, लेकिन वह एरिक्सन में नौकरी नहीं करती थी, वह अलफ़ोनिक में काम करती थी। दोनों की मुलाक़ात स्टॉकहोम के एक बार में हुई थी। वे दोनों जब प्रेम कर रहे थे, चिस्ता के ऑफ़िस से निकलकर चिस्ता के ही किसी रेस्टोरेंट में डिनर करके क्रिस्टीना योहान के चिस्ता वाले घर चली आती थी। उसने जिस रोज़ पहली बार योहान के घर रात बिताई, उसने देखा, सुबह उठकर उसे स्टॉकहोम जाना पड़ रहा है। नहा-धोकर, कपड़े बदलकर उसे फिर से ऑफ़िस के लिए चिस्ता आना पड़ रहा है। कुछ दिनों तक ऐसा ही चलता रहा, फिर एक दिन उसने अपना टॉयलेट किट, और ऑफ़िस के हिसाब से दो दिन के कपड़े एक छोटे-से बैग में भरकर योहान के घर पर ही रख दिया। इसके बाद वह कभी रात में योहान के घर रुक जाती तो वहीं से सीधे ऑफ़िस चली जाती थी।

इसके बाद एक-दूसरे के मन और शरीर जब आपस में लिपटकर बहुत दिनों तक एक-दूसरे को ही देखते रहे, तो दोनों समझ गए, यह उनका ज़िन्दगी को साझा करने का समय है—लिव-इन करने का समय। स्टॉकहोम के अपार्टमेंट से ज़रूरी कपड़े वग़ैरह एक बड़े सूटकेस में भरकर दरवाज़े पर ताला लगाकर क्रिस्टीना चली आई। उस दिन ऑफ़िस के बाद दोनों ही डिनर के लिए बाज़ार करके घर लौटे थे। योहान ने आदत के मुताबिक़ सोफ़े पर लेटकर रिमोट हाथ में ले लिया। क्रिस्टीना बोल पड़ी, 'क्या बात है, तुम तो लेट गए? किचन में चलो, डिनर में आज सैमन बेक हो रही है। मैंने सैमन को अवन में रख दिया है। तुम साइड डिशेज़ बना लो।'

योहान ने पटेटो सलाद और जिंजर गार्लिक ब्रोकली बनाई। गाना लगाकर दोनों ने घूम-घूमकर थोड़ा डांस किया और फिर साथ मिलकर डिनर तैयार कर लिया। योहान को क्रिस्टीना बार-बार चूमती रही, और योहान भी क्रिस्टीना को। मछली बनती तो क्रिस्टीना सफ़ेद वाइन और मीट बनता तो रेड वाइन की बोतल खोलती। डिनर से पहले दोनों को एक गिलास वाइन चाहिए और डिनर के दौरान एक गिलास। दोनों काफ़ी समय लेकर डिनर किया करते थे। क्रिस्टीना बताती, ऑफ़िस में क्या-क्या हुआ, उसने क्या-क्या काम किया, ऐसा योहान भी बताता। बर्तनों को डिशवॉशर में डालकर योहान केक और कॉफ़ी ले आता। बीच-बीच में दोनों पिकनिक पर चले जाते, कैनू खेते हुए वे द्वीपसमूह के एक द्वीप से दूसरे द्वीप चले जाते। वे गरम काले पहाड़ की चोटी पर कैम्प लगाकर कई दिनों तक वहीं रह जाते, वे ऑरोरा बोरियालिस देखकर ही लौटते, पीठ पर बैकपैक लेकर हाइकिंग करते, बर्फ़ पर स्की करने दूर चले जाते। वे बड़े कमाल के दिन थे। फिर घर के कामकाज को

लेकर ही दोनों में असन्तोष का माहौल बनने लगा। क्रिस्टीना का आरोप था, उसे अकेले ही बहुत सारे काम करने पड़ते हैं। योहान अगर कुछ साझा करता तो वह भी कुछ फ़िल्में देख लेती, या फिर लाइब्रेरी से लाई गई किताबें पढ़ पाती।

उसने एक बार तो योहान से कह भी दिया, 'तुम्हें किस वजह से ऐसा लगता है कि इस घर का ज़्यादातर काम मुझे ही करना होगा, और तुम्हें कम?'

योहान के मुँह से फिसलकर तब एक ऐसी बात निकल गई कि तुरन्त उसे समझ में आ गया, उसे ऐसा नहीं कहना चाहिए था। योहान ने कहा था, 'तुम्हारा स्टॉकहोम से चिस्ता आने-जाने का पेट्रोल का ख़र्चा बच रहा है।'

क्रिस्टीना ने धप से बिस्तर पर लेटते हुए कहा, 'तुमने क्या बोला, फिर से बोलो तो?'

लेकिन योहान जो कह चुका था, उसने उसे नहीं दोहराया। लेकिन क्रिस्टीना बोली, 'चूँकि मेरा ख़र्चा बच रहा है, तो तुम चाह रहे हो, जो पैसा बच रहा है, मुझे वह तुम्हें देना होगा, या फिर तुम्हारी अपेक्षा मुझे घर के काम ज़्यादा करने होंगे। ऐसा ही है न?'

योहान बोला, 'नहीं, मैंने तो नहीं कहा कि तुम्हें पैसे देने होंगे।'

क्रिस्टीना बोली, 'तो फिर 'ख़र्चा बच रहा है' कहकर तुम क्या समझाना चाह रहे हो? यह कि मुझे तुम्हारे घर में ज़्यादा काम करना होगा?'

योहान ने कोई जवाब नहीं दिया। उसने बस टी.वी. का वॉल्यूम बढ़ा दिया।

इसके बाद क्रिस्टीना स्टॉकहोम वाले अपने अपार्टमेंट में लौट गई थी। हालाँकि उसके कुछ कपड़े योहान के घर पर ही रह गए थे, वह ऑफ़िस से शुक्रवार की शाम योहान के घर आती थी। शनिवार वहाँ बिताकर इतवार की रात वह स्टॉकहोम लौट जाती थी।

योहान सैकड़ों दफ़ा माफ़ी माँगकर और अनुनय करके भी क्रिस्टीना को लिव-इन रिलेशन में नहीं लौटा सका था। इसके बाद तो योहान के घर में उसका जो कुछ भी सामान बचा हुआ था, उन सबको सूटकेस में भरकर वह नोवास्कोशिया चली गई।

नोवास्कोशिया में अकेले-अकेले छुट्टी बिताकर वह लौट आई। तीनेक साल बाद एक शाम चिस्ता मॉल में उसकी मुलाक़ात योहान के साथ हुई थी। चाईलाई को साथ लेकर योहान ख़रीददारी के लिए गया था। मूल उद्देश्य अपने लिए एक जोड़ी अच्छे जूते ख़रीदना था। चाईलाई को सूप की कटोरियाँ, कुछ बर्तन, वॉशिंग पावडर, टॉयलेट साफ़ करने का लिक्विड ख़रीदना था। चाईलाई जब ख़रीददारी में व्यस्त थी, योहान को क्रिस्टीना दिखाई दे गई, वह किसी के साथ बात करती हुई जा रही थी।

सुनहले बालों वाली दुबली-पतली लड़की। योहान छह फ़ीट का था और क्रिस्टीना पाँच फ़ीट दस इंच की। दोनों की जोड़ी बहुत अच्छी लगती थी। चाईलाई का क़द चार फ़ीट सात इंच था। चाईलाई को साथ लेकर चलने पर लोग उन्हें

घूरकर देखते थे। अच्छी जोड़ी होने पर जिस तरह लोग देखते हैं, जोड़ी अगर बेमेल हो तो भी लोग उन्हें घूरते हैं। योहान को देखकर क्रिस्टीना ख़ुद ही आगे बढ़ आई।

हालचाल पूछने के बाद बोली, 'मैंने सुना, तुमने शादी कर ली है?'

योहान ने मुसकराते हुए कहा—हाँ, कर ली।

क्रिस्टीना ने कहा, अभिनंदन।'

क्रिस्टीना के चेहरे पर ज़रा-सा भी विषाद या ईर्ष्या का भाव नहीं था, बल्कि उसका चेहरा पहले से अधिक उजला दिख रहा था। उसने मन-ही-मन योहान के लिए सुख-शान्ति की कामना की।

'तुम कैसी हो? शादी की?' योहान ने पूछा।

क्रिस्टीना ज़ोर से हँस दी। बोली, 'पागल हो गए हो क्या?'

हँसते-हँसते उसने बताया, वह न तो किसी से प्रेम कर रही है और न ही किसी को डेट कर रही है। वह अकेले ही बड़े मज़े में है।

'अलफ़ोनिक में ही हो?'

'हाँ, अलफ़ोनिक में ही।'

क्रिस्टीना ने बताया, उस काम का बहुत ज़्यादा दबाव है। साथ वाला व्यक्ति उसका सहकर्मी है। वे दोनों अब कॉफ़ी पिएँगे, क्लास वोल्फ़सन से यू.एस.बी. ख़रीदेंगे, फिर फ़िल्म देखेंगे। योहान और क्रिस्टीना ने और थोड़ी देर कुछ ग़ैरज़रूरी बातें कीं और फिर एक-दूसरे से विदा ली।

क्रिस्टीना को देखकर लगा ही नहीं, किसी समय वह योहान के साथ प्रेम करती थी। नहीं लगा कि चार साल तक वे साथ रहे थे। चिस्ता के इस टॉकीज़ में वे कई बार फ़िल्म देखने साथ आए थे। क्रिस्टीना को समानांतर फ़िल्में और साइंस फ़िक्शन पसन्द थी, और योहान को एक्शन मूवी। क्राइम स्टोरी के अलावा योहान और कोई भी किताब नहीं पढ़ता। क्रिस्टीना की पसन्द थी—नॉन फ़िक्शन। लेकिन दोनों को अलग-अलग रुचि की वजह से कोई असुविधा नहीं हुई। किसी ने एक-दूसरे को इस वजह से कम प्यार किया हो, ऐसा नहीं था।

स्वीडिश लड़कियों के साथ बार-बार रिश्तों के टूटने के बाद योहान फिर से किसी नये सम्बन्ध की ओर जाना नहीं चाहता था। क्रिस्टीना जब से उसे अकेला छोड़ गई, तब से वह अकेला ही था। उन्हीं दिनों अपने बहुत पुराने सहकर्मी मिकेल सुएनसन के घर पर उसकी थाई पत्नी कुलप के साथ उसका परिचय हुआ था। उस रोज़ मिकेल के घर पर कम-से-कम दो दर्जन थाई-स्वीडिश दम्पती आए थे। उनके साथ योहान का पहले से परिचय नहीं था। थाई लड़कियाँ कुलप की सहेलियाँ थीं। ये लोग ही अपने स्वीडिश पति को लेकर आई थीं। इसी तरह हर पाँच महीने में हर एक के घर में उनका गेट टुगेदर होता है। थाई लड़कियों के पति अब मिकेल के दोस्त बन गए हैं। घर के पिछले हिस्से वाले बरामदे में बैठकर स्वीडिश पुरुष

बियर पीते-पीते बातचीत करते रहे, उनके साथ एक ही व्यक्ति सिंगल था, योहान।

भीतर के कमरे से कुलप और उसकी थाई सहेलियों की किचिर-मिचिर सुनाई दे रही थी। वे कितनी ही किचिर-मिचिर क्यों न कर रही हों, लेकिन कुलप और उसकी सहेलियाँ समय से ही बरामदे में बियर और लज़ीज़ थाई स्नैक्स पहुँचा रही थीं। थाई लड़कियों से शादी करनेवाले स्वीडिश पुरुष मन खोलकर हँस रहे थे, हो-हल्ला और मज़ाक कर रहे थे। इनके शरीर, इनके मुसकराते हुए चेहरे बता रहे थे, ये लोग सुखी हैं। इनमें से किसी के संतान थी और किसी-किसी के नहीं थी। योहान की भी इच्छा हुई, वह इनकी ही तरह जी खोलकर हँसे।

इसके बाद धीरे-धीरे प्रक्रिया आगे बढ़ती रही। मिकेल और कुलप योहान को हर रोज़ अपने घर आमंत्रित करने लगे। कुलप से उसने कहा, वह एक अच्छी-सी थाई लड़की के साथ शादी करना चाहता है। कुलप यह सुनते ही उछल पड़ी। उसकी एक कज़िन है, उसका नाम है चाईलाई। वह थाईलैंड की इसान प्रदेश की लड़की है। उसके गाँव का नाम कालासिन है। उसके पास वाला गाँव कुलप का गाँव है—साकोन नाखोन। कुलप बोली, योहान के लिए चाईलाई परफ़ेक्ट मैच है।'

कुलप के इधर-उधर होते ही मिकेल ने कहा, 'वह थाई लड़की के साथ जितना सुखी है, उतना इससे पहले कभी नहीं था। वह हाउस वाइफ़ है, लेकिन इससे क्या? दोनों की रज़ामंदी हो तो बढ़िया है।'

मिकेल योहान के कान के पास मुँह लाकर बोला, 'हमारे पूर्वज वाइकिंग लोगों की पत्नियाँ तो हाउस वाइफ़ ही थीं। और थाई लड़कियाँ कमाल की होती हैं। सेक्स में कोई इनहिबिशन नहीं होती। ये लोग देना जानती हैं। आँख बन्द करके लेते रहना।'

योहान ने वाइन की चुस्की लेते हुए पूछा, 'ये स्वीडिश बिच की तरह तो नहीं होती न! बिच लोगों से जिन्होंने भी शादी की, उनका तलाक़ हो गया। समानता-समानता करते-करते ही इनका नाश हो जाएगा, कोई भी इन बिचों से शादी नहीं करेगा। इन्हें ज़िन्दगी भर सिंगल ही रहना पड़ेगा।'

'बहुत मुलायम शरीर होता है, योहान, लगेगा कि किसी बच्ची के साथ कर रहे हो। मुझे तो ऐसी ही अनुभूति होती है।'

'हूँ।'

'ये लोग बहुत लॉयल होती हैं। मारो-पीटो, तुम्हारे पैरों के पास पड़ी रहेंगी। तुम अन्याय करोगे, ये तुम्हीं से माफ़ी माँगेंगी। पति को ये लोग देवता मानती हैं। कुलप के लिए उसके बुद्ध जो हैं, मैं भी वही हूँ। तुम बाहर प्रेम करो, सेक्स करो, इन्हें कोई फ़र्क़ नहीं पड़ता। ये कभी भी तुम्हें छोड़कर नहीं जाएँगी। यह एक अलग दुनिया है, योहान।'

मिकेल ने इससे पहले दो शादियाँ की थीं। दोनों का अंत तलाक़ से ही हुआ था। पहली पत्नी से उसे दो संतानें हैं, वे अपनी माँ के साथ रहती हैं। दूसरी बार तलाक़

के बाद मिकेल अक्सर थाईलैंड जाता था, कारण था—सेक्स टूरिज़्म। फिर शादी का विज्ञापन देखकर ही वह कुलप से शादी रचाकर उसे ले आया था। मिकेल भी मौज-मस्ती करने वाला आदमी था। दु:ख-शोक उसके पास भी नहीं फटकते थे। मिकेल ने गिलास में थोड़ी-सी वाइन ली और एक बार में पीकर बोला, 'मैं नैतिकता वग़ैरह की बहुत ज़्यादा फ़िक्र नहीं करता। दो दिन की ज़िन्दगी मौज-मस्ती करके बिता दूँगा, बस। बच्चे वग़ैरह का झंझट बिलकुल भी मत पालना, योहान। ये लोग बच्चे चाहेंगी, लेकिन तरक़ीब लगाकर मुकर जाना। ये सब अगर आ गए तो फिर तुम ज़िन्दगी के मज़े नहीं ले सकोगे।'

चाईलाई चाइनीज़ स्टोर से भी कुछ अनाज वग़ैरह ख़रीदेगी। थाई लड़की प्रिदा के यहाँ जल्द ही पार्टी होनेवाली है। उसके स्वीडिश पति एंडर्स म्यूज़ियम में क्यूरेटर हैं। उस घर की पार्टी में चाईलाई पैड थाई खाना बनाकर ले जाएगी। वह बहुत उत्साहित थी। वहाँ लड़कियों के साथ जी भरकर अपनी भाषा में बात कर सकेगी। इसके बाद ही चाईलाई की बारी है। उसके घर पर भी ऐसा ही 'गेट टुगेदर' होगा। अच्छी बात यह है कि इसमें किसी एक पर खाना बनाने का भार नहीं पड़ता, सारे लोग कम-से-कम एक डिश अपने साथ लेकर आते हैं। उस दिन योहान की इच्छा थी ख़रीददारी के बाद कहीं बैठकर काफ़ी पी जाए। लेकिन क्रिस्टीना के साथ फिर से मुलाक़ात हो जाएगी, इसके अलावा योहान यह नहीं चाहता था, क्रिस्टीना चाईलाई को देखे, वह जल्दी से घर लौट आया। क्रिस्टीना ने आँख मारते हुए कहा था, क्या बात है, मोटे क्यों होते जा रहे हो! केवल खाना और सोना, है न?

'सिर्फ़ खाना और सोना क्यों होगा भला? क्रिस्टीना, सेक्स भी तो है', योहान ने मन-ही-मन कहा। 'सेक्स में बहुत एनर्जी ख़र्च होती है, यह तो तुम भी जानती हो।'

क्रिस्टीना की देह बहुत जल्दी तृप्त नहीं होती थी। उसे बहुत सारा समय चाहिए। बहुत सारे आसन चाहिए। कभी-कभी अचानक योहान चरमबिन्दु पर पहुँच जाता, क्रिस्टीना को ऑर्गेज़म देने के लिए उसे एक बार फिर से तैयार होना पड़ता था। और चाईलाई है कि अपने ऑर्गेज़म के बारे में सोचती ही नहीं। योहान जिस तरह चाहता है, वह उसी तरह बिस्तर पर चित लेट जाती है या उकड़ूँ हो जाती है। 'कपड़े उतार दो चाईलाई, बदन में एक धागा तक नहीं रहना चाहिए' कहने भर की देर थी कि चाईलाई तुरन्त कपड़े उतार देती। उसके बदन पर एक धागा तक नहीं रहता। योहान की इच्छा होती, वह अपने पूर्वजों की तरह वाइकिंग हो जाए। 'ओरल करो' कहने पर चाईलाई तब तक करती, जब तक योहान रुकने के लिए नहीं कहता। यह काम क्रिस्टीना करना ही नहीं चाहती थी। वह कहती, 'मैं चाहती हूँ, तुम यह काम करो। ओरल करते-करते ही मुझे ऑर्गेज़म तक पहुँचा दो।' योहान को लगता, वह अनंतकाल तक ऑर्गेज़म की माँग कर रही है। चाईलाई ऐसा नहीं चाहती। उसने एक दिन भी नहीं कहा था, मुझे भी ऐसा ही चाहिए। चाईलाई को किसी तरह का लालच नहीं था। राइड करो,

राइड करेगी। यह आसन, वह आसन—कितने ही तो आसनों में योहान ने चाईलाई के छोटे-से शरीर को प्लास्टिक की तरह मोड़कर कितने ही तरहों से आनन्द लिया है। उसे हर बार लगा, मानो वह किसी वर्जिन के साथ सेक्स कर रहा है।

क्या योहान सुखी है? बहुत सुखी।

चाईलाई तो एक बार भी नहीं कहती, उसे ऑर्गेज़म चाहिए! वह सीमावर्ती गाँव की लड़की थी। सम्भव है, उसे पता ही न हो कि ऑर्गेज़म होता क्या है। शादी के समय वह वर्जिन थी। उस समय उसकी उम्र अठारह-उन्नीस रही होगी। चाईलाई योहान से कम-से-कम पच्चीस साल छोटी थी। कमसिन लड़कियों के मुलायम शरीर को भोगने में कितना आनन्द आता है, यह थाई-स्वीडिश समुदाय के पुरुष, उसके नये दोस्त ही, जानते हैं। हर रात सेक्स के दौरान योहान कंडोम का पैकेट तकिये के नीचे रख देता है। अपने ऑर्गेज़म से ठीक पहले वह कंडोम पहन लेता है। हर रात चाईलाई कहती है, 'चलो, हम बच्चा पैदा करते हैं, कंडोम मत पहनो।' योहान हँसते हुए चाईलाई के छोटे-छोटे स्तनों को हाथों की मुट्ठी में लेकर दबाते हुए कहता, 'इन दोनों को और बड़े होने दो, वरना बच्चे को दूध कैसे पिलाओगी?' क्रिस्टीना के साथ योहान कंडोम नहीं पहनना चाहता था, वह सचमुच संतान चाहता था। क्रिस्टीना कंडोम के बिना सेक्स के लिए राज़ी ही नहीं होती थी।

'क्यों जी योहान, तुम क्रिस्टीना के साथ सुखी नहीं थे?'

'था, लेकिन...'

'तुम क्या चाईलाई के साथ सुखी हो?'

'बहुत ज़्यादा सुखी, लेकिन...'

योहान मन-ही-मन ये दो सवाल अपने-आपसे पूछता है और वही ख़ुद को जवाब भी देता है।

चाईलाई के गाँववाले घर में हर महीने पाँच हज़ार क्रोनर भेजने पड़ते हैं। योहान को महीने में पचास हज़ार रुपये तनख़्वाह मिलती है। पहले जब वह अकेला रहता था, उस समय उसका जो ख़र्चा था, अब उससे कम ख़र्च होता है। पहले वह रेस्टोरेंट में ज़्यादा खाता था, वह बार में बहुत ज़्यादा जाया करता था। अब वह घर में ही वाइन पीता है, घर में ही खाना खाता है। उसका जो ख़र्चा बच जाता है, वह पाँच हज़ार से बहुत ज़्यादा होता है। 'वह अपने सास-ससुर को पैसे भेज रहा है', यह न सोचकर योहान यह सोचता है कि वह ग़रीब देश में डोनेशन दे रहा है। कितने ही लोग तो दान करते हैं, वह भला दान क्यों नहीं करेगा?

योहान ने अपने-आपसे सवाल पूछकर जानने की कोशिश की, वह चाईलाई से क्यों संतान नहीं चाहता? वह ऐसा मिकेल के उपदेश की वजह से कर रहा है या फिर किसी और वजह से? सोचने के बाद उसे जो वजह समझ में आती है, वह यह कि वह नहीं चाहता, एक चपटी नाक वाली गोरी संतान को लेकर चाईलाई व्यस्त

हो जाए। योहान चाहता है, चाईलाई योहान को लेकर ही दिनभर-रातभर व्यस्त रहे। वह योहान को बार-बार सेक्सुअल प्लेज़र देती रहे, योहान की बढ़िया मसाज करे, घर को चमचमाता रखे, सामान करीने से सजाकर रखे, वह जतन से घर-गृहस्थी करे, घर के बगीचे को फूल-फलों से भरा रखे, कपड़े धोकर प्रेस करके अलमारी में सजाकर रखे, तमाम तरह के लज़ीज़ व्यंजन बनाकर रखे। उसका मन योहान से कहीं बाल बराबर भी इधर-उधर न हटे।

[2]

चार साल बीत गए। योहान भी अब स्वीडिश पतियों की महफ़िल में जी खोलकर हँसता है। वह परिपूर्ण परितृप्त पुरुष है। इस महफ़िल में औरों की तरह वह भी स्वीडिश लड़कियों के प्रति आरोप लगाता है, अपनी नफ़रत प्रकट करता है और उनके लिए अरुचि के भाव प्रदर्शित करता है।

ऐसे भरे-पूरे झलमल करते जीवन में एक दिन चाईलाई काले बादलों का एक गुच्छा ले आई। उसने योहान से कहा, 'मैं पार्लर में नौकरी करूँगी।'

'मतलब?'

'पार्लर में नौकरी करूँगी। मुझे पार्लर का काम आता है। पार्लर चिस्ता में ही है। बाज़ार करते वक़्त पार्लर की लड़कियों से मेरा परिचय हुआ है। उन्होंने कहा, मुझे काम पर रख लेंगी।' योहान यह सुनकर जलभुन गया, 'यह सब बकवास बन्द करो।'

चाईलाई ने अपने स्वभाव सुलभ नरम स्वर में कहा, 'मैं करूँगी तो घर में पैसे आएँगे। गाँव में पाँच हज़ार क्रोनर मैं ख़ुद के भेज सकूँगी। तुम्हारा बोझ कुछ कम हो जाएगा।'

'किसने कहा, मैं बोझ कम करना चाहता हूँ? मेरे दिये रुपयों में तुम्हारा काम नहीं चल रहा है, ठीक से बताओ तो?'

'मैंने तो नहीं कहा कि नहीं चल रहा है! इतना सारा पैसा क्या मैंने इस जन्म में देखा है? इतनी ज़्यादा सुखी क्या मैं पहले कभी थी? तुम ग़लत मत समझना। बहुत ज़्यादा रुपये चाहिए, मैं इसलिए काम नहीं करना चाहती। मैं काम करना चाहती हूँ, इसलिए काम करने की बात कर रही हूँ।'

'शौक़िया काम करने के चक्कर में तुम घर-संसार की बारह बजा दोगी, मैं समझ गया।'

चाईलाई बड़ी-सी मुसकराहट के साथ बोली, 'बिलकुल भी नहीं बजाऊँगी, तुम देख लेना।'

'तुम्हें यह सब राय कौन दे रहा है, ज़रा सुनूँ तो? कुलप दे रही है?'

'कुलप नहीं दे रही है। कोई भी नहीं दे रहा है। यह मेरी ही सोच है। ट्रस्ट मी।'

चाईलाई पार्लर में भी काम करती है और घर-गृहस्थी का काम भी पहले की ही तरह बिना किसी त्रुटि के करती है। रात को सेक्स में भी त्रुटिहीन।

इसी बीच एक रविवार को चाईलाई सूटकेस जमाकर तैयार दिखी। उसे जाना है। घर के दरवाज़े की चाबी योहान के हाथों में थमाते हुए उसने कहा, 'अच्छे से रहना योहान, अपना ख़याल रखना।' यह कहकर वह फफककर रोने लगी।

'क्यों, क्या मामला है! कहाँ जा रही हो?'

योहान को समझ में नहीं आया। चाईलाई क्या कोई नाटक कर रही है? उसने उसे पार्लर में काम करने की अनुमति दे दी थी। लेकिन किसी विचित्र क़िस्म के नाटक की अनुमति तो उसने नहीं दी है!

चाईलाई ने आँसू बहाते हुए कहा, 'पार्लर में मेरा परिचय सुएन नामक एक स्वीडिश व्यक्ति से हुआ है। वह व्यक्ति मुझसे शादी करना चाहता है।'

'तुमने नहीं कहा, तुम शादीशुदा हो?'

'कहा था। लेकिन उसने तुम्हें तलाक़ देने को कहा है।'

'चाईलाई, तुम मुझे तलाक़ देना चाहती हो?'

विस्मय से योहान ऐसा हिल गया कि उसके हाथ से टी.वी. का रिमोट नीचे गिर पड़ा।

चाईलाई फिर से ज़ार-ज़ार रोती हुई बोली, 'हाँ। सुएन ने मुझे उसके पास आ जाने के लिए कहा है। उसने कहा, तलाक़ का इन्तज़ाम हो जाएगा।'

योहान की इच्छा हुई, इस लड़की के गाल पर कसकर दो थप्पड़ जड़ दे। कमर में लात मारने की इच्छा भी हुई। लेकिन उसने अपनी इच्छा को क़ाबू में कर लिया। वह समझ गया, लड़की के पंख उग आए हैं।

उसने दाँत पीसते हुए पूछा, 'तुम्हें सुएन से ऐसा क्या मिलेगा, जो तुम्हें मुझसे नहीं मिल रहा है?'

चाईलाई ने आँसू पोंछते हुए कहा, 'वह मुझे बच्चा देगा।'

'ओ आई सी! बच्चे के लिए तुम सुएन के पास जाओगी? चलो, मैं तुम्हें बच्चा देता हूँ।'

इस बार चाईलाई ने सिर हिलाया, 'वह योहान से बच्चा नहीं चाहती, वह सुएन से बच्चा चाहती है।'

'तुम सुएन से प्यार करती हो?'

चाईलाई ने ज़ोर से सिर हिलाते हुए कहा, 'हाँ।'

योहान धप से सोफ़े पर लेट गया। सड़क पर सुएन गाड़ी में इन्तज़ार कर रहा था। चाईलाई बाहर निकल गई।

चाईलाई ने बाहर से दरवाज़ा थोड़ा-सा खींच दिया था। योहान ने उठकर उस अधखुले दरवाज़े पर लात मारते हुए उसे बन्द किया और बोल उठा, 'बिच!'

सिन्दूर

खेती की ज़मीन जैसी थी, वैसी ही छोड़कर क़िस्मत आज़माने कृष्णनगर से दिल्ली चला आया था सलिल दास। वह ज़मीन जितनी फ़सल उगा रही थी, उससे खा-पीकर ज़िन्दा रहना मुश्किल हो गया था। वह भाई को बिना लिखा-पढ़ी के ज़मीन दे आया था, कह आया था, 'ज़मीन देखना, तू इसमें खेती-बाड़ी करना'। भाई ने उसके हाथ में पाँच हज़ार रुपये रख दिये थे।

वह जो सलिल दास दिल्ली आया, फिर कभी गाँव नहीं लौटा। वह गोविंदपुरी की एक बस्ती में रहने लगा था। बस्ती में ही गाँव के दो परिचित लोगों ने उसे मकान ढूँढ़ने और काम की तलाश में मदद की थी।

सलिल दास चित्तरंजन पार्क के बी. ब्लॉक में गार्ड की नौकरी करता है। प्रमिला और उसकी माँ आरती लोगों के घरों में खाना बनाने और साफ़-सफ़ाई का काम करती हैं। इससे तीनों सदस्यों का रहना, खाना-पीना बढ़िया चल जाता है। प्रमिला की शादी के लिए कुछ पैसे भी जमा हो जाते हैं।

उसकी शादी तुग़लकाबाद के एक बंगाली परिवार में ही हुई थी, वे भी कृष्णनगर के ही लोग थे। माँ-बाप ने देख-सुनकर ही उसकी शादी कराई थी। क्या देखा, क्या सुना, प्रमिला को नहीं पता। ससुराल में आने के सात दिन बाद ही उसने देखा, घर के बारह लोगों का सारा काम उससे कराया जा रहा है। कहीं ज़रा-सी भी त्रुटि होती तो गाली-गलौज शुरू हो जाती। पति कभी आधी रात को लौटता, कभी नहीं भी लौटता। लौटता है तो नशे में चूर होकर। उन्नीस साल की प्रमिला ऐसे जीवन को चुपचाप स्वीकार करती रही। इसके अलावा उसके पास कोई उपाय भी नहीं था। माँ-बाप को इसके बारे में बताकर भी उसकी तकलीफ़ बराबर बनी रही। दासी-बाँदी की ज़िन्दगी से उसे एक दिन के लिए भी मुक्ति नहीं मिल सकी थी।

प्रमिला को गाँव के स्कूल में सलिल दास ने सातवीं कक्षा तक पढ़वाया था, लेकिन अपने बेटे प्रणय को माध्यमिक तक पढ़वाया था। माध्यमिक पास करके प्रणय कारख़ाने में काम करने के लिए केरल चला गया। केरल में कृष्णनगर के जो परिचित लोग काम करते हैं, सलिल दास को उन्हीं से प्रणय के बारे में पता चलता रहता है। प्रणय अच्छा है, अच्छा कमा रहा है। उससे प्रमिला की शादी के

लिए कुछ पैसे भेजने के लिए कहा था। प्रणय ने चिट्ठी का जवाब नहीं दिया। वह ख़ुद भी शादी में नहीं आया था। 'बेटा-बेटा' करके सलिल दास और आरती मरे जा रहे थे। वही बेटा मुसीबत में माँ-बाप को एक बार देखने तक नहीं आता। सलिल दास अक्सर आह भरकर कहता, 'लगता है, माँ-बाप के मरने पर बेटा मुखाग्नि देने के लिए भी नहीं आएगा।'

आरती आह नहीं भरती, बल्कि कहती है, 'न आए, हमारी प्रमिला ही मुखाग्नि दे देगी।'

प्रमिला की शादी हो जाने के बाद आरती काफ़ी हद तक अकेली हो गई थी। पहले वे एक साथ काम पर निकलती थीं। माँ और बेटी जे. ब्लॉक में काम करती थीं। काम ख़त्म हो जाने पर माँ गोल पार्क पर इन्तज़ार करती, काम ख़त्म करके बेटी माँ को पार्क से लेकर मशीन वाले ई-रिक्शा से घर लौट आती थी। अब वे दिन नहीं रहे। प्रमिला के ससुराल में क्या चल रहा है, आरती को इसकी ख़बर मिलती रहती। वह इन्तज़ार करती कि ये दुर्दिन बीत जाएँगे।

लेकिन दुर्दिन नहीं बीतते। एक दिन सास, ससुर, ननद, देवर और पति ने मिलकर उसे ख़ूब मारा। क्यों, निताई ने दो हज़ार रुपये तकिये के नीचे रखे थे, वे अब नहीं मिल रहे हैं। दो दिन पहले प्रमिला की माँ उसे देखने आई थी, इसने निश्चय ही माँ को वे पैसे दे दिये हैं। सास ने कहा, अलमारी में उनकी सोने की बालियाँ थीं, अब नहीं है। ननद भी आकर बोली, उसे उसका चाँदी का हार भी नहीं मिल रहा है। मार खाकर प्रमिला को कँपकँपी देकर बुख़ार आ गया था। वह तीन दिन बिस्तर पर पड़ी रही। उसे किसी ने कुछ भी खाने को नहीं दिया। ख़बर मिलने पर आरती आकर प्रमिला को घर ले गई थी। सास मोहल्ले वालों को सुनाती हुई बोली, 'ध्यान रहे, यह डायन फिर यहाँ नहीं आनी चाहिए।'

वह माँ-बाप के यहाँ दो महीने बैठी रही। निताई उसे लेने नहीं आया। लिहाज़ा प्रमिला ने उम्मीद छोड़ दी और वह फिर से काम पर लग गई। सुबह-सुबह उठकर अच्छे कपड़े, सैंडिल पहनकर, घने काले बालों को पीछे खींचकर, उनका जूड़ा बनाकर, माँग में ढेर सारा सिन्दूर लगाकर, वैनिटी बैग कन्धे पर लटकाकर वह तेज़ क़दमों से ई-रिक्शा लेने चली जाती है। इस तरह एक बारिश बीत गई और दूसरी बारिश का समय हो आया, लेकिन निताई ने सम्पर्क नहीं किया।

दो साल छह दिन बीतने पर सलिल दास ने प्रमिला के ससुर से पूछा, 'आप प्रमिला को अपने यहाँ क्यों नहीं ले जाते?'

ससुर ने कहा, 'निताई यदि चाहेगा तो हम उसे ले आएँगे, लेकिन मुश्किल यह है कि निताई यह नहीं चाहता, उसकी माँ भी नहीं चाहती।'

ससुर की किराने की दुकान है। अच्छी चलती है। सलिल दास ने सोचा था, लड़की को अब अभाव की सूरत नहीं देखनी पड़ेगी। क्या सोचा था और क्या हो गया! असल में

अभाव दूर करने के लिए नहीं, सलिल दास तो लोकनिंदा के डर से प्रमिला को उसकी ससुराल भेज देना चाहता था। यदि यह डर नहीं होता तो वह बेटी को ज़िन्दगी भर अपने पास ही रखता। बेटी को अपने पास रखकर सलिल दास नाख़ुश नहीं था। बेटा तो होकर भी नहीं था। संतान के नाम पर अब यह दुखी बिटिया ही थी। बाप के सामने हाथ न फैलाकर अपने ख़र्चे ख़ुद उठाने के लिए वह लोगों के घरों में काम कर रही है। हर महीने अपने ख़र्चे के पैसे रखकर तनख़्वाह का बाक़ी पैसा वह माँ-बाप को ही दे देती है।

ससुराल से आने के कुछ महीने बाद हीं प्रमिला ने एक संतान को जन्म दिया। दाई घर पर ही आई थी, प्रियंका ने जन्म लिया था। इस समय ससुराल के सभी को, ख़ास तौर पर निताई को ख़बर भेजी गई। लेकिन देखने कोई नहीं आया। प्रमिला ने निताई को ह्वाट्स एप पर प्रियंका की तसवीर भेजी। उधर से कोई जवाब नहीं आया, न आए। प्रमिला को लगा, प्रियंक का पिता कितना ही ख़राब क्यों न हो, उसे अपनी संतान का चेहरा देखने का अधिकार है।

एक दिन ख़बर मिली, निताई ने दूसरी शादी कर ली है। एक पत्नी के होते हुए फिर से शादी? लोगों ने कहा, 'ऐसा तो हो ही सकता है। रजिस्ट्री कराके यदि शादी न हो, मंत्र पढ़कर पुरोहित यदि शादी कराए तो फिर ऐसा हो ही सकता है।'

निताई की इस शादी के बाद आरती ने सोचा था, प्रमिला अब सिन्दूर नहीं लगाएगी। लेकिन प्रमिला पहले की ही तरह सिन्दूर लगाती है। वह ख़ुद से सवाल करती, वह सिन्दूर क्यों लगाती है? पड़ोस की दो महिलाओं ने किसी तरह का संकोच या किसी तरह का संशय प्रकट किये बिना उससे कहा था, वह निताई से बहुत प्यार करती है, इसीलिए सिन्दूर लगाती है। प्रमिला को जो जवाब पता है, वह इससे भिन्न है। झूठा आरोप लगाकर परिवार के सब लोगों के साथ जिसने उसे मारा-पीटा, उस आदमी के साथ और जो कुछ भी किया जा सकता हो, लेकिन उससे प्यार नहीं किया जा सकता! निताई क्या उससे प्यार करता है? प्रमिला को इसका जवाब भी मालूम है। इसका जवाब है, निताई उससे प्यार नहीं करता। प्रमिला को क्या अब भी उम्मीद है कि एक दिन निताई उसे लेने आएगा? वह किसी समय उम्मीद करती थी, दूसरी शादी करने के बाद उसने उस उम्मीद को जलांजलि दे दी है। तो फिर सिन्दूर क्यों?

सिन्दूर इसलिए कि सिन्दूर लगाने से लोग रास्तों पर उसका आदर करते हैं। ई-रिक्शा वाले उसे भाभी जी कहकर पुकारते हैं। हाट-बाज़ार में वह भाभी जी की पुकार सुनती है। वह जिन घरों में काम करती है, उन घरों की महिलाएँ सिन्दूर और शाँखा[1]-पला[2] पहनकर उसी की तरह घर से बाहर निकलती हैं। प्रमिला दिखने में उनसे अलग नहीं लगती। प्रमिला भी सिन्दूर लगाकर, शाँखा-पला

1. शाँखा—शंख से बना विशेष प्रकार का कड़ा, जिसे विवाहित बंगाली हिन्दू स्त्रियाँ पहनती हैं।
2. पला—लाल रंग का विशेष प्रकार का कड़ा, जिसे विवाहित बंगाली हिन्दू स्त्रियाँ पहनती हैं।

पहनकर उन्हीं की तरह सिर ऊँचा करके चलती है। जब उसकी माँग में सिन्दूर नहीं था, कितने ही लोग उसकी ओर हाथ बढ़ाते थे! सीने को दबोच लेते, उसके बदन पर गिरने लगते, नितंब पर चिमटी काटते, पैसे दिखाकर शरीर की माँग करते।

प्रियंका को आरती के पास रखकर प्रमिला सुबह-सुबह काम पर निकल जाती है। प्रियंका की देखभाल करनी होती है, इसलिए आरती ने सुबह खाना बनाने का काम छोड़ दिया है। प्रमिला पहले एक घर में काम करती थी। अब पाँच घरों में करती है। सुबह सात बजे से बारह बजे तक तीन घरों में खाना बनाने का काम, दो बजे से शाम पाँच बजे तक दो घरों में झाड़ू-पोंछे का काम। महीने में बारह हज़ार रुपयों की आमदनी होती है। प्रमिला मायके के काम भी करती है, वह बिलकुल मुफ़्त में करती है। ससुराल के काम भी वह मुफ़्त में करती थी। लेकिन मायके के काम और ससुराल के काम में बड़ा अन्तर था। मायके के काम में कोताही बरतने पर भी कोई उसे लात नहीं मारता, झाड़ू से नहीं पीटता, कोई गाली-गलौज नहीं करता, मारता नहीं। इस घर में प्रमिला हँसी-ख़ुशी से रहती है। घर कहने को एक ही कमरा था, घर में एक ही चारपाई थी, वहाँ सलिल दास सोता था। ज़मीन पर बिस्तर लगाकर आरती, प्रमिला और प्रियंका सोती थीं।

एक रात निताई आ धमका। नींद के मारे प्रियंका की आँखें मुँदी जा रही थीं, ऐसे में आरती के धक्के से वह हड़बड़ाकर उठ बैठी। क्यों? निताई क्यों? निताई प्रमिला के साथ ज़रूरी बात करने आया था।

सलिल दास ने पूछा, 'क्या बात करनी है?'

आरती बोली, 'मुझे क्या पता, क्या बात करनी है!'

'तो किसे पता है?'

'प्रमिला को पता होगा।'

'लेकिन इतने दिनों बाद उसे प्रमिला से क्या बात करनी है?'

'यह प्रमिला से ही पूछो।'

इतनी देर में प्रमिला घर से बाहर निकलकर सेमल के पेड़ के नीचे जा खड़ी हुई।

प्रमिला ने कहा, 'क्यों आए हो, क्या चाहिए?'

'देखने आया हूँ। मैंने सुना तू ख़ूब मौज-मस्ती कर रही है।'

'मौज-मस्ती मैंने कब की, मैं तो बच्ची को बड़ा कर रही हूँ।'

'वह तो लड़की है। उसे बड़ा करके क्या फ़ायदा!'

'तुम यह बकवास करने यहाँ आए हो?'

'तेरी बहुत याद आ रही थी, इसलिए आया।'

'तुम्हें मेरी याद दो साल बाद आई? असली वजह बताओ। तुम अगर बच्ची को लेने आए हो तो मैं उसे नहीं दूँगी।

निताई ज़ोर से हँसकर बोला, 'कौन जाने किसकी औलाद है! मैं किस दुःख

की वजह से इसे लूँगा?' उसकी हँसी से शराब की दुर्गंध निकलकर प्रमिला की नाक से टकराई। वह इस गंध को बख़ूबी पहचानती थी। उसे हर रात यह गंध महसूस होती थी। शराब पीकर निताई घर आकर उसकी ख़ूब पिटाई करता था। प्रमिला को पीटे बिना उसकी शराब हज़म नहीं होती थी।

'मैंने सुना, तू बहुत पैसे कमा रही है।'

'पैसे तो लगते ही हैं। तुमने तो एक पैसा भी नहीं दिया। बच्ची पैदा हुई। इसकी परवरिश में पैसे ख़र्च नहीं होते?'

'कुछ पैसे दे।'

'तुम्हें देने के लिए पैसे नहीं हैं।'

'तू झूठ क्यों बोल रही है?'

'मैं झूठ नहीं बोल रही हूँ।'

'पैसे दे, वरना चिल्लाऊँगा।'

'चिल्ला। इससे मुझे क्या?'

निताई सचमुच ज़ोर-ज़ोर से चिल्लाने लगा ताकि तंग बस्ती के लोग सुन सकें, 'छिनाल वेश्या प्रमिला के पेट से न जाने किसका बच्चा पैदा हुआ है! मैं निताई हूँ, इसका पति, मैं सबको बता रहा हूँ, यह बच्चा मेरा नहीं है।

प्रमिला दोनों हाथों से कान ढाँपकर दौड़ती हुई घर में घुस गई और उसने दरवाज़ा बन्द कर लिया। घर के भीतर माँ-बाप अधीर होकर ख़ुशख़बरी सुनने की प्रतीक्षा कर रहे थे। उन्हें लगा, अपनी ग़लती मानकर निताई प्रमिला को अपने साथ ले जाने के लिए आया है।

'क्यों री, वह क्या बोल रहा है? उसने प्रियंका को तो कभी नहीं देखा, देखना चाहता है? उसे घर क्यों नहीं ले आई?'

'उसने पूरे मोहल्ले को यह बताया कि प्रियंका उसकी औलाद नहीं है। पैसे माँगने आया था, मैंने नहीं दिये तो चिल्लाने लगा।'

'उसने तुझे साथ चलने को नहीं कहा?'

'मुझे कहाँ ले जाएगा, घर में उसकी पत्नी है!'

अगली रात ग्यारह के आसपास निताई फिर से आ धमका। मुँह से शराब की गंध आ रही थी। इस बार सेमल के पेड़ के नीचे नहीं, उसने घर की चौखट पर खड़े होकर बात की। घर के भीतर सलिल और आरती सोए नहीं थे लेकिन वे आँखें मूँदे पड़े रहे। प्रियंका सो गई थी। प्रमिला ने निताई से यहाँ आने का कारण पूछा। जवाब पहले की ही तरह था, 'तू बहुत पैसे कमा रही है। कुछ मुझे भी दे।'

'मेरी मेहनत की कमाई तुम्हें क्यों दूँ?'

'तूने सिन्दूर लगाया है, तो पैसे नहीं देने होंगे?'

'सिन्दूर मैं तुम्हारे लिए नहीं लगाती।'

‘तो फिर किस प्रेमी के लिए लगाती है, बता?’

‘मैं किसी प्रेमी के लिए नहीं लगाती।’

‘तो फिर क्यों लगाती है?’

‘मेरी इच्छा होती है इसलिए लगाती हूँ।’

‘पैसे नहीं देगी तो सबको बता दूँगा, तू वेश्या है।’

‘मैं काम करके खाती हूँ, वेश्या क्यों बनूँगी?’

‘तो फिर पैसे दे।’

प्रमिला ने अपने वैनिटी बैग से सौ रुपये का नोट निकालकर निताई के हाथ में रखते हुए कहा, ‘ये रुपये मैंने अपनी बिटिया के लिए दूध ख़रीदने के रुपयों में से दिये हैं। अब फिर कभी यहाँ पैसे माँगने मत आना, कहे देती हूँ। अगर फिर आए तो मैं पुलिस को ख़बर कर दूँगी।’

‘कर देना। देखता हूँ, पुलिस किसे पकड़ती है। उनसे कहूँगा, तू मेरे घर से पैसे और गहने चुराकर भागी है। याद रखना, फिर तुझे जेल का खाना खाना पड़ेगा।’

प्रमिला पूरी रात नहीं सो सकी। सुबह काम पर निकलकर उसे नींद आती रही, थकान की वजह से बदन टूटता रहा। लेकिन इस तरह उसका काम कैसे चलेगा? उसे डर लगता रहा, कहीं निताई उसका कुछ अनिष्ट न कर दे।

ससुराल में मार-पीट नहीं करेंगे, इसी शर्त पर प्रमिला को वापस ले जाने की बात सलिल दास ने की है। निताई ने कोई भी शर्त मंज़ूर नहीं की। और अब बिना किसी सूचना के आ धमका है—वह भी कुशलमंगल पूछने नहीं, पश्चात्ताप करने नहीं, लौटाकर ले जाने के लिए भी नहीं, बच्ची को देखने के लिए भी नहीं, वह आया है पैसे माँगने के लिए।

शराब के नशे में लोगों को हित-अहित की समझ नहीं रहती। निताई को समझ थी भी कब? प्रमिला ने अनुमान लगाया, निताई शराब ख़रीदने के पैसे लेने ही उसके पास आता है। लेकिन उसे एक आदमी की शराब के लिए पैसों का इन्तज़ाम क्यों करना होगा भला? इस आदमी के साथ उसका क्या सम्बन्ध है? वह प्रियंका का पिता है, इसके अलावा तो उनके बीच और कोई सम्बन्ध है ही नहीं।

बच्ची को उसने दूध नहीं पिलवाया, उसने उसके लिए कभी खाने की कोई चीज़ नहीं ख़रीदी, उसने उसे कभी गोद में नहीं लिया, उससे प्यार नहीं किया, कभी सुलाया नहीं, बच्ची का शोरगुल नहीं सुना, बच्ची की कथरी-कपड़े साफ़ नहीं किये, उसने उसे कभी अपनी बच्ची माना?

इसके बाद और भी कई दिन निताई पैसे माँगने आया था। वह सौ रुपये लेने को राज़ी नहीं था। उसे पाँच सौ रुपये चाहिए। प्रमिला ने पाँच सौ दिये थे। इसके बाद सलिल दास ने दरवाज़े के पास एक बाँस रख लिया था, अगर वह आए तो उसकी पिटाई लगाएँगे। एक दिन वह आया, प्रमिला उसके सामने नहीं गई। उसके

पिता ने ही धुनाई लगाकर निताई को विदा कर दिया था।

प्रमिला जिस घर में सुबह खाना बनाती है, वह उसका पुराना घर है। शादी से पहले भी वह इस घर में खाना बनाती थी। घर की मालकिन अक्सर प्रमिला के साथ बातचीत करती है। प्रमिला को ससुराल में मारा-पीटा गया, निताई ने दूसरी शादी कर ली, वह बच्ची के लिए कोई पैसा नहीं देता, उलटे शराब पीने के लिए पैसे लेने आता है—प्रमिला ने ये सारी बातें उन्हें बता दी थी।

मालकिन ने पूछा, 'उसने तुझे तलाक़ दिया है?'

प्रमिला ने सिर हिलाते हुए कहा, 'नहीं, नहीं दिया।'

'हिन्दुओं में तो दो पत्नियाँ रखने का नियम नहीं है।'

'मुझे यह सब क्या पता! उसने दो शादी कर तो ली!'

'तेरे साथ अगर तलाक़ नहीं हुआ तो फिर दूसरी शादी ग़ैरक़ानूनी है। तुम्हारी शादी रजिस्ट्री करके हुई थी न?'

'मुझे तो नहीं लगता।'

'वरना तो पहली शादी भी ग़ैरक़ानूनी है।'

प्रमिला मुसकरा दी, 'शादी तो मन्दिर में जाकर गले में माला पहना देने से ही हो जाती है। यह ग़ैरक़ानूनी क्यों होगी भला?'

मालकिन ने किसी और दिन पूछा, 'तू सिन्दूर क्यों लगाती है?'

प्रमिला ने कहा, 'शादी हुई है, इसलिए लगाती हूँ।'

'यह कैसी शादी है? तू पति के साथ सिर्फ़ दो महीने रही। उसके बाद से लगभग दो सालों से तू अकेली रह रही है। बिटिया की भी अकेले ही परवरिश कर रही है। तू यह सिन्दूर पोंछ दे।'

'पोंछ दे कहने से ही तो पोंछा नहीं जा सकता। हिन्दू लड़कियों की एक ही बार शादी होती है। शादी होने पर सिन्दूर लगाना ही पड़ता है और शाँखा पहनना ही होता है।'

'किसने कहा, एक ही बार शादी होती है? मैं भी तो हिन्दू हूँ, मेरे पहले पति के साथ रिश्ता ख़त्म होने के बाद मैंने दूसरी शादी की है।'

'हमारी ज़ात में ऐसा नहीं होता।'

'तेरी ज़ात क्या है, ज़रा बता तो?'

प्रमिला ने जवाब नहीं दिया। मालकिन ने पूछा, 'तो फिर क्या तू ज़िन्दगी भर अकेली ही रहेगी?'

प्रमिला ने मुसकराते हुए कहा, 'मैं अकेली कहाँ हूँ? माँ-बाबा हैं तो!'

'लेकिन माँ-बाबा तो ज़िन्दगी भर साथ नहीं रहेंगे। वे जब नहीं रहेंगे, तब?'

प्रमिला फिर से मुसकराती हुई बोली, 'प्रियंका है न!'

इस बार पूजा में मालकिन प्रमिला को एक अच्छी-सी साड़ी देंगी, सुनकर

प्रमिला बहुत ख़ुश हो गई। लेकिन उसकी एक माँग है, 'आप जो सिन्दूर लगाती हैं, मुझे उसी सिन्दूर की एक डिबिया देनी होगी।'

मालकिन ने उसे लाल साड़ी और लाल सिन्दूर, दोनों ही दिया था। पूजा के समय प्रमिला माँग में ढेर सारा सिन्दूर लगाकर मंडप-मंडप घूम रही है। उसकी ख़ुशी की कोई सीमा नहीं है। यह सिन्दूर कोई सस्ता सिन्दूर नहीं था। उसकी मालकिन यही सिन्दूर लगाती है। मंडप देखने वालों की भीड़ में कितने ही लोगों ने उसे 'भाभी जी' कहकर पुकारा था। 'भाभी जी, थोड़ा-सा हटिए तो,' 'भाभी जी, उधर भीड़ नहीं है, आप वहाँ जाइए,' ओए...'भाभी को ज़रा बैठने के लिए कुर्सी दे तो...' छोटे-बड़े सभी उसका आदर करते हैं। प्रमिला को यही आदर भर चाहिए। प्रमिला देखने में अच्छी है, रंग भी गोरा है। किसी को नहीं लगता, वह लोगों के घरों में काम करती है। उन्हें लगता है, दादा शायद आसपास ही हैं, भाभी ज़रा पीछे रह गई हैं, या फिर आगे निकल आई हैं।

लोगों के घरों में काम करने पर कितनी ही तो गालियाँ खानी पड़ती हैं, ससुराल में भी गाली, मायके में भी आजकल गाली-गलौज शुरू हो गई है। जितने दिनों तक वे सोचते रहे कि निताई एक दिन आकर उनकी बेटी को ले जाएगा, तब तक वे अच्छा व्यवहार करते रहे, लेकिन जब उन्हें समझ में आ गया कि निताई उसे लेने कभी नहीं आएगा, तभी वे उसे बोझ समझने लगे। वे प्रमिला को गर्दन के ऊपर एक बड़े बोझ की तरह देखने लगे हैं, यहाँ तक कि प्रियंका को भी।

प्रियंका परेशान करती है, रोती है। प्रियंका की देखभाल करनी पड़ती है, लिहाज़ा आरती का काम कम हो गया है। काम कम होने का मतलब है, पैसे कम। शिकायतें जमा हो-होकर पहाड़ का रूप ले रही हैं। इसलिए प्रमिला को किसी भी घर में शान्ति नहीं मिल रही, बल्कि उसे बाहर ही शान्ति महसूस होती है, अपरिचितों के बीच ही सुक़ून मिलता है।

ई-रिक्शा के ड्राइवर लोग प्रमिला के बदन से किसी को सटने नहीं देते। वे भाभी का ख़याल रखते हैं। दुकानदार भी प्रमिला का सम्मान करते हैं और राहगीर भी। बस में चढ़ने पर कंडक्टर उसे भाभी कहकर बैठने के लिए अच्छी जगह देते हैं। इनमें से किसी को मालूम ही नहीं कि दरअसल पति कहने को प्रमिला का कोई है ही नहीं। एकमात्र प्रमिला को ही पता है, उसके सिन्दूर के साथ उसकी शादी या फिर निताई, किसी का कोई सम्बन्ध नहीं है।

एक दिन मालकिन बोलीं, 'क्यों री, तू अकेली-अकेली कैसे रह पाती है? आदमी की ज़रूरत तो पड़ती ही है। तुझमें कामना-वासना नहीं है?'

प्रमिला ने हँसकर कहा, 'कामना-वासना क्या चीज़ है, मुझे नहीं पता, लेकिन मुझे पुरुषों पर ज़रा भी यक़ीन नहीं है।'

'अच्छा लड़का देखकर शादी कर ले।'

'यह तुम क्या कह रही हो दीदी! हिन्दू लड़कियों की शादी एक ही बार होती है।'

'मुझे तुम लोगों की शादी का सिर-पैर कुछ भी समझ में नहीं आता।'

'दीदी, आप जो कह रही हैं, कोई दूसरा लड़का देखकर मैं शादी कर लूँ, दूसरा लड़का निताई-जैसा नहीं होगा, इसकी कोई गारंटी है?'

मालकिन बोलीं, 'जीवन में किसी भी चीज़ की कोई गारंटी होती है क्या?'

प्रमिला सिर हिलाती है, 'वही तो! किसी भी चीज़ की गारंटी नहीं होती। यहाँ तक कि ज़िन्दगी की भी तो कोई गारंटी नहीं है!'

अबकी बार मालकिन ने गम्भीर होते हुए पूछा, 'तुझे निताई लेने आए, या ससुराल के लोगों में से कोई तुझे लेने आए तो तू ससुराल लौट जाएगी?'

प्रमिला ने दाएँ-बाएँ कई बार सिर हिलाते हुए कई बार कहा, 'नहीं।'

—कोई और आदमी अगर तुझसे कहे कि वह तुझसे प्यार करता है, अगर वह तुझसे शादी करना चाहे, तो करेगी?

उसने इस बार भी दृढ़ता से कहा,—नहीं।

'तू कितने दिन इस तरह काम करके खा पाएगी?'

'मैं नहीं कर पाई तो प्रियंका खिलाएगी। उसे तो मैं स्कूल-कॉलेज में पढ़वाऊँगी।'

प्रमिला के चेहरे पर सन्तुष्टि भरी मुसकराहट थी।

डालिया

आलिया ने अनार के बाग़ का एक नाम रखा था : 'डालिया'। तब से अब्दुर्रहमान उस बाग़ को 'डालिया' ही कहते हैं। बाग़ का नाम चूँकि आलिया ने रखा था, इसलिए वे उसे इसी नाम से पुकारेंगे। तीन संतानों में उन्हें आलिया ही सबसे अधिक प्रिय थी। नामकरण के एक सप्ताह बाद ही अब्दुर्रहमान ने अर्घनदाब में अपने अनार के बाग़ के प्रवेश-द्वार पर लकड़ी की एक नेमप्लेट लगा दी थी, जिस पर लिखा हुआ था : 'डालिया'।

माँ की मृत्यु के बाद घर-संसार की देखरेख की ज़िम्मेदारी आलिया पर ही थी। बड़े दो भाइयों में से एक काबुल में था, दूसरा अमेरिका में। यूसुफ़ ने काबुल में मेडिकल की पढ़ाई की थी। वह काबुल में ही सरकारी अस्पताल में नौकरी कर रहा है। हामिद कंदहार विश्वविद्यालय से होटल मैनेजमेंट की डिग्री लेकर अमेरिका चला गया है। अमेरिका में उनके जो रिश्तेदार रहते हैं, उन्होंने ही उसके वीज़े का इन्तज़ाम करवा दिया था। आलिया को कभी भी कंदहार से दूर जाने की इच्छा नहीं होती। काबुल वाला भाई साल में दो-तीन बार कंदहार आता है। अमेरिका वाले भाई को आने की फ़ुर्सत ही नहीं मिलती। कैलिफ़ोर्निया फ़्रॉमेंट में उसका अफ़ग़ानी खाने का रेस्टोरेंट है। लम्बे समय तक अनुपस्थित रहने पर कर्मचारी धन्धा चौपट कर सकते हैं, इसी आशंका की वजह से वह अपने मुल्क़ नहीं आना चाहता। पिछले पाँच वर्षों में वह सिर्फ़ एक बार अपने घर आया था, साथ में एक मेमसाहब भी थी। मेमसाहब के साथ शादी नहीं हुई थी, लेकिन हो जाएगी। शादी नहीं हुई इसलिए अब्दुर्रहमान बेटे को घर में नहीं घुसने देंगे, या फिर दोनों को एक ही कमरे में सोने नहीं देंगे, ऐसी कोई निषेधाज्ञा उन्होंने जारी नहीं की थी। जब शादी करने का समय होगा, बेटा शादी कर लेगा। अब वह कंदहार में करे या फिर कैलिफ़ोर्निया में करे। अमेरिका में क्या अफ़ग़ानिस्तान के नियम लागू होंगे? जिस देश में वह रह रहा है, उस देश की संस्कृति में जो करना ग़लत नहीं माना जाता, वह वही कर रहा है। अब्दुर्रहमान का यह तर्क था। इस तर्क को आलिया ने भी मान लिया था। केवल अंसार बड़बड़ता रहा। उस समय अंसार की उम्र सिर्फ़ अठारह साल थी। अठारह साल की उम्र में ही वह पूरी तरह से बदल गया था। स्कूल छोड़कर वह

अपने कुछ बर्बाद दोस्तों की सलाह पर मदरसे में भर्ती हो गया था। उसने क़ुरान याद कर ली थी। उसने अपने कमरे में लगे प्रिय गायकों के पोस्टर फाड़ दिये थे। अब कमरे की दीवारों पर उसने केवल क़ुरान और हदीस की वाणी टाँग रखी है। उसकी दाढ़ी-मूँछें आने लगी थीं। अब्दुर्रहमान और आलिया के बार-बार कहने पर भी वह उन्हें छँटवाने के लिए किसी सैलून जाने को राज़ी नहीं हुआ। अंसार के चेहरे से हँसी ग़ायब हो चुकी है। वह जितनी देर घर पर रहता, उसके चेहरे पर तनाव होता है और बेचैनी में वह इधर-उधर टहलता रहता है।

दो-एक परिचित लोगों ने अब्दुर्रहमान को चेताया भी कि अंसार को तालिबान वाले उठा ले गए हैं—केवल अंसार नहीं, वे और भी कई विद्यार्थियों को ले गए हैं। वे मदरसे में पढ़ेंगे लेकिन तालिबानियों के ट्रेनिंग कैम्प में रहेंगे। अब्दुर्रहमान बुरी तरह से डर गए। उन्होंने बेटे को मदरसे से हटाकर इकराम प्राइवेट हाईस्कूल में दाख़िला दिलवाने की कोशिश की, लेकिन अंसार पीछे हटने वाला नहीं था, वह मदरसा छोड़ने को राज़ी नहीं हुआ। उसे पकड़कर, खींच-तानकर भी तालिबानों के कैम्प सें निकाला नहीं जा सका। इकराम प्राइवेट हाईस्कूल में अंसार के और सब भाई-बहन पढ़े थे, लेकिन अंसार ने वहाँ पढ़ने से मना कर दिया था। उसने तय कर लिया था, वह मदरसे में पढ़ेगा, तालिबान बनेगा, वह अल्लाह की राह पर जाएगा।

दो बेटों के कंधहार छोड़कर चले जाने पर अब्दुर्रहमान ने आँसू नहीं बहाए। वे चाहते हैं, यूसुफ़ अगर अमेरिका चला जाए तो बेहतर। लेकिन वे यह भी चाहते हैं कि काबुल वाली जिस लड़की के साथ बहुत दिनों से उसके ताल्लुक़ हैं, वह उससे शादी करके सपत्नीक अमेरिका जाए। इसके अलावा अब्दुर्रहमान यूसुफ़ से और कुछ नहीं चाहते। वे अपने दोनों बेटों से कभी पैसे नहीं माँगते। डालिया से ही उन्हें काफ़ी कुछ मिल जाता है। इस डालिया ने ही उनके बेटों और बेटी को स्कूल में पढ़वाया है; कॉलेज, विश्वविद्यालयों में पढ़वाया है। डालिया के अनार केवल कंदहार के बाज़ार में नहीं, पाकिस्तान और भारत में भी बिकते हैं। पिछले तीस सालों से बिक रहे हैं। एक्सपोर्ट का काम देखनेवाले लोग हैं। केवल अनार नहीं, सूखे अंजीर, खुबानी और बादाम भी वे कई वर्षों से एक्सपोर्ट कर रहे हैं। इसमें पहले के मुक़ाबले पैसा भी ज़्यादा आ रहा है। पैसे ज़्यादा आ रहे हैं तो उन्होंने डालिया बाग़ को और कई एकड़ बड़ा कर लिया है। उन्होंने आलिया के लिए एक फ़्लैट ख़रीदा है। आलिया कंदहार विश्वविद्यालय में इतिहास विषय लेकर पढ़ रही थी। तालिबान ने सत्ता पर काबिज़ होने के बाद जब घोषणा की गई कि लड़कियाँ अब स्कूल-कॉलेज नहीं जाएँगी, तब से आलिया की पढ़ाई बन्द हो गई है।

अब्दुर्रहमान मज़बूत आदमी थे, खाँटी पठान। फिर भी मुँह खोलकर कुछ नहीं कह पाते जब देखते हैं—मोहल्ले के कम उम्र के बच्चे, जिन्हें उन्होंने मैदान में नंगे खेलते देखा था, कन्धे पर बन्दूक लटकाकर घूमते हैं, हशीश पीते हैं, और लोगों के

घर में घुसकर अत्याचार करते हैं। उन सब कीर्तिकलापों का विरोध करने पर उन्हें पता है, वे इन बच्चों के हाथों पिट जाएँगे। बाज़ार में वैसे भी लोग कहते फिरते हैं कि अब्दुर्रहमान धर्म को नहीं मानते, वे अमेरिकन हो गए हैं। नहीं, वे अमेरिकन नहीं हुए हैं। वे गर्व के साथ अफ़ग़ानी पोशाक पहनते हैं। सिर ऊँचा करके अपनी मातृभाषा पश्तो बोलते हैं। वे भले ही रोज़ा, नमाज़ नहीं करते, लेकिन दूसरों के अनुष्ठानों में, ईद, शबेबरात में, जमात में शामिल होने में उन्हें कोई आपत्ति नहीं है। अन्य अफ़ग़ानियों की तरह धर्म का पालन वे भले ही न करें लेकिन वे इस संसार को बनानेवाले पर विश्वास करते हैं। उन्हें यक़ीन है, अपराधियों को एक-न-एक दिन सज़ा ज़रूर मिलेगी और वह इसी धरती पर मिलेगी। हालाँकि आलिया इन बातों पर विश्वास नहीं करती। आलिया को लगता है, अपराधी लोग इस दुनिया में ज़्यादा आराम और मज़े में रहते हैं। अच्छे और निरीह लोग भुगतते हैं। शाम ढलने पर आलिया के साथ अब्दुर्रहमान की तमाम दर्शनों को लेकर लम्बी चर्चा चलती। आलिया के अलावा घर में और है भी कौन! अंसार घर छोड़कर चला गया है। एक तरह से अच्छा ही हुआ। उत्पात कम हो गया। लेकिन वह अक्सर घर पर आ धमकता है। एक बार आकर वह आलिया को धमकाकर एक नीला बुर्क़ा दे गया कि सिर से पैर तक ढके बिना कहीं आलिया घर से बाहर न जाए। अंसार की दोनों आँखों से आग बरस रही थी। इस अंसार को आलिया पहचान ही नहीं पाती। माँ की मृत्यु के बाद आलिया ने इसी छोटे भाई को कभी माँ की कमी महसूस नहीं होने दी थी। आलिया ही उसे अपने हाथों से खिलाती, कहानियाँ सुनाकर सुलाती थी। आलिया बाहर जाती तो आम तौर पर सलवार-कमीज़ पहनती और सिर पर चुनरी डाल लेती। इन्हीं कपड़ों में वह विश्वविद्यालय जाती रही थी, बाज़ार करने गई थी, अनुष्ठानों में शामिल हुई थी। कभी कोई परेशानी नहीं हुई। परेशानी बाहरी लोगों की वजह से होती, तो मन मान भी लेता। लेकिन परेशानी घर के व्यक्ति की वजह से हो रही थी। एक दिन अंसार ने घर आकर अब्दुर्रहमान के सन्दूक का ताला तोड़ा और कई लाख अफ़गानी[1] ले गया। आलिया ने अब्दुर्रहमान से कहा, वे इसकी सूचना पुलिस को दे दें।

अब्दुर्रहमान ने पुलिस को ख़बर नहीं की थी, उन्होंने कहा, 'मैं किस तरह पुलिस को सूचित करूँ, बता? मेरा ही तो बेटा है। वह बर्बाद हो गया है। सिर तो मेरा ही नीचे होगा न!'

आलिया बोली, 'बेटा होने की वजह से आप एक अपराधी को माफ़ कर देंगे?'

'मैं माफ़ नहीं कर रहा हूँ। यह तो समझ में आ रहा है, उसने इतने सारे पैसे तालिबान को ही दिये हैं। आजकल तो पुलिस भी तालिबान के हुक़्म के हिसाब से ही चल रही है। कहीं ऐसा न हो, मुझे ही किसी झूठे मामले में फँसाकर जेल में ठूँस दें! मुल्क़ में तो कोई क़ानून है नहीं, मैं किससे न्याय की माँग करूँगा?'

1. अफ़ग़ानी—अफ़ग़ानिस्तान की मुद्रा।

आलिया ने अपने ही सामने देखा, किस तरह कंदहार बदल गया था, उसका अपना प्रिय शहर। इस शहर में उसके पिता अब्दुर्रहमान ने स्वधर्म को विसर्जित न करके अपने-आपको सम्हाल रखा है। बूढ़े होने से पहले ही उनकी पत्नी चल बसी, फिर भी बेटी-बेटों के बारे में सोचकर उन्होंने दूसरी शादी नहीं की थी। आलिया के तीनों ही भाइयों ने अलग-अलग वजहों से घर छोड़ा था। लेकिन आलिया की घर छोड़ने की कोई इच्छा नहीं थी। उसके पिता बिलकुल अकेले पड़ जाएँगे।

आलिया की वजह से ही उन्हें घर में इतनी निश्चिन्तता और शान्ति मिलती है। घर में खाना बनाने, साफ़-सफ़ाई करनेवाले लोग हैं। अनार के बाग़ के कर्मचारियों की पत्नियाँ-बेटियाँ ही अब्दुर्रहमान के घर के कामकाज कर देती हैं। लेकिन आराम, विलासिता और खाना-पीना ही तो जीवन का सब कुछ नहीं होता न! अब्दुर्रहमान ने लम्बी साँस छोड़ते हुए आलिया से एक दिन कहा था, उसे अमेरिका जाकर अपनी अधूरी पढ़ाई पूरी कर लेनी चाहिए। हाँ, अमेरिका जाकर वह मास्टर्स पूरा करेगी, डिग्री लेगी, नौकरी करेगी, स्वावलम्बी बनेगी—यह ऐसा कोई कठिन काम नहीं है। कठिन काम है अब्दुर्रहमान को छोड़कर जाना। जो व्यक्ति पत्नी की मौत के बाद अपने बच्चों के लिए अकेला रह गया, उसके बुढ़ापे में उसकी एक भी संतान उसके पास न रहे, आलिया इसे स्वीकार नहीं कर पाती। उसने मुसकराते हुए अपने पिता से कहा था, 'मेरी पढ़ाई को लेकर इतनी चिन्ता मत करो बापूजी, तालिबान लोग तो एक दिन चले ही जाएँगे, तब फिर स्कूल कॉलेज खुल जाएँगे, लड़कियों को उनके अधिकार वापस मिलेंगे, तब मैं अपनी पढ़ाई पूरी कर लूँगी, डिग्री ले लूँगी, इतनी जल्दी किस बात की है! मैं अकेली भुक्तभोगी तो हूँ नहीं, देश की सारी लड़कियाँ भुक्तभोगी हैं। वे भी तालिबान का अंत देखना चाहती हैं।'

असल में आलिया की पिता को छोड़कर अमेरिका जाने की इच्छा ही नहीं है। उसकी इम्तियाज़ को छोड़कर जाने की इच्छा नहीं है। इम्तियाज़ से शादी करके उसकी दुबई चले जाने की भी इच्छा नहीं है। एक ज़माने से इम्तियाज़ से उसकेसम्बन्ध हैं। वे अभी तक शादी कर रहे हैं, शादी करेंगे...इसी में उलझे हुए हैं। आलिया सोचती है, शादी कर लेना ही शायद ठीक रहेगा। फिर सोचती है, इस झमेले की ज़रूरत ही क्या है! शादी, घर-गृहस्थी, बच्चे वग़ैरह में व्यस्त होकर वह ख़ुद पर ऐसा कौन-सा बड़ा अहसान करेगी!

अब्दुर्रहमान अपने बेटों और बिटिया को उच्चशिक्षित देखना चाहते हैं, भले ही वे ख़ुद कॉलेज और विश्वविद्यालय में नहीं पढ़ सके। लेकिन फलों का व्यवसाय करके उन्होंने अपनी संतानों को इस तरह शिक्षित करने की कोशिश की कि किसी को उनकी तरह फलों का व्यवसाय न करना पड़े। वे चाहते थे, उनकी संतानें इंजीनियर बनें, डॉक्टर बनें, अध्यापक बन जाएँ या फिर कोई और सम्मानजनक पेशा चुन लें। बड़े दोनों बेटों को लेकर उन्हें किसी प्रकार की चिन्ता नहीं है। आलिया

विश्वविद्यालय भले ही न जा पा रही हो लेकिन वह घर में बैठकर काफ़ी पढ़ाई कर लेती है। यह देख-देखकर अब्दुर्रहमान को बड़ा सुख मिलता है। सिर्फ़ छोटे बेटे अंसार ने उनकी चरम बेइज़्ज़ती कराई है। उनके गौरव, उनके अहंकार को मिट्टी में मिला दिया है। अंसार के बेराह हो जाने के कारण ही वे हर रोज़ दुःख मनाते हैं। उनका ब्लडप्रेशर बढ़ता रहता है।

इम्तियाज़ के परिवार वाले दो साल हुए, दुबई शिफ़्ट हो गए हैं। घर पर इम्तियाज़ अकेला रहता है। शहर छोड़ने पर उसे नौकरी भी छोड़नी पड़ेगी। फ़िलहाल वह इस नौकरी को खोना नहीं चाहता। उसकी आलिया को छोड़कर दूर चले जाने की भी इच्छा नहीं है। लेकिन हर रोज़ तालिबान जिस तरह से लोगों की हत्याएँ कर रहे हैं, वह देखकर उसने आलिया से कई बार कहा, 'चलो, सब छोड़-छाड़कर हम दुबई चलते हैं। कंदहार अब वह कंदहार नहीं रहा। इस दमघोंटू माहौल में रहने का क्या फ़ायदा?'

आलिया ने कहा था, 'चलेंगे इम्तियाज़, ज़रूर चलेंगे। लेकिन फ़िलहाल पिता को छोड़कर मेरा जाना नहीं हो पा रहा है।'

'उनकी देखरेख करनेवाले लोग हैं तो!'

'हैं, लेकिन मैं जिस तरह से उनकी देखरेख करूँगी, उस तरह कौन करेगा भला? वे बातचीत तो मेरे ही साथ करते हैं। अपने दोस्तों के साथ बातचीत करना उन्हें अब अच्छा नहीं लगता। सभी तो एक-एक करके तालिबान बने जा रहे हैं।'

इम्तियाज़ ने कहा, 'मेरे परिवार के जो लोग दुबई चले गए, वे तालिबान नहीं बने, लेकिन कंदहार में मेरे जितने परिवार वाले थे, लगता है, जादू की तरह वे सभी एक ही रात में तालिबान में शामिल हो गए हैं। अब कंदहार में गिने-चुने लोग ही हैं, जो तालिबान का समर्थन नहीं कर रहे हैं।'

आलिया को भी ऐसा ही लगता है।

अंसार के दिये नीले बुर्क़े को पहनकर ही अब आलिया को बाहर निकलना पड़ता है। इसके अलावा कोई उपाय नहीं। बाज़ार में, विश्वविद्यालय में, दोनों ही जगहों पर बुर्क़ा न पहनने की वजह से उसे तालिबान की नैतिक-पुलिस के चाबुकों की मार खानी पड़ी थी। मार ऐसी कि गर्दन, पीठ और नितंब, सब लाल दाग़ों से भर गए थे। जो लड़की घर पर खाना बनाने का काम करती है, उसने कुछ दिनों तक मलहम लगा दिया था। धीरे-धीरे तकलीफ़ कम ज़रूर हुई थी, लेकिन दाग़ रह गए थे। उन दाग़ों को देखकर इम्तियाज़ आहें भरता रहा था। उसने कहा था, 'तुम दुबई न जाना चाहो, मुझसे शादी न करना चाहो, तो फिर अपने भाई के पास कैलिफ़ोर्निया चली जाओ। इस नरक में क्यों रह रही हो? तालिबानियों का संत्रास ख़त्म हो जाए तब अपने पिता के पास लौट आना। 'पिता-पिता' करके अपनी ज़िन्दगी को तुच्छ क्यों कर रही हो, आलिया?'

आलिया जानती है, वह ऐसा कर रही है। वह दुबई जाकर इम्तियाज़ के साथ सुख से रह सकती है, या फिर कैलिफ़ोर्निया जाकर स्वावलम्बी हो सकती है। दोनों ही उसकी ज़द में हैं। लेकिन कंदहार से अपने लगाव को मिटा नहीं सकती। वह पिता के प्रति अपनी ज़िम्मेदारी को भी हवा में नहीं उड़ा सकती।

इम्तियाज़ 'गार्जियन' पत्रिका का अफ़गानी प्रतिनिधि है। पत्रकारिता के साथ-साथ वह अंग्रेज़ी में एक ऐतिहासिक उपन्यास भी लिख रहा है। चूँकि आलिया को इतिहास की ख़ासी जानकारी है, उस किताब को लिखने में आलिया उसकी मदद कर रही है। वह प्रेरित भी करती है। बीच-बीच में आलिया दिन का काफ़ी समय इम्तियाज़ के साथ ही बिताती है। उन दोनों के घर पैंजॉय में थे। वे पैदल ही आना-जाना करते हैं। इम्तियाज़ भी आलिया के घर आता-जाता है। घर में अकेले खाने-पीने की बजाय वह कई बार रात का खाना आलिया के घर पर ही खाता है।

अब्दुर्रहमान इम्तियाज़ को पसन्द करते हैं। आलिया और इम्तियाज़ दोनों की उम्र तीस के आसपास होगी। दोनों ही बालिग थे। उनके साथ अब्दुर्रहमान किसी भी विषय पर बात कर सकते थे। उन्होंने तय किया था वे सूखे मेवों का एक्सपोर्ट बन्द कर देंगे, यह बात उन्होंने इम्तियाज़ को बताई। इम्तियाज़ को व्यापार में कोई उत्साह नहीं था, वह सिर्फ़ सिर हिलाकर हामी भरता रहा। वह मानता था, अब्दुर्रहमान जो भी निर्णय लेते हैं, उनकी कोई तुलना नहीं हो सकती।

अक्सर तूफ़ान की तरह अंसार घर पर आ धमकता है। उसके कन्धे पर राइफ़ल रहती है। एक बार दोपहर के वक़्त घर में घुसकर उसने अपने गिटार, वायलिन, इसराज के टुकड़े-टुकड़े कर डाले। अगली बार उसने इम्तियाज़ को देखा तो आगबबूला हो उठा। जबकि इस इम्तियाज़ को वह बचपन से ही परिवार के बहुत क़रीबी व्यक्ति के रूप में जानता रहा है। इम्तियाज़ के पिता अब्दुर्रहमान के दोस्त थे।

अंसार चीख़-चीख़ कर पूछने लगा, 'आलिया के साथ इस आदमी का क्या रिश्ता है?'

आलिया ने उसे धमकते हुए कहा, 'तुझे नहीं पता, क्या रिश्ता है?'

'नहीं, मुझे नहीं पता। मुझे आज जानना है।'

'तुझे क्यों जानना है? बड़ों के मामले में तुझे सिर खपाने की ज़रूरत नहीं है।'

फिर से अंसार ने चीख़ते हुए कहा, 'मुझे सिर खपाना ही पड़ेगा। मैं इस आदमी को फिर कभी इस घर में नहीं देखना चाहता।'

'इम्तियाज़ के साथ मेरी शादी होनेवाली है, वह तेरा दूल्हाभाई बनेगा। इसलिए तू दूल्हाभाई से अदब से बात करना सीख।'

'जो आदमी इस्लाम की रीति-नीति को नहीं मानता, मैं उसका अदब नहीं करता। शादी के बाद अदब की बात उठ सकती है, अभी नहीं। अब तुम भी ग़ैरमर्दों के सामने नहीं जा सकतीं।'

‘तेरा ब्रेनवॉश हो गया है। यह सब लड़ाकूपन छोड़कर सहज जीवन में लौट आ।’

‘यही मेरा स्वाभाविक जीवन है। तुम लोग अब भी सावधान हो जाओ। इस घर में इस्लामवर्जित कारस्तानियाँ चल रही हैं, मैं हेडक्वॉर्टर में इसकी शिकायत कर दूँगा। तब स्थिति भयंकर हो जाएगी।’

इसके बाद उसने आलिया को धक्का दिया और ‘ग़ैर मर्द के सामने अब एक पल भी नहीं’ बोलते-बोलते वह उसे बैठक से बाहर ले गया। उसने आलिया को इतनी ज़ोर से धक्का दिया कि दीवार से टकराकर उसका माथा चोट खा बैठा। इम्तियाज़ दौड़कर गया और अपनी पीठ से आलिया को ओट करने लगा। अब्दुर्रहमान उठकर आ गए और अंसार को खींचते हुए सदर दरवाज़े की ओर ले गए। उन्होंने कह दिया, ‘इस घर के दरवाज़े तेरे लिए बन्द हो गए हैं। तुझे अगर लौटना हो तो इनसान बनकर लौटना, हैवान बनकर नहीं।’

इसके कुछ ही दिनों बाद अब्दुर्रहमान ने कंदहार के मोहम्मद फल मार्केट में देखा, बुर्क़ा पहनी हुई कुछ लड़कियों को कुछ तालिबानी डंडों से पीट रहे हैं, कारण कि उनके साथ उनके अभिभावक नहीं थे, उनमें अंसार भी था। यह देखकर शर्म के मारे उनका सिर झुक गया। वह अंसार के सामने मज़बूती से खड़े होकर बोले, ‘मैं कह रहा हूँ, तू ये दरिंदगी बन्द कर।’

बेटे ने नफ़रत भरी नज़रों से बाप की ओर देखा। मानो यह आदमी कौन है, वह जानता ही न हो। अब्दुर्रहमान ने एक हाथ से उसकी लाठी छीन ली, और दूसरे हाथ से उसे खींचकर गाड़ी की ओर ले जाने लगे। अंसार ने हाथ छुड़ा लिया और लाठी भी छीन ली। उसने धक्का मारकर अपने जन्मदाता को हटा दिया। अब्दुर्रहमान इस अंसार को पहचान ही नहीं पाते। उन्हें यह सोचने में कष्ट होता है कि यह उनका बेटा है। उन्हें आशंका हुई, अगर उन्होंने अंसार के साथ और ज़ोर-ज़बरदस्ती की तो कहीं वह अपने ही पिता को न पीटने लगे! कहीं उन्हीं की पीठ पर वह चाबुक न चला बैठे!

वे जल्दी से घर लौट आए और उन्होंने आलिया से कैलिफ़ोर्निया फ़ोन लगाने को कहा। अब्दुर्रहमान ने इससे पहले हामिद से कुछ भी नहीं माँगा था, आज उन्होंने माँग की। वे आज बोले, ‘बेटा हामिद, तुम्हें यह काम करना ही होगा, तुम अपने छोटे भाई अंसार को अपने यहाँ ले जाओ। हमारे परिवार की ख़ातिर तुम यह काम कर डालो। लड़का बरबाद हो गया है, अगर इसे बचाना है तो इसे अफ़ग़ानिस्तान से दूर, पूरी तरह से नये माहौल में ले जाना होगा। इसके अलावा कोई उपाय नहीं है। यह लड़का घर में और बाहर भी आतंक फैलाता फिर रहा है।’

हामिद ने कहा, ‘वह कोशिश करेगा, लेकिन ‘ले जाओ’ कहने भर से तो ले जाया नहीं जा सकता। मुमकिन है, अंसार आना ही न चाहे। और अगर आना चाहे तो भी काग़ज़ वग़ैरह भेजने में कुछ महीने तो लग ही जाएँगे।

अंसार की वजह से इम्तियाज़ ने आलिया के घर आना बन्द कर दिया था।

लेकिन उनकी मुलाक़ात बदस्तूर होती रही। मुलाक़ात इम्तियाज़ के घर पर होती थी। लेकिन एक समय इम्तियाज़ को शक़ होने लगा अंसार यहाँ आकर भी तांडव कर सकता है। लिहाज़ा मुलाक़ात थोड़ी कम करके दोनों की फ़ोन पर बातचीत होने लगी। पहले दोनों कंदहार अजायबघर जाया करते थे, बाबर बाग़ घूम आते थे, दुर्रानी की मज़ार, पार्क भी जाते थे। ऐनो मेना में अब्दुर्रहमान ने आलिया के लिए जो फ़्लैट ख़रीदा था, वे वहाँ भी जाते थे। लेकिन इन दिनों पैरों में बेड़ियाँ थीं। अगर उन लोगों ने ग़ैर-शादीशुदा आदमी-औरत को मिलते-जुलते देख लिया तो फिर वे सर्वनाश कर डालेंगे, यही सोचकर दोनों इन दिनों घर में नज़रबन्द हैं।

घर में नज़रबन्द रहने का जीवन स्वाभाविक कारणों से ही दोनों को नापसन्द है। इस बार शादी कर लेने का निर्णय लेते हुए इम्तियाज़ ने अपने परिवार वालों से बात कर ली। लेकिन वह जानता है, सबसे पहले आलिया की राय ज़रूरी है। वह कई दिनों से आलिया के साथ बैठना चाह रहा है। आलिया भी बहुत दिनों से बैठेंगे-बैठेंगे कर रही है। आलिया ने फ़ोन पर इम्तियाज़ को याद दिला दिया कि शादी तो अकेले-अकेले नहीं हो सकती, शादी सामाजिकता के अलावा और कुछ नहीं है। इम्तियाज़ के रिश्तेदारों को दुबई से कंधहार आना होगा, कैलिफ़ोर्निया से आलिया के रिश्तेदारों को आना होगा। शादी में संगीत और नृत्य का जो उत्सव आलिया और इम्तियाज़ चाहते हैं, वह तालिबान के ज़माने में सम्भव नहीं। तालिबान को किसी भी तरह के संगीत की आवाज़ बर्दाश्त नहीं। वे घुँघरू की आवाज़ सहन नहीं करेंगे।

लगभग चार महीने घर में नज़रबन्द रहकर आलिया बेचैन हो उठी। वह एक दिन इम्तियाज़ को उसके घर से लेकर ख़ुद गाड़ी चलाकर अर्घनदाब चली गई। रास्ते में एक ओर पहाड़ थे, दूसरी ओर अर्घनदाब नदी। बहुत दिनों से तालिबान के डर से उसका दम घुटने लगा था। बहुत दिनों से इम्तियाज़ को न देखकर उसका मन और शरीर बहुत प्यासे हो उठे थे। अर्घनदाब निर्जन इलाक़ा था, यहीं पर उनके अनार का बाग़ था—डालिया। इम्तियाज़ यहाँ पहले दो-एक बार आ चुका था, अनार की फ़सल का जायज़ा लेने और झाड़ से अनार तोड़कर जब सैकड़ों कर्मचारी बॉक्स में भरते, तो उस अनोखे दृश्य को देखने के लिए आलिया अक्सर यहाँ आती थी।

यह न तो अनार के पकने का समय था और न ही बॉक्स में भरने का समय था। निर्जनता और ख़ामोशी की नदी में सारा वातावरण डूबा हुआ था। डालिया का जो कमरा अब्दुर्रहमान के आराम के लिए था, वह व्यवस्थित था, वातानुकूलित था। दिन भर के लिए वह जो खाना घर से लाई थी, उसे उसने फ्रिज में रख दिया। वहाँ माइक्रोवेब नहीं था, लेकिन चूल्हा था। समय होने पर गरम करके वे खा लेंगे। आलिया ने लोहे की अलमारी से बिछाने की चादर निकालकर बिस्तर पर बिछा दी और तकिये लगा दिये। वे दोनों सीधे होकर लेट गए।

आलिया दिन भर के लिए अनार के बाग़ में खो जाने की परिकल्पना कर रही

थी। आज इम्तियाज़ की भी कोई व्यस्तता नहीं थी। शारीरिक सम्बन्ध उनके लिए कोई नई बात नहीं थी। यह दो-ढाई साल पुराना सम्बन्ध है। आलिया ने नीला बुर्क़ा उतार दिया, सलवार कमीज और अन्तर्वस्त्र भी उतार दिये। आलिया एक अनिंद्य सुन्दरी युवती थी। घनी काली भौंहे, घने काले लम्बे बाल, हिरणी की काली आँखों-जैसी आँखें, देह का रंग गुलाबी, पतले होंठ, गोल स्तन, पतली कमर, मांसल नितंब, लम्बी बिना बालों वाली जाँघें, पतले पैर, पैरों की उँगलियाँ। मानो वह शरीर नहीं, एक धारदार तलवार हो।

इम्तियाज़ आलिया को अपलक देखता रहा। वह उसे कितनी ही बार देख चुका है, लेकिन फिर भी प्यास नहीं बुझती। बिस्तर पर बेतरतीब सोई आलिया को इम्तियाज़ ने हौले-से छुआ। पूरे बदन पर वह उँगली से चित्र बनाता रहा, मानो उँगली नहीं, तूलिका हो! वहाँ तमाम विचित्र और अदृश्य दृश्य बनते रहे। इम्तियाज़ की उँगली का यह स्पर्श आलिया की थकन दूर करता रहा, आलिया कली से कमल की तरह खिल उठी। वह इम्तियाज़ के बालों से भरे सीने में विलीन होने लगी। सुदर्शन पठान युवक के गालों पर नुकीली दाढ़ी थी। चेहरे और सीने पर इस दाढ़ी की रगड़ से अनंत वर्षा शुरू हो गई। भीगे चुम्बनों से दो देहों का ताप बढ़ने लगा। भरी दोपहर में संसर्ग पूरा हुआ। जब दोनों को भूख लगी, तो इम्तियाज़ उठकर बिस्तर पर खाना ले आया। वे वहीं बैठकर खाएँगे। किसी ने कपड़े पहनने की ज़हमत नहीं उठाई। दरवाज़े, खिड़कियाँ सब बन्द थे। वहाँ कोई झाँकने वाला नहीं था। कमरे में ही क्यों, वह अगर अनार के बाग़ में भी नग्न टहल आएँ, तो भी कोई नहीं देखेगा। खाने में नान, मटन के कोफ़्ते और कबाब, काबुली पुलाव, अशक और सूजी का हलवा था।

तभी दरवाज़े पर ज़ोरदार धक्कों की आवाज़ सुनाई दी। इससे पहले कि वे उठकर दरवाज़ा खोलते, दरवाज़े को तोड़कर कमरे में बहुत सारे तालिबानी घुस आए। हड़बड़ाए हुए दोनों कपड़े पहनने की कोशिश करते, इससे पहले ही दोनों को नग्न हालत में ही दस-बारह तालिबानी घसीटकर बाहर ले आए। उन सभी के हाथों में हथियार थे। आलिया और इम्तियाज़ दोनों ने देखा उन, तालिबानियों में अंसार भी मौजूद था। एक ने कमरे में से नीला बुर्क़ा लाकर आलिया के बदन पर फेंक दिया। आलिया ने तुरन्त बुर्क़े से अपना शरीर ढक लिया। उधर उन लोगों ने रस्सी से इम्तियाज़ के हाथ-पैर सख़्ती से बाँध दिये थे।

'अंसार, हम लोगों को छोड़ दे, तू इन्हें लेकर यहाँ से चला जा। तूने काफ़ी बहादुरी दिखा दी है, अब रुक जा,' आलिया ने चीख़ते हुए कहा।

अंसार ने कोई जवाब नहीं दिया, बल्कि वह पश्तो में आलिया को तमाम गंदी गालियाँ बकने लगा।

यह तय हुआ, आलिया को स्टेडियम ले जाया जाएगा जहाँ पूरे कंदहार के लोगों को इकट्ठा करके पत्थर मार-मारकर उसकी हत्या की जाएगी। उस झुंड के

एक नेता-जैसे व्यक्ति ने यह निर्णय लिया था।

आलिया ने बुर्क़े के ढकने को हटाकर अंसार से फिर कहा, 'मेरे प्यारे भाई, तू उनके बहकावे में मत आ, तू उनसे कह दे कि हमें छोड़ दें। तू बोलेगा तो वे मान जाएँगे। इम्तियाज़ के साथ मेरी बहुत जल्दी शादी होनेवाली है, हम लोग कोई पाप नहीं कर रहे हैं। मैंने तुझे अपनी गोद में रखकर बड़ा किया है। अंसार, तू कैसे यह सब भूल गया?'

अंसार चीख़ने लगा, 'तू पापिन है। अल्लाह की इस दुनिया में तुझे जीने का कोई हक़ नहीं है।'

उधर इम्तियाज़ ने अंसार के अलावा और भी दो लोगों को पहचान लिया। उनका नाम लेकर पुकारते हुए उसने कहा, वे लोग तुरन्त काज़ी को बुलाकर उनकी शादी का इन्तज़ाम कर दें। शादी हो जाने पर वे उन्हें मुक्त कर दें।

कौन भला किसे मुक्ति देता! मुक्ति देने की बजाय दो तालिबानी इम्तियाज़ को दनादन चाबुक से पीटने लगे। वह जैसे ही मुँह खोलता और मुक्ति की माँग करता, वे तुरन्त चाबुक मारने लगते। वह कुछ भी कहता तो वे चाबुक से मारने लगते। सिर झुकाकर उसे चुपचाप बैठे रहना होगा। बैठे-बैठे आँसू बहाना होगा।

इम्तियाज़ और आलिया बेबसों की तरह पड़े रहे, लेकिन उन्होंने आँसू नहीं बहाए। उन्हें एक-एक पल एक-एक नारकीय युग के समान लगने लगा। अंसार बहन को अपमानित करने के लिए इन तालिबानियों को वहाँ ले आया था, यह सोचकर आलिया को मितली-सी आ गई! परिचित लड़के उन्हें घेरकर संगीनों से कोंच रहे थे, दाँत निकालकर हँस रहे थे, थूक रहे थे। उन्हें देखकर लगता था, लकड़बग्घों के झुंड ने उन पर हमला कर दिया है। मानो वे अभी उन्हें फाड़कर खा जाएँगे! इम्तियाज़ को विश्वास नहीं हो रहा था, अंसार, आलिया का अपना ही छोटा भाई, इन लकड़बग्घों के झुंड में शामिल है।

झुंड के दस लोगों ने कहा, कल आलिया को लोगों के सामने पत्थर मारकर मार दिया जाएगा, और इम्तियाज़ को सौ कोड़े लगाए जाएँगे। लेकिन दो लोग बोले, कल तक इन्तज़ार न करके इस कुलटा को अभी मार देना चाहिए। अल्लाहताला ने ही कहा है, कुलटा को मौत की सज़ा मिलनी चाहिए। उन दो लोगों में अंसार शामिल था।

तालिबानी जब आपस में बहस में उलझे हुए थे, कहीं से एक बड़ा-सा पत्थर लाकर अंसार ने आलिया के सिर को निशाना बनाकर दे मारा। उसने फिर से पत्थर उठाया और आलिया के सिर को बार-बार कुचलने लगा। इम्तियाज़ रस्सी तोड़कर आलिया को बचाने के लिए निकलने की कोशिश करता रहा, लेकिन वह ऐसा नहीं कर सका। आलिया की करुण चीख़ें हवा में गूँजती रहीं। बुर्क़ा सरक गया और धीरे-धीरे लाल होता गया। डालिया की ज़मीन भी तब अनार के रंग की तरह ही लाल हो गई थी।

सोने का हिरण

[1]

शिखा जैक्सन हाइट्स से मेट्रो पकड़कर चाइना टाउन के कैनल स्ट्रीट पर उतर जाती है। वह पिछले बारह वर्षों से उतर रही है। उसने बारह वर्षों में सिर्फ़ दो दुकानें बदली हैं। दोनों ही दुकानों पर वह नौ से पाँच बजे तक काम करती रही है। पहली दुकान में तनख़्वाह थी एक घंटे के पाँच डॉलर, और दूसरी दुकान में छह डॉलर। सप्ताह में कोई छुट्टी नहीं मिलती थी, लेकिन ओवरटाइम मिलता था। गर्मी के मौसम में शिखा ओवरटाइम करती है। उस समय टूरिस्ट लोगों का आना-जाना बढ़ जाता है, धूप से झिलमिल दिन बड़े हो जाते हैं। शिखा का काम था दुकान में मेड इन चाइना चीज़ें बेचना। चीज़ें मतलब—चाबी की रिंग, टी-शर्ट, कैप, छतरी, घड़ी, बैग, कैमरा वग़ैरह। दुकानों पर आम तौर पर चीनी परिवार के लोग काम करते हैं। कुछ ही दुकानों में बाहरी लोगों को लिया गया है।

शिखा जिस दुकान में काम करती है, उस दुकान के मालिक थे एंग। एंग की पत्नी को स्वर्ग सिधारे बहुत साल बीत चुके थे। बेटे-बेटियाँ कोई भी एंग के साथ नहीं रहते, इसी वजह से शिखा को यह नौकरी मिली थी। इसी चाइना टाउन में एक चीनी व्यक्ति की दुकान एक बंगाली व्यक्ति ने ख़रीद ली थी, उनका नाम था मोतालेब चौधुरी। मोतालेब चौधुरी से नौकरी के लिए आग्रह करने पर उन्होंने एंग की दुकान में शिखा को काम पर लगवा दिया था। चौधुरी अपनी दुकान पर केवल पुरुष कर्मचारी रखते थे।

शिखा और उसके पति नासिर जैक्सन हाइट्स में एक बंगाली के मकान में एक कमरा किराए पर लेकर रहते हैं। नासिर जैक्सन हाइट्स में एक बंगाली रेस्टोरेंट में खाना बनाने का काम करता है। सुबह-सुबह वह एक और काम करता है। अमीर घर के चार जर्मन शेफ़र्ड कुत्तों को वह बाहर ले जाता है। आधे घंटे, चालीस मिनट का काम है। कुत्तों को घुमा-फिराकर, मैदान में खिलाकर, पेशाब-टट्टी कराकर वापस ले आता है। दोनों कामों की वजह से स्वाभाविक रूप से उसकी तनख़्वाह शिखा से ज़्यादा है। नासिर भले ही खाना बनाना सीखे

बिना ही रेस्टोरेंट में खाना बनाता है, लेकिन खाना बुरा नहीं बनाता। उसके लिए खाना बनाना फ़िज़िक्स, कैमिस्ट्री और आर्ट्स का मिश्रण है। नमक और मसालों का परिमाण सही-सही हो तो आपका खाना बनाना पाक-कला का दर्ज़ा हासिल कर लेता है। शिखा ने कहा था, 'तुम खाना बनाने का काम मुझे दे दो और चीनी दुकान पर सेल्स का काम सँभाल लो।'

नासिर राज़ी नहीं हुआ। बोला, 'यह तुम नहीं कर पाओगी। मेरा खाना बनाना दो-तीन लोगों के लिए नहीं होता। मुझे सौ लोगों के लिए खाना बनाना पड़ता है।'

नासिर अपने काम में इतना निपुण है लेकिन वह कभी भी घर में खाना नहीं बनाता। साझा रसोईघर में पुरुषों के घुसने पर पाबन्दी थी, लिहाज़ा शिखा ही रसोई में जाती और खाना बनाती थी। शिखा के पास खाना बनाने के लिए पर्याप्त समय नहीं हुआ करता था। इसलिए एक दिन खाना बनाकर फ्रिज में रखकर वे लोग उस खाने को सात दिनों तक खाया करते थे, जबकि अपने देश में रहते हुए दोनों में से किसी ने भी कभी बासी खाना नहीं खाया था। वे फ्रिज का इस्तेमाल ठंडे पानी या आइसक्रीम के लिए करते थे। जब फ्रिज में खाना नहीं होता, खाना बनाने का समय नहीं होता, और अगर समय होता तो भी शरीर की थकन उसे सीधे बिस्तर पर सुला देती थी—ऐसे में ब्रेड और चीज़ के साथ ही दोनों डिनर निपटा लेते थे।

एक छोटे-से कमरे में रहते-रहते शिखा अब अभ्यस्त हो चुकी है। मैमनसिंह के महाराजा रोड वाले विशाल भवन में वह कभी रहा करती थी, इस बात पर उसे अब यक़ीन ही नहीं होता। उसे लगता है, वह घर उसके पिछले जन्म का घर है, इस जन्म का नहीं। मानो उसके पिता शहर के नामी डॉक्टर नहीं हैं, मानो इस गंदी बिल्डिंग में चूहों, तिलचट्टों और खटमलों भरे कमरे में वह पैदा हुई है। उस कमरे में दो लोग बहुत सावधानी से न चलें तो आपस में धक्का खा जाते हैं। एक मँझोले आकार के पलंग को बिछाने के बाद, एक कोने में एक रेफ्रिजरेटर, दूसरे कोने में एक टेलीविज़न रखने के बाद टेबल-कुर्सी रखने की जगह की जा सकती है, लेकिन फिर सोफ़ा या अलमारी के लिए जगह नहीं बचती।

नासिर का घर कालीबाड़ी रोड पर, ब्रह्मपुत्र के किनारे ही है। उसका घर भी पुराने ज़मींदारों के घरों-जैसा है। दोमंज़िले उस मकान में आठ-नौ कमरे हैं। आँगन पेड़-पौधों से भरा हुआ। ब्रह्मपुत्र की चंचल हवा सुबह-शाम फूलों, पत्तों, टहनियों, शरीर और मन को नचाती थी। नासिर के पिता अदालत में न्यायाधीश थे। घर में किसी चीज़ का अभाव नहीं था, इसके बावजूद नासिर को सोने के हिरण का लालच आ गया! उसने सोचा था, वह भी एटलांटिक के किनारे एक विला बनाएगा, याट पर सवार होकर घूमता फिरेगा। सभ्य देशों में रहने पर स्वर्ग के सुख मिलते हैं। उसके दोस्त लोग डी.वी. लॉटरी के लिए टूट पड़े,

नासिर भी उनमें शामिल हो गया। शिखा और नासिर अब किसी को यह नहीं बताते कि उनके देश के घर में उनके पास कितना पैसा था, कितनी दौलत थी। वे नहीं बताते कि शिखा ने डॉक्टरी की पढ़ाई पूरी कर ली थी, और नासिर एक कॉलेज में रसायन विज्ञान का शिक्षक था। बताकर क्या फ़ायदा! दुखी होकर क्या फ़ायदा! पुरानी बातें याद आ जातीं तो नासिर को शराब की बोतल खोलकर गटगट पीनी पड़ती है।

[2]

अमेरिका आकर शिखा ने डॉक्टरी क्यों नहीं की, या कि नासिर ने ही रसायन शास्त्र के शिक्षक के रूप में कहीं नौकरी क्यों नहीं की, यह सब सवाल उठते तो वे दोनों बहुत परेशान हो जाते थे। वे इसका जवाब नहीं देना चाहते। नासिर ने अमेरिका के डाइवर्सिटी वीज़ा की लॉटरी जीती थी। इसके बाद तुरन्त दोनों के पासपोर्ट बनवाने के लिए जाकर वह ग़लती कर बैठा था। जन्म का महीना ठीक था तो तारीख़ ग़लत थी, तारीख़ ठीक थी तो साल ठीक नहीं था। ऐसे पासपोर्ट लेकर वे अमेरिका पहुँचे ज़रूर, लेकिन वे सोने का हिरण नहीं पा सके। शिखा डॉक्टरी नहीं कर सकी, नासिर भी शिक्षक की नौकरी नहीं कर सका। कारण कि पासपोर्ट की जन्मतिथि के साथ उनके एकेडेमिक सर्टिफ़िकेट की जन्मतिथि मेल नहीं खा रही थी। इस वजह से अमेरिका में उनकी शैक्षणिक योग्यता शून्य हो गई थी। ऐसी ग़लती कोई करता है? कोई नहीं करता, लेकिन नासिर ने की। बीच-बीच में शिखा की इच्छा होती है वह नासिर को तलाक़ दे दे। लेकिन बहुत-सी बातों के लिए उसे नासिर पर निर्भर रहना पड़ता है। इसलिए चाहकर भी वह तलाक़ नहीं दे पाती। उन्होंने कई बार सोचा, वे दोनों ही अपने देश लौट जाएँ, लेकिन नासिर के परिचित दोस्तों में जो सबसे घनिष्ठ था, उसी मिलन ने ज़ोर से सिर हिलाते हुए मना किया था। उसने कहा था, 'फ़र्स्ट वर्ल्ड से थर्ड वर्ल्ड बुद्धू लोग लौट जाते हैं। तुम काम करो, मेहनत करो, तुम्हारी ज़िन्दगी बदल जाएगी, निश्चित रूप से बदल जाएगी। अपने देश जाकर अपनी जन्मतिथि ठीक करवा लाओ। अच्छी नौकरी मिल जाएगी। इस देश में शिक्षित लोगों की बड़ी इज़्ज़त है। पढ़े-लिखे होकर तुम लोग ऑड जॉब क्यों करोगे भला?'

उन लोगों ने उपदेश सुना भर था, उपदेश का पालन नहीं किया था। शिखा और नासिर, दोनों को लगा था, इस उपदेश का पालन करना आसान नहीं है। कठिन कामों में शिखा की कोई रुचि नहीं है और नासिर को ऐसे काम करने में डर लगता है। शिखा और नासिर जहाँ थे, वहीं पड़े रहे। जन्मतिथि जो थी, वही रह गई।

[3]

सबलेट में रहने के दौरान एल्महर्स्ट अस्पताल में रूपक का जन्म हुआ था। अस्पताल में पैसे नहीं देने पड़े थे। ग़रीबों के लिए मेडीकेयर स्वास्थ्य बीमा रहता है, उसी से बढ़िया काम चल जाता है। मेडीकेयर ही उन लोगों का सोने का हिरण है। अमेरिका में उनके लिए यह एक अच्छी व्यवस्था नसीब हुई है। जब अमेरिका के नीरस जीवन से आजिज़ आकर अपने देश लौटने के लिए सूटकेस लगभग तैयार कर लिया था, तब नासिर ने नहीं, शिखा ने कहा था, 'अपने देश में तो अच्छे इलाज की व्यवस्था ही नहीं है, लोग तो मामूली बीमारी में भी भारत चले जाते हैं। यहाँ हमें कम-से-कम अच्छा इलाज तो मिल रहा है। और वह भी मुफ़्त में।' जैसे-जैसे उम्र बढ़ती जाती, शरीर में रोग-शोक बढ़ता जाता, वैसे-वैसे देश लौटने वाले सूटकेस से कपड़े बाहर निकलते जाते।

रूपक को उन्होंने भरपूर दिया था। उसे अच्छे स्कूल में पढ़वाया था। उसने जो खाना चाहा, उसे वही खिलाया। जो चीज़ ख़रीदने की माँग की, उसे वही दी गई। उसने जो पहनना चाहा, उसे वही कपड़े पहनाए गए। अमीरों के बच्चों की तरह बिना माँगे ही उसके हाथ में आई फ़ोन आ गया था, लैपटॉप आ गया था। उन लोगों ने रूपक को फ़्लशिंग के विंडसर स्कूल में दाख़िला दिलवा दिया था। प्राइवेट स्कूल की ट्यूशन फ़ीस उसके प्रति थोड़ी दया दिखाने के बाद भी दो हज़ार डॉलर प्रति माह थी। एक बार रूपक ने कहा था, 'हमारे पास गाड़ी क्यों नहीं है? हमारी क्लास के सभी के पास है!' नासिर उसी दिन शोरूम से गाड़ी ले आया था, उसे पैसे नहीं देने पड़े थे। लेकिन हर माह पैसे देकर कुछ वर्षों तक गाड़ी के पैसे चुकाने पड़े थे। गाड़ी पाकर रूपक के चेहरे पर मुसकराहट खिल उठी थी। इसी से शिखा और नासिर का मन ख़ुश हो गया था। नासिर रूपक को गाड़ी से स्कूल ले जाता, फिर गाड़ी से ही उसे स्कूल से ले आता। शिखा की पूरी तनख़्वाह रूपक के स्कूल के ख़र्चों में चली जाती थी। इसमें नासिर को भी कुछ पैसे लग जाते थे। नासिर की तनख़्वाह घर-संसार के बाक़ी ख़र्चों में ख़त्म हो जाती थी। उनके ख़र्चे इतने ज़्यादा थे कि नासिर सबलेट को छोड़कर एक कमरे वाले किसी स्टूडियो या एक बेडरूम वाले किसी अपार्टमेंट को किराए पर नहीं ले सका। शिखा और नासिर को छोटी नौकरी करने की हीनभावना का बोध इतना ज़्यादा था कि दोनों ने ही रूपक को कभी भी इन सबकी असलियत नहीं बताई। उन्होंने उसके लिए एक नक़ली दुनिया तैयार कर दी थी, जिस दुनिया में रूपक सफ़ेद घोड़े पर सवार, झलमल कपड़े पहना हुआ एक राजकुमार हुआ करता था। दोनों ने ही रूपक को विद्वान बनाने के लिए ऐसा कुछ नहीं था, जिसका त्याग न किया हो। उन्होंने ऐसा रूपक के आराम के लिए भी किया था। रूपक के लिए वे लोग पलंग छोड़कर फ़र्श पर एयर-बेड लगाकर सोए थे।

शिखा ने रूपक को डॉक्टरी पढ़ाने का स्वप्न देखा था। शिखा जब कहती कि वह ख़ुद डॉक्टर है और चाहती है, उसका बेटा भी डॉक्टर बने, तो रूपक हँस-हँसकर लोटपोट हो जाता। उसे यक़ीन ही नहीं होता, शिखा डॉक्टर है। रूपक कहता, शिखा अगर डॉक्टर होती तो फिर वह डॉक्टरी करती, चीनी दुकान पर चाबी की रिंग नहीं बेचती। मेडिकल की पढ़ाई में रूपक की ज़रा भी रुचि नहीं थी। असल में रूपक की पढ़ाई-लिखाई में ही कोई रुचि नहीं थी। उसने अठारह की उम्र पार करते हुए उबर चलानी शुरू कर दी। शोक के कारण शिखा और नासिर स्तब्ध हो गए। इसके अलावा अगर वह शाम को दोस्तों को अपने घर ले आता तो माँ-बाप से कहता कि वे कहीं घूम आएँ, और रात बारह बजे तक लौट आएँ। माँ-बाप तमाम रास्तों पर बेवजह भटककर रात बारह बजे घर लौट आते। उनकी छाती का धन, उनके हीरे के टुकड़े को वे भला क्या शासित करते, छाती का धन ही उन्हें शासित करने लगा था। शिखा और नासिर सिर झुकाकर हर सज़ा स्वीकार कर लेते, मानो उन्होंने खाँटी अमेरिकन न होकर, गोरे न होकर, अमीर न होकर कोई अन्याय किया है, ग़रीब देश में जन्म लेकर अन्याय किया है, अमेरिकन एक्सेंट में अंग्रेज़ी न बोल पाने की वजह से अन्याय किया है। गोरे और अमीर लड़के-लड़कियाँ रूपक के साथ नहीं मिलते-जुलते, वे उस पर कटाक्ष करते हैं। उसकी उपेक्षा करते हैं, मानो यह शिखा और नासिर का अपराध है!

रूपक के हाथ में जब अच्छा पैसा आने लगा तो उसने एस्टोरिया में स्टूडियो अपार्टमेंट किराए पर ले लिया और उसमें रहने लगा। वहाँ उसका जमकर शराब पीना और महिला-मित्रों के साथ रात बिताना चलता रहा। शिखा और नासिर ने यह सब देखकर बेटे को शराब और लड़कियों की संगति से दूर हटाने की जितनी कोशिश की, उन्हें उतनी बार 'फ़क मैन, लीव मी अलोन' सुनना पड़ा। उसके परिचितों में सभी या तो काले थे, या फिर लैटिनो; मेक्सिकन, कोलम्बियन या डॉमिनिकन। कोई भी सभ्य और शिक्षित नहीं था। बंगालियों के साथ उसका उठना-बैठना बिलकुल भी नहीं था। उसने बंगला संस्कृति का कुछ भी नहीं सीखा था। रूपक सीखना चाहता भी नहीं था। वह नहीं चाहता था, उसकी ज़िन्दगी के किसी भी मुद्दे में उसके माँ-बाप अपनी नाक घुसेड़ें।

'ठीक है, कुछ दिन तूने उबर चला ली, अब कॉलेज में दाख़िला ले ले। कॉलेज की डिग्री रहेगी तो तुझे अच्छी नौकरी मिलेगी।' शिखा समझाना चाहती है लेकिन रूपक समझना ही नहीं चाहता। वह अपनी ज़िन्दगी को लेकर उसकी जो मर्ज़ी, करना चाहता है। शिखा अक्सर खाना बनाकर रूपक के स्टूडियो ले जाती है। उसका कमरा सजाकर, बिस्तर पर नई चादर बिछाकर, कपड़े लॉण्ड्री में डाल आती है। कहाँ तो माँ का शुक्रिया अदा करना चाहिए, वह तो नहीं ही करता, बल्कि वह कहता है, 'फ़क, आई हेट इट।' शिखा गाँजे की गंध को सुगंधी जलाकर दूर

करती है। वह यह भी नहीं चाहता। शिखा जो खाना ले जाती, वह फ्रिज में ही पड़ा रह जाता, फिर किसी रोज़ वह सड़ जाता, उसमें से दुर्गंध निकलने लगती। उसे फेंकना पड़ता।

[4]

इधर शिखा और नासिर के सम्बन्ध दिन-ब-दिन कड़वे होते चले गए। शिखा कहती, नासिर की वजह से रूपक बरबाद हो गया है; नासिर कहता, शिखा की वजह से। दोनों लम्बी फ़ेहरिस्त गिनाने लगते कि बेटे को जाहिल बनाने के लिए किसने क्या-क्या किया है। दोनों चीख़-चीख़कर घर सिर पर उठा लेते। पड़ोसियों के बच्चों की मिसालें दे-देकर कहते, वे लोग तो बरबाद नहीं हुए, वे तो माँ-बाप से इज़्ज़त से बात करते हैं! वे विश्वविद्यालय में पढ़ रहे हैं, उनके माँ-बाप भी तो छोटी नौकरी करते हैं, वे भी तो सबलेट में रहे हैं! शिखा और नासिर, दोनों में से किसी को भी नहीं पता, बेटे की परवरिश में उनसे कहाँ ग़लती हुई है। शिखा और नासिर की चीख़-चिल्लाहट बिल्डिंग की हवा में उड़ती रहती, दीवारों से टकराती रहती, और मकान मालिक उनसे कहता, चीख़ना-चिल्लाना बन्द करो, अगर ऐसा नहीं कर सको तो कमरा छोड़ो।

पिछले पच्चीस सालों में उन्होंने एक ही बिल्डिंग में तीन बार सबलेट बदले थे। अब क्या फिर से बदलना होगा, या कि कोई स्टूडियो किराए पर ले लें? फिर सोचते, जब रूपक ही नहीं है, फिर स्पेस की क्या ज़रूरत है?

'रूपक बड़ा हो गया है, ख़ुद के बारे में समझना सीख गया है, उसकी ज़िन्दगी में अब हमारी कोई ज़रूरत नहीं है। तो फिर बाक़ी की ज़िन्दगी चूहों, तिलचट्टों और खटमलों के साथ सबलेट में काटने की क्या ज़रूरत? चलो, अपने देश लौट चलें।'

नासिर राज़ी हो गया।

सूटकेस तैयार करना शुरू हो गया। टिकट ख़रीदने के लिए ट्रैवल एजेंसी को कई दिन फ़ोन भी किया गया।

लेकिन फिर शिखा ने ही कहा, 'देश में जाकर करोगे क्या?'

'क्या करूँगा, मतलब? तुम्हीं तो जाना चाहती हो।'

'चाहती हूँ लेकिन फिर सोचती हूँ, देश में हमारा है भी कौन? माँ-बाबा की मृत्यु हो चुकी है, तो क्या भाइयों के यहाँ जाकर रहूँ?'

'तुम अपने घर के बारे में क्यों सोच रही हो? हम मेरे घर में रहेंगे।'

'तुम्हारे घर का भी यही हाल है। तुम्हारे भी माता-पिता नहीं हैं। घर बेचकर तुम्हारे भाइयों ने पैसे आपस में बाँट लिये हैं। तुम अमेरिका में रहते हो, लिहाज़ा उन लोगों ने मान लिया है कि तुम्हें पैसों की ज़रूरत नहीं है, इसलिए उन्होंने तुम्हारे

लिए कुछ नहीं छोड़ा। किसी ने तो आकर नहीं देखा, यहाँ तुम किस तरह रहते हो! ज़मीन का भी बँटवारा हो चुका है। भाइयों ने अपनी ज़मीनों पर घर बना लिये हैं। तुम्हें अपनी ज़मीन पर घर बनाना होगा। तुम तो क्या घर बनाओगे? पैसे हैं ही कहाँ तुम्हारे पास? इस देश में रहकर लोग अपने देश में बड़ी-बड़ी इमारतें बनाते हैं। हमारी तो ऐसी हैसियत है नहीं।'

'हाँ, बनाते हैं। जो लोग अच्छी नौकरी करते हैं, जिन्हें अच्छी तनख़्वाह मिलती है, वे बनाते हैं। हम लोग तो ज़िन्दगी भर ऑड जॉब ही करते रहे। अच्छा, बताओ तो, ऑड जॉब करने से क्या होता है? मिलन बांग्लादेश में इंजीनियर था, यहाँ आकर वह येलो कैब नहीं चला रहा है? सिर्फ़ हमारी ही क़िस्मत फूटी है, ऐसा मत सोचना।'

'तुम्हारे भाइयों ने बड़ी-बड़ी कोठियाँ बना ली हैं, तुम झोंपड़ी बनाओगे? लोग व्यंग्य करेंगे। इसके अलावा लोग पूछेंगे, बेटा क्या करता है, तो तुम बताओगे, उबर चलाता है? तुम्हारे मुँह से तो यह बात नहीं निकल पाएगी।'

'तो मैं क्या करूँ?'

'तुम्हें तो पता ही है, हमारे देश के लोग किस तरह के हैं। वे हमें सुक़ून से जीने नहीं देंगे। सभी कट्टरपंथी हो गए हैं। अगर हम रोज़ा-नमाज़ न करें, अगर हिजाब न पहनें, तो फिर वे सर्वनाश कर डालेंगे। इसके अलावा बीमार होने पर वहाँ इलाज की अच्छी व्यवस्था भी नहीं है। हार्ट अटैक का दर्द शुरू हो जाए तो एंबुलेंस ही नहीं मिलेगी। इसके अलावा...'

'इसके अलावा क्या?'

'रूपक तो यहीं पर है, उसे छोड़कर हम कहाँ जाएँगे भला? उसकी मुसीबतों-परेशानियों में हमें तो उसके साथ रहना ही होगा। हमारे अलावा उसका यहाँ है भी कौन?'

'तो फिर देश लौटने का विचार बदल दो। यहीं रहो।'

'लेकिन उम्र हो जाने पर, अभी हम जो काम कर रहे हैं, तब तो वह काम भी नहीं कर सकेंगे। तब? ऐसी तो कोई उम्मीद नहीं है कि बेटा हमारी देखभाल करेगा! बेटा हमें नहीं देखेगा।'

'बेटे को हमारी देखभाल क्यों करनी होगी भला? वह अपने-आपको देख ले, यही काफ़ी है।'

'पच्चीस साल की अमेरिकी ज़िन्दगी में हमें क्या मिला?'

'इसका हिसाब मत करो। हम लोग इस देश के सबसे ग़रीब लोग हैं। अगर हमारे पास काम नहीं रहा तो हम घर का किराया तक नहीं दे सकेंगे। फूड स्टैम्प लेकर चलना पड़ेगा, या फिर फ़ुटपाथ पर अपना ठिकाना बनाना होगा।'

'भविष्य के बारे में सोचकर क्या फ़ायदा! जब हम बूढ़े हो जाएँगे, अपाहिज हो जाएँगे, हम काम नहीं कर पाएँगे, तब देखेंगे, क्या किया जा सकता है।'

ऐसी ही है शिखा और नासिर की ज़िन्दगी। उन्हें पता है, वे विफल लोग हैं। इसलिए दोनों ने ही तय किया, विफलता भरा चेहरा दिखाने के लिए वे अपने देश नहीं लौटेंगे। विफल चेहरा न दिखाना पड़े, इसलिए न्यूयॉर्क के बंगालियों के साथ भी धीरे-धीरे उन्होंने सम्पर्क ख़त्म कर दिये। वे किसी के भी घर दावत पर नहीं जाते। वे किसी को दावत पर बुलाते भी नहीं। अब जैक्सन हाइट्स के रेस्टोरेंट में जिन कर्मचारियों के साथ बात किये बिना काम नहीं चलता, नासिर उन्हीं के साथ बात करता है। शिखा को बँगला बोलने की भी ज़हमत नहीं उठानी पड़ती। एंग की पाँच पीढ़ियों ने अमेरिका में ही जन्म लिया है, इसके बावजूद एंग अंग्रेज़ी का एक वाक्य भी शुद्ध नहीं बोल पाता। एंग और दुकान के ग्राहकों के साथ दिन भर में थोड़ी-बहुत बातें करके ही काम चल जाता है।

बंगाली लोग दो-तीन साल में एक बार अपने देश ज़रूर घूमने जाते हैं। नासिर नहीं जाता इसलिए खाना बनानेवाले सहकर्मी पलाश ने पूछा था, 'दादा आप अपने देश के रिश्तेदारों से मिलने एक बार भी नहीं गए?'

'वहाँ मेरा कोई नहीं है।'

'मेरा वहाँ कोई नहीं है', शिखा भी यही कहती है। सही तो है, उनका कोई भी तो नहीं है। रिश्तेदार कभी फ़ोन नहीं करते। उनकी ख़ैर-ख़बर नहीं लेते। सभी व्यस्त हैं। वे ख़ुद ही बार-बार फ़ोन करते थे। अब वे समझ गए हैं, भाई लोग अपने परिवार, बाल-बच्चों, व्यवसाय, रुपये-पैसों को लेकर इतने व्यस्त हैं कि दूर के किसी की खोज-ख़बर लेने का समय और इच्छा, कुछ भी उनमें नहीं है। नाइन्टी नाइन सेंट्स की दुकान से रिश्तेदारों के लिए दो-तीन बार किसी परिचित के हाथों शिखा और नासिर ने कुछ उपहार भेजे थे, रिश्तेदारों ने वे सब फेंक दिये। उनके पास बहुत पैसे हैं। क़ीमती ब्रांडेड चीज़ों के अलावा वे किसी भी तरह के सस्ते सामान का उपयोग नहीं करते।

नासिर ने एक दिन हेमंत का एक गीत गुनगुनाते हुए शिखा से कहा, 'चलो, ईस्ट नदी के किनारे थोड़ा टहल आते हैं, आज मौसम बहुत अच्छा है।'

शिखा घर पर जिस हालत में थी, उसी हालत में पार्किंग में उतर आई। गाड़ी चलाते हुए नासिर ने कहा, 'सब समय मन इतना ख़राब करके मत रहा करो शिखा। रूपक को लेकर दुश्चिन्ता की कोई बात नहीं है। उसने अपना रास्ता ख़ुद चुन लिया है। कोई भी यह नहीं कह सकेगा कि हमने रूपक से कुछ कम प्यार किया, दूसरों से कुछ कम दिया जिस वजह से उसके मन को तकलीफ़ हुई है। असल में हमने अपनी हैसियत से ज़्यादा ही किया है। एक बार हमारा दीवाला भी निकल चुका है! उसे हमने सही रास्ता नहीं दिखाया, ऐसा तो नहीं है। लोगों के बच्चे पब्लिक स्कूल में पढ़कर मेडिकल की पढ़ाई कर रहे हैं, और मेरा बेटा प्राइवेट स्कूल में पढ़कर उबर चला रहा है! मैंने निश्चय ही जीवन में पाप किये थे—बहुत बड़े पाप किये

थे।' शिखा ने लम्बी साँस छोड़ी। वह खिड़की से उस पार सूर्यास्त के आकाश की ओर देखती रही। उसे लगा, वह भी सूर्य की ही तरह सारा उजाला और रंग लेकर पानी में डूबती जा रही है।

[5]

रूपक को अब माँ-बाप की ज़रूरत नहीं थी। उसने कह दिया है, माँ-बाप अपने देश वापस जा सकते हैं। लेकिन शिखा और नासिर सोचते हैं, आज भले न हो, भविष्य में किसी भी दिन रूपक को माँ-बाप की ज़रूरत पड़ सकती है! किसी दिन अगर रूपक शादी करके थोड़ा स्थिर हो जाए, तब तो पोते-पोती को गोद में लेने की ज़रूरत पड़ेगी ही। देश लौट गए तो फिर पोते-पोती का चेहरा देख ही नही पाएँगे। शिखा और नासिर के लिए बार-बार अमेरिका जाना-आना सम्भव भी नहीं होगा। रूपक के स्टूडियो में भी माँ-बाप के लिए जगह नहीं है। लिहाज़ा सबलेट में जिस तरह रह रहे हैं, उसी तरह बाक़ी की ज़िन्दगी गर्दन झुकाए, चुपचाप रह जाना ही ठीक होगा।

शिखा नींद से उठकर टी.वी. ऑन करके मौसम की जानकारी के लिए एक लोकल चैनल देखती है। मौसम के हिसाब से उसे कपड़े पहनने होते हैं, बाहर जाने के लिए तैयार होना होता है। चैनल कहाँ किसने किसका मर्डर किया यह सब लगातार दिखाता रहता है। पहले-पहल शिखा जब इस देश में आई थी, मर्डर की ख़बर सुनकर चौंक जाती थी। इस देश में भी मर्डर होते हैं? अब मर्डर की ख़बर से शिखा ज़रा भी विचलित नहीं होती। शिखा के निकल जाने के बाद टेलीविज़न दिन भर बन्द ही रहता है। आजकल नासिर भी टी.वी. पर बांग्लादेश की ख़बरें नहीं देखता। वह फ़ोन पर ही देश की ख़बरें पढ़ लेता है। या फिर रेस्टोरेंट से घर लौटते समय मुफ़्त में मिलने वाला एक बंगला अख़बार ले आता है, उसी को पढ़कर उसे पता चल जाता है, देश में क्या कुछ घट रहा है।

वह पहले मुक्तधारा नामक बंगला किताबों की एक दुकान से बंगला नाटकों की सी.डी. लाकर टेलीविज़न के पर्दे पर देखा करता था। अब स्मार्ट फ़ोन पर ही देख लेता है, यूट्यूब पर असंख्य बंगला नाटक अपलोड किये गए हैं। ये सब नाटक ही नासिर का मनोरंजन हैं। अमेरिका की किसी संस्कृति या मनोरंजन के साथ उसका कोई सम्बन्ध नहीं है।

उधर शराब, गाँजा और लड़कियाँ ही रूपक का मनोरंजन हैं। वह जहाँ तक सम्भव हो, माँ-बाप की सूरत देखना ही नहीं चाहता। उसे लगता है, उसके माँ-बाप डिप्रेशन के मरीज़ हैं। रूपक के अलावा उनकी अपनी दुनिया-जैसा कुछ है ही नहीं। रूपक के जन्म के बाद से वे रूपक की ही प्रदक्षिणा करते रहे हैं। उनकी अविराम

सलाहों और उपदेश की बारिश से रूपक का सिर मानो उसके धड़ से छिटककर निकल जाना चाहता है। वह डॉक्टर इंजीनियर नहीं बन सका। उसने यह सब बनने की कोशिश भी नहीं की। वह जानना चाहता है, वह कौन है, वह क्या है। लेकिन आज भी यह नहीं जान सका। वह अच्छा बंगाली नहीं है, वह अच्छा अमेरिकन भी नहीं है। वह कुछ भी नहीं है। वह अपने माँ-बाप की तरह, कुछ भी नहीं है। उसके माँ-बाप अपने देश की विराटता, उस देश में अपनी ज़मींदारी को लेकर गर्व करते हैं। रूपक ने यह सब कभी नहीं देखा। ग़रीब देश से आकर अपनी दौलत का बखान करना रूपक को असहनीय लगता है। उसे कई बार बांग्लादेश घुमाने ले जाने की कोशिशें की जा चुकी हैं, लेकिन रूपक ने जाने से मना कर दिया। किसी समय स्कूल में वह अपने माँ-बाप के बांग्लादेश पर गर्व करता था। लेकिन एक शिक्षिका ने एक दिन पूरी क्लास को बता दिया, 'रूपक ग़रीब इस्लामिक देश का लड़का है। इस शहर में इसके पिता नासिर इस्लाम रेस्टोरेंट में खाना बनाते हैं, लेकिन ग़रीब होने के बावजूद रूपक पढ़-लिखकर बड़ा आदमी बनना चाहता है, अमेरिकन सपने को वह भी साकार कर सकता है।' इसके बाद से उसके इस्लाम नाम को लेकर, उसके ग़रीब देश को लेकर स्टूडेंट्स उस पर व्यंग्य किया करते थे। उसके हाथ से कॉपी-किताबें छीन लेते थे, पेंसिल छीनकर फेंक देते थे। अपने शिक्षकों से इसकी शिकायत करने का साहस उसमें नहीं था। क्लास में वही सबसे ग़रीब था, सबसे काला, सबसे बुद्धू, सबसे बोदा, सबसे वियर्ड। रूपक रोता हुआ घर लौटता था। उसकी स्कूल जाने की इच्छा नहीं होती थी।

[6]

शिखा ने अचानक अपनी चायना टाउन वाली नौकरी छोड़ दी। नासिर ने आँखें सिकोड़ कर सवाल किया, 'तुमने सोचा कि मेरे अकेले के पैसों से चल जाएगा?'

थकन के मारे शिखा झुक गई, बोली, 'अब चला लो। मुझसे अब और नहीं हो पा रहा है। मेरा समूचा बदन दुखने लगा है। मैं चल भी नहीं पा रही हूँ, मुझसे बैठा नहीं जा रहा है। गर्दन में दर्द है, पीठ दुख रही है, सिर दुख रहा है, हाथ-पैर दुख रहे हैं।'

डॉक्टर के पास गई तो उन्होंने दर्द की दवा टाइलेनॉल लिख दी। दर्द की दवा की रिफ़िल घर में आने लगी। तीन-चार शीशियाँ जमा हो गईं।

पड़ोस के दो-एक लोग शिखा के हालचाल पूछने आते। शिखा दरवाज़ा नहीं खोलती, किसी के साथ बात भी नहीं करती। बिल्डिंग में अधिकांश किराएदार बंगाली हैं। शिखा को पता है, वे सभी सुखी हैं। उन्हें सोने का हिरण मिल गया है। उन्होंने कष्ट उठाए, तभी उन्हें कृष्ण मिले हैं। उन्होंने पैसे कमाए हैं, अपने देश में घर ख़रीदा है, न्यूयॉर्क में भी ख़रीदा है। बच्चों में कोई-कोई डॉक्टर बना है, कोई

बड़ी नौकरी या बिज़नेस कर रहा है, कोई कॉलेज में शिक्षक है। कष्ट तो शिखा ने भी उठाए थे! शिखा को ही कृष्ण नहीं मिले थे। जो लोग चूहों, तिलचट्टों और खटमलों के साथ रहकर भी ख़ुशियाँ मना रहे हैं, सुख के सागर में तैर रहे हैं, उनमें से हो सकता है, अधिकांश ही अपने देश में रहते समय बहुत ग़रीब रहे हों! बीमारी और अभावों में उनके दिन कटते रहे हों! लेकिन किसी-किसी के पास तो कॉलेज और विश्वविद्यालय की डिग्री भी थी। वे छोटे काम करते हैं लेकिन वे इस वजह से शिखा और नासिर की तरह हताश नहीं हैं। हताशा क्या इस वजह से थी कि औरों को सोने का हिरण मिल गया था और उन्हें ही नहीं मिल सका था? नहीं मिल सका था, इसीलिए? शिखा उत्तर ढूँढ़ती रहती है।

[7]

अचानक एक दिन बिना कुछ कहे नासिर ने पाँच वक़्त की नमाज़ पढ़नी शुरू कर दी। जुमे के रोज़ वह मसजिद जाने लगा। इसके कुछ ही दिनों बाद वह कुर्ता-पाजामा पहनने लगा। उसके कुछ दिन बाद वह दाढ़ी रखने लगा, और सिर पर गोल टोपी भी लगाने लगा।

'इस लोक के जीवन में तो कुछ नहीं मिला, लेकिन परलोक में कुछ तो मिल जाए, नमाज़ रोज़ा शुरू करो शिखा, पर्दा करो। अल्लाह के रास्ते पर जाने से इन सब दुनियादारी से मन थोड़ा हट सकेगा। मुझे तो सुकून मिल रहा है।'

शिखा परेशान होकर सुनती रही। बोली, 'तुम्हें ख़ाक सुकून मिल रहा है! तुम तो मिलन की गिरफ़्त में आ गए हो। मिलन पाँच वक़्त नमाज़ पढ़ता है, मसजिद जाता है। अब तुम्हें भी वही सब करना पड़ेगा, वरना दोस्ती टिकी नहीं रह सकती।'

हिजाब बहुत दिनों तक दीवार वाली अलमारी के एक कोने में पड़े रहे थे। कुछ सप्ताह बाद शिखा ख़ुद ही हिजाब पहनने लगी। हिजाब पहनने वाली पड़ोसिनों की नज़रें शिखा के हिजाब पर पड़ी। वे एक-एक करके शिखा का अभिनंदन करने लगीं, मानो इतने दिनों बाद शिखा उनकी आत्मीय हो गई हो! अब से परेशानी, बीमारी में वे शिखा के साथ होती हैं। कोई खीर बनाकर तो कोई बिरियानी बनाकर शिखा को दे जाती हैं।

यही शिखा किसी समय मैमनसिंह शहर के उदीचि और सम्मिलित सांस्कृतिक समूह की सदस्या हुआ करती थी। रवीन्द्र-संगीत गाती थी। हिजाब और रवीन्द्र-संगीत के बीच एक जो ख़ाली जगह है, उस जगह पर हर रोज़ शिखा चुपचाप आकर खड़ी होती है। उसका चेहरा धुएँ से ढकता जाता है। वह ख़ुद को पहचान नहीं पाती। पहचान न पाने के दरमियान उसके सिर में भयानक दर्द उठने लगा। दर्द कम करने के लिए वह एक टाइलेनॉल खाना चाहती थी, लेकिन उसने एक पूरी शीशी खा ली। शिखा ने ग़लती से या जानबूझकर एक शीशी टाइलेनॉल खाई थी, आज भी किसी को नहीं पता।

हर हाथ में पत्थर

[1]

माँ ने मेरा नाम परी क्यों रखा, यह माँ ही जानती है। लोग कहते हैं, मैं परी-जैसी ख़ूबसूरत हूँ। हो सकता है, जन्म के समय रही हूँ, या फिर जब छोटी थी। लेकिन मुझे लगता है, अब ख़ूबसूरती का वैसा कुछ बचा नहीं है। शरीर का रंग धूप में झुलसकर नष्ट हो गया है। बालों की देखभाल न करने की वजह से बाल रूखे हो गए हैं। मेरे पास अच्छे कपड़े भी नहीं हैं। सूती की कुछेक मामूली साड़ियाँ ही मैं घुमा-फिराकर पहनती हूँ। इसके बावजूद लोग कहते हैं, रूप की चिंगारी छिटक रही है। लड़कियाँ चेहरे पर कितना कुछ लगाती हैं। क्या लगाना होता है, क्यों लगाना होता है, मुझे यह सब नहीं पता। इसलिए मैं कुछ लगाती भी नहीं। मेरे होंठ सूखकर रूखे हो जाते। माँ बीच-बीच में कहतीं, 'होंठों में तेल-वेल कुछ लगा, फटे होंठों से ख़ून निकल रहा है।' मेरे पास इसके लिए समय नहीं है।

घर के सब लोगों का खाना बनाना, मसाले पीसना, आँगन झाड़ना, पत्ते टहनियाँ इकट्ठे करना, पोखर किनारे कपड़े धोने जाना, घड़े में पीने का पानी भरकर लाना, बतख़ और मुर्ग़ियों को दाने देना, उन्हें दड़बों में घुसाना, गाय का दूध दुहना—यह सब मेरे ही काम हैं। भाभियाँ बच्चों को सँभालकर जितना कर पाती हैं, करती हैं। दूर्वा की माँ भी मेरी मदद करती है। और लोग भले ही बहानेबाज़ी कर लें, लेकिन मेरे पास इसकी सुविधा नहीं है। माँ के बिस्तर पकड़ने के बाद से घर-संसार की देखरेख की ज़िम्मेदारी मेरे ही कंधों पर आ पड़ी है। अपने लोगों के मुक़ाबले मेरा ज़्यादातर समय दूर्वा की माँ के साथ ही बीतता है। दूर्वा की माँ को तीन बार खाना मिलता है और महीना बीतने पर पैसे भी मिलते हैं। मुझे भी तीन बार का खाना मिलता है लेकिन मेरे हाथ में कोई पैसे नहीं रखता। मेरे तेल, साबुन, साड़ी, ब्लाउज़ पर भी आजकल पैसे ख़र्च नहीं होते। भाभियों के लिए जब नये साबुन आते, या नये तेल शैम्पू आते तो वे पुराने साबुन, तेल और शैम्पू मुझे दे देतीं। साड़ी, ब्लाउज़ भी जब पहन-पहनकर पुराने हो जाते, तो वे मुझे मिल जाते हैं। मैं इसी में ख़ुश हो जाती। मैं नहीं चाहती, मेरे लिए किसी को कुछ ख़र्च करना पड़े। क्योंकि ख़र्च की बात उठी तो मेरे अस्तित्व पर नज़र जाएगी, ऐसे में कौन जाने क्या अनहोनी हो जाए!

आठवीं कक्षा में पढ़ने के दौरान पिता की उम्र के व्यक्ति से मेरी शादी करवा दी गई थी। दो साल बाद उनकी मौत हो गई। तब से मैं अपने मायके में ही हूँ। इस घर में मेरे अपने ही मुझे अतिरिक्त व्यक्ति के रूप में देखते हैं। इसलिए घर के जितने काम किये जाने चाहिए, उससे कहीं ज़्यादा मुझे करने पड़ते हैं। मैं अतिरिक्त होकर भी ज़रूरी हूँ, यह मुझे उन लोगों को याद दिलाते रहना पड़ता है। और एक वजह से मैं याद दिलाती हूँ, कहीं वे फिर से मेरी शादी न करवा दें—कम-से-कम घर की ज़रूरतों के लिए ही वे मुझे घर पर रख लें।

दौड़-दौड़कर घर के इतने काम करती हूँ इसलिए मेरे शरीर में ज़रा-सी भी चर्बी नहीं है। उम्र बढ़ रही है, लेकिन शरीर में उसके कोई ख़ास निशान नहीं हैं। घर में बड़े दो भाइयों के दोस्त, पिता के दोस्त, परिचित लोग और भाभियों के मायके के रिश्तेदार आते हैं। मेरे सामने पड़ जाने पर वे मुझे सिर से पैर तक देखते हैं। कोई दूर से देखता है तो कोई तिरछी नज़रों से देखता है, लेकिन देखता ज़रूर है। मैं जल्दी से उनकी नज़रों से दूर हट जाती हूँ।

बहुत-से लोग मुझे मनहूस मानते हैं, लिहाज़ा मैं नहीं चाहती, मुझ मनहूस का चेहरा किसी को देखना पड़े। मुझे पता है, मेरे थोड़ी देर रुकते ही मेरे भविष्य को लेकर वे चिन्ता प्रकट करेंगे, मेरी क़िस्मत को लेकर दुखी होंगे।

हमारे आँगन में बहुत सारे चार छप्पर वाले और दो छप्पर वाले कमरे हैं : माँ-बाप का कमरा, भाइयों के कमरे, रसोई, गोशाला वग़ैरह। एक ढलवाँ छप्पर वाला मिट्टी से बना छोटा-सा कमरा रसोई के ठीक बाज़ू में है। किसी समय उसमें धान रखा जाता था, अब नहीं रखा जाता। उस कमरे में एक ही चारपाई है, उस पर मैं सोती हूँ। दूर्वा की माँ फ़र्श पर बिस्तर लगाकर सोती है। कमरे में दो खिड़कियाँ हैं—एक आँगन की ओर है और दूसरी पेड़-पौधों की तरफ़। पेड़ों की ओट से जब उजला चाँद उगता, मैं पूरी रात खिड़की खुली रखती। दूर्वा की माँ मेरे जन्म के पहले से इस घर में काम कर रही है। मेरी शादी से पहले इस घर में मेरी जैसी क़द्र हुआ करती थी, विधवा होकर लौट आने के बाद वह क़द्र कम होकर बिलकुल निचली सतह पर जा पहुँची है, इस बात को दूर्वा की माँ मुझसे बेहतर जानती है। पहले वह मुझसे बड़ी विनम्रता से बात करती थी, लेकिन अब नहीं करती। मालिक की बेटी से उसे जितना डरना चाहिए, वह बिलकुल भी नहीं डरती। मुझे वह अपनी कोई ग़रीब रिश्तेदार या फिर कोई पुरानी सहेली-जैसी ही मानती है। ज़रूरत पड़ने पर वह हुकुम भी चलाती है, धमककर बात करती है। पोखर में ज़्यादा देर तैरूँ तो 'ठंड लग गई तो सर्वनाश हो जाएगा' कहते-कहते मुझे पोखर से बाहर खींच लाती है। बाल उलझ जाते तो कंघी कर-करके उलझे बालों को ठीक कर देती है, बालों में तेल लगाकर चोटी कर देती है। मुझे अपना समझकर वह अपनी ज़िन्दगी की सारी बातें मुझसे खुलकर साझा करती है। मैं उसकी बातें सुनती-सुनती सो जाती हूँ।

अपनी जवानी में सुने नाटकों के गीत सुनाकर वह मुझे सुला देती है।

मेरे पिता किसान हैं, भाई लोग भी किसान हैं। भाई लोग भले ही किसान हैं लेकिन आई.ए., बी.ए. पास किसान हैं। जितनी ज़मीन है, उसमें एक समय वे ख़ुद ही खेती करते थे। आजकल बटाई पर खेती करवाते हैं। कुछ धान बेच देते हैं, कुछ मशीन से तुड़वा लाते हैं। सब्ज़ियों का खेत है और कुछ फलों के पेड़ भी हैं। इनसे सभी का खाना-पीना हो जाता है। बहुत ज़्यादा नहीं है, लेकिन अभाव भी नहीं है।

इस घर में बस दो ही समस्याएँ हैं : मेरे विधवा हो जाने की ख़बर पाकर माँ ऐसी बीमार पड़ीं कि उन्हें लकवा मार गया। दूसरी समस्या मैं हूँ—मुझे पार लगाने की समस्या। मुझे पार लगाने की इच्छा घर में सभी की है, और नहीं भी है। लेकिन मैं पार नहीं लगना चाहती। कारण कि जिसके साथ मेरा गुप्त सम्बन्ध है, वह शादीशुदा है। जब मेरे साथ उसके सम्बन्ध थे, उसी दौरान उसने शादी कर ली थी। उसने अपनी पसन्द से शादी नहीं की थी, उसे अपने भाई और पिता की मर्ज़ी से शादी करनी पड़ी थी। शादी के अगले दिन से ही वह मेरे पास पहले की ही तरह आता रहा। देर रात वह अधखुले दरवाज़े को ठेलकर अन्दर आ जाता है। दूर्वा की माँ कमरे की बत्ती बुझाकर अँधेरे में दरवाज़े के बाहर बैठी रहती है। सिर्फ़ उसकी बीड़ी की आग जुगनू की तरह चमकती रहती है। दूर्वा की माँ को अगर कोई देखे तो सोचेगा, मैं कमरे में सो रही हूँ और वह बीड़ी पीने बाहर निकल आई है। और तब रंजू मेरे अंग-अंग पर अपना सारा प्यार उड़ेल देता है।

रंजू को मैं कंचे खेलने की उम्र से जानती हूँ। वह गाँव के अमीर घर का लड़का है। उसने कॉलेज से एम.बी.ए. की पढ़ाई की है। पढ़ाई पूरी करके वह अपने पिता का बिज़नेस सँभाल रहा है। यह रंजू मुझ-जैसी आठवीं कक्षा पास ग़रीब विधवा के साथ यह गुप्त रिश्ता क्यों रखता है? रखता है, क्योंकि रंजू कहता है, कंचे खेलते समय ही वह मन-ही-मन मुझसे प्यार करता था। मैं भी तो उससे प्यार करती थी। पिता की उम्र वाले व्यक्ति के साथ जब मेरी शादी की बातचीत चल रही थी, तब शाम को पोखर के उस पार रंजू से मुलाक़ात करके मैंने इस शादी को रुकवाने की बात कही थी। कहा था कि चल, हम भाग चलते हैं। रंजू सिर्फ़ मेरा हाथ पकड़े बेबसों की तरह खड़ा रहा था। वह मुझसे शादी करने की हिम्मत नहीं जुटा पाया, मुझे लेकर भागने का भी साहस नहीं दिखा सका था। हालाँकि इतना बड़ा निर्णय लेने की उस समय उसकी उम्र भी नहीं हुई थी।

विधवा होकर घर लौट आने के बाद पोखर के उस पार वाले निर्जन कदंब के पेड़ के नीचे रंजू मुझसे मुलाक़ात करने लगा। तब मैं सोलह की थी और रंजू बाईस का। वहीं उसने पहली बार मुझे चूमा था। हमारी देह एक-दूसरे को चाहती है, यह हम समझते थे। हम लोग धान के खेत में, पटसन के खेत के धुँधलके में खो जाते थे। और कभी-कभी तो वह काली चादर लपेटकर हमारे घर ही चला आता था।

ख़ामोशी की बाँह थामे वह मेरे कमरे में घुस आता। एकमात्र दूर्वा की माँ ही इन सब बातों की गवाह थी। उसने यह सब बातें कभी किसी से नहीं कही थी। बल्कि अगर किसी के क़दमों की आहट होती तो सावधान कर देती थी। रंजू की शादी हो जाने के बाद मेरी धारणा थी, वह मुझे भूल जाएगा। दूर्वा की माँ ने मेरे कानों में फुसफुसाकर कहा था, 'वह नहीं भूलेगा।'

'तुम्हें कैसे पता, वह नहीं भूलेगा?'

'मुझे पता है, वह ज़रूर तुम्हारे पास आएगा।'

'क्यों आएगा?'

'तुम कटे हुए परों वाली परी हो। तुम सींप का मोती हो। ऐसी सम्पदा को वह नहीं छोड़ेगा।'

'तुम यह क्या कह रही हो दूर्वा की माँ! इस दुनिया में मैं दरिद्र हूँ। यतीम न होकर भी यतीम हूँ।'

दूर्वा की माँ ने ठीक ही कहा था, रंजू चला आया था। शायद शादी करनी होती है, इसलिए उसने की थी। लेकिन उसका मन मेरे ही पास पड़ा हुआ था। मुझे चूमते हुए उसने कहा था, 'मैं एक दिन तुझे लेकर भाग जाऊँगा। दूर किसी द्वीप पर जाकर घर बनाऊँगा। सुगंधी गाँव का कोई हमें ढूँढ़ नहीं पाएगा। तू मेरे साथ चलेगी न?'

रंजू मेरे पूरे बदन को सुख से भरता रहता, और मैं अस्फुट आवाज़ में कहती, 'चलूँगी...चलूँगी...चलूँगी।'

मैंने ज़िन्दगी में एक ही आदमी से प्यार किया था, एक ही आदमी को बिलकुल अपनों की तरह पाया था। रंजू मुझसे पोखर के किनारे, कदंब के पेड़ तले, मैदान-मेले में, घर-बाहर जहाँ भी मिलता, अक्सर मेरी मुट्ठी में एक चिट्ठी खोंस देता। मैं उसका पहला प्यार हूँ, वह मुझे हमेशा प्यार करता रहेगा। अपनी शादी से पहली वाली चिट्ठियों में लिखता, वह मुझसे शादी करेगा। शादी में घर के लोगों को आपत्ति होगी तो वह मुझे अपने साथ लेकर भाग जाएगा। मैं दूर्वा की माँ को वे सारी चिट्ठियाँ पढ़कर सुनाती थी। दूर्वा की माँ कहती, 'उससे कहो, पहले शादी करे, फिर और कुछ करना।'

मैं दूर्वा की माँ से कहती, 'शादी के लिए तो उसके पिता राज़ी नहीं हैं। वे क्या हैं और मैं क्या हूँ, बोलो! वे लोग आसमान पर हैं और मैं पाताल में! रंजू के पास कॉलेज की डिग्री है। और मैंने तो स्कूल ही पास नहीं किया। वे अमीर लोग हैं, और मैं ग़रीब।'

दूर्वा की माँ सिर हिलाकर कहती, 'प्यार ग़रीब, अमीर नहीं देखता। स्कूल कॉलेज नहीं देखता। अगर देखता तो फिर वह सम्बन्ध ही होता, प्यार नहीं होता।'

मैंने रंजू को दूर्वा की माँ की कही बातें बताई थीं। उसने कहा, वह इसके हर शब्द पर विश्वास करता है, और इसलिए मुझे लेकर भाग जाना चाहता है। रंजू

कहता, सुगंधी गाँव रोज़-रोज़ दुर्गंध से भरता जा रहा है। सभी पैसों के पीछे भाग रहे हैं। लोगों को बुरे काम करने, भ्रष्टाचार करने में दुविधा महसूस नहीं होती। वे हँसते-हँसते लोगों को ठग लेते हैं, यहाँ तक कि उसके पिता भी यही सब करते हैं। इसलिए वह पिता को छोड़कर जाना चाहता है। उसके हिसाब से मैं एक सरलता की प्रतिमूर्ति हूँ, इसलिए वह मेरे पैरों को चूमता है। मैं आपादमस्तक पवित्र हूँ, इसीलिए उसने मुझे अपना तन और मन सौंप दिया है। शादी करने के बाद उसने कहा था, उसके परिवार वालों ने उसे शादी के लिए बाध्य किया था। घर में बहू बनकर जो लड़की आई है, उसे देखकर दया आती है। उस लड़की को उसका प्यार नहीं मिल रहा है। वह उस लड़की को छू भी नहीं रहा है, लेकिन सोने के गहने पहनकर ही वह सुखी है। उसे सुखी रखकर रंजू मेरे पास ख़ुद को सुखी करने के लिए आता है। वह मुझे साथ लेकर भाग जाना चाहता है।

मैंने दूर्वा की माँ को फुसफुसाते हुए रंजू के भाग जानेवाली बात बताई। दूर्वा की माँ ने कहा था, 'वह तो कई सालों से भागना चाहता है, भागता क्यों नहीं? 'भागूँगा-भागूँगा' करने से ही चलेगा क्या, भागना तो पड़ेगा न! उसे तो कोई रोक नहीं रहा।'

भाग नहीं रहा लेकिन इसके लिए मैं रंजू को दोष नहीं देती। शादी करके अगर वह मुझे सोने के गहनों से लादकर सुख पाने के लिए कहीं और चला जाए, तो फिर क्या फ़ायदा! इसकी बजाय तो यही अच्छा है, सोने के गहने नहीं हैं, कातान साड़ी नहीं है, मुड़ी-तुड़ी पुरानी साड़ी पहनी हुई मेरे पास ही रंजू बार-बार आता है, वह मुझे ही पाना चाहता है। रंजू दो बार मुझे गर्भवती कर चुका है।

पहली बार गर्भाशय में एक जड़ घुसेड़कर देर रात को दूर्वा की माँ ने चुपके से गर्भपात करा दिया था। मैं बुख़ार में सात दिन भुगतती रही, सात दिन मैं कमरे में पड़ी-पड़ी कराहती रही, लेकिन मेरे लिए डॉक्टर-वैद्य नहीं बुलाए गए थे। एक तरह से अच्छा ही हुआ। घर में कोई उपेक्षित हो तो उसे यह सुविधा मिल जाती है। वह क्या कर रहा है, कहाँ जा रहा है, वह घर लौटा या नहीं, सोया कि नहीं, किसके साथ सोया, उसके मन में कौन-सी हवा बह रही है, वह किसके बारे में सोच रहा है, किसके साथ मिल रहा है, उसे बुख़ार किस वजह से आया—इन सबकी कोई खोज-ख़बर नहीं करता।

मैं दूसरी बार रंजू की शादी के बाद गर्भवती हुई थी। इस बार मैंने यह बात रंजू को नहीं बताई। सिर्फ़ दूर्वा की माँ को ख़बर की थी। यह सुनकर दूर्वा की माँ ज़ार-ज़ार रोती हुई बोली, 'इतनी बार गर्भ गिराना अच्छी बात नहीं है रे बच्चू!'

दूर्वा की माँ मुझे बच्चू कहकर पुकारती है। उसने मुझे जन्म लेते देखा है। माँ के प्रसूतिघर में वह मौजूद थी। मुझे सबसे पहले दूर्वा की माँ ने ही गोद में लिया था। बच्ची कहकर पुकारते-पुकारते प्यार से वह मुझे एक समय बच्चू कहकर पुकारने लगी थी। तब से वह बच्चू कहकर ही पुकारती है। उसने कहा, वह इस बार रंजू के घर जाकर

उसकी माँ को बता देगी कि मेरे पेट में रंजू का बच्चा है। मैंने दूर्वा की माँ के हाथ-पैर पकड़कर उसे रोका। इसके बाद दो दिनों तक बेचैन रहने के बाद वह पहले की तरह कहीं से जड़ ले आई थी। लेकिन मैंने उसे गर्भपात नहीं कराने दिया। मुझे पता नहीं क्यों, माँ बनने की बड़ी इच्छा हो रही थी—रंजू की संतान की माँ। यह शादी की संतान नहीं थी, लेकिन यह प्यार की संतान थी। मैंने दूर्वा की माँ को समझाने की कोशिश की कि शादी की संतान भी उतनी पवित्र नहीं होती, जितनी पवित्र प्यार की संतान होती है।

अबकी बार जब रंजू आया तो दूर्वा की माँ ने ही फुसफुसाते हुए उससे कहा था, 'बच्चू से अगर तुम शादी नहीं कर पा रहे हो, तो उसे लेकर भाग जाओ। उसके तो फिर से पेट में बच्चा है। एक बार तो मैंने बच्चा गिरवा दिया था, मैं अब और नहीं गिरवा सकती। यह लड़की मर जाएगी। इसे बचा लो।'

इसके बाद रंजू अपराधी की तरह मेरे क़दमों पर सिर झुकाए बैठा रहा। बहुत देर बाद मेरे पेट पर हाथ फेरते हुए उसने कहा था, 'इसे गिराने की ज़रूरत नहीं है। मुझे एक सप्ताह का समय दे परी, मैं तुझे लेकर सुगंधी से चला जाऊँगा। मुझे घर-द्वार, माँ-बाप, मेरी गृहस्थी—कुछ नहीं चाहिए, मुझे तो तू चाहिए, परी। तुझे छोड़कर मैं ज़िन्दा नहीं रह सकूँगा।'

रंजू वह जो गया, दो सप्ताह बीत गए, चार सप्ताह बीत गए, वह नहीं लौटा। मैं जब लगातार उलटियाँ कर रही थी, ऐसे समय दूर्वा की माँ ने सूचित किया कि रंजू के यहाँ गाँव के लोगों को निमंत्रित किया गया है, शामियाना लगाकर लोगों को खाना खिलाया जा रहा है, रंजू की बीवी को बच्चा होने वाला है। मैं लगातार किस वजह से बीमार रह रही हूँ, पहले-पहल किसी को भले ही पता न चला हो लेकिन एक दिन भाभियों को समझ में आ गया। पाँच माह के पेट को तो साड़ी से ज़्यादा दिनों तक ढका नहीं जा सकता। दूर्वा की माँ ने मुझसे कहा था कि उसके साथ मैं किसी दूसरे गाँव चली जाऊँ। मैं राज़ी नहीं हुई थी। घर का सारा काम अकेले निपटाकर दूर्वा की माँ मेरे सिरहाने आ बैठी। मेरे बदन पर हौले से हाथ फेरती हुई बोली, 'तुम्हारे भाई और बाप को अगर इसका पता चला तो वे तुम्हें काट डालेंगे बच्चू।'

दूर्वा की माँ फफककर रोती रही।

मैंने कहा, 'काटने दो। मैं तो मरी-जैसी ही हूँ। जो रंजू मुझे प्राण देता था, जब वही रंजू नहीं है, तो फिर किस उम्मीद में मैं ज़िन्दा रहूँ, तुम्हीं बताओ?'

'तुम्हारी माँ को लकवा है। वे आधी बात समझती हैं, आधी नहीं समझतीं। भाभियों का होना-न-होना एक ही बात है। भाभियाँ कभी भी अपनी सगी नहीं होतीं।'

'इस दुनिया में सिर्फ़ तुम्हीं मेरी सगी हो दूर्वा की माँ। तुम्हारे पास भी कुछ नहीं है, मेरे पास भी कुछ नहीं है। दूसरे गाँव जा सकती हूँ। क्या नाम है उस गाँव का! पलाशपुर! लेकिन वहाँ कोई भी हमें सुकून से नहीं रहने देगा। गाँव के अलग होने से क्या हुआ, लोग तो सब एक-जैसे ही हैं!'

[2]

घर के किसी ने किसी से कुछ नहीं कहा, लेकिन समूचे गाँव को भले ही न हो लेकिन आधे गाँव को पता चल गया कि अब्दुर्रहीम की विधवा बेटी परी के पेट में बच्चा है। लोग छि:-छि: करने लगे। परी के पेट में किसका बच्चा है, इसे लेकर भी गम्भीर कल्पना और अटकलबाज़ियाँ शुरू हो गईं। बड़े भाई ने रंजू को इस घर से बाहर निकलते देखा था। उसने सोचा था, हो सकता है, पिता के पास या फिर छोटे भाई के पास किसी काम के सिलसिले में आया हो! छोटी भाभी के जिस रिश्तेदार को रंजू जानता है, हो सकता है, उसी रिश्तेदार के घर की कोई ज़रूरी ख़बर लेकर आया हो! बड़े भाई ने सबसे पूछा, रंजू किसके पास आया था। उसने दूर्वा की माँ से भी पूछा था। उसने ज़ोर से सिर हिलाकर कहा, उसने रंजू या फिर रंजू-जैसे दिखनेवाले किसी को घर के आसपास भी नहीं देखा। मुझसे किसी ने सवाल नहीं किये थे। सम्भवत: मैं इतनी ही उपेक्षित थी, इतनी अस्पृश्य कि मेरे साथ कोई भलामानुस मुलाक़ात के लिए, और ख़ास कर पढ़ा-लिखा सम्भ्रांत कोई इस कमरे में क़दम रख सकता है, किसी ने ऐसा सोचा ही नहीं था। एक शाम कदंब तले बड़े भाई के दोस्त कुद्दूस ने मुझे और रंजू को साथ देख लिया था, उस दिन उसने तुरन्त बड़े भाई को इसकी सूचना दे दी थी। उस दिन बड़ा भाई समझ गया कि रंजू मेरे ही पास आता था। लेकिन किसी वजह से बड़ा भाई इस ख़बर को दबा गया था।

मैं किसके द्वारा गर्भवती हुई, बड़े भाई और उसके दोस्त कुद्दूस ने इसका अनुमान लगा लिया था। शायद कुद्दूस ने ही यह बात फैला दी थी कि मेरे पेट में रंजू का बच्चा है। बाहर से यह सब ख़बरें मुझे दूर्वा की माँ ही लाकर देती थी। बाज़ार की गूँज मेम्बर के कानों में भी जा पहुँची। बड़े भाई के कानों तक भी यह बात चली आई। वह मेम्बर के ज़रिये बाज़ार में एक दुकान लेने की कोशिश कर रहा था। उलटे मेम्बर ने उसे फटकार लगाते हुए कहा, 'आप कैसे घर के आदमी हैं, आपकी बहन व्यभिचार करती फिर रही है और आप लोगों को कोई ख़बर नहीं?' बड़े भाई की ओर बाज़ार के लोग अजीब नज़रों से देखते रहे।

घर लौटकर बड़े भाई ने मुझे बाहर निकालकर इस तरह पीटा कि आँगन में पेड़ की जितनी भी टहनियाँ पड़ी थीं, उन्हें मेरी पीठ पर तोड़ना बाक़ी नहीं रखा। दूर्वा की माँ ने अपने शरीर से मुझे ओट करके कुछ हद तक बचाने की कोशिश की थी। मेरी पीठ टूटकर भले ही चूर-चूर हो जाए, लेकिन मैंने अपने पेट के रंजू को बचाने की कोशिश जारी रखी थी।

बाज़ार में हो रही कानाफूसियों को तेज़ी से फैलने में समय नहीं लगा। घर के लोगों को घर की ख़बरें बाज़ार से मिलने लगीं। पिता ने भी मुझे बालों से खींचकर आँगन में पटककर मारा। छोटे भाई ने भी यही काम किया। भाभियों ने यह सब दूर

से देखा। उनकी आँखों से भी नफ़रत फूट रही थी। सिर्फ़ दूर्वा की माँ रोती रही। जल्दी ही पूरे गाँव को पता चल गया कि अब्दुर्रहीम की विधवा बेटी परी ने अमीर घर के शादीशुदा बेटे रंजू पर डोरे डाले हैं, उसे बहला-फुसलाकर बेराह कर दिया है। रंजू के घर-संसार में चूँकि मैंने आग लगाई है, इसलिए मुझे सज़ा मिलेगी।

फफककर रोते-रोते एक रात दूर्वा की माँ ने मुझे बताया, इस गाँव में बड़े-बड़े लोग आ रहे हैं, हमारे घर में पंचायत बैठेगी। पंचायत में तय होगा कि मुझे क्या सज़ा दी जानी है। अब भी समय है, मैं गर्भपात करवा लूँ। मैं इसके बाद भी राज़ी नहीं हुई। यह संतान ही रंजू की याद के तौर पर मेरे साथ रह जाएगी, मैं इसे किसी भी क़ीमत पर खोना नहीं चाहती।

दूर्वा की माँ के हाथों मैंने रंजू को देने के लिए एक चिट्‌ठी भेजी। दूर्वा की माँ चिट्‌ठी लेकर गई ज़रूर, लेकिन वह रंजू को चिट्‌ठी नहीं दे सकी। चिट्‌ठी जिस तरह आँचल में बँधी थी, वैसी ही बँधी रही। मैंने फिर से नई चिट्‌ठी भेजी। वह चिट्‌ठी भी रंजू तक नहीं पहुँच सकी।

पंचायत के दिन आँगन में कुछ कुर्सियाँ रखी गईं। पंचायत में काफ़ी लोग जमा हो गए थे। आँगन में भीड़ उफन पड़ी। भीड़ बड़े रास्ते तक चली गई थी। सुगंधी गाँव की मसजिद के इमाम, मदरसे के हुज़ूर, पानीवाले पीर, पार्टी के नेता, मेम्बर, बाज़ार कमेटी के प्रमुख कुर्सी पर विराजमान हो गए। इतने गणमान्य लोगों ने इससे पहले कभी हमारे घर में पगधूलि नहीं दी थी। पंचायत में आए बहुत-से लोगों को मैं पहचान गई। मुझे देखकर कभी जिनकी लालच की जीभ लपलपाई थी, जिन्होंने अपने रोयेंदार हाथ मेरी ओर बढ़ाए थे, ये वही इमाम, वही हुज़ूर, वही मेम्बर थे। लेकिन कोई अभी तक मुझे अपनी ज़द में नहीं पा सका था। आज अगर चाहें तो वे मुझे कुचल सकते हैं।

मैं सिर झुकाए आँगन के बीचोबीच खड़ी हो गई। मेरे पिता सिर पर हाथ रखे पीर के क़दमों में बैठे रहे। भाई लोग खड़े रहे। भाभियाँ घर के दरवाज़े से देखती रहीं। सिर्फ़ दूर्वा की माँ मेरे सबसे क़रीब खड़ी थी और छटपटा रही थी। एक ने कहा, मैंने अन्याय किया है। जो लड़का हमारे गाँव का गौरव है, उस हीरे के टुकड़े रंजू को मैंने बुरे काम के लिए अपनी ओर खींचा है। मैं बेहया हूँ, बेशरम, राक्षसी हूँ, मैं डायन हूँ।

दूसरा बोला, विधवा लड़की के पेट में बच्चा कैसे आया? अवैध और इस्लाम के विरुद्ध इस सम्बन्ध के लिए, सबसे घृणित व्यभिचार के लिए, पत्थर मार-मारकर मेरी हत्या की जाएगी।

अगले जुमे को यह सज़ा देने के लिए गाँव के सभी लोगों को मौजूद रहने के लिए कहा गया। पंचायत के बाद मुझे कमरे में ले जाकर पूर्वा की माँ ने सुला दिया था। भाई, भाभी कोई मेरे पास नहीं आया। लकवाग्रस्त माँ आ नहीं सकतीं, शायद

वे इस वजह से नहीं आईं। इस समय एकमात्र रंजू ही मुझे बचा सकता है। रंजू ही आकर कह सकता है, 'परी की कोई ग़लती नहीं है, ग़लती मेरी है। परी से मैं प्यार करता हूँ, परी को लेकर मैं कहीं दूर चला जाऊँगा, परी मेरे बच्चे की माँ बनेगी।' या फिर वह कह ही सकता है, 'परी से मैं शादी करूँगा, आप लोग बल्कि एक काज़ी को बुला लाइए।' रंजू इतने समय से मुझसे प्यार कर रहा है, वह क्या इतना भी नहीं कर सकता? उसने निश्चय ही पंचायत के बारे में सुना होगा, पंचायत की बर्बर सुनवाई के बारे में उसे पता चला होगा। मैंने दूर्वा की माँ से पूछा, 'रंजू अब भी क्यों नहीं आ रहा है?'

दूर्वा की माँ फिर से रो पड़ी। रोती-रोती वह रंजू लोगों के घर गई और पंचायत में क्या हुआ, चीख़-चीख़कर सुनाने लगी। घर के लठैतों ने उसकी गर्दन पकड़कर, उसे धक्का मारकर बाहर निकाल दिया।

[3]

पंचायत के दिन सभी थे, सिर्फ़ दूर्वा की माँ नहीं थी। वह सुबह उठते ही इस घर, इस गाँव को छोड़कर पलाशपुर चली गई थी। जिस गाँव में वह मुझे ले जाना चाहती थी, अब वहीं पर एक मकान बनाकर वह बाक़ी की ज़िन्दगी गुज़ार देगी। गुड़ियों से खेलने की उम्र में उसकी शादी हुई थी, साँप के काटने से पति की मौत हो गई थी। दूर्वा की माँ की कोई संतान नहीं थी। फिर भी लोग उसे दूर्वा की माँ कहकर पुकारते हैं। क्यों पुकारते हैं, उसे आज तक नहीं पता। मैंने उसे जाने दिया था। कारण कि मुझपर निशाना साधकर लोगों का पत्थर फेंकना दूर्वा की माँ सह नहीं पाएगी। चूँकि वह मेरी रक्षा नहीं कर सकती, तो फिर यहाँ रहकर, सिर्फ़ दुःख पाने की क्या ज़रूरत है? रंजू कहता था, 'मैं उससे जितना प्यार करता हूँ, उससे ज़्यादा वह मुझसे प्यार करती है।' आज कम-से-कम मैं देख सकूँगी, वह मुझसे जितना प्यार करता था, उससे ज़्यादा मैं उससे प्यार करती थी, करती हूँ।

मैंने माँ, बाप, भाई, भाभी—किसी से मुझे बचाने का अनुरोध नहीं किया। मैं किसी के आगे नहीं रोई। अगर प्यार करना गुनाह है, तो फिर गुनाह की सज़ा मैं ख़ुशी-ख़ुशी स्वीकार करूँगी।

सुबह-सुबह पंचायत के लोगों ने आकर आँगन में एक गड्ढा खोद दिया था। दस बजे तक आँगन लोगों से भर गया। लगा, पूरा गाँव ही वहाँ उमड़ पड़ा है। सभी देखेंगे, परी नाम की एक लड़की की किस तरह हत्या की जाती है। दूर्वा की माँ के जाने के बाद से मैंने अपने कमरे का दरवाज़ा भीतर से बन्द कर रखा था। लेटे-लेटे ही मुझे खिड़की से दिख रहा था कि लोग किस तरह भीड़ कर रहे हैं। इमाम, पीर, हुज़ूर, मेम्बर भी सुबह-सुबह चले आए थे। लोगों से भरे आँगन में

मेरी दरियाफ़्त की गई। अलस्सुबह मैंने नहाकर बदन पर सिर्फ़ साड़ी लपेट ली, मैंने ब्लाउज़ नहीं पहना था। मेरे भीगे बाल मेरी पीठ पर बिखरे हुए थे। आँगन के शोरगुल के बीच दरवाज़े पर अचानक दस्तक हुई। दूर्वा की माँ चली गई थी, इसके बाद भी मुझे लगा, मानो वह लौट आई हो! मुझे पलाशपुर ले जाने के लिए लौट आई हो! मैंने जल्दी से दरवाज़ा खोला तो वहाँ इमाम दिखाई दिये। चेहरे पर मेहँदी के रंग की दाढ़ी थी, सिर पर सफ़ेद टोपी और आँखों में सुरमा। उनकी बाईं आँख हँस रही थी। मेरे दोनों हाथ पीछे से सख़्ती से पकड़कर वे मुझे आँगन की ओर धकेलने लगे। आँगन के गड्ढे की ओर। मुझे नहीं पता, कितनी जोड़ी आँखें मुझे देख रही थीं। मैंने एक झटके में हाथ छुड़ा लिया और अकेले ही चल दी। मैं ख़ुद ही गड्ढे में उतर गई। गड्ढे में कमर तक मेरा शरीर डूब गया। अचानक दर्शकों में से उल्लास का शोर उभर आया। आँगन में कई बोरी पत्थर बिखराकर रखे हुए थे ताकि लोग मुझ पर वे पत्थर फेंक सकें। और सचमुच मेरे बदन पर पत्थर आकर गिरने लगे। मेरे सिर पर, चेहरे, सीने, पेट, पीठ पर। मानो पत्थरों की बारिश हो रही हो! बड़े-बड़े पत्थर मेरे शरीर पर गिरने लगे। ख़ून से साड़ी भीगी जा रही थी। भीगी साड़ी मेरे बदन पर लिपटी रही। मैंने एक झटके में ख़ून से भीगी साड़ी उतार ली और उसकी गठरी-जैसी बनाकर अपने पेट के ऊपर रख लिया, ताकि पेट के भीतर जो भ्रूण धड़क रहा है, वह बच जाए। कहीं उसे पत्थर न लगे। साड़ी उतारते ही बीभत्स आदिम आवाज़ से आँगन काँप उठा, बहुत देर तक आवाज़ गूँजती रही। एक समय ज़िन्दा रहने की इच्छा इतनी बलवती हो उठी कि मैं गड्ढे से निकलकर भागने लगी। आँगन लोगों से घिरा हुआ था, भागने का कोई रास्ता नहीं था। पता नहीं किसने मुझे पकड़कर गड्ढे में फेंक दिया। इसके बाद फिर से मेरे सीने और चेहरे पर पत्थरों की तेज़ बारिश होने लगी। मैं उकड़ूँ होकर ख़ुद को बचाने की कोशिश करने लगी। मैं चीख़ने लगी, 'भाई जान, मुझे बचा लो...भाई जान, बचा लो मुझे।' मुझे बचाने कोई भी नहीं आया। मैं सिर्फ़ एक बार आँख खोलकर देखना चाहती थी, ये कौन लोग हैं जो पत्थर फेंक रहे हैं। उनमें से मैं किसी को पहचानती हूँ या नहीं। भीड़ में मैंने रंजू को देखा। रंजू के हाथों में पत्थर थे। वह भी मेरी ओर पत्थर फेंक रहा था। मुझे विश्वास नहीं हुआ, वह व्यक्ति रंजू है। मैंने आँखें मसलकर फिर से देखा। देखा, रंजू ही था। सिर पर पत्थर लगने से जब ख़ून का फव्वारा निकलने लगा तो मैं अस्फुट आवाज़ में बोलती रही, 'रंजू, तुम नहीं भी आ सकते थे...तुम यहाँ न आते तो अच्छा होता रंजू।' मेरा सिर एक ओर ढुलक गया। घर के भीतर से रुलाई की महीन आवाज़ उभरने लगी, माँ की रुलाई की आवाज़। दूर गाँव पहुँचकर दूर्वा की माँ भी शायद इसी तरह महीन आवाज़ में रो रही थी।

उजाले-जैसा अँधेरा

[1]

मेरा नाम देविका है, देविका स्मिथ। नाम सुनकर बहुत-से लोग अवाक् हो जाते हैं। कहते हैं, स्मिथ तो समझ में आ गया लेकिन ये देविका वाला मामला क्या है? मेरे सुनहरे बाल, गोरी त्वचा देखकर उन्हें शायद लगता है, मेरा नाम मार्गरेट, एलिजाबेथ, स्टेला, एवलिन, शारलेट होता तो मुझ पर फबता। असल में मेरे जन्म के बाद मुझे जो नाम दिया गया था, वह था मार्गरेट। मैं मार्गरेट स्मिथ थी। मार्गरेट स्मिथ किस वजह से देविका स्मिथ बन गई, वह एक इतिहास है। मैं उस इतिहास के बारे में हर किसी को नहीं बताती। कोई बहुत ज़्यादा दबाव डालता है तो बताती हूँ, 'मेरे माता-पिता कुछ दिनों के लिए भारत में रहे थे।' बात ग़लत नहीं है। लेकिन माता-पिता कुछ समय के लिए भारत में रहने की वजह से मार्गरेट नाम बदलकर देविका क्यों रखेंगे भला, यह सवाल कोई नहीं पूछता। मुझे जवाब देने की ज़रूरत भी नहीं पड़ती। असल में मेरे माता-पिता कुछ दिन नहीं, भारत में पाँच साल रहे थे।

नॉटिंग हिल के एक स्कूल में मैं जीवविज्ञान पढ़ाती हूँ। छोटे शहरों की स्कूल शिक्षिकाओं की तरह ही मेरा निस्तरंग जीवन है। उँगलियों पर गिने जा सकने वाले सहकर्मियों के साथ मेरी ख़ूब दोस्ती है, बाक़ियों के साथ काफ़ी हद तक 'कैसे हैं, अच्छे हैं न'-जैसी बात है। जिनके साथ अच्छी दोस्ती है, उनके साथ कभी-कभी किसी रेस्टोरेंट में या घर पर मेरी मुलाक़ात होती है, बातचीत और पीने-खाने में शाम बिताती हूँ। स्कूल के टूर, या किसी-किसी अनुष्ठान के सिलसिले में पाँच-छह बार बाहर भी जाना होता है। अगर ऐसा न हो तो अपने सजे-धजे व्यवस्थित घर में मेरा समय कोई बुरा नहीं बीतता। मैं लंदन के पश्चिम में अपने ख़रीदे हुए अपार्टमेंट में रहती हूँ। मैंने शादी नहीं की। स्कूल की कई शिक्षिकाएँ शादी के झमेले में नहीं पड़ी थीं। लेकिन इस वजह से मेरी स्थिति हंस के बीच बगुले-जैसी बिलकुल भी नहीं है। जिन लोगों ने शादी नहीं की, उनकी तमाम कहानियाँ थीं। मेरी कहानी उनके साथ मेल नहीं खाती। मैंने लगभग सभी की कहानी सुन रखी है : एक थीं जो एक के बाद एक प्रेमियों से प्रताड़ित थीं, दूसरी लेस्बियन थीं। एक थीं जिन्हें

पुरुषों पर विश्वास नहीं था, और एक ने शादी की थी लेकिन तलाक़ होने के बाद उन्हें पता चला कि शादी कोई बहुत कमाल की चीज़ नहीं है। मुझे अगर अपनी कहानी सुनानी हो तो बहुत साल पीछे जाना पड़ेगा।

वह साल था उन्नीस सौ चौहत्तर। मेरे इंजीनियर पिता को उनके दोस्त रॉबर्ट मैक्सवेल ने चिट्ठी लिखकर सूचित किया कि उन्हें भारत के पुणे में जीवन का अर्थ मिल गया है। पिता को उन्होंने पुणे आने का न्योता दिया कि वे कम-से-कम दो दिन के लिए ही सही, पुणे आ जाएँ। मेरे पिता उन दिनों लंदन में अपनी फ़र्म के कार्यों को लेकर बहुत ज़्यादा व्यस्त रहा करते थे। चारों ओर उनके नाम की पुकार थी। लगभग सौ लोग उनकी फ़र्म में कंस्ट्रक्शन-इंजीनियरिंग का काम कर रहे थे। लंदन, ग्रीनिच, विम्बल्डन में डिज़ाइन और गृह-निर्माण की परियोजनाएँ चल रही थीं। जल्दी ही बर्मिंघम, मैनचेस्टर, एडिनबरा का काम भी वे शुरू करनेवाले थे। ऐसे में एक दिन वे अपने पूरे परिवार को लेकर भारत चल दिये।

पिता जीवन के अर्थ की तलाश में इतने व्याकुल थे, यह बात हमें नहीं पता थी। वे इंपेरियम इंजीनियरिंग के मालिक थे। उनके पास अथाह पैसा था। उन्होंने शहर में एक विशाल घर ख़रीदा था, बच्चों को महँगे स्कूल में दाख़िला दिलवाया था। एक मर्सिडीज़ कार ख़रीदी थी, और एक उनकी प्रिय रोल्स रॉयस। ज़िन्दगी की इतनी बड़ी सफलताओं ने पिता की ज़िन्दगी को अर्थवत्ता प्रदान नहीं की थी, माँ को भी इस बात का पता न था। माँ आर्किटेक्ट थीं। वे पिता की फ़र्म में काम करती थीं। माँ और पिता, दोनों का ही सपना था कि वे एक फ़र्म तैयार करें। वह फ़र्म कुछ ही वर्षों में इतनी स्थापित हो जाएगी, दोनों में से किसी ने ऐसी उम्मीद नहीं की थी। सात साल प्यार करने के बाद दोनों ने शादी कर ली थी। मैंने सुना है, उनकी शादी में प्रिंस चार्ल्स भी आए थे। सुना है, क्यों कह रही हूँ, मैंने एलबम में चित्र भी देखे हैं।

मेरी उम्र तब दस साल थी और ऑलिवर की सात साल। हम लोग पुणे में भगवान रजनीश नामक एक संन्यासी गुरु के आश्रम में जा पहुँचे। कहीं पर आश्रम-जैसा कुछ है, यह मुझे नहीं मालूम था। आश्रम में सभी नारंगी रंग के कपड़े पहने रहते हैं। उनके गले में रुद्राक्ष की माला होती है, जिसमें रजनीश की तसवीर वाला लॉकेट लटका होता है, मानो वह बड़ों के स्कूल की यूनिफ़ॉर्म हो! मानो सभी दो क्लास के दरमियान घूम-फिर रहे हों! कोई उदास नहीं था, सबके अंग-अंग आनन्द में विभोर थे, मानो सभी को परीक्षा में सौ में से सौ मिले हों! रजनीश के सामने आते ही सभी की आँखों और चेहरों से मुग्धता बिखरने लगी। जो जहाँ थे, वहीं पर दोनों हाथ जोड़े स्थिर खड़े रह गए। जिस रोज़ हम पुणे पहली बार आए, उसी दिन रॉबर्ट मैक्सवेल हमें रजनीश के कमरे में ले गए थे। मेरे माता-पिता के माथे पर तब सलवटें थीं, और आँखों में चंचलता। सभी को हाथ जोड़कर घुटनों के बल रजनीश के सामने बैठना

पड़ा। रजनीश के शरीर का रंग भूरा था, लगभग गंजा सिर, अधखुली आँखें, और होंठों के किनारे अमीमांसित थोड़ी-सी हँसी। उन्होंने हमारे सिर पर एक-एक करके हाथ रखा, और हरेक की ओर बड़ी-बड़ी आँखों सें थोड़ी देर देखते रहे। जब हम बाहर निकल आए तो मेरे माता-पिता के माथे की सलवटें हट गई थीं, आँखें शान्त थीं, होंठों पर ख़ुशी उफन रही थी। मैं और ऑलिवर पहले की ही तरह थे। हममें कुछ नहीं बदला था, लेकिन हमने माँ और पिता को धीरे-धीरे बदल जाते देखा था। मैं सामने खड़ी रहती तो भी वे मुझे नहीं देख पाते थे, ऑलिवर को देखकर भी वे उसे गोद में नहीं उठाते थे। हम लोग आश्रम की ज़मीन पर लोट लगाते, जंगल में दौड़ते-फिरते, पोखर में डूबे रहकर हमें सर्दी लग जाती, बुख़ार आ जाता। लेकिन मेरे माता-पिता कुछ नहीं कहते। खेलते-खेलते, दौड़ते-भागते हम लोग रास्तों पर चले जाते—छोटे रास्तों से बड़े रास्तों पर, बड़े रास्तों से और भी बड़े रास्तों पर, कोई हमारी ख़बर नहीं रखता। इतनी अविश्वसनीय आज़ादी हमें जीवन में कभी मिल सकेगी, इसकी हमने कभी कल्पना भी नहीं की थी।

आश्रम में यूरोप और अमेरिका से आए हुए लोगों की संख्या ही ज़्यादा थी। उनके बच्चे दो दिनों में ही मेरे और ऑलिवर के दोस्त बन गए। मैंने ग़ौर किया, माँ-बाप के साथ पहले-पहल कुछ दिन रखने के बाद बच्चों को उनसे अलग कर दिया जाता है। बच्चों के लिए अलग घर बनाए गए हैं, उन्हीं में वे माँ-बाप के सान्निध्य के बिना बड़े होते रहते हैं। ऑलिवर दो दिन माँ के लिए रोया, फिर एक फ्रांसीसी बच्ची के साथ उसकी दोस्ती हो जाने के बाद उसने रोना बन्द कर दिया। सिर्फ़ हमें नहीं, माँ-बाप को भी अलग कर दिया गया था। रजनीश चूँकि शादी में यक़ीन नहीं करते थे, इसलिए शादीशुदा जोड़ों के एकसाथ रहने पर पाबन्दी थी। मैंने देखा, माँ नारंगी रंग की पोशाक पहनकर अनजाने आदमी-औरतों से बात कर रही थीं। मैंने पिता को भी वैसी ही पोशाक पहनकर अपरिचित स्त्री-पुरुषों के साथ हँसी-मज़ाक में मुब्तिला देखा। बड़े लोग बच्चों की देखभाल कर रहे थे, हमें भी नारंगी रंग कपड़े पहना दिये गए। हम क्या खाएँगे, कहाँ सोएँगे, यह वे लोग ही तय कर रहे थे। इन बड़ों में मेरे माता-पिता नहीं थे। बल्कि मैंने देखा मेरे माता-पिता संगी-साथियों के साथ जंगल को काटकर मकान बना रहे थे। बच्चों के घर में यानी शिशु-आश्रम में मेरी हमउम्र जर्मन लड़की बिएत्रिस ने एक दिन बताया, अब हम लोग अपने माता-पिता की संतानें नहीं हैं, अब हम आश्रम की संतानें हैं। आश्रम ही हमारे भले-बुरे की ज़िम्मेदारी लेगा।

हालाँकि पिता ने लंदन जाने से पहले माँ, मुझे और ऑलिवर को बताया था कि वे एक बहुत ज़रूरी काम के लिए जा रहे हैं। लौटने के बाद भी उन्होंने सूचित किया कि उन्होंने अपना घर, अपनी गाड़ी, फ़र्म वग़ैरह सब बेच दिया है और हमेशा के लिए यहाँ चले आए हैं। यह सुनकर उसी उम्र में मेरा सीना काँप उठा था।

मेरी किताबों, मेरे खिलौनों, पोस्टरों और पेंटिंग्स से सजा मेरा कमरा, मेरा स्कूल, स्कूल के अच्छे-अच्छे दोस्त मुझे ये सब अब कभी नहीं मिलेंगे, यह सोचकर मुझे ज़ोर-से रोना आया था। लेकिन माँ और पिता ने मेरी रुलाई की ओर ध्यान ही नहीं दिया। पिता ने अपना सारा रुपया-पैसा रजनीश को दान कर दिया था। इसके बाद से पिता और भी ज़्यादा बदल गए। मुझे और ऑलिवर को देखते तो यह भी नहीं पूछते कि हम लोग कैसे हैं। और कभी हम पर नज़र डालते तो हमें लगता, वे हमें पहचान नहीं रहे हैं। वे और बच्चों को जिस तरह से देखते थे, हमें भी ठीक उसी तरह से देख रहे थे। बीच-बीच में हमें संशय होता कि शायद माँ और पिता भूल ही गए हैं कि हम उनकी ही संतानें हैं। हमारे स्कूल, हमारी पढ़ाई-लिखाई और हमारे भविष्य को लेकर वे बिलकुल भी चिन्तित नहीं थे। हम क्या खा रहे हैं, कहाँ जा रहे हैं, क्या कर रहे हैं, वे बिलकुल भी जानना नहीं चाहते थे। शिशु-आश्रम के अन्य बच्चों का एक ही अभियोग था कि यूरोप और अमेरिका से उनके माता-पिता ने भी अपनी सारी दौलत लाकर यहाँ दे दी है, और तय कर लिया है, बाक़ी की ज़िन्दगी इसी आश्रम में बिता देंगे। बड़े लोग, जो हमारी देखभाल करते थे, वे कहा करते थे, रजनीश ईश्वर के दूत हैं। इसी वजह से सब लोगों की उन पर श्रद्धा है, हमें भी उन पर श्रद्धा करनी चाहिए। जबकि हमें श्रद्धा करने की कोई वजह समझ में नहीं आती थी। आश्रम में जो वयस्क लोग थे, उनके दिमाग़ में तमाम तरह के बदलाव आ चुके थे, सिर्फ़ हम अवयस्क लोग ही स्वस्थ दिमाग़ से चर्चा कर पाते थे—बिना किसी कुंठा के अन्याय की निंदा कर पाते थे, अपराधों को चिह्नित कर सकते थे। लेकिन मुश्किल यह थी कि अवयस्क लोग आश्रम में रहकर ही वयस्क होते रहे। और तब उनके दिमाग़ों में बदलाव आने लगे।

धीरे-धीरे मेरी उम्र बढ़ती रही। आँख-कान खुलने लगे। मुझे दिखाई देने लगा, पिता अन्य लड़कियों के साथ नग्न लेटे हैं, माँ को भी अन्य पुरुषों के साथ संगम की अवस्था में देखा। जिस साल मैं ऋतुमती हुई, उस साल मुझे ध्यानकक्ष में ले जाया गया। मुझे भी ध्यान में बैठना होगा, नाचना होगा। मुझे भी अलौकिकता में डूबे रहना होगा। देह को ईश्वर मानना होगा, सुख के सरोवर में तैरते रहना होगा। जब मैं शिशु-आश्रम में रहती थी, उस समय ध्यान का विशाल कक्ष मुझे दूर से बड़ा रहस्यमय लगता था। मैं स्त्री-पुरुषों को कक्ष में प्रवेश करते और बाहर निकलते देखा करती थी। लेकिन कक्ष में क्या होता है, यह शिशु-आश्रम का कोई बता नहीं पाता था। सारे रहस्य धीरे-धीरे खुलने लगे। रजनीश के आदेश पर मद्धिम लय पर संगीत बजता है, उस संगीत की ताल पर नग्न स्त्री-पुरुष नृत्य करते हैं। नृत्य करते-करते वे एक-दूसरे को यौनाघात करते रहते हैं। इसके बाद वे सब सामूहिक यौन-संगम में लिप्त हो जाते हैं। सबकी आँखों के सामने इस काम को करने में किसी को संकोच नहीं होता। मैं थोड़ी देर चुपचाप बैठी रही, मानो ध्यान कर रही

हूँ, फिर कक्ष से बाहर निकल आई। अगले दिन मैं फिर से कक्ष में गई। आँखों के सामने यौन-संगम देखते-देखते, रजनीश के विवाह-विरोधी, एकसंगी-विरोधी, जिसके साथ इच्छा, उसके साथ जब इच्छा हो तब, परिचित-अपरिचित किसी के भी संग यौन-संगम करने की अपार स्वाधीनता के पक्ष में वक्तव्यों को सुनते-सुनते मैंने ग़ौर किया, मैं भी प्रभावित होने लगी थी। ध्यान कक्ष के भीतर एक समय मुझे भी युवक लोग हाथ पकड़कर खींचकर ले गए। उन्होंने मेरे शरीर को छूकर मेरी यौनेच्छा को जाग्रत कर दिया। अजाने-अपरिचित लोगों के साथ मेरे शरीर का सम्पर्क होता रहा। मेरे हाथों में गाँजा आने लगा। मैं सातवें आसमान में तैरने लगी।

मेरे पिता के बनाए मकानों में वयस्क स्त्री-पुरुष रहा करते थे, मुझे भी उनके साथ वहाँ ठौर मिल गया। ऑलिवर उस समय शिशु-आश्रम में ही था। आश्रम के सारे बड़े लोगों को कुछ-न-कुछ ज़िम्मेदारी दी जाती है। तेरह साल उम्र होने के बावजूद मैं बड़ों की तालिका में थी। बच्चों को खिलाने, कपड़े पहनाने की ज़िम्मेदारी मैंने जान-बूझकर ली थीं। मैं सारे बच्चों को समान नज़रों से नहीं देखती थी, मैं ऑलिवर की थोड़ी ज़्यादा देखभाल करती थी। मैं जानती थी, माँ-पिता की संतान होकर भी मैं उन लोगों से थोड़ी अलग थी। मैं जिस तरह माँ-बाप को नहीं भूली थी, अपने भाई ऑलिवर को भी नहीं भूली थी।

ऐसे समय में मैंने एक दिन सुना, रजनीश भारत छोड़कर अमेरिका जानेवाले हैं। भारत सरकार ने उनके आश्रम में अनैतिक कार्यकलाप होने का आरोप लगाकर उसे बन्द कर देने का आदेश दिया है। उन्हें बहुत सारा टैक्स भरने को भी कहा गया है। तभी रजनीश की सचिव उर्फ़ विश्वस्त शिष्या शीला ने अमेरिका के ऑरेगन की एक विस्तृत खुली जगह पर रजनीशपुरम की स्थापना का इन्तज़ाम कर दिया था। अधिकांश शिष्यों ने तय किया, वे रजनीश के साथ ऑरेगन चले जाएँगे। अधिकांशों में मेरे पिता भी थे। कोई-कोई अपने अतीत में लौट गया, ऐसे लोगों में मेरी माँ शामिल थीं। मुझे और ऑलिवर को लेकर वे लंदन लौट गईं। मेरे साथ ऑलिवर की किसी तरह की दूरियाँ नहीं बनी थीं, लेकिन मेरे और ऑलिवर के साथ माँ की जो विराट दूरी तैयार हो चुकी थी, हम भाई-बहन दोनों इसे बख़ूबी महसूस कर पाते थे। माँ को यह चीज़ महसूस होती है कि नहीं, मैं समझ नहीं पाती। उन्होंने नाराज़गी भरा चेहरा लिये सफ़र किया और नॉटिंग हिल स्थित अपने अमीर पिता के घर जा पहुँचीं। पिता के पैसों से उन्होंने मुझे और ऑलिवर को बोर्डिंग स्कूल भेज दिया। उत्तराधिकार में मिले पैसों को उन्होंने बैंक में रख दिया, जहाँ से मेरे और ऑलिवर के स्कूल के ख़र्चे काट लिये जाते थे। उम्र में बड़ी होकर भी मुझे छोटे बच्चों के साथ क्लास में बैठना पड़ा। जिसे एक बार आश्रम का अनुभव हो जाए, उसे संसार की कोई भी समस्या फिर समस्या नहीं लगती। मैंने परीक्षाएँ पास कर-करके वे सारी डिग्रियाँ प्राप्त कर लीं, जो अपने पैरों पर खड़े होने के लिए ज़रूरी होती हैं। स्कूल

में पढ़ने के दौरान ही ऑलिवर को नशे की लत लग गई और इसके ओवरडोज़ की वजह से एक दिन उसकी मौत हो गई। मेरी ख़ूबसूरत विदुषी माँ ने कुछ दिन मानसिक अस्पताल में बिताकर घर लौटने के बाद आत्महत्या कर ली।

उन्नीस सौ पचासी में एक बार मैं पिता से मिलने ऑरिगन गई थी। ऑरिगन के रजनीशपुरम में मेरे पिता ने पुणे के आश्रम की तरह मकान बनाए थे। उन्होंने पानी-बिजली का इन्तज़ाम किया था। चौंसठ हज़ार एकड़ धूसर ज़मीन पर अपने हाथों से एक छोटे-से शहर को निर्मित कर लेना कोई मामूली बात नहीं थी। हालाँकि पिता ने यह सारा कुछ अकेले नहीं किया था, आश्रम में पिता-जैसे कई और भी इंजीनियर हैं। आश्रम में डॉक्टर और वैद्य भी हैं, क़ानून के जानकार भी। राजनीतिज्ञ हैं, रसोइए हैं, दर्ज़ी हैं। आश्रम इस तरह अपने-आपमें सम्पूर्ण है। कुशल लोगों को बुलाने के लिए बाहर नहीं जाना पड़ता। मैंने ग़ौर किया, माँ के साथ मेरी जितनी दूरी थी, पिता के साथ उससे दोगुनी दूरी बन गई थी। इतने समय बाद उनसे मुलाक़ात हुई लेकिन मैं जब उनके सामने बैठी तो हमारे पास कहने-जैसी कोई बात नहीं थी। पिता आश्रम के किसी भी और व्यक्ति-जैसे लगे, कोई भी माइकल स्मिथ। माँ ने आत्महत्या कर ली है, सुनकर उनके चेहरे पर किसी तरह का कष्ट उभरता नहीं दिखा। ऑलिवर ओवरडोज़ की वजह से मर गया, सुनकर भी पिता निर्विकार ही रहे। उनका मन, उनके प्राण रजनीश में समाहित हो चुके थे। रजनीशपुरम का खाना खा-खाकर पिता का स्वास्थ्य भी काफ़ी गिर चुका था। उनका वज़न लगभग आधा रह गया था। एक बेहद दुबले व्यक्ति, जो किसी समय ज़बरदस्त प्रतिभावान और प्रभावशाली हुआ करते थे, जिन्होंने अकेले ही इम्पेरियम इंजीनियरिंग का निर्माण किया था, वह व्यक्ति अब ग़लत उच्चारण में अंग्रेज़ी बोलने वाले, हाथ में अरुचिकर हीरों वाली घड़ी पहने हुए एक भारतीय व्यक्ति के दास में तब्दील हो चुका था। मैंने पिता से लंदन लौट चलने के लिए कहा था। नये सिरे से फ़र्म का निर्माण वे भले ही न करें लेकिन किसी-न-किसी फ़र्म में तो उन्हें नौकरी मिल ही जाएगी! पिता का एक ही जवाब था, नहीं। मुझे महसूस हुआ, उनके मन में मेरे लिए ज़रा भी स्नेह नहीं बचा था। उन्होंने सिर्फ़ पैसा नहीं, अपना सारा स्नेह और प्यार भी रजनीश के लिए उत्सर्ग कर दिया था। मैं विफल होकर लंदन लौट आई। मैंने देखा, रजनीशपुरम में शिष्या शीला किस तरह छड़ी घुमाकर आश्रमवासियों को नियंत्रित करती है। मैं रजनीश के अकूत हीरे-जवाहरात और पचासी रोल्स रॉयस गाड़ियाँ भी देख आई। नहीं, इनमें से कुछ भी उनकी कमाई का नहीं था, सभी शिष्यों का दान था। रजनीशपुरम दुनिया से बाहर की एक अलग दुनिया थी। सभी मरून रंग के कपड़े पहनकर कमरों में चल-फिर रहे थे, रजनीश के आदेश और उपदेशों का अक्षरशः पालन कर रहे थे। पहले कहा जाता था, रजनीश ईश्वर के दूत हैं, ऑरिगन में जाकर मैंने सुना, वे ख़ुद ही ईश्वर हैं। मुझे उस ईश्वर के दर्शन

नहीं मिल सके। पिता ने ही बताया था, भगवान कई साल तक ध्यान करेंगे, वे अपने कमरे से बाहर नहीं निकलेंगे।

[2]

भगवान रजनीश की एक ही फूँक से हमारा सुखी संसार उजड़ गया था। मैंने अपनी माँ और अपने भाई को खो दिया था। पिता को भी खो दिया था। उधर रजनीश के ख़िलाफ़ कई मामले दर्ज़ किये गए थे और अंत में अमेरिकी सरकार ने उन्हें अमेरिका से बाहर निकाल दिया था। किसी भी सभ्य देश में उन्हें प्रवेश करने का अधिकार नहीं दिया था। खाने में ज़हर मिलाकर सात सौ लोगों की हत्या के षड्यंत्र के आरोप में उनकी शिष्या शीला को भी जेल जाना पड़ा था। ऑरेगन के रजनीशपुरम के दरवाज़े पर ताला जड़ दिया गया। शिष्य भी अपने-अपने रास्ते चले गए। अपना सर्वस्व दान करने के बाद जो लोग अपना सब कुछ खो चुके थे, अब कोई जगह नहीं बची थी जहाँ वे जा पाते। मैंने पिता की तलाश करने की कोशिश की लेकिन मुझे उनकी कोई ख़बर नहीं मिली। दो साल बाद एक परिचित अमेरिकी शिष्य ने मुझे बताया कि मेरे पिता किसी अमेरिकी महिला के साथ कैलिफ़ोर्निया चले गए हैं। वह शिष्य उस महिला का नाम और उसका पता नहीं बता सके। पिता के रिश्तेदार, जिनमें से अधिकांश लिवरपूल में रहते थे, वे पिता के बारे में जानने को ज़रा भी उत्सुक नहीं थे। मैं जीवित हूँ, मैंने स्कूल-कॉलेज में पढ़ाई की, शिक्षिका की नौकरी कर रही हूँ, कुछ सालों तक मैं उन्हें यह जानकारियाँ देती रही। लेकिन उनकी ओर से मामूली-सा अभिनंदन भी मुझे नसीब नहीं हुआ। उनका मानना था, जो लोग रजनीश के आश्रम में रहे हैं, उनमें बिलकुल भी नैतिकता नहीं बची है। वे सभ्य समाज में रहने लायक़ नहीं हैं। मेरी माँ के रिश्तेदारों के साथ कभी-कभी बात हो जाती है। और वह भी न के बराबर ही। मैं अपनी ज़िन्दगी में अकेली होती चली गई।

जवानी में मेरी कई नौजवानों से मुलाक़ात हुई थी। वे मेरे क़रीब आए थे। उन्होंने कहा था, वे मुझसे प्यार करते हैं। उनमें से किसी-किसी से मैंने भी प्यार किया था, लेकिन किसी को भी अन्तरंगता में पाकर मुझे तृप्ति नहीं मिली थी। मुझे हमेशा लगता था, कोई चीज़ अनुपस्थित है, मानो किसी चीज़ का अभाव है! हो सकता है, मुझे पुणे के आश्रम ने ऐसा बना दिया था। मेरी यौनिकता की शुरुआत जिस माहौल में हुई थी, मेरे अवचेतन मन ने बार-बार उसी परिवेश की माँग की थी। मद्धिम संगीत के साथ नाचूँगी, एक साथ कई पुरुष मेरी यौन-उत्तेजना को जाग्रत कर देंगे। मैं उन लोगों में विलीन हो जाऊँगी। मैं हर तरह का सुख दूँगी और उनसे लूँगी। मुझे अनुभव होगा कि शरीर ही शक्ति है, शरीर ही स्वर्ग है। पुणे के

आश्रम में किन लोगों ने मुझे यौनसुख दिया था, अब मुझे उनके नाम भी याद नहीं। कभी-कभी लगता है, उनकी छुअन के बिना मुझे शायद फिर कभी भी तृप्ति नहीं मिलेगी। उनके हाथों में जादू था। मैं जब पन्द्रह साल की थी, तब एक दिन रजनीश ने मुझे अपने कक्ष में बुलवाया था। उन्होंने मुझे रक्तिम द्राक्षारस पिलाया था। उसमें उन्होंने क्या मिलाया था, मुझे नहीं पता। उस दिन उनके कक्ष में उजाले-जैसे अँधेरे में वे बहुत देर तक मेरे शरीर से खेलते रहे। लग रहा था, मानो अनंत काल से वही खेल रहे हैं। आश्रम की वह रात मेरे जीवन की श्रेष्ठ रात थी। मुझे नहीं लगा मैं इस दुनिया में कहीं हूँ। लग रहा था, मैं जहाँ भी हूँ, वह स्वर्ग के सिवा और कुछ हो ही नहीं सकता।

रजनीश उस रात मुझे पूरी तरह अचेत नहीं कर सके थे। अर्द्धचेतना की हालत में सुबह-सुबह उनके कमरे से बाहर निकलकर मैंने माँ को आँगन में देखा था। वे विस्मित आँखों से मुझे देख रही थीं। उस दिन अगर माँ मुझे नहीं देखतीं, तो हो सकता है, वे पुणे के आश्रम के बन्द हो जाने के बाद मुझे अपने साथ लेकर लंदन नहीं लौटतीं, वे भी ऑरेगन चली जातीं।

[3]

रजनीश का दिया हुआ नाम देविका ही मेरे दस्तावेज़ों में दर्ज होकर रह गया है। ऑलिवर का नाम बदलकर रूपम कर दिया गया था। पता नहीं, रजनीश के प्रति न ख़त्म होनेवाले आकर्षण या कृतज्ञता की वजह से ही क्या यह दो नाम माँ ने हमारे स्कूल के रजिस्टर में लिखवाए थे : देविका स्मिथ, रूपम स्मिथ? रजनीश के लिए अगर उनका इतना ही आवेग था, तो फिर वे आश्रम छोड़कर क्यों चली आईं? तो क्या उन्होंने मुझे उस परिवेश से दूर करने के लिए ऐसा किया था? यह सवाल मेरे भीतर रह गया है, मुझे इसका जवाब आज भी नहीं मालूम। माँ अगर जीवित रहतीं तो मैं उनसे यह सवाल कर सकती थी।

सत्तर के दशक में भारतीय गुरु के आश्रम में रहने के अनुभवों के वर्णन के लिए मुझे इंग्लैंड के विभिन्न कॉलेजों और विश्वविद्यालयों में बीच-बीच में अतिथि वक्त्री के रूप में बुलावा आया करता था। इसके लिए अच्छा मानदेय भी मिल जाता था। इस बारे में लोगों की अपनी धारणाएँ थीं। कोई-कोई इसके विशेषज्ञ भी थे। लेकिन जिन लोगों ने सीधे-सीधे अनुभव हासिल किये, यानी जो आश्रम में रहे हैं, लोगों का मानना था कि उन लोगों से सुनना ज़्यादा महत्त्वपूर्ण है। मैं उन्हें बताती हूँ, किस तरह रजनीश की वजह से हमारे परिवार का नाश हो गया, किस तरह उनकी सम्मोहिनी शक्ति हज़ारों लोगों को वर्षों से सुरूर में डुबोकर रखती रही है, उन्हें अंधा-बहरा बना रखा है, तर्कहीन बना रखा है। मुझे किशोरावस्था में ही वहाँ

यौनिकता का पाठ पढ़ाया गया, और तब भले ही मैं नहीं समझ सकी लेकिन आज समझती हूँ, रजनीश और उनके कुछ शिष्यों ने मेरे साथ ज़्यादती की थी। हर बार भाषण देने के बाद घर लौटकर मैं सारी रात छटपटाती रहती हूँ। मैं सो नहीं पाती। अपने-आपसे सवाल करती हूँ, क्या मैं सौ प्रतिशत सच बोली, या फिर लोग जैसा सुनना पसन्द करते हैं, वैसा बोली?

एक दिन अचानक अपने पिता की तरह मैंने भी लंदन से मुम्बई जाने का टिकट कटवा लिया। किसी को पता न चले, इस तरह टिकट लेकर मैं हवाई अड्डे जा पहुँची। हीथ्रो से शिवाजी महाराज...पिता जिस तरह गाड़ी से मुम्बई से पुणे गए थे, उसी तरह मैं भी पुणे चली गई। उन्नीस सौ नब्बे में रजनीश की मृत्यु के बाद आश्रम को नये सिरे से शुरू किया गया था। अब यह ट्रस्टी बोर्ड के ज़िम्मे था। स्विट्ज़रलैंड के ज्यूरिख में बोर्ड का ऑफ़िस है। ट्रस्टी बोर्ड के पास रजनीश के लाखों-करोड़ों रुपये हैं। आश्रम का नाम बदलकर 'आशा इंटरनेशनल मेडिटेशन रिज़ॉर्ट' रखा गया है। आश्रम के जंगल अब सुसज्जित बाग़ों में बदल गए हैं। पिता के बनाए घरों में से दो अब भी विराजमान हैं। उन घरों में कहीं पर भी उसके निर्माता माइकल स्मिथ के नाम का उल्लेख नहीं है। आर्किटेक्ट डेबोरा स्मिथ का नाम भी नहीं है। उनकी दीवारों को छू-छूकर मैं अपने माता-पिता के अस्तित्व को महसूस करने की कोशिश करने लगी। मिट्टी में अपने और ऑलिवर के पैरों के निशान ढूँढ़ने की कोशिश करती रही। कुछ भी नहीं था, लेकिन आँख बन्द करते ही मुझे दिखाई देता था कि है। आश्रम पहले के मुक़ाबले अधिक व्यवस्थित था, अधिक पाँच-सितारा था, अधिक आधुनिक और अधिक नियंत्रित।

गेस्टहाउस, रेस्टोरेंट, कैफ़े, लाइब्रेरी, स्वीमिंग पूल, सोना स्पा, जकूज़ी, टेनिस कोर्ट, ऑडिटोरियम, क्या नहीं था! गेस्टहाउस में मैंने रोशनी से झलमल करता एक कमरा ले लिया। स्वीमिंग पूल में मैंने तैरने का आनन्द लिया। नहाकर मरून रंग का गाउन पहनकर मैं ऑडिटोरियम चली गई। पहले ध्यान करने के लिए जिसे बुद्ध हॉल कहा जाता था, उसका नाम बदलकर ऑडिटोरियम कर दिया गया है। वह सुबह से खुला हुआ था। जिसकी जब इच्छा होती, वह यहाँ चला आता। यहाँ संगीत के ताल पर स्त्री-पुरुषों के शरीर थिरक रहे थे। मैं भी सब लोगों की तरह थिरकने लगी। मैंने ग़ौर किया, कोई नग्न नहीं हो रहा था। कोई भी संगम को आध्यात्मिकता मानकर स्वर्गीय आनन्द अर्जित नहीं करना चाह रहा था। जो लोग बिना नग्न हुए मेरी ज़द में नृत्य कर रहे थे, उनके साथ आँखों-ही-आँखों में मेरी बात हो गई। ऑडिटोरियम से जर्मन युवक बग़ीचे में चले आए, मैं भी उनके साथ हो ली। वे गाँजे के कश लगाने लगे। उनके गाँजे का धुआँ मेरे कैशोर्य को एक झटके में वापस ले आया। मैं जीभर कर धुएँ को अपने भीतर खींचती रही। कोई अनर्गल बात करता रहा, कोई चुप रह गया। मैंने सिर्फ़ इतना कहा, 'जो लोग आज रात ओर्गी के लिए राज़ी हैं,

वे तेरह नम्बर में चले आएँ।' वे लोग मुझसे उम्र में छोटे थे। लेकिन हर एक उछल पड़ा। यौनिकता में किसी की अनिच्छा नहीं थी। रजनीश नहीं हैं, लेकिन रजनीश के आदर्श शेष रह गए थे।

पूरी रात मैं सामूहिक संगम का आनन्द लेती रही। शरीर नामक वाहन पर सवार होकर मैं शरीर से बाहर निकल आई थी। रजनीश भी तो यही करने के लिए कहते थे। मुझे रजनीश पर नाराज़गी थी। वे आपदमस्तक पाखंडी थे, चतुर थे, लोभी थे, लेकिन उनके प्रति मेरी कृतज्ञता भी कम नहीं है। वे लोगों को यौनिकता के मामले में दकियानूसी सोच से बाहर ले आए थे। वे विवाहहीन, बंधनहीन, मुक्त-यौनसमृद्ध जीवन की बात कह गए हैं, जिस जीवन के प्रति एक अस्पष्ट-सा आकर्षण; बहुत सलीक़े से जीने वाले सुशील लोगों के भीतर छिपा रहता है। हालाँकि उन दिनों यह कोई नई बात नहीं थी। हिप्पी आंदोलन के लोगों ने भी यही बात कही थी। हिप्पी लोग खो गए, रजनीश के शिष्य अभी तक नहीं खोए हैं। रजनीश के अपराध सर्वत्र प्रमाणित हैं। उनसे लोग नफ़रत करते हैं, उनकी निंदा करते हैं लेकिन उन्हें कोर्निश करनेवाले लोग आज भी मर नहीं गए हैं। आज इतनी उम्र पार करके देखती हूँ, मैं उनसे नफ़रत करने के बावजूद उनसे प्यार करती हूँ। ठीक माँ की तरह। नफ़रत करके उन्होंने आश्रम छोड़ा था, लेकिन प्यार की वजह से; उनके द्वारा दिये गए उनकी संतानों के नाम ही उन्होंने रखे थे। मैं रजनीश के कीर्तिकलापों की निंदा करती हुई भाषण ज़रूर देती हूँ, लेकिन यौनिकता का सच्चा स्वाद लेने के लिए और कहीं नहीं, मुझे उनके ही आश्रम में शरणापन्न होना होता है।

[4]

आश्रम को छोड़ने से पहले मैंने मन-ही-मन आसमान, हवा, पेड़-पौधे, पक्षी, पिता के बनाए घरों और पिरामिड-जैसे दिखने वाले ऑडिटोरियम से कहा, 'मैं फिर आऊँगी लौटकर।'

शिउली[1] की गंध

[1]

माँ तो जन्म के समय ही गुज़र गई थी। पिता के स्नेह में ही शिउली बड़ी हुई, लेकिन वही पिता एक दिन उसे छोड़कर चले गए थे। तब उसकी उम्र थी पन्द्रह साल। दोनों भाइयों में से एक उम्र में शिउली से दस साल बड़ा था, दूसरा बारह साल। रियाज़ और सिराज, दोनों ही घर में बीवी ले आए थे। घर में बीवी लाने के बाद दोनों ही एक दिन अलग हो गए। उनके कमरे अलग थे और चूल्हे अलग। शिउली का कोई घर नहीं था, कोई चूल्हा नहीं था। शिउली रियाज़ के घर में खाती, सोती है। बदले में वह रियाज़ और उसकी पत्नी की फ़रमाइशें पूरी करती है। फ़रमाइशें भी कितने दिन रहतीं, धीरे-धीरे उसे ख़ुद ही महसूस होने लगा कि उससे भारी-भारी काम करवाए जा रहे हैं—कपड़े धोना, खाना बनाना, घर की साफ़-सफ़ाई। शिउली मुसकराती हुई सारे काम करती, गाने गाते-गाते करती। यह तो किसी और के घर के काम नहीं थे, अपने मायके में बैठकर अपने ही भाई-भाभी के काम थे। पिता का घर, भाई का घर और अपने घर में तो कोई फ़र्क़ नहीं होता!

कुछ महीनों बाद रियाज़ की पत्नी ने शिउली को भगा दिया तो वह सिराज के घर काम करने लगी और सिराज के ही घर पर सोने लगी। शिउली के आने से सिराज की पत्नी को सोने, बैठने और आराम करने का मौक़ा मिल गया। रियाज़ और सिराज ने शिउली को प्यारी छोटी बहन न बनाकर, उसे घर की दासी बना दिया था।

पिता के मरने के बाद शिउली का स्कूल जाना बन्द हो गया था। उसने भाइयों से अनुरोध किया कि वे उसे स्कूल भेजने का इन्तज़ाम कर दें। लेकिन कोई राज़ी नहीं हुआ था। वे राज़ी नहीं हुए क्योंकि उनके घरों का काम उनकी पत्नियाँ अकेले नहीं कर सकती थीं, शिउली को उनकी मदद करनी होगी। इसके अलावा भाइयों ने कह दिया कि लड़कियों को इतनी पढ़ाई करने की ज़रूरत नहीं होती। उसने लिखना-पढ़ना सीख लिया है, इतना ही काफ़ी है। अब देख-भालकर उसकी शादी करवा सकें तो भाइयों की ज़िम्मेदारी पूरी हो जाए।

---

1. शिउली—हरसिंगार या पारिजात का फूल।

एक दिन गाँव के एक बूढ़े आदमी से एक लाख रुपये मिलने का आश्वासन पाकर रियाज़ ने घर आकर बताया कि उसने शिउली के लिए एक दूल्हा ढूँढ़ा है। उस रोज़ बिना बर्तन माँजे सो जाने के अपराध में सिराज के घर से गर्दन पकड़कर धक्का दिये जाने के बाद शिउली रियाज़ के घर चली आई थी। भाभियाँ दिन भर उससे काम करवाती रहती थीं। भाइयों से इसकी शिकायत करके वह काफ़ी थप्पड़ खा चुकी थी।

शिउली को आजकल अक्सर ऐसा लगता है कि भाभियों के घर आने के बाद से भाई लोग बदल गए हैं। इस दुनिया में उसका अब कोई भी नहीं है। उसकी थाली में अब कोई मांस, मछली नहीं रखता, दाल-भात और भुने बैगन या फिर आलू की सब्ज़ी से ही शिउली को अपना खाना निपटाना पड़ता है। 'शादी होगी' सुनकर शिउली के होंठों पर मुसकराहट खिल उठी। हो सकता है, शादी ही उसे नई ज़िन्दगी दे दे, भाइयों के यहाँ की दासीवृत्ति से निजात मिले। हो सकता है, वह ख़ुद किसी रोज़ अपने यहाँ कोई दासी रख सके। शादी की कल्पना उसे घोड़े पर चढ़ाकर सात महलों वाले घर ले चली।

बूढ़े के दिये हुए एक लाख रुपये रियाज़ ने अपनी जेब में भर लिये। शादी के ख़र्च के लिए पच्चीस हज़ार अलग से मिले थे। और शिउली के लिए एक जोड़ी कान के झुमके भी आए थे। बाज़ार से एक साटन की साड़ी, रेडिमेड ब्लाउज़ और पेटीकोट ख़रीदकर रियाज़ घर लौटा था। शिउली को अपने पास बुलाकर उसके सिर पर हाथ फेरते हुए उसने कहा, 'पति के घर जाकर बहुत अच्छे से रहना, ताकि सभी बोलें कि लड़की कितनी अच्छी है। याद रहेगा न?'

शिउली ने सिर हिलाकर कहा, 'हाँ रहेगा।'

सिर पर भाई के इस हाथ रखने ने उसे बहुत राहत दी। इससे उसे कुछ सुरक्षा भी महसूस हुई। वह भूल ही गई कि भाई के घर में उसे बहन का सम्मान नहीं मिला था। वह भूल गई कि उसे सभी भोजन के बदले ग़ुलामी करने वालों की तरह ही देखते हैं। उसके भाई ने उसके सिर पर हाथ रखकर उसे आशीर्वाद दिया है, शिउली को लगा, मानो उसकी माँ ने उसके सिर पर हाथ रखकर आशीर्वाद दिया हो! मानो पिता ने उसे आशीषों से नवाज़ा हो! माँ-पिता की अनुपस्थिति में भाई लोग ही उसके माता-पिता हैं, यह बात वह अपने घर में बोल आई। अपना आँगन पार कर वह पड़ोसियों के घर जाकर भी वह यह बात कह आई।

शादी के दिन घर को रंगीन काग़ज़ से सजाया गया। अपने नाते-रिश्तेदारों और दूल्हे सहित बारातियों को खिलाने के लिए घर में खिचड़ी और मटन पकाया गया। शिउली को कानों में झुमके और साड़ी पहनाकर पलंग पर बिठाकर रखा गया। उसे खाने में मटन के साथ खिचड़ी दी गई। दो-दो रसगुल्ले दिये गए। शिउली की अब तक की ज़िन्दगी में यह सबसे ख़ुशी का दिन था। इतना प्यार, इतना जतन,

इतने अच्छे कपड़े, इतना अच्छा खाना उसे इससे पहले कभी नसीब नहीं हुआ था। कम-से-कम उसके माँ-बाप के मरने के बाद तो नसीब हुआ ही नहीं था।

सारे ख़र्चों के बाद भी रियाज़ के पच्चीस हज़ार रुपये ख़त्म नहीं हुए। बचे हुए पैसे उसने अपनी जेब में ही रख लिये।

बड़ी गाड़ी पर सवार होकर अपने बेटे, बेटियों, पोते और पोतियों के साथ इदरीस अली शादी करने आ पहुँचे। वे काज़ी को भी अपने साथ ले आए थे। शिउली से 'क़बूल' कहलवाकर मुँह मीठा करके काज़ी विदा हो गए।

शिउली ने अवाक् नज़रों से देखा, दूल्हे की उम्र उसके पिता की उम्र से भी बहुत ज़्यादा थी। उसे यक़ीन ही नहीं हुआ कि भाई ने जानबूझकर ऐसे बूढ़े के साथ उसकी शादी करवाई है! शिउली फफककर रो पड़ी। उसकी रुलाई को सभी ने उसके पिता का घर छोड़ आने के दु:ख की तरह देखा।

इदरीस अली का घर दो गाँव छोड़कर था। उनका पक्का मकान था। वह घर उनके बेटे, बेटियों, पोते, पोतियों से भरा हुआ था। यहाँ तक कि पोते के यहाँ भी बच्चा जन्म ले चुका था। इस घर में किशोरी शिउली क्या करेगी? उसकी पोतियों के साथ आँगन में इक्का-दुक्का खेलने की इच्छा होती, उसका पोतों के साथ पतंग उड़ाने का मन करता, लेकिन शिउली के लिए खेलने-कूदने पर पाबन्दी थी। कारण कि शिउली इस घर की न तो बेटी थी और न ही पोती। शिउली का इस घर में क्या काम था? इदरीस अली की सेवा करना। इदरीस अली के बेटे, बेटियों, पोते, पोतियों की फ़रमाइशें पूरी करना। भाइयों के घर में जितना काम था, पति के घर में उससे कहीं ज़्यादा काम था। काम सुबह से शुरू हो जाते। बेटे की पत्नी तथा अन्य दासियों के साथ जब रसोई के काम निपट जाते तो घर के दूसरे काम पूरे करके शिउली को बिस्तर नसीब होता था।

यहाँ पर भी वह मुफ़्त की दासी थी, लेकिन इस घर में वह दासी नहीं, ज़रख़रीद ग़ुलाम है। वह अगर यह ज़िद करे कि वह ज़रख़रीद ग़ुलामों के काम नहीं करेगी तो इदरीस अली रियाज़ से एक लाख रुपये वापस ले लेंगे। यदि पैसे लौटाने पड़े तो शिउली के पिता के घर में रियाज़ उसे क़दम नहीं रखने देगा। लिहाज़ा उसे चुप रहकर स्वीकार कर लेना होगा कि वह एक लाख रुपये देकर ख़रीदी जा चुकी है। चुपचाप ज़रख़रीद ग़ुलामों की तरह काम करने के अलावा और कोई उपाय नहीं है।

उसे इदरीस अली के कमरे में आधी रात को जाना होता है। अन्दर जाने से पहले उसे नहाकर साफ़-सुथरी होकर कोई अच्छी साड़ी पहननी होती है। यह इदरीस अली का हुक्म है। उनकी उम्र सतहत्तर साल थी। सतहत्तर साल का यह आदमी हर रात शिउली को नग्न करता है। ख़ुद भी नग्न होता है। फिर वह शिउली के छोटे-छोटे स्तनों को ख़ूब ज़ोर से दबाते हुए कहता, 'दबाते-दबाते देखना, ये दोनों बड़े हो जाएँगे।' इसके बाद वह लम्बा होकर लेट जाता और शिउली को एक

कटोरी नारियल तेल से उसके पूरे बदन की मालिश करनी होती। उसके गुप्त अंग पर देर तक मालिश करनी पड़ती। फिर उसे मुँह में लेना होता। यह इदरीस अली का हुक़्म है। शिउली हुक़्म का पालन करती रहती और जब इदरीस अली खर्राटे भरने लगते, तब शिउली फ़र्श पर सो जाती।

सुबह जब कौवे शोर करने लगते, तब से घर के काम शुरू हो जाते थे। इदरीस अली की पोतियाँ भी शिउली से उम्र में बड़ी थीं। शिउली उनसे 'आप-आप' कहकर बात करती। रिश्ते में वह किसी की दादी थी तो किसी की नानी। हालाँकि उसे कोई दादी या नानी कहकर नहीं, शिउली कहकर ही पुकारता था।

इदरीस अली के बेटे, बेटियों, पोते, पोतियों—सभी ने इस शादी के लिए सहमति दी थी। कारण कि इदरीस अली की सेवा करने के लिए घर पर कोई नहीं था। सेवा करने के लिए यदि किसी को रखा जाता तो वह दो दिन बाद ही चला जाता था। पत्नी की मौत के बाद इस व्यक्ति ने दस साल अकेले बिताए थे। उनके अकेलेपन को देखकर घर के सभी की आँखों में आँसू आ जाते थे। इसी वजह से यह व्यवस्था की गई थी। बेटे बेटियों ने ही उन्हें शादी करने की सलाह दी थी।

शिउली के लिए किसी की आँखों में आँसू नहीं थे। इस घर में वह कैसी है, उसका अपना कोई नहीं था कि जिसे वह अपना मन खोलकर बता सके। भाई लोग सुनेंगे नहीं। हो सकता है, मारपीट करें। भाभियों से कहे तो क्या भाभियाँ एक बार भी 'आह रे' शब्द का उच्चारण करेंगी? अगर करती तो दोनों भाइयों ने जब आँगन में शिउली को पटककर मारा था और उसका हाथ तोड़ दिया था, तभी वे 'आह' करतीं। शिउली को डर था, कोई उसके लिए दुःख नहीं करेगा। आँसू बहाने का तो सवाल ही नहीं उठता। माँ शायद आँसू बहाती। कभी-कभी इच्छा होती है, माँ की क़ब्र पर जाकर दोनों हाथों से मिट्टी हटाकर माँ को क़ब्र से उठा लाए।

शादी के नौ महीने बाद इदरीस अली की मौत हो गई। घर के लोगों ने रियाज़ को ख़बर कर दी कि वे शिउली को ले जाएँ। रियाज़ जब उसे लेकर जाने लगा तो शिउली की ख़ुशी का ठिकाना न रहा! भाई के साथ ऑटोरिक्शे पर सवार होकर उसकी इच्छा हुई—काश, यह रास्ता कभी ख़त्म न हो! दुनिया में अपना कहने को ये दोनों भाई ही तो हैं। हो सकता है, अभावों की वजह से इदरीस अली के साथ शादी करवाकर रियाज़ को कुछ पैसे मिले होंगे। अभाव न होता तो निश्चय ही वह ऐसा काम नहीं करता। शिउली ने मन-ही-मन रियाज़ को माफ़ कर दिया। घर लौटकर वह ख़ुशी के मारे भाभियों से लिपट गई। उसकी दोनों आँखों से ख़ुशी के आँसू बहने लगे।

रियाज़ के घर को रोशन करता नया मेहमान आ चुका था। उसे गोद में लेकर पूरे आँगन में शिउली नाचती फिरती। लेकिन रियाज़ के घर में नहीं, उसके घर में उस समय सास थीं, इस बार शिउली को सिराज के यहाँ ठौर मिला था। सिराज के

घर के काम वह पहले की ही तरह अकेले ही करने लगी। बीच-बीच में वह आधी रात को बरामदे में लेटी-लेटी रोती रहती। लोगों को लगता, पति की मौत हुई है, इस वजह से वह रो रही है। असल में शिउली अपनी माँ के लिए रोती थी—जिस माँ को उसने कभी नहीं देखा, उसी माँ के लिए। माँ अगर ज़िन्दा रहती तो उसे इस तरह कष्ट नहीं सहने पड़ते।

दो-तीन महीने बीतते ही सिराज ने बताया कि उसने सोनामुखी गाँव के निवासी इक्यासी साल के अब्दुर्रशीद के साथ शिउली की शादी पक्की कर दी है। अब्दुर्रशीद सिराज को दो लाख रुपये देंगे। रियाज़ ने जिस तरह शिउली को पार लगाया था, उसी तरह सिराज ने भी शिउली को पार लगा दिया। असल में पार लगाना न कहकर बेच देना ही कहना चाहिए। इस बार सिराज ने आशीर्वाद दिया था, 'इस घर में तुझे अच्छा खाने-पहनने को मिलेगा, अमीरों का घर है।'

इस घर में अब्दुर्रशीद उसे आधी रात को नग्न नहीं करते, वे ख़ुद भी नग्न नहीं होते। यहाँ दिन भर की थकान के बाद कहीं पर चटाई बिछाकर शिउली सो पाती है। लेकिन घर के सारे काम उसे निष्ठा के साथ करने पड़ते हैं। अब्दुर्रशीद बीमार होकर बिस्तर पर ही पाख़ना-पेशाब करते, वह सब उसे ही साफ़ करना पड़ता। पति को दवाई खिलाना, खाना खिलाना, बदन पोंछ देना, मालिश करना—यह सब शिउली को ही करना पड़ता है। इसके अलावा खाना बनाना, घर की सफ़ाई तो है ही।

शादी के चार महीने बाद अब्दुर्रशीद की मृत्यु हो गई। इसके बाद शिउली के हालात पहले-जैसे हो गए। उसे अपने पिता के यहाँ लौट जाना पड़ा। ससुराल से उसे कोई ज़मीन-जायदाद, रुपये-पैसे, कुछ भी नहीं दिया गया।

पिता के घर लौटते ही रियाज़ और सिराज, दोनों ही किसी और बूढ़े की तलाश में जुट गए, जिस बूढ़े को पत्नी और ज़रख़रीद ग़ुलाम, दोनों की ही ज़रूरत है। शिउली से बेहतर लड़की आसपास कहीं भी नहीं थी। शिउली की उम्र कम थी, वह घर के कामकाज में निपुण थी, लोगों की देखभाल में अनुभवी। और क्या चाहिए? शिउली के भाई उसकी शादी किसी नौजवान के साथ नहीं करेंगे, शिउली यह बात समझ गई थी। दो-तीन प्रस्ताव आए भी थे। शिउली चाहती थी, उनमें से किसी से शादी करके वह स्थायी रूप से अपना घर-संसार बसा ले। रियाज़ और सिराज, दोनों भाइयों में से कोई भी इस बात के लिए राज़ी नहीं हुआ था। भाइयों की दुनिया में वह बिन बुलाई थी। इसके अलावा उनकी संतानों से उनके घर भर गए थे।

शिउली के सोने के लिए जगह नहीं थी। कई बार उसे भूखे पेट बैठे रहना पड़ता है। हांडी में उसके लिए खाने का कुछ भी नहीं पड़ा होता। वह किसी के साथ भाग जाए, गाँव में ऐसा कोई भी नहीं था। अपना होना ही उसे बहुत तकलीफ़ देने लगा।

इसके बाद सिराज और रियाज़ लगभग अस्सी साल के एक बूढ़े को ले आए। उनके पोते ही उनकी शादी कराएँगे। बूढ़े का नाम सदरुद्दीन था। वह खेतों का

मालिक था। उसने सिराज और रियाज़ के नाम दो खेत लिख दिये। बूढ़े की सेवा करने वाला कोई नहीं था, लिहाज़ा गाँव की सेवा-दासी तो तैयार थी ही। तो शिउली को लाल साड़ी पहनाकर सेवा-दासी के काम के लिए ससुराल भेज दिया गया।

शिउली को लगता है, यही अच्छा है। उसे अच्छा-बुरा, कुछ तो खाने को मिलता है। बुड्ढों में मारने-पीटने की ताक़त नहीं रहती। बिस्तर पर पटककर पीस डालने की ताक़त भी नहीं रहती। ये सब ससुराल उसे अब ससुराल नहीं लगती। लगता कि वह किसी अनजाने घर में मेहनत करके खा रही है। वह अगर सचमुच किसी के घर की दासी होती, तो वह 'काम नहीं करूँगी' कहकर काम न करके, सिर उठाकर जा सकती थी! लेकिन शादी कितनी भी अर्थहीन क्यों न हो, एक बंधन तो है ही। वह इस बंधन को नहीं तोड़ सकती।

शिउली की शादी करवा-करवाकर भाइयों की जेबें पैसों से भरती रहीं। लेकिन शिउली की जेब जिस तरह पहले ख़ाली थी, अब भी वैसी ही ख़ाली है। उसका कोई नहीं है, उसके पास कुछ नहीं है। भाइयों के कमरों के पास नये कमरे तामीर होते रहे, शिउली दिन-दिन बेघर होती रही। बूढ़ों के मर जाने के बाद उनके घर में फिर शिउली के लिए कोई जगह नहीं बचती, भाइयों के घर में अब उसके लिए कुछ नहीं बचा है। सिर्फ़ दो जून के खाने के लिए उसे दिन-रात मेहनत करनी पड़ती है। दासी का काम करने पर पैसे मिलते हैं, ज़रख़रीद ग़ुलाम को काम के लिए कोई पैसे नहीं मिलते। शिउली को बहुत अच्छे से समझ में आने लगा कि शादी लड़कियों को दासी नहीं बनाती, ज़रख़रीद ग़ुलाम बनाती है।

[2]

कुछ ही सालों में शिउली की ग्यारह शादियाँ हो गई थीं। उसकी उम्र बढ़ रही थी। यौवन की आकांक्षाएँ और आह्लाद पेट की भूख के आगे बहुत छोटे हो चुके थे। भाई लोग बूढ़ा दूल्हा देखकर उसकी शादी करवाएँगे, इस उम्मीद में वह आधा पेट खाकर आँगन में बैठी रहती थी। नौजवान अब शादी का प्रस्ताव लेकर नहीं आते। प्रस्ताव अगर आते हैं तो सत्तर-अस्सी की उम्र वालों के ही आते हैं।

शिउली अब बूढ़ों के साथ ज़िन्दगी बिताने की आदी हो चुकी है। उसे मालूम है, किस तरह उनकी सेवा करनी होती है। वे किस तरह खाना खाते हैं, किस तरह उनके बिना दाँत वाले मुँह के लिए खाना बनाना होता है, शिउली को यह भी पता है। उसने अपने हर पति को लम्बे समय तक जीवित रखने की कोशिश की थी, ताकि उसे भाइयों के घर फिर से न लौटना पड़े। लेकिन जिसकी क़िस्मत फूटी हो, उसकी कौन सुनता है?

रियाज़ और सिराज भूल ही गए कि शिउली ने भी उनकी ही माँ के पेट से

जन्म लिया है, वह उनकी बहन है। लम्बे समय से उसे बेचते-बेचते वे उसे सामान ही समझने लगे थे।

शिउली आँगन में चटाई बिछाकर कर दुःख के गीत गाते-गाते रोया करती थी। उसने ये गीत अपने पिता से सुने थे, जो उसकी माँ गाया करती थी। माँ का एक गीत शिउली बार-बार गाती थी, 'पार करो हे दयाल चाँद मुझे, मेरे गुनाहों को माफ़ कर दो, इस भव-कारागार में। पापी अधम यह तुम्हारा जीव, जो तुम दया करके पार न करो, पतितपावन पतितनाशन कहेगा कौन तुम्हें।' वह बिना अर्थ समझे ही इसे गाती रहती थी। गाते-गाते उसकी आँखों से आँसू झरने लगते। क्यों झरने लगते थे, उसे ख़ुद नहीं मालूम। वह जब इस गीत को गाती तो उसे लगता था, मानो दूर से उसकी माँ सुन रही है। सुन रही है और आँसू बहा रही है।

एक दिन दुःख के गीत थम गए। कारण कि एक युवक के साथ शादी का प्रस्ताव लेकर उसके रिश्तेदार आए थे। युवक के साथ शादी, शिउली को विश्वास ही नहीं हुआ। युवक के पिता काफ़ी पैसेवाले थे। घर में दास-दासियाँ थीं। लेकिन युवक पागल है। गाँव के एक ओझा ने कहा था, शादी कराने पर इसका पागलपन दूर हो जाएगा। इसी वजह से उसके साथ शादी करने को राज़ी हो, ऐसी लड़की चाहिए। शिउली को नहीं पता, 'राज़ी होना' किसे कहते हैं। वह तो भाइयों के घर में यह जानते हुए बड़ी हुई है कि भाई लोग जो आदेश देंगे, उसे उनका पालन करना होगा। भाइयों द्वारा तय की गई शादियों में उसे राज़ी होना ही होगा।

पागल के पिता से दोनों भाइयों को पाँच लाख रुपये मिले थे। हरेक को ढाई लाख। शादी का कोई उत्सव आयोजित नहीं हुआ, किसी को खाने पर नहीं बुलाया गया। पागल को उसके पिता खींच लाए, एक काज़ी से शिउली से क़बूल कहलवाकर, शिउली उस समय जिस हालत में थी, जिन कपड़ों में थी, वे उसे उसी हालत में ले गए।

शिउली इस पागल के घर में बहुत मज़े में है। इस घर में उसे काम नहीं करना पड़ता। वह बल्कि अच्छी साड़ी पहनकर रानी की तरह लेटी रहती है, बैठी रहती है। लोग उसके लिए खाना लेकर आते हैं। इस घर में मांस, मछली, अंडे, दूध—जब उसे जो खाने की इच्छा होती, उसे मिल जाता है। शिउली को ऐसी सुख भरी ज़िन्दगी इससे पहले नहीं मिली थी। पागल को नियंत्रण में रखने के लिए दो लोग हैं, वे ही पागल को खिलाते हैं, बाहर ले जाते हैं, ज़रूरत पड़ने पर ज़ंजीर से बाँधते हैं। शिउली का काम था रात में पागल के साथ एक बिस्तर पर सोना।

जिसे ज़ंजीर से बाँधकर रखना होता है, उसके साथ एक कमरे में दरवाज़ा बन्द करके सोने में शिउली को पहले कुछ दिन डर लगा था। बाद में उसने सोचा, उसकी ज़िन्दगी में तो डर-जैसी कोई चीज़ रहनी ही नहीं चाहिए। यह पागल ही उसका पति है, इसी के साथ उसे बाक़ी की ज़िन्दगी गुज़ारनी है। उसे कम-से-कम यह सुख तो मिलता है, जब वह सोचती है, इस पागल की उम्र कम है, बहुत

ज़्यादा उम्र वाले बूढ़ों की तरह इसकी सहसा मौत नहीं होगी। लिहाज़ा वह इस घर में शायद आजीवन रह पाएगी।

जीवन में उसे यौन-सुख नहीं मिला था। पागल ने ही उसे पहली बार यौन-सुख दिया था। पागल रात में नहीं सोता। वह बार-बार शिउली की ओर लपकता है। बेदम हँसता रहता है। शिउली की साड़ी उतार फेंकता है। वह ख़ुद नग्न होकर पूरे कमरे में नाचता फिरता है। शिउली इस पागल को लेकर अभ्यस्त होती रही। पागल का पगलापन उसे अच्छा लगने लगा। दिन के समय पागल को सँभालने के लिए लोग आते थे। उस समय शिउली फ़ुर्सत में रहती। वह उसके आराम का समय होता। रात होने पर उसे पागल को सँभालना होता था।

एक दिन वह गर्भवती हो गई। घर के सभी लोग बहुत ख़ुश थे। ससुराल में उसका मान बढ़ गया। लेकिन ऐसा मान नहीं कि उसे अन्य कमरे में अकेले सोने-रहने की अनुमति मिल जाएगी। नहीं, उसे पागल के कमरे में ही रात बितानी होगी। पूरी रात शरीर पर पागल के पगलेपन को सहना होगा। मजबूरी में शिउली को वैसा ही करना पड़ा।

लेकिन जब वह सात माह की गर्भवती थी, तभी एक रोज़ शिउली यानी हरसिंगार की ख़ुशबू सूँघने के लिए पागल बेचैन हो उठा। वह उसे खींचकर-मसलकर ख़ुशबू लेता रहा। पागल को यह मालूम था कि शिउली एक फूल का नाम है। एक समय उसे लगा, शिउली इनसान नहीं, फूल है। इसलिए वह फूल को आसमान की ओर फेंकता और फिर हाथ में थाम लेता। थाम लेता और सूँघता रहता। सूँघते-सूँघते वह समूचे शरीर को दाँत से काटने लगा। पागल को मालूम ही नहीं कि शिउली और उसके गर्भ की अजन्मी संतान, दोनों ही उसके पगलेपन को देखने के लिए इन्तज़ार नहीं करेंगे। वे उसकी ज़द से बाहर निकल जाएँगे और फिर कभी नहीं लौटेंगे।

रत्ना का पता

रत्ना ने कल्पना भी नहीं की थी कि ऐसा होगा। यह ठीक तूफ़ान के उठने-जैसा नहीं था, सब कुछ के बह जाने-जैसा भी नहीं था, यह इससे भी कुछ ज़्यादा था। सुभाष का मर जाना यानी रत्ना के पैरों तले से ज़मीन का खिसक जाना। टुकटुकी की पढ़ाई-लिखाई का इन्तज़ाम कौन करेगा, कौन उन्हें खिलाएगा, कपड़ों का इन्तज़ाम करेगा, उसे नहीं पता। सड़क दुर्घटना में सुभाष की कुचली हुई लाश को सामने रखकर रत्ना स्तब्ध बैठी रही। पड़ोस की एक मौसी ने उसके हाथ दबा-दबाकर शाँखा उतार दिये, लाश के पैरों के पास सिर को पकड़कर अँगूठे से खुरच-खुरचकर उसका सिन्दूर निकाल दिया। वही मौसी उसे खींचकर कमरे के भीतर ले गई और लाल साड़ी उतारकर पहनने के लिए उसकी ओर एक सफ़ेद थान फेंक दिया। सफ़ेद थान पहनकर रत्ना को लगा कि ट्रक के एक धक्के ने सुभाष को अचानक जड़ कर दिया था, वही धक्का मानो रत्ना के शरीर पर भी आ लगा है। रत्ना मरी नहीं लेकिन उसकी दुनिया भयानक रूप से तहस-नहस हो चुकी है।

सुभाष के साथ उसका रिश्ता बहुत मधुर था, ऐसा नहीं था। टुकटुकी के जन्म के बाद से सुभाष का मन बहुत ख़राब रहता था। कन्या-संतान को जन्म देने का सारा दोष वह रत्ना को देता था। पुत्र-संतान को जन्म देने के लिए उसने रत्ना पर कम दबाव नहीं डाला था! दो लगातार मिसकैरेज होने के बाद रत्ना के साथ सुभाष की शारीरिक दूरी भले ही नहीं बढ़ी थी लेकिन मानसिक दूरी ज़रूर बढ़ गई थी। सुभाष की मौत ने रत्ना को जितनी पीड़ा नहीं पहुँचाई थी, उससे ज़्यादा उसके अनिश्चित भविष्य ने पीड़ा पहुँचाई थी। शरीर पंख की तरह हलका हो गया था, और फिर अगले ही पल वह पत्थर की तरह भारी हो गया।

रत्ना ने अपनी पसन्द से सुभाष से शादी की थी। शूद्र के बेटे सुभाष पाल के साथ शादी करने में मुखर्जीबाड़ी के किसी को आपत्ति नहीं थी। उसके बड़े भाई ने भी अपनी ज़ात से बाहर शादी की थी। रत्ना के घर पूजा-अर्चना नहीं की जाती, धर्म की रीति-नीति भी कोई नहीं मानता। उनका घर अन्य दस हिन्दुओं के घर-जैसा नहीं था। पिता सुविनय मुखर्जी छोटी उम्र से ही कम्यूनिस्ट थे। माँ भी उसी दल

की थीं। माता-पिता की मृत्यु के बाद रत्ना के दो बड़े भाइयों में धर्मकर्म को लेकर किसी तरह का आग्रह नहीं था। वे जातपाँत को तवज्जो नहीं देते थे। पिता इंजीनियर थे। पहले उन्होंने सरकारी नौकरी की लेकिन बाद में इस्तीफ़ा देकर रियल एस्टेट का बिज़नेस करने लगे थे। शादी के समय पिता ने रत्ना को गहनों से पाट दिया था। पलंग से लेकर नये घर-संसार के सारे असबाब तो उन्होंने दिये ही थे, सुभाष को भी बड़ी कम्पनी की मोटरबाइक दी थी। उन्होंने कुछेक लाख रुपये नगद भी दिये थे। संयुक्त परिवार में कुछ ही वर्षों में वह सारा कुछ ख़त्म हो गया। सुभाष का बिज़नेस ख़त्म हो गया था, गहने बंधक रखकर पैसे लेने पड़े थे। और सुरक्षा की दृष्टि से बाक़ी का सास के सन्दूक में रख दिया गया था।

रत्ना को ससुराल में हविष्यान्न खाना पड़ता था। उसे यह सब खाना बिलकुल भी नहीं सुहाता था। कई बार यह सब खाते हुए उसे उलटी हो चुकी थी। उसे लगा, हविष्यान्न खाने से बेहतर है—उपासे रहना। विधवा होने के बाद ही सबने रत्ना पर पाबन्दियों का ऐसा बोझा लाद दिया कि उसका दम घुटने लगा था। साँस लेने के लिए वह घर से बाहर निकलना चाहती थी, लेकिन उसके पैरों में सख़्त बेड़ियाँ थीं। उसे लगा, मानो सुभाष की जलती चिता में उसे फेंक दिया गया है और वह सहमरण की आग में झुलसती जा रही है! मानो उसकी यह ज़िन्दगी कोई ज़िन्दगी ही नहीं! पति की मौत के बाद पत्नी का जीवित रहना मानो नितांत अर्थहीन है!

रत्ना को पूरा यक़ीन है कि सुविनय मुखर्जी जीवित रहते तो उसे इस घने अँधेरे से जैसे भी हो, उजाले में ले जाते। माता-पिता जीवित नहीं हैं, लेकिन बड़े भाई तो हैं। इस बुरे वक़्त में बड़े भाइयों के यहाँ ही उसे दो घड़ी सुक़ून मिल सकता है। इस समय उसे ससुराल छोड़ने के लिए सभी ने मना किया था, लेकिन किसी की भी बाधा को न मानकर, किसी की अनुमति की ओर ध्यान न देकर, टुकटुकी का हाथ पकड़कर वह बाहर निकल गई। बड़े-से एक सूटकेस में कपड़े, दूसरे सामान, जितना सम्भव हुआ, टुकटुकी की कॉपी-किताबें रख लीं। पीहर लौटकर उसे अपना स्वाभाविक जीवन वापस मिल गया।

ससुराल की चौहद्दी से बाहर निकलकर उसे मुक्ति की अपार ख़ुशी मिल रही थी। रत्ना ने मांस-मछली खाना शुरू कर दिया था, रंगीन कपड़े पहनने लगी थी। रत्ना अपने शैशव और कैशोर्य के कमरे को नये ढंग से सजाकर उसमें रहना चाहती थी। लेकिन वह कमरा बहुत पहले बड़े भाई के बड़े बेटे उजान को दिया जा चुका था। लिहाज़ा रत्ना और टुकटुकी के रहने की व्यवस्था बैठक में कर दी गई। सोफ़े पर सोना हालाँकि असुविधाजनक था, लेकिन बुरे वक़्त में वही आराम दे रहा था। बड़े भाइयों के बच्चों के साथ टुकटुकी का समय मज़े से बीतने लगा। उसने एक दिन रत्ना से कहा, 'मैं अब कभी दादी के घर नहीं जाऊँगी।'

हँसी-ख़ुशी से दिन बीतते रहे, कई महीने बीत गए। ऐसे में एक शाम चुन्नट वाली धोती और कुर्ता पहने बड़े भइया बैठक में आ बैठे।

'क्यों, खाना-पीना सब ठीक से कर रही है न?'

'हाँ, कर रही हूँ।'

'तेरे ससुराल से किसी ने कोई फ़ोन-वोन किया था?'

'वे क्यों फ़ोन करेंगे भला!'

'देखता हूँ, एक बार मैं उनसे सम्पर्क करने की कोशिश करता हूँ।'

'क्यों?'

'उनसे पूछूँगा, वे तुझे लेने कब आ रहे हैं।'

'आप यह क्या कह रहे हैं?'

'क्यों?'

'मैं अब उस घर में नहीं जाऊँगी, दादा।'

'रत्ना, नाराज़ होकर इतने दिन नहीं रहना चाहिए। तेरे जाते ही देखना, सब ठीक हो जाएगा।'

'कुछ भी ठीक नहीं होगा। टुकटुकी भी उस घर में नहीं जाना चाहती। उसे मैं कलाबागान स्कूल में भर्ती करवा दूँगी। मैं इस घर को छोड़कर कहीं नहीं जा रही हूँ।'

बड़े भइया ने जाते-जाते हँसते हुए कहा, 'पिता के घर बेटियाँ अनंतकाल तक रहने नहीं आतीं।'

'पिता के घर बेटियाँ अनंतकाल तक रहने नहीं आती,' भइया शायद ठीक ही कह रहे हैं। कोई अनंतकाल तक रहने भले ही न आए, लेकिन रत्ना तो पिता के यहाँ अनंतकाल तक रहने के लिए ही आई है।

सुभाष की मौत के बाद रत्ना जानती है, वह ससुराल में निहायत अनचाही व्यक्ति है। शादी के बाद से उसकी सास, जेठ, देवर उसे बुरी तरह उत्पीड़ित करते रहे। सबसे ज़्यादा उसे सुभाष ने उत्पीड़ित किया है। उसकी मौत के बाद वह उस नरक से बाहर निकली थी। रत्ना पूरी ताक़त इकट्ठा करके चाहती है कि काश, यही उसका आख़िरी बार निकलना साबित हो!

एक सप्ताह बाद जब खाने के टेबल पर सभी रत्ना की बनाई कच्ची बिरयानी का लुत्फ़ ले रहे थे, रत्ना ने हँसते हुए कहा था, 'बताना माँ की बनाई बिरयानी-जैसी बनी है या नहीं? मुझे तो कलाबागान स्कूल से टुकटुकी का एडमिशन फ़ॉर्म लाने में ही देर हो गई, जल्दबाज़ी में न बनाती तो यह बिरयानी माँ के हाथ की बिरयानी-जैसी ही होती।'

छोटे भइया बोले, 'टुकटुकी कलाबागान स्कूल में दाख़िला ले रही है क्या? वह तो खिलगाँव गर्ल्स में पढ़ती है!'

'वहाँ पढ़ती थी, अब यहाँ पढ़ेगी।'

छोटे भइया हँसकर बोले, 'ससुराल के लोग राज़ी होंगे? स्कूल तो दूर हो जाएगा। खिलगाँव से कलाबागान। डेली जाना-आना!'

'हम लोग तो इसी घर में रहेंगे, छोटे भइया। अब खिलगाँव नहीं जा रहे हैं।'

'टुकटुकी के मामले में तेरे डिसिज़न लेने से तो काम नहीं चलेगा। डिसिज़न वे लोग लेंगे। टुकटुकी तो उनकी बेटी है।'

'टुकटुकी उनकी बेटी क्यों होगी? टुकटुकी मेरी बेटी है।'

रत्ना की बातें सुनकर दोनों बड़े भाई और भाभियाँ ज़ोर-से हँस दीं। रत्ना विमूढ़ आँखों से सबके मुसकराते चेहरों की ओर देखती हुई गम्भीर होकर बोली, 'मैं मज़ाक नहीं कर रही हूँ।'

बड़े भइया बोले, 'टुकटुकी तो उसके पिता के घर के लोगों को पसन्द करती है।'

'बिलकुल भी नहीं। टुकटुकी को अब उसके पिता के घर में कोई पसन्द नहीं करता। चूँकि वह लड़की है, इसलिए उसे कोई पसन्द नहीं करता। सुभाष भी लड़का चाहता था। मैंने लड़की को जन्म दिया, इसलिए मुझे कितने उलाहने देता था। वे सब छोटे लोग हैं। शादी से पहले मैं यह समझ नहीं पाई।'

'सुभाष तो पढ़ा-लिखा था।'

'क्या ख़ाक पढ़ा-लिखा था! उसने मास्टर्स किया था। मास्टर्स की डिग्री लेने से क्या कोई शिक्षित हो जाता है? आपको तो सब पता है। पता होने के बावजूद आप ऐसे भाव दिखा रहे हैं, मानो यह सब आप पहली बार सुन रहे हैं! आप तो सुभाष लोगों के घर जाकर भी देख चुके हैं कि वे लोग कैसे हैं। मन-ही-मन निश्चय ही आपने दुःख किया होगा? भले ही प्रत्यक्ष में आपने दुःख प्रकट नहीं किया। आपने मुझे ऐसे पति को छोड़कर चले आने के लिए भी कभी नहीं कहा।'

भइया-भाभी चुप रहे। रत्ना की आँखें भीग गईं, पूरे वेग से आँसू झरने लगे।

रत्ना के आँसुओं से किसी को रोना नहीं आया। उसे महसूस हुआ, भइया-भाभी चाहते हैं, सुभाष की मौत के बाद रत्ना किसी भी शर्त पर सुभाष के घर में ही रहे। टुकटुकी अपनी दादी, ताऊ और चाचाओं के बीच ही बड़ी हो। रत्ना इसमें बिलकुल भी राज़ी नहीं थी। लेकिन अगर वह ससुराल नहीं लौटी, तो रहेगी कहाँ, यह सवाल उठा था। बड़ी भाभी ने यह सवाल उठाया था। रत्ना को समझ में आ रहा था, शादी के बाद पिता के घर घूमने आना एक चीज़ है, और वहाँ रहना अलग चीज़ है। उसे यह भी समझ में आया कि यह घर अब उसका घर नहीं है, इस घर का बँटवारा हो चुका है। आधा बड़े भइया को मिला है और बाक़ी का आधा छोटे भइया को। माता-पिता जीवित रहते तो शायद बात कुछ और होती। वे जीवित नहीं हैं तो रत्ना और कितना रोएगी? एक समय तो आँखें ही कह देती हैं कि उनके पास अब बहाने के लिए और पानी नहीं है।

सविनय मुखर्जी ने टैंगी में तीस फ़्लैटों वाली एक कॉलोनी बनाई थी। उनमें किराएदार रहते हैं। इसके अलावा वारिधारा वाले प्लॉट पर डेवलपर्स द्वारा बनाई गई एक दसमंज़िली इमारत भी है, उत्तरा के प्लॉट पर भी एक दसमंज़िली इमारत है। कलाबागान में उनका अपना पुश्तैनी मकान भी है। रत्ना ने भाइयों के सामने माँग रखी कि उसे वारिधारा या फिर उत्तरा वाली दसमंज़िली इमारत में एक फ़्लैट दिया जाए। वारिधारा वाली इमारत के मालिक थे बड़े भइया, उत्तरा वाले मकानों के मालिक छोटे भइया थे। दोनों में से कोई भी रत्ना के लिए एक फ़्लैट भी छोड़ने को राज़ी नहीं हुआ। अंत में उसने टैंगी वाले एक मकान की माँग की। पिता की मौत के बाद दोनों भाइयों में उन मकानों का बँटवारा हो चुका था। उन्होंने कह दिया, वे कोई भी मकान नहीं छोड़ेंगे। उन्होंने चेहरे को अकल्पनीय ढंग से करुण करते हुए कहा, अगर वे छोड़ देंगे तो उन्हें आर्थिक परेशानियों से जूझना पड़ेगा।

'मैं जिस आर्थिक परेशानी में हूँ, उसे आप लोग नहीं देखेंगे?'

बड़े भइया बोले, 'तू ससुराल चली जा। वही तेरा ठिकाना है। वे तेरी आर्थिक समस्या दूर कर देंगे। यह उनकी ज़िम्मेदारी है, हमारी नहीं। शादी के बाद लड़कियाँ अपने पिता के घर की नहीं रहतीं, वे ससुराल की हो जाती हैं।'

'नहीं, मैं यह सब नहीं मानती। मेरे माता-पिता और भाई लोग ही मेरे अपने हैं, वे ही मेरे रिश्तेदार हैं।'

'ज़िद करने से काम नहीं चलेगा। तुझे वास्तविकता को मानना ही पड़ेगा।'

रत्ना ने एक लम्बी साँस छोड़कर कहा, 'मुझे मेरे पिता की सम्पत्ति में से मेरा हिस्सा दे दो।'

यह सुनकर भाइयों के हँसने से पहले दोनों भाभियाँ हँस पड़ीं।

भाभियों ने ही एक-एक कर कहा, 'लड़कियों को सम्पत्ति में से हिस्सा नहीं मिलता, लगता है, तुम्हें यह नहीं पता? शादी के समय ही लड़कियों को स्त्रीधन दे दिया जाता है, वही उनकी सम्पत्ति होती है। तुम्हें जो गहने, रुपये-पैसे दिये गए, फ़र्नीचर दिया गया, वही तुम्हारे हिस्से का पैसा था।'

'मेरे अपने हाथ में न तो कोई गहना है और न ही रुपये-पैसे। वह सारा कुछ ससुराल वालों ने ले लिया है। शादी के समय ख़र्च करना पिताजी का कर्तव्य था, उन्होंने किया था। पिताजी ने मेरे भाइयों की शादी में पैसे ख़र्च नहीं किये? किये थे। हम तीन बहन-भाइयों में टैंगी वाली कॉलोनी, कलाबागान वाला मकान और वारिधारा, उत्तरा-जैसी जगह पर दस मंज़िली इमारत का यदि बँटवारा होता तो जो मुझे मिलता, वह क्या शादी के समय पिताजी ने मुझे जो दिया था, उसके समान है? पिताजी की जो सम्पदा और सम्पत्ति भाइयों को मिली है, उसके लाख हिस्सों में से क्या एक हिस्सा भी मुझे मिला है?'

'अब इसमें तो तुम्हारे बड़े भाइयों का कोई दोष नहीं है।'

‘पिताजी जीवित रहते तो क्या ऐसा हो पाता?’

‘निश्चय ही हो पाता। पिताजी को तुम्हें घर देने का क्या अधिकार है? हमारे क़ानून में तो बेटियों को कोई अचल सम्पत्ति देने का नियम नहीं है। हम लोगों यानी तुम्हारी भाभियों को क्या हमारे पिता के यहाँ से कुछ मिलेगा? नहीं मिलेगा। हमें जो देना था, वह शादी के समय ही दे दिया गया है। आदिकाल से यही नियम चल रहा है। हमारी माँ, मौसियाँ, दादी, नानी, उनकी दादी और नानियाँ भी इसी नियम के दायरे में रहीं, कभी किसी ने तो शिकायत नहीं की! सबसे बड़ा होता है धर्म, नहीं होता?’

भाइयों ने सिर हिलाकर भाभियों की बात पर हामी भरी।

‘मेरे इतने धनी पिता की सम्पत्ति में से मुझे कुछ भी नहीं मिलेगा?’ रत्ना ने अवाक् होकर भाइयों की ओर देखकर यह सवाल किया।

‘हमारे हिन्दू धर्म में लड़कियों को कुछ नहीं मिलता है, रत्ना,’ छोटे भइया बोले।

इस बार रत्ना ने चिल्लाते हुए कहा, ‘तो क्या मैं रास्तों पर भीख माँगूँगी? तुम लोग यही चाहते हो? और तुम लोग अकूत पैसा लेकर ज़िन्दगी भर मौज करोगे? यह कैसा न्याय है? पिताजी क्या सिर्फ़ आप लोगों के पिता थे, मेरे पिता नहीं थे? आप लोग जिस तरह उनकी संतानें हैं, मैं भी तो उसी तरह उन्हीं की संतान हूँ!’

अब बड़े भइया ने मुँह खोला। उनके स्वर में कसैलापन था, ‘हाँ, संतान हम तीनों ही हैं। लेकिन हम उनके बेटे हैं, और तू उनका बेटा नहीं है।’

‘मैं बेटा नहीं हूँ तो क्या यह मेरा दोष है? किसकी ग़लती की सज़ा मुझे भुगतनी पड़ रही है?’

किसी ने कोई जवाब नहीं दिया।

थोड़ी देर चुप रहकर रत्ना बोली, ‘आज मैं कोई एक नौकरी करके काम चला लेती, लेकिन ससुराल वालों ने तो मुझे पढ़ाई भी नहीं करने दी। स्कूल पास करने के बाद ही कम उम्र में मेरी शादी हो गई थी। उस समय क्या मुझे इतना कुछ समझ में आता था? अब मैं दूसरी शादी करके पति पर निर्भर हो सकूँ, यह भी तो नहीं हो सकता। तुम्हारे इस धर्म में तो विधवाओं को दोबारा शादी करने की इजाज़त नहीं है। ऐसा ही है न? अचानक मैं भाइयों को धर्म को बहुत मानते देख रही हूँ। आप पहले तो कभी धर्म को नहीं मानते थे? सम्पत्ति के बँटवारे की बात शुरू होते ही आप धार्मिक हो गए!’

‘तूने बहुत ज़बान लड़ाना सीख लिया है!’ छोटा भाई धमक उठा।

‘आप लोग तो पहले मेरे साथ ऐसा व्यवहार नहीं करते थे। अचानक आप लोग इस तरह क्यों बदल गए? मैंने किया क्या है? मैं क्या आप लोगों की छोटी बहन नहीं हूँ? छोटी बहन यदि कष्टों में हो तो आप लोगों को तकलीफ़ क्यों नहीं होती?’

इस सवाल का भी कोई जवाब नहीं था।

रत्ना दिन भर फफककर रोती रही। वह रात भर रोती रही। बड़े भइया को पत्नी और बेटे को लेकर घूमने जाना है। वे घर पर ताला लगाकर जाएँगे। वह घर ख़ाली पड़ा रहेगा लेकिन रत्ना उसमें रहे, ऐसा नहीं हो सकता। कारण कि भाइयों ने कह दिया है, रत्ना अगर अपनी ससुराल नहीं लौट गई तो कुछ बुरा घटित हो सकता है। रत्ना और कहीं भी जाने को राज़ी थी लेकिन ससुराल नहीं। इसके बावजूद ज़बरदस्ती अगली ही सुबह बड़े भइया रत्ना को उसकी ससुराल पहुँचा आए। रत्ना के लिए यह कष्ट अपनी मृत्यु-जैसा कष्ट था। उसे लगा, मानो वह अब जीवित नहीं है। लगा, बड़े भइया ने उसे श्मशान ले जाकर उसकी चिता की लकड़ियों में आग लगा दी है।

ससुराल में भी उसका कमरा दख़ल कर लिया गया था। देवर सजल अपनी पत्नी कल्पना के साथ रत्ना और सुभाष के कमरे में चला आया था। उन लोगों ने स्थायी रूप से रहने के हिसाब से उस कमरे को सजा लिया था। रत्ना ने उनसे अपने कमरे के सामान के बारे में पूछा। इसका कोई जवाब नहीं था।

सास से पूछा तो वे बोलीं, घर के सब लोगों ने सोचा था, सुभाष की पत्नी अब लौटकर नहीं आएगी, उसके भाई लोग बड़े आदमी हैं, वह वहीं पर आराम और सुख से रहेगी। इसलिए कुछ सामान तो फेंक दिया गया है, कुछ नौकरों को दे दिया है।

टुकटुकी रत्ना से लिपटकर रोने लगी। उसके कपड़े, जूते, उसके खिलौने उसे वापस चाहिए। टुकटुकी को चुप कराने के लिए उसके पास कोई शब्द नहीं थे।

रत्ना के सिर में बहुत दर्द होता रहा। वह बरामदे में बैठकर ख़ाली-ख़ाली आँखों से सामने की ओर एकटक देखती रही। लोग आ-जा रहे थे, वह देख रही थी, और देखकर भी नहीं देख रही थी। रत्ना जानती है, शादी से पहले की दुनिया और शादी के बाद की दुनिया में ख़ासा फ़र्क़ होता है, उसे यह भी मालूम है कि एक सुहागिन की दुनिया और विधवा होने के बाद की दुनिया पूरी तरह से अलग होती है। उसने इससे पहले ख़ुद को कभी इतना असहाय महसूस नहीं किया था।

शाम ढुलककर रात होने लगी। दिन भर उन्हें किसी ने खाने के लिए नहीं बुलाया। रत्ना की भूख-प्यास सब ग़ायब हो चुकी थी। अपने लिए नहीं, टुकटुकी के लिए उसे एक समय रसोई में जाना पड़ा। चूँकि जेठ के बेटे के लिए देवर ने अपना कमरा छोड़ दिया था और रत्ना का कमरा ले लिया था, तो अगर सोना है तो रत्ना और टुकटुकी को रसोई में ही सोना पड़ेगा। सास ने इशारे में यही समझाया है।

घर में खाना बनाने वाले को आने के लिए मना कर दिया गया, और घर की साफ़-सफ़ाई करनेवाले को भी। अब रत्ना को ही बिना वेतन के सारे काम करने होंगे। उसने महसूस किया, इस घर में उसे खाना बनाने, कपड़े धोने, घर की साफ़-सफ़ाई के काम के बदले में रहने की जगह दी गई है।

टुकटुकी को स्कूल भेजने का उत्साह किसी में नहीं था। सास, जेठ और देवर से कहकर भी काम नहीं बना। सुभाष के बैंक में जो पैसा था, वह उसके जेठ और देवर के पास चला गया है, रत्ना को एक पैसा भी नहीं दिया गया। उसे और टुकटुकी को दो जून का खाना मिल रहा है, यही काफ़ी था।

सास ने कह दिया, अगर इस तरह रहना पसन्द न हो, तो रत्ना के लिए अपने पिता के घर का रास्ता खुला हुआ है। सास को नहीं पता, पिता के घर में रत्ना के लिए रास्ता खुला हुआ नहीं है। पिता के घर में, ससुराल में, वह सभी घरों में अवांछित है। रत्ना को लगता है, टुकटुकी अगर लड़की न होकर लड़का होती, तो फिर उसे वे लोग खानदान की संतान होने के कारण तवज्जो देते।

घर के सारे काम निपटाकर शाम के समय आँगन में चटाई बिछाकर रत्ना टुकटुकी को पढ़ाती है। टुकटुकी कभी भी सुकून से बैठकर नहीं पढ़ पाती। कल्पना उसे छोटे-मोटे काम के लिए बुला लेती। जिस दिन टुकटुकी को बुलाकर बच्चों की कथरी और कपड़े धोने और डेटॉल से अच्छी तरह घर का पोंछा लगाने को कहा गया, रत्ना दौड़कर टुकटुकी को खींच लाई और चटाई पर रखी किताबों के ऊपर उसे धक्का दे दिया। उसने चीख़ते हुए कल्पना से कह दिया, 'मुझसे घर के काम करा रही हो, इतना काफ़ी नहीं है? अब दस साल की बच्ची के पीछे पड़ी हो? आप लोग अपने-आपको क्या समझ रहे हो, बोलो तो? यह तो आपकी जेठ की बेटी है। उसे आप इस तरह नौकरानी की तरह देख रही हो, आप लोगों के विवेक को अखरता नहीं?'

टुकटुकी ने रोना शुरू कर दिया। रत्ना को साफ़-साफ़ सुनाई दिया, कल्पना कह रही थी, 'भिखारी का दिमाग़ तो देखो!' किसी समय कल्पना रत्ना के पास बैठकर ज़िन्दगी की कितनी ही बातें किया करती थी। रत्ना उसके बुरे वक़्त की साथी थी। और यही कल्पना रत्ना के विधवा होने के बाद पूरी तरह बदल गई थी। मानो वह भूल ही गई कि एक समय रत्ना भी इस घर की बहू हुआ करती थी। परिचित लोग तेज़ी से अपरिचित होते जा रहे थे। हालाँकि कल्पना आज भी उसे भाभी कहकर ही पुकारती है, सजल भी भाभी ही कहता है। लेकिन इस पुकार में सम्मान के भाव ज़रा भी नहीं थे।

सजल जब घर लौटा तो कल्पना ने शिकायत की कि टुकटुकी से बच्चों का कोई काम नहीं करवाया जा सकता, भाभी करने नहीं देती। बस, सजल का गला सप्तम पर चढ़ गया। उसने सास को बुलाकर चीख़ते हुए कहा, 'इन्हें घर में रखकर क्या काम हो रहा है? इनके पिताजी नहीं हैं लेकिन भाई लोग तो हैं, ये उनके पास जाकर रहें न! ये ऐसा क्या खाना बनाती हैं! इनके मुक़ाबले सुपर्णा ही खाना अच्छा बनाती थी, उसे ही रखो। कल्पना को बच्चों के काम में जो हेल्प नहीं करेगा, उसे ख़ामख़ाह बिठाकर खिलाने का कोई मतलब नहीं है।'

सुपर्णा इस घर में खाना बनाया करती थी, चूँकि रत्ना घर के कामकाज ठीक से नहीं कर पा रही है, इसलिए सजल को लगता है, रत्ना को हटाकर सुपर्णा को रखना ज़्यादा तर्कसंगत है। अब इसमें जेठ की क्या राय होगी, क्या पता! रत्ना आशंका से थरथराने लगी।

चोटें खा-खाकर रत्ना को महसूस हुआ कि वह पत्थर हो गई है। किसी के द्वारा दी गई कोई भी चोट उसे अब नहीं छूती। देवर की चीत्कार, सास की चुप्पी, कल्पना के षड्यंत्र—यह सब उसे अपनी चिता में आग लगाने-जैसा लगता है। उसे सब लोग मिलकर ज़िन्दा जला रहे हैं। दीवार से उसकी पीठ पहले ही टिक चुकी थी। आगे बढ़ने में उसके हर क़दम पर बाधा मौजूद है। उसके रास्तों पर काँटे बिछे हैं। उसके दोनों पैरों में बेड़ियाँ हैं। पीहर से उसे दिये गए गहनों में से जितने बचे थे, बाध्य होकर उसने सास से वे गहने वापस माँगे। उसे टुकटुकी को स्कूल में दाख़िला दिलवाना है। लेकिन सास ने कोई भी गहना वापस नहीं किया। उन्होंने साफ़ कह दिया, गहने बंधक रखकर सुभाष ने रुपये लिए थे, लेकिन रुपये चुकाकर वह गहने नहीं छुड़ा सका। सास ने ख़ुद छुड़वाए हैं, इसलिए वह सोना अब उनका है। जीवित रहने का अन्तिम अंकुर भी मर गया। उसके सामने अब कुछ भी नहीं था, सिर्फ़ धू-धू करता रेगिस्तान था। कहीं पर एक बूँद पानी नहीं, ज़रा-सी भी हरियाली नहीं।

चरम दुःस्वप्न के अतल से एक अन्तिम बार की तरह जीवित रहने के लिए रत्ना ने जी जान से आख़िरी तिनके को जकड़ लिया। उसने समझौता कर लिया। शाम को टुकटुकी को पढ़ाने बिठाने से पहले उसने कल्पना से कहा, 'बच्चों के कपड़े, उनकी कथरी जो भी हो, मुझे दे दो, मैं धो देती हूँ।' गुड़ीमुड़ी कथरी और कपड़ों को नल के नीचे धोते-धोते उसने कहा, 'आजकल तो बच्चों के लिए डाइपर आने लगे हैं। डाइपर भी तो लगाए जा सकते हैं। कथरी में गू-मूत करवाता है कोई?'

रत्ना सुबह सबके कपड़े धो देती है। बच्चों के कपड़े, उनकी कथरियाँ दिन में दो-तीन बार धोने पड़ते हैं। अगर काम करना मजबूरी है तो फिर रत्ना करेगी। टुकटुकी को क्यों भला बुलाया जाता है! लड़की की सहेलियाँ नई कक्षाओं में जा रही हैं, और वह क्या ज़िन्दगी भर पुरानी कक्षा में ही पड़ी रहेगी? पिता नहीं हैं, लेकिन इससे क्या! चाचा-ताऊ तो हैं। वे क्या अपनी आँखों के सामने देखना पसन्द करेंगे कि उनके घर की बिटिया अनपढ़ रह गई है?

रत्ना ज़्यादा पढ़-लिख नहीं पाई। इसलिए आज नौकरी करके वह अपने पैरों पर खड़ी नहीं हो पा रही है, लेकिन चाहती है, टुकटुकी अपने पैरों पर खड़ी हो सके। उसे अपने पिता की सम्पत्ति में से कुछ नहीं मिलेगा, मामाओं से भी कुछ हासिल नहीं होगा। उसके पास तो ख़ुद कमाने के सिवा कोई उपाय नहीं है।

समझौते से काम नहीं बना। दिन-पर-दिन सजल की नाराज़गी बढ़ती रही। इस नाराज़गी की चिंगारी में कल्पना बारूद डालती रही। उसने कहा, 'मेरे बेटे से उन्हें कितनी जलन होती है, मैं क्या बताऊँ! क्योंकि ख़ुद के तो बेटा पैदा नहीं हुआ न! लगता है, उनकी बेटी जज-बैरिस्टर बनेगी। देखती हूँ, कैसे बनती है! उनकी सूरत देखते ही बेटा डर के मारे रोने लगता है। उस दिन मैं नहाने गई, टुकटुकी से मैंने कहा कि ज़रा इसका ध्यान रखना। ओ माँ! नहाकर लौटी तो क्या देखती हूँ, बच्चा रोते-रोते लाल हो गया है। पूरे बदन पर लाल-लाल निशान। सोते हुए बच्चे को किसने उठाया? उसके बदन पर वैसे निशान कहाँ से आए? टुकटुकी ने बच्चे के साथ कुछ किया था। ज़रूर किया था। पता नहीं, उसे उसकी माँ ने ही कुछ करना सिखा दिया हो! मुझे तो लगता है, बच्चे के मुँह में भी कुछ डाला था। पता नहीं, ज़हर था कि नहीं! बच्चे की रुलाई एक घंटे बाद रुकी थी। मुझे तो भयानक डर लग रहा है।'

देवर, जेठ और सास के सलाह-मशविरे के बाद तय हुआ, सुपर्णा और उसकी बहन को पहले की ही तरह रखा जाएगा। इस घर में रत्ना और टुकटुकी की कोई ज़रूरत नहीं है। सुपर्णा को तनख़्वाह देनी होगी, दे देंगे। लेकिन आदेश देने पर उसे नहीं मानना, उलटे बहस करना, यह सब सहा नहीं जा सकता। वह सुभाष की पत्नी थी। हाँ, थी। इस समय सुभाष अतीत है, रत्ना भी अतीत है। ऐसा तो है नहीं कि उसने सुभाष की किसी पुत्र-संतान को जन्म दिया है। इस कन्या-संतान को हम क्यों पालेंगे भला? इसकी पढ़ाई-लिखाई और शादी का ख़र्चा हमें क्यों देना होगा? इन सबकी ज़िम्मेदारी न लेना ही बेहतर। घर में लोग आते हैं। वे भी देखेंगे तो कहेंगे, क्या बात है? लड़की स्कूल नहीं जाती, इससे तो बेहतर है रत्ना इस घर में पड़ी न रहकर अपने भाइयों के यहाँ जाकर रहे। भाइयों को तो पैसों का अभाव है नहीं। एक तो बढ़िया मर्सिडीज़ में घूमते हैं।

रत्ना को घर छोड़ने के लिए कह दिया गया। सास और जेठ के पैर पकड़कर रत्ना ज़ार-ज़ार रोती रही, बोली, वे जो भी सज़ा देना चाहें, दें, लेकिन घर छोड़ने का न कहें। उसके पास जाने के लिए कोई जगह नहीं है।

रत्ना की रुलाई किसी को नहीं छू सकी। उसे रसोई में घुसने से मना कर दिया गया। आँगन में भूखी रहकर उसने और दो दिन बिता दिये। अगले दिन जेठ ने ख़ुद रत्ना को घर से बाहर निकालकर सदर दरवाज़ा अन्दर से बन्द कर दिया। उन्होंने कह दिया, वह इस चौहद्दी में फिर न दिखाई दे। वह अगर दिखी तो वे पुलिस को ख़बर कर देंगे कि रत्ना पैसे चुराकर भाग गई है। फिर क्या! थाने में पुलिस की मार खा-खाकर उसे मरना पड़ेगा।

रत्ना टुकटुकी का हाथ पकड़कर चलने लगी। वह चलती रही। चिता की आग ने उसे जलाकर राख कर दिया है। टुकटुकी ने पूछा, 'माँ, हम लोग कहाँ जा रहे हैं?'

रत्ना ने कोई जवाब नहीं दिया। वह फुटपाथ पर चलती रही।

'हम मामा के यहाँ जा रहे हैं?'

रत्ना ने कहा, 'नहीं।'

'तो फिर कहाँ जा रहे हैं?'

'पता नहीं।'

दाएँ-बाएँ कहीं भी देखे बिना रत्ना चलती चली जा रही थी। उसका कोई ठिकाना नहीं है। वह कहीं नहीं जा रही है, वह कहीं नहीं पहुँचेगी।

पद्मा-मेघना

[1]

कॉलेज में पढ़ने के दौरान एक दिन यह तय हुआ, मौमिता पॉपी को 'पद्मा' कहकर पुकारेगी, और पॉपी मौमिता को 'मेघना' कहकर बुलाएगी। इन नामों से पुकारने के बाद से ही उन दोनों को यक़ीन होने लगा कि वे दोनों बह रही हैं। दोनों बहती-बहती एक-दूसरे में मिलती जा रही हैं। उनका अब कोई अलग अस्तित्व नहीं है। वे एक तथा अभिन्न हैं। बाहर से कोई देखे तो समझ नहीं सकेगा, इन दोनों सहेलियों के रसायन आपस में मिलकर एकाकार हो गए हैं। बहुत गोपन वाले मामले के बारे में केवल उन दोनों को पता है। दोनों सहेलियाँ होस्टल में एक ही कमरे में रही थीं, नौकरी के दौरान कर्मजीवी होस्टल में भी एक ही रूम में रहीं, फिर होस्टल-जीवन से बाहर निकलकर ढाका के शान्तिबाग़ में एक छोटा-सा फ़्लैट किराए पर लेकर दोनों बढ़िया एक परिवार की तरह रह रही हैं। दोनों ही उत्तरा बैंक की एक ही शाखा में काम करती हैं। घर में, दोस्तों के बीच, ऑफ़िस में सभी जानते हैं—पॉपी और मौमिता, दोनों ही अभिन्न मित्र हैं। सभी कुछ तो बहुत बढ़िया चल रहा था, स्वच्छ पानी में सुख और शान्ति की तैराकी चल रही थी। तो फिर मामला कहाँ गड़बड़ा गया?

मामला यूँ ही नहीं गड़बड़ाया था, गड़बड़ी की शुरुआत पॉपी के पिता ने की थी। मैमनसिंह से अपने एक्सपोर्ट-इम्पोर्ट के काम के सिलसिले में वे दो दिन के लिए ढाका आए थे। उन्हें छह महीने के अन्तर से ढाका आना पड़ता है। पॉपी और मौमिता के परिवार में मेहमानों के लिए एक अलग कमरा है। वहाँ अलग से एक पलंग लगाया गया है। उसी पलंग पर वे लोग मेहमान के सोने का इन्तज़ाम कर देती हैं। पॉपी के पिता मेहमान के रूप में उसी कमरे में सोए थे। लेकिन आधी रात को बाथरूम का रास्ता भूलकर वे पॉपी और मौमिता के बेडरूम में चले आए थे और उन्होंने वह दृश्य देख लिया था, जिसमें दोनों पूरी तरह से नग्न थीं और आपस में लिपटकर एक-दूसरे को चूम रही थीं। कमरे में बहुत ज़्यादा उजाला भले ही नहीं था लेकिन मद्धिम उजाला था, बहुत धीमे स्वर में रवींद्रसंगीत बज रहा था और कमरे में मोगरे की ख़ुशबू बिखरी हुई थी। पॉपी के पिता तेज़ी से कमरे से बाहर निकल गए

थे। इसके बाद वह मद्धिम उजाला बुझ गया, गाना भी बन्द हो गया। घने अन्धकार में तीनों लोग सोए रहे। एक कमरे में पॉपी और मौमिता, दूसरे कमरे में पॉपी के पिता ग़ुलाम मुस्तफ़ा।

मौमिता ने पॉपी से रात में फुसफुसाते हुए कहा था, जाकर माफ़ी माँग ले। पॉपी राज़ी नहीं हुई थी, वह माफ़ी नहीं माँगेगी। सुबह चाय बनाने के लिए जाकर देखा, फ़्लैट का बाहर जाने वाला दरवाज़ा खुला हुआ था। ग़ुलाम मुस्तफ़ा किसी को बिना बताए फ़्लैट से बाहर निकल गए थे।

मौमिता ने लम्बी साँस छोड़ते हुए कहा, 'तुझे मैंने कहा था, माफ़ी माँग ले। अब तो भारी मुसीबत हो जाएगी।'

पॉपी डाइनिंग की एक कुर्सी खींचकर खिड़की के पास जा बैठी, उदास नज़रें पेड़-पौधों को पार कर सड़क के उस पार जा पहुँचीं। उसने ज़ोर से कहा, 'मैं माफ़ी क्यों माँगूँगी? मैंने तो कोई अपराध नहीं किया है। मैंने प्यार किया है। मैंने अपना साथी चुन लिया है। इससे उन्हें असुविधा क्यों होनी चाहिए भला? वे आए, हमने उनकी काफ़ी देखभाल की। रात में उनकी पसन्द का खाना हमने ख़ुद अपने हाथों से बनाया था। उनके साथ बैठकर खाना खाया, उनसे बातें कीं।'

मौमिता दो कप चाय लाकर एक कप पॉपी को देकर दूसरा कप ख़ुद लेकर सोफ़े पर बैठ गई। बोली, 'लेकिन उन्होंने हमें देख लिया है। हमें किस हालत में देखा, एक बार उनकी नज़रों से देख।'

'यह मेरा व्यक्तिगत मामला है। उन्हें मेरे कमरे में आना नहीं चाहिए था, वे क्यों आए? सभी को प्राइवेसी की ज़रूरत होती है। मैं उनके अधीन तो रहती नहीं। उनका दिया खाती, पहनती नहीं हूँ। मैं क्या करूँगी, किसके साथ सोऊँगी, नहीं सोऊँगी, इसे मैं ख़ुद समझ लूँगी। मेरी ज़िन्दगी तो मेरी है, उनकी नहीं। और मेरी उम्र तो अठारह नहीं, बाक़ायदा पच्चीस है। मैं एक वयस्क लड़की हूँ। अपने निर्णय ख़ुद ले सकती हूँ। मैंने तय कर लिया है, मैं किसके साथ अपनी ज़िन्दगी गुज़ारूँगी।'

मौमिता ने मलिन स्वर में कहा, 'हम, पता नहीं क्यों, बेडरूम का दरवाज़ा बन्द करना भूल गए! वे दृश्य देखकर शॉक्ड रह गए थे। वे हमें बहुत घनिष्ठ सहेलियों के रूप में ही जानते थे, लेकिन हमारे इस रिश्ते के बारे में उन्हें मालूम नहीं था।'

'नहीं मालूम था तो अब मालूम चल गया है। वे अब घर में सबको बताएँगे।'

'बताएँगे तो अच्छी बात है। सभी को पता चलेगा। हमें पता था कि एक-न-एक दिन सबको इसका पता चल ही जाएगा।'

मौमिता ने लम्बी साँस छोड़ी। पॉपी चाय पीकर सोफ़े पर मौमिता के पास बैठकर बोली, 'मुझे लगता है, हमें सब लोगों को बता देने का समय आ गया है।'

'ज़रूरत होगी तो बताएँगे। ख़ामख़ाह क्यों बताएँगे? हम लोग तो सेलिब्रिटी हैं नहीं कि हमारे पर्सनल मामलों में किसी को इंटरेस्ट है! हम अपरिचित लोगों

को क्यों बताएँ? हम तो गे मूवमेंट नहीं चला रहे हैं कि बताने की ज़रूरत है। हम तो ऑर्डिनरी लोग हैं। ऑर्डिनरी लोग बिस्तर पर किसके साथ क्या करते हैं, उसे व्यक्तिगत ही रखते हैं। किसी को बताते नहीं फिरते।'

उस दिन बीमारी का बताकर पॉपी और मौमिता ने बैंक से छुट्टी ले ली थी। डायरिया, बुख़ार, यह सब बताने पर मैनेजर छुट्टी दे देते हैं, लेकिन वे अगर सच बतातीं कि मन अच्छा नहीं है, बैंक के काम में मन नहीं लगेगा, इस वजह से छुट्टी माँग रहे हैं, तो फिर वे छुट्टी नहीं देते। अन्य ऑफ़िसों की तरह उनके ऑफ़िस में भी शरीर को महत्त्व दिया जाता है, मन को नहीं। दिन भर घर में रहकर उन्होंने तय किया कि वे फ़्लैट बदल लेंगी और किसी को अपना नया पता नहीं बताएँगी। अपने घरवालों के साथ भी सम्पर्क रखने की कोई ज़रूरत नहीं है।

ग़ुलाम मुस्तफ़ा ने जो आचरण किया, उसी से समझ में आ गया कि वे इस सम्बन्ध को स्वीकार करने के लिए राज़ी नहीं हैं। पॉपी और मौमिता, दोनों की ही इस मामले में एक राय थी कि जिन लोगों के बीच यह सम्बन्ध है, उनका मानना ही काफ़ी है, दूसरों के मानने-न-मानने से कोई फ़र्क़ नहीं पड़ता। पॉपी को आशंका थी कि उसके घरवाले मौमिता के घरवालों को भी यह बुरी ख़बर सुना देंगे। मौमिता और पॉपी की माँ दो-एक बार फ़ोन पर बात भी कर चुकी हैं। उनकी बेटी शिक्षित घर की लड़की की दोस्त बनी है, उन्हें इस पर यक़ीन हो गया था।

मौमिता का घर यशोहर में था। उसके परिवार के लोगों का यशोहर से ढाका जाना-आना नहीं के बराबर होता था। कोई यदि आता तो पॉपी के घर से ही आता था। इसके अलावा ईद की छुट्टी में वे साल में एक बार अपने-अपने घर जाकर घूम आती थी। जाना-आना भले कम होता हो लेकिन बेटी ढाका में काम करती है, वह आत्मनिर्भर है, यही ख़बर परिवार के लोगों को राहत देती थी। पॉपी या मौमिता अकेली नहीं हैं, वे एक-दूसरे की देखभाल कर रही हैं। उनके मित्रों में और भी कई लड़कियाँ हैं, यह भी परिवार वालों के राहत का सबब होता। आजकल हर हाथ में फ़ोन के आने से, किसी भी समय वीडियो कॉल करने की सुविधा के होने से, कोई किसी को कुछ ख़ास मिस नहीं करता। बेटी बड़ी हो गई है, आजकल की लड़कियाँ तो ख़ुद ही अपना साथी चुन लेती हैं। लिहाज़ा अभिभावक भी बेटी की शादी को लेकर चिन्तित नहीं हैं।

पॉपी ने ही दो दिन बाद माँ को फ़ोन लगाया। पूछा, 'पिताजी ने उनसे कुछ कहा है क्या?'

अस्मा अख़्तर ने कहा, 'नहीं तो! क्यों, क्या हुआ? उन्हें क्या कहना था?'

'मुझे बिना बताए सुबह-सुबह वे निकल गए थे। इस बारे में उन्होंने कुछ नहीं कहा?'

'मुझसे कुछ नहीं कहा।'

'वे कुछ उलटा-सीधा कहें तो मुझे बताना। और सुनो, अम्मा, मैं छोटी बच्ची

नहीं हूँ। मुझे ज्ञान देने की कोशिश की तो कोई फ़ायदा नहीं होगा, कहे देती हूँ।'

'तुझे कौन ज्ञान देना चाहता है? तू क्या बात कर रही है, मुझे कुछ भी समझ में नहीं आ रहा है।'

पॉपी ने बात आगे नहीं बढ़ाई।

ग़ुलाम मुस्तफ़ा ने चूँकि घर के लोगों को वह बात नहीं बताई थी, लिहाज़ा पद्मा और मेघना अपने ढंग से निश्चिन्त होकर बहती रहीं : दुःख में, सुख में एक साथ। ऑफ़िस में भी वे एक साथ रहतीं, ऑफ़िस के बाहर भी एक साथ। नहाना-खाना एक साथ। कभी-कभी सिनेमा थियेटर जाना, नदी के किनारे टहलना, वह भी एक साथ ही होता था। दोनों की आय से दोनों की ज़िन्दगी बढ़िया मज़े से चल रही थी। वे पैसे वाले घरों की बेटियाँ थीं। परिवार के लोगों को कभी-कभी उपहार देने के अलावा और कुछ देने की ज़रूरत नहीं पड़ती थी। परिचितों को मालूम है, ढाका शहर में एक व्यक्ति के वेतन से काम नहीं चलता, दो या फिर ज़्यादा लोग शेयर करें तो चल जाता है। पद्मा और मेघना वही कर रही हैं। एकमात्र ग़ुलाम मुस्तफ़ा के अलावा और किसी को उन दोनों के रिश्ते की सच्चाई के बारे में नहीं पता। पद्मा और मेघना, दोनों को ही उम्मीद थी, वे इस रिश्ते को स्वीकार कर लेंगे। सिर्फ़ यूरोप और अमेरिका में नहीं, तीसरी दुनिया के समाजों में भी समकामियों के रिश्तों को काफ़ी हद तक सहन किया जा रहा है। इसके अलावा, ग़ुलाम मुस्तफ़ा कोई कठमुल्ला या मसजिद के इमाम या मौलवी तो थे नहीं, उन्होंने कॉलेज और विश्वविद्यालय की पढ़ाई की थी। संसार में क्या हो रहा है, नहीं हो रहा है, वे इन सबकी ख़बर रखते हैं।

पद्मा और मेघना, दोनों ने ही कभी किसी मर्द को छुआ नहीं था। उन्हें नहीं पता, मर्दों का साथ कैसा होता है। वे जानना भी नहीं चाहतीं। जब वे किशोरी थीं तब दोनों ने ही सोचा था, एक दिन शादी हो जाएगी, पति होगा, घर-गृहस्थी होगी। परिवार द्वारा थोपी गई इस सोच के अणु-परमाणु आपस में गुँथकर कोई सपना बुनते, इससे पहले ही धूल के बवंडरों ने आकर उन्हें उड़ा लिया था। जिस दिन पद्मा और मेघना ने प्यार करके एक-दूसरे को छुआ था, उस दिन थकावट की वजह से पद्मा मेघना की गोद में सिर रखकर सो गई थी, जिस दिन मेघना को बुख़ार आया पूरी रात बिना सोए पद्मा ने निरलस सेवा की थी। उस दिन सिसकारियाँ भरकर दोनों चरमसुख में थरथर काँप रही थीं। अब एक को कोई समस्या होती तो दूसरी दौड़ी चली आती थी। एक को रोने के लिए दूसरे का कन्धा मौजूद रहता। एक को जी खोलकर हँसने के लिए दूसरे का आलिंगन रहता। पद्मा या मेघना को कभी नहीं लगा, वे अकेली हैं, उन्हें अपनी ज़िन्दगी में किसी और की ज़रूरत है। वे दोनों ही एक-दूसरे का विश्वास बन गई थीं, सुरक्षा बन गई थीं। वे चाहती हैं, उनका शेष जीवन भी इसी तरह बीत जाए।

पद्मा और मेघना एक-दूसरे की देहों में समा गई थीं, हृदय में समा गई थीं। उन्हें अलग करना सम्भव नहीं था।

यह सारा कुछ चाँदपुर से शुरू हुआ था। छह साल पहले पद्मा और मेघना कॉलेज की बहुत सारी सहेलियों के साथ कॉलेज की ही एक सहेली की शादी में चाँदपुर गई थीं। उसी चाँदपुर में नदी किनारे टहलते-टहलते उन लोगों ने ज़िन्दगी को लेकर तमाम बातचीत की थी। वास्तव में चाँदपुर में ही पद्मा और मेघना, दोनों नदियाँ आपस में मिल जाती हैं। चाँदपुर में हाथ में हाथ रखकर, आँखों में आँखें डालकर वे दोनों एक-दूसरे के हृदयों में मिल गई थीं। वे तब नई-नई रूममेट बनी थीं, जान-पहचान थी लेकिन तब तक दोस्ती नहीं हुई थी। लेकिन चाँदपुर में दोस्ती से कुछ ज़्यादा हो गया था। चाँदपुर में ही वे दोनों पूरी रात छत पर बैठकर प्यार और जुन्हाई में भीगती रहीं। फिर एक के बाद एक कई साल बीत गए, पद्मा के हृदय को और भी गहराई से मेघना के हृदय ने छू लिया था।

[2]

पद्मा और मेघना का फिर बाद में क्या हुआ? अचानक एक रात पुलिस ने आकर दरवाज़े पर दस्तक दी। दोनों को हथकड़ी पहनाकर थाने ले गई। पद्मा और मेघना के बार-बार पूछने पर भी कि उनका क्या अपराध है, कोई जवाब नहीं मिला। उन्होंने थाने में देखा, एक कुर्सी पर सिर झुकाए ग़ुलाम मुस्तफ़ा बैठे हुए थे। पद्मा ने अस्फुट स्वर में कहा, 'आप थाने में क्यों हैं? क्या हुआ? ये लोग हमें क्यों पकड़ लाए हैं?'

ग़ुलाम मुस्तफ़ा ने कोई जवाब नहीं दिया। उन्होंने भौंहें सिंकोड़कर एक बार पद्मा और मेघना की ओर देखकर नज़रें हटा लीं।

पहले-पहल तो कुछ समझ में नहीं आया लेकिन बाद में पद्मा और मेघना, दोनों को ही मामला साफ़-साफ़ समझ में आ गया। ग़ुलाम मुस्तफ़ा ने पुलिस में शिकायत की थी, उनकी बेटी को मौमिता नाम की एक लड़की ने अपने झाँसे में लेकर उससे अवैध सम्बन्ध स्थापित किये हैं। इसके बाद पद्मा और मेघना ने पुलिस और ग़ुलाम मुस्तफ़ा के सामने ही सारा कुछ बता दिया।

पुलिस अफ़सर आफ़ताब अहमद ने उन दोनों को अपने सामने दो कुर्सियों पर बैठने को कहा। उन्होंने मौमिता से पूछा, 'आप पॉपी का ब्रेनवॉश करके उससे अवैध सम्बन्ध बना रही हैं?'

पॉपी ने कहा, 'मौमिता ने मेरा ब्रेनवॉश नहीं किया है, मैं उससे प्यार करती हूँ।'

पुलिस ने फिर से मौमिता से सवाल किया, 'आपने इस काम के लिए फ़्लैट किराए पर लिया है?'

इस बार भी पॉपी ने जवाब दिया, 'फ़्लैट हम दोनों ने किराए पर लिया है। इसने अकेले किराए पर नहीं लिया है।'

पुलिस : 'पैसा कहाँ से आता है? आप लड़कियों की तस्करी से जुड़ी हैं, सही है या नहीं?'

पॉपी : 'हम दोनों ही बैंक में नौकरी करती हैं। पैसा हमें अपनी तनख़्वाह से मिलता है।'

पुलिस : 'बैंक में क्या नौकरी है?'

पॉपी : 'मैं कैश डिपॉज़िट और विथड्रॉल देखती हूँ, यह डेटा प्रोसेसिंग का काम करती है।'

पुलिस : 'पढ़ाई कहाँ से की है?'

पॉपी : 'बदरुन्निसा कॉलेज से।'

पुलिस : 'वहाँ क्या पढ़ाई की?'

मौमिता : 'हम दोनों ने ही मैथ्स लेकर पढ़ाई की है।

पुलिस : 'आप लोगों का क्या रिश्ता है?'

इस बार मौमिता ने जवाब दिया : 'हम दोनों सहेलियाँ हैं।'

पुलिस : 'सिर्फ़ सहेलियाँ?'

मौमिता : 'नहीं, इससे भी कुछ ज़्यादा।'

पुलिस : 'इससे भी ज़्यादा का मतलब? मैं समझ नहीं पाया।'

मौमिता : 'आप समझने की कोशिश कीजिए।'

पुलिस : 'मुझे समझ में नहीं आ रहा है, आप समझाइए।'

मौमिता : 'हम दोनों एक-दूसरे से प्यार करती हैं।'

पुलिस : 'यह प्यार कितने दिनों से है?'

मौमिता : 'छह साल से।'

पुलिस : 'सहेलियाँ तो एक-दूसरे से प्यार करती ही हैं। आप लोगों का प्यार किस तरह का है, ज़रा बताइए?'

पॉपी : 'आप प्यार समझते हैं? हम लोग प्यार करते हैं।'

पुलिस : 'लड़की लड़की में प्यार होता है?'

मौमिता : 'होता है।'

पुलिस : 'मैंने तो कभी ऐसी अजीब बात नहीं सुनी।'

पॉपी : 'नहीं सुनी, यह आपकी प्रॉब्लम है। हमारी प्रॉब्लम नहीं है।'

मौमिता : 'प्यार स्त्री-पुरुष में होता है, पुरुष-पुरुष में होता है और स्त्री-स्त्री में भी होता है।'

पुलिस : 'हा हा हा हा...'

मौमिता : 'लगता है, पहली बार सुना है आपने?'

पुलिस : 'हाँ, पहली बार सुना है। अच्छा, क्या आप लोग यह कहना चाह रही हैं कि आप दोनों में सेक्स भी होता है?'

पॉपी : 'हाँ, सेक्स भी होता है।'

पुलिस : 'वह कैसे?'

पॉपी और मौमिता की आँखों से ढेर सारी नफ़रत छिटककर निकल आई। उन्होंने इसका जवाब नहीं दिया।

पुलिस : 'लड़की लड़की का आपस में प्यार करना, सेक्स करना तो इस देश में क्राइम है, क्या यह आपको नहीं पता? आप लोगों ने क्राइम किया है। मुझे आप लोगों को जेल में रखना होगा। कुछ दिन जेल में रहने पर यह सारी दुष्ट बुद्धि दिमाग़ से निकल भागेगी।'

पॉपी : 'अगर आपको लगता है, हमने क्राइम किया है, तो हमें ज़रूर जेल भेजिएगा। हम अगर जेल गईं तो एक साथ जाएँगी। ज़िन्दा रहीं तो एक साथ और अगर मरीं तो एक साथ मरेंगी।'

जब हथकड़ी खोल दी गई तो पॉपी और मौमिता, दोनों ने ही सख़्ती से एक-दूसरे का हाथ पकड़ लिया। एक-दूसरे की छुअन ने दोनों को ही साहसी और मुँहफट बना दिया था। उन्होंने अन्याय नहीं किया है। किसी का कोई काम नहीं बिगाड़ा, किसी की बेइज़्ज़ती नहीं की। किसी की अवमानना नहीं की, किसी को मारा-पीटा नहीं। किसी का कोई नुक़सान नहीं किया, अनिष्ट नहीं किया। एक-दूसरे के थामे हुए हाथों की ऊष्मा ने ही बता दिया था कि वे नहीं डरने वाली हैं।

ग़ुलाम मुस्तफ़ा दूर वाली कुर्सी पर बैठकर सब कुछ सुन रहे थे। वह कमरे से बाहर यह देखने के लिए निकल आए कि कहीं पर पीने के लिए एक गिलास पानी मिलेगा या नहीं। पुलिस अफ़सर पॉपी की जबड़े सख़्त करके की गई बातों को सुनकर काफ़ी देर तक हँसता रहा। हँसते-हँसते उसने कई बार अपनी जाँघों की संधि पर हाथ फेरा। फिर बोला, 'मरना-बचना तो बाद की बात है। पहले इसका जवाब दीजिए कि प्यार और सेक्स तो स्त्री और पुरुष के बीच होता है, आप तो दोनों ही स्त्रियाँ हैं, तो फिर कैसे, क्या?'

पूछताछ में जो भी सवाल-जवाब हुए हों, पहले से तय की गई कार्यवाही को ही अंजाम दिया गया। मौमिता को हाजत में रखा गया और पॉपी को ज़बरदस्ती गाड़ी में बैठा दिया गया। गाड़ी सीधे मैमनसिंह चली गई। मैमनसिंह वाले घर के एक कमरे में पॉपी को रखकर दरवाज़े पर बाहर से ताला जड़ दिया गया। कमरे के भीतर पॉपी के पैरों में इस तरह ज़ंजीर बाँधी गई कि वह बस कमरे के साथ लगे बाथरूम तक ही जा सके। पॉपी चीख़ती रही, रोती रही, उसने उसे आज़ाद करने के लिए कहा, उसने अपना फ़ोन वापस माँगा, उसने घर छोड़कर जाने की बात कही, वह माँ-बाप के सामने गिड़गिड़ाती रही, उनके पैरों पर गिर पड़ी, लेकिन

इन सबसे उसका काम नहीं बना। बिस्तर पर नहीं, फ़र्श पर लोट लगाती हुई पॉपी कहती रही, 'मुझे मौमिता के पास जाने दो, मुझे अपनी मेघना के पास जाने दो, मैं मौमिता के बिना ज़िन्दा नहीं बचूँगी, हमें एक-दूसरे से अलग मत करो, इससे तो अच्छा है, मुझे मार डालो।' कहती रही, 'मेरी प्राइवेट बैंक की नौकरी है, मेरी नौकरी चली जाएगी, मेरा ऐसा सर्वनाश मत करो।' नहीं, किसी भी तरह काम नहीं बना।

खिड़की की ग्रिल के उस पार से नाते-रिश्तेदार उसे देख जाते। वे लोग पहले उसे जिस नज़र से देखते थे, अब नहीं देखते। यह नज़र अब अलग है। इस नज़र में कौतूहल है, इस नज़र में नफ़रत है। मानो पॉपी अब पहले वाली पॉपी नहीं रही। मानो पॉपी पागल हो गई है। मानो पॉपी अचानक चिड़ियाघर की कोई विचित्र जीव हो गई है। मानो पॉपी पहले की तरह मनुष्य नहीं रही।

अस्मा अख़्तर कमरे में दो जून का खाना दे जाती हैं। ग़ुलाम मुस्तफ़ा की सलाह से उस खाने में नींद की दवा मिला दी जाती है, ताकि पॉपी की चीख़-चिल्लाहट बन्द रहे। तीन सप्ताह बाद पैरों की ज़ंजीर खोल दी गई। ज़ंजीर खोल दी गई क्योंकि पैर में घाव हो गया था। अस्मा अख़्तर घाव ठीक होने का पाउडर उस कमरे में रख गई थीं। पॉपी निस्तेज होकर दिन-दिन भर पड़ी रही। खाना न खाकर वह कंकाल-जैसी हो गई, पानी न पीने की वजह से अक्सर बेहोश हो जाती।

पुलिस ने मौमिता को सात दिन जेल में रखने के बाद छोड़ दिया था। मौमिता ने फिर से नौकरी जॉइन कर ली थी और उम्मीद कर रही थी कि पॉपी लौट आएगी। उससे सम्पर्क का कोई उपाय नहीं था। फ़ोन बन्द करके रखा गया था। मौमिता ने अनुमान लगाया कि हो सकता, फ़ोन पॉपी के पास हो ही नहीं। उसने उसके पते पर चिट्ठी भेजी, वह भी लौट आई।

दो महीने बाद एक अजाने व्यक्ति के साथ पॉपी की शादी कर दी गई। गफ़र गाँव में उस व्यक्ति का एल्यूमीनियम के बर्तनों का कारोबार था। उसके पास अच्छा पैसा था, लेकिन वह ज़्यादा पढ़ा-लिखा नहीं था। स्कूल पास करने के बाद फिर उसने कॉलेज की पढ़ाई नहीं की थी। पॉपी को समझ ही नहीं आया कि उसकी शादी हो रही है। शादी किसके साथ हो रही है, यह समझने का तो सवाल ही नहीं उठता। काज़ी को भी क़बूल शब्द सुनाई नहीं दिया, कारण कि पॉपी ने क़बूल शब्द बोला ही नहीं था। रजिस्ट्री के ख़ाते में जहाँ दस्तख़त करने के लिए कहा गया था, अस्मा अख़्तर ने ख़ुद ही उन जगहों पर पॉपी का नाम लिख दिया। शादी के रोज़ दूल्हा और उसके पाँच रिश्तेदार आए थे। उनके हाथों में मिठाई के पैकेट थमा दिये गए। इसके पहले कि पॉपी को पूरी तरह से होश आ जाए, ग़ुलाम मुस्तफ़ा चाहते थे, यह सारा आयोजन निपट जाए। लिहाज़ा पॉपी को तुरत-फुरत गफ़र गाँव भेज दिया गया। आधी बेहोश पॉपी को रात के अँधेरे में ही शहर से गाँव ले जाया गया।

दो दिन बीत जाने के बाद पॉपी को धीरे-धीरे सारा माजरा समझ में आ गया। वह समझ गई, उसके माँ-बाप ने उसकी ज़िन्दगी बर्बाद कर दी है। वह सोचने लगी, इस बर्बादी से वह किस तरह बच सकती है। उसके विचार गड्डमड्ड हो गए फिर भी वह सोचने की कोशिश करती रही। उसके साथ सारी रात पति नामक एक व्यक्ति बलात्कार करता है। इस बलात्कार से, शारीरिक उत्पीड़न से वह जी-जान से बचना चाहती है। वह पिता के लिए नहीं, माँ के लिए नहीं, अल्लाह-ख़ुदा—किसी के लिए भी नहीं। वह तो दिन-रात 'मौमिता-मौमिता' को पुकारकर रोती रहती है। सात दिन बाद पॉपी घर से भाग निकली। ससुराल के लोग उसे नहीं ढूँढ़ सके।

उधर मौमिता पॉपी को ढूँढ़ती-ढूँढ़ती मैमनसिंह जा पहुँची। उनके घर का पता लगाते-लगाते वह पॉपी के घर पहुँच गई। वहाँ उसे पता चला, पॉपी की शादी हो गई है और वह अपने पति के साथ ख़ुशी-ख़ुशी घर-गृहस्थी क़र रही है। मौमिता को किसी ने घर के अन्दर आने के लिए भी नहीं कहा था। गेट के बाहर खड़े रखकर ही उससे बात की थी। मौमिता ने बार-बार पॉपी की ससुराल का पता माँगा था, किसी ने पता नहीं दिया। आख़िरकार मौमिता शहर के रास्तों पर भटकने लगी कि हो सकता है, अचानक पॉपी से मुलाक़ात हो जाए। लेकिन जब मुलाक़ात नहीं हुई तो मौमिता ने सोचा, ढाका लौटकर, अकेले फ़्लैट में रहने से क्या फ़ायदा! नौकरी करके भी क्या फ़ायदा! क्या फ़ायदा अगर ज़िन्दगी में पॉपी ही न रहे! पल भर में मौमिता के लिए यह जीवन अर्थहीन हो उठा। वह पॉपी को ढूँढ़ती, भटकती रही, हृदय की कोठरी में उसे भरकर उससे बातें करती रही।

मौमिता पागलों की तरह रास्तों पर भटक रही थी। असावधानी के कारण उसका बैग चोरी हो गया। बैग में रखे रुपये-पैसे, बैंक के कार्ड, फ़ोन—सब कुछ चला गया। बैंक, फ़्लैट, नौकरी, अपने घर-संसार सब को विदा करके वह यशोहर चली गई। उसने नया फ़ोन ख़रीदकर खो गए फ़ोन के नम्बर वाली सिम ले ली। उसने ऐसा इसलिए किया कि एक दिन पॉपी इस नम्बर पर फ़ोन करेगी। यशोहर में ही मौमिता एक एजेंसी में नौकरी करने लगी। वह अपने मायके में रह रही है। अपने ही कमरे में। चुपचाप। उसकी ज़िन्दगी में कोई हँसी-मज़ाक, कोई मनोरंजन नहीं है। वह सिर्फ़ पॉपी के फ़ोन का इन्तज़ार करती रहती है या फिर इसका कि पॉपी किसी दिन अचानक आकर उसे चौंका देगी। एक-एक कर साल बीतते चले गए। उसके माता-पिता ने उसकी शादी की बात पक्की कर दी। इस पर मौमिता ने उन्हें बता दिया, वह समकामी है। वह किसी पुरुष से शादी नहीं करेगी। उसने बताया कि उसकी प्रेमिका का नाम पॉपी है।

एक दिन उसकी माँ ने पूछा, 'तेरी वह रूममेट पॉपी अब कहाँ रहती है?'

मौमिता ने कहा, उसे नहीं पता।

'तुझे नहीं पता, यह कोई बात हुई! तेरा कोई सम्पर्क नहीं है?'

'नहीं।'

'वह तुझे फ़ोन नहीं करती?'

'नहीं।'

'हुआ क्या है, तुम दोनों तो ढाका में एक साथ रहती थीं।'

'उसके पिताजी आकर उसे ले गए हैं। उसकी शादी करवा दी है।'

'शादी में तुझे नहीं बुलाया?'

'नहीं।'

'ग़ज़ब है! इसी पॉपी के बारे में तूने कहा कि तू उससे प्यार करती है! वह कहाँ है? यशोहर में ही है?'

'है कहीं पर।'

'तुम लोगों की मुलाक़ात होती है?'

'होगी।'

'तू उसके पास जाएगी या वह तेरे पास आएगी?'

'वह मेरे पास आएगी।'

'वह दिखने में कैसी है?'

'सुन्दर है।'

'तुझसे भी ज़्यादा सुन्दर है?'

'हाँ, मुझसे भी ज़्यादा सुन्दर है।'

'उसकी फ़ोटो दिखा न।'

'फ़ोन में थी। पिछला वाला फ़ोन तो चोरी हो गया है।'

'मुझे देखने की इच्छा हो रही है।'

'इतनी जल्दबाज़ी किस बात की है? वह आ जाएगी तो देख लेना।'

मौमिता की और बात करने की इच्छा नहीं हुई। वह करवट बदलकर सो गई।

बुलडोज़र

अफ़साना की बिस्कुट की दुकान से लगी हुई मालती की चाय की दुकान थी। वे दस सालों से यही कारोबार कर रही हैं और उनकी दोस्ती इसके भी पहले से है। जहाँगीरपुरी में इनके घर भी बहुत ज़्यादा दूर नहीं हैं। एक बस्ती को पार कर दूसरी बस्ती। अफ़साना का जन्म हल्दिया में हुआ था और मालती का दीघा में। छोटी उम्र में ही उन्हें उनके माता-पिता इस अपरिचित ऊसर ज़मीन पर ले आए थे। तब से वे लोग जहाँगीरपुरी में ही रह रहे हैं।

अफ़साना की बस्ती में मेदिनीपुर के और भी लोग हैं जो उनके आसपास ही रहते हैं। कमरों से सटे हुए कमरे हैं। एक ही कमरे में खाना बनता है, उसी में सोते हैं, खाते हैं। मालती की बस्ती में भी ऐसा ही है। पहले जंगल में जाकर हाजत निपटा आते थे, अब दोनों ही बस्तियों में इस काम को निपटाने के लिए पक्की व्यवस्था कर दी गई है। अफ़साना का पति रिक्शा चलाता है, मालती के पति का मिट्टी खोदने का काम है। पतियों की आय से घर नहीं चलता इसलिए उन दोनों को रोज़गार के लिए आना पड़ा है।

बिस्कुट, चनाचूर, केले, संतरे, ब्रेड, अंडे बेचने के बावजूद लोग इसे बिस्कुट की दुकान ही कहते हैं। मालती मिट्टी के सकोरों में चाय देती है। उसने दुकान पर एक बेंच लगा दी है। सुबह से ही चाय पीने वालों की भीड़ लगी रहती है। मालती की इच्छा है, वह दुकान को थोड़ी और बड़ी करके इसे नाश्ते की दुकान बनाएगी। ब्रेड और अंडा फ्राई बेचेगी, पूड़ी और समोसे भी बनाएगी और साथ में गरम चाय। जब ग्राहक नहीं होते तो दोनों बैठकर हर रोज़ ख़्वाबों के कबूतर उड़ाया करते। अफ़साना भी कहती, उसकी इच्छा है, वह चावल, दाल, नमक, तेल बेचे। चारों ओर इतनी बस्तियाँ हैं, लिहाज़ा उन्हें यक़ीन है, उनकी दुकानों पर कभी भीड़ कम नहीं होगी।

अफ़साना और मालती ख़्वाबों के कबूतर तब भी उड़ा रही थीं, जब यह घटना घटी। एक दोपहर भगवान हनुमान के जन्मोत्सव के उपलक्ष्य में हनुमान जयंती का जुलूस निकला। जुलूस में लोगों के हाथों में तलवारें, पिस्तौल, लाठी और झंडे थे। ठीक अफ़साना की बस्ती के मोड़ पर आकर एक आदमी ने चिल्लाकर कहा,

'यह देश सनातनियों का देश है। इस देश में रहना है तो जय श्री राम कहना होगा।' बाक़ी लोग 'जय श्री राम' का नारा लगाने लगे।

अफ़साना भौंहें सिंकोड़ कर जुलूस देख रही थी और अवाक् हो रही थी। ऐसा जुलूस उसने इस मोहल्ले में इससे पहले कभी नहीं देखा था। मालती की आँखें भी विस्मय से बड़ी हो गई थीं। उसने तैंतीस सालों में इस इलाक़े की ऐसी सूरत नहीं देखी थी। यह सब क्या हो रहा है? दोनों ने ही ग़ौर किया, मसजिद के सामने आकर जुलूस उत्तेजित होने लगा था। किसी-किसी ने मसजिद पर अपने हनुमान जयंती के झंडे लगाने की कोशिश भी की। कुछ मुसलमान दौड़कर मसजिद के भीतर घुस गए। अफ़साना ने अनुमान लगाया मुसलमान लोग डर के मारे घर के भीतर दुबक गए हैं। उसने अन्दाज़ लगाया कि कुछ लोग मोहल्ला छोड़कर भाग रहे हैं।

मसजिद से एक आदमी दौड़ता हुआ आया और उसने दुकानवालों से कहा, 'आप लोग दुकानें बन्द कर दो, दंगे हो सकते हैं।' अफ़साना और मालती में से किसी ने अपने टपरे बन्द नहीं किये। जुलूस आगे बढ़ गया, लेकिन घंटे भर बाद वह फिर लौट आया। उन्होंने फिर से मसजिद पर झंडा फहराने की कोशिश की, इस बार भी वे चीख़े, 'यह देश हिन्दुओं का है, तुम लोगों को इस देश में रहने का कोई अधिकार नहीं है। तुम लोग यहाँ से दफ़ा हो जाओ।' झंडे हाथ में लिये हुए कुछ लोग अफ़साना की दुकान की ओर बढ़ आए। उनकी आँखों के सामने मालती ने अपने हाथ के शाँखा हिलाकर दिखाए, सिर झुकाकर सिन्दूर भी दिखा दिया। इसका मतलब यह था कि मैं हिन्दू हूँ, मुझे मत मारना। अफ़साना के पास दिखाने को कुछ नहीं था। मालती ने अपने दुबले-पतले शरीर से मोटी अफ़साना को ओट करने की कोशिश की। झंडा लहराने वाले जब आँखों से ओझल हो गए तो दोनों ने ही अपनी-अपनी दुकान बन्द कर दी और तेज़ क़दमों से घर की ओर चल दीं। अफ़साना को उसके घर पहुँचाकर अपने घर लौटने से पहले मालती ने बार-बार कहा कि वह घर से बाहर न निकले।

शाम को जुलूस फिर से मुसलमान बस्ती के सामने आकर खड़ा हो गया। लोग मसजिद के सामने खड़े होकर फिर से चिल्लाने लगे। भयानक शोरगुल सुनकर अफ़साना घर से बाहर निकल आई। उसने देखा, मसजिद की छत से जुलूस पर शीशी, बोतलें, ईंट और पत्थर बरसाए जा रहे हैं। मसजिद की छत पर अफ़साना को अपना छोटा भाई आज़ाद भी दिखाई दिया। उसने चीख़कर आज़ाद से छत से उतर आने को कहा। उसकी आवाज़ मसजिद की दीवार से टकराकर उसी के पास लौट आई।

हनुमान जयंती के लोग घायल होते रहे। कुछ लोग घायलों को लेकर अस्पताल की ओर दौड़ते रहे। कुछ मुसलमान युवक सड़क पर उतर आए थे। उनके हाथों

में भी तलवारें थीं। उनके हाथों में भी ईंट के टुकड़े, लाठी और बन्दूकें थीं। उन्मत्त हिन्दुओं के हाथ जो भी मुसलमान आ जाता, वे उसी को पीट रहे थे। अंसार अपने दल के साथ भगवा जुलूस पर टूट पड़ा। अफ़साना इस अंसार को पहचानती थी। मोहल्ले के लोग कहते हैं, अंसार जेब में पिस्तौल लेकर चलता है। उसे देखकर मुसलमान लोग ख़ुद दस हाथ दूर रहते हैं।

हिन्दुओं पर हमला हो रहा है, यह ख़बर मिलते ही हिन्दुओं के मोहल्ले से झुंड-के-झुंड हिन्दू दौड़े चले आए। अंत में जैसा होता है, हिन्दू और मुसलमानों में दंगा शुरू हो गया।

अफ़साना अवाक् होकर खड़ी रही। उसे भी ईंट का टुकड़ा आकर लगा। ज़ीनतआरा उसे खींचकर बस्ती के अन्दर ले गई और तमाम मुसलमान बच्चों, बूढ़ों, स्त्री, पुरुषों के साथ खड़े होकर अफ़साना ने देखा, पुलिस आ चुकी थी। जो भी उनके सामने पड़ा, उसकी ही जमकर पिटाई लगाई गई। कुछ लोगों को वैन में उठा लिया गया। उन लोगों में कितने मुसलमान और कितने हिन्दू थे, किसी को नहीं पता।

हालाँकि जैसे-जैसे रात गहराती रही, मुसलमान बस्ती के लोग कहने लगे, वैन में जिन लोगों को उठा कर ले जाया गया है, वे सभी मुसलमान हैं। एक नीली-सी आशंका आग की तरह बस्ती में फैल गई, तेज़ी से उत्तेजना बढ़ने लगी। किसी के बेटे को पकड़कर ले गए थे, किसी का पति घायल था, किसी के भाई को पीटकर अधमरा कर रखा था। अफ़साना का पति सलीम घर नहीं लौटा था। ख़बर मिली कि उसे भी थाने में रखा गया है। आज़ाद भी घर नहीं लौटा था। पता चला, वह अस्पताल में है। उसका सिर फट गया है।

अफ़साना पूरी रात करवटें बदलती रही, और एस्बेस्टस की छत वाले पंखे को देखती रही। ज़ीनतआरा बग़ल वाले कमरे से आकर उसके पास लेट गई थी। उसकी आँखों में भी नींद नहीं थी। एक समय ज़ीनतआरा ने कहा, 'भाई गया, पति गया, अच्छा हुआ तुम्हारा बेटा गाँव में अपनी दादी के पास बड़ा हो रहा है। उसे यहाँ मत लाना। कब क्या हो जाए, क्या पता!'

अफ़साना ने कोई जवाब नहीं दिया। वह भी जानती है, इस बस्ती में बेटा इनसान नहीं बन सकेगा। वह दिल्ली में काम करके हल्दिया गाँव पैसे भेजती है, बेटा हँसता-खेलता बड़ा हो रहा है, स्कूल जा रहा है। इस झुलसे हुए शहर में आकर उसे सीखने की ज़रूरत नहीं है कि वह मुसलमान है। उसे नहीं सीखना पड़ेगा कि हिन्दुओं से नफ़रत करो, हिन्दुओं पर पत्थर फेंको।

अगले दिन सुबह ही ज़ीनतआरा के घर पर अफ़साना ने टेलीविज़न पर देखा, शहर में कोहराम मच गया है। लोग पूछ रहे हैं, जहाँगीरपुरी के बंगाली लोग बांग्लादेशी हैं या फिर रोहिंग्या हैं! हनुमान जयंती वाले लोगों ने थाने में इस इलाक़े के मुसलमानों के ख़िलाफ़ यह शिकायत कर दी कि ये लोग भारत के नागरिक नहीं

हैं। इनकी बस्ती अवैध है। इनकी रिहाइश अवैध है। इनके घर, इनकी दुकानें सब अवैध हैं। इनकी चौदह पीढ़ियाँ अवैध हैं।

अफ़साना ने बाहर आकर देखा, टेलीविज़न के लोग वहाँ घूम-फिर रहे हैं। वे बजरंगियों से पूछ रहे थे, कल क्या हुआ था। वे अपने हिसाब से घटना का वर्णन कर रहे थे :

'बांग्लादेशी और रोहिंग्या मुसलमानों ने हनुमान जयंती के शान्तिपूर्ण जुलूस पर हमला किया था।'

टेलीविज़न वालों ने मुसलमानों से जानना चाहा कि शान्तिपूर्ण जुलूस पर हमला क्यों किया गया, तो वे एकजुट होकर बताने लगे, 'क्या ख़ाक शान्तिपूर्ण! तलवार, बन्दूक, पिस्तौल लेकर कोई शान्तिपूर्ण जुलूस निकालता है? उनका मक़सद हमें डराना था।'

अफ़साना पास में खड़ी-खड़ी सुन रही थी। अब एक आदमी माइक्रोफ़ोन लेकर उसकी ओर चला आया। उसने सवाल किया, 'तुम बांग्लादेशी हो कि रोहिंग्या?'

अफ़साना ने कहा, 'मैं जहाँगीरपुरी में तीस सालों से रह रही हूँ। हमारे इलाक़े में न तो कोई बांग्लादेशी है और न ही रोहिंग्या। मैं पश्चिम बंगाल की हूँ। मेदिनीपुर के हल्दिया में मेरा जन्म हुआ है। आप अगर चाहें तो मेरे जन्म के काग़ज़ात देख सकते हैं।'

टेलीविज़न पर ख़बरें देखकर मालती भी रास्ते पर निकल आई। रास्ते पर उसे माइक्रोफ़ोन और कैमरा लेकर भाग-दौड़ करते लोग दिखाई दिये। उसने एक व्यक्ति के पास जाकर कहा, 'मुझे ज़रा बताएँ तो, आप लोग क्या प्रचार कर रहे हैं? इस इलाक़े में कोई बांग्लादेशी नहीं है। हम सभी भारतीय हैं। बजरंग दल वाले मुसलमानों पर हमला कर रहे हैं, जबकि इस इलाक़े में हिन्दू और मुसलमानों के बीच कभी दंगे नहीं हुए। हम लोग जहाँगीरपुरी में कई सालों से रह रहे हैं। मुसलमान लोग तो हमारे मन्दिरों पर झंडे लगाने नहीं आते, तो हिन्दू लोग क्यों उनकी मसजिद पर झंडा लगाने जाएँगे? रोज़े के समय, इफ़्तार के वक़्त ही यह हमला क्यों होता है? आप इन सब दुष्टताओं को लेकर बात क्यों नहीं करते?'

टेलीविज़न पर मालती और अफ़साना के वक्तव्यों को सभी ने देखा था। मोहल्ले के लोग उन्हें पहचान गए। एक की बिस्कुट की दुकान थी, दूसरी की चाय की। कई लोगों ने कहा, 'क्या बात है! प्रतिवाद आदमियों ने नहीं, दो मज़हबों की दो औरतों ने किया है।'

अफ़साना और मालती ने उस दिन दुकान बन्द रखी थी। इलाक़े में तनाव था, कब क्या हो जाए कहा नहीं जा सकता। थाने में बजरंगियों के परिचित लोग थे और यही वजह थी कि हर रोज़ थाने से कुछ लोग आकर मुसलमानों को पकड़कर वैन में उठा ले जाते थे। वे अंसार और उसके दल के लोगों को भी उठा ले गए थे।

उन्होंने अभी तक किसी हिन्दू को नहीं उठाया था। अफ़साना और मालती घर-घर जाकर बोल आईं, 'डरने की ज़रूरत नहीं है। इस इलाक़े के ज़्यादातर हिन्दू और मुसलमान शान्ति के पक्ष में हैं। दंगा सिर्फ़ कुछ दुष्ट लोगों का काम है। इसके अलावा पुलिस को ख़बर दी जा चुकी है, ताकि फिर से दंगे-फ़साद न हों। पुलिस यह सब देखेगी। इसलिए डर के मारे कोई हाथ में पत्थर नहीं उठाएगा, कोई भी हाथ में लाठी, तलवार, बन्दूक नहीं लेगा। आप अपने घरों में रहिए, किसी बजरंगी की हिम्मत नहीं होगी कि वह हमला करे—वे दूर खड़े होकर जितनी मर्ज़ी स्लोगन देते रहे।' टेलीविज़न पर अफ़साना और मालती के वक्तव्य देने के बाद से उन्हें लग रहा था, दंगे के ख़िलाफ़ मज़बूती से खड़े रहना उनकी ज़िम्मेदारी हो गई है।

अफ़साना और मालती भले ही दिन-रात दोनों ही पक्षों को दंगों के ख़िलाफ़ समझाती रहीं, लेकिन दंगा हो ही गया। दोनों ही पक्षों ने ईंट-पत्थर फेंके। पुलिस भी घायल हुई। दोनों ही पक्षों के हाथों में तलवारें चमकती रहीं। अफ़साना और मालती ने कमर में साड़ी खोंसकर दंगे रोकने के लिए इतनी भाग-दौड़ की, लेकिन कोई फ़ायदा नहीं हुआ।

सलीम को दंगेबाज़ों के साथ पुलिस वैन में उठा ले गई थी लेकिन इसके बाद अफ़साना को एक बार भी थाने जाने का समय नहीं मिला। उसने सुना, सबको छुड़वाने के लिए जहाँगीरपुरी के कुछ गणमान्य लोग कोशिश कर रहे हैं। लेकिन वह आज़ाद को देखने अस्पताल चली गई थी। वह मालती की ही वजह से गई थी। मालती बार-बार उसे जाने के लिए तगादा करती रही। वह एक ऐसा ऑटोवाला भी जुगाड़ लाई जिसने कहा कि वह भाड़ा नहीं लेगा।

डॉक्टर ने कहा कि ऑपरेशन करना पड़ेगा। ऑपरेशन के लिए दो बोतल ख़ून की ज़रूरत है। बहुत-से रोगी पहले ही क़तार में हैं, इसलिए इतवार शाम से पहले आज़ाद का ऑपरेशन नहीं हो सकता। अफ़साना और मालती के ख़ून की जाँच करके डॉक्टर ने देख लिया था, दोनों के ही ख़ून का ग्रुप आज़ाद के ख़ून के ग्रुप से मिलता है। आख़िरकार दोनों ने निर्णय लिया, वे दो बोतल ख़ून देंगी। इतवार की दोपहर को ही वे दोनों अस्पताल चली आएँगी।

अगले दिन अफ़साना और मालती ने दुकान खोल ली। दोनों को ही लगा, दंगेबाज़ों की वजह से अपना कारोबार बन्द रखने का कोई अर्थ नहीं है। दुकान खोलने के बाद बिक्री भी शुरू हो गई थी, इतने में चीख़ें सुनकर दोनों ही खुले रास्ते पर आ गईं। यह क्या? जहाँगीरपुरी में एक बड़ा-सा बुलडोज़र चला आ रहा था।

'यह बुलडोज़र क्यों आ रहा है?' अफ़साना और मालती ने लोगों से पूछा।

सभी की आँखों में विस्मय था। जवाब किसी को नहीं पता। उनकी विस्फारित आँखों के सामने एक-एक करके नौ बुलडोज़र आए और लोगों के घर और उनकी दुकानों को चूर-चूर करने लगे। एक समय अफ़साना और मालती बुलडोज़र के सामने

तनकर खड़ी हो गईं। उन्होंने बुलडोज़र को आगे बढ़ने से रोकने की कोशिश की। लेकिन बुलडोज़र ने किसी की बात नहीं सुनी। मालती अपने आसपास टेलीविज़न के लोगों को ढूँढ़ती रही। लेकिन किसी ने मालती की बातों को सुनने में रुचि नहीं दिखाई। वे बल्कि ख़ुद ही कैमरे के सामने खड़े होकर बोलते रहे, 'नगरपालिका के अधिकारियों ने ही अवैध निर्माणों को तोड़ने के निर्देश दिये हैं।'

अफ़साना का सवाल था, 'हमें पहले क्यों नहीं बताया गया? क्यों नोटिस नहीं दिया गया कि हमारे घर और दुकानों को रौंदने के लिए वे आनेवाले हैं?'

अफ़साना के इस सवाल का जवाब किसी के पास नहीं था। लोग या तो चिल्ला रहे थे, या फिर ख़ामोश थे। बुलडोज़र ने केवल मुसलमानों के घर और दुकानें नहीं रौंदी थी, हिन्दुओं के घर और दुकानों को भी चूर-चूर कर दिया था। बुलडोज़र को आते देखकर भी न तो अफ़साना ने अपने दुकान का कोई सामान हटाया, और न ही मालती ने। मालती की दुकान के पास ही पानवाले की दुकान थी। पानवाले ने बुलडोज़र चलाने वालों से पूछा था कि वह दुकान का सामान हटा ले या नहीं? उन्होंने कह दिया था, 'अरे नहीं, तुम्हारे उधर की दुकानों को तोड़ने का नहीं बोला है।'

अफ़साना और मालती काफ़ी हद तक निश्चिन्त हो गई थीं चूँकि पानवाले की दुकान नहीं तोड़ी जाएगी, तो उनकी दुकानें भी नहीं टूटेंगी। इसलिए जो दुकानें तोड़ी जा रही थीं, वे उन्हें देखने चली गईं। वे केवल तसल्ली देने नहीं गई थीं बल्कि दुकान की चीज़ें उठाने में मदद के लिए गई थीं। लौटकर उन्होंने देखा, उनकी दुकानें तो गई ही थीं, पानवाले की दुकान भी नेस्तनाबूद हो गई थी।

मालती ने दाँत पीसते हुए कहा, 'मुसलमानों का सर्वनाश करने के लिए बुलडोज़र भेजे गए हैं।'

अफ़साना ने लम्बी साँस छोड़ते हुए कहा, 'सिर्फ़ मुसलमानों का ही सर्वनाश नहीं कर रहे हैं, वे हिन्दुओं का भी सर्वनाश कर रहे हैं! हिन्दू मुसलमान नहीं, असल में ग़रीबों और सर्वहाराओं का सर्वनाश किया जा रहा है।'

मालती ने सिर हिलाया, 'ठीक ऐसा ही है, ग़रीबों पर हमला हो रहा है।'

अफ़साना की कुछ और करने की इच्छा नहीं हुई। वह समझ गई, चीख़ने-चिल्लाने से कोई फ़ायदा नहीं होने वाला। सरकार को जिसे तोड़ना है, तोड़ेगी ही। लड़कों ने ईंट-पत्थर फेंके थे, कोक की बोतलें फेंकी थीं, उसका फल तो भोगना ही पड़ेगा। अफ़साना ने हिसाब करके देखा, उसकी दुकान के नामोनिशान मिट जाने के पीछे उसका मुसलमान होना है, लड़कों के दंगे-फ़साद हैं, और सबसे बड़ा कारण है कि वह ग़रीब है।

मालती के मामले में वह कौन-से धर्म का पालन करती है, यह बड़ी बात नहीं थी। बड़ी बात थी, उसका ग़रीब होना। वही बड़ा कारण था। जो लोग मुसलमानों

से नफ़रत करते हैं। वे ग़रीबों से भी नफ़रत करते हैं, हिन्दू ग़रीब हो तो उसे भी बुलडोज़र से पीसकर मारने में उन्हें दुविधा नहीं होती। लेकिन यह बुलडोज़र तो अक्सर बस्ती में घुसकर उसे तहस-नहस करते रहे हैं। लेकिन पहले इसे लेकर चर्चा होती थी, नोटिसबाज़ी होती थी, इस बार कुछ भी नहीं हुआ!

सुप्रीम कोर्ट से बुलडोज़र रोक देने के आदेश के आने के बाद भी दो घंटे तक बुलडोज़र अपना ध्वंसयज्ञ चलाते रहे। अफ़साना और मालती की दुकानें सुप्रीम कोर्ट के आदेश आने के बाद ही तोड़ी गई थीं। वे किससे न्याय माँगने जाएँ? सब कुछ खोकर दोनों सड़क के मोड़ पर सिर पर हाथ रखे बैठी रहीं। पानवाला भी उनके पास आकर बैठ गया। सानू की मोटरसाइकिल मरम्मत करने की दुकान थी, बुलडोज़र ने उस दुकान की टीन को मरोड़कर ख़राब कर दिया था। सानू व्याकुल होकर भागता-दौड़ता कह रहा था, 'जो अवैध नहीं हैं, ऐसी दुकानें भी बुलडोज़र के ग़ुस्से की आग का शिकार हो गई हैं।'

मालती ने अफ़साना का हाथ पकड़कर उसे उठाया। उसने सुना कि मुआवज़े की माँग के लिए कुछ लोग चिट्ठी वग़ैरह लिख रहे हैं। उन्हें भी उस चिट्ठी में अपना नाम जुड़वाना होगा। मालती ने घर-घर जाकर चिट्ठी लिखने वालों का पता लगाया। असलम, सबूर, नज़िमुद्दीन आदि लोग अदालत जाने की तैयारी कर रहे थे। अफ़साना उन सभी को पहचानती है। मालती ने उनसे काग़ज़ माँगकर उसमें अपना नाम जोड़ दिया, उसने अफ़साना का नाम भी जुड़वाया।

अफ़साना को इस काग़ज़ की अपेक्षा एक अन्य दल में अधिक उत्साह था। उस दल के लोगों के चेहरे पहचाने हुए थे, लेकिन वे लोग अगले दिन जुलूस निकालने की बात कर रहे थे। क्या मामला है, जुलूस क्यों निकालने की बात हो रही है, जानने के लिए अफ़साना मालती का हाथ पकड़कर तेज़ी से उन लोगों के पास जा पहुँची। उनमें से एक ने कहा, 'आप सभी तिरंगा-यात्रा में भाग लीजिए। हम लोग हाथ में झंडे लेकर जुलूस निकालेंगे—हिन्दू-मुसलमान एक साथ।'

वे लोग घर-घर जाकर सभी से कह रहे थे, कल शाम को छह बजे तिरंगा-यात्रा है। अफ़साना भी इस दल वालों के पीछे-पीछे चल दी। उसने भी घर-घर जाकर कहना शुरू कर दिया, 'हाथ में आप लोग झंडे ले लो, हिन्दू और मुसलमानों की तिरंगा-यात्रा कल इतवार शाम को छह बजे शुरू होगी।'

अफ़साना उत्तेजना में काँप रही थी। दुकान टूटने की वजह से पैसे वापस मिलेंगे, इसके मुक़ाबले उसे लगा हिन्दू और मुसलमानों के आपसी रिश्तों को बेहतर बनाना सबसे ज़्यादा ज़रूरी है, ये रिश्ते अगर अच्छे नहीं हुए तो फिर से मकानों, दुकानों को बुलडोज़र का शिकार होना पड़ेगा। उन्हें बांग्लादेशी और रोहिंग्या बोलकर अपमानित किया जाता रहेगा। पहले ज़िन्दगी में सुरक्षा आनी चाहिए, इसके बाद पैसे कमाने के बारे में विचार किया जाएगा। कमाकर क्या फ़ायदा, अगर सारा कुछ

दंगे के धक्के से टूट जाए! अगर मुसलमानों को परदेशी मानकर हिन्दू उन्हें इस देश से भगाना चाहें, तो फिर घर बनाकर, दुकानदारी करके क्या फ़ायदा!

मालती नये सिरे से दुकान खोलने के लिए जितनी व्याकुल थी, अफ़साना उतनी ही आगामी तिरंगा-यात्रा में शामिल होने को लेकर उत्तेजित थी। उसने रास्ते से दो बड़े-बड़े झंडे ख़रीद लिये। रास्तों पर मोहल्ले के लड़के छोटे-बड़े झंडे बेच रहे थे। जहाँगीरपुरी की सूरत तेज़ी से बदलती जा रही थी। यह एक सोया हुआ अंचल था। लेकिन अब इतना सचेत हो चुका है कि एक कौवा भी अगर उड़कर जाए तो नज़र आ जाता था। जिन घरों से हिन्दुओं की ओर पत्थर और काँच की बोतलें फेंकी गई थीं, वे ही हिन्दुओं की ओर झंडा बढ़ा रहे थे। कह रहे थे कि वे कल शाम छह बजे तिरंगा-यात्रा में ज़रूर शामिल हो जाएँ। जो हिन्दू मुसलमानों पर झपट पड़े थे, वे मुसलमानों के साथ हाथ मिला रहे थे। यही दोस्ती अगर बुलडोज़र के आने से पहले होती, तो इतने लोगों को अपने इतने सहारे नहीं खोने पड़ते।

अफ़साना तिरंगा-यात्रा में शामिल होने के लिए शाम चार बजे से तैयार होकर बैठी थी। उसने नहाकर एक अच्छी-सी साड़ी पहनी थी। बालों में कंघी करके जूड़ा बनाया था। ज़ीनतआरा झाँककर बोल गई, 'क्या बात है, टी.वी. पर आज भी भाषण है क्या? इतनी सजधज किसलिए?'

अफ़साना ने हँसते हुए कहा था, 'भाषण तो दूँगी ही। अब घर में बैठे-बैठे अफ़सोस करने के दिन लद गए हैं।'

अफ़साना ने दो झंडे ख़रीदे थे—एक ख़ुद के लिए और दूसरा मालती के लिए। वह और मालती तिरंगा-यात्रा में शामिल होंगी। पौने छह बज गए, लेकिन मालती कहीं नज़र नहीं आई। मोबाइल फ़ोन रीचार्ज न कर पाने की वजह से बेकार पड़ा था। तिरंगा-यात्रा के लिए गोल प्रांगण पहुँचने में पन्द्रह मिनट तो लगेंगे ही। मालती का और इन्तज़ार न करके वह ख़ुद ही यात्रा के लिए निकल गई। अकेली। उसके दोनों हाथों में दो झंडे थे।

यात्रा में सैकड़ों लोग शामिल हो रहे थे। मुसलमान-हिन्दू—सभी एक जगह पर इकट्ठे हो रहे थे। यात्रा में लगभग सभी पुरुष थे। मुसलमान पुरुष अन्य मौक़ों पर भले ही टोपी न लगाते हों लेकिन वे जमात में टोपी लगाकर आए थे। टोपी लगाने पर लोग समझ सकेंगे, कौन हिन्दू है और कौन मुसलमान। देखने में तो सभी एक-से थे। शरीर का रंग एक-सा था, बालों का रंग एक-सा, एक-जैसी नाक, आँख, मुँह। सूरत एक-जैसी, भाषा भी एक। स्त्रियाँ दूर से देख रही थीं; वे एकमंज़िले, दोमंज़िले मकानों की खिड़कियों से देख रही थीं। खिड़कियों पर खड़ी वे छोटे-छोटे झंडे लहरा रही थीं। जुलूस में अफ़साना और थोड़ी-सी स्त्रियाँ थीं। भीड़ में उसने दो लड़कियों को पहचान लिया—ज्योति और पूर्णिमा। ज्योति मालती की रिश्तेदार थी। सबके हाथों में झंडे नहीं थे। जिनके थे, उनके हाथ में एक ही झंडा था। केवल

अफ़साना के हाथों में दो झंडे थे। भीड़ में से एक आदमी ने अफ़साना के हाथ से एक झंडा लेने का प्रयास किया, लेकिन उसने नहीं दिया। क्यों देगी, वह तो मालती का था! मालती को आने में देर हो रही थी; या फिर हो सकता है, वह भीड़ में ही कहीं हो! मालती इस यात्रा में भले ही शामिल न हो सकी, लेकिन वह मालती की ओर से ही झंडा लहराती रही। वह दोनों ही झंडों को दाएँ-बाएँ लहराती रही। नारे लगाए गए : 'भारत माता की जय!'

अफ़साना ने भी चिल्लाते हुए कहा, 'भारत माता की जय!'

नारा लगाया गया, 'एकता का राज चलेगा, हिन्दू-मुस्लिम साथ चलेगा।'

अफ़साना ने भी दोनों हाथों के दो झंडों को आसमान की ओर उठाते हुए खुले गले से कहा, 'एकता का राज चलेगा, हिन्दू-मुस्लिम साथ चलेगा।'

टेलीविज़न के कैमरे पर अफ़साना दिखी या नहीं, उस ओर उसका ध्यान नहीं था। वह तो सिर्फ़ इतना चाह रही थी कि उसकी आवाज़ अन्य आवाज़ों के साथ मिलकर हवा और आसमान को कँपा दे।

अफ़साना रात में मालती के यहाँ उससे मिलने गई। उसे ऐसा क्या हुआ कि वह तिरंगा-यात्रा में नहीं आई? ऐसी यात्रा अफ़साना ने इस अंचल में पहले कभी नहीं देखी थी, मालती ने भी तो नहीं देखी थी, तो फिर ऐसा क्या हुआ जो वह नहीं आई? वह बीमार हो गई है क्या? कमरे में जाकर उसने देखा, मालती और उसका भाई समीर बिस्तर पर लेटे हुए थे। दोनों के ही चेहरों पर थकावट के निशान थे।

मालती और समीर कोई भी जुलूस में नहीं जा सका था। अफ़साना के भाई आज़ाद के लिए दोनों ने दो बोतल ख़ून दिया था। अस्पताल से दोनों को खाने के लिए दो-दो केले दिये गए थे। सुबह से दो केलों के अलावा पेट में और कुछ नहीं गया था। घर में आज खाना नहीं बना था। समीर ने कहा, 'आज़ाद का ऑपरेशन हो गया है, सिर में बारह टाँके आए हैं। अभी तक होश नहीं आया है।'

यात्रा की उत्तेजना में अफ़साना को याद ही नहीं रहा कि आज इतवार है, और उसे अस्पताल जाना है। आज़ाद को होश आया कि नहीं, वह देखने अस्पताल जाए, या कि मालती और समीर को कुछ खाने के लिए दे? अफ़साना जल्दी से अपने घर जाकर एक हांडी खिचड़ी और कुछ अंडे फ्राई बनाकर मालती के यहाँ ले आई। तीनों ने फ़र्श पर बैठकर भाई-बहनों की तरह खाना खाया। खाते-खाते अफ़साना यात्रा के अपने अनुभव सुनाने लगी। उसने बताया, 'लोगों का समंदर जमा हो गया था। समंदर की लहरों की मानिंद लोग चल रहे थे। सागर की गर्जन की तरह सब लोग गरज रहे थे—एकता का राज चलेगा, हिन्दू-मुस्लिम साथ चलेगा।'

अफ़साना बोलती रही और उसकी आँखें, उसका चेहरा उजास से भरता रहा।

सुसाइड नोट

काजल,

मैं बहुत सालों से सोच रहा हूँ, इस दुनिया में मेरे जीवित रहने का कोई मक़सद नहीं है। मैंने तुम्हें इतने समय से कुछ भी खुलकर नहीं बताया। शर्म के मारे नहीं बताया, डर की वजह से नहीं बताया। मैं किस तरह बताऊँ, समझ में न आने की वजह से नहीं बताया था। आज बताने की हिम्मत हो रही है, कारण कि मुझे पता है, मुझे अब तुमसे रूबरू नहीं होना है। कल सुबह तुम्हें जब ख़बर मिलेगी और तुम मेरे घर दौड़ी आओगी, तब मेरा शरीर पड़ा रहेगा, मैं नहीं रहूँगा। मैं कैसे रहूँगा, मैं तो आज रात को ही आत्महत्या कर लूँगा। किस आत्महत्या में ज़्यादा तकलीफ़ नहीं होती है, मैंने इस विषय में बहुत छानबीन की है। सीलिंग फ़ैन पर रस्सी से झूल जाऊँगा, मैंने इसके बारे में सबसे ज़्यादा सोचा था। मैं रस्सी भी ख़रीद लाया हूँ।

रेलगाड़ी के नीचे कूद पड़ूँगा, सोचकर कई दिनों तक रेल की पटरियों के किनारे-किनारे हो आया हूँ। दिन में डर लगता है इसलिए रात में रेल की पटरियों पर कई बार लेट चुका हूँ। लेकिन रेलगाड़ी की आवाज़ सुनकर मैं उछलकर हट गया हूँ। ज़िन्दा रहने की इच्छा भीतर कहाँ घात लगाए बैठी रहती है, कौन जाने!

चूहे मारने की दवा, नींद की दवा, कीटनाशक—सभी बरसों से मेरी ज़द में रहे हैं। ये एक्सपायर हो जाते तो नये ख़रीदकर दराज़ में रख देता। एक दराज़ पर मैं ताला लगाकर रखता हूँ। तुमने देखा ही है। तुमने सोचा होगा, मैं शायद ऑफ़िस या बैंक के ज़रूरी काग़ज़ात वहाँ रखता हूँ। तुमने कभी देखना भी नहीं चाहा कि उसके अन्दर क्या है।

तुम्हारे साथ मेरे ताल्लुक़ शुरू से ही फ़ॉर्मल थे। कॉलेज में पढ़ने के दौरान तुम मुझसे शादी करने की ख़ूब इच्छा रखती थीं। मेरी ओर से कोई इशारा न पाकर भी रखती थीं। मैं तुम्हें क्यों इतना अच्छा लगता था, मुझे नहीं पता। मैं शायद देखने में अच्छा था। लेकिन मैं तो बहुत कम बोलता था, कम हँसता था, लोगों के साथ कम मिलता-जुलता था। मैंने तुम्हें निहारते हुए मुग्ध होने की बात कभी नहीं की। तुम्हारा हाथ पकड़कर भी कभी टहलने नहीं निकला। मैंने प्यार का एक भी वाक्य नहीं उचारा, कभी घनिष्ठ होने की कोशिश भी नहीं की। लेकिन तुमने ख़ुद शादी

का आयोजन किया था। सम्भवत: तुमने सोचा था, मैं लड़कियों के साथ फ़्लर्ट नहीं करता, उनसे घनिष्ठ होने की कोशिश नहीं करता, लिहाज़ा मैं बहुत चरित्रवान हूँ। बात कम करता हूँ तो तुमने सोचा होगा, मैं चिन्तक हूँ। कम हँसता हूँ या कि बात-बात पर नहीं हँसता तो मैं दार्शनिक हूँ। असल में मैं यह सब कुछ भी नहीं हूँ। तुमने ग़लत समझा था। मैं पहले-पहल शादी के लिए राज़ी नहीं था, लेकिन अंत में राज़ी हो गया था। क्यों हुआ था, आज तुम्हें बताऊँगा।

तुम्हें निश्चय ही जानने की इच्छा हो रही होगी कि मैं आत्महत्या क्यों करना चाहता हूँ। मेरे तो कोई दु:ख नहीं थे। दु:ख तो बल्कि तुम्हारे थे। मैंने तुम्हें उस तरह से प्यार नहीं किया, जिस तरह तुम चाहती थीं। असल में क्या मैंने कभी भी तुम्हें प्यार किया था? मुझे लगता है, नहीं। बरसों तक इसे लेकर तुम दुखी रही हो। और अंत में तुम मुझे छोड़कर चली गई थीं। तुम्हारा जाना उचित ही था। तुम्हारी जगह पर यदि मैं होता, तो मैं भी चला जाता। तुम मेरे ही ऑफ़िस के एक दारूबाज़ कर्मचारी के साथ चली गई थीं। यह अवाक् करने वाला कांड है कि तुमने अनवर से शादी कर ली! हालाँकि शादी के कुछ ही समय बाद से तुमने अनवर को जानवर कहना शुरू कर दिया था।

सुना है कि वह लड़कियों को देखते ही हाथ बढ़ाता है। छोटी है या कि बड़ी, इसकी वह परवाह ही नहीं करता। इस वजह से तुम अपनी तीनों बेटियों को मेरे ही पास छोड़ गई थीं। कुछ भी हो, मैं तो उनका पिता हूँ। पत्नी को भले ही मैं प्यार नहीं करता था लेकिन बेटियों को प्यार करता हूँ, यह तुम जानती थीं। बेटियों की अमीर और शिक्षित पिता के पास ही अच्छी परवरिश हो सकेगी, तुम यह जानती थीं। मुझसे रूठकर या नाराज़ होकर जिस अनवर से तुमने शादी की थी, वह बच्चों को पालने योग्य नहीं है, यह तुम्हारे न समझने की बात नहीं थी। तुम्हें एक बार ऐसा लगा भी था कि अनवर ने जवा की ओर लोलुप नज़रों से देखा था। जिस दिन ऐसा लगा, अनवर के घर में रहने के लिए बेटियों को अपने साथ न ले जाने का तुम्हारा निर्णय सही था, तुम समझ गई थीं। तुम्हें देखने की इच्छा होने पर बेटियाँ तुम्हारे पास जाती थीं, लेकिन रात होने से पहले ही तुम उन्हें मेरे घर पहुँचा देती थीं। मेरे घर का दरवाज़ा तुम्हारे लिए कभी बन्द नहीं हुआ। मैंने हमेशा चाहा, माँ और बेटियों के सम्बन्ध सुन्दर बने रहें।

मुझे यह बताने में बिलकुल भी दुविधा नहीं कि बेटियाँ तुम्हें बहुत मिस नहीं करती थीं। जवा और कामिनी तुम्हारे लिए कुछ दिन रोई थीं। बस, कुछ ही दिन। मैंने लेकिन उनके साथ खींची गई तुम्हारी तसवीरों को फ्रेम करके घर की दीवारों पर लगा रखा है, ताकि वे तुम्हें हर रोज़ देख सकें, ताकि वे तुम्हें कभी भूल न जाएँ। मेरे साथ नहीं, उन्हें तुम्हारे साथ ही रिश्ते क़ायम करने होंगे, यह मुझे भीतर-ही-भीतर महसूस होता था।

मैंने क्या तुम्हें एक दिन के लिए भी मिस किया था? सच कहूँ, नहीं किया था। बल्कि तुम्हारे जाने से मुझे राहत ही मिली थी। तुम्हारी मौजूदगी मुझे असहनीय लगती थी। मुझ डर लगता था कि शायद तुम मेरे भीतर को देख पा रही हो। देख रही हो कि मैं क्या सोच रहा हूँ, मैं क्या चाह रहा हूँ। तुम जब बिस्तर पर मुझे चाहती थीं, मैं किताब पढ़ रहा हूँ, या कि मैं थका हुआ हूँ, मुझे नींद आ रही है यह सब कहकर मैं तुम्हारी कामना से बचने की कोशिश करता था। लेकिन कोई कितने दिन बच सकता है भला! तुम ज़ोर-ज़बरदस्ती करती थीं। मेरे शरीर के साथ जितने सम्बन्ध बनाए गए थे, तुमने अपनी कोशिशों से ही बनाए थे। आँखें मूँदकर पड़े हुए मेरे लगभग निश्चल शरीर की नींद तुमने ही तोड़ी है। अगर किसी को चरम सुख मिला है, तो वह तुम हो, मैं नहीं। तुम्हारी कोशिशें बेकार नहीं गईं, हमें तीन संतानों का उपहार मिला है। असल में दो बेटियों के बाद अन्तिम संतान को तुमने बेटे की कामना के चलते गर्भ में धारण किया था। मैंने कहा था—देखना, इस बार भी बेटी होगी। तुम्हें यक़ीन था, बेटा होगा। सेक्स, गर्भधारण—यह सब तुम्हारी ही परिकल्पना थी। तुम मेरे शरीर को जितना भी छुओ, मुझे जितना भी चूमो, पूरा शरीर चुम्बनों से भिगो दो, मैं किसी से भी तुम्हारे प्रति आकृष्ट नहीं होता था। नहीं हो सकता था, यह तुमने देखा है। तुमने कहा है, बार-बार ही कहा है, मैं कहीं और प्रेम कर रहा हूँ, किसी और के साथ सेक्स करके घर लौटता हूँ। तुम ऐसा कहती तो थीं, लेकिन तुमने भी ग़ौर किया, मैं ऑफ़िस की छुट्टी के बाद थोड़ी ही देर में घर लौट आता था।

मैं घर लौट आता था—ख़ूबसूरत बेटियों के लिए। उनके साथ बातें करना, उनके साथ खेलना, उन्हें खिलाना, सुलाना, यह सब मैं अच्छी तरह से ही करता था। यह देखकर तुम्हें भी अच्छा लगता था। हो सकता है, तुम सोचती रही हो, तुम्हारा परिचित कोई भी पुरुष तो इस तरह बच्चों की परवरिश में हिस्सेदारी नहीं करता है। छुट्टी के दिन मैं ही बेटियों को नहलाता था, उनके डाइपर बदलता, दूध पिलाता था। वे लोग जो खाना पसन्द करती थीं, मैं वही बनाता था। खिला-पिलाकर उन्हें कहानी सुनाकर, गीत सुनाकर सुलाता था। धीरे-धीरे मेरे उद्योग, मेरे स्नेह से वे बड़ी होने लगीं। बच्चियों के लिए अलग कमरे थे, फिर भी मैं उन्हें हमारे ही बिस्तर पर सुलाता था। तुम सबके साथ एक बिस्तर पर सो नहीं पाती थीं, इसलिए तुम बच्चियों के कमरे में चली जाती थीं, उसी कमरे में सोती थीं। तुम्हारी कामना की आग से बचने के लिए मैं ऐसा करता था। छुट्टी का दिन मेरे कामकाज का दिन हुआ करता था, और तुम्हारे लिए पूरा दिन आराम करने, लेटे रहने का दिन होता था।

बीच-बीच में तुम कहती थीं कि मैं काफ़ी हद तक गर्लिश हूँ, माँओं-जैसा हूँ। बच्चियों को मैं माँ की तरह बड़ा कर रहा हूँ। मैं कोई जवाब नहीं देता था। कभी

कह देता, 'ऐसा है क्या? बच्चियाँ तो जितनी माँ की हैं, उतनी ही पिता की भी हैं। तो फिर बच्चियों की परवरिश में माँ और पिता में फ़र्क़ क्यों होना चाहिए? वे इतनी नरम हैं, इतनी कोमल, इतनी निष्पाप, इतनी छोटी हैं कि कौन उन्हें दिन भर स्नेह से सराबोर रखना नहीं चाहेगा!'

बच्चे सँभालने वाली को मैं जान-बूझकर काम से हटा देता था। मैं नहीं चाहता था, कोई आकर रोबोट की तरह बच्चियों का काम करे। नक़ली हँसी चेहरे पर लिये बातें करे। मैं अपने हाथों से सब कुछ करना चाहता था, प्यार से करना चाहता था। ऑफ़िस जाना पड़ता है इसलिए जाता था। बच्चियों की देखभाल करता हूँ, इसलिए मुझे लगता था, तुम्हारे प्रति यौन-आकर्षण न रहने के अपराध को तुमने माफ़ कर दिया है।

काजल, तुम चली गई हो लेकिन बच्चियों को मेरे पास छोड़ गई हो। कारण कि और कोई भले न जाने लेकिन तुम्हें पता है, ये लोग मेरे ही पास सबसे बेहतर हालत में रहेंगी। तुम्हें यौन-सम्बन्ध की ऐसी ही ज़रूरत थी कि तुमने अनवर-जैसे आदमी के साथ रहना शुरू कर दिया। उससे तुम्हें क्या मिलता है? निश्चय ही मुझसे तुम्हें इतने साल जो नहीं मिला, वही तुम्हें वहाँ मिल रहा है। अन्यथा तुम किस तरह वर्षों से उसके साथ एक छत के नीचे रह रही हो?

एक दिन तुमने बताया कि हाल ही में एक स्कूल में तुमने पढ़ाने की नौकरी शुरू की है। मुझे तुम्हारे भरण-पोषण के लिए कुछ देने की ज़रूरत नहीं थी। ज़रूरत नहीं थी क्योंकि तुमने एक व्यक्ति के साथ शादी कर ली है, लेकिन इसके बाद भी मैं तुम्हारे अकाउंट में हर महीने तीस हज़ार रुपये डाल देता हूँ। लेकिन तुम यह न समझना कि मैं अपनी पूर्व पत्नी से प्यार की वजह से ये पैसे देता हूँ। असल में मैं नहीं देता, मेरी तीनों बेटियाँ अपनी माँ को पैसे देती हैं ताकि पैसों के लिए उन्हें अनवर के आगे हाथ न फैलाने पड़े, ताकि उनकी माँ आत्मसम्मान के साथ रह सकें।

जवा, कामिनी, दोलनचाँपा—बेटियों के ये नाम तुम्हीं ने रखे थे। तीनों अब कितनी बड़ी हो गई हैं! लेकिन मेरे लिए वे अब भी बच्चियाँ ही हैं। जवा की उम्र इस समय पन्द्रह साल है, कामिनी की ग्यारह और दोलनचाँपा नौ की है। दोलनचाँपा की उम्र जब सिर्फ़ एक साल थी, तुमने यह घर छोड़ दिया था। सुबह ऑफ़िस जाते समय मैं इन्हें डे-केयर में छोड़ देता था। ऑफ़िस से लौटते हुए इन्हें ले आता था। अब डे-केयर की ज़रूरत नहीं रही। अब ये लोग स्कूल चली जाती हैं। तुमने तो लगभग छह महीने हुए, इनसे बात नहीं की है। तुम्हारे दिन किस तरह बीत रहे हैं, यह मुझे भी नहीं मालूम। मुझे आशंका हो रही है, बेटियों के मन से तुम धीरे-धीरे हटती जा रही हो! पहले वे तुम्हारे बारे में पूछा करती थीं, उनकी तुम्हें देखने की इच्छा होती थी। मैं ग़ौर कर रहा हूँ, आजकल नहीं होती। मैं ही उनकी दुनिया हो

गया हूँ। मेरे बिना वे ज़िन्दा नहीं बचेंगी, मैं भी उनके बिना जीवित नहीं रह सकूँगा।

तुम निश्चय ही जानना चाहती हो, मैं अगर इनके साथ इतने ही मज़े में हूँ, मैं अगर तुम्हारी अनुपस्थिति का इतना ही उपभोग करता हूँ, तो फिर मैं आत्महत्या क्यों करना चाहता हूँ? यही बात बताने के लिए यह चिट्ठी लिख रहा हूँ, काजल। बहुत साल पहले, हमारी शादी से पहले ही, मैंने ग़ौर किया, कहीं कोई छोटी बच्ची अगर दिख जाती तो मैं उत्तेजित हो उठता था। मेरी साँसें तेज़ हो जाती थीं। मेरी साँसें धीरे-धीरे गर्म होने लगती थीं। मैं उस बच्ची को नग्न करना चाहता था, मेरे भीतर कहीं पर बाढ़ का पानी उफनने लगता था। मैं तब अपने-आपसे दूर भाग जाता था। मुझे अपने-आपसे ही डर लगता था। तुमसे परिचय से पहले मैं पच्चीस-छब्बीस साल की दो ख़ूबसूरत लड़कियों के साथ सोया था। वे मेरे ही सामने नग्न हुई थीं। लेकिन मेरे भीतर कोई प्रतिक्रिया नहीं हुई थी। उन्होंने मुझे छुआ था। मेरे निस्तेज अंग को उन्होंने जगाने की जितनी कोशिश की, वह उतना ही निस्तेज होता चला गया। मैं समझ गया, किसी भी वयस्क स्त्री के लिए मुझमें कोई यौन-अनुभूति नहीं है। एक समय सोचता था, मैं शायद यौनबोधहीन पुरुष हूँ। लेकिन मुझे सबूत मिला कि मैं ऐसा नहीं हूँ। इंटरनेट पर बच्चों की नंगी तसवीरें देखकर मैं उत्तेजित हो जाता हूँ, मस्टरबेट करने लगता हूँ। यही मेरी ज़िन्दगी थी। ऐसे समय में तुमने मुझसे शादी करने की इच्छा प्रकट की थी। पहले-पहल मैं राज़ी नहीं था, बाद में राज़ी हो गया था। मैंने सोचा था, शादी के बाद शायद मैं बदल जाऊँगा। मेरा यौन-आकर्षण अब बच्चों के लिए नहीं, बड़ों के लिए होगा। सोचा था, तुम्हारे साथ गृहस्थी करते-करते ही मुझे यह बदलाव दिखने लगेगा। लेकिन मैं ग़लत था। मुझमें कोई भी बदलाव नहीं दिखाई दिया। बल्कि घर पर बच्चियों के आने से मेरी कामना की आग दोगुनी होकर जल उठी थी। मेरी जो समस्या है; हो सकता है, वह एक भयानक बीमारी के अलावा और कुछ नहीं है। यह एक ऐसी बीमारी है जिसके बारे में किसी से बात नहीं की जा सकती। तुमसे भी नहीं।

जवा के जन्म के बाद मुझे अपनी यह घिनौनी बीमारी और भी स्पष्ट होकर दिखाई दी थी। जवा को छूने मात्र से मैं उत्तेजित हो उठता था। वह मेरी अपनी बेटी थी और मैं उसे कल्पना में बिस्तर पर खींच लाता था! कई-कई दिनों तक मुझे ग्लानि होती रहती। शर्म के मारे दुबका रहता। मैंने ख़ुद को नियंत्रित करने की जितनी कोशिश की, उतनी ही बाँध को तोड़कर किसी दैत्य की भाँति यह बीमारी बाहर निकल आई। मैं कुछ दिनों तक मनोरोग विशेषज्ञ के पास भी जाता रहा। मैंने उन्हें तमाम बातें बताईं, किस तरह मेरा शैशव और कैशोर्य बीता, किस तरह बिना किसी प्रेम के बीता, किस तरह तुम्हारे तपते हुए शरीर के पास मेरा बर्फ़-जैसा ठंडा शरीर पड़ा रहता था। मनोविद ने पूछा था, कभी किसी और स्त्री या पुरुष के साथ मेरा कोई प्रेम सम्बन्ध रहा था या नहीं? मैंने कहा था—नहीं।

मैं यह नहीं कह सका कि बच्चों को देखकर मुझे यौन-आकर्षण महसूस होता है। मैं नहीं कह पाया कि मेरी अपनी संतानों को भी मेरी लोभ-लालसा से रिहाई नहीं मिल सकी है। मैं जवा को छुआ करता था। जवा को गोदी में बैठाता था। असल में गोदी में नहीं, मेरे अबाध्य अंग के ऊपर बैठाता था। तुम जब घर पर नहीं रहती थीं, मैं नग्न होकर उसके समूचे बदन पर अपनी छुअन देता था। उसकी एक रत्ती देह के भीतर प्रवेश करने के लिए अधीर हो उठता था। लेकिन वह मर जाएगी, इस डर से मैं पूरी ताक़त लगाकर अपने-आपको रोक लेता था। लेकिन कई और मामलों में मेरी बाधा टिक नहीं सकी थी। विकृत मस्तिष्क वाले लोगों की तरह मैं उसके अंग पर अपना अंग छुआता रहा हूँ। मेरा वीर्यपात हो जाता था। थोड़ी और बड़ी होकर जवा जब अपनी मुट्ठी में खिलौने पकड़ने लगी, मैं उसके हाथ के पास अपनी जाँघों के संधि स्थल को पहुँचा देता था। उसके हाथ की मुट्ठी में अपना अंग थमा देता था। वह उससे खेलती रहती। कामरस से उसका हाथ भीग उठता। खिलौने को मुँह में लेने के अन्दाज़ में वह मेरे अंग को भी मुँह में लेती थी। मेरा स्खलन हो जाता था। चरमसुख से मैं सिसकारियाँ भरने लगता था। जवा के साथ मैं जो कुछ करता रहा था, कामिनी के जन्म के बाद, उसके साथ वही सब करता रहा। दोलनचाँपा के जन्म के बाद भी। मैं जानता था, अपने-आपको नियंत्रित नहीं कर सकूँगा, लिहाज़ा एक समय बाद मैंने नियंत्रण करने की कोशिश भी नहीं की।

उनके छोटे सुन्दर यौनांगों पर मैं अपने उत्तेजित यौनांग को रगड़ता रहा हूँ। उनके छोटे सुन्दर शरीर पर वीर्य स्खलित होता रहा है। लेकिन मैंने किसी के भीतर प्रवेश नहीं किया था। मैंने किसी के यौनांग को कोई क्षति नहीं पहुँचाई। कभी रक्तपात नहीं हुआ। किसी को आहत नहीं किया। किसी का ख़ून नहीं किया। मैं पापिष्ठ हूँ, लेकिन उतना पापिष्ठ नहीं हो सका। इसके अलावा तीन साल से ज़्यादा उम्र होने पर मैंने किसी को अपनी कामना का शिकार नहीं बनाया है।

आज मेरी बेटियाँ बड़ी हो गई हैं। वे स्कूल जा रही हैं, पढ़-लिख रही हैं। मैं अब उन्हें नग्न नहीं करता, ख़ुद भी नग्न नहीं होता। उन्हें मैं अपने बिस्तर पर नहीं सुलाता। सब अपने-अपने कमरों में सोती हैं। लेकिन आज भी मैं अपने कमरे का दरवाज़ा बन्द करके उनकी देहों के बारे में सोच-सोचकर, विशेष रूप से छोटी, दोलनचाँपा के बारे में, हस्तमैथुन करता हूँ। मैं अपनी गर्म साँसें उस पर नहीं फेंकता। उसे बचाता हूँ। मुझे डर है, एक दिन मैं अपने-आप पर नियंत्रण नहीं रख सकूँगा। मैं शायद सचमुच किसी को कन्धे और जाँघ से जकड़कर गोद में उठाकर बिस्तर पर लाकर बलात्कार कर बैठूँ। मैं ख़ुद पर यक़ीन नहीं कर पा रहा हूँ। भले ही मैं इंटरनेट पर बच्चों की पोर्न फ़िल्में देखकर अपने-आपको शान्त कर लेता हूँ। अपनी अदम्य यौन-पिपासा को मिटाने के लिए मैंने अपनी बेटियों के साथ जो व्यवहार

किया है, उसके लिए जो ग्लानिबोध है—उससे मुझे मुक्ति नहीं मिलेगी। मेरी बेटियों ने हमारे यौन-खेल को खेल की तरह ही लिया है। यह 'सीक्रेट खेल' था—इसलिए 'किसी को इसके बार में बताया नहीं जा सकता' कहकर मैंने उनके मुँह बन्द रखवाए हैं। लेकिन मुझे आज भी अपराधबोध कुतर-कुतर कर खा रहा है। मैं इसे विकृत यौनतृष्णा क्यों कहूँ, यह तो मेरा अपराध नहीं कि मैं छोटी लड़कियों के प्रति यौन-आकर्षण महसूस करता हूँ। मैं इस बीमारी के साथ या समस्या के साथ, या इस तरह का मस्तिष्क लेकर ही जन्मा हूँ। कोई हमउम्र लड़की को देखकर, कोई अधिक उम्र की स्त्री को देखकर, किसी ख़ूबसूरत महिला को देखकर, कोई छोटी बच्चियों को देखकर, कोई छोटे लड़कों को देखकर, कोई किशोर या किशोरी को देखकर, कोई वयस्क पुरुषों को देखकर आकृष्ट होता है। आकर्षण की यह भिन्नता अपराध नहीं हो सकती। लेकिन मैं अपराधी हूँ क्योंकि मैंने अपने यौनसुख के लिए अपनी तीन बेटियों का उपयोग किया है। मैंने उनका बलात्कार नहीं किया, लेकिन मैंने यौन-उत्पीड़न तो किया है। मैं जितने दिन ज़िन्दा रहूँगा, इस ग्लानि से मुझे मुक्ति नहीं मिलेगी।

मैं आज रात नींद की दवा खाऊँगा, यही मेरी मृत्यु सुनिश्चित करेगी। मैंने वसीयत लिख दी है, मेरी सारी सम्पत्ति मेरी तीनों बेटियों में समान रूप से बाँट दी जाएगी। तुम अनवर को छोड़कर इस घर में आकर अपनी तीन बेटियों की ज़िम्मेदारी ले लो। उनकी सही परवरिश करो। तुम जिस भी पुरुष को पसन्द करती हो, मेरा अनुरोध है, इस घर में किसी को मत लाना, ताकि मेरी बेटियों की ओर कोई लोलुप नज़रों से न देखे। तुम लोगों के साथ बाहर सेक्स कर आना। मेरी प्यारी सुन्दर-सी तीनों अप्सराओं की तुम देखभाल करना, उन्हें सुरक्षा देना। वे अपने पिता की लालसा की शिकार हुई हैं, अब वे किसी और की शिकार न हो जाएँ।

मैं नहीं कह रहा, उनमें से कोई भी मुझे माफ़ कर दे। मुझे पता है, मैं माफ़ किये जाने लायक़ नहीं हूँ। मेरी कम्पनी फ़ायदे में चल रही कम्पनी है। तुम चाहो तो इसकी एक डायरेक्टर के रूप में काम कर सकती हो। मैंने कम्पनी के पार्टनर से कह दिया है, इस सिलसिले में उसे चिट्ठी भी लिख दी है। हम दोनों का सम्बन्ध रहे या न रहे, लेकिन मेरी बेटियों की गर्भधारिणी के रूप में तुम्हें सर्वोच्च सम्मान मिलेगा।

आज रात जब मेरी बेटियाँ सो जाएँगी, तब मैं गिन-गिनकर नींद की सौ गोलियाँ खा लूँगा। मैं सो जाऊँगा, और फिर कभी नहीं जागूँगा। मैंने अपना मृत शरीर दान कर दिया है। रिसर्च करनेवाले ज़रूर देखेंगे कि शिशुकामियों के मस्तिष्क उन लोगों से कितने अलग होते हैं, जो शिशुकामी नहीं होते। मैं शिशुकामी हूँ। मैं शिशुकामी का मस्तिष्क लेकर जन्मा हूँ। मैं फिर से कह रहा हूँ, यह मेरा दोष नहीं है। मुझे इस वजह से ग्लानि नहीं है। मैं फिर से कह रहा हूँ, ग्लानि की

वजह एक ही है, मैंने अपनी तीनों बेटियों को उनके अजाने ही अपनी लालसा का शिकार बनाया है। मैंने यदि यह नहीं किया होता तो शायद मुझे आत्महत्या की बात सोचनी ही नहीं पड़ती।

तुम अच्छे से रहना। मेरी सारी अक्षमताओं के लिए मुझे माफ़ कर देना। मेरे रिश्तेदारों को मेरे बारे में सब कुछ बताने की ज़रूरत नहीं है। वे कभी भी मेरे बहुत क़रीबी नहीं रहे। मुझे उम्मीद है, मेरी बेटियाँ अपने 'सीक्रेट गेम' के बारे में भूल गई हैं, या फिर जल्दी ही भूल जाएँगी। उन्हें इसके बारे में याद मत दिलाना। वे ज़िन्दगी भर सुख से रहें, ख़ुश रहें। उनके लिए मेरा स्नेह और प्यार हमेशा रहेगा। तुम्हें शुभेच्छाएँ।

इति—मंसूर!

दो मौतें

[1]

परवीन सुलताना की बड़ी इच्छा होती थी कि वह भी सफ़ेद फ्रॉक पर नीला बेल्ट लगाकर कॉपी-किताबें हाथ में लेकर मोहल्ले की और सब लड़कियों की तरह आदर्श विद्यालय जाए। लेकिन जैसे-जैसे उसकी उम्र बढ़ रही है, उसे सुनने को मिल रहा है कि उसके पिता उसे स्कूल में नहीं पढ़वाएँगे। अगर पढ़ना ही पड़े, तो परवीन को मदरसे में पढ़ना होगा। मदरसे में हदीस, क़ुरान सिखाई जाती है। थोड़ा-सा गणित, अंग्रेज़ी, इतिहास, भूगोल भी पढ़ाया जाता है, लेकिन यह कभी भी काफ़ी नहीं था, अब भी नहीं है। नाते-रिश्तेदारों में यह धारणा गहराई में जड़ें जमा चुकी है कि संतानों में से कम-से-कम एक अगर अल्लाह की राह पर चली जाए, यानी क़ुरान, हदीस सीखने के लिए मदरसे में पढ़ाई करे, तो फिर ख़ुद को नहीं, पूरे परिवार को पुण्य मिलता है। यानी परवीन अगर मदरसे में पढ़े तो वह अकेली बहिश्त नहीं जाएगी, उसके परिवार के सभी लोग जाएँगे।

परवीन के पिता पाँच वक़्त की नमाज़ पढ़ते हैं, और माँ भी। तीस रोज़े रखते हैं। माँ माहवारी की वजह से भले ही तीस रोज़े नहीं रख पाती हों, लेकिन वे बाद में बचे हुए रोज़े रख लेती हैं, क़ज़ा की नमाज़ भी बाद में पढ़ लेती हैं। इस घर में परवीन सुलताना और उसके भाई शफ़ीकुल इस्लाम के लिए, अपने माँ-बाप की तरह धार्मिक होने के अलावा और कोई रास्ता खुला नहीं है। इसके पहले कि वे समझदार होते, घर में एक मौलवी अरबी पढ़ाने आने लगे। दोनों भाई-बहनों को अपने दोनों ओर बिठाकर उन्होंने अलिफ़, बे, ते, से पढ़ाना शुरू किया था। वे क़ुरान शरीफ़ लगभग याद करवाकर ही वहाँ से विदा हुए थे।

परवीन सुलताना की रोज़ाना ज़िन्दगी में क़ुरान, हदीस, वुज़ू नमाज़, दुआ दरूद के अलावा और जो कुछ था, वह उसकी मदरसे की चार सहेलियाँ थीं। उन सहेलियों की भी आदर्श विद्यालय जाने की इच्छा थी, लेकिन वे भी अपने पिताओं के दबाव की वजह से मदरसे में थीं। वे चूँकि उन्हें स्कूल नहीं भेजेंगे, तो फिर घर में बैठे रहने से तो मदरसा ही बेहतर था। परवीन में क़ुरान, हदीस पढ़ने की

उत्तेजना नहीं थी, कारण कि वह यह सब काफ़ी पढ़ चुकी थी। उसे उत्तेजना इस बात में थी कि वह थोड़ी बँगला, थोड़ी अंग्रेज़ी पढ़ पा रही है, गणित के सवाल कर पा रही है, इतिहास और भूगोल के बारे में थोड़ा-बहुत जान पा रही है। इसके अलावा घर से बाहर निकलने का मतलब था—खुला आसमान पा जाना, दो-चार हमउम्रों के साथ हँसी-मज़ाक करना। चार दीवारों की उबाऊ दुनिया से कौन बाहर नहीं निकलना चाहता! मदरसे में बहुत ज़्यादा न भी हो तो भी कुछ किताबों को तो छूकर देखा जा सकता है, उन्हें पढ़ा भी जा सकता है।

परवीन की सीधी-सादी ज़िन्दगी में अचानक चरम आनन्द देनेवाली एक घटना घट गई। यह घटना उसके बड़े चाचा की बेटी रेशमी की वजह से घटी थी। रेशमी ने परवीन को अपना उपयोग किया हुआ एक पुराना सैमसंग स्मार्ट फ़ोन तोहफ़े के रूप में दिया था, साथ में सिम भी दी थी। अल्ताफ़ हुसैन ने एतराज़ किया था कि परवीन के हाथ में फ़ोन क्यों है, इन सब बकवास चीज़ों का उपयोग गुनाह है। लेकिन रेशमी ने ही अपने चाचा से कहा, हर मुसलमान के हाथ में स्मार्ट फ़ोन होना चाहिए। इस फ़ोन में क़ुरान की आयतें मिल जाएँगी, इस फ़ोन में ही हदीस की सारी किताबें हैं। जो लोग काबे में हज करते हैं, उमरा बनते हैं, इस फ़ोन में ही सब लाइव दिखाई देता है। सच्चा मुसलमान बनना हो तो फ़ोन ज़रूरी है। रेशमी ने अल्ताफ़ हुसैन को यूट्यूब से अज़ान सुनवा दी, क़ुरान-पाठ सुनवा दिया। अल्ताफ़ हुसैन ने फ़ोन को उलट-पलटकर देखकर सिर हिला दिया। इसका मतलब यह हुआ, परवीन अगर चाहे तो ऐसा एक फ़ोन ले सकती है।

रेशमी लोग ढाका से नेत्रकोणा के मदन में साल-दो-साल में एक बार घूमने आते हैं। उसी समय रेशमी के साथ उसकी दिन-रात बात होती है। रेशमी जितने भी दिन रहती है, परवीन लोगों के घर में ही रहती है। दोनों की उम्र में बहुत ज़्यादा अन्तर भले ही न हो, लेकिन थोड़ा तो था ही। परवीन सोलह की थी, रेशमी बीस की। रेशमी की दुनिया और परवीन की दुनिया पूरी तरह अलग थी। रेशमी कॉलेज में पढ़ती है। कॉलेज के एक लड़के साथ प्यार करती है। उसके बहुत सारे दोस्त हैं। वह शहर में अपनी मर्ज़ी से घूमती-फिरती है, रेस्टोरेंट जाती है, फ़िल्म देखने जाती है। परवीन घर से मदरसा जाती है और मदरसे से घर। इस सरहद को पार करके कहीं जाने की प्रचंड इच्छा होने के बाद भी वह नहीं जा सकती। उसके पैरों में अदृश्य बेड़ियाँ हैं।

हाथ में मोबाइल के आने से परवीन की ज़िन्दगी काफ़ी हद तक बदल गई थी। फ़ोन उसके लिए एक नई दुनिया थी। सच कहें तो यही उसकी ज़िन्दगी की सबसे क़ीमती चीज़ थी। यह उसके हाथ में हो तो उसे लगता था, दुनिया उसकी मुट्ठी में है। मोबाइल पर सबसे ज़्यादा वह रेशमी के सम्पर्क में थी। रेशमी ने ही सिखा दिया था, किस तरह डाउनलोड किया जाता है, किस तरह सेल्फ़ी ली जाती

है, किस तरह वॉट्सएप पर मैसेज भेजा जाता है, फ़ेसबुक का उपयोग कैसे किया जाता है, किस तरह मैसेंजर पर मैसेज भेजा जाता है, फ़ोटो अपलोड किये जाते हैं। रेशमी ने ही बता दिया था, तथ्यों की तलाश के लिए किस तरह गूगल को खँगाला जाता है। अगर इस फ़ोन वाली ज़िन्दगी को हटा दें, तो परवीन के लिए जो बचता है, वह है घर और मदरसे का जीवन।

सुबह नींद से उठते ही उसे रसोई में जाना पड़ता है, घर के सारे लोगों के वास्ते नाश्ता तैयार करने के लिए उसे रसोई में बुलाया जाता है। परिवार रूढ़िवादी है लेकिन घर में उसे हिजाब नहीं पहनना पड़ता, इसने उसे काफ़ी राहत दी है। वह हिजाब पहनकर मदरसा जाती थी, लेकिन पिछले छह महीनों से वह बुर्क़ा पहन रही है, कारण कि मदरसे के हेडमास्टर ने कह दिया था कि परवीन अब छोटी नहीं रही, वह बदन से बड़ी हो रही है, अब हिजाब से सब कुछ ढकना सम्भव नहीं, लिहाज़ा बुर्क़ा पहनना होगा।

अल्ताफ़ हुसैन मदरसे के हेडमास्टर की घोषणा सुनकर बेटी की लिए बाज़ार से एक जोड़ी काले बुर्क़े ख़रीद लाए थे। परवीन बुर्क़ा पहनती ज़रूर है लेकिन बुर्क़े के भीतर उसे भयानक पसीना आता रहता है। किसी को इसका एहसास होता है कि वह किस तरह असहनीय गर्मी से त्रस्त होती रहती है, किस तरह दम घुटने-जैसे हालात के बीच उसे सबके साथ मुसकराते हुए बात करनी पड़ती है? लोगों को उसके शरीर का और कुछ भी दिखाई नहीं देता, केवल दो आँखें दिखती रहती हैं। परवीन दोनों आँखों में काजल आँजती है। भूरे रंग की भौंहें बनानेवाली पेंसिल से दोनों भौंहों को तलवार-जैसी बनाती है। आइने के सामने बहुत देर तक खड़ी रहकर वह गालों पर पाउडर लगाती है। होंठों पर लिपस्टिक लगाती है। सजने-धजने का सामान उसने ख़ुद ही माँ के साथ जाकर ख़रीदा है। उसने सजधज कर फ़ोटो खींचकर फ़ेसबुक पर डाली है, लेकिन उसने फ़ेसबुक अकाउंट अपने नाम से नहीं खोला है। उसका छद्म नाम वीरांगना है। स्थान मदन नहीं, नेत्रकोणा भी नहीं, स्थान है ढाका, स्कूल खदिजातुन्निसा मदरसा के बदले होली फ़ैमिली स्कूल है।

बुर्क़ा, नमाज़, रोज़ा, क़ुरान, हदीस, दुआ, दरूद, परहेज़गार माता-पिता के साथ परवीन रहती तो है, लेकिन उसे वीरांगना वाली ज़िन्दगी ज़्यादा अच्छी लगती है। वह मन-ही-मन वही ज़िन्दगी बिताती है। रात को बिस्तर पर मसहरी की ओट में उसे वह ज़िन्दगी पूरी तरह मिल जाती है। पहले उसके साथ उसकी माँ सोया करती थी, लेकिन अब वे दूसरे कमरे में चली गई हैं। पिता के साथ उनका प्यारा पुत्रधन शफ़ीकुल इस्लाम सोता है।

शफ़ीकुल इस्लाम तीन साल मदरसे में पढ़ा था। फिर पिता को जाने क्या लगा, उसे मदरसे से निकालकर मोहल्ले के सरकारी स्कूल में भर्ती करवा दिया था। परवीन ने भी अपने पिता से आग्रह किया था, उसे भी मदन आदर्श बालिका विद्यालय में

दाख़िला दिलवाया जाए। उसकी माँ ने डरते-डरते यह बात पिता के सामने रखी भी थी। पिता ने माँ से कह दिया था, लड़कियों को स्कूल-कॉलेज में पढ़वाना ठीक नहीं, वे बेलगाम हो जाएँगी, अदब-क़ायदे की बारह बज जाएगी, किसी बरबाद लड़के साथ प्रेम करके भाग जाएँगी, बुर्क़ा नहीं पहनेंगी, पर्दा नहीं करेंगी, लड़कियों की पढ़ाई के लिए मदरसा ही बेहतर है। इसके अलावा कम-से-कम एक औलाद तो मदरसा जाए, इससे सवाब मिलेगा। लड़की दायरे में रहेगी। शादी के लिए रिश्ते आएँगे तो उन्हें लड़की पसन्द आएगी। तबलीग़ी जमात करनेवाले पिता से इससे ज़्यादा की उम्मीद करनी भी नहीं चाहिए। परवीन ने भी उम्मीद छोड़ दी थी।

परवीन ने रेशमी को बताया कि उसने फ़ेसबुक पर कोई आई.डी. नहीं बनाई है, कारण कि अगर उसके अब्बू को पता चलेगा तो वे उसे साबुत नहीं छोड़ेंगे। परवीन अपनी फ़ेसबुक आई.डी. को इतना ही गुप्त रखना चाहती है कि जिसे इस बारे में जानने का सबसे ज़्यादा अधिकार है, उसने उसी को नहीं बताया था।

रेशमी ने परवीन को अपने फ़ेसबुक आई.डी. का पासवर्ड दे रखा था। परवीन मज़े से पढ़ लेती है, रेशमी को कौन क्या लिख रहा है। वह देख लेती है, रेशमी की दोस्ती किन लोगों से है। रेशमी की दोस्तों की सूची में वशीकुर बाबू नामक एक व्यक्ति का लिखा उसने पढ़ लिया था। धर्म को लेकर उसके मन्तव्यों को पढ़ने पर मन में सवाल उठने लगे। रेशमी से उसने फ़ोन पर पूछा, 'वशीकुर बाबू किस तरह तुम्हारा दोस्त बना? वह तो पूरी तरह से इस्लाम विरोधी है!'

रेशमी ने कहा था, 'तमाम विचारधाराओं वाले दोस्त आपकी मित्रता सूची में रह ही सकते हैं। उनका मत जानने में तो कोई नुक़सान नहीं है। मेरी मित्रता सूची में बाँशेर केल्ला-जैसे कट्टर धर्मांध भी हैं। मैं सभी के विचार जानना चाहती हूँ। मैं ख़ुद किस विचारधारा को मानूँगी, यह मेरे ऊपर है।' रेशमी फ़ेसबुक पर बहुत व्यस्त रहती है।

परवीन हर रात मसहरी के भीतर चादर से सिर और चेहरा ढककर फ़ेसबुक पढ़ती है। वह जितना वशीकुर बाबू का लिखा पढ़ती, उतनी ही फ़ेसबुक से दूर छिटक जाती, उसकी उतनी ही ज़्यादा जानने की इच्छा होती कि उसने क्या लिखा है। पहले-पहल उसका लिखा हुआ पढ़कर डर लगता था। उसे लगता था, वह जो वशीकुर बाबू का लिखा हुआ पढ़ती है, कोई शायद इसे देख रहा है। वह रेशमी का अकाउंट था, सम्भव है, रेशमी भी देख ले कि वह वशीकुर बाबू का लिखा हुआ पढ़ रही है। वशीकुर बाबू धर्म को लेकर जो सवाल उठाता, परवीन को मालूम है, उन सवालों को उठाने पर पाबन्दी है। ऐसे सवाल एक बार यदि परवीन करे, तो मदरसे में उसकी पिटाई लगाई जाएगी। कह नहीं सकते, मदरसे से निकाला भी जा सकता है। एक बार एक लड़की ने क़ुरान से एक पन्ना फाड़कर बाथरूम में फेंक दिया था, पकड़ में आने पर उसे मदरसे से बाहर निकाल दिया गया था। क़ुरान का

पन्ना फाड़ा था। इसलिए उस लड़की पर परवीन को बहुत ग़ुस्सा आया था। मदरसे से निकाले जाने के बाद उस लड़की के पिता ने ज़बरदस्ती उसकी शादी करवा दी थी। इतनी छोटी उम्र में शादी हो जाना भी परवीन को अच्छा नहीं लगा था। वे लोग उसे मदरसे से नहीं भी निकाल सकते थे। लेकिन परवीन ने ग़ौर किया, शिक्षकों में सहिष्णुता की बहुत ही कमी थी।

मदन उपज़िले के खदिजातुन्निसा फ़ाज़िल महिला मदरसे में जितनी शिक्षिकाएँ नहीं थीं, उनसे कहीं ज़्यादा शिक्षक थे। परवीन ने ग़ौर किया, शिक्षकों में जिस तरह सहिष्णुता नहीं थी, ठीक उसी तरह उनमें संयम की क्षमता भी बहुत ज़्यादा नहीं थी। मदरसे के शिक्षकों ने आँखों और हाथों के अलावा परवीन के शरीर का और कोई अंग नहीं देखा था, लेकिन उसने दो-तीन शिक्षकों को उसकी आँखों की ओर टकटकी लगाते देखा है। किताब या कॉपी देते या लेते समय शिक्षकों ने उसके हाथों को भी छुआ है। एक बार तो गणित के शिक्षक अब्दुल अलीम ने अचानक परवीन का हाथ पकड़ते हुए कहा था, 'वाह एकदम मक्खन की तरह है!' परवीन ने जल्दी से हाथ छुड़ा लिया था। बुर्क़े में दोनों हाथों को छिपाकर किताब-कॉपी वहीं छोड़कर वह भाग आई थी।

परवीन को अब्दुल अलीम कभी भी अच्छा व्यक्ति नहीं लगा था। अब्दुल अलीम को क़ुरान याद थी। वे बड़े विद्वान हैं, लिहाज़ा उनकी बड़ी इज़्ज़त है, लेकिन उनकी दोनों आँखों से दिन भर कामना टपकती रहती है, यह बात केवल परवीन नहीं, उसकी क्लास की अन्य लड़कियाँ रूना और लवली भी जानती हैं। अब्दुल अलीम की बात याद आती है तो वशीकुर बाबू की बातें बड़ी याद आ जाती हैं, 'बहुत अल्पसंख्यक व्यक्ति ही धर्म की वजह से भले होते हैं, लेकिन अधिकांश गर्हित लोग धर्म का उपयोग मुखौटे की तरह करते हैं।'

परवीन इतने धर्मकर्म करनेवाले लोगों को देख रही थी, नाते-रिश्तेदारों में भी धार्मिक लोग कुछ कम नहीं हैं, लेकिन उसे अपनी माँ, ख़ाला, बुआ और नानी के अलावा और कोई भी भला नहीं मालूम होता। उसके पिता ही क्या धर्म को मुखौटे की तरह नहीं बरतते? परवीन को पता है, उसके पिता सरकारी बिजली विभाग के दफ़्तर में नौकरी करते हैं और दोनों हाथों से घूस खाते हैं। उसने ख़ुद उन्हें रिश्वत लेते देखा है। अब चूँकि वे टोपी-दाढ़ीवाले आदमी हैं, हज कर आए हैं, तबलीग़ी जमात में जाते हैं, टंगी के इजित्मे में हाज़िरी लगाते हैं, उन्होंने पत्नी और बेटी को बुर्क़ा पहनवा रखा है, तो उन्हें कोई बुरा आदमी या कि रिश्वत खाने वाला व्यक्ति नहीं मानता।

उसने एक दिन रेशमी के अकाउंट से ही वशीकुर को लिखा, 'मुझे ज़रा बताएँ, इस्लाम की निंदा करके आपको क्या मिल जाता है? अगर परलोक-जैसा कुछ है, फिर तो आप दोज़ख़ में सड़कर मरेंगे।'

परवीन जवाब के लिए बैठी रही, लेकिन जवाब नहीं आया। वशीकुर हर रोज़ क्या लिख रहा है, नहीं लिख रहा है, इसे लेकर परवीन में जो ज़बरदस्त कौतूहल था, उसे वह किसी भी तरह कम नहीं कर पा रही थी। मदरसे से लौटकर खाना खाने बैठने से पहले ही वह देख लेती थी कि वशीकुर ने क्या लिखा है। उसके माता-पिता को तो यह जानकारी थी कि मोबाइल पर उनकी बेटी क़ुरान ख़तम सुन रही है, ख़ुत्बा सुन रही है, वाज़ सुन रही है। किसी को इसका एहसास भी नहीं था कि बेटी फ़ेसबुक पर जा-जाकर इस्लाम की जमकर निंदा पढ़ रही है। वशीकुर जब तर्क देकर बात करता है, परवीन दिन भर उसके तर्कों को लेकर अकेली सोचती रहती है। लेकिन वह उन तर्कों का खंडन नहीं कर पाती। उसने फ़ेसबुक पर वशीकुर का लेख 'कटूक्तियों पर नास्तिकों का दाँततोड़ जवाब' पढ़ा था। सवाल सचमुच धारदार थे, लेकिन जवाब हास्यास्पद थे।

उसने फ़ेसबुक पर सिर्फ़ वशीकुर का नहीं, और भी कई लोगों का लिखा हुआ पढ़ना शुरू कर दिया था। एक लड़की तो लड़कियों के साथ हो रहे बलात्कार और उत्पीड़न के ख़िलाफ़ भीषण प्रतिवाद कर रही है। उस लड़की का नाम पापिया इस्लाम है। रेशमी की मित्रता-सूची से वशीकुर मिला था, वशीकुर की मित्रता-सूची से पापिया मिली थी। परवीन को एक और संसार मिल गया। उसके लिए समझना मुश्किल हो गया कि कौन-सा संसार अच्छा है। कौन लोग ठीक हैं, वशीकुर और उसके दोस्त, या कि उसके नाते-रिश्तेदार, उसके पड़ोसी, उसके मदरसे की सहेलियाँ, शिक्षक और शिक्षिकाएँ? वशीकुर ने लिखा कि इस्लाम में अन्य धर्मों को मानने वालों को जहन्नुमी कहा गया है। लेकिन जन्म से प्राप्त हुए धर्म के लिए तो कोई ख़ुद ज़िम्मेदार नहीं है, तो फिर अच्छे काम करने के बाद भी कोई भी विधर्मी व्यक्ति जहन्नुमी होगा?

परवीन को उज्ज्वला की याद आ गई। वह उन्हीं के मोहल्ले में रहती है। बचपन में वे मैदान में एक साथ खेला करती थीं। एक बार खेलते-खेलते परवीन की सैंडिल टूट गई, माँ-बाप के डर से परवीन मैदान में बैठकर ज़ोर-ज़ोर से रोने लगी। उज्ज्वला बहुत करुण नज़रों से उसे देख रही थी। उसने अपनी सैंडिलें उसे दे दी थीं और ख़ाली पैर घर लौटी थी। फ्रॉक पहनने वाले वे दिन अब भी याद आते हैं। तो उज्ज्वला साहा किस वजह से जहन्नुम जाएगी, परवीन सोचने लगी। उसने भी अगर किसी हिन्दू माँ-बाप के घर जन्म लिया होता, तो फिर वह किस दोष की वजह से जहन्नुम जाती? इनसान तो जन्म लेने से पहले 'माँ-बाप किस धर्म के हैं' देखकर जन्म नहीं लेता, इसके अलावा जन्म से पहले उसे कैसे पता चलेगा कि कौन-सा धर्म अच्छा है और कौन-सा धर्म बुरा है?

आठ साल की उम्र से ही परवीन के लिए घर से बाहर खेलने पर पाबन्दी लग गई थी। उज्ज्वला एक बार परवीन की तलाश में आई थी। उसके हिन्दू होने

की वजह से माँ ने दरवाज़ा नहीं खोला था। परवीन ने खिड़की से उज्ज्वला से कह दिया था, अब वह मैदान में खेलने नहीं जाएगी। 'परवीन अब कभी भी खेलने नहीं आएगी' सुनकर उज्ज्वला के मन को बहुत दुःख पहुँचा था। उस दिन वह भी किसी के साथ नहीं खेली थी।

वशीकुर ढाका में रहता था। परवीन कभी ढाका नहीं गई थी लेकिन उसके बारे में सुना था। उसने फ़ेसबुक पर ढाका की तसवीरें देखी थीं। उसकी बड़ी इच्छा है कि एक बार वह ढाका घूमने जाए। यह भी हो सकता है, घूमते-घूमते एक दिन संसद भवन के आसपास, किसी पार्क में या फिर किसी रेस्टोरेंट में वशीकुर के साथ मुलाक़ात हो जाए। रेशमी की तरह परवीन की भी ढाका के रास्तों पर टहलने की इच्छा होती है। इच्छा होती है कि बुर्क़ा नहीं, हिजाब पहनकर ढाका में घूमे-फिरे, हिजाब तो कितनी ही सुन्दर और स्मार्ट लड़कियाँ पहनती हैं। परवीन ख़ुद भी ख़ूबसूरत है। जब वह सजती है तो उसकी माँ कहती है, 'तू परी-जैसी लग रही है।' परी किसे कहते हैं, परियाँ कहाँ रहती हैं, उसे नहीं पता।

मदरसे की लड़कियों ने बुर्क़े का ढकना हटाकर परवीन का चेहरा देख लिया है। उसके बदन का रंग, उसकी बड़ी-बड़ी आँखें, उसकी तीखी नाक और ख़ूबसूरत होंठ देखकर उन लड़कियों की आँखें बड़ी-बड़ी हो उठी थीं। इतनी रूपवती लड़की उन्होंने बाप जनम में नहीं देखी थी। फ़ेसबुक पर वीरांगना आई.डी. में परवीन ने अपनी सेल्फ़ी वाली तसवीर लगाई है। यह कोई नहीं जानता। उस आई.डी. से उसने वशीकुर को फ़्रेंड रिक्वेस्ट भेजी है। दिखने में ख़ूबसूरत होने की वजह से ही शायद दोस्ती करने के लिए लगभग दो सौ रिक्वेस्ट आई हैं। उसने किसी की भी रिक्वेस्ट स्वीकार नहीं की है।

इस बीच इनबॉक्स में लोगों ने प्रेम करने, सेक्स करने, दोस्त बनने का आह्वान भी किया है। वीरांगना ने एक का भी जवाब नहीं दिया। वह तो वशीकुर के लिए बैठी है। वह बचपन की सहेली उज्ज्वला साहा के जवाब के लिए बैठी है। वह फ़ेसबुक की उन गुणी लड़कियों के लिए बैठी है, जो लोग बुर्क़ा तो पहनती ही नहीं, हिजाब भी नहीं पहनतीं, वे तो बल्कि बाल खुले रखती हैं, बाल हवा में लहराती हैं। वह पापिया इस्लाम के लिए बैठी है। परवीन के बाल घने काले और लम्बे हैं, ऐसे बाल देखकर ख़ाला, बुआ भी अवाक् होकर देखती रह जाती हैं। परवीन की माँ कहती हैं, वे लोग बालों पर नज़र लगाते हैं। बुर्क़े की ओट में बाल बच जाते हैं। जबकि परवीन की इच्छा होती है कि लोग उसे देखें। लेकिन कैसे देखेंगे भला? काले बुर्क़े के भीतर उसका रूप दबा रह जाता है।

उसने यह रूप एक बार एक दुकान में कपड़े ख़रीदते वक़्त निशात को दिखाया था। उसने कपड़े पर क्या दाम लिखा है, देखने के बहाने बुर्क़े में चेहरा ढकने का जो ढकना होता है, उसे हटाया था। निशात मोहल्ले का ही लड़का है। निशात का

छोटा भाई रिफ़त शफ़ीकुल का दोस्त है। बचपन में जब वह उज्ज्वला के साथ मैदान में खेलती थी, निशात अक्सर फ़ुटबॉल खेलते या फिर अपने दोस्तों के साथ गोला बनाकर बातचीत करते दिख जाता था। बचपन में इस निशात के साथ थोड़ी-बहुत बात भी हो जाती थी, लेकिन बड़े होने पर फिर कभी बातचीत नहीं हुई। निशात को मालूम ही नहीं कि वह परवीन अब दिखने में कैसी है, लेकिन परवीन को पता है, निशात दिखने में कैसा है। निशात कॉलेज जाता है। निशात को पता है, परवीन मदरसा जाती है। परवीन के पिता अल्ताफ़ हुसैन अगर इतने धर्मांध न होते, तो हो सकता है, परवीन भी कॉलेज पढ़ने जाती। लेकिन जन्म को तो झुठलाया नहीं जा सकता।

आज इस उम्र में उसकी जो इच्छा होती है, वह सब कर सकने का उसे अधिकार नहीं है। उसे अपने माता-पिता के धर्म को मानना होगा, जिस तरह उज्ज्वला को उसके माता-पिता के धर्म को ही अपना धर्म समझकर मानना पड़ता है। परवीन की यदि इच्छा हो तो वह निशात के कॉलेज में दाख़िला नहीं ले सकती। लेकिन उसे एक ही राहत है, मदरसे से दाख़िल फ़ाज़िल की परीक्षा पास करके तकमील परीक्षा को वह यदि पास कर सकेगी, तो उसकी डिग्री मास्टर्स की डिग्री के समकक्ष हो जाएगी। किसी को ढाका विश्वविद्यालय से पास होने के बाद जो नौकरी मिलेगी, परवीन को भी वही नौकरी मिल सकेगी। निशात कॉलेज में पढ़कर जो डिग्री हासिल करेगा, परवीन के हाथ में भी एक दिन उसी के समकक्ष डिग्री होगी।

परवीन बेचैन रह रही थी। निशात उसे देखकर थोड़ा-सा मुसकराया था। लेकिन सामने आकर बात करने की उसकी हिम्मत नहीं हुई थी। परवीन भी बात करने नहीं गई। बचपन और बड़े होने में ज़मीन-आसमान का अन्तर है। यह अन्तर नहीं होता अगर बुर्क़ा आकर उनके बीच सख़्त दीवार न बनाता। यह दीवार निशात के साथ उज्ज्वला या वृष्टि की तैयार नहीं हुई थी। उसने उन्हें बातचीत करते देखा है। घर की खिड़की पर खड़े होते ही मोहल्ले में क्या कुछ घट रहा है, कुछ-न-कुछ तो दिखाई दे ही जाता है। जब से परवीन ने बुर्क़ा पहनना शुरू किया है, उसके लिए खिड़की पर खड़े होने की भी मनाही हो गई है। लेकिन परवीन इस मनाही की कोई ख़ास परवाह नहीं करती। माँ-बाप अगर आसपास न हों तो वह अपना चेहरा बाहर निकालकर लोगों का आना-जाना देखती है। उसने निशात को कभी भी उसकी खिड़की के पास से गुज़रते नहीं देखा। उसकी बहुत इच्छा होती है, वह निशात को हर रोज़ दूर से देखे। बालक निशात अब सुदर्शन युवक था। उसे देखने की इच्छा तो होगी ही।

दाख़िल परीक्षा से तीन महीने पहले ही, परवीन ने खिड़की पर खड़े होना, यहाँ तक कि फ़ेसबुक की पोस्ट पढ़ना भी कम कर दिया था। वह यदि इस परीक्षा में पास नहीं हुई तो उसके हाजी पिता ज़बरदस्ती उसकी शादी करवा देंगे। शादी भी निश्चय ही किसी हाजी या फिर होनेवाले हाजी, मदरसे के शिक्षक या फिर मसजिद के इमाम के साथ ही होगी। परवीन की इच्छा होती है कि वह बड़ी होकर

निशात-जैसे किसी से या फिर वशीकुर-जैसे किसी से शादी करे, जिसकी तर्कबुद्धि उससे सोच-विचार कराएगी, उसे मुग्ध करेगी। परवीन ऐसा कोई साथी नहीं चाहती, जो सिर्फ़ यह चाहेगा कि परवीन उसकी सेवा करे, अपने रूप और गुणों से सिर्फ़ उसे मुग्ध करे। परवीन ऐसा साथी चाहती है जो उसे भी अपने रूप और गुणों से मुग्ध करे। परवीन को नहीं पता, वशीकुर दिखने में कैसा है, लेकिन निशात की ख़ूबसूरती परवीन को मुग्ध करती है। निशात क्या मदरसे में पढ़नेवाली किसी को पसन्द करेगा? निशात की शादी निश्चय ही उसके साथ कॉलेज में पढ़नेवाली किसी लड़की से होगी!

परवीन सोचती है, उसके पिता अगर वृष्टि के पिता-जैसे होते, तो फिर उसकी ज़िन्दगी बदल सकती थी। वृष्टि ने स्कूल पास करके कॉलेज में दाख़िला लिया है। वह जींस पहन रही है, जींस के ऊपर कुर्ता पहनती है, सीने पर उसे दुपट्टा भी नहीं डालना पड़ता। कभी-कभी वह कमीज़ भी पहनती है। उसे देखने पर परवीन की नज़रें हटाने की इच्छा नहीं होतीं। शफ़ीकुल से उसे पता चलता है कि वृष्टि अपने मित्रों के साथ सिनेमा देखने जाती है, वह उनके घर भी जाती है, कैफ़े रेस्टोरेंट जाती है। वृष्टि इस तरह का जीवन जी पा रही है, क्योंकि उसके माता-पिता जो इच्छा पहनने, या जहाँ मर्ज़ी घूमने-फिरने के अधिकार पर यक़ीन करते हैं लेकिन परवीन के पिता यक़ीन नहीं करते। दोनों ही पिता बिजली विभाग के दफ़्तर में काम करते हैं। दोनों ही किरानी हैं। परवीन को अफ़सोस होता है, वृष्टि ने पिता के रूप में जिन्हें पाया है, उन्हें उसने पिता के रूप में क्यों नहीं पाया!

[2]

परवीन परीक्षा के लिए तैयारी कर रही थी। वह रात भर जागकर पढ़ाई कर रही थी। उसकी आँखों के नीचे स्याही जमने लगी थी। और उधर मदरसे के एक जो नये अध्यक्ष आए थे, वे बार-बार परवीन को बुलावा भेज रहे थे। पहले दिन जैसे ही परवीन अध्यक्ष के कमरे में गई, उन्होंने उसे कुर्सी पर बैठने के लिए कहा। उन्होंने ख़ुद ही कुर्सी पास सरका ली। पूछा, 'पढ़ाई ठीक चल रही है न?' परवीन से सिर हिलाकर कहा, 'हाँ।'

उसे समझ में नहीं आया, कक्षा में इतनी लड़कियों के रहते वे उसी के बारे में क्यों जानना चाहते हैं? उस आदमी के सिर पर टोपी थी, चेहरे पर कच्ची-पकी दाढ़ी। उसने सफ़ेद कुर्ता-पाज़ामा पहन रखा था। काफ़ी हद तक उसके पिता-जैसे दिख रहे थे।

अध्यक्ष का नाम सिराजुद्दीन था। थोड़ी देर खाँसकर, मीठी मुसकान के साथ बोले, 'तुम छुट्टी के बाद आना। तुम्हारी परीक्षा की तैयारी कैसी चल रही है, मुझे देखना है।'

परवीन तेज़ी से कुर्सी छोड़कर उठ गई। उसने अपनी कक्षा की चार सहेलियों को इस घटना के बारे में बताया, पूछा छुट्टी के बाद उसका जाना ठीक होगा या नहीं? दो-तीन ने कहा, जाना चाहिए। अंत में तय हुआ, परवीन अकेली नहीं जाएगी, साथ में वे भी जाएँगी। कमरे में अगर सभी जा सकें तो अच्छा, वरना वे दरवाज़े के पास खड़ी रहेंगी।

छुट्टी के बाद परवीन अपनी चार सहेलियों को दरवाज़े पर खड़े रहने का कहकर अध्यक्ष के कमरे में चली गई। पहले की ही तरह इस बार भी अध्यक्ष ने उसे कुर्सी पर बैठने को कहा और ख़ुद ने कुर्सी अपनी ओर खींच ली। अपनी गद्दी वाली कुर्सी पर बैठे-बैठे वे मुसकराने लगे।

परवीन ने पूछा, 'आपको कोई ज़रूरी बात करनी है?'

इसके पहले कि परवीन कुछ समझ पाती, सिराजुद्दीन ने परवीन की ओर झुकते हुए, बुर्क़े का ढकना हटाकर, पल भर में उसका चेहरा देख लिया। परवीन ने तेज़ी से अपना चेहरा ढक लिया।

सिराजुद्दीन हँसते-हँसते बोले, 'मुझे पता था, मुझे पता था, तुम्हारे हाथों का रंग देखकर ही मैं समझ गया था, तुम्हारे चेहरे से ज़रूर नूर टपकता है। देखो, नूर ही टपक रहा है। तुम इतनी ख़ूबसूरत हो कि पता नहीं, तुम्हारे रूप ने कितने लोगों को दीवाना बना दिया होगा।'

'तो आपने यह बात बताने के लिए मुझे यहाँ बुलाया है?'

'नहीं, नहीं, नहीं, यह बात कहने के लिए क्यों बुलाऊँगा भला? परीक्षा सामने है, तुम्हारी पढ़ाई-लिखाई कैसी चल रही है, मैंने वही देखने के लिए बुलाया है।'

'क्लास में और भी लड़कियाँ हैं, आपने उनके बारे में तो नहीं पूछा।'

'तुम मुझे अच्छी लगती हो, इसलिए।' सिराजुद्दीन ने आँखें सिकोड़कर कहा।

परवीन की इच्छा हुई, वह दौड़कर कमरे से बाहर निकल जाए। लेकिन मुरब्बियों का अपमान करने से कैसे काम चलेगा? सम्भव है, दरवाज़े के बाहर कान लगाए खड़ी उसकी सहेलियाँ ही उसे इस बात पर गालियाँ बके।

सिराजुद्दीन ने लपककर परवीन का दायाँ हाथ पकड़ लिया। उसका हाथ दबाते हुए बोले, 'वाह, कितना नरम है!'

वे हाथ नहीं छोड़ना चाहते थे। उन्होंने वह हाथ अपने गालों पर छुलाया। परवीन हाथ हटा लेना चाहती थी, लेकिन नहीं हटा सकी। इस बार परवीन को अवाक् करते हुए सिराजुद्दीन अपना दूसरा हाथ बुर्क़े के भीतर डालकर उसके स्तनों को दबाने लगा। परवीन ने कटे हुए मुर्ग़े की तरह छटपटाते हुए अपनी पूरी ताक़त लगाकर ख़ुद को सिराजुद्दीन से छुड़ाया और दौड़कर बाहर आ गई।

बाहर आकर वह हाँफने लगी। उसकी सहेलियों ने आँखें गोल-गोल करके उसे देखा था, मानो उसने कोई भयानक अन्याय किया हो!

'तुमने देखा, वह शैतान मेरे साथ क्या कर रहा था? उसने मेरे ब्रेस्ट पर हाथ लगाया।' यह कहकर परवीन रोने लगी।

सहेलियाँ उसे अध्यक्ष के कमरे से दूर ले गईं। एक ने कहा, 'तू अन्य मास्टरों से इस हेडमास्टर के ख़िलाफ़ शिकायत कर दे।'

दूसरी ने कहा, 'चुप रहना ही बेहतर है। लोगों को पता चल गया तो वे परवीन को ही ख़राब कहेंगे। कहेंगे कि निश्चय ही वह हेडमास्टर से शारीरिक लेन-देन के बदले कुछ सुविधा हासिल करना चाहती है।'

तीसरी ने कहा, 'तू अपने पिता से बोल कि वे जल्दी से तेरी शादी कर दें। मैरिड लड़कियों की ओर हाथ बढ़ाने की उनकी हिम्मत नहीं होगी।'

कोई भी समाधान परवीन को पसन्द नहीं आया।

अगले दिन फिर परवीन को बुलाया गया। महिला चपरासी ने आकर कहा, 'हेडमास्टर साब परवीन को बुला रहे हैं।'

परवीन ने कह दिया, परवीन की लाश जाएगी, परवीन नहीं जाएगी।

परवीन सुलताना सिराजुद्दीन के कमरे में नहीं गई। सिराजुद्दीन इसके बाद से चपरासी से नहीं, शिक्षक-शिक्षिकाओं से ख़बर भिजवाते रहे। परवीन इतना दबाव सहन नहीं कर सकी। वह फफककर रो पड़ी। डर और दुःख की वजह से काँपने लगी, लेकिन किसी ने उसे ज़रा भी तसल्ली नहीं दी। केवल उसकी क्लास की एक लड़की ने कहा, 'उस शैतान का उद्देश्य तेरे साथ रेप करना है। कुछ भी हो जाए, उसके कमरे में मत जाना। बात बढ़ने लगे तो पुलिस में रिपोर्ट कर देना। देश में तो क़ानून नाम की कोई चीज़ है।'

यह लड़की परवीन की पुरानी चार सहेलियों में से नहीं थी। इसके साथ उसका नया परिचय हुआ है। वह खदिजातुन्निसा में नई आई है। परवीन की पूरी घटना सुनकर इस लड़की के जबड़े सख़्त हो उठे थे। उसने कहा था, 'मेरे शरीर की ओर उसने अगर हाथ बढ़ाया होता तो मैं उसे जूतों से पीटती।'

परवीन जूते नहीं उठा सकती। कुछ भी हो, वह आदमी मुरब्बी है। मुरब्बी बुरा हो तो उससे बचकर रहा जा सकता है, उसकी पिटाई नहीं लगाई जा सकती।

अबकी बार अरबी के शिक्षक लगभग ज़बरदस्ती परवीन को अध्यक्ष के कमरे में ले गए। परवीन को भीतर भेजकर दरवाज़ा बाहर से अटका दिया। अध्यक्ष कुर्सी छोड़कर उठे और उन्होंने जल्दी से दरवाज़ा अन्दर से बन्द कर लिया।

'तुम्हारे साथ ज़रूरी बात करनी है, यहाँ आओ।'

'क्या बात है?' डर के मारे परवीन का गला सूख गया था। फिर भी उसने सूखे गले ही पूछा। वह दरवाज़े के पास ही खड़ी रही, वहाँ से नहीं हिली।

सिराजुद्दीन बोले, 'मैं तुम्हें दाख़िल परीक्षा का प्रश्नपत्र दे रहा हूँ। आओ।'

परवीन एक क़दम भी नहीं हिली। बोली, 'मुझे प्रश्नपत्र नहीं चाहिए। आप

हेडमास्टर होकर प्रश्नपत्र लीक करना चाहते हैं, आपको तो जेल हो जाएगी।' परवीन ने दरवाज़े की सिटकनी खोल ली।

सिराजुद्दीन दौड़कर आए और दरवाज़ा बन्द करके परवीन को खींचकर कमरे के बीचोबीच ले आए। परवीन ज़ोर से रो पड़ी।

घर पर उसने माँ को अध्यक्ष की करतूतों के बारे में बता दिया था। माँ कोई समाधान नहीं दे सकी। उन्होंने परवीन के पिता को बता दिया कि नये अध्यक्ष परवीन पर बुरी नज़र डाल रहे हैं। उसके पिता ने सुनकर कह दिया, 'परीक्षा सामने है इसलिए लड़की ने इस तरह के नाटक शुरू कर दिये हैं। वह इस परीक्षा में पास नहीं होने वाली।'

परवीन आज पूरे मन-प्राणों से चाह रही थी कि उसके पिता अपनी आँखों से अध्यक्ष के कमरे के इस दृश्य को देखें। सिराजुद्दीन ने रोती हुई परवीन का मुँह दबा दिया। उन्होंने अपने सिर की टोपी उसके मुँह में खोंस दी। उन्होंने परवीन को अपने शरीर से इतनी ज़ोर से जकड़ लिया कि परवीन अपनी पूरी ताक़त लगाकर भी ख़ुद को आज़ाद नहीं कर पाई। परवीन को दीवार से टिकाकर उन्होंने उसका बुर्क़ा उतार दिया। कुर्ती के गले से दोनों हाथ अन्दर डालकर उसके स्तनों को दबाने लगे। अध्यक्ष के दाढ़ी वाले चेहरे ने परवीन के चेहरे को पत्थर की तरह दबा रखा था। परवीन के दोनों हाथ पीठ के पीछे की ओर, दीवार से जा लगे थे। वह अपने हाथ बाहर नहीं निकाल पा रही थी। सिराजुद्दीन ने अपने शरीर के वज़न से परवीन के दोनों हाथों को दीवार पर बन्दी बना रखा था। परवीन धक्का मारकर भी सिराजुद्दीन को अपने शरीर से दूर नहीं कर पा रही थी। अब सिराजुद्दीन ने कुर्ती के बटनों को एक झटके में खोल दिया। उन्होंने खींचकर कुर्ती भी फाड़ दी। फिर परवीन के छोटे स्तनों को मुँह में लेकर चूसने लगे। परवीन के दोनों हाथों को उन्होंने अपने मज़बूत हाथों से जकड़ रखा था। दोनों पैरों को अपने दोनों पैरों से अटका रखा था। आशंका के मारे परवीन का समूचा शरीर काँपने लगा। वह चीख़ने लगी। उसकी चीख़ कहीं भी नहीं पहुँच सकी। अब सिराजुद्दीन ने उसे फ़र्श पर ले आए। उसे धक्का देकर लिटा दिया और उसके शरीर पर सिराजुद्दीन लम्बे होकर लेट गए। अपने सख़्त पुरुष-दंड को उन्होंने परवीन की जाँघों की संधि-स्थल पर टिका दिया। परवीन को लगने लगा, सिराजुद्दीन उसे मार डालेंगे। उसके बदन पर आज तक किसी ने इस तरह हाथ नहीं लगाया था, मुँह नहीं लगाया था। उसने बलात्कार का नाम सुना था, यानी इसी का नाम बलात्कार है!

वह जब हेडमास्टर के कमरे से बाहर निकली, तब मदरसा सुनसान हो चुका था, कहीं पर कोई नहीं था। उसकी एक भी सहेली उसके इन्तज़ार में खड़ी नहीं थी। उसका सिर घूम रहा था, उसे मितली आ रही थी। उसे लगा, वह बेहोश हो जाएगी। लेकिन वह अपने-आपको टूटने से बचा रही थी। उसे सीधे खड़े होना होगा।

वह आम तौर पर घर पैदल ही जाती है। उस दिन उसने एक रिक्शा कर लिया। उसने दाँत पीसते हुए ख़ुद को क़सम दी कि इस अध्यक्ष को दफ़ा किये बिना वह दाख़िल परीक्षा में नहीं बैठेगी।

घर लौटकर उसने फ़ेसबुक पर अपनी वीरांगना वाली आई.डी. पर जाकर सिर्फ़ इतना लिखा, 'सिराजुद्दीन, तू तो पाँच वक़्त की नमाज़ पढ़ता है। सारे रोज़े भी रखता है। तू जो लड़कियों का बलात्कार करता है, तेरी माँ को यह तो पता है न? तेरी बीवी को तो यह मालूम है न? तेरे बाल-बच्चे तो यह जानते हैं न?'

वीरांगना आई.डी. से दिये गए इस स्टेटस को देखकर कोई समझ नहीं पाएगा कि यह वीरांगना कौन है, और यह सिराजुद्दीन कौन है। वीरांगना आई.डी. के फ़ॉलोअर्स की संख्या 300 है, कोई भी परवीन का परिचित नहीं है। कोई भले ही न समझ पाए कि परवीन ने क्या लिखा है, लेकिन उसने इतना-सा लिखकर भी भीतर की तकलीफ़ को कुछ कम कर लिया है। और एक स्टेटस में वह यह लिखने के लिए तैयार हो गई है, 'सिराजुद्दीन, मैं अगर ज़िन्दगी में किसी का ख़ून करूँगी, तो तेरा ख़ून करूँगी। तेरा ख़ून करने पर मुझे नहीं लगेगा कि मैं अपराधी हूँ।'

लेकिन इस स्टेटस को लगाने से पहले ही एक नहीं, कई लेख आग की चिंगारी की तरह छिटक आए। एक भयानक ख़बर चारों ओर फैल गई थी। ख़बर पढ़कर वह धम्म से ज़मीन पर बैठ गई। वशीकुर बाबू को ढाका के रास्ते पर किसी ने या किन्हीं लोगों ने चॉपर से काट डाला है। वशीकुर सुबह अपने फ़्लैट से निकलकर ऑफ़िस जा रहा था, तभी आतंकियों ने पीछे से उस हमला किया था। वशीकुर ख़ून से लथपथ पड़ा हुआ था, उसके सिर से ख़ून निकल रहा था। राजपथ लाल हो गया था। वशीकुर ने फ़ेसबुक पर कभी अपनी तसवीर नहीं लगाई थी, परवीन ने उसकी मौत के बाद आज पहली बार वशीकुर को देखा था। उसकी उम्र सिर्फ़ सत्ताईस साल थी। वशीकुर की हत्या किन लोगों ने की थी? जिस वशीकुर के लेखों को पढ़कर परवीन ने समाज में प्रचलित सब प्रथाओं को मान लेने से पहले सवाल करना सीखा था, उसी वशीकुर की हत्या कर दी गई थी। कारण कि वशीकुर ने परवीन-जैसे लोगों में बोध-बुद्धि का संचार किया था—अंधविश्वास से नहीं, हर चीज़ पर तर्क के आधार पर विचार करने के लिए कहा था! आज वह ख़ुद मदरसे में बलात्कार की शिकार होते-होते बचकर निकली है। अपने अपमान के दुःख और वशीकुर को खोने के दुःख की वजह से परवीन फ़र्श पर लोट लगाती हुई रोती रही। वह जी भरकर रो लेना चाहती है। वह नहीं चाहती, उसके माँ-बाप या फिर कोई शुभचिन्तक आकर उसकी रुलाई रोके, उसे फ़र्श से उठाए।

लगभग एक घंटा उसी तरह पड़े रहने के बाद परवीन ने उठकर स्नान कर लिया। उसने बार-बार साबुन लगाकर अपने बदन से सिराजुद्दीन के स्पर्श, उसके पसीने को धो दिया। पहने हुए कपड़े उसने डस्टबिन में डाल दिये। उसने मन और

शरीर से सिराजुद्दीन द्वारा दी गई तकलीफ़ों को दूर कर लिया। नहाने के बाद बाहर आकर वह लेट गई। उसने रात में खाना नहीं खाया। उसने माँ को बता दिया, सिराजुद्दीन ने उसे अपने कमरे में ले जाकर बलात्कार करने की कोशिश की थी, वह किसी तरह बचकर निकल आई है। वह कल से मदरसे नहीं जाएगी। वह अगर गई तो सिराजुद्दीन हर रोज़ उसके साथ बलात्कार करेंगे। वह उस मदरसे से दाख़िल परीक्षा नहीं देगी। परीक्षा अगर देनी ही पड़े तो किसी और मदरसे से देगी। उसने फिर कहा, वह सिराजुद्दीन को छोड़ेगी नहीं। वह प्रतिवाद करेगी। वह कल सुबह ही थाने जाकर सिराजुद्दीन के ख़िलाफ़ यौन-उत्पीड़न की शिकायत करेगी। उसके ख़िलाफ़ मुकदमा करेगी। उसे जेल भिजवाए बिना परवीन को शान्ति नहीं मिलेगी।

स्त्रियों के यौन-उत्पीड़न के ख़िलाफ़ क़ानून है, वह इस क़ानून का सहारा क्यों नहीं लेगी? उसने देखा, जब वह बलात्कार से बचने के लिए चिल्ला रही थी, लोगों को पुकार रही थी, मदरसे का एक भी व्यक्ति उसे बचाने नहीं आया था। अब सिर्फ़ क़ानून ही उसकी रक्षा करेगा। ये हुज़ूर सब बलात्कारी हैं, शैतान हैं। चेहरे पर दाढ़ी रखने से, सिर पर टोपी लगाने से, और पाँच वक़्त की नमाज़ पढ़ने से ही कोई अच्छा आदमी नहीं हो जाता। जिन लोगों में शैतानी ज़्यादा होती है, वे ही हुज़ूर का भेस बनाते हैं। परवीन ने अपने माता-पिता को बता दिया कि वह अन्य लड़कियों की तरह ख़ामोश नहीं रहेगी। अब इसके लिए अगर उसके पिता उसे साबुत न रखना चाहें, तो न रखें। उसने कोई पाप नहीं किया है, पाप सिराजुद्दीन ने किया है। यह परवीन के लिए शर्म की बात नहीं है। अगर किसी को शर्मिंदा होना है, तो सिराजुद्दीन को होना होगा।

परवीन कमरे का दरवाज़ा बन्द करके लेट गई। वशीकुर के लेख पढ़कर अंसारुल्लाह बांग्ला टीम के लोगों की धार्मिक भावनाएँ आहत हुई थीं, इसलिए चॉपर से नृशंस रूप से वशीकुर की हत्या कर की गई थी। वशीकुर ने परवीन की फ्रेंड रिक्वेस्ट एक्सेप्ट नहीं की थी, लेकिन इस वजह से वह वशीकुर से नाराज़ नहीं थी। बल्कि वशीकुर की अकालमृत्यु से जो उसे दुःख हो रहा था, वह दुःख सिराजुद्दीन के द्वारा दिये गए दुखों से कहीं ज़्यादा गहरा था। परवीन ने वशीकुर के लेखों को फिर से पढ़ा, 'धर्मानुभूतियों से खेतीबाड़ी नहीं होती, उत्पादन नहीं होता, शिक्षा नहीं मिलती, अनुसंधान नहीं होते, कला-साहित्य नहीं होता। धर्मानुभूतियों से साम्प्रदायिकता होती है, दंगे होते हैं, लूटपाट होता है, बलात्कार होते हैं, गंदी राजनीति होती है।' परवीन ने इसमें एक पंक्ति और जोड़ दी, 'धर्मानुभूतियों से नृशंस रूप से मनुष्य की हत्या होती है।'

वशीकुर को तो मालूम नहीं था कि एक दिन उसकी हत्या कर दी जाएगी। परवीन को भी पता नहीं था, एक दिन उसके साथ एक मुल्ला बलात्कार करना चाहेगा। सिराजुद्दीन-जैसे लोग ही परवीन-जैसी लड़कियों से बलात्कार करते हैं,

वशीकुर-जैसे युवाओं की हत्या करते हैं। ये सिराजुद्दीन ही कल शिक्षकों की मीटिंग में वशीकुर की हत्या का समर्थन करेंगे, शुक्रिया अदा करने के लिए एक रकात नफ़िल नमाज़ भी पढ़ लेंगे। किसी को पता नहीं चलेगा, उसी कमरे में सिराजुद्दीन मदरसे की एक बुर्क़े वाली छात्रा से बलात्कार करने के लिए मरे जा रहे थे। वह छात्रा अपने बदन की पूरी ताक़त से अपने-आपको छुड़ाकर उस आदमी के पुरुषांग पर लगातार लात मारती हुई उसे क़ाबू करके दरवाज़ा खोलकर भाग आई थी।

परवीन फ़ोन सामने रखकर पूरी रात जागती रही। वह वशीकुर के लेख पढ़ती रही, 'किसी भी धर्म में स्त्रियों को कथित सम्मान नहीं दिया है। उन्होंने माँ को सम्मान दिया, बहन को सम्मान दिया, पत्नी और बेटी को सम्मान दिया है। जिन लोगों ने अपने-आपको इन परिचयों के दायरे में रखा, वे सती कहलाईं, और जिन्होंने इनसान बनने की कोशिश की, उन्हें धर्मीय समाज ने वेश्या की उपाधि दी है।'

परवीन ने फ़ेसबुक पर लिखे पापिया इस्लाम के लेख फिर से पढ़े, पापिया ने लिखा था :

'लड़कियाँ अगर यौन-उत्पीड़न और बलात्कार का प्रतिवाद करती हैं, तभी समाज को बदला जा सकेगा। बलात्कार करने से पहले पुरुष समझ जाएगा, उसे फाँसी पर लटकना होगा या फिर जेल में सड़कर मरना होगा। लड़कियाँ डर के मारे चुप रहती हैं इसीलिए पुरुष निश्चिन्त होकर उन्हें उत्पीड़ित करते हैं।'

परवीन ने तय कर लिया, घर वाले अगर आपत्ति करें तो भी वह उत्पीड़न का प्रतिवाद करेगी। उसे कहाँ से यह साहस मिल रहा था, उसे ख़ुद नहीं पता। पहले पिता की एक धमक सुनकर वह चुपचाप बैठ जाया करती थी। पिता का आदेश अमान्य करना उसके लिए सम्भव नहीं था। आज उसके सामने पिता नहीं थे। उसके सामने थी ज़िन्दगी और मौत। ज़िन्दा रहना है तो उसे लड़ना पड़ेगा। समझौता करके, चुप रहकर, अन्याय सहन करके, अपमान सहकर, अत्याचार सहकर ज़िन्दा रहने का नाम ज़िन्दा रहना नहीं है। इसका दूसरा नाम है मौत।

परवीन ने रात बारह बजे रेशमी को फ़ोन लगाया। रेशमी वशीकुर हत्याकांड से क्षुब्ध थी। परवीन ने सिर चादर से ढककर, ताकि कोई सुन न ले, फुसफुसाते हुए पूछा, 'किन लोगों ने उसे मारा है?'

कमरे एक-दूसरे से सटे हुए थे, अगर कोई सुनना चाहे तो सुन सकता है। परवीन का यह कमरा कोई अलग कमरा नहीं था। बैठक में ही हार्डबोर्ड का पार्टीशन लगाकर कमरा बनाया गया था। यहीं पर चारपाई बिछाकर परवीन रहती है। बाक़ी वाले कमरे में बड़े पलंग पर पिता और शफ़ीकुल सोते हैं, और छोटे वाले कमरे में, जिस कमरे में कपड़े तथा अन्य चीज़ों की तीन अलमारियाँ हैं, उस कमरे में अपने पीहर से मिले पलंग पर माँ सोती हैं और फ़र्श पर गद्दा बिछाकर शेफालिका की माँ सोती है। परवीन अपने छोटे-से कमरे का दरवाज़ा अन्दर से बन्द नहीं करती।

लेकिन आज उसने बन्द कर लिया था। वह नीचे गले से रेशमी से बात कर रही थी।

'किसने वशीकुर की हत्या की' इस सवाल के जवाब में रेशमी हताशा और ग़ुस्से से फट पड़े स्वर में बोली, 'और किसने? जिन लोगों ने अभिजीत को मारा था, उन लोगों ने ही, धर्मीय आतंकवादियों ने। कहते हैं कि इन लोगों की हत्या करने पर बहिश्त मिलता है, बहिश्त में हूरों के लालच में धर्मीय आतंकवादी इनसानों की हत्या करते हैं।'

वशीकुर की हत्या के ख़िलाफ़ कल जुलूस निकाला जाएगा। रेशमी ने तय किया है कि वह उसमें जाएगी। उस पता है, घर में अगर बताया तो वे बाधा पहुँचाएँगे, लिहाज़ा वह किसी को नहीं बताएगी। ठीक है कि जुलूस में जाने से वशीकुर वापस नहीं आ जाएगा, लेकिन अन्याय का प्रतिरोध नहीं करने का अर्थ है—अन्याय को स्वीकार कर लेना।

परवीन रेशमी को सिराजुद्दीन के यौन-उत्पीड़न की घटना के बारे में बताना चाहती थी, लेकिन उसने नहीं बताया। सम्भवत: इसलिए नहीं बताया कि रेशमी वशीकुर की मौत के शोक में डूबी हुई है, परवीन की घटना सुनने पर हताशा उसे बहा ले जाएगी। वह रेशमी से बहुत प्यार करती है। नाते-रिश्तेदारों में एक रेशमी ही उसके सबसे ज़्यादा क़रीब है। रेशमी का कष्ट बढ़ जाए, परवीन यह नहीं चाहती। रेशमी नमाज़ रोज़ा भले ही न करे लेकिन वह नास्तिक नहीं है।

लेकिन वशीकुर के लिए रेशमी जुलूस में ज़रूर जाएगी। धर्मीय आतंकवाद के ख़िलाफ़ प्रतिवाद नहीं करने पर, रेशमी का मानना है, सिर्फ़ नास्तिकों के लिए बुरे दिन नहीं आएँगे, आस्तिकों के लिए भी बुरे दिन आएँगे।

परवीन ने मन-ही-मन कहा, वह अगर ढाका में होती तो जुलूस में ज़रूर शामिल होती। तो क्या परवीन बुर्क़ा पहनकर जुलूस में जाती? रेशमी तो बुर्क़ा नहीं पहनती। इसका मतलब क्या रेशमी धर्म में आस्था नहीं रखती? रेशमी ने ज़ोर देकर कहा, 'धर्म में मेरी आस्था बुर्क़ेवालियों से कहीं ज़्यादा है। 'बाहर घूँघट, भीतर मुजरा' मैंने बहुत देखा है। इनसान अच्छा हो तो जिस तरह हज जाने की ज़रूरत नहीं होती, इनसान अच्छा हो तो बुर्क़ा पहनने की भी दरकार नहीं होती।'

परवीन ने अबकी बार फुसफुसाते हुए कहा ताकि घर का कोई सुन न ले। पिता खर्राटे ले रहे थे, माँ भी। कोई नहीं सुनेगा, निश्चित होकर परवीन ने फुसफुसाते हुए कहा, 'तुम्हें क्या एक बार भी धर्म पर सन्देह नहीं होता?'

'किस मामले में?'

'धर्म के मामले में।'

'धर्म पर?'

'हाँ, धर्म पर। यही अल्लाह रसूल पर। बहिश्त दोज़ख़ पर।'

'तुझे सन्देह होता है?'

'मुझे होता है। आजकल तो अक्सर होता है। इस बीच मैंने यूट्यूब पर वाज़ सुना है। बुरे-बुरे लोग अल्ला रसूल की वाणी सुनाते हैं। उन वाणियों में कोई भी तो अच्छी नहीं है।'

रेशमी हो-हो करके हँस पड़ी। बोली, 'किसी से कहना मत। यह सब अपने मन में ही रखना।'

सन्देह की बात कहकर परवीन को काफ़ी राहत मिली। उसने रेशमी को फिर से पकड़ लिया, 'तुम अल्लाह की क़सम खाकर बोलो, तुम्हें क्या कभी सन्देह नहीं हुआ? एक बार के लिए भी नहीं हुआ? एक पल के लिए भी नहीं?'

रेशमी ने कहा, 'किसे सन्देह नहीं होता, बोल? बड़े-बड़े पीर, हुज़ूर, सभी को होता है। लेकिन सन्देह होता है, कहें तो वशीकुर की तरह मरना पड़ेगा। इसलिए सब लोग मुखौटा पहने रहते हैं, सभी दिखावा करते हैं—यक़ीन का दिखावा। पीर, हुज़ूर लोग यक़ीन करवाकर धन्धा कर रहे हैं।'

रेशमी के साथ लगभग सुबह तक परवीन की बातें होती रहीं। अज़ान के बाद उसे नींद आने लगी। परवीन फ़ोन बन्द करके सो गई। देर दोपहर उसकी नींद टूटी। मदरसे न जाकर वह थाने जाने के लिए तैयार हो गई। उसने अपनी माँ से कहा, वह आज बुर्क़ा नहीं पहनेगी, वह हिजाब पहनेगी। हिजाब पहनने पर शरीर हलका लगता है। समूचे बदन को एक काले चोग़े से ढके रखने पर चोग़े का वज़न ही उसे झुका देता है। हिजाब पहनकर कम-से-कम थोड़ा सिर उठाकर घूमा-फिरा जा सकता है। उसने सचमुच बुर्क़ा नहीं पहना। वह माँ और भाई शफ़ीकुल को साथ लेकर सिराजुद्दीन के ख़िलाफ़ यौन-उत्पीड़न की शिकायत करने थाने जा पहुँची। थाने में उसने बताया, खदिजातुन्निसा महिला मदरसे के अध्यक्ष उसके साथ बलात्कार करने के लिए पगला गए हैं। अपने रूम में बुलाकर उन्होंने तमाम तरह से यौन-उत्पीड़न किया है। परवीन ने बता दिया, हेडमास्टर ने उससे क्या कहा था। उन्होंने गुप्त रूप से उसे दाख़िल परीक्षा का प्रश्नपत्र देने की पेशकश की थी ताकि मैं अच्छे नम्बरों से पास हो सकूँ। परवीन की पहले से दाख़िल परीक्षा का प्रश्नपत्र हासिल करने की कोई इच्छा नहीं है। वह और सभी की तरह परीक्षा में बैठेगी। जो नम्बर उसकी क़िस्मत में हैं, उसे वही मिलेंगे। ख़राब किया तो ख़राब, और अच्छा किया तो अच्छा।

थाने के ओ.सी. ने परवीन के साथ विचित्र व्यवहार किया था। माँ और भाई को बाहर बैठने का कहकर सिर्फ़ परवीन को अन्दर आने के लिए कहा था। उन्होंने छोटी-मोटी चीज़ें जाननी चाहीं कि किस तरह सिराजुद्दीन ने हाथ पकड़ा था, ठीक कहाँ-कहाँ उन्होंने हाथ डाला था, हाथ डालकर क्या किया था। उन्होंने अगर स्तन दबाए थे तो किस तरह दबाए थे, कितने ज़ोर से दबाए थे। दायाँ स्तन दबाया था कि बायाँ स्तन। उन्होंने जानना चाहा था कि सिराजुद्दीन ने परवीन के शरीर के और

किन जगहों को छुआ था। छूने के अलावा उन्होंने और कुछ भी किया था या नहीं।

'और कुछ मतलब?'

'और कुछ मतलब 'और कुछ'। सिराजुद्दीन ने क्या अपना पाजामा खोला था?'

'हाँ खोला था।'

ओ.सी. ने पूछा, 'खोला तो क्या निकला, साइज़ क्या था? क्या कलर था? यह सब तो बताना पड़ेगा न! वह चीज़ टेढ़ी थी या सीधी! कोई तिल वग़ैरह था या नहीं?'

परवीन ने कहा, 'मैंने उस ओर नहीं देखा था।'

'तुम्हारे साथ वे करना चाहते थे, लेकिन नहीं किया। तो फिर तुम्हारा अभियोग क्या है?' कहते-कहते ओ.सी. अपने मोबाइल से परवीन का वीडियो बनाता रहा।

परवीन ने दोनों हाथों से अपना चेहरा ढक लिया था। चेहरे ढके हालत में ही वह सवालों के जवाब देती रही।

'बदन के निचले हिस्से में उन्होंने हाथ लगाया था?'

'हाँ, लगाया था।'

'तुम्हारा पाजामा खोला था?'

'खोलने की कोशिश की थी, लेकिन नहीं खोल पाए थे।'

'खोल नहीं पाए? तो फिर तुम्हारा अभियोग क्या है?'

'मेरा अभियोग यह है कि उन्होंने खोलने की कोशिश की थी। अभियोग यह है कि उन्होंने मेरे शरीर की तमाम जगहों पर ज़बरदस्ती हाथ लगाया था। मुझे ज़मीन पर पटककर मेरे कपड़े उतारने की कोशिश की थी। मेरा हाथ खींचकर उन्होंने अपना अंग पकड़वाया था। मैंने उनके अंग पर ज़ोरदार लात जमा दी थी, इसलिए भाग सकी थी। मदरसे की छुट्टी के बाद उन्होंने मुझे अपने कमरे में बुलाया था। उस दिन उन्होंने दरवाज़ा बन्द कर दिया था। मैं किस तरह उनके चंगुल से बचकर निकली हूँ, यह मैं ही जानती हूँ।' परवीन ने दोनों हाथों से चेहरे को ढके-ढके ही ओ.सी. को रोते-रोते यह सब बताया था।

ओ.सी. ने बार-बार कहा था, 'हाथ हटाओ। चेहरा दिखाओ। रोने की क्या ज़रूरत है? आख़िरकार तुम्हारे साथ कुछ तो हुआ नहीं। तुम्हारी इज़्ज़त तो लुटी नहीं। तो फिर रोती क्यों हो?'

इसके बाद परवीन ज़ोर-ज़ोर से रोने लगी।

इस रुलाई और बातचीत का वीडियो ओ.सी. ने अपने फ़ेसबुक पर पोस्ट कर दिया था। पल भर में वह वीडियो वायरल हो गया।

[3]

परवीन ने सिराजुद्दीन के यौन-उत्पीड़न के ख़िलाफ़ थाने में एफ़.आई.आर. दर्ज़ करा

दी थी। सिराजुद्दीन के ख़िलाफ़ अब अदालत में मुक़दमा चलेगा। यौन-उत्पीड़न, बलात्कार वग़ैरह के मामलों में आजकल ज़मानत मिलना मुश्किल है। उसका जबड़ा सख़्त हो आया, परवीन उस आदमी को जेल की हवा खिलाकर ही छोड़ेगी। लड़की होने की वजह से उन लोगों ने उसे दुर्बल समझ लिया था। लड़कियाँ भी ताक़तवर हो सकती हैं, साहसी हो सकती हैं, इरादों की पक्की हो सकती हैं—इस बात को लोग भूल ही गए थे।

उसी दिन परवीन ने रेशमी को बताया कि उसने एक बलात्कारी के ख़िलाफ़ मामला दर्ज़ करवा दिया है। वह बलात्कारी उसके साथ बलात्कार करने के लिए पगला गया था। यह घटना उसके मदरसे में घटित हुई है, उसके अध्यक्ष के कमरे में ही। वह बलात्कारी और कोई नहीं, उनका अध्यक्ष ही है। परवीन ने बताया, उसने मदरसे का बॉयकॉट किया है, वह दाख़िल परीक्षा नहीं दे रही है।

रेशमी ने सब कुछ सुनकर कहा, 'तुझे तुरन्त दो काम करने पड़ेंगे। तुझे मदरसे जाना होगा, नियमित क्लास अटेंड करनी होगी। परीक्षा देनी होगी। तूने अगर यह सब नहीं किया तो वह तेरी हार होगी। तू क्यों हारेगी भला? तूने तो कोई ग़लती नहीं की है।'

'जिसने ग़लत किया है, वह मदरसे से जाएगा, मैं क्यों निकलूँगी?'

सही तो है। परवीन ने थाने में रिपोर्ट करने के बाद मदरसे जाना शुरू कर दिया, लेकिन बुर्क़ा पहनकर नहीं, हिजाब पहनकर। उसने क्लास की लड़कियों को बता दिया कि उसने थाने में अध्यक्ष की करतूतों की रिपोर्ट कर दी है।

वह अन्य दिनों की तरह ही मदरसे जाने लगी। परीक्षा की तैयारी करने लगी। अब अध्यक्ष उसे अपने कमरे में नहीं बुलाते। बुर्क़े की वजह से जिन लोगों ने अब तक परवीन का चेहरा नहीं देखा था, वे मुग्ध आँखों से उसे देखते हैं। सहेलियों ने पहले ही बुर्क़ा हटाकर देख लिया था, या फिर उसके घर जाकर देखा था। उन्हें पता ही है परवीन बहुत ख़ूबसूरत है, उनके लिए अवाक् होने-जैसा कुछ नहीं है। बुर्क़ा उतारकर हिजाब पहनने की वजह से वे भी विस्मित हैं। उनकी भी बुर्क़ा उतार देने की इच्छा होती है, लेकिन बाप-भाइयों की धमकियों की वजह से वे ऐसा नहीं कर पा रही हैं।

परवीन के हिजाब को उसके माँ-बाप ने सहजता से स्वीकार कर लिया हो, ऐसा नहीं था। लेकिन परवीन ने कह दिया है, 'बुर्क़ा पहनती हूँ इसलिए मुझे मास्टर लोग कमज़ोर और निरीह समझ रहे हैं। इसलिए उत्पीड़न चला रहे हैं। हिजाबी लड़कियों पर उनकी लपकने की हिम्मत नहीं होती। उन्हें काटने पर वे भी काट लेती हैं। बुर्क़ेवाली ऐसा नहीं कर पातीं। उनके दाँत, उनका मुँह ओट में रहते हैं। बुर्क़ा पहने रहो तो दिखाई नहीं देता, आसपास क्या हो रहा है। इसलिए बुर्क़ेवालियों पर हमला करना शैतानों के लिए आसान होता है।'

शफ़ीकुल ने बहन की हाँ-में-हाँ मिलाई। सिर्फ़ उसकी माँ ने सोचा, न जाने इस रूप को देखकर मोहल्ले का कोई लुच्चा लड़का कहीं इसे पटाकर शादी न कर ले!

पिता ने कहा, 'लोग क्या कहेंगे! आपकी बेटी पर्दे में पोशीदा थी, बुर्क़ा छोड़कर उसने हिजाब क्यों अपना लिया?'

परवीन ने कह दिया, 'अब्बू, आप कह देना, मेरी बेटी ने बुर्क़ा छोड़कर बिकिनी तो नहीं पहन रही है। बुर्क़ा छोड़ा है, हिजाब पहन रही है। हिजाब भी तो पर्दा ही है। मदरसे की सारी लड़कियाँ तो बुर्क़ा नहीं पहनतीं, वे हिजाब भी तो पहनती हैं। इसके अलावा बुर्क़ा प्रैक्टिकल नहीं है। मैंने बुर्क़ा पहन रखा था इसीलिए तो उस दिन वह आदमी मुझ पर हमला कर सका था।'

'कौन आदमी?'

अल्ताफ़ हुसैन को अभी तक नहीं पता कि मदरसे में ठीक-ठीक क्या घटना घटी थी।

'उसे सुनकर अब आपको क्या काम! आप तो अपनी नौकरी कीजिए। मुझे स्कूल में दाख़िला न दिलवाकर मदरसे में डाला है, मुझे इसकी कुछ तो तकलीफ़ उठानी ही पड़ेगी।'

'किस आदमी ने क्या किया है?' अल्ताफ़ हुसैन ने चिल्लाते हुए पूछा।

'मुझसे मत पूछिए, आप अम्मा से सुन लीजिएगा,' यह कहकर परवीन बाहर निकल गई। उसकी आँखों से आँसुओं की बरसात होती रही।

मदरसे के गेट के पास ही एक आदमी सामने आकर खड़ा हो गया। उसने कहा, 'तूने थाने में कम्प्लेंट की है। अब भी समय है, विथड्रॉ कर ले।'

परवीन ने तिरछी नज़रों से आसपास देख लिया। जो आदमी सामने खड़ा था, वह अकेला नहीं आया था। समान उम्र वाले, एक-जैसे कपड़े पहने और भी तीन लोग आसपास ही खड़े थे। यानी वे समूह में ही आए थे।

परवीन ने कह दिया, 'मैं विथड्रॉ नहीं करूँगी, आप क्या कर लेंगे?'

वह आदमी बोला, 'मैं शराफ़त से कह रहा हूँ, बात सुन ले, वरना बहुत बुरा होगा।'

परवीन ने कहा, 'तुम लोग मेरा और क्या बुरा करोगे? तुम अपने हुज़ूर की तरह रेप ही करोगे न, और क्या करोगे? हथियार तो तुम्हारे पास एक ही है।' यह कहकर परवीन मदरसे के भीतर चली गई।

छुट्टी के समय उसने देखा, वे लोग फिर से खड़े हैं। इस बार भी रास्ता रोककर बोले, 'अब भी समय है, विथड्रॉ कर ले, वरना बाद में पछताएगी।'

परवीन ने साफ़-साफ़ जता दिया, वह केस विथड्रॉ नहीं करेगी। पापी को पाप की सज़ा भुगतनी ही होगी।

इसके अगले दिन, इस अगले दिन के भी अगले दिन परवीन ने देखा, मदरसा

जाने-आने वाली सड़क पर धमकी देनेवाले वे चार लोग खड़े हैं। उनकी आँखों से नफ़रत छिटककर बाहर आ रही थी। परवीन उनके सामने से तेज़ी से निकल गई, मानो उसने उन्हें देखा ही नहीं। उसकी इच्छा हुई, धमकी देनेवाले उन लोगों के ख़िलाफ़ थाने में रपट लिखवा दे, लेकिन उस दिन ओ.सी. ने जिस तरह सवाल किये थे, उससे उसकी थाने जाने की इच्छा नहीं हुई। परवीन समझ गई, ये लोग अध्यक्ष के पाले हुए गुंडे हैं। वे सफ़ेद कुर्ते-पाजामे पहने हुए थे, उनके सिर पर टोपी थी। उनकी मूँछें नहीं थीं लेकिन दाढ़ी थी। ये सूरतें बहुत भयंकर थीं।

अगले सप्ताह परवीन मदरसे नहीं गई। परीक्षा से पहले-पहले जाना बहुत ज़रूरी था, रेशमी ने भी कहा था कि तू मदरसे क्यों नहीं जाएगी? तूने तो कोई अन्याय नहीं किया है। लेकिन परवीन को लगता रहा—हो सकता है, सिराजुद्दीन के ख़िलाफ़ शिकायत वापस लेने के लिए वे लोग उसे खींचकर थाने ले जाएँ! समाज ऐसा है कि किसी को भी, ख़ास तौर पर लड़कियों को, किसी भी जगह खींच-घसीटकर ले जाया जा सकता है। लोगों को लगता है, लड़की ज़रूर किसी बुरे काम में लिप्त थी, उसे अब उसकी भलाई के लिए हटाकर लाया जा रहा है। इतने जो बलात्कार हो रहे हैं, इस पर भी सड़कों पर लड़कियों का जो लोग यौन-उत्पीड़न करते हैं, लोग मान ही लेते हैं, उत्पीड़न ख़ामख़ाह नहीं हो रहे हैं। निश्चित रूप से लड़की ने ही उत्पीड़न करने-जैसा माहौल बनाया होगा।

परवीन के पिता जानना चाहते थे, परीक्षा से पहले परवीन इस तरह क्लास से अनुपस्थित क्यों रह रही है। माँ ने ही जवाब दिया था, 'अध्यक्ष के ख़िलाफ़ थाने में शिकायत करने के बाद से अध्यक्ष के लोग उसे धमकी दे रहे हैं। कह रहे हैं कि अगर शिकायत वापस नहीं ली तो परवीन की ख़ैर नहीं। उसे अब मदरसा जाने में डर लगने लगा है।'

अल्ताफ़ हुसैन ने कहा, 'लेकिन ऐसा तो ज़्यादा दिन नहीं चल सकता। उसे आज न हो कल तो जाना ही पड़ेगा। परीक्षा में फ़ेल होने से काम नहीं चलेगा। उसे बता देना, अगर वह फ़ेल हुई तो मैं बिना देर किये किसी के साथ उसकी शादी करवा दूँगा।'

अगले सप्ताह परवीन मदरसे गई। सुबह उसे वे लोग नहीं दिखाई दिये। शाम को निकलते-निकलते उसे थोड़ी देर हो गई। क्लास की एक लड़की ने उसे आख़िरी पीरियड में गणित का एक सवाल समझाने को कहा था, उस सवाल को हल करने में देर हो गई थी। लेकिन जैसे ही वह बाहर निकलने लगी, चार बुर्क़ेवालियों ने उसे घेर लिया। उनके चेहरे, उनकी आँखें दिखाई नहीं दे रही थीं। वे लड़कियों-जैसी नहीं लग रही थीं। वे बात कर रही थीं, लेकिन आवाज़ पुरुषों-जैसी थी। यह मदरसा तो पूरी तरह लड़कियों के लिए है। यहाँ पुरुषों को अन्दर आने का मौक़ा कैसे मिला? लड़कियाँ ही सिर्फ़ बुर्क़ा पहनती हैं क्या? लड़के भी बुर्क़ा पहनते हैं, लेकिन क्राइम करते समय, किसी और काम के लिए नहीं। बुर्क़ा न पहनने पर लड़कियाँ बड़ी-बड़ी

आँखों से देखेंगी, इसी डर से क्या लड़के कभी बुर्क़ा पहनेंगे, जिस तरह लड़कियाँ पहनती हैं? लड़कियों के बाल से लेकर पैरों के नाख़ून देखकर कहीं लड़कों का यौन-आकर्षण न जाग जाए, इसीलिए तो लड़कियाँ बालों से लेकर पैरों के नाख़ून तक ढककर रखती हैं।

दो बुर्क़ेवालियाँ परवीन को खींचकर मदरसे की छत पर ले गईं। उनके पीछे-पीछे बाक़ी दो बुर्क़ेवालियाँ भी आ गईं। एक बुर्क़ेवाली के बुर्क़े के नीचे पाँच किलो का डिब्बा था। इसके पहले परवीन कुछ समझ पाती, उसके बदन पर वह डिब्बा उड़ेल दिया गया। परवीन समझ गई, वह कैरोसिन था, पूरे शरीर में कैरोसिन की गंध थी। उसने दौड़कर छत से भागने की कोशिश की, लेकिन एक बुर्क़ेवाली ने उसे पकड़ लिया। परवीन ने अन्दाज़ किया कि बुर्क़े की आड़ में वही धमकी देनेवाले लोग ही हैं। उन हिंसक आँखों वाले लोगों की मूँछें नहीं थीं, लेकिन दाढ़ी थी। वे बहुत ताक़तवर थे। उन्होंने परवीन को खींचकर छत के बीचोबीच खड़ा कर दिया। इसके बाद तो वे जिस काम के लिए आए थे, उन्होंने वही किया। माचिस की तीली सुलगाकर परवीन पर फेंक दी।

धू-धू करके परवीन का समूचा शरीर जल उठा। बुर्क़े पहने हुए वे लोग छत पर ही बुर्क़े फेंककर वहाँ से हवा के वेग से भाग निकले। परवीन आग में झुलसा हुआ शरीर लिये नीचे उतर आई। मदरसे की छुट्टी हो चुकी थी। वह गेट तक दौड़कर जा सकी, उसके बाद वह आगे नहीं जा पाई।

रास्ते के लोग उसे घेरकर खड़े हो गए। वे उसे झुलसता देखते रहे। किसी ने एम्बुलेंस को ख़बर कर दी। उस एम्बुलेंस को आने में जितना समय लगा, तब तक परवीन के शरीर का नब्बे प्रतिशत भाग झुलस चुका था। ख़बर मिलते ही माता, पिता, भाई और कुछ नाते-रिश्तेदार अस्पताल जा पहुँचे। मोहल्ले के लोगों की भी भीड़ जम गई। भीड़ में परवीन को निशात भी दिखाई दिया। बड़े होने के बाद निशात ने पहले बार परवीन को बुर्क़े और हिजाब के बिना देखा था। अल्ताफ़ हुसैन बिलख-बिलख कर रो रहे थे।

परवीन ने कहा, 'मैं तो मर ही रही हूँ अब्बू, मेरे लिए मत रोइए। सिराजुद्दीन जेल से न निकल सके, इसका ध्यान रखिएगा। वह अगर रिहा हो गया तो मदरसे की हर लड़की का सर्वनाश हो जाएगा। वह अपनी बेटी को भी नहीं छोड़ेगा।'

मदन सदर अस्पताल के फ़र्श पर परवीन की माँ छटपटाती हुई रो रही थी। शफ़ीकुल दीवार पर सिर पटकते हुए रो रहा था। निशात गूँगी आँखों से उसे निहारता रहा। परवीन ने अन्तिम साँस ली।

सेक्सबॉय

[1]

चैताली सेक्सबॉय का इन्तज़ार कर रही थी। साँझ उतरेगी, सेक्सबॉय भी कोलकाता उतरेगा। अँधेरे का हाथ थामे दक्षिण कोलकाता से हवाई अड्डे से आई सेक्सबॉय की टैक्सी इस गली में प्रवेश करेगी। वह बॉम्बे से आ रहा है। चैताली के घर पर ही रहेगा। उन दोनों के बीच पिछले छह महीने से लगभग सभी कुछ हो चुका है—बस, रूबरू मुलाक़ात नहीं हुई है।

पहले-पहल फ़ेसबुक पर बात हुई थी। मूल रूप से सेक्स की ही बातें हुई थीं। चैताली को सेक्सबॉय नाम ने आकृष्ट किया था। प्रोफ़ाइल में नग्न पुरुष की तसवीर लगी हुई थी। इसके साथ सेक्स के अलावा और किस विषय पर बात की जा सकती है! सेक्स को लेकर बातचीत के लिए चैताली ने सेक्सबॉय को फ्रेंड रिक्वेस्ट भेजी थी। उसे अपना यौनसम्बन्ध-विहीन जीवन बहुत असहनीय हो उठा था।

शहर में इतने युवकों की भीड़ थी, और चैताली-जैसी ख़ूबसूरत विदुषी स्त्री को कोई प्रेमी नहीं मिल रहा था। मिलता भी कैसे? मिलने के लिए जो-जो करना पड़ता है, चैताली उसमें से कुछ भी तो नहीं करती।

चैताली आजकल इस शहर को भी सहन नहीं कर पा रही थी। उसे पार्टियों में बुलावा आता है, लेकिन वह नहीं जाती। वही एक-से चेहरों से रूबरू होना, उनकी एक ही कहानी को दो सौ बार सुनना, होंठों पर नक़ली हँसी टाँगकर सबको हाय-हैलो कहना—बहुत हो गया, अब आजकल यह सब अच्छा नहीं लगता। इसकी बजाय सोशल नेटवर्क पर नये चेहरों का पता चलता है, नई बातें भी सुनने को मिलती हैं।

चैताली की जिस व्यक्ति के साथ शादी हुई थी, उसे पिताजी ने ही पसन्द किया था। चैताली को सुब्रत से तलाक़ लिये बहुत साल बीत गए हैं। इसके बाद किसी के साथ कुछ भी घटित नहीं हुआ, ऐसा नहीं था। उम्र में दस साल छोटे एक सहकर्मी के साथ लगभग एक महीने चैताली के सम्बन्ध रहे थे। लेकिन उस सहकर्मी अशोक की शादी के बाद वह इस सम्बन्ध को तोड़ने के लिए मजबूर हो

गई थी। चैताली नहीं चाहती थी कि अशोक अपने घर में नौजवान पत्नी को छोड़कर छिपकर उसके साथ सोने आए।

चैताली एक अंग्रेज़ी दैनिक अख़बार में काम करती है। वह बहुत दिनों से यह नौकरी कर रही है। उसकी ज़िम्मेदारियाँ भी बहुत हैं। लेकिन ऑफ़िस का कोई भी बोझा चैताली घर ढोकर नहीं लाना चाहती। वह घर में निश्चिन्त होकर रहना चाहती है। अपने लिए थोड़ा-सा समय तो रखना ही पड़ता है—थोड़ा-सा समय! बेटी दिल्ली में पढ़ती है। उसकी खोज-ख़बर भी रखनी पड़ती है। आजकल मोबाइल के ज़माने में खोज-ख़बर वाली बात पानी की तरह सरल है। ऑफ़िस तो ऑफ़िस है, चैताली के न रहने पर भी ऑफ़िस तो रहेगा ही। बेटी की ज़िन्दगी भी बेटी की ज़िन्दगी है। चैताली मर भी गई तो बेटी इसे सहज स्वीकार कर लेगी। चैताली के माँ-बाप गुज़र गए हैं। चैताली उनकी एकामात्र संतान है। अब उसे माँ-बाप की कोई ख़ास याद नहीं आती।

ऑफ़िस से लौटकर पहले वह एक किताब लेकर बैठती थी, अब वह फ़ेसबुक पर बैठती है। फ़ेसबुक एक भयंकर नशे-जैसा है! असल में फ़ेसबुक नहीं, वह जो सेक्सबॉय हर रोज़ कह रहा है कि वह चैताली के साथ बिस्तर पर क्या-क्या करेगा, चैताली के समूचे बदन को किस तरह चूमेगा, किस तरह होंठों और सीने को प्यार करेगा, किस तरह वह चैताली का स्वाद लेगा, और उसे बार-बार चरमसुख देगा—यह सब पढ़ने का नशा है। इस नशे ने ही उसे भयावह बेचैनी से मुक्ति दी है। अब वह रास्तों या फिर ऑफ़िस के युवकों की ओर ललचाई नज़रों से नहीं देखती। सेक्सबॉय ने चैताली की रोज़ की ज़िन्दगी के अभावों को काफ़ी हद तक दूर कर दिया था। मन-ही-मन वह सेक्सबॉय के लिए एहसानमंद है।

अब यह सम्बन्ध फ़ेसबुक तक सीमित नहीं है। दो महीने से लगभग हर रोज़ फ़ोन पर बातचीत होती है, और पिछले कई दिनों से स्काइप पर दोनों के बीच सेक्स भी हो चुका है। वर्चुअल सेक्स। सेक्सबॉय का असली नाम विजय है, वह मराठी है। पेशे से आर्किटेक्ट, उम्र पैंतीस साल। इससे बेहतर जोड़ी और क्या हो सकती है?

चैताली के साथ सचमुच के सेक्स का प्रस्ताव चैताली ने ही विजय को दिया था। बॉम्बे-कोलकाता आने-जाने का ईटिकट भी उसने ईमेल किया था। टिकट पाकर 'लेट्स फ़क होल वीक' कहकर विजय उछल पड़ा था। चैताली विजय को छूकर देखना चाहती है। उसे सचमुच का मैथुन चाहिए, रक्त-मांस का शरीर चाहिए, शरीर अब हस्तमैथुन से ऊब चुका है।

चैताली ने सात दिन की छुट्टी ली है। आज शाम को ही अशोक ने पूछा था, 'अचानक इतने दिनों की छुट्टी क्यों? कहीं जा रही हो?'

चैताली ने हँसकर कहा था, ''क्लाउड नाइन' जाने की फ़्लाइट बुक की है। चलेगा?'

'शादी न हुई होती तो ज़रूर चलता।'

चैताली के होंठों पर हलकी-सी मुसकराहट उभर आई। वह मन-ही-मन बोली, 'ग़नीमत है तूने शादी कर ली है।'

चैताली को अशोक के लिए अब वैसा आकर्षण महसूस नहीं होता। चैताली को ख़ुद नहीं पता, विजय ने आकर अशोक की जगह पर कब कब्ज़ा कर लिया था। अशोक की शादी के बाद उसकी ज़िन्दगी में विजय-जैसे एक पुरुष की ही ज़रूरत थी—बाढ़ के पानी-जैसा ही कोई, जो पुरानी यादों को तिनकों की तरह बहा ले जाएगा, ठंडक भरा नयापन बिखराकर उसे और भी उजला कर देगा, मानो उसने अभी-अभी जन्म लिया हो, उसका अतीत-जैसा कभी कुछ था ही नहीं। अशोक बहुत देर तक देखता रहा फिर बोला, 'क्यों, किसी के साथ प्यार कर रही हो क्या? दिखने में और भी उजली लग रही हो।'

मीठी हँसी हँसकर चैताली ने कहा था, 'एई मून कैसी है? सब ठीक-ठाक चल रहा है न?'

यह कहकर अशोक के जवाब का इन्तज़ार किये बिना ही चैताली ऑफ़िस से बाहर निकल गई थी। हर रोज़ वह जिस समय निकलती थी, उससे थोड़े पहले ही निकली थी। उसके समूचे बदन पर विजय छाया हुआ था। सुबह से ही बदन में ज्वार उठ रहा था।

घर आकर चैताली ने गाते-गाते स्नान कर लिया। वह अमूमन इतना समय लेकर नहीं नहाती। आइने के सामने खड़े होकर वह देर तक सजती रही। उसने परफ़्यूम लगाया। उसने बेडरूम सजाया। बिस्तर पर नई चादर बिछा दी। वहाँ केवल दो तकिये थे, उसने और दो नये तकिये वहाँ लगा दिये। चैताली का पुराने अभिजात घरों-जैसा घर था। नीचे बैठक थी, डाइनिंग हॉल और रसोईघर था, ऊपर की मंज़िल पर चार बेडरूम थे। एक कमरा ग़ैरज़रूरी या कभी जिनकी दरकार होगी या हो सकती है, ऐसे सामान से ठसाठस भरा हुआ था। एक में चैताली रहती है। एक कमरा मेहमानों के लिए था। एक कमरा और था जिसमें शकुंतला रहती थी।

शकुंतला काफ़ी समय से उसके यहाँ काम कर रही है। शकुंतला ने पूछा था, 'आज अशोक बाबू आ रहे हैं क्या, चैती, इतनी सजधज रही हो?'

थोड़े परेशान स्वर में चैताली बोली, 'दीदी, तुम यह क्या उलटा-सीधा बोल रही हो! अशोक अपनी पत्नी के साथ मज़े से घर-गृहस्थी कर रहा है, वह क्यों आएगा भला?'

'तो फिर ज़रा पता तो चले, यह नया भाग्यवान कौन है?'

चैताली ने हँसते हुए कहा था, 'आने पर दिख जाएगा।'

शकुंतला ने आज खाने में बहुत सारी चीज़ें बनाई थीं। आज विजय और चैताली कैंडल लाइट डिनर करेंगे। फिर बेडरूम में चले जाएँगे और कमरे का दरवाज़ा बन्द कर लेंगे। खिड़की के पर्दे सरका दिये गए थे। बिस्तर से ही आसमान को रोशन

करता चाँद दिखाई देगा। कमरा जुन्हाई से भर जाएगा, और उस उजाले में वे दोनों अपने बदन डुबोकर रात भर स्नान करेंगे।

बेडरूम को चैताली ने जूही की ख़ुशबू से भर रखा था। उसने अपने शरीर पर भी परफ़्यूम लगाया था। मानो घर में फूलों का उत्सव चल रहा हो! उसने कनिका का रवींद्रसंगीत चला दिया था। 'मन की इच्छा पूरी हुई' गीत बजता रहा। चैताली कनिका के साथ गाती रही। चैताली को गाना बहुत अच्छे से नहीं आता, लेकिन वह कनिका के गीतों को बहुत मन से गाती है। मन से गाए गए गीत, गाने वाले गले से भले ही न गाएँ, गला उतना सुरीला भले ही न हो, तो भी सुनने में काफ़ी अच्छे लगते हैं।

चैताली ने नीले रंग की साड़ी पहनी थी। उसने जानबूझकर ख़ूब डीप गले का ब्लाउज़ पहना था। एक जोड़ स्तन झाँक रहे थे, झाँकें। चैताली के बालों पर लॉरियल का काला रंग चढ़ा हुआ था। थोड़े-थोड़े भले ही पक गए हों, चैताली ने सफ़ेदी के निशान मिटा डाले थे। चालीस का सुतवाँ जिस्म था, लेकिन बालों में बुढ़ापा आ चुका था, जो जिस्म से मेल नहीं खाता था। वैसे काले-सफ़ेद में उसे कोई आपत्ति नहीं थी। लेकिन सेक्सबॉय के साथ सात दिन वह अन्तरंग समय बिताएगी, इन सात दिनों में उम्र के निशान उसे परेशान न करें तो बेहतर।

दमदम पर उतरकर विजय ने फ़ोन किया था। चैताली ने बेडरूम में बिस्तर के पास ब्लैक लेबल की एक बोतल और दो गिलास रख दिये थे। उसने इससे पहले ऐसा एडवेंचर कभी नहीं किया था। इससे पहले उसने ऐसी उत्तेजना भी कभी महसूस नहीं की थी। एक अनजान व्यक्ति के साथ फ़ेसबुक पर मुलाक़ात हुई, उसके साथ यौन-सम्बन्ध बनाने के लिए ही दोनों यह आयोजन कर रहे थे। कोई प्रेम नहीं हुआ, किसी ने किसी के लिए 'मुझे प्यार है' शब्दों का उच्चारण भी नहीं किया, यौनिकता के अलावा दुनिया के अन्य किसी भी विषय पर दोनों की कोई चर्चा नहीं हुई! दोनों में से किसी को नहीं लगा, वे कोई बुरा काम कर रहे हैं। दोनों ही वयस्क हैं। दोनों ही अकेले रहते हैं। वे किसी पति या किसी पत्नी को छलकर कुछ नहीं कर रहे हैं। शरीर चाहता है तो फिर वे शरीर का मिलन क्यों नहीं करेंगे?

सुबह से ही शरीर में बाढ़ उमड़ रही थी। चैताली को लगा, मानो वह सोलह साल की एक किशोरी है। उस दिन वह सोलह साल की ही थी। जब उसकी उम्र सोलह की थी, तब उसने अपना समय कठिन-कठिन किताबें पढ़कर बिताया था, जैसा कि चालीस या पचास साल के लोग करते हैं। सोलह को फिर से पाने का उसे अगर मौक़ा मिल रहा है, तो वह उसे क्यों नहीं लेगी? उसने कोई क़सम तो खाई नहीं थी कि छूट गए समय को वह कभी वापस नहीं लेगी।

चैताली के लिए सम्भवत: विजय एक पुरुषांग के अलावा और कुछ भी नहीं था। वह तय करके ही चैताली के साथ सात दिन सोने आ रहा है। केवल शारीरिक

आकर्षण की बुनियाद पर ही एक सम्बन्ध ने जन्म लिया था। चैताली ने सोचा, हर समय पहले मन और बाद में शरीर होगा, इसका क्या मतलब है, बल्कि शरीर पहले और मन बाद में होना ही ज़्यादा तर्कपूर्ण है। दरवाज़ा खोलने के साथ-ही-साथ विजय निश्चय ही उसे जकड़कर बड़ा-सा चुम्बन लेगा। फिर वे बेडरूम में चले जाएँगे। चैताली ने इन दृश्यों की कल्पना की। आवेग से उसकी आँखें मुँद आईं। शरीर की निर्जनता में सुख का स्रोत गरज उठा। उसने शकुंतला से कह दिया, वह अपने कमरे का दरवाज़ा बन्द करके लेटी रहे, ज़रूरत पड़ने पर वह उसे बुला लेगी।

सिर्फ़ खाने के समय शकुंतला को बुलाया गया। शकुंतला नियमों से वाक़िफ़ है। अशोक के समय भी ऐसा ही होता था। चैताली के तलाक़ के बाद शकुंतला ने उससे कई बार कहा था, 'चैती, अब तुम दूसरी शादी कर लो।' 'शादी नहीं करनी है' कहते-कहते उसने कई साल बिता दिये हैं। फिर चैती जब अशोक के साथ प्यार करने लगी, शकुंतला ने फिर कहा था, 'तो फिर एक दोस्त को ही तुम पर्मानेंट कर लो।' केवल इच्छा होने भर से किसी को कुछ भी कर लो, ऐसा नहीं किया जा सकता, यह बात शकुंतला को सैकड़ों बार कहने के बाद भी चैताली समझाने में नाक़ामयाब रही है। शकुंतला चैताली के जन्म के समय से इस घर में रह रही है। उसने शादी नहीं की लेकिन चैताली द्वारा शादी न करने और स्थायी साथी न बनाने की वजह से उसकी दुश्चिन्ताओं का कोई अंत नहीं है। ख़ुद की अपेक्षा मालिक के परिवार को अपना मानने से शायद ऐसा ही होता है।

[2]

विजय आ गया। फ़ोटो देखकर या स्काइप पर देखकर उसने जैसा अनुमान लगाया था, वह उससे अलग था। उसने उसे जितना लम्बा समझा था, वह उससे कहीं ज़्यादा लम्बा था। वह जितना मोटा लगा था, उसके मुक़ाबले वह ज़्यादा स्लिम था। उसे उसने जितना सुदर्शन समझा था, विजय उससे भी ज़्यादा सुदर्शन था। दोनों ने, हाय विजय, हाय चैताली, कहकर हाथ मिलाया। आँखें दो-चार हुईं। दोनों के ही होंठों पर हलकी मुसकराहट थी।

चैताली बैठी रही कि विजय आकर, जिस तरह स्काइप पर बोलता था, 'यू लुक सो हॉट हनी। कम ऑन, लेट्स हैव सेक्स' बोलता है या नहीं। विजय ख़ुद ही कपड़े उतार देता था। वह कैमरे को जाँघों की संधि की ओर उतार देता था, और चैताली भी सीने के कपड़े निकाल लेती थी। विजय ने वैसा कुछ भी नहीं कहा। अब वह बोले या न बोले, दो यौनकातर स्त्री-पुरुष आज रूबरू बैठे थे। आज दो देहों की कामना पूरी होने जा रही थी। लेकिन आश्चर्य की बात है, दोनों की बातचीत में एक तिल के बराबर भी यौनिकता नहीं थी।

'मुझे पानी पीना है।

'आई एम सॉरी। मुझे पानी पहले ही देना था। चाय या कॉफ़ी कुछ लेंगे?'

'नहीं, मैं यह सब नहीं लेता।

'तो क्या ह्विस्की लेंगे?

'ह्विस्की तो मैं पीता नहीं।

'ओ! रात में कितने बजे खाना खाते हो?

'तय नहीं है। घर बहुत सुन्दर ढंग से सजाया है। ये इतनी किताबें किसकी हैं? सब तुम्हारी हैं?'

'हाँ, मेरी हैं।'

विजय उठकर किताबों के शेल्फ़ की तरफ़ चला गया। वह मग्न होकर किताबें देखने लगा। बहुत सारा समय इसी तरह बीत गया। चैताली पानी ले आई और विजय किताबें देखते-देखते पानी पीता रहा।

'इफ़ यू डोंट माइंड, मैं यहाँ से कुछ किताबें निकाल सकता हूँ?'

'हाँ, ज़रूर, गो अहेड।'

विजय तीन किताबें निकालकर उलट-पुलटकर देखने लगा। सोफ़े पर बैठकर बोला, 'मैं देख रहा हूँ, तुम्हें भी रॉडी डॉयल की किताबें पसन्द हैं। तुमने 'द डेड रिपब्लिक' पढ़ी है?'

चैताली ने हँसकर कहा, 'मैंने उनकी सिर्फ़ किताबें पढ़ी हैं, 'पैडी क्लार्क'... हा-हा-हा—'अ स्टार कॉल्ड हेनरी', और 'द गट्स'।

'तुम्हारा कलेक्शन बड़ा अनूठा है।'

'क्लासिक भी काफ़ी है।'

'क्लासिक की छोड़ो। वह सब मैंने बचपन में पढ़ लिया था। फ़िलहाल बिल ब्राइसन मिल जाए तो मुझे और कुछ नहीं चाहिए।'

'बिल ब्राइसन का भी काफ़ी कुछ रखा है।'

विजय की आँखों और चेहरे पर ख़ुशी उछल पड़ी।

'तुम्हें बिल ब्राइसन पसन्द है? वाह! तुम्हारे पास कौन-सी है, बताओ ज़रा? मैंने आख़िरी वाली अभी तक नहीं पढ़ी है।'

'मुझे सबसे ज़्यादा पसन्द आती है 'ए शॉर्ट हिस्ट्री ऑफ़ नियरली एवरीथिंग'।'

'उस किताब की कोई तुलना नहीं हो सकती।'

'मेरे पास है—'आई एम ए स्ट्रेंजर हियर माईसेल्फ़', 'एट होम', 'नाइदर हियर नॉर देयर'।'

' 'वन समर' तो शायद अभी प्रकाशित नहीं हुई है।'

'इस अक्टूबर में आएगी।'

विजय के भीतर एक किशोर का वास था, यह देखकर चैताली को अच्छा

लगा। चैताली की तरह वह भी बीच-बीच में उज्ज्वल-उच्छल हो उठता। विजय किताब की चर्चा में खो गया, मानो वे दोनों किसी बुक क्लब के मेम्बर हों! किताबों की पसन्दगी को लेकर किसी और के साथ चैताली की इतनी समानता नहीं थी। फिर बातों-बातों में घूमने-फिरने की बात निकल आई—कौन भारत में कहाँ-कहाँ गया है। उसमें भी समानता थी। दोनों अपने-अपने अनुभव सुनाते रहे—कहाँ किस पहाड़ पर, किस झरने के किनारे, किस जंगल के किस जगह पर वे मुग्ध होकर खड़े रहे थे। एक समय खाने की बात उठी, उसमें भी समानता थी। दोनों को ही बंगाली खाना पसन्द है।

बात करते-करते दस बज गए। पानी के अलावा किसी ने और कुछ भी नहीं पिया। विजय ने कहा, वह फलों का रस भी नहीं पिएगा। चैताली ने शकुंतला को आवाज़ दी। शकुंतला ने टेबल पर खाना परोस दिया। नहीं, चैताली को मोमबत्ती जलाने की ज़रूरत महसूस नहीं हुई। खाते-खाते विजय ने कहा, 'वाह, कम तेल और कम मसाले का बढ़िया खाना बना है। मेरी माँ के बनाए खाने-जैसा।'

शकुंतला खाना अच्छा बनाती है। विजय ने शकुंतला की ख़ासी तारीफ़ की। उसने चैताली की थाली में ख़ुद खाना परोसा। खाना ख़त्म होने पर वह रसोई में जाकर ख़ुद की थाली धोकर रख आया। वह पूरी तरह से शालीन व्यक्ति था। यह देखकर चैताली को ख़ूब अच्छा लगा। कोलकाता में आज तक ऐसा शालीन आदमी उसने नहीं देखा था।

खाकर उठने के बाद विजय ने कहा, वह कल चैताली को कोलकाता के सबसे अच्छे बंगाली खाने के रेस्टोरेंट ले जाएगा।

शकुंतला ने पूछा, विजय की माँ खाने में क्या-क्या बनाती हैं, सिर्फ़ मराठी खाना, या कि बंगाली खाना भी?

विजय बहुत देर तक चुप रहा, फिर बोला, सड़क दुर्घटना में माँ का देहान्त हुए एक साल बीत चुका है। विजय माँ के साथ ही रहता था। बड़ा भाई शादी करके अलग हो गया है। उस दिन गाड़ी विजय ही चला रहा था। बड़े भाई के घर से रात का खाना खाकर वे बांद्रा अपने घर लौट रहे थे। उसने शराब पी रखी थी। किसी बम की गति से एक ट्रक उसकी गाड़ी की ओर आ रहा था, वह उसे दिखाई नहीं दिया। ट्रक ने आकर उसकी गाड़ी को धक्का मार दिया था, उसकी गाड़ी लुढ़कती-लुढ़कती गड्ढे में जा गिरी थी। माँ की मृत्यु वहीं हो गई थी। विजय भी घायल हुआ था, लेकिन दो दिन अस्पताल में रहकर वह ठीक हो गया था। उस दिन के बाद से विजय ने शराब को हाथ नहीं लगाया।

माँ के ज़िक्र से माँ की बात निकल आई। शकुंतला भी माँ की चर्चा में जुड़ गई। चैताली ने बहुत दिनों से अपनी माँ को भुला रखा था। आज मानो माँ उसके सामने आ बैठी थी। वे सब लोग अपनी यादों की झोली खोलकर बैठ गए। यादों

के साथ बहुत दूर तक कुहासे में चलते-चलते सबकी आँखें भीग उठीं। विजय ने अगर अपनी माँ का प्रसंग नहीं उठाया होता तो सम्भवत: चैताली अपनी माँ को भूली ही रहती। बारह बज गए। विजय ने पूछा, 'मैं कहाँ सोऊँगा?'

चैताली ने थोड़ी देर सोचा। फिर उसने हँसकर शकुंतला से कहा, 'दीदी, गेस्टरूम वाला बिस्तर थोड़ा ठीक कर दो। चादर चेंज कर देना। मेरे बेडरूम में एक्स्ट्रा तकिया है, ले जाना।'

विजय इससे पहले कभी कोलकाता नहीं आया था। चैताली ने कहा, 'कल तुम्हें इंडियन म्यूज़ियम ले चलूँगी, और मार्बल पैलेस। तुम्हें अच्छा लगेगा।'

विजय ने 'एट होम' किताब हाथ में लेकर मीठी मुसकराहट के साथ कहा, 'यह किताब क्या रात में पढ़ने के लिए ले सकता हूँ? मैंने यह नहीं पढ़ी है।'

[3]

विजय जितने दिन कोलकाता में रहा, किशोर उम्र वालों की तरह चैताली और विजय कोलकाता के रास्तों पर घूमे थे। उन्होंने बारिश-तूफ़ान की परवाह नहीं की थी। चिलचिलाती धूप की परवाह नहीं की। रास्ते के किनारे वाली तली हुई चीज़ों से लेकर भजहरि मन्ना के यहाँ का कोई भी व्यंजन नहीं छोड़ा था। हाथ से खींचने वाले रिक्शे की सवारी की थी, गंगा में नाव की सवारी की थी। जिधर मर्ज़ी, वहीं खो गए थे।

बिना मंज़िल के चलने में अनूठा आनन्द था। बहुत-सी ग़ैरज़रूरी चीज़ें भी दिखाई दे गईं। चैताली का जन्म और उसकी परवरिश कोलकाता में ही हुई है, लेकिन विजय के साथ कोलकाता भ्रमण करते हुए उसे महसूस हुआ कि कोलकाता की बहुत सारी चीज़ों का उसे पता ही नहीं था। बहुत-सी गंध उसने पहले कभी नहीं ली थी। वह मानो एक अपरिचित शहर था।

विजय जिज्ञासु व्यक्ति था। उसने बहुत बारीक़ी से उलट-पलट कर सब कुछ देखा था। दोपहर की बीभत्स गर्मी में रास्ते के किनारे नल के पानी से नहाते लड़कों के साथ साबुन लगाकर वह भी बढ़िया नहा लिया था। तिलजला की बस्ती में घुसकर लोगों के साथ बातें करते-करते दो-एक लोगों के साथ बढ़िया दोस्ती कर चुका था।

चैताली अपनी नौकरी, अपनी बेटी, अपने अतीत और भविष्य को भूल गई थी। मानो वह धरती से बहुत दूर, सबकी पहुँच से बाहर, किसी अपरिचित आकाश में थी। सचमुच का 'क्लाउड नाइन' शायद इसे ही कहते हैं।

विजय ने शकुंतला को दो बढ़िया ढाका वाली साड़ियाँ तोहफ़े में दी थीं। इतनी अच्छी साड़ी शकुंतला ने इस जन्म में नहीं पहनी थी। चैताली के लिए उसने योगेन चौधुरी की एक पेंटिंग ली थी।

उसने विजय को अपनी ज़िन्दगी की बहुत सारी बातें बताई थीं : पति के साथ तलाक़ की बातें, अपनी बेटी की बातें, अशोक की बातें—ढेर सारी सुख-दुःख की बातें। विजय सब चुपचाप सुनता रहा था।

विजय ने भी अपने बारे में बताया था, लेकिन अपने बोलने से ज़्यादा उसने सुनना पसन्द किया था।

उन थोड़े-से दिनों में चैताली को विजय बहुत अपना लगने लगा था। मानो विजय उसके बचपन का कोई दोस्त था! मानो अपने शैशव और कैशोर्य में चैताली ने विजय के साथ इक्का-दुक्का खेला था, कंचे-लट्टू खेला था, पोखर में मछलियाँ पकड़ी थीं। बीच-बीच में अतीत की कोई घटना का ज़िक्र करते हुए चैताली की दोनों आँखें डबडबा जाती थीं।

हौले से अपने सीने से सटाकर विजय ने उसे शान्त किया था। पूरे सात दिन चैताली को विजय का बस उतना ही स्पर्श मिल सका था। दो-एक बार उसने चूमने की इच्छा की थी, फिर ख़ुद ने ही ख़ुद को रोक लिया था।

विजय चला गया, लेकिन वह चैताली को उसका श्रेष्ठ समय दे गया था। चैताली नहीं पूछ सकी कि फ़ेसबुक पर सेक्सबॉय नाम की ओट में विजय का चरित्र क्यों अपने फ़ेसबुक से बाहर वाले चरित्र से पूरी तरह विपरीत है? उसने पूछा नहीं, लेकिन अनुमान लगा लिया था, माँ की मृत्यु की वजह से विजय भीषण ग्लानि और शोकग्रस्त रहा था। उसने उससे मुक्ति के लिए ही फ़ेसबुक पर एक भिन्न चरित्र का आश्रय लिया था।

लेकिन चैताली ने क्यों फ़ेसबुक का आश्रय लिया था? उसे तो किसी बात की ग्लानि नहीं है, शोक नहीं है! हो सकता है, चैताली के भीतर कुछ हो, जिसके बारे में उसे ख़ुद नहीं पता। विजय को पता है क्या? पूछना रह गया कि विजय को पता है या नहीं। इन कुछ दिनों में एक बार भी चैताली की देह में बाढ़ की उमड़-घुमड़ नहीं उठी थी। सिर्फ़ मन में ही तूफ़ान उठा था, बारिश होती रही थी। चैताली का फ़ेसबुक वाला चरित्र क्या चैताली का असली चरित्र नहीं है? चैताली सोचती रही, कौन-सा विजय असली विजय था—जिस विजय के साथ नेट पर मुलाक़ात होती है, या कि रक्तमांस वाले जिस विजय से कोलकाता में मुलाक़ात हुई? रक्तमांस वाला विजय ही तो फ़ेसबुक का सेक्सबॉय है, जिसके साथ रात में उसकी देह का उत्सव होता है।

एक व्यक्ति के भीतर कितने रहस्य छिपे रहते हैं! एक आदमी के भीतर सम्भवतः कई-कई आदमी वास करते हैं। एक व्यक्ति दूसरे से पूरी तरह अलग होता है। उन कुछ लोगों को क्या एक साथ पाना सम्भव नहीं है? या कि एक को पाने के लिए दूसरे को खोना पड़ता है! चैताली ने ख़ुद के सामने खड़े होकर यह सवाल किया।

अख़बार में नौकरी करनेवाली चैताली, माँ चैताली, बेटी चैताली, फ़ेसबुक वाली चैताली, और शकुंतला के साथ बात करनेवाली चैताली—किसी के साथ किसी का कोई मेल नहीं था। लेकिन एक चैताली के सामने आने पर दूसरी चैताली को क्यों पीछे हटना होगा? तो क्या इनसान एक व्यक्ति के एक चरित्र से ज़्यादा चरित्रों को धारण नहीं कर सकता, और इसलिए अपने एक ही चरित्र को दूसरे के सामने परोसता रहता है? एक ही साथ कई सारे चरित्र दूसरों के सामने लाने पर किसे असुविधा होती है—संस्कारों को, समाज को, या कि अपने ही भीतर छिपी आशंकाओं को, अपने-आपको उपेक्षित किये जाने की आशंका को?

विजय को एयरपोर्ट पर सी-ऑफ़ करके घर लौटते हुए चैताली यही सब सोच रही थी। जब वह गाड़ी की खिड़की से उदास आँखों से देख रही थी, तभी एस.एम.एस. आया था।

विजय ने लिखा था, 'आई लव यू।'

चैताली ने लिखा, 'मी टू।'

घर लौटकर उसने देखा, वह जो कनिका की सी.डी. बज रही थी, वह अब भी बज रही थी। कनिका के स्वर में तब बज रहा था, 'चिरसखा हे, मुझे मत छोड़ना...'

चैताली भी उसके साथ गाने लगी, 'चिरसखा हे, मुझे मत छोड़ना...'

कविता

कविता खलसेखाली गाँव से भागकर बहुत दूर जा रही थी। वह फिर गाँव नहीं लौटेगी। वह रात का समय था और अगर सीधे मैदान के रास्ते चलती रही तो सुबह-सुबह डामर वाली सड़क तक पहुँच जाएगी। वह पहली ही बस पकड़कर शहर की ओर चली जाएगी। लोगों की सघन भीड़ में शामिल हो जाएगी। कितने दिनों बाद सीने के भीतर लहरों के टकराने की आवाज़ सुनाई दे रही थी। उसे सोंधी मिट्टी की गंध मिलने लगी, उसे गाजन[1] के बाजे की आवाज़ सुनाई देने लगी, जितनी दूर नज़रें जातीं, हरा-ही-हरा दिख रहा था, और था पके हुए धान का नृत्य।

इस भीड़ में भला कौन किसे ढूँढ़ सकता है! कविता के लिए शहर अजाना है, ऐसा नहीं था। वह शहर को पहचानती है। उसने सन्तोष के साथ शहर में ही गृहस्थी की शुरुआत की थी। सोनारपुर में ही उसका सोने का घर-संसार था।

कविता अब इस गाँव नहीं लौटेगी। वह अगर लौटना भी चाहे तो शायद कोई उसे नहीं लौटने देगा। उसने ठंडे दिमाग़ से सन्तोष का ख़ून किया था। ख़ून से लथपथ दोनों हाथों को उसने नल के पानी से ही धो लिया था। ज़िन्दगी में कविता ने यह पहला ख़ून किया था। उसने सुना था, ख़ून करने पर शरीर काँपने लगता है, लेकिन कविता द्वारा ख़ून किये दो घंटे बीत चुके थे, अभी तक कुछ भी नहीं काँपा था। उसने ख़ुद को इससे ज़्यादा भारमुक्त होते कभी नहीं देखा था। गाँव के लोग उसका पीछा कर सकते हैं, पुलिस में ख़बर हो सकती है, वह इन सबके बारे में नहीं सोच रही थी, ऐसा नहीं था। सोचने पर भी यह सब उसके मन में किसी तरह का डर नहीं पैदा कर पा रहे थे। उससे अगर कोई पूछे, 'तूने सन्तोष का ख़ून किया है?', तो वह कह देगी, 'हाँ, किया है।'

कविता ने बोलकर देखा कि सुनने में कैसा लगता है, 'हाँ, किया है।' उसने कई बार बोला, 'हाँ, किया है।' उसे इसका उच्चारण करते हुए बहुत अच्छा लग रहा

---

1. गाजन—पश्चिम बंगाल और बांग्लादेश में चैत्र माह की अन्तिम संक्रान्ति पर भगवान शिव, मनसा ठाकुर और धर्म ठाकुर को केन्द्र में रखकर संन्यासियों द्वारा बड़े पैमाने पर मनाया जाने वाला एक उत्सव। इसमें संन्यासी अपने शरीर को विभिन्न रूप से कष्ट देकर ईश्वर को प्रसन्न करने की कोशिश करते हैं।

था, 'हाँ, किया है।' उस रात उसने दिगंत को छूते मैदान में इधर-उधर बिखरे दो-तीन तारों वाले आसमान की ओर मुँह करके ऊँचे स्वर में कहा था, 'हाँ, किया है।'

सोलह की उम्र का शरीर था कविता का। साँप के फन-जैसा धारदार शरीर। उस शरीर की ओर खलसेखाली के बारह से बहत्तर की उम्र वाले लालच भरी नज़रों से देखते थे। ख़ुद का बाप भी देखता था। देखता और जीभ का रस निगलते हुए कहता, 'लड़की की शादी का इन्तज़ाम करना होगा।'

'वह तो करना ही होगा। अगर करो तो खलसेखाली के पुरोहित ठाकुर के बेटे सन्तोष चक्रवर्ती के साथ करना।'

माँ-बाप दोनों ही जीभ काटते हुए कहते, 'यह नाम तू ज़बान पर भी मत लाना। वे लोग ब्राह्मण हैं।'

'ब्राह्मण हैं तो क्या हुआ? ब्राह्मण के बेटे के साथ मैं तो जो मर्ज़ी करती फिर रही हूँ।'

इसका कोई जवाब किसी के पास नहीं था। कविता, साँप का फन थी। वह समंदर किनारे निकल गई। सन्तोष को ढूँढ़ती रही। दो-एक घंटे बैठे रहने के बाद सन्तोष मछली पकड़ने आया। साँवले दुबले शरीर पर सफ़ेद जनेऊ चमचमा रहा था। उसने धोती को लंगोटी की तरह बाँध रखा था।

'ओ सन्तोष, बाबा तो मेरी शादी की बात कर रहे हैं।'

'शादी की बात कर रहे हैं तो करें।'

'कर रहे हैं तो करें मतलब? वे अगर शादी करवा दें तो?'

'करवा दें तो करवा दें!'

'अगर तुम्हारे साथ न करें तो?'

'मेरे साथ न करके और किसके साथ करेंगे, ज़रा मुझे भी तो पता चले!'

'तुम्हारे साथ शादी कैसे करवाएँगे? तुम तो ब्राह्मण के बेटे हो।'

'इससे क्या हुआ? ब्राह्मण का बेटा हूँ तो क्या मैंने प्यार नहीं किया?'

सन्तोष ने मछली पकड़ना छोड़कर उस दिन कविता को पाला गीत सुनाए थे। सन्तोष जात्रा दल में गीत गाता था। नदी किनारे अकेले में उन सुरीले गीतों ने कविता के मन को छू लिया था। पिछले जाड़े में उसने जात्रादल में सन्तोष की आवाज़ सुनी थी। वह पहले से ही इस लड़के को पहचानती थी। पुरोहित ठाकुर का वह पिद्दी-सा लड़का इतना बड़ा हो गया है, उसे पता नहीं था। उन गीतों ने कविता को इतना आंदोलित कर दिया कि उसने पुरोहित ठाकुर के घर जाकर सन्तोष को ढूँढ़ निकाला था।

'कौन है रे तू?'

'मैं माधव मंडल की बेटी हूँ।'

'क्या चाहिए?'

'तुमने गीत बहुत अच्छे गाए थे।'

सन्तोष ने मुसकराकर उसे भीतर बुलाया था। उसी दिन उसने दो और गीत सुनाकर कहा था, 'तू दिखने में बहुत ख़ूबसूरत है! तू गा न मेरे साथ।'

कविता शर्म से लाल होकर साड़ी के आँचल से चेहरा छिपाते हुए बोली थी, 'किस तरह गाना होता है, मुझे तो पता ही नहीं।'

सन्तोष ने कविता के बदन को थपककर कहा था, 'मैं सिखा दूँगा। सीखेगी?'

गाना सिखाना शुरू हो गया। कविता सन्तोष के यहाँ हर रोज़ समय-असमय जाने लगी। वह अगर किसी दिन नहीं जाती तो सन्तोष दौड़ा चला आता। सन्तोष के मकान के बाज़ू वाले चटाई से बने कमरे में दोनों ने गीतों और बातचीत में समय बिताते-बिताते महसूस किया, समुद्र के ज्वार से भी दोगुना ज्वार कविता के शरीर में उठने लगा है। वही ज्वार गायक-कवि सन्तोष को बहा ले गया।

खलसेखाली गाँव के लोगों को कविता के साथ कवि-गायक के प्यार का पता चल गया। खलसेखाली गाँव के अलावा और भी कई गाँवों के लोगों को पता चल गया। छोटी ज़ात और बड़ी ज़ात में प्यार तो हो सकता है, शादी नहीं हो सकती।

हाँ, शादी असम्भव है। शूद्र और ब्राह्मण में शादी नहीं होती। खलसेखाली गाँव से सटे गाँव मिठेखाली के दिहाड़ी मज़दूर के बेटे हाराधन के साथ ज़बरदस्ती कविता की शादी करवा दी गई। नगद एक हज़ार रुपयों का दहेज, कानों के लिए सोने की एक जोड़ी बाली देकर और एक लाल साड़ी पहनाकर शादी सम्पन्न हो गई। मन-ही-मन कविता जिन्हें ससुर मानती रही, वे ही आकर शादी करवा गए। विश्वनाथ चक्रवर्ती, सन्तोष के पिता।

कविता को पैदल चलकर ही खलसेखाली से ससुराल मिठेखाली जाना पड़ा था। वहाँ जाते ही सुबह-शाम घर के कामकाज में भिड़ना पड़ा। मिट्टी के घर को गोबर से लीपना, गोबर के कंडे पाथना, धान झाड़ना, उन्हें उबालना, लकड़ी काटकर लाना, धान की डंठलों, घास और कंडे जलाकर खाना पकाना, कलमी साग चुनना, साग में आलू-बैगन मिलाकर मिक्स सब्ज़ी बनाना। और फिर घर के सारे लोगों को खिलाना। दिन-रात साँस लेने की फ़ुर्सत नहीं। इतना खटने के बाद जब शरीर टूटने लगता, तो आधी रात को दारू पीकर हाराधन घर आता और सुबह होने तक लात, घूँसों से उसकी पिटाई करता। ऐसी गृहस्थी से पीहर का कहकर कविता बार-बार सन्तोष के पास भाग आती थी।

'ओ कवि-गायक, मैं अब उस असुर के यहाँ नहीं जाऊँगी।'

सन्तोष एकटक उस सुन्दरी के चेहरे की ओर देखता रहता। उसे समझ में नहीं आता कि वह क्या करे! वह अपने सीने में समेटकर रखेगा कविता को! वह पिता और दादाजी के साथ बहस करता, 'ब्राह्मण हूँ तो क्या हुआ? जिससे मन लग गया, उससे मैं शादी क्यों नहीं कर सकता?'

पिता के घर में उसे धिक्कारा ही गया, मोहल्ले के लोगों ने भी उसकी निंदा की। कविता अपने पति के साथ गृहस्थी कर रही है, अब यह सब बातें ज़बान पर लाना भी पाप है। कविता की बदनामी एक गाँव से दूसरे गाँव में फैल गई। सुना है कि पति मारता है। तो इससे क्या हुआ? पति ही तो मारता है, कोई और तो नहीं मारता! बित्ते भर की छोरी, इसमें इतना गुमान कहाँ से आ गया? सन्तोष को ख़ामोश देखकर कविता नदी में कूदने चल दी। सन्तोष ने दोनों हाथों से इस आत्महत्या को रोक लिया। उसने उसे अपने सीने में भींचकर उसके सिर पर हाथ फेरकर कहा, 'कविता, इस बार तू लौट जा। मैं कुछ पैसों का इन्तज़ाम कर लूँ। फिर तुझे लेकर भाग जाऊँगा।'

'सच में?'

'सच में। तू देख लेना।'

सन्तोष जात्रादल वालों से दो-एक सौ रुपये माँग लेगा। इतने दिनों तक वह मुफ़्त में गाता रहा, और अगर कभी मिले भी तो उसे पाँच-दस रुपयों से ज़्यादा नहीं मिले थे। सन्तोष ख़ुद कविता को समझा-बुझाकर ससुराल छोड़ आया था। हाराधन का घर, घर नहीं, नरक है, यह पता होने के बाद भी वह उसे छोड़ आया था।

हाराधन के घर की करतूतों के बारे में जानकारी होने के बावजूद कविता के पीहर वालों ने उसे एक रात भी अपने पास नहीं रखा था। वरना उनका गाँव में रहना असम्भव हो जाएगा। वे लोग गाँव में रहें, कविता मार खा-खाकर मरे।

कितनी ही बार उसकी नदी में डूब जाने की इच्छा हुई थी। कविता को अपने मायके के किसी व्यक्ति पर ज़रा भी यक़ीन नहीं है। जो लोग अपनी बेटी के हाथ-पैर बाँधकर नरक में फेंककर सुकून से सो रहे हैं, उनकी सूरत देखने की उसकी ज़रा भी इच्छा नहीं है। सिर्फ़ सन्तोष ही उसे भरोसा दे रहा था। सन्तोष उम्मीद की दो बातें सुना रहा था। कवि-गायक के सिखाए गीत वह ससुराल के कामकाज के दौरान अकेले में गुनगुनाती रहती है।

एक दिन कविता का सपना साकार हो गया। देर रात को वह सन्तोष के साथ भाग गई। सन्तोष की कमीज़ की जेब में दो सौ रुपये थे। और किसी के हाथ में कुछ नहीं था। मैदान के बाद मैदान पार करने पर डामर वाली सड़क आ जाती थी। बहुत भोर को यदि रवाना हों तो डामर वाली सड़क तक पहुँचकर सोनारपुर वाली बस पकड़ी जा सकती है। सोनारपुर में कविता के पिता की बुआ, माँ की बुआ सास, उसकी दादी मंगला रहती हैं। कविता मंगला के घर कभी नहीं आई थी। उसकी माँ आ चुकी थी। उसने माँ से ही मंगला दादी के बारे में सुना था। कविता जब सन्तोष के साथ दादी के यहाँ पहुँची, तब रात के ग्यारह बज चुके थे। लेकिन मंगला का मोहल्ला जाग उठा।

'इतनी रात को कौन आया?'

'पोती दामाद को लेकर आई है।'

कविता ने मंगला के घर के पास ही किराये का मकान लेकर रहना शुरू कर दिया। साथ में उसके पति। लोगों को यही मालूम था। मंगला ने कविता को कोलकाता में ठेके के काम पर लगा दिया। वह ख़ुद भी ठेके का काम करती है। मंगला के पति हरिचरण दामाद को लेकर बेलदारी के काम पर चले गए। कविता की माँग में ढेर सारा सिन्दूर था। हाथ में शाँखा पला और लोहे का कंगन। सिर्फ़ मंगला और हरिचरण के अलावा और किसी को पता नहीं था कि वह असल में कविता का पति नहीं है, कविता पति को छोड़कर इसके साथ भाग आई है।

सन्तोष को आज काम मिलता तो कल नहीं मिलता। लेकिन कविता ठेके का काम करके महीने में हज़ार-बारह सौ कमा लेती थी। वह सुबह आठ बजे जाती और दोपहर बारह तक लौट आती थी। पहले-पहल वह मंगला के साथ जाया करती थी, फिर वह भीड़वाली ट्रेन से अकेले जाना सीख गई। गाँव में जैसा था, शहर में भी साँप के फन की ओर लोग टकटकी लगाकर देखते रहते थे। कविता किसी की ओर नहीं देखती। वह धूमकेतु की तरह लोगों के सामने से निकल जाती थी। मकान का किराया, खाने का ख़र्च, कपड़ों का ख़र्च—इन सबके बाद जो पैसा बचता, कविता उसे पीतल के लोटे में रखकर ज़मीन में गाड़ देती। उसकी बड़ी इच्छा थी कि वह सोनारपुर में एक काठा[1] ज़मीन ख़रीदकर एक घर बनाएगी। उसकी बहुत इच्छा थी कि वह सोनारपुर बाज़ार में फलों की एक दुकान खोलेगी।

मंगला ने बहुत पहले उससे कहा था, 'बैंक में पासबुक बनवाकर पैसे वहाँ रख दे कविता।'

कविता उनकी नहीं सुनती। रात में जब तक वह अपनी आँखों से उन पैसों को एक बार देख नहीं लेती, उसे नींद नहीं आती थी। बैंक में रखने से आँखों का यह सुख तो फिर उसे नहीं मिल सकेगा।

इतने दिनों में गाँव के लोगों को भी सन्तोष के साथ कविता की गृहस्थी की बात का पता चल चुका था। गाँव की लड़कियों की बहुत धूमधाम से शादी नहीं की जाती। सन्तोष ने ही सोनारपुर वाले घर में उसकी माँग में सिन्दूर भर दिया था, सन्तोष ही उसका पति है। आसमान और हवा इसके गवाह थे। कविता के माँ-बाप और भाभी आकर कविता की गृहस्थी देख गए थे। वे सप्ताह भर वहाँ रुके भी थे। वे दामाद की जी भरकर ख़ातिरदारी भी कर गए थे। कविता की ज़िन्दगी इसी तरह सुख-सन्तोष से बीत रही थी। एक दिन अचानक उसे सन्तोष का ख़ुशी से भरा स्वर सुनाई दिया, 'ओ कविता, तेरी ननद की शादी है, चल गाँव चलते हैं।'

'गाँव?'

ख़ुशी के मारे कविता की आँखें चमक उठीं। कितने दिन बाद उसके सीने के

1. एक काठा—720 वर्ग फ़ीट।

भीतर लहरों की आवाज़ सुनाई दी। पल भर में उसे सोंधी मिट्टी की गंध मिलने लगी। गाजन के बाजे की आवाज़ सुनाई देने लगी। जितनी दूर नज़रें जाती—बस, हरियाली-ही-हरियाली थी, और पके हुए धान का नृत्य। हाँ, कविता गाँव अवश्य जाएगी। लेकिन सन्तोष का कहना था कि उसे अपनी बहन की शादी में पैसे तो देने ही होंगे। अभी तुरन्त इतने पैसों का इन्तज़ाम करना उसके लिए सम्भव नहीं है। पैसा वह कविता से लेकर देगा, बाद में कविता के एक काठा ज़मीन ख़रीदने के सपने में खोंस देने पर ही वह दो हज़ार में तब्दील हो जाएगा।

कविता ने पीतल के लोटे से पैसे निकालकर सन्तोष को दे दिये थे। चटाई वाले घर पर ताला लगाकर आँचल में चाबी बाँधकर कविता पति के साथ ननद की शादी में गाँव की ओर चल दी। कविता की ख़ुशी का ठिकाना नहीं था। वह पहली बार सन्तोष के घर बहू के रूप में प्रवेश करेगी। वह ब्राह्मण घर की बहू है, वह बार-बार पुलक उठती थी। चंडाल के घर उसकी शादी हुई थी, उस नरक में वह कम नहीं मरी थी। पुरोहित ठाकुर भले ही ग़रीब हों, लेकिन इनसान तो हैं! बड़ी ज़ात के लोग असुर नहीं होते। कविता को रास्ते भर सपने तरंगित करते रहे। पूरे सफ़र में वह सपने के सुरूर में रही।

सन्तोष कविता को उसके मायके में उतार गया। वादा किया कि कल वह पिताजी और दादाजी से को बताकर उसे घर ले जाएगा। गाँव के कुछ लोगों को यदि नहीं खिलाया तो लोग क्या कहेंगे! कविता के मायके में उसकी ख़ातिरदारी का कोई अंत नहीं था। कविता ननद की शादी में आई है, वह ब्राह्मण के घर की बहू है, यह कोई छोटी-मोटी बात है क्या! कविता को सब लोग मानते हैं। उसके पिता भी आँख उठाकर बात नहीं करते। इस बीच भाभी ने आकर बताया कि हाराधन ने गाँव के एक किसान की बेटी से शादी कर ली है, सुनकर कविता ने किसान की बेटी के लिए 'च्च-च्च' आवाज़ करते हुए दुःख प्रकट किया।

लेकिन अगले दिन सन्तोष उसे लेने नहीं आया। वह ब्राह्मण घर की बहू थी, वह पहले की तरह मैदानों, नदी किनारों पर दौड़-भाग नहीं कर सकती थी। लोग इसे बुरा कहते। उसके माँ-बाप ने उसे शान्त बैठने को कहा था। सन्तोष निश्चय ही बहन की शादी में व्यस्त है, इसलिए पत्नी को घर नहीं ले जा पा रहा है। वह शादी के दिन ही उसे ले जाएगा, कविता इसी उम्मीद में बैठी रही। आँगन में रास्ते की ओर टकटकी लगाए खड़ी रही। नहाना-खाना भूलकर वह खिड़की पर नज़रें जमाकर बैठी रही कि उसके पति अब आने वाले हैं, अब आनेवाले हैं।

कहाँ पति! पति की कोई ख़बर नहीं थी। चार दिन बीत जाने पर कविता बाहर निकल गई। घर पर उसकी ननद की शादी की तैयारियाँ चल रही थीं। किसी ने घर की बहू की ओर नहीं देखा। घर के सभी को पता था, शहर जाकर बेटे ने कविता से शादी कर ली है। वे सोनारपुर में घर-गृहस्थी कर रहे हैं। अभी भी ताले की चाबी

कविता के आँचल से बँधी हुई थी। न तो ससुर, न सास, न ननद ने उसकी ओर देखा, मानो वे उसे पहचानते ही नहीं! मानो कविता इस गाँव की लड़की नहीं है! शहर का पानी लगकर उसके बदन की चमक-दमक बढ़ गई थी, इस ओर भी किसी की नज़र नहीं गई। कविता समझ गई, जानबूझकर उसकी उपेक्षा की जा रही है। वह पागलों की तरह सन्तोष की तलाश करने लगी। उसे ढूँढ़ती-ढूँढ़ती वह नदी किनारे जा पहुँची। वहाँ कवि-गायक जाल से मछली पकड़ रहे थे। जाल पकड़कर खींचते हुए कविता ने चिल्लाते हुए कहा, 'तुम्हें क्या हो गया है? चार दिनों से बैठी हूँ, तुम्हारी कोई ख़बर नहीं! मुझे अपने घर क्यों नहीं ले जाते?'

सन्तोष ने कविता के हाथ से जाल छीनते हुए कहा, 'कौन है तू?'

'मतलब?' कविता कमर पर दोनों हाथ रखकर खड़ी हो गई।

सन्तोष ने कुछ नहीं कहा, वह मछली पकड़ने में व्यस्त हो गया।

'क्या बात है? तुम्हें हो क्या गया है, बोलो? ननद की शादी है, मुझे काम नहीं करना है क्या?'

सन्तोष ने फिर विस्मय से कविता की ओर देखा, बोला, 'तू कौन है? मैं तुझे नहीं जानता।'

'मुझे नहीं पहचानते?'

'नहीं।'

'मैं तुम्हारी पत्नी हूँ—पत्नी...पत्नी।'

'मैं तुझे नहीं पहचानता। हट जा मेरे सामने से!'

कविता एक झटके में सन्तोष को पानी से खींचकर बाहर ले आई और उँगली के इशारे से अपनी माँग का सिन्दूर दिखाती हुई बोली, 'यह जो सिन्दूर देख रहे हो न, यह तुमने मुझे लगाया था। तुमने मुझसे शादी की है। तुम मेरे पति हो, समझे? मैं तुम्हारी पत्नी हूँ। गाँव के सब लोग जानते हैं। भगवान भी जानते हैं।'

'हट जा, हट जा!' अवज्ञा और घृणा से सन्तोष का चेहरा विकृत हो गया।

'क्यों हटूँ? तुमने शादी की है, मुझे अपने घर ले चलो। मुझे अपने मायके में और कितने दिन रखोगे? ननद की शादी के लिए तो तुमने मुझसे दो हज़ार रुपये भी ले लिये। और तुम मुझे नहीं पहचानते? तुम ख़ूब पहचानते हो।'

सन्तोष ने धक्का मारकर कविता को गिरा दिया। वह उसे नहीं पहचानता। उसने उसे पहले कभी नहीं देखा। अनजानी औरतों के साथ वह कोई भी बात नहीं करना चाहता। वह तेज़ी से अपने घर की ओर चल पड़ा।

कविता कीचड़-पानी में से अपने-आपको बाहर निकाल लाई। सामने ज्वार उफन रहा था। कविता भी उफनने लगी। एक बार, सिर्फ़ एक बार कविता ने ज्वार में छलाँग लगाने के बारे में सोचा था। लेकिन अगले ही पल उसने ख़ुद से कहा था—नहीं, नहीं, वह नहीं मरेगी। वह अपने पति के पीछे-पीछे नहीं चलेगी, उससे

और कातर विनती नहीं करेगी। बल्कि वह नदी के किनारे चलते-चलते नदी के साथ मन की कुछ बातें करेगी।

उसने नदी से बात की। उसने सोनारपुर की उसकी सुनहली गृहस्थी के बारे में बताया। अपने कवि-गायक कवि के बारे में बताया। उसने नदी से कहा कि वह उसके भुलक्कड़ पति को माफ़ कर दे।

लेकिन उसने ख़ुद माफ़ नहीं किया। रात के समय दरवाज़ा खोलकर, जब सब लोग सो रहे थे, वह चुपचाप कटार लेकर बाहर निकल गई। कटार हाथ में लेकर सन्तोष के कमरे का दरवाज़ा ठेलकर वह अन्दर घुस गई और बड़े निश्चिन्त और सुख से सो रहे सन्तोष के सिर पर ज़ोरदार वार कर दिया : पहला वार, दूसरा वार, तीसरा वार।

मुँह से कराहने की बहुत क्षीण-सी आवाज़ निकली थी। इसके बाद उसका चेहरा फिर चेहरा नहीं रहा था। वह ख़ून से लथपथ हो चुका था। बड़ा बीभत्स था वह चेहरा। कविता को लगा, सन्तोष का असली चेहरा यही है। वह ठीक ऐसा ही बीभत्स है। ऐसा ही असुर है।

कविता मैदान पर करती रही, वह भाग रही थी। ठीक इसी तरह भोर होने से पूर्व वह छह महीने पहले इसी रास्ते से सन्तोष के साथ भाग आई थी। उसे अच्छी तरह याद है, डामर वाली सड़क तक पहुँचने में उसे अभी और दो मील चलना होगा। एक दिन ठीक इसी तरह रास्ते से होते हुए वे दोनों भाग आए थे। इस बार वह अकेली थी। कविता समझ गई, अकेले चलने पर ही सबसे अधिक निश्चिन्त होकर चला जा सकता है। चलते-चलते अचानक उसे एक नहर दिखाई दी, वह उसके किनारे जा खड़ी हुई। उसने अंजुली में पानी लेकर माँग के सिन्दूर को घिस-घिसकर पोंछ लिया। हाथ से शाँखा, पला और लोहे का कड़ा उतारकर नहर के पानी में फेंक दिया। वह फिर से चलने लगी। आज ख़ुद को वह बहुत हलका महसूस कर रही थी।

सम्बन्ध

अशोक के साथ मेरा सम्बन्ध सिर्फ़ सेक्स का है। चार साल हुए, उसकी पत्नी का गर्भाशय काटकर निकाल दिया गया है। उसके बाद से, अशोक का कहना है, उसे पत्नी के साथ पहले की तरह सेक्स करने में रुचि नहीं रही।

मेरे पति बहुत वर्षों से उत्थानरहित हैं। लिहाज़ा मेरे एक सहकर्मी के जन्मदिन के अनुष्ठान में मेरा अशोक से परिचय हुआ था। विज़िटिंग कार्ड का आदान-प्रदान, और कुछ दिनों तक फ़ोन, मैसेज और ईमेल पर एक-दूसरे के अकेलेपन का वर्णन सुनने के बाद अशोक और मैं, दोनों को ही समझ में आ गया कि अब हमारी शारीरिक घनिष्ठता का समय आ गया है।

मंडी हाउस इलाक़े में अशोक के ऑफ़िस से पत्थर फेंक सकने की दूरी पर मेरा ऑफ़िस है। कभी शाम के समय, जब मुझे कुछ ख़ास काम नहीं रहता, वह मेरे ऑफ़िस चला आता था। और कभी, जब वह अकेला होता, काम का झमेला नहीं होता, मैं उसके ऑफ़िस चली जाती थी। हम दोनों के ही कमरे में आरामदायक सोफ़ा था। उसी सोफ़े पर काम पूरा होता था। इससे दोनों की ही ज़रूरतें पूरी हो जाती थीं। दोनों ही तृप्त होकर ज़्यादा हुआ तो एक-एक कप चाय पीते थे और फिर अपने-अपने काम पर चले जाते थे।

सप्ताह में आम तौर पर एक ही बार इस तरह मिलन होता है। इसके अलावा किसी और वजह से हमारी मुलाक़ात नहीं होती। हम लोग प्लान करके दोनों एक साथ कैफ़े, रेस्टोरेंट, क्लब या कहीं और मुलाक़ात नहीं करते, अड्डेबाज़ी नहीं करते, ऐसा नहीं था। सम्भवत: सेक्स के अलावा ज़िन्दगी की किसी और चीज़ में हम दोनों एक-दूसरे की ज़रूरत महसूस नहीं करते थे।

मैं एक मीडिया हाउस की पत्रकार हूँ और अशोक एक प्रकाशन संस्थान में सम्पादक। अशोक की पत्नी अदिति किसी समय एक साहित्यिक पत्रिका का सम्पादन करती थी। कुछ साल हुए, उसे छोड़कर वह ख़ुद उपन्यास लिख रही है। अच्छे प्रकाशकों के यहाँ से उसके चार उपन्यास प्रकाशित हुए हैं। हर साल जयपुर लिट् फ़ेस्ट में अदिति को बुलाया जाता है। अशोक ने मुझसे पेंगुइन के एक परिचित व्यक्ति का फ़ोन नम्बर लेकर उससे सम्पर्क किया है। उसके ऑफ़िस जाकर उसने

उससे मुलाक़ात भी की है। बोल आया है, वे अदिति के उपन्यासों में से कम-से-कम एक उपन्यास पेंगुइन से अंग्रेज़ी में प्रकाशित करवा दें। मेरे पति राजीव एक सरकारी कॉलेज में इतिहास के अध्यापक हैं। वे आपादमस्तक शालीन, शान्त और शिष्ट व्यक्ति हैं। किताबों और गार्डन की देखभाल में डूबे रहते हैं। दुनिया की अन्य चीज़ों के प्रति धीरे-धीरे उनका उत्साह ख़त्म हो गया है।

अशोक और मैं, दोनों ही लगभग पचास को छू रहे हैं। हम आत्मनिर्भर हैं। पैसेवाले और सुखी। हमारे बच्चे बड़े होकर अपनी-अपनी ज़िन्दगी में मसरूफ़ हैं। अशोक अपनी पत्नी अदिति के साथ आज भी एक बिस्तर पर सोता है। लेकिन मैं बहुत सालों से राजीव के साथ नहीं सोती। हमारे कमरे अलग-अलग हैं। राजीव भयानक खर्राटे लेता है। कान के पास कोई अगर खर्राटे लेता हो, मैं सो नहीं पाती और इसीलिए यह व्यवस्था की गई है।

हम लोगों की ज़िन्दगी बिना किसी छंदपतन के जैसी चल रही थी, वैसी ही चलती रही। अशोक पहले की ही तरह अदिति को लेकर सिनेमा, थियेटर जाता है, नाते-रिश्तेदार, बंधु-बांधवों के यहाँ तमाम त्योहारों और अनुष्ठानों में भाग लेता है, यहाँ तक कि हर साल ख़ासे बड़े पैमाने पर शादी की सालगिरह का आयोजन करता है। करवाचौथ, शिवरात्रि, नवरात्र के मौक़े पर अदिति पति की कुशलता के लिए उपवास करती है, इस वजह से अशोक भी उपवास करता है। ऑफ़िस से छुट्टी मिलते ही वह अदिति को लेकर पहाड़ों या समुद्र की सैर के लिए निकल जाता है।

मेरा और राजीव का इस तरह घूमना कम हो पाता है। ऑफ़िस के काम के लिए मुझे कई शहरों में जाना पड़ता है। इसलिए छुट्टी के दिनों में कहीं घूमने की बजाय राजीव और बच्चों के साथ घर में ही पारिवारिक समय बिताना मुझे ज़्यादा अच्छा लगता है।

अशोक और मेरे सम्बन्ध को शुरू हुए दो साल बीत गए हैं। इस सम्बन्ध के बारे में अदिति या राजीव, किसी को भी नहीं पता। एक दिन मेरे कमरे में आकर जब अशोक दरवाज़ा भीतर से लॉक करके अपने कपड़े उतार रहा था, मैं अशोक का चर्बीविहीन सीधा शरीर, घने काले बाल और बड़े आकार का पुरुषांग देख रही थी। मुझे एकटक निहारते देखकर अशोक ने पूछा, 'इस तरह क्या देख रही हो? लगता है, पहली बार देख रही हो! बैठी क्यों हो, उठो। आज मेरे पास समय नहीं है। मुझे जल्दी जाना है।'

अशोक का यही नियम था। कमरे में घुसते ही 'आज बिलकुल भी समय नहीं है, जल्दी से जाना होगा, बहुत सारा काम पड़ा है' कहते-कहते वह कपड़े उतारता है। अपने हाथ से मेरी साड़ी खींचकर उतार देता है। पेटीकोट न उतारने पर भी उसे चल जाता है। लेकिन ब्लाउज़ और ब्रा वह खोलता ही है। दोनों स्तनों

को दोनों हाथों से उसे मसलना ही होता है। यह मसलना ही उसे उत्तेजित करता है। अशोक को लगता है, उत्तेजना की ज़रूरत सिर्फ़ उसे ही है, मुझे नहीं। मुझे भी वैसी किसी चीज़ की ज़रूरत होती है, उसे आज भी इस बात पर यक़ीन नहीं होता। दस-पन्द्रह मिनट में उसका हो जाता है। उसके साथ ताल मिलाकर मैं उस समय के भीतर शीर्ष पर पहुँचने की कोशिश करती हूँ। बीच में मैंने कुछ दिन आसन बदल लिये थे, इससे अशोक परेशान हो उठा था। जवानी की शुरुआत से वह जिस एकमात्र आसन का अभ्यस्त हुआ है, मैं कितना भी कहूँ, उसे इस अधेड़ उम्र में वह बदलना नहीं चाहता।

सोफ़े से उतरकर वह तेज़ी से टॉयलेट में घुस जाता है, फिर तेज़ी से निकल आता है, जल्दी से कपड़े-जूते पहन लेता है। मैं भी जल्दी से साड़ी-ब्लाउज़ पहनकर इलेक्ट्रिक केतली में पानी गरम होने देती हूँ। गरम पानी में ग्रीन टी बैग डुबोकर एक कप मैं लेती हूँ, एक कप अशोक को देकर दरवाज़े का लॉक खोल देती हूँ। अशोक का यही नियम है, चाय की दो चुस्की लेकर उठ जाता है, या फिर चाय के लिए इन्तज़ार ही नहीं करता।

मैंने दो साल अशोक के शरीर को किसी मूर्ति को देखने की तरह देखा है। लेकिन इधर मुझे महसूस होता है, मैं उसकी ओर एकटक देखती रहती हूँ और मेरी आँखों से मुग्धता झरती रहती है। उसके चले जाने के बाद भी मैं उसके बारे में सोचती रहती हूँ। उसका बोलना, उसका चलना, उसकी हँसी मेरे मन के भीतर थोड़ा-थोड़ा करके घुसकर जाने कैसी उथल-पुथल मचाते रहते हैं। एक दिन प्रेस-क्लब में बंगाली-खाने के उत्सव की शाम को मैंने अशोक को फ़ोन करके कहा, 'प्रेस-क्लब में आज बहुत अच्छा खाना बना है। मैं तुम्हें दावत दे रही हूँ, चले आओ।' अशोक ने कह दिया, नहीं, सम्भव नहीं है। वह अदिति को लेकर कनॉट प्लेस के एक रेस्टोरेंट में डिनर के लिए जा रहा है। मैंने और एक दिन कहा, 'आज शाम कमानी में एक बहुत अच्छा नाटक दिखा रहे हैं। मैंने दो टिकट ख़रीदे हैं, तुम्हारे और मेरे लिए।' उस दिन भी अशोक ने कह दिया, नाटक देखने पर उसे घर लौटने में देर हो जाएगी। अदिति को उसका इन्तज़ार करना पड़ेगा। और एक दिन मैंने उसे इंडिया इंटरनेशनल सेंटर में बुलाया, 'यहाँ बहुत अच्छे स्नैक्स मिल रहे हैं, चले आओ, साथ में मेरे दो बहुत अच्छे दोस्त हैं, उनसे मुलाक़ात होगी तो तुम्हें अच्छा लगेगा।' उस दिन भी अशोक नहीं आया था। उसने कहा था, उसकी मीटिंग है। एक बार नहीं, कई बार मेरे आमंत्रण और अशोक की मनाही के बाद मैंने अपने-आपसे सवाल किया था, मैं क्यों चाय पीने, लंच करने, स्नैक्स खाने, अड्डेबाज़ी, नाटक देखने के लिए अशोक को आमंत्रित करती हूँ? इसका जवाब मेरे मन ने ही दे दिया था, मैं अशोक से प्यार करने लगी हूँ, उसे अपने पास चाहती हूँ। अपने अन्य दोस्तों और सहेलियों के साथ मैं जिस तरह बातचीत करती हूँ, मैं

उसी तरह अशोक के साथ भी बातचीत करना चाहती हूँ। अपनी भावनाएँ अशोक के साथ साझा करना चाहती हूँ, और तमाम विषयों पर अशोक के विचार सुनना चाहती हूँ। मैंने फिर अपने-आपसे सवाल किया, जिस दिन अशोक के साथ मुलाक़ात होती है, उसी दिन मैं क्यों अच्छी साड़ी पहनती हूँ? आइने में उलट-पलटकर ख़ुद को देखती हूँ? क्यों सबसे अच्छा परफ़्यूम लगाती हूँ? साड़ी उतारते वक़्त अशोक तो साड़ी की ओर देखता भी नहीं, वह यह भी नहीं कहता कि मैं कैसी लग रही हूँ! परफ़्यूम भी अच्छा है, उसने कभी ऐसा नहीं कहा। अशोक ने तो कभी नहीं कहा कि वह मुझसे प्यार करता है! कुत्ते-बिल्ली के साथ कुछ दिन बिताने पर भी प्यार जन्म लेता है। मेरे लिए अशोक में कुछ भी जन्म नहीं लेता। हालाँकि इसी व्यक्ति के लिए मुझमें प्यार जन्म ले रहा है। चूँकि अशोक को समय की कमी थी, इसलिए जब एक दिन वह मेरे ऊपर था, तभी मैंने उससे पूछा, तुम तो अदिति से प्यार करते हो?

'ऑफ़ कोर्स।'

'फिर तो तुम्हें उसी के साथ इंटीमेट रिलेशनशिप में जाना चाहिए। गर्भाशय नहीं है, इससे क्या, वैजाइना तो है।'

'बात मत करो। मेरा कॉन्सन्ट्रेशन ख़राब हो रहा है।'

'तुम तो मुझसे प्यार नहीं करते, अशोक।'

'उफ़, फिर से बोल रही हो?'

मुझे चुप रह जाना पड़ा। अन्य दिनों की तरह अशोक तेज़ी से टॉयलेट में चला गया। टॉयलेट से निकलकर वह जल्दी से कपड़े-जूते पहनने लगा। मैं फिर चाय बनाने नहीं गई। मैंने बल्कि अशोक से ज़रूरी सवाल किया, 'अशोक, तुमने कभी मुझसे नहीं कहा कि तुम मुझे प्यार करते हो!'

अशोक ने आँखें तरेरते हुए मुझे देखा। बोला, तुम अचानक प्यार-प्यार क्यों कर रही हो?'

'कर रही हूँ क्योंकि मुझे लगता है, मैं तुमसे प्यार करती हूँ। प्यार करती हूँ इसलिए तुम्हारा प्यार पाना चाहती हूँ।'

'तुम बच्चों-जैसा मत करो। तुम्हारी काफ़ी उम्र हो चुकी है।'

अशोक बाहर निकल गया। वह अदिति के लिए साड़ी ख़रीदने नल्ली जा रहा था। मुझे समझ में नहीं आता, अदिति के लिए अगर इतना ही प्रेम है, तो फिर वह छिपकर किसी अन्य स्त्री के साथ सम्बन्ध क्यों रख रहा है? इस सम्बन्ध में माना, प्यार नहीं है, फिर भी यह सम्बन्ध तो है! सम्बन्ध प्रेमविहीन है तो क्या अशोक ने इसी वजह से मान लिया है कि वह कोई अन्याय नहीं कर रहा है, अदिति को धोखा नहीं दे रहा है? दो साल बाद आज मुझे लगा, अशोक जो दावा करता है कि अदिति के उसके साथ शारीरिक सम्बन्ध नहीं हैं, वह झूठ है। आज संशय होता है अदिति

का गर्भाशय काटकर नहीं निकाला गया है, यह सब अशोक की बनाई कहानी है। वह अदिति से प्यार करता है और बदन में बदन को डुबोकर मछली-मछली खेलता है, निश्चय ही खेलता है। और मेरे साथ बिना प्यार के खेलता है। बड़े-बड़े लोगों के विवाहेतर सम्बन्ध होते हैं शायद इसी वजह से उसकी भी इच्छा हुई कि एक विवाहेतर सम्बन्ध रखकर वह भी बड़े-बड़े लोगों की कतार में शामिल हो जाए। या फिर ऐसा भी हो सकता है, वह अदिति से प्यार नहीं करता, मुझसे तो करता ही नहीं, वह सिर्फ़ अपने-आपसे प्यार करता है। इसलिए जहाँ से भी हो, अपने लिए जितनी ख़ुशी मिल रही है, वह दोनों हाथों से बटोर रहा है। मुझे नहीं पता मुझमें अचानक प्यार के लिए इतनी आकुलता क्यों पैदा हो गई है! पिछले दो साल तक तो यह आकुलता नहीं थी। पिछले दो साल से तो जो मुझे घर पर नहीं मिल रहा था, वह बाहर मिल रहा है इसलिए बहुत सन्तुष्ट ही थी। यह ज़रूर है कि किसी समय आकुलता नहीं थी तो आकुलता कभी पैदा नहीं होगी, ऐसा तो नहीं है। यह देह कुछ सालों तक पुरुष के स्पर्श से वंचित थी। उस अकाल में फट गई देह यदि सिक्त होती है, तो फिर जो भी बारिश लाता है, उस पर दोष लगाना शायद ठीक नहीं। लेकिन शरीर के ख़ुश होने पर भी मन ख़ुश नहीं होता। मन चाहता है, अशोक 'तुमसे प्यार करता हूँ' कहते-कहते—मुझे चूमे। मन चाहता है, मैं भी 'प्यार करती हूँ' कहती-कहती उसके सीने पर सिर रखकर सो जाऊँ। मन चाहता है, अशोक का हाथ थामकर शहर में घूमती फिरूँ।

इसके बाद जिस दिन अशोक आकर कमीज़ के बटन खोलने लगा, मैंने कह दिया, 'मेरी आज इच्छा नहीं हो रही है।'

'क्या बोला तुमने?'

'इच्छा नहीं है।'

'क्यों?'

'अच्छा नहीं लग रहा है।'

'तुम्हें अच्छा नहीं लग रहा है, तुम्हारी इच्छा नहीं है—यह सब तुम मुझे पहले बता सकती थीं। मुझे ख़ामख़ाह यहाँ आना नहीं पड़ता।'

'जब आ गए हो तो बैठो, मुझे कुछ ज़रूरी बातें करनी हैं।'

'क्या ज़रूरी बातें?'

'एक-दूसरे के लिए अगर प्यार न हो तो शारीरिक सम्बन्ध बहुत बेहूदे लगते हैं। कम-से-कम मुझे तो ऐसा ही लग रहा है। तुम्हें ऐसा नहीं लगता?'

'यह सब बेकार की बातें सुनने का समय नहीं है मेरे पास। वैसे भी यहाँ आकर आज मेरा बहुत सारा समय ख़र्च हो गया है।'

'बहुत ज़्यादा ख़र्च नहीं हुआ है। तुमने केवल आठ मिनट का रास्ता तय किया है।'

'तुम्हें आख़िर हुआ क्या है? तुम पहले तो कभी इतनी इमोशनल नहीं हुई थीं!'

‘पहले नहीं हुई थी तो कभी नहीं होऊँगी, ऐसा तो नहीं है।’

‘लड़कियों की यह चतुराई मुझसे बिलकुल भी सहन नहीं होती।’

अशोक मुझे बिच कहकर बाहर निकल गया।

मैंने आज अशोक के साथ सम्बन्ध-विच्छेद करने का निर्णय ले लिया। मेरी देह पुरुष के स्पर्श के बिना रहे तो रह जाए। जितनी भी उम्र बढ़े, बिना प्यार वाला स्पर्श मुझे अब एक दिन के लिए भी नहीं चाहिए। मैं सिर्फ़ मन को मन्दिर क्यों मानूँ, शरीर भी तो कोई कम बड़ा मन्दिर नहीं है।

चुम्बन

[1]

सुशान्त सिन्हा मेरा साक्षात्कार लेना चाहते हैं। 'आज नहीं—कल, कल नहीं—परसों' करते-करते मैंने छह महीने बिता दिये हैं। उन्होंने साक्षात्कार के लिए जब फिर से फ़ोन किया, तो मैंने थोड़े परेशान होने के भाव से ही कहा था, 'ज़रा आपका पता बताइए तो।'

'पता क्यों?'

'पता माँग रही हूँ, कारण कि मुझे आपके साथ मुलाक़ात करनी है।'

'तो फिर आप साक्षात्कार दे रही हैं? आपको मैं क्या कहकर धन्यवाद दूँ!'

उस दिन मैं सुशान्त के पते पर पहुँच गई थी। मंडी हाउस में दूरदर्शन की बिल्डिंग थी। उसी के चौथे माले पर सुशान्त का ऑफ़िस था। टेबल फ़ाइलों से अटी पड़ी थी। इसी के बीच गर्दन झुकाए पचास साल के एक सज्जन चिट्ठी लिख रहे थे। उनके हाथ में फ़ाउंटेन पेन था। चारों ओर देखकर मैंने एक कुर्सी खींच ली और बैठते हुए कहा, 'तो फिर आप ही सुशान्त सिन्हा हैं?'

'जी, मैं ही हूँ। मैं ही सुशांत सिन्हा हूँ।'

'मैंने तो सोचा था, आप एक्ज़िस्ट ही नहीं करते। इसलिए देखने आई, जो व्यक्ति इतने महीनों से बिना आलस के फ़ोन कर रहे हैं, वे क्या असल में कोई हैं?'

सुशान्त ज़ोर से हँस दिये।

'आपने क्या सोचा था? भूत वग़ैरह कुछ?'

'भूत में यक़ीन करती तो फिर वही सोचती।'

'अब तो आपने देख लिया कि मैं असल में कोई हूँ। मैं एक्ज़िस्ट करता हूँ। तो आज आप साक्षात्कार देंगी न?'

'नहीं, मैं साक्षात्कार देने नहीं आई हूँ।'

सुशान्त सिन्हा विस्मित हो गए। उनकी आँखों की पुतलियाँ ठिठक गईं।

मैंने हँसते हुए कहा, 'आपके ऑफ़िस में चाय-वाय नहीं मिलेगी?'

'ज़रूर, ज़रूर,' कहकर उन्होंने टेबल पर रखी बेल दबा दी। पास वाले

कमरे से एक नौजवान आकर खड़ा हो गया। 'चाय ले आओ। काली चाय। बिना शक्कर की।'

'आपको कैसे पता चला, मैं बिना दूध-शक्कर वाली चाय पीती हूँ?' मैंने पूछा।

सुशान्त सिन्हा ने हाथ के सामने वाले काग़ज़ को हटाकर रखा और हाथ के पेन को बन्द करके कमीज़ की जेब में खोंसते हुए बोले, 'आप मशहूर शख़्सियत हैं, आप क्या खाती हैं, क्या पहनती हैं, इसकी सारी ख़बर हम लोगों को, यानी पब्लिक को रहती है।'

'अच्छा, आप बताइए तो कि आप मेरा साक्षात्कार क्यों लेना चाहते हैं? मैं क्या ऐसा कोई हाथी, घोड़ा हूँ?'

सुशान्त सिन्हा मधुर हँसी हँसते हुए बोले, 'आप हाथी भी नहीं हैं, घोड़ा भी नहीं हैं। आप प्रियंका घोषाल हैं, जिसे हर कोई नाम से जानता है।'

'अब आप 'हर कोई नाम से जानता है' की स्तुति बन्द कीजिए। मेरी पिटाई लगा रहे हैं? मैं लेकिन साक्षात्कार नहीं दूँगी। चाय पीकर उठ जाऊँगी।'

'तो फिर आप आईं क्यों?'

'इच्छा हुई, इसलिए।'

चाय आई। ठंडी चाय। पहली चुस्की में ही समझ में आ गया, चाय की पत्ती अच्छी नहीं है। 'इतनी ख़राब चाय मैं नहीं पीती। मैं दार्जिलिंग चाय पीती हूँ। अगर हो तो एक दिन मेरे यहाँ चाय पीने आइएगा। चाय किसे कहते हैं, आप समझ जाएँगे।'

'ज़रूर, ज़रूर।'

'कल आ जाऊँ, मैडम?'

'कल ही? क्यों?'

'चाय पीने।'

'ओ।'

वे दिखने में सिर से पैर तक सज्जन व्यक्ति थे। मेरी उलाहना को वे निमंत्रण समझ बैठे थे। ये सज्जन दस अन्य सज्जनों-जैसे भले ही लगें लेकिन असल में उतने सज्जन नहीं थे।

मैंने निकलते-निकलते कहा, 'ठीक है, कल चाय पीने आइएगा। मेरे बारे में जब आपको सभी कुछ मालूम है तो फिर मेरा पता भी आपको मालूम होगा ही।'

सुशान्त सिन्हा ने सिर हिलाते हुए कहा, 'हाँ, मालूम है। के.-ट्वेंटी फ़ोर, चित्तरंजन पार्क।'

वे मेरे साथ नीचे उतर आए। मैं गाड़ी में बैठ गई। उन्होंने हाथ हिलाया।

सुशान्त सिन्हा की हँसी मेरे मन में गुँथ गई। उनकी सूरत भी। वे निःसन्देह ख़ूबसूरत थे। काम के बोझ से परेशान क्लर्कों-जैसा उनका काम था। वर्ष 2015 में वे तब भी हाथ से चिट्ठी लिखते थे। कमरे के एक कोने में एक कम्प्यूटर रखा

था लेकिन उन्होंने कभी उसका उपयोग किया होगा, ऐसा नहीं लगता। थोड़े-से परिचय वाले किसी को मैंने आज तक अपने घर आने के लिए नहीं कहा था। मैं कह भी सकती थी कि वह तो मैंने कहने के लिए कह दिया था। वह सचमुच चाय पीने का निमंत्रण नहीं था।

सुशान्त सिन्हा अगले दिन एक बड़ा-सा गुलदस्ता लेकर हाज़िर हो गए। मेरे प्रिय फूल। सफ़ेद लिली। उन्हें मेरे प्रिय फूल के बारे में कैसे पता? हो सकता है, कहीं पर कभी मेरी पसन्दगी-नापसन्दगी के बारे में कुछ छपा हो। उन्होंने पढ़ा हो और आज भी उन्हें याद रह गया हो! वे ड्रॉइंग रूम में बैठे। मैं चाय बना लाई। वे ख़ुद दूध और चीनी वाली चाय पीते हैं। लेकिन मेरे यहाँ आकर उन्होंने ठीक वैसी चाय पी, जैसी मैं पीती हूँ।

'आपके साथ कोई नहीं रहता?'

'इतने समय से तो अकेली ही थी। आजकल एक व्यक्ति मेरे साथ रहता है। मेरे बारे में तो आपको सभी कुछ पता है। क्यों ख़ामख़ाह पूछ रहे हैं?'

सुशान्त सिन्हा फिर से अपनी मधुर हँसी हँसे। बोले, 'नहीं-नहीं, यह आप क्या कह रही हैं! मुझे सब कुछ पता होगा, मैं इतना ख़ुशक़िस्मत हूँ क्या? मुझे बहुत मामूली-सी जानकारी है। पत्रकारों को इतनी जानकारी तो रखनी ही पड़ती है।'

'ओ, ऐसा है क्या! मुझे कौन-सा फूल पसन्द है, आपको यह भी तो पता है?'

'इन सबको आप कोइंसिडेंस कह सकती हैं।'

सुशान्त सिन्हा ज़्यादा देर तक नहीं बैठे। वे चाय पीते ही चले गए। उन्होंने कहा, चूँकि वे चाय पीने आए थे, इसलिए चाय से बाहर समय बरबाद करना उनके लिए उचित नहीं है। मुझे एक बार बोलने की इच्छा हुई थी, वे क्या इतनी दूर से इतने कम समय के लिए आए थे? लेकिन मैंने नहीं कहा, क्योंकि चाय के लिए ही उन्हें आना था। और ये व्यक्ति मेरे कोई दोस्त तो थे नहीं कि इनके साथ मुझे बातचीत करने की ज़रूरत हो। दो घंटे आने में और दो घंटे जाने में, ये चार घंटे चाय के लिए ख़र्च करके उन्होंने चाय के बारे में एक वाक्य भी नहीं उचारा था। चाय के एरोमा को लेकर एक शब्द भी नहीं कहा था। वे निहायत जाहिल आदमी थे। इतना समय कोई केवल चाय के लिए ख़र्च करता है! ऐसा नहीं था कि वे चाय को लेकर कोई अनुसंधान कर रहे थे।

मैं इसके बाद सुशान्त सिन्हा के फ़ोन का इन्तज़ार करती रही। जब भी फ़ोन बजता, लगता, ये सुशान्त हैं। उन्हें फ़ोन करने की इच्छा होती। लेकिन फ़ोन पर मैं क्या कहती? सुशान्त सोच सकते हैं कि मैं साक्षात्कार देना चाहती हूँ। लेकिन मैं नहीं चाहती। तो क्या उन्हें यह कहूँ कि यह फ़ोन साक्षात्कार देने के लिए राज़ी होने का फ़ोन नहीं है? तो फिर यह फ़ोन किसलिए है? मुझे इसका जवाब नहीं मालूम, इसलिए मैंने उन्हें फ़ोन नहीं किया।

सुशान्त ने सात दिन बाद फ़ोन किया। उन्होंने फिर से वही साक्षात्कार वाली बात पूछी।

मैंने कहा, 'अगर मैं कभी साक्षात्कार दूँ, अगर कभी इच्छा हो, मेरी यह जानने की बड़ी इच्छा है कि आप सवाल क्या पूछेंगे?'

सुशान्त बोले, 'लगभग तेईस साल पहले आपने गर्भ धारण किया था। नहीं, किसी के साथ प्रेम करके नहीं, किसी के साथ यौन-संगम करके भी नहीं। स्पर्म बैंक से अपरिचित आदमी के स्पर्म लेकर आप गर्भवती हुई थीं। आपने घोषणा की थी, यह संतान स्त्री की है, पुरुष की नहीं। आपने संतान प्रसव करके पूरे भारत को दिखा दिया था। आपके बाद लेकिन किसी ने यह काम नहीं किया। किया भी हो तो इसकी घोषणा नहीं की। क्या आपको पता है, किसी ने आपकी इस राह का अनुसरण किया है या नहीं?'

'दूसरा सवाल?'

'क्या आपकी बेटी को पता है कि उसके पिता का कोई परिचय नहीं है? वह क्या सिर्फ़ माँ के परिचय से परिचित होकर सन्तुष्ट है? कॉलेज-विश्वविद्यालय में दोस्तों के सामने उसे असुविधा नहीं होती? सरनेम भी तो माँ का ही है?'

'तीसरा सवाल?'

'लड़की क्या आपको दोष देती है? कहती है, आपने मुझे अपने नारीवाद का विक्टिम बनाया है, या इसी तरह का कुछ और?'

'आपके पास और भी सवाल हैं क्या?' मैंने पूछा।

सुशान्त कुछ देर तक चुप रहे फिर उन्होंने कहा, 'यह तो शुरुआत है, और भी सवाल हैं। आप साक्षात्कार कब देंगी मैडम?'

'नहीं, मैं इंटरव्यू नहीं दूँगी।'

'तो फिर आपने सवाल क्यों जानने चाहे?'

'मैंने चाहे।'

'चाहे मतलब? आपने मुझे एक फ़ालतू आदमी समझ रखा है क्या?'

'नहीं, बिलकुल भी नहीं। असल में आप मुझे फ़ालतू समझ रहे हैं?'

'अगर फ़ालतू समझ रहा होता तो आपका इंटरव्यू लेना चाहता?'

'हाँ, चाहते। आप सोचते हैं, मैंने एक फ़ालतू काम किया है, मैं एक फ़ालतू महिला हूँ, इसलिए मुझे और भी फ़ालतू दिखाने के लिए आप मेरा इंटरव्यू लेना चाहते हैं।'

'बकवास मत कीजिए।'

'मैं बकवास नहीं कर रही हूँ।'

'मैं आ रहा हूँ। आपके घर आ रहा हूँ।'

'क्यों?'

'आकर बताऊँगा।'

दो घंटे का सफ़र तय करके सुशान्त सचमुच चले आए थे। वे बहुत सारा काम छोड़कर आए थे। बोले, 'मुझे ग़लत मत समझिए, प्रियंका।'

'आपको ग़लत नहीं, मैंने ठीक ही समझा है सुशान्त बाबू। आप इस देश के स्त्रीविद्वेषी लोगों से बिलकुल भी अलग नहीं हैं। मैंने सोचा था, बीस साल बीत गए हैं, समाज शायद थोड़ा सभ्य हुआ होगा। लेकिन देख रही हूँ, वह जैसा था, वैसा ही है। इसलिए मैं उँगलियों पर गिने जा सकने वाले बहुत थोड़े-से लोगों के अलावा किसी और से मिलती-जुलती नहीं हूँ।'

सुशान्त दोनों हाथ जोड़कर बोले, 'मुझे माफ़ कर दीजिए। मैं वैसा आदमी नहीं हूँ। असल में मैं चाहता था, जो लोग आपको ग़लत समझते हैं, वे आपके ही मुँह से आपकी व्याख्या को सुनें, उनका भ्रम मिटे।'

मैंने लम्बी साँस छोड़ी, 'देखिए सुशान्त बाबू, ग़लत समझने वाली बात नहीं है। यहाँ दो मत हैं। एक मत है : स्त्री-स्वाधीनता पर विश्वास करना। दूसरा मत है : विश्वास न करना। जो लोग मेरे काम को नहीं मानते, वे होशोहवास में ही नहीं मानते। उनके मत को बदलने के लिए मुझे कोशिश करने की ज़रूरत नहीं है। अगर बदलेगा तो वे ख़ुद ही बदलेंगे। मेरी ज़िन्दगी में बहुत महत्त्वपूर्ण काम हैं। अपने-आपको डिफ़ेंड करना मेरा काम नहीं है। क्योंकि मुझे ऐसा नहीं लगता...'

'आपको नहीं लगता, आपने कोई ग़लती की है।'

'हाँ, ऐसा ही है।'

सुशान्त अपने हाथों में फूलों का एक गुच्छा लाए थे। टेबल पर वे फूल वैसे ही पड़े रहे। वे अचानक उठकर बोले, 'फूलदानी कहाँ है, बताइए तो। इन फूलों को पानी में नहीं रखा तो ये मर जाएँगे।'

मैं सोफ़े पर जिस तरह बैठी थी, उसी तरह बैठी रही। सुशान्त रसोई से ख़ुद ही एक फूलदानी जुगाड़ लाए और उसमें उन्होंने फूलों के गुच्छे को रख दिया। घर में सुशान्त का यह चलना-फिरना मुझे पता नहीं क्यों, अच्छा लगा। इस तरह तो विनय भी चलता-फिरता है, लेकिन दिखने में इतना अच्छा तो नहीं लगता। सुशान्त का इस तरह फूल लेकर घर आने, माफ़ी माँगने ने मेरे ग़ुस्से को काफ़ी कम कर दिया था। सुशान्त और लोगों-जैसे ही थे, इसके बाद भी सुशान्त थोड़े अलग थे।

वे अचानक बोले, 'दार्जिलिंग चाय पिएँ? पियेंगी न? आज चाय मैं बनाऊँ?'

मैंने सिर हिलाकर हामी भरी। सोफ़े पर पैर उठाकर बैठकर चुपचाप देखती रही।

मैं जहाँ बैठी थीं, वहाँ से रसोई में सुशान्त दिख रहे थे। मैंने देखा, वे केतली ढूँढ़ रहे थे, चायपत्ती ढूँढ़ रहे थे, कप ढूँढ़ रहे थे। मैंने मन-ही-मन कहा, ढूँढ़ें। लड़कियाँ तो किसी भी रसोई में जाकर सब ढूँढ़ लेती हैं। एक बार लड़के भी ढूँढ़ें। जन्म से

ही परिवार वाले इनका दिमाग़ ख़राब कर देते हैं, इसके बाद समाज बिगाड़ता है कि ये सब काम लड़कियों के हैं। ये सब लड़कों के भी काम हैं, यह इन्हें अपने मरने तक पता नहीं होता। और मरने के बाद तो पता होने का सवाल ही नहीं उठता। मौत ही तो है जो सब कुछ ख़त्म कर देती है। सुशान्त को भी यक़ीन है, मृत्यु के बाद और कोई जीवन नहीं होता। सिर्फ़ विनय ही इस बात को नहीं मानता।

'बिटिया का नाम चुम्बन है। है न?' सुशान्त ने अचानक सवाल किया।

'हाँ, चुम्बन।'

'आजकल कहाँ है? न्यूयॉर्क में ही है?'

मैंने सिर हिलाया।

'चुम्बन दिखने में किसके-जैसी है? आपके-जैसी या कि उसके पिता-जैसी?'

'अब यह सवाल क्यों सुशान्त बाबू? आप तो मेरे बारे में इतना कुछ जानते हैं, आपको ज़रूर पता होगा, उसके पिता नहीं हैं। या उसके पिता को मैं नहीं पहचानती, उन्हें कभी देखा नहीं है।'

'हाँ, मुझे यह मालूम है। अपनी इच्छा से अजानी किसी जगह से अपरिचित आदमी के स्पर्म लेने पर पिता कौन है, जानने का तो सवाल ही नहीं उठता। आप चाहतीं तो जान सकती थीं कि कौन है, लेकिन आपने जानना ही नहीं चाहा।'

'आपको तो सभी कुछ पता है। आप यह भी जानते हैं कि मैं अपनी संतान चाहती थी, दूसरे की संतान नहीं। चुम्बन मेरी संतान है। उसका कोई पिता नहीं है। उसकी सिर्फ़ माँ है। बाइ द वे, चुम्बन दिखने में मेरी तरह है।'

'मैंने उसकी बचपन की तसवीरें देखी हैं। उस समय तो अख़बारों में ख़ूब छपा करती थीं। बड़ी होकर वह दिखने में कैसी है...'

'आपने वह नहीं देखा न! उसका अब भी बेबी फ़ेस है। कोई बहुत ज़्यादा बदलाव नहीं आया है।'

'आपकी तरह?'

'मतलब?'

'आपने बेबी फ़ेस की बात कही न, वही।'

इतना थोड़ा-सा परिचित व्यक्ति मेरी त्वचा इत्यादि को लेकर बात कर रहा था, यह मुझे ख़ासा असुविधाजनक लगा।

'उसे मिस करती हैं?' सुशान्त ने पूछा।

'किसे? चुम्बन को? हाँ। निश्चय ही करती हूँ।'

सुशान्त बाहर निकल गए। मैं समझ गई, वे बहुत व्यस्त आदमी हैं। मैं उनसे नहीं कह सकी कि मुझे उनकी तसवीर बनाने की बड़ी इच्छा हो रही है। मैंने अपनी इच्छा को मन में ही रख लिया। ये व्यस्त व्यक्ति क्या मेरे ईज़ल के सामने स्थिर होकर बैठेंगे कुछ दिन?

मेरी इन इच्छाओं के बारे में विनय को कुछ भी नहीं पता। विनय सुबह उठकर योगा करता है, नहाता है, पूजा करता है, ओटमील खाता है और फिर बाहर निकल जाता है। वह क्लीनिक जाता है। बीमारों को देखता है। दोपहर को क्लीनिक के रेस्टोरेंट में ही लंच निपटा लेता है। शाम को लौटता है। रात को कमरे में या बाहर हम लोग एक साथ ही जाते हैं। वह मेरे बिस्तर पर लेटता है। लेटना हालाँकि नींद आने तक ही होता है। नींद आने पर विनय अपने कमरे में चला जाता है। मैंने ही उसे जाने का कह रखा है। बिस्तर पर अकेली न होने पर मैं सो नहीं पाती। गेस्ट रूम को ही मैंने विनय का कमरा बना दिया है। वह मुझसे लगभग पन्द्रह साल छोटा है। किसी दिन उसे शादी के लिए कोई लड़की अवश्य मिल जाएगी। मैंने विनय से कह दिया है, जब उसकी शादी करके घर-गृहस्थी करने की इच्छा हो तो वह यहाँ से चला जाए, मैं मन ख़राब नहीं करूँगी, उसे बाधा भी नहीं पहुँचाऊँगी। पाँच साल बीत गए हैं, मुझे विनय के जाने के कोई लक्षण नहीं दिखाई दे रहे हैं। पिछले पाँच वर्षों से हर रात वह मेरे शरीर को लेकर पगलाया रहता है। कहता है, इस शरीर के अलावा वह और किसी भी शरीर को नहीं चाहता। हर रात वह देर-देर तक मेरे समूचे शरीर को सुख के जल में डुबोए रखता है। वह ख़ुद भी सुख में डूबा रहता है। विनय के साथ मेरा ऐसा ही सम्बन्ध है। शरीर का सम्बन्ध। बीच-बीच में उससे पूछती हूँ कि वह मुझसे प्यार करता है या नहीं? विनय कहता है, 'हाँ, करता हूँ।' लेकिन मैंने ग़ौर किया, विनय मुझसे कभी नहीं पूछता कि मैं उससे प्यार करती हूँ या नहीं। वह ज़रूर सोचता है, मैं उससे प्यार नहीं करती। वह निश्चय ही सोचता है, मैंने सिर्फ़ सेक्स के लिए उसे इस घर में रखा है। मैं विनय से प्यार करती हूँ, थोड़ा ही सही लेकिन करती हूँ, यह मैं उसे समझा ही नहीं पाती। असल में पच्चीस साल की उम्र में वह कांड करने के बाद से मेरी ज़िन्दगी बदल गई है। मुझे अब अपने बारे में ख़ुद कहना नहीं पड़ता, मेरे बारे में अब लोग बोलते हैं। मैं क्या सोच रही हूँ, क्या कर रही हूँ, इसकी मैं नहीं, दूसरे लोग व्याख्या करते हैं। कुँआरी लड़की ने स्पर्म कलेक्ट करके दुनिया को बता दिया कि वह गर्भवती हो गई है, संतान को जन्म देकर गर्व के साथ उसने घोषणा की है कि यह उसकी संतान है। उसने बता दिया है कि संतान को जन्म देने के लिए किसी पति की ज़रूरत नहीं होती। उसकी माँ बनने की इच्छा हुई तो वह माँ बनी है, यह क्या कोई सहज बात है? लोगों ने तभी मेरे बदन पर नारीवाद का पदक लटका दिया था। नारीवादियों को लेकर लोगों की जो कुछ अजीब धारणाएँ हैं, उनसे मैं अहरह आक्रांत होती रहती हूँ। जैसे मैं अपने से छोटी उम्र वाले लड़के के साथ सेक्स करती हूँ, नारीवादी होने के कारण ही करती हूँ। जिस किसी के साथ जब मर्ज़ी सो सकती हूँ, नारीवादी होने के कारण ही ऐसा कर पाती हूँ। किसी पुरुष के साथ जब वर्षों तक मेरे कोई ताल्लुक़ात नहीं थे, तब लेकिन बदज़बानों ने कहा था, प्रियंका पुरुषों से नफ़रत करती है, इसलिए

किसी पुरुष के साथ उसके सम्बन्ध नहीं बनते। कितनी भयानक पुरुषविद्वेषी है! बच्ची पैदा की, लेकिन बच्ची के पिता को स्वीकृति नहीं दी। नारीवादी है न, इसी वजह से ऐसा है।

एक दिन ब्रेकफ़ास्ट करते-करते मैंने विनय से सुशान्त का ज़िक्र किया था। सुशान्त मेरा साक्षात्कार लेना चाहते हैं लेकिन मैं राज़ी नहीं हूँ। मैंने उससे कहा, 'सुशान्त दिखने में अच्छे हैं, मैं उनसे अपनी तसवीर के लिए मॉडल बनने की पेशकश करूँगी।'

विनय ने पूछा, 'वे साक्षात्कार क्यों लेना चाहते हैं?'

'चाहते हैं, जिस वजह से और लोग चाहते हैं। हो सकता है, आजकल कोई एक्साइटिंग ख़बर नहीं मिल रही है। इसलिए दो ज़माने पहले की घटना को लेकर कुछ कर रहे हों। चुम्बन कितनी बड़ी हुई है, वह कहाँ क्या पढ़ रही है, वे यह सब जानना चाहते हैं। इन्हें बिलकुल भीतर की ख़बरें चाहिए। इन्हीं की वजह से तो मैंने चुम्बन को विदेश भेजा है।'

'अच्छा डिसीज़न लिया था।'

विनय के पिता चुम्बन की त्वचा के डॉक्टर थे। बचपन में चुम्बन को त्वचा की एक बीमारी हो जाया करती थी। उस बीमारी का इलाज विनय के पिता ही करते थे। धीरे-धीरे डॉक्टर परिवार के साथ मेरे पारिवारिक सम्बन्ध बन गए थे। मेरे यहाँ उन लोगों का आना-जाना था। विनय के पिता नौकरी से रिटायर होने के बाद हैदराबाद चले गए, तो शहर में विनय के लिए रहने की जगह नहीं रही। शहर में मकान किराए पर लेने का झमेला नहीं हुआ था, वह मेरे ही घर में रहने चला आया था। उसके माँ-बाप उसकी शादी के लिए लड़की देखते हैं, लेकिन विनय उनसे कह देता कि वह अभी शादी नहीं करेगा।

उसने अचानक पूछा, 'उस व्यक्ति की उम्र क्या है?'

'किसकी?'

'सुशान्त की।'

'ओ। पचास के आसपास होंगे।'

सुनकर विनय ने आश्चर्य से कहा, 'अरे बाप रे, उम्र बहुत ज़्यादा है!'

'हाँ, उम्र काफ़ी है।'

सुशान्त की उम्र ज़्यादा है इसीलिए शायद सुशान्त को लेकर मेरे आग्रह की ओर विनय ने ध्यान नहीं दिया। मुझसे ज़्यादा उम्र वाले किसी व्यक्ति के लिए मुझमें किसी तरह के आग्रह पैदा नहीं हो सकते, मानो इस मामले में विनय निश्चिन्त था।

[2]

बहुत व्यस्तता के बावजूद सुशान्त सिन्हा मुझे समय दे रहे थे। मैं उन्हें बिठाकर उनका चित्र बना रही थी। मैं लैंडस्केप बनाती हूँ, पोर्ट्रेट बहुत कम बनाती हूँ। पता नहीं क्यों, सुशान्त का पोर्ट्रेट बनाने के लिए मेरे हाथ कसमसाते रहे। कभी-कभी ऐसा होता है, क्या कर रही हूँ, क्यों कर रही हूँ, मुझे समझ में नहीं आता। तो क्या सुशान्त को कुछ दिन अपने पास पाने के लिए? विनय को अपने पास पाने के लिए तो मैं इतनी व्याकुल नहीं होती। मैंने विनय के कुछ न्यूड चित्र बनाए थे। मेरे बनाए चित्रों को देखने के सिलसिले में सुशान्त ने उन्हें भी देखा था। पूछा था, 'ये कौन हैं, बॉयफ्रेंड हैं शायद?'

मैंने सिर हिलाया था, 'हाँ, बॉयफ्रेंड है।'

सुशान्त का चित्र न्यूड नहीं था। वे ढेर सारे कपड़े पहनकर ही बैठे थे। चित्र सात दिन में बन गया था। चित्र के बन जाने के बाद उन्होंने पूछा था, 'यह चित्र तो बिकेगा नहीं, फिर बेवजह आपने इसे क्यों बनाया?'

मैंने कहा, 'मैं हर चीज़ पैसों के लिए नहीं करती। यह मेरे अपने कलेक्शन के लिए है। आपको याद रखने के लिए। इसके बाद हो सकता है, हमारी फिर कभी मुलाक़ात ही न हो।'

सुशान्त बोले, 'मुलाक़ात न हुई तो क्या हुआ! कितने ही लोगों के साथ आपकी दोबारा मुलाक़ात नहीं होगी। तो क्या आप याद रखने के लिए सबके चित्र बनाती हैं?'

'नहीं। नहीं बनाती हूँ।'

'तो फिर मेरा क्यों बनाया?'

'इच्छा हुई, इसलिए बनाया। सबके बनाने की इच्छा नहीं होती।'

'ओ। मैं तो भूल ही गया था। आप तो अपनी मर्ज़ी के हिसाब से ही सब कुछ करती हैं।'

'बोलिए। बोलिए। मैं नारीवादी हूँ न, इसलिए जो मर्ज़ी, वही करती हूँ। पुरुषवादी लोग भी अपनी इच्छा के हिसाब से सब कुछ करते हैं। लेकिन इस बात को कोई चारों ओर इस तरह कहता नहीं फिरता है।'

मैंने उनके चित्र को दीवार पर टाँग दिया था। कहाँ तो सुशान्त मेरा साक्षात्कार लेना चाहते थे, साक्षात्कार तो मैंने दिया नहीं, बल्कि एक तसवीर दीवार पर लग गई। औरों के विसर्जन में मेरा ही अर्जन होता है।

जब मैं ड्रॉइंग रूम की दीवार पर उस तसवीर को टाँग रही थी, सुशान्त विस्मित और अभिभूत होकर मेरे चेहरे की ओर देख रहे थे। वे घट रही घटना पर विश्वास नहीं कर पा रहे थे।

जब मैं चित्र बना रही थी, सुशान्त बिलकुल भी हिले-डुले नहीं थे, लेकिन

अनर्गल बातें करते रहे थे। विश्वब्रह्मांड और विकास से शुरू करके वे अपने जीवन पर आकर रुके थे। मेरी ज़िन्दगी के बारे में भी उनके सुनने के लिए कुछ बाक़ी नहीं रह गया था। मेरी सारी बातें जानने के लिए ही शायद वे मॉडल बनने को राज़ी हुए थे। पत्रकार लोग क्या नहीं कर सकते! छोटे-से न्यूज़ आइटम के लिए ठंडी बर्फ़ीली नदी में तैर सकते हैं। हालाँकि मैं उनके लिए न्यूज़ आइटम नहीं थी। मैं साक्षात्कार नहीं दूँगी, वे जानते हैं। इसे उन्होंने स्वीकार भी कर लिया था।

सुशान्त ने पूछा था, मैं विनय से प्यार करती हूँ या नहीं? मैंने कहा था, कभी-कभी मुझे समझ में नहीं आता, लेकिन लगता है, सिर्फ़ लगता नहीं है, मुझे यक़ीन भी है, मैं प्यार करती हूँ।

[3]

तसवीर बनाने के महीने भर बाद एक शाम अचानक कॉलिंग बेल बज उठी। सुशान्त अन्दर आए। हँसकर बोले, 'दार्जिलिंग चाय पीने आया हूँ।'

चाय बनाकर हम दोनों ने पी। सुशान्त ने कहा, वे मेरे पास पत्रकार के तौर पर नहीं आए हैं। मैंने पूछा, तो फिर किस हिसाब से आए हैं तो वे बोले, दोस्त के रूप में। वे थोड़ी देर देश के राजनीतिक हालात को लेकर हताशा प्रकट करते हुए उठ गए। दरवाज़े के पास जाकर मुड़े और उन्होंने मुझसे पूछा, आप चुम्बन मिस करती हैं?

'चुम्बन को मिस करती हूँ कि नहीं? मिस तो करती ही हूँ। लेकिन वह अमेरिका में अच्छे कॉलेज में पढ़ रही है। यही सुक़ून है। साल में मेरा एक बार जाना होता है, लेकिन...'

'आह, प्रियंका, आप चुम्बन मिस करती हैं?'

मैं अवाक् होकर सुशान्त की ओर देखती रही। सुशान्त जब चले जाएँगे तब दरवाज़ा बन्द कर लूँगी, सोचकर मैं भी दरवाज़े पास चली आई थी। मैं ठीक से समझ नहीं पाई, सुशान्त क्या कह रहे हैं, क्यों कह रहे हैं। सुशान्त ने कुछ नहीं कहा, उन्होंने मेरा हाथ पकड़कर मुझे अपने पास खींच लिया और मुझे बाँहों में भरकर मेरे होंठ, जीभ को बहुत देर तक चूमते रहे। मेरा समूचा शरीर सिहरता हुआ काँपने लगा।

कुपात्र

मेरी उम्र बढ़ती जा रही थी, जा ही रही थी, वरना मैं, जैसे भी हो, किसी भी एक आदमी से शादी करने के लिए क्यों इतनी बेताब हो रही थी! ऐसा नहीं था कि मैं शारीरिक सम्बन्ध के लिए तरस रही थी, कारण यह था कि उस सम्बन्ध के लिए मेरे पास शादी के अलावा कोई और रास्ता नहीं था। मैं हमीदुल से शादी करना चाहती थी ताकि परिवार बन सके और मैं एक या दो सुन्दर-सुन्दर बच्चों को जन्म दे सकूँ। मेरी उम्र की सभी सहेलियाँ शादीशुदा हैं, वे मज़े से गृहस्थी कर रही हैं, उनमें से लगभग सभी के यहाँ बच्चों ने जन्म तो लिया ही है, उन्होंने स्कूल जाना भी शुरू कर दिया है। मैं अपनी सहेलियों के घर जाती-आती रही। कभी किसी की शादी, या शादी की सालगिरह, तो किसी के बच्चे का जन्मदिन। जब सारी सहेलियाँ एक जगह मिलतीं तो उनमें एकमात्र मैं ही ऐसी थी कि जिसकी शादी नहीं हुई थी। वे सभी मेरी ओर बड़ी करुण नज़रों से देखती थीं, वे सम्भवतः यह सोचती थीं कि शायद मैंने अविवाहित रहने और दुनिया से विमुख संन्यासिनी-जैसा जीवन बिताने का फ़ैसला किया है। वे आपस में अपने पति और बच्चों के बारे में बातें करती थीं। वे मुझे उनकी बातचीत में शामिल होने के लिए बिलकुल भी नहीं बुलाती थीं। बुलाती नहीं थीं, उसकी वजह यह नहीं थी कि वे मुझे नापसन्द करती थीं, नहीं बुलाने का कारण यह था कि वे सोचती थीं चूँकि मैंने अभी तक गृहस्थी के संसार में प्रवेश नहीं किया है लिहाज़ा मुझे समझ में नहीं आएगा कि विवाहित जीवन कितना रंगीन होता है।

मैंने पहली बार हमीदुल को विश्वविद्यालय के कार्यालय में देखा था, जब मैं मास्टर्स के एक सर्टिफ़िकेट की डुप्लीकेट प्रति लेने गई थी। हमीदुल ने ही एक बड़े-से लिफ़ाफ़े में मेरे सर्टिफ़िकेट को सावधानी से रखकर मुझे दिया था, देते समय उसने इतनी शर्मीली हँसी हँसते हुए मुझसे बात की थी कि लगा वह मुझे पसन्द करता है, मेरी बड़ी-बड़ी काली आँखों को पसन्द करता है, मेरे रेशमी काले बाल उसे पसन्द हैं, मेरे गोरे रंग को पसन्द करता है। मेरे बातचीत का ढंग उसे पसन्द है। मैं आमतौर पर शुद्ध और सुन्दर बँगला भाषा में बात करती हूँ। मैंने दर्शन और बँगला साहित्य का अध्ययन किया है, लिहाज़ा मैं तो बोलूँगी ही। हमीदुल की

बातचीत में आंचलिकता का गहरा असर था, सिर पर घने काले घुँघराले बाल, रंग साँवला, गाल पर मस्सा। क़द में वह मुझसे लगभग छह इंच लम्बा था। मैंने देखा है कि साँवले लड़के गोरी लड़कियों को बहुत पसन्द करते हैं। मेरी नाक और मेरी सूरत भले ही पूरी तरह से त्रुटिहीन न हो, मेरी सहेलियाँ कहती हैं कि मेरी आँखें बोलती हैं। मैं अक्सर शीशे के सामने खड़े होकर देखती हूँ, मेरी आँखें किसी और के साथ बातें करती हैं या नहीं मुझे नहीं मालूम, लेकिन वे मुझसे बिलकुल भी बातें नहीं करतीं। कुछ दिनों बाद न्यू मार्केट में हमीदुल के साथ मेरी फिर मुलाक़ात हो गई। स्टेशनरी की दुकान से मैं कुछ बॉलपॉइंट पेन ख़रीद रही थी। मैं उस लड़के को देखकर इतनी प्रफुल्लित हो उठी कि उसे लगभग ज़बरदस्ती ही एक चाय की दुकान पर ले गई। घर कहाँ है, घर पर कौन-कौन हैं, फ़ुर्सत में वह क्या करता है, यह सब पूछकर मुझे इनके सीधे-सीधे जवाब मिले थे। हमीदुल थोड़ा अप्रतिभ तो था, लेकिन बीच-बीच में उसकी मुसकान भी कौंधती रही थी। हमीदुल ने सोचा होगा कि उसने बड़े जतन से मुझे मेरा सर्टिफ़िकेट दिया था और इसलिए उसके प्रति कृतज्ञ होकर मैंने उसे चाय की दावत दी है। लेकिन मैंने तो कुछ और ही सोच रखा है, भले ही वह बात बाद में कहूँगी। उस समय चाय पीते-पीते हम दोनों इधर-उधर की बातों में मशगूल हो गए। मुझे चौंकाते हुए उसने बताया कि वह मुझे लम्बे समय से देखता रहा है। वह जो मुझ पर नज़र रखता है, मैंने कभी इस बात पर ग़ौर नहीं किया था। मैं विश्वविद्यालय के पास लड़कियों के एक स्कूल में पढ़ाती हूँ, हमीदुल को यह पता है। कैसे पता है, उसने नहीं बताया। वह यह भी जानता है कि मेरी सहेलियों में से कौन कहाँ नौकरी करती है। उसे पता है कि हम लोग अक्सर विश्वविद्यालय के मैदान में या फिर कैंटीन में मिलते हैं और अड्डा जमाते हैं। उसने मुझे नहीं ही बताया कि वह क्यों इतनी ख़बर रखता है। मैं भी इस बात को नहीं समझ सकी। जिज्ञासा मेरी त्वचा के भीतर इतनी कुलबुलाने लगी कि मेरी यह जानने की बड़ी इच्छा हुई कि मेरी सहेलियों में से क्या उसे कोई पसन्द है। हमीदुल ने तेज़ी से सिर हिलाकर मना कर दिया। कोई भी उसे पसन्द नहीं, लेकिन कौन कहाँ क्या करता है, इसका पूरा हिसाब उसके पास है। मैं कहाँ रहती हूँ, भले ही उसे वह पता नहीं मालूम फिर भी उसने कहा मैं धनमंडी में अपने बड़े भाई के यहाँ रहती हूँ। जब मैंने हमीदुल को एक बेमकसद जासूस कहा तो वह शर्माते हुए नहीं, बल्कि चाय की दुकान पर ठठाकर हँस दिया। हमीदुल की इस हँसी ने मुझे छू लिया था। मैं देखना चाहती हूँ कि उसके बाल कितने घने हैं। मेरी इच्छा हुई मैं बालों को अपनी मुट्ठी में भरकर देखूँ कि वे कितने घने हैं। इच्छा हुई कि उसके बालों को अस्तव्यस्त करके कहूँ कि ज़रा यह जासूसी बन्द करो तो।

मेरे मन में एक दूसरा सपना आकार लेने लगा। हमीदुल के क़रीब आने का सपना।

लेकिन यह सपना कई वर्षों से प्यार करने या उसके घर जाने या उसे मेरे घर बुलाने और शारीरिक सम्बन्ध बनाने का सपना नहीं था। चाय पीते-पीते मैंने उससे कह ही दिया कि कल दुकान पर, या विश्वविद्यालय की कैंटीन में, या फिर लाइब्रेरी में मैं उससे मिलना चाहती हूँ, क्योंकि मैं उसे एक अच्छा उपन्यास पढ़ने के लिए देना चाहती हूँ। हमीदुल उपन्यास पढ़ना चाहता है, इसलिए मैं उसे पढ़ने के लिए देना चाहती हूँ, ऐसा नहीं था। बातों-बातें में मैंने उपन्यास की बात उठाई थी, मैंने ही कहा कि मैंने एक नया उपन्यास पढ़ा है, उपन्यास का नायक लड़कियों के सपनों के राजकुमारों-जैसा है। मैंने ही उससे पढ़ने की गुज़ारिश की थी, उसे किताब पढ़वाने के पीछे उससे दोबारा मुलाक़ात कर पाना ही मेरा उद्देश्य था। लेकिन क्या हमीदुल इस बात को समझ नहीं सका! मुझे एक बार लगा कि वह समझ गया है, फिर लगा कि वह नहीं समझ पाया। मेरा विश्वविद्यालय जाना-आना बढ़ गया। मेरी हमीदुल के साथ जल्दी-जल्दी मुलाक़ातें होने लगीं। मुझे उसकी लजीली मुसकराहट बार-बार दिखाई देने लगी। मन में ख़ुशी का प्रपात बहने लगा। मैं बार-बार उसके छोटे से फ़्लैट पर जाने लगी, उसे अक्सर खाना बनाकर खिलाने लगी। हम अक्सर एक-दूसरे को चूमते रहे। मैं चाहती थी हमीदुल मेरे सामने शादी का प्रस्ताव रखे, लेकिन दिन बीतते रहे, मेरी इच्छा पूरी नहीं हुई। दो-तीन महीने बाद मैंने ख़ुद ही कहा कि मेरे पिता ने मेरी शादी तय कर दी है। मेरी कहीं और किसी और से शादी हो जाएगी। वास्तव में किसी ने मेरी शादी तय नहीं की थी। यह झूठ बोलने का विचार मेरे दिमाग़ से नहीं आया था, यह नसीमा की ओर से आया था। मैंने नसीमा को हमीदुल के बारे में सब कुछ खोलकर बता रखा था। किसी-न-किसी को तो बताना ही पड़ता है न। वरना इतने मुश्किल रास्ते पर अकेले नहीं चला जा सकता। रिश्ते की यह राह मेरे लिए मुश्किल ही है। मुश्किल है इसीलिए तो बचपन में मुझे जो लोग पसन्द आए, उनसे किसी से नहीं कह सकी कि वे मुझे पसन्द हैं। चूँकि मैं नहीं कह सकी इसलिए मेरी शादी की उम्र निकल गई है, ऐसा नहीं है। किसी ने मुझसे कभी नहीं कहा कि वह मेरे साथ अपनी ज़िन्दगी साझा करना चाहता है! गोरी लड़कियों की तो फटाफट शादी हो जाती है।

मुझे लगता है एक मैं ही हूँ जो गोरी होकर भी तीस की उम्र में क़दम रख रही हूँ। नसीमा ने ही हमीदुल को बताने के लिए कहा था कि मेरी शादी तय हो गई है। मैंने नसीमा से साफ़ कह दिया था कि शादी तय नहीं हुई है तो भी कहना पड़ेगा कि तय हो गई है। मैं सोचती हूँ, जिसे शादी करने में रुचि नहीं हो, वह क्या किसी की शादी तय होने की ख़बर सुनकर उस तयशुदा शादी को तोड़कर ख़ुद शादी कर लेता है? मुझे इसका जवाब मालूम है, नहीं करता।

शादी की राह यक़ीनन मुश्किल राह है। ख़ासकर यदि शादी के लिए ख़ुद को ही पात्र की तलाश करनी पड़े। यह ख़बर सुनकर कि मैं शादी कर रही हूँ, मुझे

हमीदुल से कोई प्रतिक्रिया नहीं मिली। मैंने आहें भरी, लेकिन कुछ दिनों के बाद उसका प्रतिक्रियाहीन व्याकुलताहीन चेहरा मुझे इस क़दर अपमानित करने लगा कि मैंने न चाहते हुए भी कह दिया कि मैं चाहती हूँ उसकी शादी मेरे साथ हो। यह बात नसीमा ने नहीं सिखाई थी। यह बात मेरे मन ने मुझे सिखाई थी। हमीदुल थोड़ा चौंका। उसकी लजीली हँसी मानो अचानक तेज़ हवा में बुझ गई। उसने अस्पष्ट स्वर में जो कहा उसे ध्यान से सुनने पर जो बात सामने आई वह यह थी कि उसे शादी के लिए पैसे चाहिए, लेकिन वह अभी तक इतने पैसे जमा नहीं कर सका, उसे अपने घर पैसे भेजने पड़ते हैं। वह भाई को पढ़वा रहा है, उसे बहन की शादी करनी है। इससे पहले कि वह और कुछ बोलता मैंने कहा कि इस शादी में उसके कोई पैसे ख़र्च नहीं होंगे, सारा ख़र्च मेरे पिता के घर से किया जाएगा। इतना ही नहीं, वे बहुत सारे उपहार भी देंगे। मैं उपहार न कहकर दहेज शब्द कह सकती थी, लेकिन यह शब्द मेरे अपने ही कानों को इतना अश्लील लगा कि मैंने इसे नहीं उचारा।

मुझे नहीं पता मुझे भारी राहत मिल गई। सिर्फ़ राहत नहीं, मुझे लगा मानो मुझे स्वर्ग हाथ लग गया है। इस समाज में रहने के लिए शादी के अलावा मेरे पास कोई और उपाय नहीं था। किसी भी तरह से हो परिवार-जैसा कुछ होना ही चाहिए, मुद्दे की बात है कि साथ में एक अदद आदमी का होना अनिवार्य है। भले ही मैं विश्वविद्यालय की पढ़ाई करके, दो-दो बार सर्वोच्च डिग्री हासिल करके, आत्मनिर्भर होने के बावजूद, मैं अधूरी हूँ, जब तक मेरी शादी नहीं हो जाती, तब तक मैं सम्पूर्ण नहीं हूँ, इस बात को मैं चाहे मानूँ या न मानूँ, समाज में तो सभी लोग मानते हैं, और इसीलिए मुझे शादी करनी पड़ी। वरना समाज में रहना असम्भव हो जाता। इस संसार में लोगों ने असम्भव काम नहीं किये, ऐसा नहीं है। लेकिन मैं अपने जीवन को समुद्र की उत्ताल लहरों में नहीं फेंक सकती। मुझे समाज की लक्ष्मणरेखा लाँघकर एक उद्दंड ज़िद्दी की तरह खड़े होने में डर लगता है। मेरी बड़ी बहन की शादी ग्यारह साल की उम्र में हुई थी, मेरी मँझली बहन की शादी बारह साल की उम्र में हुई थी, मेरी सँझली बहन की शादी उन्नीस साल की उम्र में हुई थी, और मैं उनतीस पूरे करके शादी क्रर रही हूँ। मैं तीस तक नहीं पहुँचना चाहती थी। सभी कहते हैं कि तीस साल की हो जाने पर कोई अच्छा पात्र नहीं मिलता। मैं शायद अच्छे पात्र के लिए ही बेचैन थी। तो क्या हमीदुल अच्छा पात्र है? निश्चित रूप से भला कौन कह सकता है कि कौन अच्छा है और कौन नहीं? जो आज अच्छा है, वह कल अच्छा नहीं भी हो सकता है। कोई-कोई कहता है कि शादी जुए की तरह है, तो वह कुछ ग़लत नहीं कहता।

शहर के सबसे अच्छे स्कूल में शिक्षिका की नौकरी मिलने के बाद, मुझे सहेलियों के साथ जश्न मनाना था। मैंने जश्न किया, लेकिन वह नौकरी पाने का जश्न नहीं

था, मेरी अपनी शादी का जश्न था। मैंने स्कूल से छुट्टी ले ली और तुरत-फुरत हमीदुल से शादी कर ली। शादी-समारोह सम्पन्न होने के बाद मैं मयमनसिंह से ढाका लौट आई। हमीदुल के छोटे-से फ़्लैट में हम दुइयों की गृहस्थी शुरू हुई। मैंने ग़ौर किया कि शादी के एक या दो सप्ताह बाद, हमीदुल जितना अपरिचित था, उससे भी कहीं ज़्यादा अपरिचित हो गया। उसके मुँह की भाषा, उसके देखने का ढंग सब कुछ बड़ा दुरूह-सा हो गया। हनीमून पर जाने के लिए मेरे पास समय था, लेकिन हमीदुल के पास नहीं था। हमीदुल की नौकरी छोटी है, उसे आसानी से छुट्टी नहीं मिलती थी। लेकिन क्या वह छुट्टी चाहता था? भले ही उसने मुझे बताया था कि उसे छुट्टी नहीं मिली, लेकिन मुझे पता चला कि उसने छुट्टी माँगी ही नहीं।

मेरा मन ख़राब हो जाना चाहिए था, लेकिन मैंने मन ख़राब नहीं किया। मैंने आहों को हवा में उड़ा दिया। मैंने अपने आप से कहा, मैंने एक परिवार पा लिया है, मुझे अब और क्या चाहिए! अगर शादी-जैसा कोई ज़रूरी सपना पूरा हो जाए, तो क्या हनीमून-जैसे ग़ैरज़रूरी बच्चों के खेल के लिए मन ख़राब होता है या कि होना चाहिए! समाज में अब मैं अन्य तमाम महिलाओं की तरह शादीशुदा होने का दावा कर सकती हूँ। मैं अपनी सहेलियों के साथ बैठकर घर-परिवार, पति-बच्चों के बारे में बातचीत कर सकती हूँ। मैं अन्य तमाम लड़कियों की तरह ही तो बनना चाहती थी। मैं अन्य तमाम लड़कियों-जैसी ही हो गई हूँ। अगर शादी न हो तो लोग कहते हैं कि लड़की को घर के खूँटे से बाँध दिया जाएगा। लेकिन अब कोई भी इस तरह की मनहूस बात नहीं कहेगा, अब दूर और पास के रिश्तेदार नहीं कहेंगे, कितनी फूटी क़िस्मत लेकर यह लड़की पैदा हुई है!

नसीमा ने मुझे किसी भी तरह इस शादी को कर डालने की हिदायत दी थी। सो मैंने शादी कर ली। शादी के तुरंत बाद नसीमा की सलाह थी कि मैं जल्दी से गर्भवती हो जाऊँ। लेकिन अकेले-अकेले तो गर्भवती हो नहीं सकते। ताबीज, कवच, यहाँ तक कि दुआ, दरूद भी मुझे गर्भवती नहीं कर सकते। हमीदुल मुझे गर्भवती करेगा। हमीदुल के साथ शारीरिक सम्बन्ध बनाने के लिए मैं जितनी बेताब होती, हमीदुल की दिलचस्पी उतनी ही कम होती जाती। मेरा स्पर्श उसे उत्तेजित तो करता ही नहीं करता था, बल्कि मैं अगर उसे छूती, तो वह छिटक कर दूर चला जाता था। मैंने सुना था कि शादी के दो-तीन साल तक शारीरिक सम्बन्ध नियमित होते हैं, वे धीरे-धीरे अनियमितता की ओर जाते हैं, लेकिन वह अनियमितता इतनी जल्दी नहीं आती है। मैं उसके इस आकस्मिक व्यवहार की पूरी वजह जानने के लिए बेताब हो उठी। मैं इस बारे में उससे बात करना चाहती थी। बात करने के बाद मुझे समझ में आया कि हमीदुल को शक़ है कि सर्टिफ़िकेट में मेरी उम्र भले ही उससे दो महीने ज़्यादा लिखी है, लेकिन असल में मैं उससे उम्र में दो साल बड़ी हूँ। लेकिन उसने यह नहीं बताया कि इस शक़ की बुनियाद क्या है। उसने

ऐसी धारणा क्यों बनाई, वह कहाँ से यह धारणा ढोकर लाया है, मुझे नहीं पता चल सका। मेरा अनुमान है उसमें इस अविश्वास के जन्म लेने के पीछे मेरे प्रति उसकी अरुचि ही है। मैंने यह अरुचि शादी के दिन से ही देखी थी। उसे मेरे पिता का घर पसन्द नहीं आया था। जब मैंने उसे बताया था कि मेरे पिता एक व्यापारी हैं, तो शायद उसने सोचा होगा कि उनका हीरों का बड़ा कारोबार है। जब मैंने उसे बताया कि मेरे पिता का घर मयमनसिंह शहर के बीचोबीच है, तो उसने सोचा था मेरे पिता का पाँचमंज़िला महल है। मैंने कभी भी ज़मींदार की बेटी-जैसे हावभाव नहीं दिखाए थे। उसके कल्पनाविलासी मन ने ही यह सब विचित्र काव्य रच लिया था। शादी के दिन जब उसने देखा कि हमारा एकमंज़िला टीन के शेड वाला मकान है, तो जो उसने मुँह फुलाया, तब से उसका मुँह फूला हुआ है।

घर के सारे काम मैं खुद ही करती हूँ, सारे ख़र्चे अकेले मैं ही उठाती हूँ। शादी का सारा ख़र्च मैंने और मेरे रिश्तेदारों ने उठाया था। शादी के लिए लाल साड़ी भी मैंने ही ख़रीदी थी, हमीदुल की शेरवानी और पजामा भी मेरे पैसों से ख़रीदे गए थे। घर के नये असबाब मेरे रिश्तेदारों ने ही दिये थे। हमीदुल ने उसे शादी के उपहार के रूप में बस ख़ुद को दिया था। मैं उसके ख़र्चों को बचाना चाहती थी, क्योंकि वह अपने परिवार की ज़रूरतों के लिए पैसे बचा रहा था। मैंने बहुत सारा पैसा इसलिए ख़र्च नहीं किया था कि मैं कोई ज़मींदार थी, बल्कि इसलिए कि मैं हमीदुल पर दबाव नहीं डालना चाहती थी। विश्वविद्यालय के जिस क्वॉर्टर, जिस छोटे-से फ़्लैट में वह रहता था, उसे मैंने शादी के सात दिन के भीतर बदल लिया था। हम लोग बेली रोड पर थोड़े बड़े-से फ़्लैट में रहने चले गए थे। मैंने इस नये फ़्लैट का किराया चुकाने की ज़िम्मेदारी भी हमीदुल के कंधे पर नहीं डाली थी, यह ज़िम्मेदारी भी मैंने ही ली थी। हमीदुल ने कल्पना भी नहीं की होगी कि एक चुटकी में एक दिन उसकी ज़िन्दगी इतनी बदल जाएगी! वह शब्दश: मालिक की ज़िन्दगी जी रहा था। इसके बाद भी वह ख़ुश नहीं था। वह घर पर खिन्न मन से बैठा रहता था। मैं शादी के पहले की ही तरह शादी के बाद भी चावल, दाल, अनाज, मछली, मांस ख़रीदती हूँ, मैं ही खाना बनाती हूँ, थाली-बर्तन धोती हूँ, मैं ही घर की सफ़ाई करती हूँ। मैं जिस तरह रुपये-पैसों को लेकर किसी तरह का दबाव नहीं डालती, गृहस्थी का भी कोई दबाव नहीं डालती। हमीदुल को मैं दुश्चिंताओं और आशंकाओं से मुक्त जीवन देना चाहती हूँ।

सुबह हम दोनों काम पर निकल जाते हैं। लौटते-लौटते शाम हो जाती है। मेरे लौटने के बाद हमीदुल लौटता है। लौटकर वह मुझे धमकाता है कि कुछ भी ठीक नहीं चल रहा है। उसे अपनी कमीज़ नहीं मिल रही है, जूते नहीं मिल रहे हैं। मुझे यह सब अलमारी से निकालकर उसके हाथों और पैरों के पास रखना होता है। मैंने हमीदुल को अपना सब कुछ दे दिया, लेकिन उसने मुझे सिर्फ़ अपना शरीर

दिया है। जो शरीर सुबह नाश्ता करके बाहर निकल जाता है, शाम होने पर लौट आता है। उस शरीर पर थोड़ा ही सही मेरा भी तो हक़ है। लेकिन उस शरीर को मेरे शरीर के क़रीब आने में दुविधा होती है। वह बिस्तर पर दूसरी करवट सोता है। थोड़ा-बहुत जितना भी हमारा शारीरिक सम्बन्ध होता है, वह मेरी ही विनती से होता है। लेकिन लम्बे समय तक ऐसा नहीं चल सकता। मैं किसी भी दशा में नहीं चाहती कि यह शादी ख़त्म हो जाए। मैं हमीदुल के सामान्य होने का इन्तज़ार करती रही। मुझे अपमानित महसूस होना चाहिए, लेकिन मैं अपने अपमानबोध को किसी अबोध की तरह अलग हटाकर रखती रही। मुझे नाराज़ होना चाहिए था, लेकिन मैं नहीं होती। बल्कि तमाम ख़ुशहाल जोड़े जिस तरह अपनी ज़िन्दगी जीते हैं, मैं वैसे जीवन की उससे भीख माँगती हूँ। वैसी ज़िन्दगी अगर नहीं मिली, तो लोग मुझ पर उँगली उठाएँगे, रिश्तेदार मुझे अभागी कहेंगे, निंदा करने वाले अट्टहास करेंगे। मैं इस बड़ी-सी दुनिया में अकेले हो जाने का दर्द बर्दाश्त नहीं कर सकती।

मुझे लगता है कि गृहस्थी की तकलीफ़ें दिन-ब-दिन बढ़ती जा रही हैं। आग में पहले से कहीं ज़्यादा तपिश है। जिस दिन मैंने हमीदुल को ख़ुशी से जकड़कर ख़ुशख़बरी दी कि मैं प्रेग्नेंट हूँ, हमीदुल छिटक कर दूर हट गया, उसके चेहरे पर नफ़रत झलक उठी और डर उभर आया। मैंने एकसाथ नफ़रत और डर बहुत कम ही देखा है। हमीदुल का चेहरा और स्याह हो गया, उसकी आँखें बाहर निकल आईं, उसके गाल का मस्सा काँपने लगा। हमीदुल ने साफ़ कह दिया कि मेरी कोख में जो बच्चा है, वह उसका नहीं है, मैं किसी और के साथ सोकर गर्भवती हुई हूँ। उसे यक़ीन है कि मैंने गर्भवती होने के बाद छल-बल और चतुराई से उससे शादी की है। इसका मुख्य उद्देश्य उस बच्चे की ज़िम्मेदारी थोपना था। वह मुझ-जैसी चरित्रहीन औरत की सूरत भी नहीं देखना चाहता। हमीदुल अचानक मुझ पर झपट पड़ा। मुझे जमीन पर पटक कर, मेरे पेट पर लगातार लात मारने लगा, मानो मेरे पेट में पल रही जान की मौत न होने तक उसे शान्ति नहीं मिलेगी। मैं उकड़ूँ होकर अपने पेट को बचाने की कोशिश करती रही।

हमीदुल ने चीख़ते हुए कहा कि वह मुझे तलाक़ दे देगा। लेकिन मैं तो तलाक़ नहीं चाहती। मैं भले ही नहीं चाहती, लेकिन हमीदुल तो चाहता है, वह दिन-रात तलाक़ के बारे में सोचता रहता है। वह एक कमसिन कोमल लड़की के साथ शादी करने और उसके साथ लम्बे सहवास में लिप्त रहने का सपना देखता रहता है।

हमीदुल ने जब मुझे तलाक़ दिया तब मुझे सात महीने का गर्भ था। वह इससे पहले ही सूटकेस में अपने कपड़े-लत्ते भरकर तथा अन्य सामान लेकर चला गया था। चूँकि घर का किराया मैं दे रही थी, चूँकि सारा सामान मेरा था लिहाज़ा इस घर से मैं नहीं निकलूँगी, अगर अलग होना है तो वह जाएगा। यह बात उससे मैंने कही नहीं थी, लेकिन वह ख़ुद ही समझ गया था। अपने पुराने छोटे से फ़्लैट-जैसे

फ़्लैट के मिलने के बाद वह मेरे फ़्लैट में आकर और सोफ़ासेट, डाइनिंग टेबल सेट और चेस्ट ऑफ़ ड्राअर यह कहते हुए ले गया कि उसे यह सब शादी के उपहार के रूप में मिला है, यह सब उसका है। हमीदुल शादी का उपहार न कहकर इसे दहेज भी कह सकता था। मैं तो उसे सूली पर नहीं चढ़ा रही थी! मैंने हमीदुल को वह सारा असबाब ले जाने दिया, मैंने उसे भला कब बाधा पहुँचाई थी!

नसीमा को सब कुछ पता है। वह हमीदुल के तलाक़ के लिए मुझे दोषी ठहराती है। उसने कहा कि तूने दासी की तरह उसकी सेवा की, फिर भी उसका दिल नहीं जीत सकी! मुझे लगता है कि वास्तव में तेरी ही क़िस्मत ख़राब है।

मैं अगर यह स्वीकार कर लूँ कि मेरी क़िस्मत ही ख़राब है, तो मुझे खोने का दर्द कम महसूस होता है। हमीदुल ने मुझसे सभी संपर्क तोड़ लिए थे। बुरे समय में मेरी सहेलियाँ और मेरे स्कूल के सहकर्मी मेरे साथ रहे। मैंने एक बेटे को जन्म दिया था। बेटा दिखने में बिलकुल हमीदुल-जैसा है। साँवला रंग, घने काले घुँघराले बाल, गाल पर एक बड़ा-सा मस्सा, हमीदुल का मस्सा दाएँ गाल पर था, बेटे का मस्सा बाएँ गाल पर है। बेटे को गोद में लेकर हमीदुल के लिए मन भीग जाता है। असल में उस बेचारी की ही क़िस्मत ख़राब है। अपने बच्चे को अस्वीकर करके उसे क्या मिला! मुझे नहीं पता चला कि हमीदुल अपने गाँव बरिशाल से माध्यमिक तक पढ़ी एक सत्रह साल की लड़की से ब्याह रचाकर उसे ले आया है। मुझे पता नहीं चल सका कि लड़की के पिता के पास अच्छी-ख़ासी दौलत है, उन्होंने शादी में अच्छा दहेज दिया है। मुझे पता नहीं कि हमीदुल के घर में अब तीन बच्चे हैं।

मेरा बेटा मेरे ही पास बड़ा हो रहा है। मैं चाहती भी नहीं कि हमीदुल कभी इस बेटे को देखे। वह तो इसे देखते ही समझ जाएगा कि उसने मुझ पर झूठे इलज़ाम लगाए थे। मैं नहीं चाहती उसे कभी यह महसूस हो कि उसने मुझ पर झूठे इलज़ाम लगाए थे, कारण कि अपनी ग़लती समझकर वह यदि पश्चाताप न करे, वह अगर तकलीफ़ में सिकुड़ न जाए, तो फिर उसके उदासीन चेहरे को देखने की क्या ज़रूरत है। अपने बेटे को देखने के बाद अगर हमीदुल अपने सभी कुकर्मों और इलज़ामों के लिए मुझसे माफ़ी माँगता, अगर हाथ जोड़कर मेरी गृहस्थी में लौटना चाहता! अगर उस छोटी लड़की को विदा करके मेरे पास आना चाहता, तो फिर बच्चे का चेहरा, उसका मस्सा दिखाने का कोई अर्थ होता! इससे तो बेहतर है कि उसने जिस लड़की से शादी की है, वह अगर उससे प्यार करता है तो करे। जिससे उसने कभी प्यार नहीं किया, उसे नये सिरे से वह शायद प्यार कर भी नहीं सकेगा। इन्हीं सब बातों को ध्यान में रखते हुए मैंने तय किया उसे उसके बेटे से मैं नहीं मिलने दूँगी।

एक दिन मैं डॉक्टर के पास गई और समृद्ध का मस्सा कटवा दिया। नसीमा ने मुझसे

कई बार कहा था कि एक बार हमीदुल को अपने बेटे की तसवीर भेज दो। मैं राज़ी नहीं हुई। यह पहली बार मैंने नसीमा की सलाह पर ध्यान नहीं दिया था। हम लोग एक ही शहर में रह रहे हैं, किसी दिन कहीं पर हो सकता है वह समृद्ध को देख ले, हो सकता है कोई उसे मेरे बेटे के बारे में बताए, बताए कि वह उसके-जैसा दिखता है, अगर उसे पता चलता है तो चले, मैं ख़ुद होकर उसे नहीं बताऊँगी। मैंने ख़ुद होकर बहुत कुछ किया है, लेकिन अब और नहीं। ऐसा भी हो सकता है कि हमीदुल को कभी पता ही न चले कि उसका एक बच्चा कहीं बड़ा हो रहा है, उसका एक बच्चा उसे नहीं पहचानता, उसका नाम नहीं जानता। लेकिन मुझे इसका कोई अफ़सोस नहीं होगा।

दावत

रोहन के पिता की मौत के बाद अचानक उसकी दुनिया में अँधेरा उतर आया था। रोहन उदास चेहरा लिए बैठा रहता था। वह रिश्तेदारों से पूरी तरह बचने लगा था। वह किसी से फोन पर बात भी नहीं करता। उसने अस्पताल से लम्बी छुट्टी ले थी। खाने में भी उसकी रुचि ख़त्म हो चुकी थी। वह टेलीविज़न भी ऑन नहीं करता था। उसने कहीं भी जाना-आना बन्द कर दिया था। मैं अपनी नौकरी करती रही, और हर दिन सोचती कि जब घर लौटूँगी तो शायद रोहन को मैं सहज रूप में देख सकूँगी। लेकिन उसके आचार-व्यवहार में बिलकुल भी सहजता नहीं थी। मैंने उससे कहा, बुज़ुर्ग होने पर तो पिता का देहांत होता ही है, लेकिन इस वजह से इतने टूट जाने से काम चलेगा क्या? तुम ठीक से खाना नहीं खा रहे हो, खाना न खाने से तबीयत ख़राब हो जाएगी, लिहाज़ा इच्छा न हो फिर भी खाना तो पड़ेगा ही! अगर तुम्हें घर में अच्छा नहीं लग रहा है तो चलो कहीं दूर चलते हैं, तुम घूमने जाओगे तो हो सकता है मन को अच्छा लगे। तुमने जब छुट्टी ली है तो सिर्फ़ सो-सोकर क्यों उन्हें क्यों बर्बाद कर रहे हो? तुम अपनी माँ के पास भी तो कुछ दिन रहकर आ सकते हो।

रोहन कोई जवाब नहीं देता।

एक दिन अस्पताल से लौटकर मैंने देखा कि रोहन कुर्ता-पायजामा और टोपी पहने बैठा हुआ था। "क्या बात है, यह पोशाक क्यों?" रोहन ने कोई जवाब नहीं दिया। घंटे भर बाद मुझे समझ में आया कि उसने वह पोशाक क्यों पहनी थी। मुझे बिना बताए वह दरवाज़ा खोलकर बाहर निकल गया, मैं उसके पीछे भागी, "कहाँ जा रहे हो?"

रोहन ने कहा, 'मसजिद'।

'मस्जिद? क्यों?

क्यों मतलब? नमाज़ पढ़ने।'

रोहन वहाँ से निकल गया। मैं अवाक होकर दरवाजे पर खड़ी रही। मैंने इससे पहले कभी रोहन को नमाज़ पढ़ते नहीं देखा था, और अब वह मस्जिद में नमाज़ पढ़ने जा रहा है! मैंने सोचा पिता की मौत के बाद शायद मौत के डर ने उसे इस तरह जकड़ लिया है कि वह धर्म-कर्म करके डर से छुटकारा पाना चाहता है। ऐसा

तो हो ही सकता है। समय ही शोक का इलाज करता है।

इसके बाद से रोहन मसजिद जाकर पाँच वक़्त की नमाज़ पढ़ने लगा। वह मस्जिद से देर से घर लौटने लगा। मैंने ग़ौर किया कि हमारे गेट के पास अक्सर टोपी और दाढ़ी वाले दो-तीन लोग उसके साथ बातचीत कर रहे हैं, उसके हाथ में कुछ काग़ज़ थमा रहे हैं। रोहन घर लौटकर कंप्यूटर पर बैठ जाता। गूगल पर इस्लाम के बारे में जानकारियों की तलाश करता। जो कुछ मिलता उसे पढ़ डालता। अवलाकी के व्याख्यान मन लगाकर सुनना। रोहन को चाय दी जाती। चाय वैसी ही पड़ी रहती।

एक दिन मैंने पूछा, 'तुमसे अक्सर कौन लोग मिलने आते हैं?'

रोहन ने सिर हिलाकर कहा, 'तुम उन्हें नहीं पहचानती।'

मैंने पास वाले सोफ़े पर बैठ कर पूछा, 'मैं अगर उन्हें नहीं पहचानती, तो मुझे उनके बारे में तुम बता दो। वे लोग क्या चाहते हैं? क्या वे मरीज़ हैं?

'नहीं।'

'तो फिर?'

मस्जिद में उनसे पहचान हुई है। वे इस्लाम की दावत देने आते हैं।'

"इस्लाम की दावत क्या चीज़ है?"

"तुम नहीं समझोगी।"

इसमें न समझने वाली क्या बात है? मुझे समझा दो।'

तुम्हें इस्लाम के बारे में क्या जानकारी है? तुम्हें इसकी ठेंगा जानकारी है। तुमने ज़िन्दगी भर किया ही क्या है? तुमने इस्लाम के बारे में जानने की कोशिश ही नहीं की।'

"वह तो तुमने भी नहीं की।"

"इन दिनों मैंने जो कुछ सीखा-जाना, उससे मेरी इस बारे में और भी ज़्यादा जानने की प्यास बढ़ गई है।'

'दावत देने आने वाले बहुत जानकार लोग हैं शायद?

'हाँ, वे बहुत आलिम हैं। उनके पास जितना ज्ञान है, मेरे पास तो उसका रत्ती भर भी नहीं है।'

"तुम तो डॉक्टर हो, तुमने तो मदरसे में पढ़ाई नहीं की है। इस्लाम के बारे में इतना कुछ जानने की तुमसे अपेक्षा भी नहीं है। तुम्हें तो डॉक्टरी की जानकारी होना ही काफ़ी है।"

इस बात से रोहन इतना नाराज़ हो गया कि वह सोफ़े से उठकर बेडरूम में चला गया और आँखें बन्द करके लेट गया।

मैंने सोचा कि दो या तीन सप्ताह बाद उसे मसजिद में इतना समय बिताना अच्छा नहीं लगेगा, और बार-बार नमाज़ पढ़ना भी उसे अर्थहीन लगने लगेगा।

लेकिन रोहन ने मुझे चौंका दिया और मुझे ग़लत साबित कर दिया। वह पहले की तुलना में जाएनमाज़ पर ज़्यादा समय बिताने लगा। उसने दाढ़ी रख ली। उसने शर्ट-पैंट पहननी छोड़ दी, सूट टाई पहनना भी छोड़ दिया। शहर के तमाम क्लिनिक वाले चिकित्सा विज्ञान पर कई कॉन्फ्रेंस आयोजित करते हैं। हम दोनों को ही उनमें बुलावा आता है, मैं जाती हूँ, रोहन नहीं जाता। रोहन की छुट्टियाँ ख़त्म होने के बाद मैंने कहा, "तुमने ये कैसी विचित्र दाढ़ी रखी है, अब पार्लर जाकर दाढ़ी बनवा लो, तुम्हें नौकरी ज्वॉइन करनी है।"

रोहन ने कोई जवाब नहीं दिया।

छुट्टियाँ ख़त्म होने के बाद भी वह अस्पताल नहीं गया।

मैंने कहा, "मुझे नहीं पता कि तुम्हें हुआ क्या है। लोग नमाज़ पढ़ते हैं, लेकिन मैंने कभी किसी को तुम्हारी तरह नमाज़ पढ़ते नहीं देखा। तुम जुनूनी हो गए हो। अब तुम पहले वाले रोहन नहीं रहे। तुम बहुत बदल गए हो। रात भर इंटरनेट पर न जाने कौन-कौन से उपदेशकों के व्याख्यान सुनते रहते हो! तुम कुरान और हदीस की ढेर सारी किताबें खरीद लाए हो, लोग आकर तुम्हें दावत के काग़ज़ात दे रहे हैं, मैंने देखा उनमें जिहाद के बारे में तमाम तरह की बातें लिखी हुई हैं। मुझे नहीं पता इन सबमें तुम्हें क्या ख़ुशी मिल रही है। मेरे साथ बात करनी तो तुमने छोड़ ही दी है। किस चीज़ के सुरूर में रहते हो, तुम्हीं जानते हो।"

रोहन को मेरी चीख़-चिल्लाहट की कोई परवाह नहीं थी। वह वही करता रहा, जो अब तक करता आ रहा था। उसने फिर अस्पताल जाकर नौकरी ज्वॉइन नहीं की। उसने तय कर लिया कि अबसे वह प्रैक्टिस नहीं करेगा। मेडिकल की पढ़ाई करना, डॉक्टर की नौकरी करना, उसके हिसाब से ये सभी ग़लत निर्णय थे। उसे अल्लाह रसूल के बारे में और अधिक जानना है, वह मुसलमान है, लिहाज़ा उसे एक सच्चे मुसलमान का जीवन जीना होगा। उसे जिहाद करना होगा। मैं सचमुच डर गई। मुझे लगा रोहन ख़ुद की नहीं, बल्कि किसी और की सिखाई हुई बातों को दोहरा रहा है। एक तार्किक दिमाग़वाले वयस्क आदमी में अचानक ऐसा बदलाव नहीं आ सकता। मुझे सन्देह है कि दावत वाले काग़ज़, दावत देने आने वाले कुछ लोग, अवलाकी के व्याख्यान, जिहाद की पुस्तिकाओं ने रोहन को बदल दिया है। अब उसे हक़ीक़त की दुनिया में कैसे लौटाया जा सकता है, किस तरह उसे अस्पताल की नौकरी ज्वॉइन कराई जा सकती है, इन सब मुद्दों पर मैंने टांगाइल में रहने वाले उसके बड़े भाई और माँ के साथ बात भी की। रोहन को मैंने इस फ़ोन के बारे में कुछ भी नहीं बताया। रोहन के बड़े भाई नहीं आ सके लेकिन उसकी माँ ढाका चली आई थीं। रोहन की हरकतें देखकर उन्हें भी बड़ा ताज्जुब हुआ। रोहन को दुलार करते हुए, उसके सिर पर हाथ फेरते हुए उन्होंने कहा, 'तुम अपना धर्म-कर्म करो, रोज़े रखो, नमाज़ पढ़ो, परलोक के लिए नेकी करो अच्छी

बात है, लेकिन इस वजह से इस दुनिया की उपेक्षा तो नहीं की जा सकती, तुम नौकरी करते हो, तुम्हारा अपना घर-परिवार है, अपनी बीवी के प्रति ज़िम्मेदारियाँ हैं, अल्लाह ने इन सबकी उपेक्षा करने की तो बात नहीं कही है। डॉक्टरी तो मनुष्य की ही सेवा है। लोगों की सेवा करके ही तो सवाब हासिल होता है।' लेकिन कौन किसकी सुनता है! रोहन को वापस न लौटा पाने से निराश होकर माँ दो सप्ताह बाद टांगाइल लौट गईं।

अकेले मेरे पैसों से घर-परिवार कैसे चलेगा? रोहन इस सवाल का जवाब नहीं देता। दरअसल वह इस दुनिया में रह ही नहीं रहा था। उसकी आँखों में तो किसी और दुनिया का सपना है। वह अपने मन में उसी संसार में आवाजाही करता है। कभी-कभी वह मुझे ऐसे देखता है मानो मुझे जानता ही नहीं। इसी बीच रमज़ान का महीना आ गया। रोहन ने हर रोज़ा रखा। देर रात उठकर रेनू की माँ उसका खाना गर्म कर देती थी। वह रात भर ज़ोर-ज़ोर से सूरा दोहराता रहता था। इससे मेरा सोना मुश्किल हो जाता था, इसलिए मैंने रोहन के लिए एक और कमरा तैयार कर दिया था। रोहन मज़े से अलग सोने लगा। जैसे-जैसे समय बीतता गया, मुझे अब यह महसूस होना बन्द हो गया कि हम पति-पत्नी हैं। ऐसा लगने लगा मानो रोहन गाँव से आया हुआ दूर का कोई पागल रिश्तेदार है।

रोहन अस्पताल के मेडिसिन विभाग में रजिस्ट्रार था और मैं स्त्री रोग विभाग की क्लिनिकल असिस्टेंट थी। रोहन ने कितने अनायास इतनी अच्छी नौकरी छोड़ दी! जबकि उसका सपना ग्रेजुएशन के बाद मेडिसिन का प्रोफेसर बनने का था। सारे सपने इतनी जल्दी कैसे हवा हो सकते हैं! मैंने रोहन से कई बार पूछा, "क्यों तुम तो प्रोफ़ेसर बनने वाले थे न? तुम्हारी सारी योजनाएँ कहाँ गईं?"

रोहन ने जवाब दिया, 'इस दो दिन की दुनिया में प्रोफ़ेसर होने का कोई मतलब नहीं है। असली दुनिया के बारे में सोचो, लता।'

मैंने कहा, 'मैं कुछ भी गलत नहीं कर रही हूँ, मैं किसी को नुक़सान नहीं पहुँचा रही हूँ, मैं तो लोगों को फ़ायदा ही पहुँचा रही हूँ। मैं उनके रोग-शोक दूर कर रही हूँ। मैं इसी तरह सवाब कमाती हूँ।'

"नहीं, नहीं, ऐसे नहीं होता, संसार के सारे मोह छोड़कर अल्लाह की राह पर आना होगा।"

क्या मोह से तुम्हारा तात्पर्य नौकरी से है? मैं अपनी नौकरी नहीं छोड़ूँगी। अगर मैंने नौकरी छोड़ दी तो खाऊँगी क्या?

"जिन्होंने पेट दिया, वही खाना देंगे।" रोहन के चेहरे पर मुसकान थी। मानो उसने अपनी आँखों से देखा है कि जो पेट देता है, वही भोजन भी देता है। उसकी यह जानकारी ग़लत है, उसके चेहरे और उसकी आँखों में इसे लेकर कोई संशय नहीं था।

एक सुबह अचानक वह मुझसे कहने लगा, 'तुम जाहिल लोगों की तरह बाहर क्यों जा रही हो, बुर्क़ा पहनकर बाहर जाओ।'

मैंने कहा, 'तो क्या मैं बुर्का पहनकर अस्पताल में मरीज देखूँगी? मरीज़ों का ऑपरेशन करूँगी?

"हाँ करोगी।"

"क्यों?" इसके पीछे क्या तर्क है?

'मैं नहीं चाहता कि तुम्हें कोई और मर्द देखे।'

उनके देखने में क्या हर्ज है? मेरे सहकर्मी, मेरे प्रोफ़ेसर, मरीज़ों के रिश्तेदार, मेरे छात्र मुझे क्यों नहीं देखेंगे भला?'

इसलिए मैं तुमसे कहता हूँ कि कुरान पढ़ो। अल्लाह ने ख़ासतौर पर पर्दे की बात कही है। तुम्हारे बदन के जो-जो हिस्से पर्दे के बाहर रहेंगे, वे सब नरक की आग में जलेंगे।

अब मेरा धैर्य जवाब दे गया। मैंने कहा, 'तुम्हारा दिमाग़ ठीक नहीं है रोहन, तुम किसी साइकियाट्रिस्ट को दिखाओ।'

बहस के लिए नहीं, मुझे सच में लगता है कि रोहन को थेरेपी लेने का समय बहुत पहले ही आ गया था, पिता की मृत्यु के बाद ही। लेकिन रोहन डॉक्टर के पास नहीं जाएगा। उसने गंभीर स्वर में कह दिया, चूँकि मैं बुर्क़ा नहीं पहनती, हिज़ाब नहीं पहनती हूँ, मैं अल्लाह के आदेशों की अवज्ञा कर रही हूँ, लिहाज़ा मुझे ही किसी थेरेपिस्ट के पास जाना चाहिए।

घर का ख़र्चा मेरी तनख़्वाह से चलता रहा। रोहन पूरा दिन अपने कमरे में कुरान और हदीस की किताबों से भरे बिस्तर पर औंधा होकर लेटा रहता। उसे मेरे घर आने, मेरे बग़ल में लेटने या कम-से-कम घर-परिवार को लेकर मुझसे दो-चार ज़रूरी बातें करने में भी कोई दिलचस्पी नहीं रह गई थी। अगर मैं उसके कमरे में जाती तो वह अपनी पढ़ाई में बहुत व्यस्त है कहकर मुझे वहाँ से जाने के लिए कहता। एक बार जब मुझे डेंगू हो गया और मुझे सात दिनों तक अस्पताल में रहना पड़ा। रोहन एक दिन भी मुझे देखने नहीं आया। धानमंडी से मेरे परिवार वाले मुझे देखने आए थे। यहाँ तक कि जब मैं घर लौटी, तो भी उसने यह जानने की इच्छा ज़ाहिर नहीं की कि मैं कैसी हूँ। मुझे महसूस होता है कि मेरे लिए उसका सारा प्यार ख़त्म हो गया है। मुझे यक़ीन नहीं होता कि मैंने शादी से पहले इसी रोहन से पाँच साल तक प्यार किया था। मेरी माँ को भी रोहन के बदल जाने की सारी ख़बरें मिली थीं, उन्होंने आकर उसके सुरूर में रहने की दशा देखी थी। उन्होंने कहा कि मुझे धानमंडी जाकर रहना चाहिए। मेरी माँ ने बिना किसी हिचकिचाहट के मुझसे कहा कि मैं ऐसे डॉक्टर के साथ गृहस्थी करके ज़रा भी सुखी नहीं हो सकती, जो डॉक्टरी छोड़कर एक धर्मांध की ज़िंदगी जी रहा है। मैं हार मानने वालों में से नहीं

हूँ। मुझे लगा कि रोहन का यह भावावेश एक दिन खत्म हो जाएगा।

एक रोज़ आधी रात वह मेरे बिस्तर पर आया और मुझे जगाया और मिलने की इच्छा ज़ाहिर की, तो मुझे लगा कि रोहन वास्तविकता में लौट आया है, वह मुझसे फिर से प्यार कर रहा है, लम्बे समय तक खुद को संगम के स्वाद से वंचित रखने के बाद अब वह बेचैन हो गया है। उसका भावावेश ख़त्म हो गया है। लेकिन नहीं, मिलन के बाद उसने कहा, 'मुझे बच्चा चाहिए, तुम्हें बहुत सारे बच्चे पैदा करने होंगे, लता। दुनिया काफ़िरों से भर गई है। हमें मुस्लिम लड़के-लड़कियों को जन्म देना होगा। यही हमारे घर का जिहाद होगा। घर और बाहर हमें जिहाद करना होगा। इसके अलावा और कोई रास्ता नहीं है।'

रोहन बिस्तर पर लेट-लेटे विक्षिप्तों की तरह बकता रहा। मैंने करवट ले ली, आँखें बन्द कर लीं और आह भरती हुई सोने का नाटक करने लगी। मेरी आँखों से आँसू बहते रहे। लेकिन मैंने रोहन को इसका अहसास नहीं होने दिया।

अब हर रात, रोहन संगम के लिए मतवाला होने लगा, एक तरह से यह ज़बरदस्ती ही थी। जिस छुअन में कोई प्यार नहीं, बस एक अजीब उद्देश्य था, वह छुअन मुझे उत्तेजित नहीं कर पाती थी, बल्कि मुझे और भी ठंडेपन से भर देती थी। पहले की तरह रोहन मेरी नाइटी पूरी तरह से नहीं उतारता, वह धीरे से नाइटी हटाता और वीर्यपात करता। पहले, जब तक मुझे चरम सुख नहीं मिलता, वह देह को देह में डुबोकर मछली-मछली का खेल ख़त्म नहीं करता था, लेकिन अब वह भूल ही गया कि उसे मेरे भी सुख की परवाह करनी चाहिए। एक दिन मैंने कह दिया, 'मुझे यह प्रेमहीन रिश्ता पसन्द नहीं है। मुझे मुस्लिम बच्चे पैदा करने होंगे क्योंकि दुनिया काफ़िरों से भर गई है। मैं इस मक़सद के लिए अब और संगम नहीं कर सकती।

इसके बाद रोहन ने मेरे साथ जो ज़बरदस्ती की, उसे बलात्कार के अलावा और कुछ नहीं कहा जा सकता।'

उसने ऊँची आवाज़ में मुझे सुनाते हुए कहा कि मैंने अगर उसके जिहाद में हिस्सा नहीं लिया, तो वह दूसरी शादी कर लेगा।

मैं कमरे से बाहर निकल आई। रोहन की मौजूदगी ने मेरे स्निग्ध शीतल नीड़ को नरक में बदल दिया था।

फिर एक दिन उसने जो कांड किया, मैंने कभी कल्पना भी नहीं की थी कि रोहन ऐसा करेगा। उसने मगबाज़ार में एक दुकान किराए पर ले ली और उसमें कुरान हदीस की किताबें, पैगंबर की बीवियों की जीवनियाँ, जानमाज़, तसबीह, ज़मज़म का पानी, खजूर वग़ैरह बेचना शुरू कर दिया। वह ख़ुद ही दुकान में बैठता था। मैंने रोहन के सहकर्मियों से कहा, 'रोहन घर पर आराम कर रहा है। भावनात्मक आघात से वह अभी बाहर नहीं आ पाया है। इसलिए वह अभी ज्वॉइन नहीं करेगा, कुछ दिनों के बाद कर लेगा। मैंने जिनसे यह सब कहा था, वे अगर

मगबाज़ार चौराहे पर गए, तो उन्हें पता चल जाएगा कि मैंने झूठ बोला था। रोहन आराम नहीं कर रहा है, बल्कि वह तो सामान बेचने में मसरूफ़ है।

रोहन को जिन लोगों ने दावत दी, जो लोग हमारे घर के आसपास मँडराते रहते हैं, रोहन के बाहर निकलते ही उसके पीछे-पीछे मसजिद जाते हैं, बाज़ार जाते हैं, रोहन ने कभी मुझे उनके सामने आने नहीं दिया। इसकी वजह यह थी कि मैंने बुर्क़ा नहीं पहना। कारण कि औरतों का ग़ैरमर्दों के सामने जाना मना है। रोहन का दायरा धीरे-धीरे बढ़ता गया। रोहन की तलाश में पहले से कहीं ज़्यादा लोग आने लगे। वे सभी अरब देश का चोग़ा पहनते थे। ऐसे समय में रोहन अपने नये परहेज़गार दोस्तों के साथ अफ़ग़ानिस्तान चला गया। अफ़ग़ानिस्तान में लगभग छह महीने बिताने के बाद वह लौट आया। तभी से मुझे रोहन के साथ एक भावनात्मक दूरी महसूस होने लगी थी।

फिर भी मैंने पूछा, 'तुम अफ़ग़ानिस्तान क्यों गए थे?'

रोहन का सीधा जवाब था—'जिहाद की ट्रेनिंग लेने।'

किस तरह का जिहाद? लोग तो कहते हैं कि जिहाद का मतलब है, अपने अन्दर की बुरी चीज़ों के ख़िलाफ़ अपनी लड़ाई। क्या इसके लिए ट्रेनिंग की ज़रूरत होती है? अगर आपमें मनोबल है तो यह सम्भव है।'

यह जिहाद दूसरी तरह का जिहाद है। तुम इसे नहीं समझ सकोगी।

"नहीं समझ सकूँगी तो तुम समझा दो, मैं समझना चाहती हूँ।"

मैं तुमसे कहे देता हूँ, तुम अगर पाँच वक़्त की नमाज़ नहीं पढ़ोगी, बुर्क़ा पहनकर बाहर नहीं निकलोगी, तो मेरा तुमसे कोई रिश्ता नहीं रहेगा। याद रखना, मेरी इतनी कोशिशों के बाद भी तुम प्रेग्नेंट नहीं हुई। मैं दूसरी शादी कर लूँ, तुम क्या यह चाहती हो?

अबकी बार मैंने नरम स्वर में कहा, 'हाँ, मैं चाहती हूँ तुम मुझे तलाक़ देकर दूसरी शादी कर लो।'

"अगर मुझे दूसरी शादी करनी है तुम्हें तलाक़ देने की ज़रूरत नहीं पड़ेगी। हमारे धर्म में तो चार शादियों की इजाज़त है।"

शादी करना चाहते हो, बीवी को खिलाओगी क्या? तसबीह बेचकर कमाए पैसों से उसे खिला सकोगे न? यहाँ मैं घर का किराया दे देती हूँ। तुम्हें पता है, मैं तुम्हें किसी भी वक़्त इस घर से बाहर निकाल सकती हूँ? टांगाइल जाओ और चार बीवियों के साथ रहो। कौन तुम्हें रोक रहा है? तुम्हारा पागलपन मुझसे अब और बर्दाश्त नहीं होगा। मैं किसी समय तुमसे प्यार करती थी, इसलिए इतने दिन यह सब सहती रही। मुझसे अब और सहन नहीं हो रहा है।

इस पर रोहन ने कहा, 'मुझे तुम्हें तलाक़ देना ही उचित होगा। तुम जिहाद नहीं करना चाहती, तुम्हें साथ रखकर मैं करूँगा क्या? तुम बच्चे पैदा करने में भी

RB = 1483

नाक़ाबिल हो। अपनी डॉक्टरी की नौकरी लेकर तुम क्या क़ब्र में जाओगी? क़ब्र के अज़ाब तुम सहोगी कैसे? आख़िरत के लिए तुमने कुछ जमा किया है? तुमने कुछ भी नहीं किया। तुम मेरे लायक़ पार्टनर नहीं हो, क्या तुम्हें यह मालूम है?'

'मालूम है रोहन, मालूम है। तुम मुझे एक बार बता दो कि एक क़ाबिल पार्टनर बनने के लिए क्या करना होता है!'

"तुम्हें नौकरी छोड़नी होगी। तुम्हें मेरे साथ रहना होगा। जिहाद में भाग लेना होगा। मैं जिस तरह कहूँगा, तुम्हें उस तरह चलना होगा, अपनी जान देकर भी मज़हब की रक्षा करनी होगी। इस्लाम के दुश्मनों का नामोनिशान मिटाना होगा।"

मैं ज़ोर से हँस पड़ी। हँसते-हँसते मुझे महसूस हुआ कि मेरा सिर तेज़ी से चकरा उठा है। मैं धप से बिस्तर पर बैठ गई।

इस घटना के एक सप्ताह बाद न जाने रोहन को क्या हुआ, उसने दुकान बेच दी और सूटकेस पैक करके अपने पिता के घर टांगाइल चला गया। मैंने राहत की साँस ली, लेकिन मुझे सीने में दर्द-सा महसूस हुआ। मैंने रोहन से प्यार करके शादी की थी, उस समय की यादों के टुकड़े हीरे के टुकड़ों-जैसे थे।

मैं अपनी तरह से ज़िन्दगी जीती रही। मैंने सोचा था फ़्लैट छोड़कर डॉक्टर्स क्वॉर्टर में रहने चली जाऊँगी, लेकिन नहीं गई। हो सकता है रोहन किसी दिन अपनी ग़लती सुधारकर मेरे पास लौट आए, इसीलिए मैंने वहाँ रहने नहीं गई। एक मन उसका इन्तज़ार करता रहा, और दूसरा मन उसे भूलने की कोशिश में लगा रहा। रोहन मेरी ज़िन्दगी में एक ही साथ स्वप्न भी था और दुःस्वप्न भी। वह प्यास भी था और हाहाकार भी। आनंद भी था और पीड़ा भी। मैंने नाराज़गी की वजह से उसकी खोज-ख़बर नहीं ली, उसने भी मेरी परवाह नहीं की। कुछ वर्षों बाद मुझे ख़बर मिली कि टांगाइल जाकर उसने गाँव के मदरसे से पढ़कर निकली एक पर्दानशीन लड़की से शादी कर ली है। उसकी पत्नी के गर्भवती होने के बाद, वह उसे लेकर सीरिया के रक़्क़ा शहर चला गया, ताकि उसके बच्चे का जन्म उस पवित्र भूमि पर हो सके। कहता है कि रक़्क़ा ही मुस्तक़बिल है। रक़्क़ा ही एक दिन दुनिया को दारुल इस्लाम बनाएगा। मैंने सुना कि सीरिया से सिर्फ़ एक बार रोहन ने अपनी माँ को फ़ोन किया था। फिर उसने दोबारा सम्पर्क नहीं किया। रोहन ज़िन्दा है या मर गया, किसी को नहीं पता।

꩜